ACTION

BAND 59

Wenn Lesen zur Mutprobe wird ...

www.Festa-Verlag.de

JOEL C. ROSENBERG

DER DRITTE ANSCHLAG

Aus dem Amerikanischen von Susanne Picard

FESTA

Die amerikanische Originalausgabe *The Third Target*
erschien 2015 im Verlag Tyndale House Publishers.
Copyright © 2015 by Joel C. Rosenberg

1. Auflage Juli 2018
Copyright © dieser Ausgabe 2018 by Festa Verlag, Leipzig
Lektorat: Alexander Rösch
Titelbild: Arndt Drechsler
Alle Rechte vorbehalten
ISBN 978-3-86552-669-4
eBook 978-3-86552-670-0

*Für unseren Sohn Jonah, der uns schon allein
mit seinem Namen jeden Tag aufs Neue daran
erinnert, dass Gott nicht nur Israel, sondern
auch dessen Nachbarn und Feinde innig liebt.*

*»Denn ich wusste, dass du ein gnädiger und
barmherziger Gott bist,
langsam im Zorn und groß an Güte,
und einer, der sich das Unheil gereuen lässt.«*
– Das Buch Jona, 4, Vers 2

DIE CHARAKTERE

Journalisten

J. B. Collins	Auslandskorrespondent für die *New York Times*
Allen MacDonald	Auslandsredakteur der *New York Times*
Omar Fayez	Reporter der *New York Times* in Amman
Abdul Hamid	Fotograf der *New York Times* in Beirut
Alex Brunnell	Chef des *New York Times*-Büros in Jerusalem
A. B. Collins	ehemaliger Chef des Büros von Associated Press in Kairo und J. B.s Großvater

Amerikaner

Harrison Taylor	Präsident der Vereinigten Staaten
Jack Vaughn	Direktor der Central Intelligence Agency
Robert Khachigian	ehemaliger Direktor der CIA
Arthur Harris	Spezialagent des FBI
Matthew Collins	J. B.s älterer Bruder

Jordanier

König Abdullah II.	Oberhaupt des Haschemitischen Königreichs Jordanien
Prinz Marwan Talal	Onkel und einer der wichtigsten Berater des Königs

Kamal Jeddeh	Direktor des jordanischen Geheimdienstes Muchabarat
Ali Said	Sicherheitschef des königlichen Hofes

Terroristen

Abu Khalif	Anführer des Islamischen Staats im Irak und Al-Sham (IS)
Jamal Ramzi	Kommandant der IS-Rebellen in Syrien und Cousin Abu Khalifs
Tarik Baqouba	Stellvertreter Jamal Ramzis
Faisal Baqouba	IS-Terrorist und Tariks Bruder

Iraker

Hassan Karbouli	Innenminister des Irak
Ismail Tikriti	stellvertretender Direktor des irakischen Geheimdienstes

Israelis

Daniel Lavi	israelischer Premierminister
Ari Shalit	stellvertretender Direktor des Mossad
Yael Katzir	Mossad-Agentin

Palästinenser

Salim Mansour	Präsident der palästinensischen Autonomiebehörde
Jussuf Kuttab	Chefberater Präsident Mansours

TEIL EINS

20. JULI 1951

1

Ich war noch nie einem König begegnet.

Vor 48 Stunden hatte ich die Einladung zu einer Audienz bei Seiner Majestät erhalten, um zu einer festgelegten Zeit an einem festgelegten Ort ein Interview zu führen, das ausländischen Journalisten nur außerordentlich selten gewährt wurde. Aber nun fühlte ich mich wie erstarrt, denn ich fürchtete, mich zu verspäten.

Schweiß rann mir das Gesicht und den Rücken hinab. Die Sonne stand hoch am Himmel. Es war beinahe Mittag und die morgendliche Frische nur noch eine ferne Erinnerung. Der frisch gestärkte weiße Kragen meines Hemds wurde zusehends schlaff, meine ordentlich gebundene himmelblaue Krawatte fühlte sich an der schweißnassen Kehle wie ein Galgenstrick an.

Ich blickte auf die goldene Taschenuhr, ein Geschenk meines Vaters zum Collegeabschluss, und spürte den Knoten im Magen, der sich fester zusammenzog. Ich holte ein bereits feuchtes Taschentuch aus der Innentasche meines marineblauen Nadelstreifenjacketts, doch ich wusste, sooft ich mir die Stirn auch abtupfte, es war vergeblich. Nicht allein das schwüle Klima draußen machte mir zu schaffen. Mir war übel, weil ich zu spät kam. In mir wuchs die Angst, den wichtigsten Augenblick meiner Karriere ruiniert zu haben.

Seit einem Jahr hatte ich mich immer wieder um ein solches Interview bemüht, doch man hatte mich stets abgewiesen. Dann, ohne jede Vorwarnung, traf ein Telegramm aus dem Palast ein, das mich, A. B. Collins, Reporter von Associated Press, nach Jerusalem zitierte, um mir ein exklusives Interview zu gewähren, und zwar ohne Einschränkungen oder Bedingungen. Ich schickte die Zusage meinen Kollegen in New York und sie waren begeistert. Ich war begeistert. Seit Monaten hatte ich alles gelesen, was ich über diesen faszinierenden, wenn auch sehr verschlossenen Monarchen hatte auftreiben können, jeden Bericht in den Nachrichten verfolgt, dessen Mitschnitt ich in die Finger bekam. Ich hatte jeden verfügbaren Experten getroffen, bei dem die Hoffnung bestand, dass er mir erklären konnte, wer dieser Mann wirklich war, was er wollte und was er als Nächstes vorhatte.

Nun stand der große Augenblick unmittelbar bevor. Man hatte mich angewiesen, Seine Majestät König Abdallah Ibn Husain I., den Herrscher des Haschemitischen Königreiches Jordanien, um Punkt zwölf Uhr mittags vor dem Eingang des Felsendoms zu treffen. Das war in weniger als zehn Minuten und wenn es so weiterging, traf ich niemals pünktlich dort ein.

»Schneller, Mann! Können Sie nicht schneller fahren?«, herrschte ich den Taxifahrer an.

Ich beugte mich vom Rücksitz vor und wies durch die staubverkrustete Windschutzscheibe des engen kleinen Taxis, in dem es nach kaltem Zigarettenrauch stank, auf die Straße hinaus. Eine völlig vergebliche Geste, die Antwort fiel bemitleidenswert offensichtlich aus. Nein, der Mann konnte nicht schneller fahren. Es war Freitag. Der heiligste Tag der Woche für Muslime, kurz vor Mittag. Jeder war mit Kind und Kegel unterwegs zur Al-Aksa-Moschee, um dort zu beten. So war es seit zwölf Jahrhunderten gewesen und so würde es immer sein. Niemand nahm da auf einen Ausländer Rücksicht, erst recht nicht auf einen Westler – und schon gar nicht auf einen Reporter.

Wir waren weniger als 100 Meter vom Damaskustor entfernt, dem nächsten Eingang in die Jerusalemer Altstadt, aber der Verkehr stand fast völlig still. Ich verschaffte mir einen kurzen Überblick und ging meine Möglichkeiten durch. Vor mir breitete sich eine Szenerie aus, die wie ein klassischer Schnappschuss des Orients wirkte. Als Auslandskorrespondent von Associated Press war ich vertraut mit dieser verwirrenden Mischung aus schillernden Farben, exotischen Gerüchen, fremdartiger Architektur und faszinierenden Gesichtern wie aus dem Bilderbuch. So etwas hatte ich bereits in Kairo und Casablanca, Bagdad und Beirut gesehen. Ladenbesitzer und Straßenverkäufer, die gerade noch Mokka gebraut, Erdnüsse geröstet und angefangen bei Gewürzen über Küchengeräte bis hin zu Coca-Cola und religiösem Schnickschnack für Pilger alles nur Denkbare verhökert hatten, schlossen nun eilig ihre Geschäfte. Für den Rest des Tages würden sie geschlossen bleiben. Jedes Taxi, jeder Laster und jedes Privatauto auf diesem Planeten schien sich plötzlich auf diesem einen Kreisverkehr zu stauen. Die Fahrer hupten wie wild, brüllten einander an und versuchten verzweifelt, erst nach Hause und dann in die Moschee zu kommen. Von Süden her ertönte eine Sirene, vielleicht ein Polizeiauto oder eine Ambulanz, aber sie kam vermutlich nicht bis hierher durch. Ein mehr oder weniger hilfloser Verkehrspolizist in staubgrüner königlich-jordanischer Uniform blies in eine Trillerpfeife und fuchtelte mit einem hölzernen Schlagstock. Zwischendurch bellte er einige Anweisungen, doch niemand schenkte ihm sonderlich Beachtung.

Bärtige, von der Sonne verbrannte ältere Männer mit der schwarz-weiß gewürfelten *Kufiya* auf dem Kopf schoben, so schnell sie konnten, Karren mit frischem Obst und Gemüse durch die schmutzigen, ungefegten Straßen, andere trieben Ziegen und Kamele durch winzige Lücken im Verkehr zurück in die Ställe und Verschläge, in denen sie gewöhnlich gehalten wurden. Junge Männer, noch keine 20 oder knapp darüber, die keinen Job und nichts Besseres zu tun hatten, zogen ein letztes Mal an ihrer Zigarette, solange ihre Väter und Großväter nicht in der Nähe waren. Sie starrten kichernden Schulmädchentrupps hinterher, die den Blick auf die Erde richteten, während ältere Frauen in langen Gewändern und *Hidschabs* mit Essenspaketen und Wasserkrügen auf dem Kopf unterwegs nach Hause missbilligend die Stirn runzelten.

Abrupt setzte der durchdringende Ruf des Muezzins zum Gebet ein, von Lautsprechern weit oben auf den Minaretten übertragen. Mein Herz geriet ins Stocken. Mir blieb keine Zeit mehr. Hektisch überlegte ich, was ich tun sollte.

Ich musste zu Fuß gehen. Es war meine einzige Chance.

Über den Lärm hinweg brüllte ich dem Fahrer zu, er möge mich aussteigen lassen, warf ein paar Dinare auf den Beifahrersitz, griff nach der Ledermappe und dem schwarzen Filzhut und stürmte die Stufen zum Damaskustor hinab in die Menschenmenge, die ebenfalls in die Altstadt strömte. Rücksichtslos stieß ich die Gläubigen aus dem Weg, obwohl ich wusste, dass es schlecht um meine Chancen stand.

Ich sollte Seine Majestät auf dem Tempelberg treffen, den die Araber *Al-Haram Asch-Scharif* nennen, das edle Heiligtum. Es hatte mein Büro in Beirut unzählige

Telefonate und Telegramme gekostet, um mit dem Presse-
büro des Palasts in Amman alles zu arrangieren. Nun
gestattete mir der gefragteste und gefährdetste Monarch
der gesamten muslimischen Welt, ihn für einen Tag zu
begleiten, und stand zum ersten Mal, seit eine Serie von
Attentaten die Region erschüttert hatte, einem westlichen
Journalisten für ein Interview zur Verfügung.

Ich durfte einfach nicht zu spät kommen. Der Chef des
königlichen Hofs würde mir das nie verzeihen. Er hatte
darauf bestanden, dass ich früher kam, und versprochen,
dass einer seiner Bediensteten mich in Empfang nehmen
würde. Aber bis ich auftauchte, stünde wahrscheinlich niemand mehr da.

Ich drängte mich weiter durch die Menge, ein schier ver-
gebliches Unterfangen, aber trotz erheblicher Schwierigkeiten passierte ich schließlich den steinernen Torbogen
und fand mich in der Altstadt wieder. Vor mir versuchten
noch Tausende Leute, zur Moschee zu gelangen.

Als Kriegsberichterstatter in den Jahren '48 und '49
war ich oft hier gewesen und hatte die Altstadt bei diesen
Gelegenheiten recht gut kennengelernt. Ich entschied
mich, ein Risiko einzugehen, und begab mich nicht in die
Souks, wie man die Basare bezeichnete, die in zwei Haupt-
straßenzügen zur Moschee führten und von Tausenden
Gläubigen verstopft wurden. Stattdessen betrat ich kurz
entschlossen eine Apotheke zu meiner Linken. Bevor der
Besitzer mich auch nur anschreien konnte, war ich zur
Hintertür schon wieder aus dem Laden hinaus. Im verzweifelten Bemühen, die verlorene Zeit aufzuholen, drang
ich in das Labyrinth winziger Seitenstraßen und Gässchen
ein, die zum Stephanstor – auch Löwentor genannt –
führten.

Obwohl ich mich meinem Ziel schrittweise näherte, musste ich bald feststellen, dass es nun gar nicht mehr weiterging. In der Ferne konnte ich bereits die beiden großen grünen Holztore sehen, die den Eingang zum Epizentrum aller Epizentren bildeten. Sie führten zur rund 15 Hektar großen Ebene auf dem Tempelberg. Auf ihr stand das drittwichtigste Heiligtum des Islam. Ich war dem Ziel so nah, aber es ging nicht mehr vorwärts. Kurz darauf wusste ich auch, warum.

Ein Trupp Soldaten blockierte den Weg. Die Leute schrien und verlangten, zum Gebet eingelassen zu werden. Doch die grimmig dreinblickenden, schwer bewaffneten jungen Männer ließen sich nicht darauf ein. Sie hätten ihre Befehle, riefen sie zurück. Niemand dürfe hinein, bis sie selbst die Freigabe erhielten.

Ich steckte fest. Und ich war mindestens so wütend wie die aufgebrachte Menschenmenge um mich herum, denn ich wusste etwas, das sie nicht wussten: Der König kam. Er war unterwegs zum Mittagsgebet in der Al-Aksa-Moschee, umgeben von Leibwächtern, die sich um sein Leben sorgten.

Und das aus gutem Grund.

2

Ich biss die Zähne zusammen und kämpfte mich weiter vor.

Mit der Presseakkreditierung und dem Palasttelegramm in der Hand war ich sicher, von den Soldaten durchgelassen zu werden. Aber zunächst musste ich überhaupt erst zu ihnen vordringen. Das Problem bestand darin, dass alle zu ihnen wollten. Alle wollten die Ersten sein und forderten die Uniformierten auf, sie rechtzeitig zur Moschee vorzulassen. Je mehr die Wachen sich ihnen widersetzten, desto zorniger wurden sie.

»Zurück!«, schrie mich jemand an.

»Was glaubst du, wer du bist?«, kam es von einem anderen.

Dann brüllte mir ein untersetzter Mann mit schiefen Zähnen und loderndem Hass in den Augen »*Kafir!*« ins Gesicht.

Ich zuckte schockiert zurück. *Kafir* war ein Wort wie eine Brandbombe. Eigentlich bezeichnet es im Arabischen wertneutral jemanden, der nicht an den Islam glaubt oder einfach nur ›unrein‹ ist. Ursprünglich stammt der Begriff aus dem islamischen Recht. Aber mittlerweile hatte sich die Bedeutung verschoben, hin zu einem ›Ungläubigen‹ im Sinne von ›Ketzer‹ oder ›Abtrünniger‹. Es gab nur wenige Schimpfworte, die in diesem Teil der Welt schlimmer waren, besonders für einen Ausländer. Als ich es vernahm, wich ich unwillkürlich einige Schritte zurück. Als *Kafir* gebrandmarkt zu werden, war das schlimmstmögliche Szenario. In einer Menschenmenge an der Schwelle zum Aufruhr konnte eine solche Beschimpfung zum Funken im Pulverfass werden und einen Tumult auslösen; einen, den ich wahrscheinlich nicht überlebte. Ich bezweifelte, dass selbst die Soldaten für meine Sicherheit garantieren konnten, wenn die Meute sich gegen mich stellte.

Ich musste einen anderen Zugang finden. Erneut schielte ich auf meine Taschenuhr und verfluchte mich, mein Vorhaben nicht sorgfältiger geplant zu haben.

Vorsichtig zog ich mich aus dem dichtesten Gedränge in

eine Mauernische zurück, die Wand im Rücken, und analysierte nervös die rohen Emotionen, die um mich herum aufwallten. Ich bemerkte die wachsende Nervosität der jungen Soldaten. Die Stimmung drohte jeden Moment in eine Massenhysterie umzuschlagen. Die bewaffneten Militärs, der Älteste zählte sicher nicht mehr als 19, 20 Jahre, schienen sich innerlich für einen Kampf zu rüsten, während ich mir den Schweiß von den Brauen wischte. Die Sonne brannte auf uns alle herab. Die wütende Menge und die brutale Hitze lösten ein entschieden klaustrophobisches Gefühl in mir aus. Nicht zu fassen, was hier gerade geschah. Ich war nicht einfach nur zu spät, sondern würde das Treffen komplett verpassen. Meine Karriere ging gerade den Bach runter, ich war völlig neben der Spur. Ich musste hier weg, frische Luft schnappen, etwas trinken. Aber diese Option gab es aktuell nicht. Mir blieb nichts anderes übrig, als abzuwarten und zu hoffen, dass der Wind sich drehte und das Glück zurück auf meine Seite wechselte.

Warum war ich nicht einfach nach Amman geflogen? Warum hatte ich mich nicht mit dem Gefolge des Königs im Palast getroffen und war mit ihnen über die Allenby-Brücke ins Westjordanland gereist, zu den Konferenzen, die in Ramallah, Jericho und anschließend in Jerusalem geplant waren? So hatte man es ursprünglich vorgeschlagen. Warum nur hatte ich darauf verzichtet, mit ihnen mitzureisen?

Die Erklärung war simpel, auch wenn mir das in dieser Situation wenig nützte. Ich war von Beirut nach Zypern und von Zypern nach Tel Aviv geflogen, und das nur aus einem einzigen Grund: Bevor ich den König interviewte, hatte ich mich mit dem Chef des Mossad treffen wollen.

Ich kannte Reuven Shiloah, den Direktor des israelischen Geheimdienstes, schon seit einigen Jahren, genau genommen hatte ich ihn bereits vor Gründung des Mossad kennengelernt. Mittlerweile vertraute ich ihm, und mit den Jahren hatte Reuven ebenfalls gelernt, mir zu vertrauen. Natürlich nicht vorbehaltlos. Immerhin war er ein Spion. Aber er wusste, dass ich seine Erkenntnisse sorgfältig nutzte, ihn jedoch niemals direkt zitierte. Seine Perspektive war einzigartig und für meine Leser überaus erhellend, auch wenn ich nur selten als Quelle auf ihn zurückgriff. Ich verdankte ihm mehrere wichtige Storys. Für meine Diskretion war er mir ebenso dankbar wie mein Arbeitgeber.

Tatsächlich fungierte ich für ihn als eine Art Bindeglied zum Weißen Haus und zu verschiedenen Kongressmitgliedern – und damit auch zu weiteren einflussreichen Persönlichkeiten. Er hatte also gute Gründe, vertrauliche Informationen an mich weiterzugeben, ebenso wie ich davon profitierte, sie entgegenzunehmen. Folgerichtig hatten wir uns an diesem Morgen in einem kleinen Café in Tel Aviv in der Nähe des Busbahnhofs getroffen. Ich hatte dem Mossad-Chef Fragen über den jordanischen König und die Lage gestellt, in der er sich befand. Der kettenrauchende israelische Chefspion musterte mich daraufhin durch seine goldgerahmte Nickelbrille und vertraute mir an einem der hinteren Tische des Cafés mit leisen Worten seine ernsten und wachsenden Sorgen in dieser Sache an.

»Das ist ein schrecklicher Fehler«, meinte Reuven. »Er sollte nicht kommen.«

»Wer, der König?«, hakte ich überrascht nach. »Nicht nach Jerusalem kommen? Warum denn nicht?«

»Liegt das nicht auf der Hand, Collins? Seine Majestät ist eine wandelnde Zielscheibe.«

»Sie behaupten also, er sei in Jerusalem, seiner eigenen Stadt, nicht sicher?«

»Er ist nirgendwo sicher.«

»Wissen Sie von einer speziellen Bedrohung?« Es war nicht so, dass ich glaubte, er läge falsch, aber ihn so etwas sagen zu hören, verunsicherte mich zutiefst.

»Nein.«

»Wo liegt dann das Problem?«

»Da ist mein Bauchgefühl, mein Instinkt«, antwortete er. »Die Stimmung ist düster, voller Gerüchte und Gefahr. Es ist schon an anderen Orten geschehen, also kann es auch hier geschehen. Wie Sie wissen, wurde der iranische Premierminister erst vor wenigen Monaten ermordet.«

Ich nickte. Ali Razmara, der 58. Premierminister Irans, war zum Zeitpunkt seines Todes erst 49 Jahre alt gewesen. Der dritte Amtsinhaber der Region, der in den letzten Jahren einem Anschlag zum Opfer gefallen war.

Ich zückte einen Notizblock und begann mitzuschreiben.

»Bei Razmaras Tod gab es einige Auffälligkeiten«, fuhr Reuven fort. »Er wurde am helllichten Tag niedergeschossen. Nicht von einem Ausländer, sondern von einem Landsmann, einem Iraner. Tatsächlich war der Attentäter sogar selbst Muslim. Und Razmara befand sich auf dem Weg in eine Moschee, um zu beten. Außerdem handelte es sich nicht um ein isoliertes Verbrechen. Weniger als zwei Wochen später fiel auch Zanganeh einem Attentat zum Opfer.«

Er bezog sich auf Abdul-Hamid Zanganeh, den iranischen Bildungsminister. »Auch Zanganeh hat es mitten am Tag erwischt, in seinem Fall auf dem Gelände der Universität von Teheran«, erklärte der Mossad-Direktor. »Ein öffentlicher Ort. Viele Leute. Schwer zu sichern. Die Waffe war ebenfalls eine Pistole, klein und leicht zu verbergen. Aber wer steckte dahinter? Ein ausländischer Geheimdienst? Die Briten, die Amerikaner? Wir? Nein. In beiden Fällen waren die Attentäter Muslime. Extremisten, noch dazu Einheimische.«

Reuven ergänzte, dass vor zwei Jahren jemand versucht habe, den Herrscher Irans, Schah Mohammad Reza Pahlavi, zu töten. Er erinnerte mich daran, dass sich auch dieser Anschlag im Blickpunkt der Öffentlichkeit ereignet hatte, ebenfalls auf dem Campus der Universität in Teheran. Auch hier ließ sich die Tat auf einen Landsmann und islamistischen Extremisten zurückführen, nicht etwa auf einen ausländischen Agenten. Fünf Schüsse, vier davon verfehlten ihr Ziel. Der fünfte jedoch nicht. Wie durch ein Wunder hatte die Kugel das Gesicht des Königs nur gestreift und ihn lediglich leicht verwundet. Nur ein Millimeter weiter, und er wäre sofort tot gewesen.

»Der Attentäter hat sich als Fotograf ausgegeben, als Pressevertreter, um dicht an den König heranzukommen.«

»Aber das war der Iran, nicht Jordanien«, meinte ich schließlich und sah von meinen Notizen auf. »Die Lage stellt sich hier doch völlig anders dar.«

»Wirklich?«, gab er zurück. »Sicher, es gibt Unterschiede, da haben Sie recht. Der Iran ist ethnisch gesehen persisch, Jordanien hingegen arabisch. Der Iran wird mehrheitlich von schiitischen Muslimen bewohnt, in Jordanien dominieren die Sunniten. Der Iran hat Öl, Jordanien nicht. Der Iran ist groß und bevölkerungsreich, Jordanien dagegen nicht. Aber diese Unterschiede sind nicht ausschlaggebend. Wichtig ist das Muster.«

»Welches Muster?«

»Iran ist eine Monarchie«, erklärte Reuven. »Ebenso wie Jordanien. Die Pahlavi-Regierung gilt wie die Haschemiten als gemäßigt. Iran ist probritisch, genau wie Jordanien. Letzteres war sogar eine britische Kolonie. Darüber hinaus ist der Iran auch noch proamerikanisch eingestellt. Genau wie Jordanien. Und auch wenn sie es nicht an die große Glocke hängen, ist der vom Schah regierte Iran einer der beiden Staaten in der Region, die zu Israel und den Juden ein einigermaßen freundliches Verhältnis pflegen. Der andere ist Jordanien.«

Hier musste ich Widerspruch anmelden. »Warten Sie mal. Jordanien hat in Ihrem Unabhängigkeitskrieg auf der Seite des Gegners gekämpft. Das liegt gerade mal drei Jahre zurück.«

»Die Dinge ändern sich«, meinte er und riss ein neues Päckchen Zigaretten auf.

»Wie meinen Sie das?«

Eine lange Pause entstand.

»Reuven?«

Der Mossad-Chef schaute sich im Café um. Langsam füllte es sich mit Stammgästen.

»Was ich Ihnen jetzt sage, sage ich Ihnen völlig unter der Hand«, erwiderte er schließlich. »Wirklich, A. B., Sie dürfen es nicht verwenden, in Ordnung?«

»Einverstanden.«

»Ich habe Ihr Wort?«

»Das haben Sie«, bekräftigte ich.

»Ich meine es ernst. Das dürfen Sie unter keinen Umständen abdrucken. Aber ich werde es Ihnen sagen, denn es ist wichtig für Sie, um König Abdallah und das, was er beabsichtigt, in den richtigen Kontext zu setzen.«

Ich nickte.

»Sobald ich diese Geschichte freigeben kann, erfahren Sie es als Erster«, fügte der Mossad-Chef hinzu. »Aber so weit sind wir nicht. Noch nicht.«

»Ich verstehe, Reuven. Wirklich, Sie haben mein Wort. Sie kennen mich. Mir liegt nichts daran, Sie vor Ihren Leuten bloßzustellen.«

Er zündete eine Zigarette an und ließ den Blick erneut durch den Raum schweifen. Dann beugte er sich vor und verkündete mit gesenkter Stimme: »Der König versucht, an uns heranzutreten.«

»An den Mossad?«

»Nein, nicht an ›uns‹. An uns.«

»An wen genau?«

»David Ben-Gurion.«

Ich war platt. Der König von Jordanien wollte mit Israels alterndem Premierminister verhandeln?

»Aber warum?«, fragte ich. Der Gedanke faszinierte mich.

Wieder taxierte der Direktor die Umgebung, um sicherzugehen, dass niemand unser Gespräch belauschte. Dann sprach er noch leiser als zuvor weiter, so leise, dass ich ihn kaum noch hörte und mich weit über den Tisch beugen musste, um über den Lärm des Cafés hinweg etwas zu verstehen.

»Seine Majestät versucht, die Möglichkeit von geheimen Friedensgesprächen auszuloten«, vertraute Reuven mir an. »Es scheint, als würde er sich persönlich mit dem Premierminister treffen wollen. Das ist natürlich alles noch nicht spruchreif und würde gegebenenfalls geleugnet. Aber der König scheint sich mit dem Gedanken anzufreunden, Frieden mit Israel zu schließen.«

Ich konnte meine Überraschung nicht länger verbergen. »Ein Friedensvertrag?«

Reuven rutschte unruhig auf dem Sitz hin und her. »Das nun nicht gerade.«

»Zu offiziell?«, fragte ich.

Er nickte.

»Also eine Art privates ›Abkommen‹.«

»Möglicherweise.« Reuven blies langsam den Zigarettenrauch aus. »Aber selbst das birgt große Risiken. Der König weiß, dass er eine wandelnde Zielscheibe darstellt. Nicht für uns. Wir haben kein Problem mit ihm. Er führte '48 Krieg gegen uns und wurde von uns in die Schranken gewiesen. Was uns betrifft, ist die Sache damit erledigt. Sein wahres Problem sind die Ägypter, die Syrer, die Irakis und die Saudis. Die hassen ihn. Genau genommen trifft Hass es nicht einmal ansatzweise. Sie glauben nicht, dass er einer von ihnen ist, und halten ihm mangelnde Loyalität ihnen gegenüber vor. Außerdem rechnen sie mit dem baldigen Niedergang des Haschemitischen Königreichs. Damit ist er zum Abschuss freigegeben. Sie alle wollen ihn tot sehen und sich sein Reich unter den Nagel reißen, sobald er nicht mehr da ist.«

»Wenn er also über die Hintertür zu Ihnen Kontakt aufnimmt und ein Abkommen schließt, heißt es für ihn ›Im Westen nichts Neues‹ und er kann seine Geheimdienste und Sicherheitskräfte andernorts einsetzen«, schlussfolgerte ich.

»So in etwa«, bestätigte Reuven mit einem Achselzucken. »Aber wie dem auch sei, ich glaube nicht, dass der König einen Krieg mit Israel riskieren will. Anders als andere plant er definitiv nicht unsere völlige Vernichtung. Alles deutet darauf hin, dass er kein Fanatiker ist. Er ist Pragmatiker, jemand, mit dem wir arbeiten können. Wie der Schah.«

»Aber die Fanatiker wollen den Schah tot sehen«, warf ich ein.

Reuven nickte.

»Und deshalb haben Sie Sorge, dass jemand den König töten könnte. Denn Sie glauben, dass er und der Schah aus dem gleichen Holz geschnitzt sind«, spann ich den Gedanken weiter.

»Was ich denke, spielt keine Rolle«, wiegelte Reuven ab. »Was die Fanatiker denken, ist wichtig. Was uns zu Dienstag zurückführt.«

»Sie meinen Riad As-Solh.«

»Natürlich.«

Allmählich verstand ich Reuvens Besorgnis. Am Dienstag, dem 17. Juli 1951, also vor drei Tagen erst, war der Premierminister des Libanon, Riad As-Solh, ebenfalls einem Attentat zum Opfer gefallen. Wie der Schah und der jordanische König galt As-Solh als moderat und pragmatisch und war ein in der Region der Levante äußerst respektierter Staatsmann gewesen. Ein tragischer Tod, allerdings hatte er sich nicht in Beirut oder Teheran ereignet.

»Wie Sie wissen, wurde er in Amman getötet«, schien Reuven meine Gedanken zu lesen. Seine Stimme klang nüchtern, die durchdringenden blauen Augen funkelten allerdings zornig. »Er wurde auf dem Marka-Flugplatz erschossen, nur drei Kilometer vom Palast entfernt. Er hatte in Jordanien den König besucht, seinen langjährigen Freund und politischen Verbündeten. Und doch wurde er von einem dreiköpfigen Team von Attentätern umgebracht. Ich sage Ihnen jetzt etwas, das noch niemand weiß: Einer der Attentäter wurde von der Polizei erschossen. Ein weiterer beging Selbstmord. Aber einer befindet sich noch auf der Flucht.«

Die Implikationen des letzten Satzes trafen mich wie eine Ohrfeige. Ich saß einfach nur da, starrte auf meinen kalt gewordenen Kaffee und den Teller mit Rühreiern und trockenem Toast, den ich nicht angerührt hatte, während ich versuchte, meine Gedanken zu ordnen.

Schließlich griff Reuven in die Tasche, zog genug Lirot hervor, um unsere beiden Mahlzeiten zu bezahlen, und schlüpfte ohne ein weiteres Wort zur Hintertür hinaus.

3

Die Menge um mich herum wurde von Minute zu Minute aggressiver.

Der Muezzin war inzwischen verstummt. Die Gläubigen hätten in der Moschee sein sollen, gewaschen, gereinigt und bereit für das Mittagsgebet. Aber die Soldaten blieben stehen.

Ich musterte diese jungen Männer, kaum aus der Schule heraus, und fragte mich, was ihnen zuzutrauen war. Ob sie wirklich auf diese Menschen feuerten, wenn man sie weiterhin bedrängte? Falls etwas Unvorhergesehenes passierte, wie flexibel reagierten sie? Falls jemand ihren Herrscher bedrohte, würden sie tatsächlich ihr Leben opfern, um ihn zu schützen? Ich fragte mich, wie gut ausgebildet, wie diszipliniert und wie ergeben dem Thron gegenüber sie wirklich sein mochten.

Es sah aus, als stünden wir kurz davor, das herauszufinden.

In wenigen Minuten würde König Abdallah Ibn Husain I. eintreffen, nur wenige hundert Schritte von der

Stelle entfernt, an der ich mich befand. Waren diese jungen Männer wirklich in der Lage, ihn zu beschützen? Oder schwebte der 69-jährige Monarch tatsächlich in großer Gefahr? Vielleicht lauerten hier im Pulk vor mir Extremisten, wild entschlossen, den König zu töten. Abdallah saß erst seit fünf Jahren offiziell auf dem Thron, seit dem 25. Mai 1946. Damals hatten die Briten ihrem ehemaligen Mandatsgebiet Transjordanien die Unabhängigkeit gewährt. Die Vorstellung, dass jemand – unter Umständen eine ganze Gruppe – beabsichtigte, ihn und damit gleich das gesamte Königreich zu stürzen, erschien mir ungeheuerlich.

Ich wusste aus meinem Gespräch mit Reuven Shiloah, dass die Israelis sich Sorgen um die Sicherheit des Königs machten. Garantiert waren sie nicht die Einzigen. Reuven hatte erwähnt, dass auch der jordanische Geheimdienst Seiner Majestät davon abgeraten hatte, nach Jerusalem zu gehen. Oder den Besuch zumindest aufzuschieben. Aber starrsinnig, wie er war, überhörte er die Einwände. Er hatte in der Heiligen Stadt etwas zu erledigen, einer Stadt, für die er sich persönlich verantwortlich fühlte, und wollte sich nicht ablenken lassen. Immerhin war er ein direkter Nachfahr des Propheten Mohammed. Seine Ahnen regierten seit Jahrhunderten in Mekka und Medina, und nun galt er als Bewahrer eines der bekanntesten Heiligtümer des Islam. Er würde sich nicht feige verstecken, wenn er persönlich bedroht wurde, egal wie ernst diese Drohungen sein mochten.

So war der König eben. Ich bezweifelte, dass er damit taktisch klug agierte, aber immerhin profitierte ich selbst von seinem eigenmächtigen Handeln. Immerhin hatten die engsten Berater Seiner Majestät ihm auch davon abgeraten, mit der westlichen Presse zu sprechen. Nun, diesen Ratschlag hatte er ebenfalls ignoriert und sich bereit erklärt, einem Amerikaner ein Interview zu geben. Offenbar hatte er der Welt etwas mitzuteilen und wollte mich als Sprachrohr benutzen. Und dafür war ich ihm sehr dankbar.

Ich arbeitete seit rund zehn Jahren für United Press International und Associated Press. In dieser Zeit hatte ich mit Generälen, Kommandanten und örtlichen Würdenträgern verschiedenster Couleur gesprochen. Ich war in London, Paris, Bombay und zuletzt in Beirut eingesetzt worden, um Präsidenten, Premierminister und Staatsoberhäupter zu treffen. Allerdings war ich noch nie einem leibhaftigen König begegnet, geschweige denn, dass er mir eine Audienz gewährt hätte. Ich musste zugeben, dass allein der Vorstellung, mich mit einem Monarchen zu unterhalten, eine gewisse Mystik anhaftete, die sich schwer in Worte fassen ließ.

Nun kam es darauf an. Wenn ich nicht rasch etwas unternahm, um durch das Gemenge an diesen Wachposten vorbeizukommen, würde ich es für den Rest meines Lebens bereuen.

Ich ließ kurz den Blick über die Versammelten schweifen, guckte mir ein Ziel aus und packte die Gelegenheit beim Schopf. Ich wischte mir die Handflächen an der Hose ab und setzte mich in Bewegung, schob mich an einigen alten Männern vorbei, stieß einige junge Männer aus dem Weg, die noch keine 20 waren, und arbeitete mich so an der Mauer nach rechts zu den Soldaten vor. Sofort wurde ich mit üblen Flüchen überschüttet, doch die, an denen ich mich vorbeidrängte, hatten keine Chance. Ich war über 1,80 groß und wog beinahe 100 Kilo. Entschlossen strebte ich auf mein Ziel zu und erreichte tatsächlich innerhalb weniger Schritte das Tor. Ohne Vorwarnung ließ ich meinen Ellbogen in die Rippen des untersetzten jungen Mannes mit den schiefen Zähnen krachen, der mich vor ein paar Minuten noch als *Kafir* beschimpft hatte. Er war geschätzt Mitte 20 und schien entschieden mehr Erfahrung in Straßenprügeleien zu besitzen als ich. Aber zumindest in diesem Moment hatte ich den Vorteil auf meiner Seite. Mich trieb wilde Entschlossenheit an, und damit rechnete er nicht.

Erneut blitzte in seinen Augen der Zorn auf, den ich vorhin schon bemerkt hatte; er holte aus, um mir mit aller Wucht einen Kinnhaken zu verpassen. Doch damit rechnete ich und duckte mich rechtzeitig. Seine Faust krachte in die Steinwand hinter mir. Genau diesen Augenblick nutzte ich, um ihm einen rechten Leberhaken zu verpassen. Er kippte nach vorn. Rasch packte ich ihn an der Taille und riss ihn zu Boden, was die Menge um uns herum rasend machte. Er erholte sich schnell und warf sich auf mich, aber noch während er das tat, ertönten die Trillerpfeifen der Wachposten.

Ich schirmte mein Gesicht mit den Armen ab, da er begann, mit den Fäusten auf mich einzuschlagen. Bevor er nennenswerten Schaden anrichten konnte, hatte sich auch schon ein halbes Dutzend der jordanischen Wachen auf uns geworfen. Sie drängten die Menge mit hölzernen Schlagstöcken zurück und prügelten damit auf den jungen Mann ein, bis sie ihn von mir trennen und ihm Handschellen anlegen konnten. Ich selbst kassierte noch einige Tritte, einen auf den Rücken, einen in die Magengrube. Aber im Großen und Ganzen bekam ich, weil ich in dem ganzen Gewühl zuunterst lag, noch am wenigsten ab. Als sie erkannten, dass ich kein Jordanier und schon gar kein Muslim, sondern ein Westler war, zeichnete sich ein Ausdruck des Schreckens auf dem Gesicht des Hauptmanns der Einheit ab – eines Captain Rajoub, wie der auf seiner Uniform eingestickte Name verriet.

»Wer sind Sie?«, wollte er wissen, während seine Kollegen die Gewehre auf mich richteten.

»Ich bin Reporter«, antwortete ich auf Englisch und griff nach meinem Hut, der auf dem Boden lag. Ich klopfte den Staub davon ab und setzte ihn auf den verschwitzten Kopf, während zwei Soldaten meine Ledermappe durchsuchten.

»Woher kommen Sie?«

»Aus Amerika.«

Es wäre sinnlos gewesen, ihnen zu sagen, ich sei eigentlich in Beirut stationiert. Das hätte die Angelegenheit nur unnötig verkompliziert. Und obwohl ich fließend Arabisch sprach, antwortete ich deshalb auf Englisch, um mich so deutlich wie möglich von den Einheimischen abzugrenzen. Immerhin durfte ich davon ausgehen, dass diese Männer das Wort ›Amerika‹ kannten. Sie liebten uns nicht. Aber sie waren so vernünftig, uns zu fürchten.

»Papiere!«, forderte der junge Captain knapp.

Langsam griff ich in die Tasche meines Jacketts, weil ich die Jungs mit den Knarren nicht nervöser machen wollte, als sie es ohnehin schon waren. Ich zückte meinen amerikanischen Pass und meinen Presseausweis. Der Mann öffnete zuerst den Pass, nahm das Foto in Augenschein und schaute mich dann ein zweites Mal an.

»Andrew?«, fragte er. Er hatte einen starken Akzent, sprach zu meiner Überraschung jedoch ein passables Englisch. »Ist das Ihr Name?«

Ich nickte.

»Andrew Bradley Collins?«

Ich nickte wieder.

»Geboren am 9. September 1920?«

»Ja.«

»In Bar ... Bar ...«

»Bar Harbor«, half ich.

»Was ist das?«

Es schien seltsam, in dieser Umgebung über meine Heimatstadt zu sprechen. »Das ist eine kleine Stadt in Maine.«

Er starrte mich an. Genau genommen starrte die gesamte Menge mich an und schien bereit, mich in kleine Stücke zu fetzen.

»Warum sind Sie hier?«, fragte Captain Rajoub.

»Ich habe hier ein Telegramm«, sagte ich, griff langsam in die Innentasche meines Jacketts und zog das knittrige, gelbliche Papier der Western Union hervor. Ich übergab es dem Captain und sah zu, wie er las.

Seine Augen weiteten sich.

»Sie sollen Seine Majestät treffen?«, fragte er fassungslos. »Hier auf dem *Al-Haram Asch-Scharif*?«

»So war es verabredet. Ich wollte Ihnen das gerade mitteilen, Sir, als dieser Verrückte da drüben probierte, mich umzubringen«, erklärte ich und wies auf den untersetzten Mann, der nun gewaltsam von einigen Männern davon abgehalten werden musste, sich erneut auf mich zu stürzen.

»Und Sie sollen ihn jetzt treffen?«

»Ja. Vorausgesetzt, Sie und Ihre Männer lassen mich durch.«

Nun flammte in seinen Augen echte Furcht auf. Er und seine Leute hatten den Mann verhaftet und beinahe

31

erschossen, der sich mit dem König treffen sollte. Für einen Augenblick fehlten ihm die Worte. Doch er fing sich sofort.

»Hier entlang, Sir«, verkündete er schließlich. »Bitte, mein Freund, kommen Sie. Ich werde Sie zu Seiner Majestät bringen.«

Er wandte sich an seine völlig verblüfften Männer und rief ihnen auf Arabisch einen knappen Befehl zu. Immer noch unter dem Eindruck des Geschehens, räumten die Soldaten sofort eine Gasse frei. Dann bedeutete mir der Captain, ihm zu folgen. Ich nahm dem Soldaten, der sie durchsucht hatte, die Ledermappe aus der Hand, richtete meine Krawatte, klopfte mir, so gut es ging, den Staub vom Anzug und folgte dem Captain auf den Tempelberg.

Mein verzweifelter Plan hatte funktioniert, auch wenn ich es selbst kaum glauben konnte.

Ich war spät dran, aber ich hatte es geschafft.

4

Verzweifelt suchte ich mit meinen Blicken den Vorplatz ab, doch ich sah ihn nicht.

Hatte ich meine Chance etwa doch verpasst?

Captain Rajoub bat mich, bei ihm zu bleiben und kein Wort zu sagen, dann überquerte er mit einigermaßen zügigen Schritten die freie Fläche. Ich tat, was er sagte. Nach wie vor konnte ich kaum fassen, dass ich zum ersten Mal in meinem Leben auf dem Tempelberg stand.

Vor mir ragte der beeindruckend schöne Felsendom auf. Er war im 7. Jahrhundert nach Christus erbaut und um das Jahr 691 vollendet worden. Deutlich größer, als ich erwartet hatte, erstreckte er sich über mehrere Ebenen. Das achteckige Gebäude, vollständig mit blau-grünen Fliesen im umayyadischen Stil gekachelt, hinterließ einen spektakulären Eindruck. Dafür sorgte vor allem die gewaltige Kuppel, mit purem Gold gedeckt, die majestätisch in der Mittagssonne glänzte.

Captain Rajoub und ich traten um eine Ecke an den zentralen Zugang des Heiligtums, der sich auf der Südseite des Komplexes befand. Nach wie vor keine Spur vom König. Ich bemerkte einige Soldaten, die auf dem Gelände patrouillierten, doch kein königliches Gefolge. Ich gestehe, ich stand kurz davor, einfach aufzugeben, aber ich tat es nicht, noch nicht jedenfalls. Ich zog es vor, Fragen zu stellen.

»Entschuldigen Sie«, sprach ich ein paar Soldaten auf Arabisch an, die in der Nähe auf und ab patrouillierten. »Man sagte mir, ich solle hier auf Seine Majestät warten, um mit ihm ein Interview zu führen. Habe ich ihn verpasst?«

Beide sahen mich misstrauisch an, aber der Captain versicherte ihnen, dass meine Schilderung der Wahrheit entsprach, und zeigte ihnen das Telegramm. Darüber hinaus versprach er ihnen, an meiner Seite zu bleiben und dafür zu sorgen, dass ich keinen Ärger mache. Ihr Blick streifte erst das Pistolenholster des Captains, dann mich. Offenbar stellte sie der Anblick zufrieden.

»Nein, Sie haben ihn nicht verpasst«, sagte der Ältere von beiden in annehmbarem Englisch. »Seine Majestät ist unterwegs. Warten Sie bitte dort drüben.«

»Shukran«, dankte ich ihnen und konnte wieder einmal mein Glück kaum fassen.

Ich gab mein Bestes, gelassen zu wirken, obwohl mein Herz raste. *Ich muss tatsächlich einen Schutzengel haben,* dachte ich. Ganz sicher passte dort oben jemand auf mich auf.

Vielleicht haftete diesem Ort tatsächlich etwas Mystisches, ja, sogar Magisches an, überlegte ich, während ich wartete. Hier, so hieß es bei den Juden, habe der biblische Abraham beinahe seinen Sohn Isaak geopfert, bis Gott eingriff und die Sache regelte. Und genau an der Stelle, wo ich nun stand, hatten sich nicht nur ein, sondern gleich zwei jüdische Tempel befunden. Eines Tages, so glaubten sie, würde hier der dritte Tempel gebaut. Wenn man bedachte, dass die Juden die Jerusalemer Altstadt, geschweige denn den Tempelberg, seit 2000 Jahren nicht mehr kontrolliert hatten, schien das jedoch unrealistisch zu sein.

Außerdem hätten es die Muslime den Juden niemals gestattet, hier ein Gebäude zu errichten. Immerhin betrachteten auch sie diese Stätte als heilig. Es hieß, dass Mohammed, ihr Prophet, nach seinem berühmten Nachtflug von Mekka, den er auf einer weißen, geflügelten pferdeähnlichen Kreatur angetreten hatte, hier eingetroffen war. Darüber hinaus behaupteten sie, dass er von genau diesem Punkt aus seine Reise in den Himmel begonnen habe.

Die Christen wiederum glaubten, dass nicht weit von hier Jesus von Nazareth gekreuzigt worden, gestorben, begraben und wiederauferstanden war. Und dass er eines Tages am Ende aller Zeiten wieder genau an diesen Ort zurückkehren würde, um seine Feinde zu richten und sein ewiges Königreich zu begründen.

Ob einer von ihnen nun richtiglag, vermochte ich nicht zu beurteilen. Ich bin nicht religiös erzogen worden und muss sagen, ich habe mich nie viel um solche Themen gekümmert. Aber wenn es einen Gott gab, dann hatte er mir heute ganz sicher gezeigt, dass er es gut mit mir meinte.

Während ich wartete und die Soldaten mich aufmerksam im Auge behielten, versuchte ich meine Gedanken zu ordnen. Was hatte ich zu tun, wenn ich den König das erste Mal traf? Schüttelte man sich die Hände? Verbeugte man sich oder küsste ihm gar die Füße? Mir wurde klar, dass ich keine Ahnung hatte, was das Protokoll vorsah. Niemand hatte es mir gesagt und ich war naiv genug gewesen, nicht nachzufragen.

Ich schob diese Gedanken beiseite. Es gab keinen Grund, ängstlich zu sein. Dieser Mann wollte sich mit mir treffen, weil ich etwas hatte, das er wollte: ein weltweites Publikum. Seine Berater und er hatten mich mit Sicherheit sorgfältig überprüft. Bestimmt hatten sie auch meine Artikel über diese Region gelesen. Sie mussten zu dem Schluss gelangt sein, dass ich ein Journalist mit anständiger und fairer Gesinnung war, der sich in seinen Artikeln um Ausgewogenheit und Genauigkeit bemühte. Und was noch wichtiger war: Es gab offenbar etwas, das Seine Majestät meinen Lesern, den Staaten dieser Erde und auch dem Volk, über das er herrschte, mit meiner Hilfe mitteilen wollte.

Aber was?

Es gab noch etwas Weiteres an diesem Monarchen, das mich in den Bann schlug. Bei oberflächlicher Betrachtung hätte man den Eindruck gewinnen können, dass König Abdallah für meine amerikanischen Leser und auch für die meisten Europäer keine nennenswerte Rolle spielte. Sein Königreich besaß kein Öl, kein Gold, kein Silber, keine Diamanten oder seltene und kostbare Mineralien. Es hatte eigentlich überhaupt keine natürlichen Bodenschätze vorzuweisen, die der Rede wert gewesen wären. Es gab keine Schwerindustrie oder nennenswerte Exportgüter. Nur viel zu wenig Wasser und einen entschiedenen Mangel an fruchtbarem Ackerland.

Der König herrschte über eine winzige, stammesorientierte Nation arabischer Beduinen, die sich in der Vergangenheit nicht gerade dadurch ausgezeichnet hatte, dass sie Atome gespalten, Kinderlähmung geheilt, das Radio entwickelt oder die leckersten Frühstücksflocken erfunden hatte. Pulitzer- oder Nobelpreise waren in dieser Nation dünn gesät. Wenn Jordanien für etwas bekannt war, dann für politische Instabilität und Wanderdünen. Die Nation hatte ihre Unabhängigkeit nach dem Zusammenbruch des Osmanischen Reiches erhalten und war anfangs von einem Mann geführt worden, der nicht einmal innerhalb seiner Grenzen, sondern in Mekka zur Welt gekommen war. Dann war es 1948 von Hunderttausenden palästinensischer Flüchtlinge überrannt worden, von denen die meisten vor einem Krieg mit dem neu gegründeten Staat Israel geflohen waren; auch wenn einige von den Juden selbst aus ihrer Heimat vertrieben worden waren. Die Palästinenser bezeichneten diesen Krieg als *Al-Nakhbah* – die Katastrophe oder das Desaster – und reagierten zutiefst verbittert. Wie loyal verhielten sie sich gegenüber dem gegenwärtigen König? Ich hatte keine Antwort darauf. Aber meine Quellen in Washington sorgten sich um die Stabilität des Throns in Amman. Auch einige offizielle Stellen in Regierungskreisen taten das.

Blieb die Frage, wer sich außer ein paar Politikern in den Vereinigten Staaten oder in Großbritannien ernsthaft für das Schicksal Jordaniens interessierte. Associated Press unterhielt nicht einmal ein Büro in Amman, genauso wenig wie UPI, die *New York Times* oder Reuters. Kairo? Ja. Jerusalem? Natürlich. Damaskus und Beirut? Ganz ohne Frage. Aber nicht Amman. Das sagte eine Menge aus. Dennoch steckte hinter dieser ganzen Sache eine brisante Story, da war ich mir sicher. Und Abdallah bildete den Schlüssel dazu.

Dann sah ich ihn plötzlich.

Er kam von Osten her durch einen Olivenhain und einen antiken steinernen Torbogen und wurde von einer Handvoll Leibwächter in Zivilkleidung – ich zählte sechs – sowie ein paar Assistenten und einem Dutzend uniformierter Soldaten begleitet, von denen jeder ein halbautomatisches Maschinengewehr trug. Der König selbst war in eine Robe aus weißer Baumwolle und einen weißen Turban gekleidet, die in der Sonne schimmerten. Er schien glatzköpfig zu sein, trug einen sorgfältig gepflegten Oberlippen- und Kinnbart. Als er näher kam, fiel mir auf, dass er von viel kleinerer Statur als erwartet war, gerade mal 1,60 Meter, wenn überhaupt. Aber er schritt zielstrebig und in königlicher Haltung über die warmen Bodensteine, selbstsicher und autoritär. Seine Haut hatte die Farbe von heißem schwarzen Tee mit einem Schuss Milch darin, die Augen blickten aufmerksam und durchdringend umher, auch wenn er mich nicht direkt ansah.

Er hinkte seinem Terminplan etliche Minuten hinterher und ging direkt auf die antike Moschee zu. Der Captain neben mir nahm zackig Haltung an und salutierte, genau wie die Soldaten neben ihm. Dann bemerkte ich einen Halbwüchsigen, nicht älter als 15 oder 16, der eine Galauniform trug und mit ein, zwei Schritten Abstand folgte.

»Wer ist das?«, wisperte ich dem Captain zu.

»Das ist natürlich Prinz Hussein«, flüsterte er zurück.

»Der Enkel des Königs?« Ich war überrascht, da mir niemand gesagt hatte, dass er seinen Großvater begleitete. »Wer denn sonst?«

Im nächsten Moment hastete der Hofstaat so eilig an mir vorbei, dass ich bereits befürchtete, unser Deal sei geplatzt und das Interview vergessen oder abgesagt. Doch dann fing einer der Begleiter des Königs meinen Blick auf und winkte mir, ihm zu folgen. Ich beeilte mich, ihm zu gehorchen. Während wir einige Stufen hinunterstiegen zu einer kleinen Gruppe von Bewunderern, trat er an meine Seite.

»Mister Collins, ich bin Mansour, der Sprecher Seiner Majestät«, erklärte er mit gedämpfter Stimme. »Bitte vergeben Sie uns, dass wir zu spät sind.«

»Nicht der Rede wert.« Im Stillen seufzte ich erleichtert auf. »Ist alles in Ordnung?«

»Ja, natürlich. … Nun, zumindest jetzt«, schränkte er ein. »Ich gestehe, es gab da einen kleinen Schreckmoment, als unser Konvoi über den Ölberg kam. Dort fand wohl eine Demonstration statt. Die Straße war blockiert, damit hatten wir nicht gerechnet. Und wie Sie sich denken können, hat der Geleitschutz daraufhin die Sicherheitsstufe erhöht.«

»Aber natürlich.« Ich kämpfte, mit ihm und den anderen Schritt zu halten.

»Wie dem auch sei, unsere Sicherheitsleute waren für eine Weile recht besorgt, aber es regelte sich dann alles. Nun hat alles seine Ordnung. Ich glaube, vor uns liegt ein erfolgreicher Tag. Sicher finden wir bald einen geeigneten Zeitpunkt, damit Sie und Seine Majestät sich in Ruhe zusammensetzen und miteinander sprechen können. Er freut sich darauf, Sie kennenzulernen, und hat mir anvertraut, dass er glaubt, einen … wie sagt man bei Ihnen? … ja, einen echten Knüller für Sie zu haben.«

Ich war entzückt. Ein Traum wurde wahr. Ich wurde in die Al-Aksa-Moschee begleitet, die drittheiligste Stätte des Islam, befand mich in der Entourage eines Abkömmlings des Propheten Mohammed und durfte bald persönlich mit ihm sprechen.

Schon in meiner Schulzeit an der Phillips Academy in Andover hatte ich von einer Karriere als Nachrichtenkorrespondent im Ausland geträumt. Ich kann selbst nicht erklären, woher diese Besessenheit rührte, einen vernünftigen Grund gab es dafür jedenfalls nicht. Meine Klassenkameraden drängte es nicht gerade in die Medien. Sie wollten als Baseballspieler und Banker ihr Geld verdienen, in den Kongress gewählt werden oder Unternehmen leiten.

In meiner eigenen Familie gab es ebenfalls keine Journalisten. Mein Vater arbeitete als Anwalt für Steuerrecht, meine Mutter als Klavierlehrerin. Beide waren freundliche, großzügige Menschen, hatten die USA jedoch nie verlassen. Sie besaßen nicht mal einen Reisepass. Und doch trug ich seit frühester Kindheit die Sehnsucht mit mir herum, Urwälder zu erforschen, endlose Wüsten und überhaupt exotische Schauplätze aller Art. Mein Vater konnte es nicht leiden, Menschen kennenzulernen, ich selbst konnte mir nichts Schöneres vorstellen. Während sich mein Vater in Princeton der Magie von Zahlen und Paragrafen hingab, erlag ich auf der Columbia dem Zauber von Geschichtsbüchern. Mein Vater las das *Wall Street Journal* und die Familienbibel. Ich hingegen abonnierte schon mit zarten acht Jahren *Life* und *National Geographic* und nahm abends heimlich ein kleines Transistorradio mit ins Bett, um mir die Berichte von Edward R. Murrow anzuhören, dem Nachrichtenpionier und damaligen CBS-Starkorrespondenten in Europa. Und jetzt war ich hier, in Jerusalem, am Felsendom noch dazu, unterwegs im Gefolge eines Königs.

Unzählige Fragen schwirrten mir im Kopf herum. Wo sollte ich anfangen? Hier war ein Mann, der zu Beginn des 20. Jahrhunderts bereits seinen 18. Geburtstag gefeiert hatte. Ein Mitglied der großen Haschemitischen Dynastie, der Sohn von Sharif Hussein Bin Ali, dem einstigen Herrscher von Mekka und des Königreichs Hedschas. Abdallahs Vorgänger war in Istanbul ausgebildet worden, als das Reich der Türken im Zenit seiner Macht stand. Später war er nach Arabien zurückgekehrt und hatte sich als geschätzter Kommandant der Großen Arabischen Revolution gegen die Osmanen bewährt. Er war ein persönlicher Freund von T. E. Lawrence gewesen, dem legendären britischen Colonel, besser bekannt als Lawrence von Arabien. Zusammen hatten sie die arabischen Stämme für den Kampf gegen die Osmanen organisiert und die Region im Sturm erobert. Als alles vorbei war und der Staub sich gelegt hatte, war das Osmanische Reich zusammengebrochen und die Haschemiten waren reich belohnt worden. Die Briten hatten die Überreste des mittelalterlichen Vasallenstaats zusammengekratzt und den Haschemiten drei Provinzen davon überlassen: die Wüstenregion, oft als arabische Halbinsel bezeichnet, das fruchtbare Mesopotamien, das später zum Irak wurde, und das Land östlich des Jordans, das den Namen Transjordanien erhalten hatte. Nun herrschte Abdallah nur noch über Letzteres und als sich die Tür der

Moschee für uns öffnete, wurde mir klar, welche Frage ich dem Monarchen zuerst stellen musste.

5

Als der König sich dem Portal der Moschee näherte, registrierte ich im Augenwinkel eine Bewegung.

Alles passierte ganz schnell und kam mir seltsam vor. Etwas stimmte nicht.

Unvermittelt sprang von rechts ein Mann aus dem Schatten hinter der Tür. Er zog eine kleine Pistole aus der Tasche und zielte damit auf den Kopf des Königs. Die Wachen reagierten zunächst nicht, genauso wenig wie der König selbst. Alle waren viel zu überrascht. Dann sah ich die Mündung aufblitzen und hörte den Knall. Dann noch einen. Und einen dritten.

Entsetzt beobachtete ich, was sich direkt vor mir wie in Zeitlupe abspielte. Der König zuckte wieder und wieder zurück und brach schließlich auf dem Boden zusammen. Ich wandte mich um, als sein Enkel sich auf den Schützen stürzte, ohne lange nachzudenken. Die beiden Männer rangen einen Augenblick miteinander, dann ertönte ein weiterer Schuss. Der Prinz krümmte sich auf dem Boden vor Schmerz zusammen.

Ein Vogelschwarm flatterte zum Himmel auf. Menschen begannen zu schreien und rannten in Deckung. Für ein paar Sekunden noch schoss der Attentäter weiter, erst dann wandte er sich um und floh. Er kam direkt in meine Richtung. Jetzt wirbelten die Leibwachen des Königs herum und begannen, das Feuer zu erwidern. Ich ließ mich fallen und schlug die Arme über Kopf und Gesicht zusammen.

Nun brach auf dem Tempelberg die Hölle los. Projektile pfiffen über meinen Kopf hinweg und ich war sicher, dass mein letztes Stündlein geschlagen hatte.

Nur den Bruchteil einer Sekunde später brach der Attentäter nicht weit von mir entfernt zusammen. Ich wusste nicht, war er erschossen worden oder einfach nur gestolpert, aber ohne nachzudenken sprang ich auf und warf mich auf ihn. Bevor mir selbst klar wurde, was ich da tat, schlug ich auf sein Gesicht und seinen Kopf ein. Ich erkannte schnell, dass er an mehreren Stellen getroffen war und heftig blutete. Aber er war nicht tot, jedenfalls noch nicht, und ich versteifte mich darauf, ihn nicht entkommen zu lassen. In diesem Moment hatte ich vergessen, dass ich ein Journalist war. Ich hatte auch vergessen, dass ich mich mitten in der Schusslinie befand. Ich fühlte nichts als großen Zorn. Meine Fäuste prasselten auf den Mann ein.

Es dauerte nur Sekunden, dann hatten Soldaten uns umzingelt, die Gewehre nachgeladen und entsichert und auf uns gerichtet.

»Halt! Keine Bewegung!«, riefen sie.

Sofort hörte ich auf, auf den anderen einzuschlagen. Die Soldaten schrien auf mich ein, ich solle die Hände auf den Kopf legen, damit sie sie sehen könnten. Sie befahlen mir, langsam aufzustehen und von dem Angreifer zurückzutreten. Ich gehorchte und sah, dass zwei Leibwächter des Königs auf uns zugestürmt kamen. Bevor ich begriff, was geschah, schlug mir jemand, der hinter mir stand, auf den Hinterkopf, wahrscheinlich mit dem Schaft eines Gewehrs. Ich sackte zusammen, direkt neben dem Attentäter, Blut lief mir den Nacken hinab. Meine Augen tränten vor Schmerz. Aber ich verlor mein Bewusstsein nicht. Während ich dalag, konnte ich beobachten, wie einer der Soldaten nach der immer noch qualmenden Pistole des Attentäters griff, die neben ihm lag. Sie durchsuchten ihn nach weiteren Waffen, fanden aber keine. Danach überprüften sie seinen Puls.

»Der hat es hinter sich«, meinte eine der Leibwachen.

Ich konnte kaum glauben, was er sagte. Tot? Er hinterließ zu viele Fragen. Wer war er? Wie lautete seine Geschichte? In wessen Auftrag handelte er? Ich schäumte vor Wut. Dieser Mann hatte einen Anschlag auf einen König verübt. Er hatte versucht, einen Prinzen zu töten. Auf heiligem, geweihtem Boden. Warum? Ich brauchte Antworten.

Ein Soldat packte meine Arme und legte mir Handschellen an. Ein zweiter griff nach meiner Ledermappe und durchsuchte mich nach Waffen. Während er das tat, blätterte eine der Leibwachen des Königs in den Papieren des Attentäters und ging seine persönlichen Sachen durch.

»Wie heißt er?«, fragte sein Kollege.

»Mustafa«, erwiderte der Erste. »Mustafa Shukri Ashshu.«

»Also kein Jude?«

»Nein, hier steht, dass er Muslim ist. Ein Palästinenser.«

»Das ist nicht Ihr Ernst.«

»Doch, Sir.«

»Sind das Fälschungen?«

»Nein, die sehen echt aus.«

»Lassen Sie mich mal sehen.«

Der Jüngere händigte seinem Vorgesetzten die Papiere aus.

»Sie sind echt«, stellte dieser ungläubig fest. »Er lebte hier in der Altstadt. Ein Schneider.«

»Wie alt war er, Sir?«

»Erst 21.«

Der Vorgesetzte ließ ein paar obszön klingende Flüche vom Stapel. »Wie um alles in der Welt kam er an uns allen vorbei?« Er kochte vor Wut, immerhin war das eine Frage, die ihm die Papiere nicht beantworten konnten.

Plötzlich wandten sich die beiden Leibwächter mir zu.

»Wer sind Sie?«, schrien sie. »Wo kommen Sie her?«

Ihre Fragen prasselten rasch und zornig auf mich ein. Ich erklärte, dass ich Amerikaner und gekommen sei, um den König zu treffen. Sie bedrängten mich und wollten mehr erfahren, als Captain Rajoub auch schon angelaufen kam. Er hielt eine Pistole in der einen und das Telegramm aus dem Palast in der anderen Hand. Die Wachen lasen es, überprüften ein weiteres Mal meine Papiere und besprachen sich untereinander. Rajoub bestätigte noch einmal, dass ich die Wahrheit sagte, dann lösten die Männer die Handschellen, halfen mir auf die Beine, reichten mir Mappe und Hut und befahlen mir zu gehen.

»Aber ich wollte Seine Majestät interviewen«, widersprach ich.

»Sie müssen gehen. Hier gibt es für Sie nichts mehr zu tun«, lehnte der Ältere der Leibwächter ab. »Seine Majestät ist tot.«

Ich starrte ihn an, nicht in der Lage, auch nur einen Ton hervorzubringen.

Der König war tot? Und sie bestätigten das? Ich weiß nicht, warum ich gedacht hatte, es sei anders. Ich hatte doch gesehen, was vor meinen Augen abgelaufen war. Seine Majestät war aus unmittelbarer Nähe ins Gesicht und in die Brust getroffen worden. Aber trotz allem hatte ich irgendwie verdrängt, dass er tatsächlich tot sein könnte. Das konnte man nun Verweigerungshaltung nennen oder dem Adrenalinrausch zuschreiben. Oder vielleicht lag es daran, dass ich dieses Interview unbedingt haben wollte. Immerhin hatte man es mir versprochen. Und ich war rechtzeitig am verabredeten Treffpunkt erschienen. Nicht ich, sondern er hatte sich verspätet. Was wurde nun aus meinen vielen Fragen? Sie konnten mich doch nicht einfach zum Gehen auffordern!

Ein Schauder durchlief mich. Trotz der intensiven Mittagshitze wurde mir plötzlich kalt. Ich fühlte mich einsam und extrem erschöpft. Mir wurde bewusst, dass die Gefahr bestand, in einen Schockzustand zu verfallen. Ein Teil von mir wollte dem nachgeben. Ich hörte Sirenen. In den nächsten Minuten würden Ärzte und Sanitäter eintreffen und sich um mich kümmern, mich in ein Krankenhaus bringen und mit Betäubungsmitteln vollstopfen, sodass ich schlafen und all das vergessen konnte, was ich hatte mit ansehen müssen. Aber ein anderer Teil von mir zwang mich, meine Knie durchzudrücken und mich aufrecht hinzustellen. Bevor ich mir dessen bewusst wurde, ertappte ich mich dabei, wie ich auf den leblosen Körper des Königs zutrat. Mit der Rechten zog ich mein Notizbuch aus der Ledermappe, die wieder an meiner Schulter hing.

Ein Pulk von Soldaten und Leibwächtern stand mit gezückten Pistolen um Seine Majestät herum, der junge Prinz Hussein kniete neben ihm und weinte um seinen Großvater. Mir war auf der Stelle klar, dass die Soldaten recht gehabt hatten. Der König lebte nicht mehr. Seine Haut war bleich, die Augen geschlossen, das weiße

Baumwollgewand über und über mit blutroten Flecken besudelt.

Ich wandte mich an einen muslimischen Kleriker, einen Imam oder etwas in der Art, der in der Nähe stand und mit offenem Mund, Tränen in den Augen und schweigend die Szene betrachtete.

»Haben Sie ein Telefon?«, fragte ich auf Arabisch und reichte ihm mein feuchtes Taschentuch. Ich war selbst überrascht, wie ruhig meine Stimme klang.

»Nein … nein, nicht in der Moschee«, stammelte er, nahm das Tuch entgegen und wischte sich damit über die Augen. »Aber in meinem Büro habe ich eins.«

»Ich muss im Palast anrufen«, erklärte ich und beschloss, mich fürs Erste nicht vorzustellen.

»Ja, natürlich«, sagte er. Offenbar dachte er dabei weder über meine Bitte nach, noch stellte er sich die Frage, wer ich sein mochte.

Wie in Trance führte er mich zu einem unscheinbaren Gebäude in der Nähe, in dem die Verwaltung des *waqf* untergebracht war, der religiösen Institution, die man mit dem Schutz und der Pflege der islamischen heiligen Stätten auf dem Tempelberg betraut hatte. Mit zitternden Händen kramte der Imam den passenden Schlüssel aus seinem Bund und öffnete. Er führte mich in sein Büro und erklärte, wie man die Vermittlung anwählte, um eine Verbindung zum Palast nach Amman herstellen zu lassen. Dann ging er hinaus und schloss die Tür hinter sich.

Ich hob mit zitternden Fingern den Hörer ab, atmete tief durch und versuchte vergeblich, meine Nerven zur Ruhe zu zwingen.

»Kann ich Ihnen helfen?«, fragte die Frau am anderen Ende der knisternden Leitung.

»Vermittlung, ich brauche eine Verbindung in die Vereinigten Staaten«, sagte ich so ruhig, wie ich konnte. »Können Sie mir helfen?«

»Ja, Sir, das kann ich.«

Ich nannte ihr die Nummer und wartete darauf, dass der Anruf durchgestellt wurde. Schließlich war ich mit einer jungen Frau verbunden, die am Empfangstresen des New Yorker Büros von Associated Press saß. Ich hatte keinesfalls die Absicht, die Nachricht an die erstbeste Collegeabsolventin weiterzugeben, die gerade zufällig ans Telefon ging, also verlangte ich den zuständigen Auslandsredakteur, einen langjährigen engen Freund, und sagte, es handele sich um einen Notfall.

Die Frau antwortete jedoch, er sei nicht am Platz, und bot an, ihm etwas auszurichten. *Nicht am Platz?*, fragte ich mich. *Warum nicht, zum Teufel?* Dann warf ich einen Blick auf meine Taschenuhr und mir dämmerte, dass es hier zwar schon 12:25 Uhr war, aber noch nicht einmal halb sechs Uhr morgens in New York.

»Wer ist der Chef vom Dienst?«, fragte ich also.

»Das ist Mr. Briggs, Sir.«

»Roger Briggs?«, wiederholte ich und hörte, wie sich die Anstrengung langsam in meiner Stimme niederschlug.

»Ja, Sir.«

»Nun, holen Sie ihn sofort an den Apparat. Sagen Sie ihm, dass ich mit einer dringenden Exklusivnachricht aus Jerusalem anrufe. Aber sie wird nicht lange exklusiv bleiben.«

Die Pause, die nun folgte, schien eine mittlere Ewigkeit zu dauern. Je länger sie sich ausdehnte, desto panischer wurde ich, dass die UPI oder die *New York Times*, die *Jerusalem Post* oder irgendeine arabische Zeitung mir die

Story vor der Nase wegschnappte. Die Schüsse waren weithin zu hören. Mittlerweile hallten Sirenen aus allen Richtungen über Jerusalem hinweg. Ich hatte keine Ahnung, wer sich alles unter den Anhängern befand, durch die ich mich vorhin gekämpft hatte. Womöglich auch ein Reporter. Vielleicht sogar mehrere.

»Hier ist Briggs. Wer spricht da und was soll der Aufstand? Um Himmels willen, haben Sie eine Ahnung, wie spät es ist?«

»Roger, hier spricht A. B. Collins aus Jerusalem.«

»A. B., bist du das? Wirklich?«

Wir kannten uns seit Jahren.

»Jaja, und jetzt schreib das sofort auf.«

»Wie bitte?«, fragte Briggs. Die Leitung knisterte und rauschte. »Ich hab dich nicht verstanden. Wiederhol das noch mal.«

»Ich sagte, hier ist A. B. Collins in Jerusalem. Schreib auf: ›König Abdallah Ibn Husain I. vom Haschemitischen Königreich Jordanien … ist tot.‹«

TEIL ZWEI

GEGENWART

6

Internationaler Luftraum, im Anflug auf den Libanon

Ich hatte schon eine Menge verrückter Sachen durchgezogen, aber bestimmt nichts so Verrücktes wie das.

Als ich auf die Wellen hinabsah, die zahllosen Schaumkronen auf dem Mittelmeer unter mir, musste ich unwillkürlich an meinen Großvater denken. A. B. Collins war zu seiner Zeit Chef des Büros der Associated Press in Beirut gewesen. Lange vor meiner Geburt war er bereits als amerikanischer Auslandskorrespondent genau diese Strecke in den vom Bürgerkrieg zerrissenen Nahen Osten geflogen. Seine Karriere galt als legendär, als kleiner Junge hatte ich immer davon geträumt, in seine Fußstapfen zu treten. Als Teenager hatte ich all seine Artikel gelesen. Im College hatte ich Stunden in der Bibliothek damit zugebracht, die auf Mikrofiche archivierten Berichte durchzugehen.

Und jetzt stellte ich mir als Auslandskorrespondent der *New York Times* die Frage, ob mein Großvater trotz all der Risiken, die er im Leben eingegangen war, wohl je etwas so Dummes getan hätte.

Natürlich kam ich immer noch raus aus der Nummer. Ich konnte mein Vorhaben immer noch abblasen. Aber die schlichte Wahrheit lautete: Das wollte ich gar nicht. Zwar hatte ich noch nie einen König interviewt oder war Zeuge des Attentats auf einen Monarchen gewesen, aber ich hatte mich ebenso wie Opa meinem Beruf mit Haut und Haar verschrieben. Ich würde es durchziehen, egal was kommen mochte. Mehr gab es nicht zu sagen. In sechs Minuten setzte mein Air-France-Flug in der libanesischen Hauptstadt auf. In 19 Minuten konnte ich mich mit meinen Kollegen in Verbindung setzen. Und wenn alles nach Plan lief, überwanden wir bei Anbruch der Nacht unbemerkt die Grenze, um schließlich einen der weltweit gefürchtetsten Dschihad-Kommandeure aufzusuchen.

Jack Vaughn, Direktor der Central Intelligence Agency, hatte mir persönlich davon abgeraten, es zu versuchen, ebenso der Mossad-Chef, der Direktor des jordanischen Geheimdienstes und nicht zuletzt meine Mutter. Mein Redakteur, Allen MacDonald, hatte mir die Reise sogar ausdrücklich verboten. Ihre Begründung klang so einfach wie überzeugend: Jamal Ramzi war ein Killer.

Geboren in Jordanien. Aufgewachsen in der Golfregion. Ging nach Afghanistan und schloss sich den Mudschaheddin an. Tötete mehr Russen als jeder andere arabische Kämpfer. Traf Bin Laden und wurde zu seinem obersten Leibwächter. Befand sich im Raum, als Bin Laden 1988 Al-Qaida gründete. Wurde als Kämpfer nach Somalia geschickt und zur rechten Hand von Khalid Scheich Mohammed, dem Drahtzieher der Anschläge vom 11. September. Bildete die Flugzeugentführer persönlich aus, unterstützte die Planung der Bombenanschläge auf zwei US-amerikanische Botschaften in Afrika. Half bei der Enthauptung eines Reporters des *Wall Street Journal* in Pakistan. Wurde dann rechte Hand Ayman Al-Zawahiris, des Kopfes der Al-Qaida nach dem Tod Bin Ladens, wandte sich nach einer heftigen Auseinandersetzung über die künftigen Ziele der Organisation von ihm ab. Tat sich dann mit seinem barbarischen jüngeren Cousin Abu

Khalif zusammen, dem Anführer der zu allem bereiten Splittergruppe der Mutterorganisation, der sogenannten Al-Qaida im Irak und in der Levante. Wurde zum Kommandanten einer Rebellenkampfgruppe in Syrien ernannt. Bekam den Befehl, Assads Kopf auf einem Silbertablett zu servieren. Buchstäblich.

Das also war der Kerl, den ich zu finden hoffte. Ich wusste, es war verrückt. Aber ich wollte es trotzdem tun.

Meines Wissens war Jamal Ramzi niemals fotografiert oder von einem westlichen Reporter interviewt worden. Aber nach beinahe einem Jahr konstantem E-Mail-Verkehr mit jemandem, den man gemeinhin für Ramzis engen Vertrauten hielt, ließ er sich endlich darauf ein. Auf ein Interview, meine ich, nicht darauf, fotografiert zu werden. Vorausgesetzt, ich hatte mit der richtigen Person gesprochen und diese sagte die Wahrheit. Um ehrlich zu sein, konnte ich beides nicht mit absoluter Sicherheit verifizieren. In meinem Kopf spukten zahlreiche Fragezeichen herum. Wieso sollte Ramzi überhaupt mit jemandem sprechen wollen? Warum gerade jetzt? Und warum mit mir?

Meines Erachtens war die Antwort ausgesprochen simpel: Er wollte Schlagzeilen. Titelseiten. Er wollte das neue Gesicht der Radikalen werden und gierte danach, dass es die ganze Welt zur Kenntnis nahm. Und er wusste sehr wohl, dass es dazu kein geeigneteres Medium gab als die *New York Times,* die wohl berühmteste Zeitung der Welt, für die ich nun schon seit fast einem Jahrzehnt als Auslandskorrespondent tätig war.

Was das Timing betraf, lautete mein Erklärungsansatz, dass nicht Eitelkeit Ramzi dazu verleitet hatte, meinen wiederholten Nachfragen und Bitten schließlich nachzugeben. Immerhin lebte der in Jordanien geborene Terrorist schon seit Jahrzehnten im Untergrund. Er hatte diese Zeit nur überlebt, weil er sich eben *nicht* ins Fadenkreuz begab. Ich ging davon aus, dass er es auch weiterhin am liebsten so gehalten hätte, um nicht eines Tages ohne Vorwarnung einem Drohnenangriff zum Opfer zu fallen, wie es den meisten seiner Waffenbrüder geschehen war. Nein, es war unwahrscheinlich, dass Ramzi so etwas wie Eitelkeit antrieb. Ich war ziemlich sicher, dass er genau jetzt etwas zu sagen hatte; etwas, das er öffentlich machen wollte. Und für die großflächige Verbreitung brauchte er jemanden wie mich.

Seit einigen Wochen schon waren mir Gerüchte zu Ohren gekommen, wonach Ramzi und seine Rebellentruppen eine Charge chemischer Waffen in Syrien an sich gebracht hatten. Das Assad-Regime hatte einer internationalen Kommission vor einiger Zeit gestattet, die ihm verbliebenen chemischen Massenvernichtungswaffen zu zerstören, doch man nahm gemeinhin an, dass wenigstens ein Teil der Bestände im Vorfeld versteckt worden war. Erst kürzlich hatte mir der glaubwürdige Informant eines amerikanischen Geheimdiensts anvertraut, dass seine Institution vor drei Wochen regen Funkverkehr zwischen verschiedenen syrischen Armeeabteilungen aufgefangen hatte, die Assad gegenüber als loyal galten. Diese behaupteten, ihre Lager für Massenvernichtungswaffen in der Nähe von Aleppo seien gerade gestürmt worden. Die syrischen Militärs baten dringend um Luftunterstützung. Diese traf auch ein, doch leider zu spät.

Unabhängig davon hatte eine andere Quelle, in diesem Fall aus einem ausländischen Geheimdienst, mir anvertraut, dass ein hochrangiger syrischer General, der gerade in die Türkei oder nach Jordanien desertiert sei – er konkretisierte nicht, in welchen dieser Staaten –, behauptet habe, eine Splittergruppe der Al-Qaida habe vor einigen Wochen mehrere Tonnen chemischer Waffen aus einem Lager südlich von Aleppo entwendet.

Entsprach diese Schilderung der Wahrheit? Ich war mir nicht sicher. Nur eins wusste ich mit Bestimmtheit: Weder in arabischen noch in westlichen Medien hatte der Vorfall Erwähnung gefunden. Niemand im Weißen Haus, im Außenministerium oder dem Pentagon wollte meine diskreten Erkundigungen bestätigen oder dementieren. Wohl nicht zuletzt deshalb, weil man mit einer Panik rechnete, sobald bekannt wurde, dass einige der gefährlichsten Waffenbestände der Welt sich in der Hand einer der gefährlichsten Terrorgruppen überhaupt befanden.

Natürlich hatte ich in den E-Mails an meinen IS-Informanten in Syrien von alldem nichts erwähnt. Ich hatte einfach eindringlich um ein Interview gebeten. Aber meine Überzeugung wuchs, dass Ramzi deshalb gerade jetzt auspacken wollte, wo er sich doch vorher nie öffentlich hatte äußern wollen. Er wollte, dass die Welt mitbekam, was er in seinem Besitz hatte. Er wollte, dass das Volk der Vereinigten Staaten und sein Präsident davon erfuhren. Und darüber hinaus war ich mir auch ziemlich sicher, dass er die Ironie auskosten wollte, dass Ayman Al-Zawahiri aus einer amerikanischen Zeitung erfuhr, dass einer seiner ehemaligen Berater ihn übertrumpft hatte. Dass eine Al-Qaida-Splittergruppe letztlich genau die Waffen an sich gebracht hatte, denen Al-Qaida selbst seit fast zwei Jahrzehnten hinterherjagte.

Ich konnte nur hoffen, dass ich mit meiner Vermutung richtiglag. Nicht damit, dass Ramzi die Massenvernichtungswaffen besaß, wohlgemerkt, sondern dass darin die Erklärung für seine Zusage zu suchen war. Dass er eine wichtige Information hatte, die er durch mich öffentlich machen wollte. Daran klammerte ich meine Hoffnung, die Begegnung mit dem Terroristenführer zu überleben. Immerhin war Ramzi ein Mann, der Menschen und besonders Amerikanern aus purem Vergnügen die Kehle durchschnitt. Nur weil er durch mich eine Schlagzeile an den Mann bringen konnte, durften ich und meine Kollegen uns halbwegs sicher fühlen.

Kein Wunder also, dass ich niemanden in meine Reisepläne einweihte, diesen Mann in Syrien aufzuspüren, um von Angesicht zu Angesicht mit ihm zu sprechen. Selbst den Kollegen, die ich dort treffen wollte, war alles andere als wohl dabei. Ich konnte nachvollziehen, warum sie ein mulmiges Gefühl hatten, und nahm es ihnen nicht übel. Was wir vorhatten, war schlicht nicht normal. Aber ebenso wie ich gehörten sie zur ›Familie‹, einer verschworenen Gemeinschaft von Auslandskorrespondenten, die ihr Leben in den Dienst der Kriegsberichterstattung gestellt hatten. Reportagen über Kriegsgerüchte, Revolutionen sowie Chaos und Blutvergießen jeglicher Art. Dafür war ich vor 20 Jahren überhaupt aufs College gegangen. Solche Texte hatte ich seither für die *New York Daily News*, Associated Press und die *Times* verfasst. Und ich liebte es. Dafür lebte ich.

Manche behaupteten, bei dieser Art von Journalismus handele es sich um eine regelrechte Sucht. Diese Leute hielten Menschen wie mich für nichts weiter als Adrenalinjunkies. Vielleicht stimmte das sogar. Aber ich empfand es anders. Für mich gehörte das Risiko zu einem Job, von dem viele Kollegen behaupteten, dass ich ihn ziemlich gut erledigte. Ich hatte 2001 einen Preis für meine Reportage über einen bewaffneten Einsatz der Delta Force im afghanischen Kandahar gewonnen, zusammen mit einem anderen *Times*-Journalisten. 2003 zeichnete man eine Artikelserie von mir, die den Sturm auf Bagdad thematisierte, sogar mit dem Pulitzerpreis aus. Man hatte mich als Journalist an der Front der Ersten Brigade der Dritten Infanteriedivision der U.S. Army zugewiesen, als diese in Bagdad einmarschierte. Solche Auszeichnungen taten natürlich gut, aber ich war nicht Reporter geworden, um Preise zu gewinnen. Ich war Reporter, weil ich meinen Job liebte. Ich war Reporter, weil ich mir nicht vorstellen konnte, etwas anderes zu tun.

Die meisten Journalisten hatten es kaum erwarten können, Afghanistan oder den Irak nach dem Einmarsch der Truppen und der Etablierung der Übergangsregierung zu verlassen. Aber ich bat immer wieder um eine Verlängerung meines Aufenthalts. Ich genoss es, mich intensiver mit den Jungs, unseren Soldaten, zu beschäftigen, für die der Kampf jeden Tag aufs Neue weiterging. Ich genoss es, die Iraker zu interviewen, die von unseren Truppen ausgebildet und in die Schlacht geführt wurden. Ich genoss es auch, mit den Jungs aus Langley, vom MI6 oder jedem anderen Geheimdienst, der sich am globalen Spiel beteiligte, bei einem Bierchen die jüngsten Gerüchte durchzukauen.

Ganz besonders faszinierend fand ich es allerdings, die *Green Zones,* die gesicherten Bereiche, zu verlassen und im Hinterland Kopf und Kragen zu riskieren, um mich mit einem Rebellengeneral oder einem Guerillaführer zu treffen und seine Geschichte zu erfahren. Ich meine die ganze Geschichte; die, die es wirklich wert ist, gedruckt zu werden. Ich war nicht bereit, einfach

nur das wiederzukäuen, was die Sesselfurzer im Außenministerium oder im Pentagon mir portionsweise zum
Fraß vorwarfen. Ich wollte die Wahrheit. Die wahre Story.

Egal was mich nun erwartete, ich war fest entschlossen,
nach Syrien weiterzureisen. Ich war hinter meiner
Geschichte her. Niemand, dem ich mich anvertraut hatte,
war einverstanden mit dem, was ich tat. Aber ich wollte
glauben, dass zumindest einer es gewesen wäre: Mein
Großvater wäre sicher stolz auf mich gewesen. Zumindest
er hätte verstanden, was ich vorhatte und warum ich es tat.

A.B. Collins war im Zweiten Weltkrieg Kriegsberichterstatter für United Press International gewesen. Dann
hatte er überall in der Welt für Associated Press gearbeitet.
Um ganz ehrlich zu sein, war er mein Vorbild. Vielleicht
lag das an den vielen Geschichten, die er mir als Heran-
wachsender erzählt hatte. Dieser Mann war ein fantastischer Erzähler und ich bewunderte ihn dafür, dass er
anscheinend alles gesehen und jeden getroffen hatte.

Nun, vielleicht liebte ich ihn auch nur, weil Opa mir
und meinem älteren Bruder immer ein Eis gekauft hatte,
wenn er und Oma Collins uns besuchen kamen. Oder es
hatte damit zu tun, dass mein Vater uns verließ, als ich
erst zwölf war. Keiner von uns hat ihn je wiedergesehen
und Opa wurde zum einzigen erwachsenen Mann, der in
meinem Teenagerleben eine Rolle spielte. Von ihm hatte
ich am Eagle Lake gelernt, wie man angelt, mit ihm hatte
ich den Acadia Nationalpark auf langen Wanderungen
erforscht. Mithilfe seiner Waffensammlung lernte ich, wie
man mit Feuerwaffen umgeht, denn er nahm mich auf
Jagdausflüge überall in Maine und in Kanada mit.

Woran auch immer es nun konkret lag, ich liebte diesen
Mann mit jeder Faser meines Herzens. Solange ich denken

konnte, hatte ich tun wollen, was er tat, und sein wollen, wie er war. Und jetzt stand mein Flugzeug kurz vor der Landung in Beirut, einer Stadt, in der er gearbeitet und die ihm sehr am Herzen gelegen hatte.

Vielleicht fiel der Apfel doch nicht weit vom Stamm.

Andererseits: Mein Großvater hatte ein langes und erfülltes Leben geführt und war trotz seiner vielen Abenteuer friedlich in seinem Bett gestorben, im Schlaf und in einem hohen Alter. Meine Aussichten auf ein ähnlich friedliches und stilles Ende strebten dagegen rapide dem Nullpunkt entgegen.

7

Beirut, Libanon

Ich blickte auf meine Hände hinab.

Sie zitterten. Nicht sehr, nicht so, dass es anderen unbedingt aufgefallen wäre. Aber mir fiel es auf. Das war mir noch nie passiert.

Ich schraubte eine Flasche Evian auf und trank ein paar Schlucke. Eine Flugbegleiterin verkündete die Ortszeit: 18:45 Uhr. Wir waren in Heathrow, in London, um 10:05 Uhr gestartet. Der Air-France-Flug 568 setzte also eine Minute zu früh auf. Ich holte die goldene Taschenuhr meines Großvaters aus der Tasche, die er mir kurz vor seinem Tod geschenkt hatte, stellte sie und zog sie auf. Dann nahm ich einen Stift und meinen mit Eselsohren übersäten Pass und begann, das libanesische Einwanderungs- und Zollerklärungsformular auszufüllen.

Name: James Bradley Collins
Geburtsdatum: 3. Mai 1975
geboren in: Bar Harbor, Maine, USA
Nationalität: US-Amerikaner
Ausstellungsort des Dokuments: Washington, D. C.
Vor Einreise in den Libanon bereiste Länder: Türkei, Frankreich, Deutschland, Großbritannien
Grund der Einreise: geschäftlich

Ich trug noch die Nummer meines Passes ein und gab an, dass ich nichts zu verzollen hatte. Dann blätterte ich die abgegriffenen Seiten von vorn bis hinten durch und betrachtete alle Stempel, die ich im Lauf der Jahre gesammelt hatte: jede europäische Hauptstadt, jede asiatische und jede im Nahen Osten und Nordafrika. Keine von Israel. Ich war schon häufiger auf Ben Gurion, dem Flughafen Tel Avivs, gelandet und von dort aus weitergereist, als ich zählen konnte, aber ich hatte strikt darauf geachtet, dass die Behörden die Einreise- und Ausreisestempel ins Visum setzten, nicht in den Pass, sodass ich keine Schwierigkeiten bei der Einreise in bestimmte arabische Länder bekam. Es gab einige, die die Ampeln auf Rot stellten, falls sich in den Reisedokumenten ein israelischer Stempel fand.

Bevor ich mich recht versah, war ich beim Anblick meines grausigen Passfotos zusammengezuckt. Es war vor beinahe zehn Jahren entstanden und erinnerte mich an das alte Sprichwort: ›Wenn du wirklich so schlimm aussiehst wie dein Passfoto, bist du zu alt fürs Reisen.‹ Auf der anderen Seite fiel es in vielerlei Hinsicht vorteilhafter als die aktuelle Realität aus. Meine Augen waren damals grün gewesen. Jetzt waren sie ständig blutunterlaufen. Damals hatte ich eine perfekte Sicht gehabt, heute trug ich ein halbrahmiges, schwarzes Brillengestell, für das ich mehr bezahlt hatte, als mir lieb war. Auf dem Bild war mein schlammbraunes Haar noch grauenvoll lang gewesen und hatte einen Schnitt dringend nötig gehabt. Aber immerhin hatte ich damals noch Haare besessen, auf dem Kopf, nicht im Gesicht. Jetzt, zehn Jahre später, war ich vollkommen glatzköpfig (Absicht, wohlgemerkt) und leistete mir einen sorgfältig getrimmten, von silbrigen Strähnen durchzogenen Henriquatre.

Während wir zum Gate rollten, schaltete ich mein Smartphone wieder ein und checkte meine E-Mails. Die erste neue Nachricht stammte von meinem Bruder. Ich übersprang sie. Der Rest bestand größtenteils aus Fragen und Infos von Kollegen in D. C. und anderen Informanten aus aller Welt, aus RSS-Feeds der *Times* mit den neuesten Nachrichten aus dem Nahen Osten und geheimdienstlichen Details, die das Thema betrafen, mit dem ich mich gerade beschäftigte. Eine Nachricht von Alex Brunnell, dem Büroleiter der *Times* in Jerusalem, fand sich auch darunter. Ich überflog sie. Ein geradezu lächerlich uninspirierter Artikel, der sich darauf konzentrierte, warum die Friedensverhandlungen zwischen den Israelis und den Palästinensern erneut auf der Stelle traten und warum das Weiße Haus die Vermittlungsversuche wahrscheinlich bald einstellen und seine Aufmerksamkeit stattdessen auf die pazifische Region richten wollte. Der Artikel war schlecht recherchiert und enthielt nichts als Allgemeinplätze. Jeder wusste, dass die aktuellen Gespräche zu nichts führten und Präsident Taylor und sein Außenminister sich damit übernommen hatten. Das war für sich genommen keine Nachricht wert. Das *Wall Street Journal* hatte die gleiche Story schon vor einem Monat gebracht, so gut wie jede andere Zeitung ebenfalls. Aber das war typisch für Brunnell, nie schien er selbst die Schlagzeilen zu machen, er rannte ihnen stets nur hinterher. Warum die Schlipsträger in Manhattan diesem drittklassigen Schmierenjournalisten einen solchen Posten angedient hatten, würde mir auf ewig ein Rätsel bleiben.

Die nächste Nachricht allerdings sorgte dafür, dass mir der Atem stockte.

Schweren Herzens muss ich Sie heute über den tragischen Tod von Janet Fiorelli, der Leiterin unseres Kairoer Büros, informieren. Janet arbeitete an einer Story, die sich mit den Nachwirkungen des Arabischen Frühlings in Ägypten beschäftigte, als sie gestern bei einem Bombenanschlag in Kairo ums Leben kam. Das US-Außenministerium hat bereits Ermittlungen aufgenommen. Janet war eine hervorragende Journalistin, bei Kollegen und Lesern gleichermaßen wegen ihrer Professionalität und Freundlichkeit hochgeschätzt und beliebt. Sie ...

Ich hörte auf zu lesen. Ich konnte es nicht glauben. Ich kannte Janet. Wir waren nicht nur Kollegen, sondern Freunde und hatten bei zahllosen Storys zusammengearbeitet. Ich kannte auch ihren Ehemann Tom und ihre Zwillinge Michael und Peter. Ein Dutzend Mal oder öfter hatte ich sie in ihrem Haus in Heliopolis besucht. Ich las den ersten Satz der Mail wieder und wieder. Das konnte nicht wahr sein.

Plötzlich standen wir am Gate. Alle waren bereits ausgestiegen, nur ich saß noch da und starrte aus dem Fenster.

»Ist alles in Ordnung?«, fragte eine attraktive junge Flugbegleiterin. Sie wollte vermutlich nur höflich sein.

Nein, gar nichts ist in Ordnung!, wäre es fast aus mir herausgeplatzt. Stattdessen nickte ich stumm und stand auf, um meine Sachen zusammenzusuchen.

»Kann ich etwas für Sie tun?«, erkundigte sie sich erneut. Sie hatte ein wundervolles Lächeln und freundliche Augen. Ich erwischte mich dabei, sie einen Augenblick zu lange zu betrachteten, dann riss ich mich zusammen.

»Tut mir leid. Mir geht's gut, danke.«

In mir fühlte sich alles taub an. Ich hatte erst vor ein paar Wochen mit Tom und Janet in Alexandria zu Abend gegessen. Und jetzt war sie tot. Es schien unmöglich.

Die Flugbegleiterin reichte mir meine schwarze Lederjacke und den Rucksack aus der Ablage. Ich bedankte mich, verließ das Flugzeug und bahnte mir einen Weg durch die Menschenmassen zur Gepäckausgabe. Ich gebe meine Taschen und Koffer nie auf, nicht mehr, seit die Lufthansa 2007 meine Sachen vor einem Interview mit der deutschen Kanzlerin verschlampt hatte. Wie dem auch sei, der Leiter des Newsdesks hatte mich aufgefordert, meine Kollegen bei Gepäckausgabeterminal 3 zu treffen, also begab ich mich dorthin.

»J. B., mein Freund, willkommen in Beirut! Du siehst schrecklich aus.«

Ein riesenhafter Mann mit dunkler Haut, dunklen Haaren und unrasiert, lachte herzlich und so dröhnend, dass einige Leute sich umdrehten. Nicht gerade das, was ich mir unter ›unauffällig‹ vorstellte. Dann umarmte er mich wie ein Bär und brach mir dabei fast das Rückgrat. Ich hatte ihn schon hundertmal gebeten, vorsichtiger zu sein, aber es war immer das Gleiche.

»Ich freu mich auch, dich zu sehen, Omar«, antwortete ich. Ich hatte für seine Energie gerade überhaupt keine Nerven. »Bist du bereit für unser kleines Abenteuer?«

»Bereit?«, rief er prompt. »Hast du eigentlich völlig den Verstand verloren? Du bist verrückt. Ein völlig Wahnsinniger. Du wirst uns eines Tages noch alle umbringen. Das weißt du doch, oder?«

Ich starrte ihn bloß an.

»Was?«, fragte er. »Was ist denn los?«

»Du hast deine E-Mails noch nicht gelesen.«

»Nein, welche E-Mails?«

»Du hast noch nicht von der Sache mit Janet Fiorelli gehört.«

Sein Gesichtsausdruck änderte sich sofort. »Nein, warum? Was ist passiert?«

Ich wies mit dem Kinn auf sein Smartphone, das er in der Hand hielt. Er las die E-Mail und ich beobachtete, wie die Fröhlichkeit aus seinem Gesicht wich, um tiefer Traurigkeit Platz zu machen.

Omar Fayez und ich hatten viel zusammen durchgemacht und in all den Jahren mehr als genug Freunde und Kollegen verloren. Auch wenn er erst 32 Jahre alt war, hatte er mich immer wie seinen jüngeren Bruder behandelt, auf mich aufgepasst und mir den Rücken freigehalten. Über 1,90 groß, wog er über 120 Kilo und war bemerkenswert fit. Er erinnerte mich an einen Linebacker aus der NFL. Aber er hatte an der Harvard University einen Master und in Oxford einen Doktor in Kulturwissenschaften des Nahen Ostens gemacht und sprach vier Sprachen: Arabisch, Französisch, Farsi und Englisch. Geboren und aufgewachsen in Jordanien, war er Reporter, Dolmetscher und seit rund sechs Jahren eine Art Mädchen für alles für die *Times* in

Jordanien und Bagdad. Die meiste Zeit davon hatte er mit mir zusammengearbeitet.

»Lass uns über etwas anderes reden«, bat ich. »Ich weiß gerade nicht, wie ich damit umgehen soll.«

Omar nickte.

Ich wechselte zu seinem Lieblingsthema. »Wie geht's Hadiya?«

»Wie immer, mein Freund. Sie ist ein Geschenk des Himmels«, erwiderte Omar nun etwas gedämpfter.

»Freut mich zu hören.«

»Sie schickt dir einen Kuss.«

»Grüß sie ganz herzlich.«

»Werd ich tun.«

Eine Pause entstand.

»Was ist los?«, wollte ich wissen.

»Nun, ich wollte das eigentlich erst später ansprechen, aber ich fürchte, du musst es jetzt erfahren.«

»Ich kann keine schlechten Nachrichten mehr ertragen«, mahnte ich.

»Nein, nein, es ist etwas Gutes.«

»Ja?«

»Hadiya und ich bekommen im März Nachwuchs.«

Ich musste unwillkürlich grinsen. Das waren in der Tat gute Neuigkeiten. Beide hatten seit Jahren vergeblich versucht, Kinder zu bekommen, und für einige Zeit hatte ihre Ehe darunter gelitten. Ich umarmte ihn und gratulierte. »Ich freu mich für dich, Omar. Wenn wir wieder hier sind, müssen wir das gebührend feiern.«

»Das würde uns sehr gefallen«, antwortete Omar. »Gott ist wahrhaftig gut zu uns. Hadiya ist glücklicher, als ich sie je erlebt habe.«

Daran zweifelte ich nicht. Aber ich bemerkte ebenfalls,

dass sich sowohl seine Körpersprache als auch seine Stimme leicht veränderten, als er das sagte. Unsere bevorstehende Unternehmung bereitete ihm Sorgen.

Zum ersten Mal überkam mich ein Anflug von Schuldgefühl, weil ich ihn in solche Gefahr brachte.

8

Ich suchte die Gesichter der Leute um mich herum ab. »Wo ist Abdul?«, fragte ich.

»Er holt das Auto«, erwiderte Omar. »Komm, wir müssen uns beeilen. Ein Gewitter zieht auf. Wir sollten längst unterwegs sein. Wir haben keine Zeit zu verlieren.«

Als wir den Flughafen verließen, fiel mir als Erstes die kalte Luft draußen auf. Die Sonne war längst untergegangen. Es war Mitte November. Die Winterregen standen vor der Tür. Schon jetzt rollte der Donner über die Stadt hinweg, der Wind wurde böig. Omar hatte recht, ein Gewitter zog auf und ich brauchte etwas, das wärmer war als ein T-Shirt und meine dünne Stoffhose. Ich blieb einen Augenblick unschlüssig stehen, kramte dann einen schwarzen Rollkragenpullover aus Wolle aus dem Rucksack und zog erst ihn an, dann meine Lederjacke.

In diesem Augenblick bog ein silberner viertüriger Renault um die Ecke und hielt genau vor uns. Der Kofferraum sprang auf, die Fahrertür ebenso und ein schlaksiger, junger Mann mit einem Hauch Akne im Gesicht und langen ungekämmten Haaren stieg aus. Er trug eine abgewetzte Jeans, ein dunkelgrünes Kapuzen-Sweatshirt und schwarze Turnschuhe. »Mr. Collins, es tut mir so leid, dass ich zu spät komme!«, sagte er. In seiner Stimme schwang ehrliche Furcht mit. »Bitte verzeihen Sie mir, Sir.«

»Keine Sorge, Abdul, du bist nicht zu spät«, versicherte ich ihm und schüttelte ihm die Hand. »Wir sind ein wenig zu früh dran. Mein Flug war ausnahmsweise mal pünktlich und ich hatte mein Gepäck nicht aufgegeben.«

»Sie sind sehr freundlich, Sir, sehr freundlich.« Er nahm meinen Rucksack und verstaute ihn neben Omars und seinem eigenen Gepäck im Kofferraum. »Bitte steigen Sie ein und wärmen Sie sich auf, Mr. Collins. Ich habe die Autoheizung angeschaltet und heißen Kaffee und Baklava bereitgestellt.«

Ich kannte Abdul Hamid nicht besonders gut. Wir hatten erst einmal miteinander zu tun gehabt, und das auch nur kurz, aber alle betonten, er sei ein guter Kerl. Mit Bestimmtheit wusste ich, dass er ein fantastischer Fotograf war; daher hatte ich ausdrücklich darum gebeten, dass er mir bei diesem Projekt zugeteilt wurde. Er war gebürtiger Palästinenser und in einem Flüchtlingscamp in den Vorstädten von Beirut aufgewachsen. Ohne Collegeabschluss und formale Ausbildung als Fotograf hatte er sich in Syrien einen Namen als Freelancer gemacht und einige Fotos vom Bürgerkrieg geschossen, die in der Branche ihresgleichen suchten, bis ihn die *Times* verpflichtete. Als ich mich auf dem Rücksitz niederließ, trat Omar um das Auto herum und stieg auf der anderen Seite ein. So konnten wir uns auf der dreistündigen Autofahrt, die vor uns lag, prima unterhalten. Und tatsächlich, auf uns warteten zwei Becher mit dampfend heißem Kaffee.

»Sahne und drei Stück Zucker für Sie, richtig, Mr. Fayez?« Abdul setzte sich hinter das Lenkrad und überprüfte noch einmal die Rückspiegel.

»Und schwarz für Sie, Mr. Collins, nicht wahr?«

»Richtig«, erwiderte ich. »Du wirst gerade zu meinem besten Freund, Abdul!«

»Ich freue mich, wenn ich etwas für Sie tun kann, Mr. Collins.«

»Abdul, bitte nenn mich J. B.«, bat ich und klopfte ihm auf die Schulter. »Wenn ich Mr. Collins höre, glaube ich, dass mein Großvater plötzlich hinter mir steht.«

»Ich hätte ihn gern kennengelernt«, meinte Abdul. »Nach allem, was ich gelesen habe, war er ein bemerkenswerter Mann und ein hervorragender Journalist.«

»Nett, dass du das sagst, Abdul.« Ich war gerührt, dass der Name meines Großvaters ihm etwas sagte.

»Es ist mir ein Vergnügen, Mr. Collins, ich danke Ihnen, Sir … Sie sind zu freundlich!«

Er hatte meine Bitte, mich beim Vornamen zu nennen, geflissentlich überhört, aber ich brachte es nicht übers Herz, ihn noch einmal zu korrigieren, also ging ich darüber hinweg.

»Also, Abdul, wann war ich das letzte Mal hier, im Juli?«

»Ja, Ende Juli, Mr. Collins.«

»Okay, und gab es zu dieser Zeit nicht eine junge Dame in deinem Leben?«

»O ja, Mr. Collins, das stimmt.« Er war sichtlich überrascht. »Sie meinen Fatima. Sie haben ein gutes Gedächtnis.«

»Und wie läuft es so?«, wollte ich wissen. »Wenn ich mich recht erinnere, dann warst du von ihr sehr beeindruckt.«

»Ja, tatsächlich, das war ich … ich meine, das bin ich noch.«

»Und wie geht es ihr?«

»Ach, es geht ihr wunderbar, Mr. Collins«, schilderte Abdul und schlängelte sich durch den abendlichen Verkehr nach Zahlé im Osten. »Danke der Nachfrage. Wir sind sehr ineinander verliebt.«

»Ich habe gehört, dass du eine kleine Neuigkeit hast«, fragte ich weiter. »Stimmt das?«

Abdul suchte im Rückspiegel meinen Blick. Er war ein wenig überrascht, schien jedoch nicht unglücklich über die Frage zu sein. »Nun ... ja, woher wissen Sie das?«

»Ich habe da so meine Quellen, Abdul.« Ich grinste. »Immerhin ist das mein Job, oder?«

»Ja, Sie hatten schon immer sehr gute Informanten«, antwortete er strahlend, doch dann erkannte er, dass Omar keine Ahnung hatte, worüber wir sprachen. »Fatima und ich haben uns letzte Woche verlobt.«

»Ach du liebe Zeit, ich gratuliere!«, rief Omar aus.

»Ja, das ist wirklich toll, Abdul«, fügte ich hinzu.

»Ja, das ist es. Ich danke Ihnen beiden. Wir sind sehr glücklich.«

»Wann ist denn der große Tag?«

»In ein paar Monaten, wahrscheinlich im Januar.«

»Sehr gut. Fatima studiert noch, oder?«

»Ja, sie ist im letzten Jahr.«

»An der Universität zu Aleppo?«

»Ja, Sir.«

»Was studiert sie denn?«

»Journalismus.«

»Na, was soll da schon schiefgehen? Gut gemacht, Abdul. Ich würde sie gern einmal treffen und vielleicht arbeitet sie ja eines Tages für die *Times,* wer weiß?«

»Ach, das würde sie lieben, Mr. Collins. Ja, das würde ihr wirklich sehr gefallen.«

Omar wandte sich mir zu, nippte am Kaffee und erkundigte sich nach meiner Mutter. Ich wusste, dass sein Interesse nicht geheuchelt war. Ein anständiger und fürsorglicher Kerl. Genau das mochte ich so an ihm. Aber ich wusste auch, dass er auf diese Weise auf das Thema zusteuerte, das er eigentlich besprechen wollte: Warum um alles in der Welt wollte ich Jamal Ramzi treffen?

»Mum hält sich tapfer«, entgegnete ich so höflich wie möglich.

»Und das alte Haus, in dem du aufgewachsen bist, lebt sie noch dort?«

»Das tut sie, auch wenn ich nicht die geringste Ahnung habe, warum.«

»Zu teuer?«

»Nicht wirklich. Es ist abbezahlt. Aber weißt du, es ist ziemlich groß und leer und sie lebt dort ganz allein. Es macht viel Arbeit, die alte Bude in Schuss zu halten, und das mit ihrem Knie und den Rückenproblemen … Nun, sie will es eben so.«

»Und was ist mit deinem Vorschlag, alles zu verkaufen und nach Florida zu ziehen?«

»Daraus wird nichts, fürchte ich«, gestand ich ein. »Sie will nicht mal drüber reden.«

»Wie geht's Matthew?«

»Kein Kommentar. Nächste Frage.«

Meine kurz angebundene Antwort schien Omar zu verblüffen.

Er war meinem älteren Bruder einmal am Flughafen von Amman begegnet und hatte sofort einen Draht zu ihm gefunden. Zu seiner Ehrenrettung lenkte er geschmeidig auf ein anderes Thema um. »Und Laura? Wie läuft's so mit euch beiden?«

Das allerdings war nun auch nichts, worüber ich gern sprechen wollte.

Eine lange, verlegene Stille trat ein, während der ich aus dem Fenster starrte und versuchte, mit einer höflichen und doch ehrlichen Antwort aufzuwarten. Vor meinen Augen huschten Reihen neu gebauter Apartmenthäuser vorbei.

»Es hat sich nichts geändert«, meinte ich schließlich und wechselte noch einmal das Thema. »Hör mal, hast du etwas vom Muchabarat erfahren können?«

Vor ein paar Tagen, als wir Pläne für diese Reise geschmiedet hatten, hatte ich Omar gebeten, einige seiner Quellen beim jordanischen Geheimdienst anzuzapfen und nachzuforschen, ob man uns etwas über Ramzi mitteilen konnte.

»Ein wenig.« Er nahm mein Unbehagen, was das Besprechen persönlicher Angelegenheiten anging, und mein Umschwenken auf unser Hauptthema ohne weitere Einwände hin. »Ich habe gestern mit Amir Kaffee getrunken. Viel wollte er mir nicht verraten. Nur dass er uns für verrückt hält, so etwas zu tun, und dass es das Risiko nicht wert sei.«

»Er glaubt also nicht daran, dass wir Ramzi tatsächlich treffen.«

»Nein, das verstehst du falsch. Er betonte ausdrücklich, dass er davon überzeugt ist, dass wir Ramzi finden und ihm begegnen werden. Genau das ist es wohl, was ihm Sorgen macht.«

»Inwiefern?«

»Er will morgen nicht auf YouTube gehen und ansehen müssen, wie wir drei geköpft werden.«

9

Omar, Abdul und ich hatten unseren Mietwagen in einem Gebüsch versteckt. Anschließend überquerten wir die Grenze nach Syrien zu Fuß und liefen einige Stunden. Als wir uns der Stadt näherten, schlichen wir im Schutz der tiefen Dunkelheit der späten Nacht weiter. Schließlich lagen wir zu dritt platt auf dem Bauch im Schlamm eines grasbewachsenen Hügels und versuchten herauszufinden, wie unser nächster Schritt aussehen könnte.

Das Knattern von Maschinengewehren war in den letzten Minuten immer lauter geworden. Granaten pfiffen über unsere Köpfe hinweg, die ohrenbetäubenden Explosionen wurden zunehmend heftiger. Die Erde zitterte unter uns und ich erwischte mich dabei, dass es mir genauso ging.

Links von mir lag das ausgebrannte Wrack eines russischen T-72-Panzers. Rechts, ungefähr 50 Meter entfernt, ragten die verkohlten Reste eines Schulbusses in die Höhe. Rund 100 Meter dahinter stand das ausgeschlachtete Gerippe von einem VW-Bus. Hinter uns befand sich ein verlassener Spielplatz mit Rutschen und Wippen und Schaukeln, die im eiskalten Winterwind hin und her schwangen. Aber es gab keine Kinder. Weit und breit fanden sich überhaupt keine Anzeichen von Menschen, sah man einmal von Dutzenden hastig geschaufelter Gräber ab, offenbar erst kürzlich angelegt.

Die Wolken über uns brachen vereinzelt auf und schlossen sich erneut. Im Mondlicht, das durch die Lücken

drang, konnte ich lange Reihen von ausgebombten Wohn-
häusern erkennen, die direkt vor uns lagen. In keinem
von ihnen brannte Licht. Keine Musik, keine Gespräche,
kein Gelächter klangen zu uns. So weit das Auge reichte,
schien niemand ein auch nur halbwegs normales Leben
zu führen.

Willkommen in Homs.

Einst war Homs eine blühende Metropole gewesen, die
drittgrößte Stadt Syriens nach Damaskus und Aleppo.
Mehr als 600.000 Menschen hatten bis vor Kurzem hier
gewohnt. Jetzt war es nur noch eine Geisterstadt. Die
meisten Einwohner waren in den letzten Jahren vor dem
Krieg geflohen. Wenn sich in der Nähe Regierungstruppen
und Rebellen nicht eine erbitterte Schlacht geliefert hätten,
wäre ich gar nicht auf den Gedanken gekommen, dass
überhaupt noch jemand hier lebte.

Warum überhaupt jemand um diesen verwüsteten
Flecken Erde kämpfen sollte, entzog sich meinem Ver-
ständnis. Aus welchem Grund? Was gab es hier noch,
für das es sich zu kämpfen lohnte? Die meisten Fabriken
waren gesprengt worden, die meisten Schulen nieder-
gebrannt, ebenso wie die katholischen und orthodoxen
Kirchen. Auch die Moscheen gab es nicht mehr. Die
Banken waren geplündert. Es gab nur noch eine Handvoll Geschäfte, der Rest war zerstört. Kaum etwas zu essen.
Kein fließendes Wasser. Kein funktionierendes Abwasser-
system. Ein aufgegebener Flughafen.

Selbst wenn man ein funktionierendes Auto oder
einen Lastwagen besaß, konnte man die Fahrzeuge nicht
nutzen, denn die Tankstellen hatten kein Benzin. Die Straßen waren entweder aufgerissen oder von Soldaten oder
Rebellen gesperrt. Es gab keine nutzbare Zufahrt mehr,

wobei nur ein Idiot auf die Idee gekommen wäre, freiwillig hineinzukommen. Wir standen da und beobachteten das grelle Aufblitzen der Raketen und Granaten, die durch den Himmel flogen. Leuchtmittelgeschosse hinterließen am nächtlichen Firmament ihre diffusen Bahnen.

Hier konnten wir nicht bleiben. Kämpfer der einen oder der anderen Seite würden bald hier sein. Wir mussten weiter.

Auch wenn ich versuchte, es zu vermeiden, konnte ich nicht anders, als unwillkürlich an all meine Freunde zu denken, die ihr Leben geopfert hatten, um über diesen Krieg zu berichten. Mein *Times*-Kollege, mit dem ich den Pulitzerpreis gewonnen hatte, Anthony Shadid, war in Syrien umgekommen, ebenso wie Gilles Jacquier, ein Fotoreporter, der für France Télévisions gearbeitet hatte. Und Marie Colvin von der *Sunday Times* in London. Eine schier endlose Liste von Namen. Über 200 Reporter und Fotografen waren in Syrien seit Beginn des Bürgerkriegs getötet worden – Janet Fiorelli und all die anderen Journalisten, die während des Arabischen Frühlings oder der Kriege in Afghanistan und dem Irak gestorben waren, nicht mal mitgerechnet.

Ich wollte keiner von ihnen werden, aber ich wollte dieses Interview. Ich wollte diese Story exklusiv haben und war fest entschlossen, sie entweder zu bekommen oder in einem Leichensack nach Hause zurückzukehren.

Ich flüsterte Omar eine Idee zu. Er gab sie rasch an Abdul weiter und wir versicherten uns gegenseitig mit Blicken, dass wir am gleichen Strang zogen. Dann packte ich meinen Rucksack, warf ihn mir über die Schulter, sprang auf und lief mit raschen Schritten auf die ausgebombten Apartmenthäuser zu. Kaum hatte ich mich in Bewegung gesetzt, knatterte rechts neben mir in einer Geschützstellung ein Maschinengewehr los. Ich wagte es nicht, stehen zu bleiben, ja, nicht einmal, langsamer zu werden. Wenn ich sterben musste, entschied ich, dann im Laufen, auf der Jagd nach einer Story und nicht vor Furcht im Schlamm kauernd oder um Gnade bettelnd. Ich war nicht mehr so schnell wie damals zu meinen Collegezeiten, nicht einmal so schnell wie noch zu Beginn dieses Krieges. Es musste mir nicht gefallen, aber ich war eben nicht mehr der Jüngste. Junge Leute kamen mit den Anforderungen des Jobs deutlich besser klar. Aber stehen blieb ich trotzdem nicht.

Mein Herz klopfte laut. Meine Lunge rang verzweifelt nach Luft und die Muskeln in den Beinen brannten, doch ich huschte hinter dem Bus in Deckung und hörte, wie die Kaliber-50-Munition klirrend vom Wrack abprallte. Ich lief weiter, leicht panisch. Eher wegen Omar und Abdul als aus Sorge um meine eigene Gesundheit. Ich wagte es nicht, mich umzusehen. Keine Ahnung, ob die Jungs mit dem Maschinengewehr mich noch im Visier hatten. Immerhin hörte ich keine Schreie oder Rufe hinter mir, auch wenn ich nicht sicher war, ob so etwas überhaupt zu erwarten war, denn meine Ohren dröhnten vom unglaublich lauten Knallen der Explosionen und dem Feuer der Automatikwaffen. Soweit ich es beurteilen konnte, war ich allein. Ich konnte nur hoffen, dass für keinen von uns dreien die Stunde des Sterbens gekommen war.

Ich schlug einen Haken nach links, näherte mich der Hintertür eines der Gebäude. Im Näherkommen sah ich, wie Kugeln von den Betonblöcken abprallten. Das intensive Geratter der Maschinengewehre schien exponentiell anzuwachsen. Mir kam unwillkürlich der Gedanke, es könnten zwei Schützen sein, die auf uns schossen, nicht nur einer. Instinktiv wechselte ich die Richtung. Rechts vor mir kam der VW-Bus in Sicht. Er war bis auf das metallische Gerippe ausgebrannt, hatte keine Räder und keine Fenster mehr. Nichts weiter als ein von Kugeln perforiertes Gestell, zugleich aber meine einzige Chance, also eilte ich dorthin. So schnell, wie ich lief, war ich mir nicht sicher, ob ich rechtzeitig stoppen konnte, wenn ich ihn erreichte, also machte ich es wie Pete Rose, der Baseballspieler, und sprang kopfüber hinter das Chassis, während eine Salve in den Motorblock einschlug.

Das tödliche Feuer hörte weder auf, noch ließ der Rhythmus nach. Dutzende von Geschossen bohrten sich in die Flanke des Busses. Mindestens ebenso viele pfiffen über meinen Kopf hinweg, obwohl ich mich so flach auf den Boden presste, wie ich nur konnte, und den Kopf mit den Armen abschirmte. So etwas hatte ich noch nie erlebt, nicht in Afghanistan, nicht im Irak und nicht bei der Berichterstattung über die Revolutionen in Ägypten oder in Libyen. Bei solchen Gelegenheiten war ich in der Regel von Soldaten umgeben gewesen. Ich hielt mich eng an die schwer bewaffneten, kampferprobten Profis. In seltenen Fällen hatte ich mich Rebellengruppen angeschlossen, aber ich war eben nie allein gewesen. Nie hatte man auf mich gezielt, ohne dass ein anderer oder ich selbst zurückschießen oder mich verteidigen konnte.

Noch bevor ich Zeit fand, über meine bedrohliche Lage nachzudenken, landete Abdul neben mir. Omar folgte gleich darauf. Abdul schrie mir auf Arabisch etwas zu, das ich im Lärm nicht richtig verstand. Omar atmete so schwer wie ich. Er zitterte so stark, dass ich davon ausging, dass er sich mindestens so sehr wie ich ängstigte. Wahrscheinlich drohte auch sein Herz in der Brust zu explodieren, bevor er selbst von Kugeln zerfetzt wurde und auf offenem Feld verblutete. Aber wir hatten keine Zeit für Selbstmitleid.

»Wir können hier nicht bleiben!«, schrie ich.

»Aber wir können auch nicht weiter«, schrie Omar zurück. »Die bringen uns alle um.«

»Wir sollten warten«, rief Abdul. »Irgendwann müssen die nachladen.«

»Dann sollten wir sofort losspurten, wenn sie es tun«, erwiderte ich. »Ich gehe als Erster, aber folgt mir nicht. Wir müssen uns aufteilen und in drei Richtungen abhauen. Wir suchen uns jeder ein Gebäude aus, jeder ein anderes. Dann treffen wir uns auf der Vorderseite. Da geht es dann hoffentlich ruhiger zu.«

»Nein, nein, bleiben wir hier«, protestierte Abdul.

Ich schüttelte vehement den Kopf. »Wenn wir das tun, sind wir bald tot!«

Ich hatte das kaum ausgesprochen, als eine winzige Gefechtspause eintrat. *Das ist unsere Chance!,* dachte ich. Wir mussten los, sofort.

»Auf, auf, auf!« Ich sprang auf die Beine und spurtete los.

Ich sah mich nicht um, ich konnte gar nicht. Denn nur wenige Sekundenbruchteile später ging das Geknatter aus dem Geschützstand wieder los. Kugeln pulverisierten die umliegenden Wände. Irgendwie gelang es mir, durch den Hintereingang ins Haus zu kommen und mich unverletzt aus der Schusslinie zu bringen.

Allerdings … jetzt war ich wirklich allein. Ich konnte Mörsergranaten und Artilleriegeschosse hören, die in der Nähe einschlugen und zunehmend näher an meine Position heranrückten. Die Explosionen wurden lauter, ich fühlte und sah gleichzeitig, dass die halbe Ruine um mich herum mit jedem Knall schwankte und bebte. Ich begann mich zu fragen, wie lange das Gebäude noch standhielt. Mir fiel kein Grund ein, warum jemand darauf zielen sollte, aber was, wenn eine oder zwei Mörsergranaten es versehentlich trafen? Was, wenn das Haus erwischt wurde? Fiel es dann vollständig in sich zusammen?

Mir kam der Gedanke, dass niemand zu Hause wusste oder auch nur die geringste Ahnung hatte, wo ich mich gerade aufhielt. Allen MacDonald, mein Newsdesk-Chef in Washington, dachte, ich sei lediglich zur libanesisch-syrischen Grenze unterwegs, um Material für eine Reportage über Flüchtlinge aus Al-Qusair, einem umkämpften Dorf in Syrien, zu sammeln. Diese Ausrede hatte ich ihm zumindest aufgetischt, nachdem er meine Idee, Ramzi zu interviewen, strikt abgelehnt hatte. Meine Mutter glaubte, ich interviewe in Beirut einen Kommandeur der Hisbollah-Milizen. Und mein Bruder? Mit dem hatte ich seit Jahren kein Wort mehr gewechselt.

Ich stand in einem langen, dunklen Gang, die Erde unter mir bebte und ich hatte nicht die geringste Ahnung, wohin ich mich als Nächstes wenden sollte. Aber zurück konnte ich nicht mehr. Also stolperte ich den Korridor entlang, tastete mit ausgestreckter Hand in die Finsternis hinein und hielt mit der anderen Kontakt zur Wand. Dann knirschten Glasscherben unter meinen Sohlen.

Etwas huschte über meine Schuhe, gleich darauf noch etwas. Instinktiv stieß ich es mit dem Fuß weg, aber trotzdem lief mir ein Schauder über den Rücken. Was war das? Wo genau lief ich da hinein? Meine Fantasie überschlug sich.

Schließlich wurde es so dunkel, dass ich buchstäblich die Hand vor Augen nicht mehr sehen konnte.

Ich stolperte über etwas und landete polternd auf dem Boden. Ich hatte keine Ahnung, worüber ich da gefallen war, aber es war groß und irgendwie weich. Als meine Hände auf der Suche danach über die Fliesen des Fußbodens glitten, ertasteten sie etwas Feuchtes, Kaltes und Klebriges. Angewidert wischte ich die Hände an der Hose ab und kramte mein Smartphone heraus, gab hastig den Sicherheitscode ein und aktivierte die Taschenlampenfunktion.

Augenblicklich wurde mir klar, dass ich in einem See aus halb geronnenem Blut gelandet war. Die Tatsache, dass es noch nicht vollkommen eingetrocknet war, ließ mich erschauern. Ich wandte mich um und richtete den Lichtstrahl hinter mich. Ich erstarrte vor Schreck, als ich in die leblosen Augen eines Jungen blickte, der kaum älter als 14 oder 15 gewesen sein konnte. Er war von mindestens einem Dutzend Kugeln getroffen worden und hielt dank der Leichenstarre ein AK-47 fest in den blassen, steifen Händen.

Klick. Klick. Klick. Meine journalistischen Instinkte meldeten sich. Ich knipste drei Bilder, wandte mich zutiefst erschüttert ab und stellte mir erneut die Frage, ob dieses sinnlose Töten in diesem gottverlassenen Land denn ewig weiterging.

Ich richtete die LED des Smartphones auf das Ende des Gangs und arbeitete mich weiter zum Ausgang vor. Beim Berühren des Türknaufs zögerte ich. Ich musste meine Kollegen finden, so viel stand fest. Auf keinen Fall wollte ich allein durch diese Ruinen streifen müssen. Sie bestimmt auch nicht. Aber ich hatte andererseits nicht die geringste Ahnung, was mich dort draußen erwartete. Wie in aller Welt sollte ich hier Jamal Ramzi finden? Nach allem, was wir wussten, war er federführend für diese Schlacht verantwortlich.

Mein Puls raste. Ich wischte mir noch einmal die Hände an der Hose ab und öffnete dann langsam die Tür.

Vor mir breitete sich eine geradezu apokalyptische Szenerie aus. Omar und Abdul waren nirgends zu sehen.

10

Der Gestank des Todes war durchdringend, ekelerregend und unausweichlich.

Wohin ich auch sah, die Straße hinauf oder hinab, ich erblickte Berge von Trümmern und verbogene Stahlbetonelemente, die von halb in sich zusammengestürzten Gebäuden übrig geblieben waren, die ausgebrannten Überreste von Panzern und Lkws, Autos und Motorrädern und den grauenvollen Anblick halb verwester Leichen, die selbst Geier verschmäht hätten. Alles war von einem unheimlichen Dunst aus Qualm und Asche bedeckt und in das blausilbrige Licht des Mondes getaucht.

Ich wagte mich nicht hinaus. Am liebsten hätte ich nach Omar und Abdul gerufen, aber ich verkniff es mir, wich in die Schatten zurück und zog die Tür bis auf einen winzigen Spalt heran. Durch ihn spähte ich in die Nacht hinaus und versuchte, irgendwelche Lebenszeichen auszumachen, sei es von Freund oder Feind. Außer dem Rauch und der Asche regte sich in den winterlichen Windböen nichts. Diese wurden zunehmend heftiger und verstärkten meine innere Kälte. So langsam und leise, wie ich nur konnte, zog ich den Reißverschluss an der Jacke zu und stellte den

Kragen auf, um meinen Hals zu schützen. Es wurde dunkler, als sich erneut Wolken vor den Mond schoben und sein Licht abschirmten.

Was jetzt? Wir waren noch nicht ganz bis zum verabredeten Treffpunkt vorgedrungen, auch wenn ich zumindest vermutete, dass er sich ganz in der Nähe befand. Um zu Ramzi zu gelangen, sollten wir uns mit Tarik Baqouba treffen, einem Angehörigen von Ramzis engstem Stab. Er war in der Dekapolis-Region zwischen Damaskus und Amman auf die Welt gekommen, nördlich des Jordan. Nach allem, was ich über ihn wusste, ein junger, aber kampferfahrener Bursche, der sich durch die Tötung einer ganzen Reihe US-amerikanischer Marines und Army Rangers im Irak einen gewissen Ruf erwarb, bevor er sein ›Talent‹ den Schlachten in Syrien zur Verfügung stellte. Sein jüngerer Bruder Faisal, ein ehemaliger Techniker beim Sender Al Jazeera, war mein E-Mail-Kontakt.

Faisals Instruktionen fielen ziemlich simpel aus: Mein Team und ich sollten ihn in den Ruinen der Chalid-Ibn-Al-Walid-Moschee treffen, die sich ein paar Blocks vom Stadtteil Al-Khalidiyah entfernt befand. Dort wollte er uns in Empfang nehmen und zu Jamal Ramzi bringen. Ich spähte auf das Ziffernblatt meiner Taschenuhr. Noch 23 Minuten bis zum vereinbarten Zeitpunkt. Aber wie sollte ich ohne Omar und Abdul weitermachen?

Meine Angst überwältigte mich. Hatten die Schützen von ihrer Stellung aus meine Freunde niedergemäht, bevor sie sich in Sicherheit bringen konnten? Hatten die Dschihadisten sie erwischt, oder hatten sie ein ›sicheres‹ Gebäude gefunden, nur um darin auf Bewaffnete zu treffen? Mörsergranaten explodierten, das Haus bebte und schwankte. Keine Frage, hier war ich nicht länger sicher.

Aber ich hatte keine Ahnung, was ich tun sollte. Mich allein zur Moschee durchschlagen? Je länger ich hierblieb, desto mehr Fragen spukten in meinem Kopf herum. Was, wenn Omar und Abdul verletzt waren? Was, wenn sie gerade verbluteten? Vielleicht sollte ich nach ihnen suchen. Aber ich hatte natürlich keine Ahnung, in welches der Gebäude in meiner Nähe sie sich geflüchtet hatten. Ich wusste nicht mal, ob sie sich aufgeteilt hatten, wie von mir angeraten, oder am Ende doch zu zweit weitergelaufen waren.

Ich fühlte mich ausgetrocknet, griff nach der Wasserflasche, die an meinem Rucksack hing, und nahm einen kräftigen Schluck. Dann bemerkte ich überrascht, dass die Explosionen draußen verstummt waren. Über den Grund konnte ich nur mutmaßen. Womöglich eine kurze Gefechtspause. Für ein paar unerwartete Minuten herrschte jedenfalls eine Stille, die nur gelegentlich von entferntem Maschinengewehrgeknatter durchbrochen wurde. Und vom Klingeln meiner Ohren.

Langsam normalisierte sich meine Atemfrequenz, doch in diesem Augenblick vernahm ich ein Geräusch in meinem Rücken. Ich fuhr herum. Ein Strahl Mondlicht sickerte durch die Tür am anderen Ende des langen Korridors, wenn auch nur kurz. Jemand hatte die Tür geöffnet und wieder geschlossen, jemand war ins Haus gekommen. Meine Nackenhaare richteten sich auf. Wieder begann mein Puls zu rasen. Wer war das? Einer von meinen Freunden? Oder ein Feind, der darauf aus war, mich zur Strecke zu bringen?

Ich schloss die Tür hinter mir vollständig und achtete darauf, dabei kein Geräusch zu verursachen. Ich wollte nicht, dass auch nur die geringste Spur von Helligkeit auf mich fiel und mich so zum Ziel machte.

Aber im Gang war es nun vollkommen dunkel. Ich saß fest, konnte weder weiter noch zurück.

Nun krachten Glasscherben unter den Sohlen des Fremden. Wer auch immer es war, er kam auf mich zu. Langsam. Schritt für Schritt arbeitete er sich vorwärts.

Ich versuchte, meine Panik zu unterdrücken, und ging langsam in die Knie. Wer auch immer da kam, wenn er bewaffnet war und zu schießen anfing, war ich entschlossen, ihm eine so diffuse Zielfläche wie möglich zu bieten. Dann erinnerte ich mich an das AK-47. Es befand sich lediglich ein paar Meter von mir weg, in den Händen eines Jungen, der wahrscheinlich erst vor ein paar Stunden gestorben war. Das Magazin steckte noch in der Waffe, das hatte ich sofort bemerkt. Zwar wusste ich nicht, ob es geladen war, aber das Risiko musste ich eingehen. Ich wollte nicht sterben. Nicht hier, nicht jetzt. Auf allen vieren tastete ich in der Dunkelheit herum, bis meine Finger die kalte, steife Leiche streiften. Ich fühlte weiter, bis meine Hände auf der Waffe lagen.

Das Knirschen der Scherben unter den Schritten wurde lauter. Wer auch immer da kam, er kam näher. Mir rannte die Zeit davon. Verzweifelt versuchte ich, die starren Finger des Jungen vom Griff des Maschinengewehrs zu lösen, und zerrte es schließlich an mich.

Ich ließ die Finger über die gesamte Länge der Waffe gleiten und versuchte, mich zu orientieren. Eine Kalaschnikow hatte ich noch nie in der Hand gehalten, sie war mit den Schrotflinten und den Gewehren, mit denen mir mein Großvater das Schießen beigebracht hatte, nicht zu vergleichen. Aber so schwierig konnte es ja nicht sein. Ich entschied, das Wichtigste war, es erst einmal zu entsichern. Dass es eine Sicherung hatte, lag auf der Hand.

Ich fühlte den Hebel unter den Fingern und ließ ihn hoch- und runterschnappen. Aber im Dunkeln konnte ich nicht ahnen, in welcher Stellung die Sicherung ansprach. Es gab wohl nur eine Möglichkeit, es herauszufinden: zu zielen, abzudrücken und abzuwarten, was passierte.

Allerdings zögerte ich. *Ich bin Reporter, kein Kämpfer,* sagte ich mir. *Ich bin hier, um darüber zu schreiben, nicht um Menschen zu erschießen.* Das führte ich mir stets vor Augen, bei jedem Konflikt, über den ich berichtete. Doch mit einem Mal war ich mir der Ethik dieses Mantras nicht mehr so sicher. Doch darauf lief es wohl hinaus: Ich hatte nur diesen einen Augenblick. Wenn ich jetzt nicht schoss, bekam ich wahrscheinlich keine zweite Chance mehr. Je näher mein Gegner kam, desto höher die Wahrscheinlichkeit, dass er feuerte, wenn ich es nicht zuerst tat. Ich kauerte mich also auf dem Boden zusammen und zielte. Ich wusste, wenn ich den Auslöser jetzt drückte und die Waffe nicht schoss, blieb mir immer noch Zeit, den Hebel umzulegen und es ein zweites Mal zu versuchen. Das Überraschungsmoment war auf meiner Seite, auf diese Weise konnte ich überleben. Aber sollte ich die Chance wirklich nutzen? Was, wenn ich die Lage falsch einschätzte und er nicht allein war? Es konnte sehr gut sein, dass weitere Kämpfer draußen nur darauf warteten, in den Korridor zu stürmen und mich in dem Augenblick niederzumähen, in dem ich abdrückte.

Ja, wenn ich die Waffe niederlegte, bestand die Möglichkeit, dass man mich gefangen nahm. Aber in diesem Fall konnte ich mich als Journalist mit etwas Glück herausreden und mein Gegenüber davon überzeugen, dass ich hier war, um zu helfen, den Unterdrückten eine Stimme in der Welt da draußen zu schenken. Immerhin war genau das mein Job. Wenn ich aber mit einer qualmenden Waffe in der Hand erwischt wurde, durfte ich nicht auf Gnade hoffen. Dann schlachtete man mich ab wie ein Tier. Und wenn es ganz dumm lief, landete ein Clip meiner Hinrichtung auf YouTube.

Ich hörte es hinter mir knirschen, die Tür zur Straße schwang auf. Sofort wurde der Gang mit Mondlicht geflutet. Ich fuhr herum und erkannte zwei Silhouetten. Ich war drauf und dran, den Auslöser zu drücken, konnte jedoch kaum etwas sehen. Meine Augen versuchten verzweifelt, sich den veränderten Lichtverhältnissen anzupassen. Bevor ich reagieren konnte, brachen hinter meiner linken Schulter ein paar einzelne Schüsse hervor.

Erschrocken schrie ich auf, aber es war zu spät. Die beiden Männer im Türrahmen waren getroffen. Sie kippten nach hinten, zur Tür hinaus und brüllten vor Schmerz. Panisch und ohne nachzudenken ließ ich die Waffe fallen, sprang auf und rannte durch die offene Tür hinaus. Aber es waren nicht Omar und Abdul. Es handelte sich um Männer, die ich nicht kannte. Beide trugen Uniformen der syrischen Armee. Beide hielten Maschinengewehre in der Hand, die Sicherungshebel waren gelöst. Sie waren drauf und dran gewesen, mich zu töten.

Einer der beiden wand sich auf den Fliesen und erstickte offenbar am eigenen Blut. Sekunden später wurde er still und sein Gewehr kippte zur Seite. Tot.

Der andere hatte Treffer in Brust und Gesicht kassiert. Er starb einen langsamen und qualvollen Tod. Das Schlimmste war, dass er es bewusst wahrnahm. Ich starrte auf ihn hinab, wie er da im Mondlicht lag, und schaffte es nicht, den Blick abzuwenden. Er sah mich ebenfalls mit großen Augen an, von Schrecken erfüllt.

»Helfen Sie mir«, stöhnte er auf Arabisch.

Ich stand für einen Augenblick nur da und wusste nicht, was ich sagen sollte.

»Bitte«, flehte er. Seine Stimme war kaum noch ein Flüstern.

»Es tut mir so leid«, erwiderte ich schließlich.

»Ich will nicht sterben. Bitte tun Sie doch etwas.«

Aber ich stand nur wie gelähmt da. Ich wollte helfen, wollte es wirklich. Aber wie? Ich hatte keine medizinische Ausrüstung bei mir. Ich war auch kein Arzt. Ich besaß keinerlei Ausbildung in Erster Hilfe. Es gab buchstäblich nichts, was ich hätte tun können, und kaum hatte er das begriffen, wuchs seine Furcht umso mehr.

In all den Jahren, in denen ich als Kriegsberichterstatter durch die Welt gereist war, hatte ich den Tod auf den Schlachtfeldern durchaus kennengelernt. Ich war Zeuge von Drohnenangriffen oder Attacken mit Panzerabwehr-raketen geworden, bei denen Menschen gestorben waren. Ich hatte Selbstmordattentate unmittelbar miterlebt, Flächenbombardements und den Beschuss von Scharf-schützen. Ich hatte Menschen gesehen, die auf der Stelle starben und es gar nicht mehr registrierten. Im einen Moment voller Mut und Testosteron, im nächsten nicht mehr da.

Ich hatte auch Profischützen bei der Arbeit beobachtet, Sanitäter und Gefährten tapfer kämpfen sehen, um ihre Freunde zu retten, ständig im Wettlauf mit der Zeit, während sie alles Menschenmögliche unternahmen, um anderen das Leben zu retten.

Aber so etwas wie hier hatte ich noch nie erlebt. Dieser Mann stand kurz davor, diese Welt zu verlassen und in eine andere hinüberzuwechseln. Er bat mich um Hilfe, klammerte sich verzweifelt ans Leben, gerade jetzt, wo es ihm entglitt. Dann löste sich sein Blick von mir. Jetzt starrte er auf einen Punkt hinter mir ins Leere. Er hatte mich vergessen und schien etwas zu bemerken, das mir verborgen blieb. Er konzentrierte sich allein darauf, erfüllt von nackter Panik.

»Nein«, schrie er. »Nein …!«

Noch ein Schuss knallte durch die Nacht. Dann wurde es still. Ich wandte mich um und sah, dass ein Junge neben mir stand. Wenigstens nahm ich wegen der Kleidung, die er trug, an, dass er noch jung war, denn das Gesicht konnte ich nicht erkennen. Er hatte eine schwarze Skimaske übergestülpt und zielte mit der Pistole auf den Kopf des Soldaten. Rauch kräuselte sich aus dem Lauf.

Und dann richtete er die Waffe auf mich.

11

»Wer bist du?«, verlangte er zu wissen. Er sprach Arabisch, seine Stimme klang kalt und gefühllos.

Für eine Sekunde war ich zu geschockt, um zu antworten. Kopf und Gesicht wurden mit Ausnahme eines Sehschlitzes von einer schwarzen Skimütze bedeckt, aber ich konnte seine Augen erkennen, die mich erschaudern ließen. Dunkel und seelenlos. In ihnen steckte kein Funken Leben oder gar Hoffnung. Er hatte diese beiden Soldaten niedergeschossen, ohne einen weiteren Gedanken zu verschwenden. Er hatte ganz eindeutig auch schon andere getötet, vermutlich viele. Und ich wusste in diesem Augenblick, dass er auch mich ohne zu zögern töten würde.

»Ich bin Reporter«, erwiderte ich in seiner Sprache. Mein Mund fühlte sich knochentrocken an.

Er sagte kein Wort.

»Ich soll jemanden interviewen.«

Immer noch nichts.

»Bald«, ergänzte ich.

Der Junge starrte durch mich hindurch, mit diesem gehetzten, seelenlosen Blick in den Augen.

»In der Chalid-Ibn-Al-Walid-Moschee«, murmelte ich. Ich war nicht einmal sicher, warum ich überhaupt weiterredete.

Das alles interessierte ihn offenbar nicht im Geringsten. Ich fragte mich, ob er mich nun erschoss.

Eine Pause entstand, ein langes Schweigen. Nun, Schweigen in dem Sinne, dass keiner von uns beiden sprach. Windböen heulten durch die Betonschluchten und die öden und verwüsteten Straßen von Homs. Ein paar Straßen weiter östlich erscholl erneut das Geknatter von automatischen Waffen, die in kurzen Abständen abgefeuert wurden. Ich hörte hier und da eine oder zwei vereinzelte Mörsergranaten explodieren, aber der Höhepunkt der Schlacht, die in der letzten Stunde getobt hatte, schien vorbei zu sein. Allerdings konnte es auch gut sein, dass es sich dabei um pures Wunschdenken handelte.

»Diese Tasche, was ist da drin?«, wollte er endlich wissen und gestikulierte mit der Pistole in Richtung meines Rucksacks.

Verwirrt, verängstigt und unsicher, wie viel ich sagen sollte, geriet ich ins Stottern. »Oh … äh, weißt du, ein paar Sachen eben. Notizblöcke, Stifte, so Zeug eben.«

»Essen?«, fragte er mit kaum hörbarer Stimme.

»Wie bitte?« Ich war nicht sicher, ob ich ihn richtig verstanden hatte.

»Hast du Essen dabei?«, wiederholte er die Frage ein wenig lauter.

»O ja ... nun, ein bisschen. Nicht viel. Ein paar Äpfel, einige Müsliriegel, so was eben.«

»Gib es mir!«

»Was?«

»Alles. Was du eben so hast.«

Meinte er das ernst? Er wollte nicht meine Brieftasche, mein Bargeld, meine Kreditkarten? Dann dämmerte mir, dass der Kleine nichts damit anfangen konnte. Das hier war kein Ort, an dem man Lebensmittel kaufen konnte, egal wie viel Geld man hatte. Ich nahm den Rucksack ab, stellte ihn auf den Boden und zog den Reißverschluss auf.

»Ich hab in den letzten Tagen nur ein paar Oliven gegessen«, verriet der Junge jetzt, als hätte er meine Gedanken gelesen.

Ich hielt inne und sah auf. Was er sagte, verblüffte mich. Nicht so sehr seine Worte, sondern die Art, wie er sie äußerte. Es lag kein Ausdruck in seiner Stimme. Er beklagte sich nicht. Nicht wie ein jammerndes Kleinkind, das stöhnte oder Mitleid einforderte. Er stellte nüchtern eine Tatsache fest. Wie ich so darüber nachdachte, glaube ich nicht einmal, dass er es meinetwegen tat. Er schien es eher zu sich selbst zu sagen, während ich rein zufällig danebenstand.

Ich betrachtete ihn genauer. Jetzt erst fiel mir auf, wie lose seine Hosen saßen, sie hingen gerade so an seiner ausgemergelten Gestalt. Die nackten Hände, ohne Handschuhe, mager und knochig, wirkten kalt und rau.

Wer war dieser Junge?, fragte ich mich. Wie hieß er und wo lebte er? Wie verbrachte er seine Tage? Wer passte auf ihn auf? Ob das überhaupt jemand tat, wo er doch nachts durch die Straßen zog und Fremde in der Hoffnung abknallte, sie hätten etwas zu essen dabei. Ich wollte ihm so viele Fragen stellen, eine Story über ihn schreiben und seinem Schicksal auf der Titelseite der *Times* Gehör verschaffen.

Doch er fuchtelte mit der Pistole herum und gab mir so zu verstehen, dass ich mich beeilen solle. Er wurde ungeduldig und ich konnte spüren, wie riskant der Versuch wäre, ihn in eine Unterhaltung zu verwickeln. Wer auch immer er sein mochte, er hatte seine Unschuld schon lange verloren. Er hatte zu viel gesehen, zu viel getan und wollte nicht, dass die Welt davon erfuhr. Sein eigener Horizont hatte sich verengt. Sein einziges Ziel bestand mittlerweile darin, die nächste Nacht zu überleben, nicht, seine Geschichte zu erzählen. In dieser kalten, dunklen Straße stellte ich mir die Frage, wie lange dieser Überlebenswille noch anhielt.

»Vergiss es«, meinte er. Er hatte es plötzlich eilig. »Gib mir einfach den Rucksack.«

Wieder sah ich auf. Ich konnte an seinem Blick ablesen, wie ernst er es meinte. Es würde keine weiteren Argumente geben, keine Verhandlungen. Und er würde nicht zweimal fragen. Ich schloss den Rucksack. Es steckten nicht einfach nur Notizblöcke und Stifte und ein paar Snacks darin, sondern auch eine brandneue Digitalkamera mit Teleobjektiv und ein digitaler Audiorekorder. Die Ausrüstung gehörte der *Times*. Vorsichtig machte ich ein paar Schritte auf ihn zu und hielt ihm alles hin.

Für einen Augenblick kam mir der Gedanke, er könnte hineinschauen und mich erschießen, weil ich ihm nicht die volle Wahrheit gesagt hatte. Aber dann erkannte ich, dass er unruhig wurde. Er wollte fort, weg aus diesem Haus, von dieser Straße. Zurück in die Schatten, aus denen er gekommen war. Ich setzte den Rucksack ab und zog mich an die Stelle zurück, an der ich vorher gestanden hatte.

Er blickte sich noch einmal um, so als wollte er sichergehen, dass die Luft rein war, dann bückte er sich und nahm die Munition der beiden Soldaten an sich. Er stopfte sie in die Seitentaschen des Rucksacks, schlang ihn über die Schulter und lief den langen, dunklen Korridor hinab.

Ehe ich mich versah, stand ich allein mitten auf einer mit Trümmern übersäten Straße, nur ich und zwei frische Leichen. Ich wusste, ich hätte loslaufen müssen. Hier herumzustehen bedeutete, jemandem ein Ziel zu bieten. Aber ich starrte nur auf die beiden Soldaten hinab und erfasste den puren Schrecken in ihrem Blick.

Mein Bruder sprach gern von Himmel und Hölle. Dafür war er ausgebildet, das interessierte ihn. Bisher hatte ich mir offen gestanden nie Gedanken über das eine oder das andere gemacht. Aber in diesem Augenblick erkannte ich, dass ich nicht guten Gewissens hätte behaupten können, dass diese beiden Soldaten sich nun an einem besseren Ort befanden. Ihre letzten Augenblicke waren grausam gewesen; war es möglich, dass sie irgendwo an einem schlimmeren Ort vor sich hin vegetierten?

Ich wollte gar nicht darüber nachdenken. Ich hatte nie viel über das Leben nach dem Tod sinniert. Wenn meine Gedanken überhaupt je in diese Richtung gewandert waren, dann beschränkten sie sich auf die Vorstellung, dass wir bei unserem Tod wie eine Kerze erloschen. Das war's. Mehr nicht. Aber nun trieben mich die letzten

Worte dieses Syrers um. Während er dieser Welt entglitt, musste er eine andere gesehen haben, die ihn mit Schrecken erfüllte. Seine Augen hatten es ebenso wie seine Stimme verraten.

All das erschütterte mich.

Um an etwas anderes zu denken, wandte ich mich ab, doch alles, was ich zu Gesicht bekam, waren Ruinen und Zerstörung. Zehn-, zwölf-, 15-stöckige Wohnhäuser, teilweise in sich zusammengestürzt, von Kugeln durchlöchert, mit leeren Fensterrahmen, verkohlt und ausgebrannt. Nicht ein oder zwei Gebäude sahen so aus, sondern alle. Durchgehend zerstört und verlassen.

Das war Syrien. Das war die arabische Republik, zu der die Assad-Jahre geführt hatten; ein seelenloser Betondschungel für syrische Soldaten und hungernde, leidende Kinder mit vernarbter Seele auf der Suche nach ein paar Lebensmitteln sowie die verwesenden Leichen derer, die sich ihnen in den Weg stellten. Ob die Welt wirklich verstand, was hier vor sich ging? Kümmerte es sie überhaupt? Kümmerte es mich, ich meine, wirklich?

Ich hatte lange über Kriege berichtet, als wären es Fußballspiele, hatte Gewinne und Verluste gegeneinander aufgerechnet, quasi Spielberichte verfasst und Taktiken kommentiert. Über wie viele Friedensverhandlungen und diplomatische Initiativen hatte ich berichtet, stets aus der Deckung luxuriöser Fünfsternehotels in Genf oder London, nachdem ich mit Außen- und Verteidigungsministern zu Abend gegessen hatte, die alle ihre Betroffenheit über die Tragödien äußerten, aber im Prinzip nie etwas dagegen unternahmen.

Jahr für Jahr ging der Albtraum weiter, und weiterhin tat die Welt nichts Sinnvolles, um ihn zu beenden. In

Washington redeten die Politiker zwar Tacheles, ebenso wie in London, Paris, Berlin oder Genf. Aber nichts änderte sich, nichts wurde besser in den Krisengebieten. Nicht für diese beiden Männer hinter mir, nicht für den Jungen. Für niemanden, der einst in dieser Straße in Homs gelebt hatte.

Hier wurde ich Zeuge des Zusammenbruchs eines ganzen Landes. Zum ersten Mal dämmerte mir, dass es hier wohl in ein oder zwei Jahren keinen Staat mehr gab, sofern niemand einschritt. Die Frage lautete, ob es wirklich möglich sein konnte, ob wir tatsächlich Zeuge wurden, wie sich ein moderner arabischer Staat komplett auflöste, um sich womöglich nie wieder neu konstituieren zu können.

So hatte ich diese Dinge noch nie betrachtet, und mit Sicherheit hatte ich so noch nie über den Nahen oder Mittleren Osten geschrieben. Aber in diesem Moment, ganz allein auf dieser Straße, nach dem, was ich gerade erlebt hatte, erkannte ich, dass ich nicht die geringste Ahnung hatte, was aus Syrien werden sollte. Vielleicht würden die Hisbollahs oder die iranischen revolutionären Garden das Land übernehmen und es zu einer Provinz der Mullahs in Teheran machen. Oder Al-Qaida oder eine andere Gruppe sunnitischer Rebellen ging als Sieger aus der Auseinandersetzung hervor, um ein neues Afghanistan oder Somalia an den Grenzen Israels, des Libanon und Jordaniens zu errichten. Was auch immer geschah, ich hielt es für quasi unmöglich, dass Präsident Assad und seine Armee noch lange standhielten. Ehrlich gesagt überraschte es mich, dass Assad nach allem, was geschehen war, noch lebte.

Über mir erklang ein Dröhnen. Ich schaute auf. Zwei F-4-Phantom-Jäger donnerten über die Stadt hinweg.

Sekunden später erschienen zwei weitere. Dann fielen die ersten Bomben. Die krachenden Explosionen und die gewaltigen Feuerbälle, die nur wenige Straßenzüge nördlich von mir entstanden, rissen mich aus meiner idiotischen Nabelschau. Dies war weder die Zeit noch der richtige Ort, um über die Zukunft Syriens nachzugrübeln. Ich hatte wesentlich dringendere Probleme zu lösen: Was sollte ich als Nächstes tun? Wo sollte ich hin? Die Zeit lief mir davon. Faisal Baqouba blieb nicht die ganze Nacht in dieser Moschee. Wenn ich mich nicht aufraffte, verpasste ich das Treffen mit ihm und seinem Bruder Tarik – und mit ihnen das Interview, das der Höhepunkt meiner Karriere zu werden versprach.

Andererseits ... wenn ich jetzt allein zur Moschee aufbrach, bestand eine äußerst reelle Chance, dass ich es nicht lebend zurück nach Hause schaffte.

Wieder brach ein Maschinengewehr los, gefolgt vom Feuer eines einzelnen Scharfschützen. Jemand ballerte mit einem großkalibrigen Gewehr um sich. Ich hatte es schon häufiger gehört, allerdings noch nie aus so direkter Nähe. Hätte ich mutmaßen müssen, wäre ich davon ausgegangen, dass der Schütze am Ende der Straße Stellung bezogen hat, kurz hinter der nördlichen Biegung.

Der Countdown tickte. Ich musste hier raus. Ich kletterte über Berge von Stahlbetontrümmern, um von der Straße wegzukommen, und flüchtete mich in den Schatten einer Eingangstür.

Da wurde ich von hinten gepackt. Bevor ich recht begriff, wie mir geschah, schob ein Unbekannter eine Hand über meinen Mund. Ein anderer zerrte an meinen Armen und fixierte sie in meinem Rücken. Ich konnte mich nicht bewegen und kaum atmen. Man zerrte mich in ein fensterloses, schimmlig riechendes Haus, doch ich konnte nichts erkennen. Adrenalin schoss durch meine Adern, ich wollte mich wehren, wusste aber, dann würde mir die Kehle aufgeschlitzt oder eine Kugel in den Kopf gejagt, bevor meine Faust auch nur einmal ihr Ziel traf. Deshalb entspannte ich alle Muskeln und landete bäuchlings auf dem Boden.

Auf der Stelle wurde mir der kalte Lauf einer Waffe in den Nacken gepresst. Ein Stiefel trat mir auf den Rücken, sodass ich mich nicht rühren konnte, ein weiterer auf die Schulter. Meine Hände wurden mit einem neuerlichen Ruck auf den Rücken gezogen und so fest mit einem Seil gefesselt, dass es mir in die Handgelenke schnitt. Ein unangenehmes Kitzeln, wahrscheinlich bluteten sie sogar.

Dann stülpte mir jemand einen Sack über den Kopf. Er bestand aus Plastik und war undurchsichtig, wahrscheinlich eine Mülltüte. Sie wurde fest um Gesicht und Hals gebunden. Augenblicklich begann ich zu hyperventilieren. Ich versuchte mich zu beruhigen, aber es half nichts. Klaustrophobie machte sich in mir breit. Bestimmt wollten sie mich nicht erschießen, ansonsten hätten sie es längst getan. Das konnte nur eines heißen: Sie würden mich köpfen. Allein schon der Gedanke sorgte dafür, dass mein Herzschlag ins Stocken geriet.

Dann rammte mir jemand eine Nadel in den Arm und die Zeit schien stillzustehen.

12

Als ich aufwachte, hatte ich keine Ahnung, wo ich mich befand.

Ich hatte auch keine Ahnung, wie lange ich bewusstlos gewesen sein mochte. Die Plastiktüte umschloss nach wie vor meinen Kopf und Hals, war aber so gelockert worden, dass ich atmen konnte. Mir tat alles weh, meine Gelenke waren steif und ich fror. Ich vermisste meine Jacke, ebenso meinen Pulli. Am Leib trug ich nichts als T-Shirt und Boxershorts.

Meine Arme waren noch hinter meinem Rücken gefesselt. Inzwischen hatte man auch meine Füße fixiert und mir Schuhe und Socken ausgezogen. Soweit ich es beurteilen konnte, saß ich auf unnachgiebigem Zementboden und lehnte an einem Stapel kalter Betonblöcke. Ich hörte das Rauschen von Regen und den intensivsten und lautesten Donner, den ich je gehört hatte.

In der Ferne erklangen in unregelmäßigen Abständen Salven von Automatikwaffen. Ich versuchte, weitere Einzelheiten zu erlauschen, um herauszufinden, wo ich mich befand. Kurz darauf donnerten wieder zwei Kampfjets über mein Gefängnis hinweg. Nach einem Augenblick folgten noch zwei, dann nacheinander mehrere Explosionen. Nicht laut oder sonderlich nah, deutlich weiter entfernt als jene, die unser Eindringen in die Stadt begleitet hatten. Aber der Lärm an sich suggerierte, dass weiterhin eine Regierungsoffensive gegen eine Enklave der Rebellen im Gange war.

Ich schnappte zudem ein obskures Geräusch auf, als würde ein Stück Stoff im Wind flattern. Zuerst hielt ich es für eine Flagge. Aber dann klang es mir eher nach Plastik. In diesem unbekannten Raum, in dem ich festsaß, zog es schrecklich, ab und an trafen mich bitterkalte Regentropfen. Kein Fensterklappern, denn in dieser Stadt deutete wenig auf die Existenz auch nur einer einzigen unversehrten Glasscheibe hin. Ich schloss daraus, dass man in diesem Raum in dem kläglichen Versuch, den schlimmsten Wind und Regen abzuhalten, entweder Plastiktüten oder Folie im zersplitterten Fensterrahmen befestigt hatte.

Schwere Schritte erklangen. Ich weiß nicht genau, wie ich es beschreiben soll, aber so, wie sich diese Schritte anhörten, beschlich mich unweigerlich das Gefühl, dass da jemand, eigentlich sogar mehrere eine Betontreppe ganz in der Nähe heraufkamen. Wer auch immer es war, die Personen trugen Stiefel. Die Wucht der Tritte suggerierte, dass es sich um kräftige Männer handelte. Ob nun Regierungssoldaten oder Dschihadisten, wusste ich nicht, aber ich ging davon aus, dass ich mich nicht in einem Bunker oder einem Keller aufhielt, sondern mindestens ein paar Stockwerke über der Erde. Eventuell in einer Wohnung oder einem Büro in der oberen Etage eines Hauses, aus dem man zweifellos alle Teppiche und andere Annehmlichkeiten entfernt hatte.

Niemand sagte etwas, aber sie kamen näher. Mit jedem Schritt fürchtete ich mehr, dass mein Ende unmittelbar bevorstand.

In dieser Situation gab es jede Menge Fragezeichen. Doch eins stand für mich fest: Ich war nicht bereit für den Tod. Ich finde keine besseren Worte dafür. Nicht etwa dass ich dem Schöpfer gelassen ins Auge geblickt hätte. Vielmehr erfasste mich eine Art Lähmung.

Die Schritte stoppten direkt vor mir.

»Wie heißen Sie?«, fragte ein Mann auf Englisch, wenn auch mit deutlich arabischem Akzent.

Ich versuchte zu schlucken, aber mein Hals war zu trocken. Plötzlich fühlte ich eine scharfe, kalte Klinge am Hals, direkt unterhalb des Adamsapfels.

»James.« Ich bemühte mich, meine Stimme nicht allzu stark zittern zu lassen. »James Bradley Collins.«

»Wo kommen Sie her?«

Die Frage löste Panik in mir aus, aber mir blieb keine andere Wahl, als ehrlich zu antworten. Man verschonte mich wohl kaum, bloß weil ich so tat, als wäre ich Kanadier. Oder Brite. Oder Australier. Vielleicht kam ich damit für eine Weile durch. Aber was passierte, wenn diese Leute herausfanden, dass sie belogen wurden?

»Amerika.«

»Welche Stadt?«

»Washington.«

»Welchen Beruf haben Sie?«

»Ich bin Reporter.«

»Für welche Zeitung?«

»Die *Times*.«

»Welche *Times*?«

»Die *New York Times*.«

»Warum sind Sie nach Syrien gekommen?«

Ich zögerte. Was antwortete ich darauf am besten? Wer hielt mich hier fest? Was wollten sie hören? Meine Gedanken überschlugen sich und spielten eine ganze Reihe von Möglichkeiten durch. Aber in meiner Lage schien keine davon sonderlich ratsam. Ich hatte schlicht nicht die Energie und die Geistesgegenwart, mir eine plausible Geschichte auszudenken und sie über Tage oder Wochen des Hungers, des Schlafentzugs, der Folter und Auspeitschungen aufrechtzuerhalten. Ich arbeitete schließlich nicht bei der CIA. Ich war für solche Situationen nicht trainiert.

Dann durchzuckte mich ein Gedanke: *Sag ihnen einfach die Wahrheit. Du gewinnst mit Lügen nichts.* Nun, das musste nicht zwangsläufig stimmen. Lügen verschafften mir unter Umständen Zeit. Genug Zeit, um einen Fluchtplan auszutüfteln oder durchzuhalten, bis jemand kam und mich rettete. Vielleicht Omar, vielleicht Abdul. Lügen, so sagte ich mir, konnten mich womöglich retten. Aber bevor ich es mir genauer überlegen konnte, hörte ich mich selbst antworten, ich sei gekommen, um ein Interview zu führen.

»Mit wem?«

»Ramzi«, sagte ich, ohne lange nachzudenken.

»Jamal Ramzi?«, kam die Antwort.

»Ja.«

»Warum?«

»Er hat mich darum gebeten.«

Niemand sagte etwas.

»Schauen Sie in meine Tasche«, sagte ich rasch. »Die Hosentasche. Dort finden Sie einen Ausdruck der E-Mail.«

Glaubten sie mir? Kümmerte es sie überhaupt? Vielleicht gehörten sie den Truppen Assads an oder es waren Rebellen. Und wo steckten Omar und Abdul? Hatte man sie getötet oder gefangen genommen, unterzog man sie möglicherweise einem Verhör? Das alles lieferte mir gute Gründe, die Wahrheit zu sagen, entschied ich. Gut möglich, dass meine Kidnapper die Antwort auf jede ihrer Fragen längst kannten.

Donner krachte. Der Winterregen war noch stärker geworden. Ich bildete mir ein, das Rascheln von Papier zu hören, war jedoch nicht sicher. Dann wurde die Klinge von meiner Kehle genommen, doch sie schnitt mich dabei. Ich blutete ein wenig. Man riss mir die Plastiktüte vom Kopf. Grelles Licht blendete mich für den Moment. Sobald ich mich gefangen hatte, fand ich mich Auge in Auge mit drei Männern wieder.

Jeder von ihnen war kräftig gebaut, muskulös, bis an die Zähne bewaffnet und hatte eine schwarze Wollmütze auf dem Kopf. Der Linke trug ein dunkelblaues Sweatshirt, ausgewaschene Jeans und schwarze Kampfstiefel. Er hielt ein Maschinengewehr auf mich gerichtet. Der Rechte war in einen Winterparka und grüne Tarnkleidung gehüllt, ergänzt durch braune Stiefel. Er hatte eine Machete gezückt, die im Mondlicht schimmerte. Ich glaubte, einen Tropfen Blut an der Spitze zu erkennen. Der in der Mitte schien zugleich der Jüngste zu sein. Er trug Turnschuhe, schwarze Jeans und meine Lederjacke, hielt die E-Mail in der Hand und als sich unsere Blicke trafen, war er es, der das Wort ergriff.

»*As-salamu alaikum*, Mr. Collins. Ich bin Tarik Baqouba. Das hier sind Faisal und Ahmed, meine Brüder. Willkommen in Homs.«

Ich war noch immer wie erstarrt, diesmal allerdings vor Erleichterung. Ich weiß, wie seltsam das klingen muss, und ich gestehe, dass ich vor dieser Nacht niemals auf den Gedanken gekommen wäre, in der Anwesenheit dreier erwiesener Al-Qaida-Terroristen erleichtert aufzuseufzen. Aber ich war erleichtert. Vielleicht ist es nicht ganz das passende Wort, aber mir fällt kein besseres ein. Ich war froh, noch am Leben zu sein und nicht länger in den Straßen herumzuirren. Ich hatte meine Verabredung nicht verpasst und war nun hoffentlich unterwegs zu dem Mann, für den ich all diese Strapazen auf mich genommen hatte.

»Sie kommen jetzt mit mir«, befahl Tarik.

Der Rechte schob seine Machete mit einer blitzschnellen Bewegung in die Scheide zurück, löste meine Fußfesseln, riss mich in die Höhe und brachte eine Tüte zum Vorschein, in der sich offenbar meine Kleidung befand. Seine Brüder hielten ihre Waffen auf mich gerichtet, während er die Fesseln an meinen Händen lang genug löste, damit ich meine Klamotten samt Socken und Schuhen wieder anziehen konnte. Sie waren kalt und ein wenig klamm, aber unter diesen Umständen war ich dankbar dafür, besonders als ich spürte, wie die Uhr meines Großvaters in der vorderen rechten Hosentasche tickte.

Ich stellte mir unzählige Fragen, angefangen mit der, wo sich meine Kollegen aufhalten mochten. Aber ich sagte kein Wort. Meine Hände wurden ein weiteres Mal gefesselt. Der Lauf einer Maschinenpistole drückte sich gegen meinen Rücken, dann gingen wir die Treppe hinunter, fünf Stockwerke bis ins Erdgeschoss. Dabei gelangte ich zu dem Schluss, dass wir uns tatsächlich in den Überresten der Chalid-Ibn-Al-Walid-Moschee befanden. Mehrere Granaten hatten sie getroffen, aber noch war sie nicht in sich zusammengestürzt. Zudem gab es Anzeichen, dass sich erst kürzlich Menschen hier aufgehalten hatten: In einer Ecke ein paar Schlafsäcke, in einer anderen fand sich ein erloschenes Lagerfeuer. Überall lagen Munitionshülsen und Zigarettenkippen herum. Es schien sich um eine Art Unterschlupf zu handeln. Ich prägte mir die Einzelheiten für den Fall ein, dass ich dieses Land jemals lebend verließ.

Wir machten unterwegs nicht einmal halt. Als wir das Erdgeschoss erreichten, wurde ich durch die verkohlten Überreste des Foyers gedrängt. Dann kam noch eine Treppe, die wir bis in den Keller hinabstiegen. Die drei

Männer schalteten Taschenlampen ein, als wir durch das Labyrinth feuchter, tropfender Gänge huschten, bis wir einen Maschinen- oder Heizungsraum erreichten. Wir traten ein und blieben vor dem Boiler und ein paar modern aussehenden Steuerkonsolen stehen. Mir war nicht klar, was wir hier wollten. Erfüllten die Konsolen überhaupt noch einen Zweck? Doch dann bemerkte ich das Loch in einer Ecke der Wand.

Wieder wurde mir der Lauf der Maschinenpistole in den Rücken gerammt und auf diese Weise zu verstehen gegeben, dass ich in die Öffnung hineinzugehen hatte. Ich bückte mich, kletterte hindurch und versuchte, dabei nicht das Gleichgewicht zu verlieren. Unversehens fand ich mich in einem provisorischen Tunnel wieder, den man unter der Stadt gegraben hatte. Obwohl im restlichen Homs alles dunkel war, gab es in diesem Tunnel seltsamerweise Strom. Er war ausreichend beleuchtet, aber kaum mehr als 1,60 Meter hoch, bestenfalls 1,20 Meter breit und sehr lang. Er schien sich ewig hinzuziehen und erinnerte mich an die Schmugglertunnel, wie ich sie von der Grenze des Gaza-Streifens, dem Sinai oder der US-Grenze nach Mexiko kannte.

Der Rebell mit der Maschinenpistole herrschte mich an, ich solle schneller gehen. Ich gehorchte und marschierte in gebückter Haltung los. Nach meiner Einschätzung dauerte es gut eine Viertelstunde, bis wir endlich eine Leiter erreichten, die durch ein Loch in der Decke führte. Der Tunnel endete an dieser Stelle nicht, sondern verzweigte sich in zwei Richtungen. Mir wurde bedeutet, die Sprossen hinaufzuklettern. Weil ich meine Hände nicht benutzen konnte, stieß ich dabei auf einige Schwierigkeiten, schaffte es aber bis nach oben, wo zwei Typen, ebenfalls mit schwarzer Kapuze und schwer bewaffnet, mich packten und hindurchzogen.

Wieder wurde mir eine Tüte über den Kopf gestülpt. Wieder gingen wir ein gutes Stück, Korridore hinab, Treppen hinauf und hinunter und durch einen weiteren Tunnel, bis mir endlich befohlen wurde, mich auf einen kalten Metallstuhl zu setzen und den Mund zu halten. Als die Tüte schließlich von meinem Kopf verschwand, erkannte ich meine Umgebung zunächst nur schemenweise.

Grelle Scheinwerfer leuchteten mir ins Gesicht. Ich saß an einem alten Metalltisch. Er erinnerte mich an die Arbeitsplatte der Küche im Haus meiner Familie. Ich blinzelte und konnte eine riesenhafte Gestalt ausmachen, die gegenüber von mir Platz genommen hatte.

»Willkommen in *Ad-Dawla Al-Islamiyya Fi Al-Iray Wa-Al-Sham,* Mr. Collins«, verkündete sie mit kehliger, beinahe rauer Stimme. Es klang, als hätte der Sprecher ein Lungenemphysem oder Kehlkopfkrebs. »Ich bin Jamal Ramzi.«

13

Im selben Augenblick, in dem Ramzi seinen Namen nannte, erloschen die grellen Scheinwerfer.

Meine Augen brauchten eine Weile, bis sie sich an die neuen Lichtverhältnisse gewöhnt hatten, doch dann erkannte ich vor mir einen Mann von riesenhafter Gestalt, über 1,90 Meter groß und rund 130 Kilo schwer. Dunkle Haut, ein Gesicht, das halb von einem schwarzen Vollbart ohne graue Strähnen bedeckt wurde. Er trug ein schwarzes

Gewand und eine schwarze *takke,* eine muslimische Kappe, die eng auf dem Kopf saß, eine Kalaschnikow und ein Munitionsgürtel waren um seine Schulter geschlungen. Er hatte kleine braune Augen, deren argwöhnischer Blick sich sofort in meinen bohrte und ihn festhielt. Mir wurde noch unbehaglicher zumute, waren wir doch zusätzlich von bewaffneten Männern umgeben, die alle die charakteristischen schwarzen Al-Qaida-Wollmützen trugen. Jeder starrte mich an, während meine Knöchel an große, metallische Dornen gefesselt waren, eingelassen in den Zementboden.

Wir befanden uns in einer Art Bunkergewölbe. Es wies die Dimensionen eines Fußballfelds auf, groß genug, um ein Düsenflugzeug oder ein paar Dutzend Panzer darin unterzubringen. Derzeit stand es allerdings mit Ausnahme ein paar großer hölzerner Frachtkisten, einiger Pick-ups und mehrerer Pritschen leer. Auf dem Metalltisch vor uns lagen ein Notizblock, ein paar Stifte und ein digitaler Audiorekorder. Ich erkannte sie sofort als meine eigenen und erschrak. Gerade wollte ich etwas dazu sagen, als ich einen Fleck an der Seite des Rekordergehäuses bemerkte. Es sah aus wie Blut.

Ich entschied mich daher, den Mund zu halten, denn ich wollte nicht wissen, wie sie an meinen Rucksack gekommen waren. Oder was mit dem Jungen passiert war, der ihn mir weggenommen hatte.

Ramzi und ich starrten uns stumm an. Es fiel mir nach wie vor schwer, mich an den Gedanken zu gewöhnen, dass ich dem Kommandanten der syrischen Kräfte des Islamischen Staats im Irak und in Syrien gegenübersaß, den man in Geheimdienstkreisen ISIS nannte. Andere sagten ISIL und meinten damit den Islamischen Staat im Irak und der

Levante. Die Medien sprachen in der Regel einfach vom IS, dem Islamischen Staat.

Wie auch immer man diese terroristische Organisation nannte, Jamal Ramzi war zu einem der meistgesuchten Männer der Welt aufgestiegen. Eine der Personen, für die George W. Bush 2001 im September eigens die Präsidialverfügung mit der Kennziffer 13224 erlassen hatte. Sie gestattete dem US-Finanzministerium, Geldquellen und Konten bestimmter als ›globale Terroristen‹ eingestufter Personen nachzuspüren und sie bei Bedarf zu sperren. Das Außenministerium in Washington hatte ein Kopfgeld von fünf Millionen Dollar auf ihn ausgesetzt. Und doch hatte meines Wissens kein Reporter je mit Ramzi gesprochen, geschweige denn ihm von Angesicht zu Angesicht gegenüber gesessen. Obwohl er im letzten Jahr in einer Handvoll Artikel Erwähnung gefunden hatte, war bisher kein ausführliches Porträt von ihm erschienen. Ich hoffte, dass meins das erste sein würde.

»Mr. Collins, Sie denken über das Kopfgeld nach«, begann er mit ausdrucksloser Miene. »Das lese ich in Ihren Augen. Lassen Sie mich Ihnen eine Empfehlung geben: Lassen Sie es bleiben.«

Das hatte ich eigentlich gar nicht getan, jedenfalls nicht wirklich, aber die Art, wie er es sagte, ließ mir das Blut in den Adern gefrieren.

Jemand trat hinter mich und kappte mir die Fesseln. Meine Handgelenke bluteten, aber nicht stark, sie schmerzten, aber nicht so sehr, dass es mich abgelenkt hätte. Ich zog meine Taschenuhr hervor und legte sie auf den Tisch. Dann griff ich zum Rekorder, schaltete ihn ein, nahm einen Kugelschreiber zur Hand und stellte meine erste Frage.

»Ist Jamal Ramzi Ihr richtiger Name?«

»Ja.«

»Wann wurden Sie geboren?«

»Am 6. Januar 1962.«

»Wo?«

»In Irbid, Jordanien.«

»Sie sind Palästinenser?«

»Sie wissen, dass ich einer bin.«

Ich blickte von meinem Notizblock auf. »Ich halte nichts davon, Fakten zu unterstellen«, sagte ich und wählte meine Worte mit Bedacht. »Ich möchte die Fakten gern direkt von Ihnen hören.«

Er starrte mich an, ohne zu blinzeln. »Ja«, reagierte er nach einer Weile.

»Woher stammt Ihre Familie ursprünglich?«

»Aus Hebron.«

»Kam Ihr Vater nicht im Israelisch-Arabischen Krieg 1948 um?«

»Doch, die Zionisten töteten ihn und all meine Onkel.«

»Ihre Familie floh nach Jordanien?«

»So wurde es ihnen befohlen.«

»Von den Juden?«

»Nein, von den feigen arabischen Führern, die lieber kuschten als zu kämpfen.«

Damit hatte ich nicht gerechnet. Ich vermutete, dass in dieser Erklärung wohl teilweise der Grund dafür lag, dass der IS oft mehr damit beschäftigt schien, seine arabischen Volksgenossen zu bekämpfen, als die Juden. Ein Aspekt, dem ich gern genauer nachgegangen wäre, aber dafür fehlte mir die Zeit. Reine Hintergrundinformationen. Ich musste zum Kernthema vorstoßen, und zwar schnell.

»Nach der Schule wanderte Ihre Familie in die Golf-staaten aus, nicht wahr?«

»Ja.«

»Erst nach Bahrain, dann nach Dubai?«

»Ja.«

»Wann waren Sie in Afghanistan?«

»Von März 1980 bis August 1983.«

»Sie waren noch jung.«

»Ich lebe, um Allah zu dienen.«

Ich wechselte das Thema. »Warum haben Sie den Namen Ihrer Organisation in ISIS geändert?«

»Der Islamische Staat ist nicht meine Organisation«, widersprach er. »Allah ist unser Wegweiser, der Islam unser Pfad. Dschihad ist unser Leben. Abu Khalif ist unser Kalif. Ich bin nur ein Diener.«

Da war sein Name gefallen: Abu Khalif, Ramzis jünge-rer Cousin, der wahre Anführer des IS. Verlässliche Quel-len hatten mir gesagt, dass Khalif, nicht Ramzi, das wahre Ziel meines Interesses darstellte. Aber dazu war ich nicht bereit. Noch nicht. Diese Spur wollte ich erst zu einem späteren Zeitpunkt aufnehmen.

»Ihre Gruppe wurde früher Al-Qaida im Irak genannt«, stellte ich fest. »Jetzt ist es der Islamische Staat im Irak und Syrien. Warum diese Änderung?«

»Noch einmal: Es ist nicht *meine* Gruppe, Mr. Collins«, antwortete er ruhig. »Abu Khalif ist unser Führer. Und es ist Allahs Bewegung, nicht die unsere. Aber wie auch immer, der ursprüngliche Name stammt von Ayman Al-Zawahiri. Doch wir dienen ihm nicht länger. Er hat den Islam verraten. Abu Khalif sagte ihm, dass er widerrufen soll. Er weigerte sich. Daher sind wir nicht länger ver-antwortlich für das, was geschieht. Wir wollen auf keinen

Fall mit einem Verräter in Zusammenhang gebracht werden.«

Ich setzte an, eine weitere Frage zu stellen, doch Ramzi redete einfach weiter.

»Lassen Sie mich das eindeutig klarstellen, Mr. Collins. Wir dienen nicht der Al-Qaida. Es gibt für uns keinen Grund, diesen Namensbestandteil beizubehalten. Wir dienen allein Allah. Dieser hat uns eine einfache Aufgabe gegeben: das Kalifat neu zu errichten. Wir haben im Irak damit begonnen, indem wir das vom Glauben abtrünnige Regime dort stürzten. Aber es geht über den Irak hinaus. Al-Sham oder Syrien ist, wie Sie sicher wissen, die Levante, der Osten, der Ort der aufgehenden Sonne. Hierauf müssen wir uns fokussieren.«

»Und begonnen haben Sie in Syrien?«

»Natürlich. Assad ist ein Verbrecher. Er war nie ein wahrer Muslim. Er muss den Fegefeuern überantwortet werden, mitsamt seiner Familie und all denen, die ihm treu ergeben sind. Assad ist ein Verdammter. Aber er ist nur ein Teil des Ganzen, wie Sie es vielleicht nennen würden.«

»Welches sind die anderen Teile?«

»Die gesamte Levante«, erwiderte er nüchtern, als ob er eine Tatsache in Worte fasste.

»Noch einmal: Ich möchte nicht einfach spekulieren, und ich möchte auch nicht, dass meine Leser das tun«, erklärte ich. »Sie haben den Irak und Syrien erwähnt. Planen Sie auch, den Libanon zu erobern?«

»Natürlich.«

»Die Türkei?«

»Ja.«

»Zypern?«

»Ja.«

»Palästina?«

»Natürlich.«

»Israel?«

»Palästina«, korrigierte er.

»Ich meine den jüdischen Staat Israel«, stellte ich klar, »in den Grenzen vor dem Sechstagekrieg von 1967.«

Er starrte mich an. »Ganz Palästina«, betonte er und seine Stimme klang zum ersten Mal gereizt.

»Natürlich«, sagte ich. »Ich versuche nur, eindeutig zu formulieren. Was ist mit Jordanien?«

Seine Brauen zogen sich zusammen. »Wie oft muss ich es noch sagen, Mr. Collins?«, fragte er. Er bemühte sich kaum noch, den Ärger aus seiner Stimme herauszuhalten. »*Ganz* Palästina.«

»Gut«, sagte ich. »Das sind also Ihre Vorstellungen der Grenzen eines islamischen Königreichs unter Ihrer Führung?«

»Für den Anfang, ja.«

Ich hob meine Brauen. »Für den Anfang? Was kommt danach?«

»Für den Augenblick ist es genug.«

»Es handelt sich also um einen Plan mit mehreren Stufen?«

»Ja«, bestätigte er. »Wir haben den *Dschihad* erklärt, um das blasphemische Regime in Bagdad zu stürzen und das ebenso abtrünnige Regime in Damaskus. Aber wir werden nicht ruhen, bevor wir jedes Staatsoberhaupt und jede Regierung gestürzt haben, bis jeder Mann, jede Frau und jedes Kind von der Scharia und nach dem Willen des Propheten, Friede sei mit ihm, regiert werden.«

»Im Augenblick führen Sie einen Zweifrontenkrieg

in Syrien und im Irak. Werden Sie eine dritte Front eröffnen?«

Ramzi schwieg. Ich bezweifelte, dass er autorisiert war, auf diese Frage eine Antwort zu geben. Immerhin wäre das tatsächlich eine Neuigkeit gewesen: Der IS erklärt den Krieg an einer dritten Front.

»Ja«, bestätigte er schließlich.

Ich war überrascht, dass er so offen mit mir sprach, und wollte den Punkt sofort geklärt wissen. »Sie wollen also eine dritte Front eröffnen?«

»Ja.«

»Wann?«

»Bald.«

»Wie bald?«

»Sehr bald.«

»Gegen wen?«, bohrte ich in der Annahme nach, es handele sich um Israel, doch ich wollte ihm andererseits auch keine Worte in den Mund legen. »Wer ist das dritte Ziel?«

Ramzi beugte sich vor. Seine Augen tanzten. »Jeder, der die Interessen der Palästinenser verrät, jeder, der dem rassistischen zionistischen Regime in die Hände spielt.« In seiner Stimme schwangen aufrichtige Emotionen mit.

»Sie meinen also die Vereinigten Staaten?«, wollte ich wissen.

»Jeder, der Palästina verrät, wird es teuer bezahlen«, wiederholte er.

Das war nicht gerade präzise, aber mir fiel auf, dass er auch nicht abstritt, damit die USA zu meinen.

»Sie deuten also an, dass der IS einen Schlag gegen die Vereinigten Staaten plant, auf deren eigenem Grund und Boden? Oder ist das gegen Amerikaner im Ausland gerichtet, auf militärische Basen, Firmensitze oder etwas in der Art?«

»Wir werden eine dritte Intifada beginnen, Mr. Collins«, dozierte er ausdruckslos. »Aber sie wird nicht verlaufen wie die vorherigen, sowohl was das Ausmaß als auch die Stärke betrifft. So etwas haben Sie noch nicht erlebt. Die, die den Islam verraten, um einen falschen Frieden mit Mördern und Verbrechern einzugehen, die werden brennen. Alle miteinander werden sie brennen.«

Also war es wahr. Ich kritzelte fieberhaft jedes Wort auf meinem Block mit, da ich befürchtete, der Digitalrekorder könnte Schaden genommen haben. Abu Khalif, Jamal Ramzi und diese Splittergruppe der Al-Qaida planten einen Anschlag auf die USA und Israel und damit auch einen Angriff auf den erst kürzlich wieder in Gang gekommenen Friedensprozess, der Berichten zufolge schon jetzt wie alle anderen zuvor in einen Fehlschlag zu münden versprach.

Ramzi behauptete, dass der IS jene zum Ziel auserkoren hatte, die Israel unterstützten, und keine Nation war für den jüdischen Staat ein wertvollerer Verbündeter als die USA. Aber er benutzte auch den Begriff *Intifada*. Das war das arabische Wort für Aufstand oder Revolution. Wörtlich bedeutete es: Abschütteln.

Die erste Intifada hatte im Dezember 1987 im Westjordanland und in Gaza stattgefunden. Die Rebellion fand damals in der Bevölkerung breite Unterstützung und war mit Steinen und Schleudern, mit brennenden Autoreifen und Molotowcocktails ausgeführt worden. Doch Israel hatte prompt mit Massenverhaftungen, Tränengas und Schüssen in die Menge reagiert, erst mit echter Munition, dann mit Gummiprojektilen. Alles war von Fernsehteams aufgenommen worden, die die Bilder überall in der Welt monatelang pünktlich zum Abendessen auf die Bildschirme geliefert hatten. Die Intifada hatte den Palästinensern keine neuen Rechte oder Freiheiten gebracht. Aber Israel hatte einen PR-Albtraum erlebt, der den jüdischen Staat wie einen großen, bösen Goliath aussehen ließ, der den hilflosen palästinensischen Underdog David niederrang. Zumindest war so das Narrativ der internationalen Presse ausgefallen, die *New York Times* nicht ausgeschlossen.

Die zweite Intifada war im September 2000 nach dem Scheitern der Friedensgespräche in Camp David zwischen Präsident Clinton, dem israelischen Premierminister Ehud Barak und dem PLO-Vorsitzenden Yassir Arafat ausgebrochen. Diesmal hatten die palästinensischen Extremisten eine Welle von Selbstmordattentätern losgeschickt, die zunächst israelische Busse, Cafés und Grundschulen ins Visier nahmen. Es folgte ein Sperrfeuer von Raketen aus dem Gazastreifen auf unschuldige Zivilisten, die in den Dörfern und Städten im südlichen Teil Israels lebten. Die Palästinenser hatten ihren Zorn auf die ›zionistische Besetzung‹ gerichtet, diesmal aber nur wenig Sympathie im Westen eingeheimst. Mütter und Väter dort reagierten zu entsetzt auf den Anblick jüdischer Kinder und ihrer Eltern, die von den palästinensischen Bomben und Raketen förmlich zerfetzt worden waren.

»Wie wird diese dritte Intifada aussehen?«, fragte ich. »Reden wir hier von Selbstmordattentätern, Raketen, Sprengfallen, Scharfschützen, Entführungen?«

»Kein Kommentar«, erklärte er scharf. Doch ich bemerkte, dass er nicht abstritt, dass es sich um mögliche Optionen handelte. »Das werden Sie sehen, wenn es so weit ist.«

»Gut, das verstehe ich, aber nur um das klarzustellen: Sie erklären Israel und den Vereinigten Staaten den Krieg?«

»Keiner der Verräter ist sicher. Allah hat sein Auge auf uns. Die Abrechnung wird kommen.«

14

»Mr. Ramzi, ich habe nur noch ein paar Fragen.«

Ich stenografierte mit, so schnell ich konnte, und ignorierte den Krampf in meiner Hand.

»Nur zu«, meinte er und lehnte sich in seinem Stuhl zurück. Mittlerweile machte er einen tiefenentspannten Eindruck, als wäre er zufrieden mit dem, was er mir gerade mitgeteilt hatte.

Ich schielte auf meine Taschenuhr und zuckte zusammen. Die Zeit verging enorm schnell. Ich überprüfte kurz den Digitalrekorder. Er lief noch. Hoffentlich zeichnete er tatsächlich alles auf. Ich holte noch einmal tief Luft, setzte mich auf und beugte mich vor.

»Laut zwei meiner Quellen ist der IS mittlerweile im Besitz chemischer Waffen.«

Für einen Augenblick wirkte Ramzi erschrocken, doch er fasste sich rasch und verfiel in Schweigen.

»Meine Quellen sagen mir auch, dass Sie beabsichtigen, diese Waffen während Chanukka oder Weihnachten gegen Israel und amerikanische Ziele einzusetzen.«

Jamal Ramzi zuckte mit keiner Wimper. Er starrte mich an und schwieg.

Ich erwiderte das Starren geduldig. Der Mann besaß offenbar Sinn für Dramatik, aber ich hegte nur wenig

Zweifel, dass es sich bei dieser Information um genau die Nachricht handelte, die er vermitteln wollte.

»Handelt es sich um eine Frage?«, wollte er schließlich wissen.

»Liegen meine Quellen richtig?«, konterte ich mit einer Gegenfrage.

»Nein. Sie lügen.«

Ich war sprachlos. »Sie lügen?«

»Sie haben doch gehört, was ich sagte.«

Das hatte ich, aber überzeugt war ich nicht. »Warten Sie mal eine Sekunde, Mr. Ramzi. Lassen Sie mich ganz deutlich sein: Ich habe einen weit oben in der Hierarchie angesiedelten Informanten eines westlichen Geheimdienstes, dem eindeutige Beweise vorliegen, dass Sie und Ihre Milizen vor drei Wochen eine Ladung chemischer Waffen im nördlichen Zentralsyrien an sich bringen konnten. Also im späten Oktober dieses Jahres. Sie haben diese Waffen an Orte im Libanon, im westlichen Irak und im Sinai gebracht, um einen Großangriff auf Israel vorzubereiten. Ebenso wurden Schläferagenten in Kanada und Mexiko damit beliefert, um die USA zu attackieren.«

»Das sind alles Lügen.«

Ich sprach unbeirrt weiter. »Mein Kontakt schilderte mir, dass er persönlich die Audioaufnahmen des Funkverkehrs zwischen zwei syrischen Generälen abgehört hat. Einer der beiden erzählt dem anderen voller Furcht, dass eine Einrichtung in der Nähe Aleppos, in der chemische Waffen gelagert wurden, gerade überrannt worden sei. Die andere ruft verzweifelt nach Luftunterstützung und zusätzlichen Bodentruppen, aber alles deutet darauf hin, dass diese zu spät eingetroffen sind. Ihre Leute waren zuerst da und konnten mit ganzen Wagenladungen voller

Sprengköpfe mit chemischen Wirkstoffen fliehen. Es gibt außerdem Anzeichen dafür, dass Ihre Leute Pläne für Anschläge in New York, Washington, Los Angeles und Tel Aviv ausarbeiten.«

»Ihre Quelle führt Sie in die Irre. Sie sollten sich nach einer anderen umsehen.«

Ich hatte keine Ahnung, warum Ramzi das alles abstritt, aber ich setzte nach. »Ich habe eine weitere Quelle bei einem anderen Geheimdienst, in einem ganz anderen Land ohne Verbindungen zum ersten«, fuhr ich fort. »Dort verriet man mir, dass ein syrischer Drei-Sterne-General Ende Oktober in ein muslimisches Land übergelaufen ist. Er behauptete, eine Splittergruppe der Al-Qaida habe vor einigen Wochen mehrere Tonnen chemischer Waffen, die südlich von Aleppo lagerten, an sich gebracht. Er hat diesem muslimischen Land unwiderlegbare Beweise geliefert, Mitschnitte von Satellitentelefonaten, die darauf hinwiesen, dass Ihre Al-Qaida-Fraktion plant, diese Massenvernichtungswaffen gegen die USA und Israel einzusetzen, und zwar während der Weihnachtsfeiertage.«

Nun lächelte Ramzi und lehnte sich zu mir. »Was soll ich sagen, Mr. Collins? Das sind fantasievolle Märchen. Ich wünschte, sie wären wahr. Das tue ich wirklich. Aber man hat Ihnen da einen Haufen von Andeutungen, von Irreführungen und falschen Informationen angedreht.«

»Sie dementieren also, dass der IS chemische Waffen in seinen Besitz gebracht hat?«

»Ja.«

»Sie streiten ab, dass es Pläne gibt, derartige Waffen in den nächsten Wochen gegen die USA und Israel einzusetzen?«

»Sie haben zu viele Spionageromane gelesen, Mr. Collins.«

Ich war zunehmend genervt und musste mich zwingen, gelassen zu bleiben. »Sie haben mir gerade selbst gesagt, dass Sie eine dritte Intifada beginnen wollen«, rief ich ihm ins Gedächtnis. »Sie selbst sprachen davon, dass diese Intifada nicht wie die Aufstände sein würde, die wir bisher erlebt hätten. Sie selbst sagten, dass die Zionisten und die, die sie unterstützen, brennen sollen.«

»Und dazu stehe ich.«

»Warum teilen Sie dann der Welt nicht auch die Tragweite der Operation mit, die Sie planen? Das könnte morgen die Schlagzeile der größten Tageszeitung der Welt sein. Jeder andere Nachrichtendienst auf diesem Planeten wird es weiterverbreiten.«

»Was ich Ihnen bisher mitgeteilt habe, wird ohnehin auf der Titelseite landen, oder etwa nicht, Mr. Collins? Der Islamische Staat im Irak und in Syrien kündigt eine dritte Front an, eine dritte Intifada. Sollte das etwa keine Information sein, die von den anderen Nachrichtendiensten dieser Welt weiterverbreitet wird?«

Natürlich hatte er da recht, aber ich hatte nicht die Absicht, ihm die Befriedigung zu verschaffen, dass er das aus meinem Mund zu hören bekam. Nicht bevor ich noch einmal versucht hatte, ihm die weitaus größere Story zu entlocken. »Das sind Nachrichten, durchaus«, gestand ich ein. »Aber ich bezweifle, dass sie allzu interessant sind. Es wäre besser, wenn Sie mir bestätigen, dass der IS chemische Waffen hat.«

»Es tut mir leid, Sie enttäuschen zu müssen, Mr. Collins. Dabei kamen wir bisher doch so gut miteinander aus.«

Ich war am Ende meiner Weisheit. Meine Quellen hatten recht. Sie kannten einander nicht, beide hatten mich aber die fraglichen Aufzeichnungen selbst abhören lassen und mir sogar Transkripte für meine Reportage überlassen. Keine der Quellen wusste, dass ich mich selbst nach Syrien begeben hatte, um ihre Angaben zu verifizieren. Ich hatte diese Reise erst geplant, nachdem ich mit beiden gesprochen und mich überraschend die E-Mail von Faisal Baqouba erreicht hatte, in der stand, Ramzi sei mit einem Treffen einverstanden. Es handelte sich um eine Exklusiv-Story. Ich brütete schon seit über zehn Tagen darüber, viel länger blieb sie nicht mehr geheim.

»Ist das denn nicht die Story, die ich hier für Sie bestätigen soll … diese chemischen Waffen?« Ich wollte noch nicht aufgeben.

»Nein.«

»Warum wollten Sie dann, dass ich den weiten Weg hierher und all diese Mühen auf mich nehme? Nur um mir etwas zu sagen, das Sie auch problemlos in einer Pressemitteilung hätten verschicken können?«, bohrte ich. »Warum so kurz vor dem Ziel aufgeben und mir die Geschichte, die das Tagesgespräch auf diesem Planeten sein könnte, doch nicht geben?«

»Ihre Zeit ist um«, erklärte Ramzi.

Das war nicht möglich. Wir sprachen noch keine 30 Minuten miteinander. Ramzi spielte mit mir. Aber ich musste gelassen bleiben. Ich schrieb so ruhig wie möglich zu Ende und lockerte meine steifen, schmerzenden Finger.

Abrupt erklärte er: »Es ist an der Zeit, ein paar Fotos zu machen.«

Mein Stift schwebte in der Luft. Ich starrte ihn fassungslos an, dann schnippte er mit den Fingern. Ich wandte den Kopf, dann kamen Omar und Abdul durch eine

Seitentür herein. Sie wurden von noch mehr Bewaffneten mit Maschinengewehren begleitet.

Ich konnte es kaum glauben. Sie lebten, sie waren wohlauf. Sie waren hier. Ohne nachzudenken, sprang ich von meinem Stuhl auf und wollte zu ihnen hinüberlaufen. Fast zu spät fiel mir ein, dass meine Beine nach wie vor am Boden festgekettet waren. Dann bemerkte ich, dass einige der Wachen um uns herum ihre Finger auf den Abzug legten, und setzte mich schnell wieder hin.

Man führte meine Kollegen näher zu mir und Ramzi heran. Auch sie trugen Handschellen, man hielt sie rund zehn Meter voneinander entfernt, jeweils eskortiert von einem persönlichen Wachposten. Trotzdem lächelten sie und machten den Umständen entsprechend einen guten Eindruck.

Einer der Soldaten reichte Abdul seine Nikon und gab ihm ein paar Anweisungen. Dann wurden die Scheinwerfer eingeschaltet, womit sich beeindruckende Möglichkeiten eines einzigartigen Porträts einer Schlüsselfigur des Terrorismus eröffneten, über die die Welt bisher nur wenig wusste. Als alle Vorbereitungen abgeschlossen waren, nickte Ramzi. Abdul knipste eine Serie von Bildern.

Kaum eine Minute später hielt Ramzi seine Hand in die Höhe. Prompt riss einer seiner Männer Abdul den Apparat aus der Hand. Die Fotosession war vorbei. Ramzi kam zu mir und reichte mir meinen Rucksack. Ich war nicht sicher, ob ich ihn wiederhaben wollte, aber es hätte wohl nichts geändert, wenn ich es laut ausgesprochen hätte.

»Da wäre noch etwas«, bat ich.

»Was denn, Mr. Collins?«, erwiderte Ramzi, der wiederum gereizt klang.

»Ich möchte gern Abu Khalif treffen«, äußerte ich meinen Wunsch. »Könnten Sie das arrangieren?«

Ramzi zuckte mit keiner Wimper. »Das ist unmöglich.«

»Warum?«

»Er spricht nicht mit Reportern.«

»Aber Sie doch auch nicht.«

»Ich habe eine Ausnahme gemacht.«

»Dann wird er das unter Umständen auch tun.«

»Das wird er nicht.«

»Sitzt er immer noch in einem irakischen Gefängnis?«

»Das soll nicht Ihre Sorge sein.«

»In welchem?«

»Sie bewegen sich gerade auf sehr dünnem Eis, Mr. Collins.«

»Aber er ist doch nach wie vor der Anführer des IS, oder nicht?«

»Natürlich.«

»Also ist er auch derjenige, der Ihnen den Befehl gegeben hat, eine dritte Intifada zu beginnen, nicht wahr?«

»Abu Khalif ist unser Anführer.«

»Also trifft er die Entscheidungen.«

»Das tun Anführer im Allgemeinen.«

»Warum kann ich ihn dann nicht treffen? Warum darf ich nicht mit ihm über die Zukunft dieser Region sprechen und seine Meinung dazu hören, wie der IS sich entwickeln soll? Genau wie Sie hat auch er eine Geschichte zu erzählen, Mr. Ramzi. Gestatten Sie mir, sie an die Menschen weiterzugeben.«

»Sie wissen nicht, worum Sie da bitten«, stellte er fest. Seine Augenbrauen zogen sich zusammen.

»Das glaube ich schon.«

»Oh, sicher nicht, oder Sie hätten es gar nicht erst angesprochen.«

Ich riskierte alles, vielleicht sogar mein Leben, stand auf und trat so dicht an Ramzi heran, wie meine Ketten es gestatteten. Anspannung erfasste seinen Körper, er blieb aber an Ort und Stelle. Im Augenwinkel registrierte ich, dass auch seine Wachleute sich verkrampften, doch das war mir egal. Ich beugte mich zu Ramzi vor und sprach mit ihm von Mann zu Mann.

»Hören Sie«, begann ich. »Sie kannten Abu Musab Al-Zarkawi. Sie und Abu Khalif wurden von Bin Laden und Khalid Scheich Mohammed in den Irak geschickt, um ihn dort beim Aufbau von Al-Qaida zu unterstützen. Zarkawi war das Gesicht, aber Sie und Abu Khalif waren das Gehirn dieser Operation. Es waren Ihre Ideen, Ihre Strategie, Ihre Taktik, Ihr Geld und Ihre Waffen, die es Zarkawi ermöglichten, das Spiel mitzuspielen, nicht wahr?«

Ramzi antwortete nicht, also fuhr ich fort.

»Als Zarkawi 2006 bei einem Luftangriff getötet wurde, wollten Sie und Abu Khalif die Organisation neu ausrichten. Abu Ayub Al-Masri und seine Leute strebten in eine andere Richtung. Eine Zeit lang konnte Al-Masri sich behaupten. Aber am Ende setzte Abu Khalif sich durch. Er wurde zum Chef von Al-Qaida im Irak. Er brachte Sie dann als seinen Chefstrategen ins Spiel. Er entschied auch, die Mission auszuweiten, den Namen der Organisation zu ändern und das Risiko zu erhöhen. Er war es, der Ihnen befahl, eine Armee aufzubauen, die stark genug ist, um Syrien einzunehmen und ihm Assads Kopf auf einem Silbertablett zu servieren. Und am Ende war er es auch, der mit Bin Laden und später mit Zawahiri brach. Sie haben ihn auf jedem Schritt dieses Weges unterstützt. Habe ich recht?«

Ramzi sagte nichts, aber sein Blick verriet mir, dass ich recht hatte.

»Das heißt also, dass Abu Khalif wollte, dass Sie mit mir sprechen«, fuhr ich fort. »Aber warum? Weil er einen neuen Krieg beginnen will. Einen Krieg, der diese Region in Brand setzen wird. Sie wollen mit mir nicht über chemische Waffen sprechen. Gut, ich habe ohnehin zwei Quellen. Ich werde diesen Artikel schreiben, ob nun mit oder ohne Ihre offizielle Bestätigung. Aber ich biete Ihnen etwas, das kein anderer könnte, etwas, das man für Geld nicht kaufen kann. Ich gebe Ihnen und Ihrem Boss eine Chance, wie man sie nur einmal im Leben bekommt, nämlich die Möglichkeit, zum neuen Gesicht von Al-Qaida zu werden. Zum neuen Gesicht des globalen Dschihad. Vergessen Sie Ihre Blutfehde mit Zawahiri. Vergessen Sie die Höhlenmenschen in Afghanistan und Pakistan. Deren Gelegenheit ist gekommen und wieder verstrichen. Jetzt ist *Ihr* Tag gekommen. Aber das kann ich nicht inszenieren, wenn ich es bloß mit der zweiten Geige zu tun bekomme. Tut mir leid, aber das funktioniert nicht. Ich muss mit dem Emir persönlich reden. Ich muss ihn dazu bringen, mir aufs Band zu sprechen. Das wissen Sie, und er weiß es auch. Sie sollten also dafür sorgen, dass ich eine Gelegenheit dazu erhalte. Und zwar exklusiv und bevor dieser Krieg beginnt. Bevor …«

Ich hielt rechtzeitig inne. Ich hatte sagen wollen: »Bevor Sie beide tot sind.« Aber im letzten Augenblick korrigierte ich mich: »Bevor Sie beide für immer im Untergrund verschwinden.«

Als ich fertig war, ließ ich ihm den Raum und ein wenig Zeit, um meinen Köder zu schlucken. Doch Jamal Ramzi biss nicht an.

»Wir sind hier fertig, Mr. Collins«, erklärte er mit zusammengebissenen Zähnen. »Aber Sie sollten eins wissen: Sie haben einen schrecklichen Fehler gemacht. Sie werden nicht ein Wort über chemische Waffen schreiben, ansonsten werden Sie tot sein, bevor auch nur eine Zeile davon gedruckt wird. Sie werden Abu Khalif ganz sicher nicht treffen. Und Sie werden niemals wieder vorgeben, mir eine Lektion darüber zu erteilen, was das Beste für unsere Sache ist. Sie sind ein Ungläubiger, Mr. Collins. Sie und Ihre Freunde sind noch am Leben, weil Abu Khalif das so wollte. Und Sie werden weiterleben, bis er entscheidet, dass Sie ihm nicht länger von Nutzen sind. Und wenn dieser Tag kommt, wird er mir einen entsprechenden Befehl geben. Dann werde ich Sie töten. Sie alle. Und glauben Sie mir, ich lasse mir dafür alle Zeit der Welt. Sie werden leiden.«

15

Ramzis Leute brachten uns durch die Tunnel zurück.

Als wir wieder an die Oberfläche kamen, stülpten sie uns erneut Plastiktüten über den Kopf und führten uns im strömenden Regen durch mehrere Häuserblöcke, bis wir ein weiteres Mal anhielten.

»Zählt bis 100«, befahl einer von ihnen. Seine Stimme schien irgendwie nachzuhallen.

»Warum?«, fragte ich beunruhigt.

»Tut es einfach und fragt nicht so viel.«

Ich hatte eine Menge Fragen. Omar, Abdul und mir war der Mund verboten worden, seit wir Ramzis Unterschlupf verlassen hatten. Neugierig wartete ich darauf, was meine Begleiter von dem Ganzen hielten. Wie waren sie überhaupt Tarik Baqouba in die Hände gefallen? Was hielten sie von dem IS-Kommandanten? Was meinten Sie, weshalb er nicht über diese chemischen Waffen reden wollte? Vielleicht log er. Oder war ich tatsächlich falschen Geheimdienstinformationen aus dem Westen aufgesessen? Seltsam fand ich auch den Umstand, dass Ramzi so wenig über Abu Khalif gesprochen hatte. Irgendetwas stimmte daran nicht, aber im Augenblick hatte ich viel zu viel Angst, um zu überlegen, was mich daran störte.

Immerhin: Die gute Nachricht lautete, dass wir nicht tot waren. So viel war klar, aber nicht sehr viel mehr. Ich war völlig durchnässt und durchgefroren. Ich wollte nichts wie raus aus Syrien und nach Beirut. Ich brauchte ein warmes Plätzchen, trocken und mit WLAN ausgestattet, um meine Geschichte zu schreiben und an die Redaktion zu schicken.

Ich begann also laut zu zählen.

Dabei hörte ich auch die Männer neben mir atmen. Ich nahm an, es waren Omar und Abdul, aber ich wollte sichergehen. Ich wollte wissen, ob es ihnen gut ging. Aber wir sollten keine Fragen stellen, also tat ich es nicht, sondern zählte stur weiter.

Als ich die 100 erreichte, stand ich schweigend da, die Tüte auf dem Kopf. Ich hatte keine Ahnung, wo wir waren, und auch keine, was wir als Nächstes tun sollten.

Schließlich riss ich mir die Tüte vom Kopf und hielt den Atem dabei an. Niemand schoss auf mich, niemand schlug mich. Wir waren allein. Zumindest schien es so zu sein.

Wir standen im Treppenhaus eines Gebäudes, Ramzis Männer waren fort. Erleichtert seufzte ich auf und bemühte mich, regelmäßiger Luft zu holen. Dann flüsterte ich Omar und Abdul ins Ohr, dass sie nun die Tüten abnehmen konnten, aber still bleiben und mir folgen sollten. Sie gehorchten rasch. Ich ging voran, bis wir fünf Stockwerke erklommen hatten.

Als wir auf das Dach des Hauses traten, wurden wir von Blitzen begrüßt. Die gezackten, knisternden Lichtstreifen schlugen in eine nahe Antenne ein. Wir spürten den Groll des Donners, der uns bis auf die Knochen erschütterte.

»Wie spät ist es?«, fragte Omar.

Ich zog die Taschenuhr meines Großvaters hervor. Ich fand es seltsam, dass Ramzi und seine Killer sie nicht behalten hatten, war aber dennoch dankbar dafür.

»Es ist schon spät«, erwiderte ich. »Wir beeilen uns besser.«

Die Sonne würde bald aufgehen, falls sie sich nicht bereits dazu anschickte. Aber davon bekamen wir vermutlich nicht viel mit. Das heftige Gewitter, das gerade über Westsyrien niederging, hielt sicher noch eine ganze Weile an. Natürlich war es gefährlich, sich während solcher Witterungsverhältnisse im Freien aufzuhalten, noch dazu in einem Bürgerkriegsgebiet. Aber das Einzige, was ich für noch gefährlicher hielt, als diese Straßen und das offene Gelände zu überqueren, wäre, es am helllichten Tag zu versuchen. Und sei dieser noch so düster und gewittrig.

Ein schneller Blick auf die Umgebung enthüllte, dass wir uns auf einem der am wenigsten beschädigten Hochhäuser der Stadt befanden. Es war bereits mehrfach bombardiert worden, hier auf dem Dach klaffte ein gewaltiger Krater, zweifellos ein direkter Treffer von Assads Kampfjets. Aber insgesamt trug die Gebäudestruktur noch. Wir teilten uns auf, spähten in verschiedene Richtungen über die Dachkante und versuchten, uns zu orientieren. Dann trafen wir uns im Treppenhaus wieder.

»Ich habe den Spielplatz gesehen, über den wir vorhin gekommen sind«, meinte Abdul.

»Was ist mit den Geschützstellungen?«, erkundigte sich Omar.

»Aus dieser Höhe konnte ich sie ebenfalls sehen, alle beide. Sie sind verlassen.«

»Scharfschützen?«, fragte ich.

»Ich konnte keinerlei Bewegung ausmachen. Aber beschwören kann ich es nicht. Bei diesem Wetter und so kurz vor Sonnenaufgang schätze ich, dass sie für heute Schluss gemacht haben.«

»Würdest du dein Leben drauf verwetten?«, fragte ich.

»Haben wir denn eine Wahl?«, kam die Antwort.

Wir alle standen da und dachten über die Frage nach. Noch hielten wir uns mitten in der Gefahrenzone auf. Wir hatten die Story im Sack, zumindest teilweise, aber noch konnte eine Menge schiefgehen, bevor wir in Sicherheit gelangten. Scharfschützen waren eine Sache, aber es gab ja noch mehr. Minen, Sprengfallen. Nächtliche Patrouillen. Drohnen. Marodierende Zwölfjährige mit Kalaschnikows.

»Hört mal, das Wichtigste für den Moment ist: Wissen wir, wie wir an die Grenze zurückkommen?«

»Ich glaube, schon«, erwiderte Abdul.

»Gut«, entschied ich. »Dann gehst du voran.«

Abdul nickte.

»Aber zuerst musst du etwas für mich tun.«

»Und das wäre?«

»Mach ein Bild von meinem Kumpel Omar und mir auf diesem Dach.«

»Natürlich, Mr. Collins«, sagte Abdul. »Ich werde es ›Die Überlebenden‹ nennen.«

Omar legte seinen riesigen Arm um mich und lachte leise. »Besser wäre wohl ›Die Durchgeknallten‹.«

Abdul schoss eine Serie und fragte dann, ob er auch ein Bild mit mir haben dürfte.

»Aber sicher.« Er knipste eins.

Dann wies ich Abdul an, mit meinem Satellitentelefon all seine Aufnahmen an unser Büro zu schicken.

Abdul nickte, angelte sich mein Satellitentelefon aus dem Rucksack und ein Verbindungskabel aus seinem eigenen, dann übertrug er die mehr als 100 Bilder, die er in den letzten 24 Stunden geschossen hatte, einschließlich der Porträts von Jamal Ramzi. Parallel verfasste ich eine Nachricht an Allen MacDonald, meinen zuständigen Redakteur in Washington, in der ich ihm mitteilte, dass wir Ramzi gefunden, das Interview in der Tasche hatten und uns nun auf den Weg in sicheres Gebiet machten. Ich wusste, dass er sauer sein würde, weil ich mich ohne seine Erlaubnis in Gefahr begeben hatte. Aber er würde gleichzeitig auch begeistert von der Story sein. Damit konnte ich mich später befassen. Jetzt wollte ich einfach nur hier weg.

Wir spazierten ins Erdgeschoss zurück und benutzten unsere Handys, um die Stufen auszuleuchten. Unten angekommen winkte Abdul uns in einen langen Gang. Ich packte ihn am T-Shirt und hielt ihn auf.

»Vielleicht sollten wir …« Ich verstummte.

»Wir sollten was?«, fragte er.

»Einen anderen Weg finden«, beendete ich den Satz.

»Warum?«, fragte Omar. »Welchen anderen Weg denn?«

»Ich weiß nicht«, gestand ich. »Es muss aber doch einen anderen Weg aus diesem Haus geben.«

»Na und?«, entgegnete Omar. »Lass uns doch einfach abhauen. Bald wird es hell draußen.«

»Nein«, widersprach ich.

»Was um alles in der Welt redest du da eigentlich?«

»Ich kann's nicht erklären«, raunte ich. »Ich hab einfach ein schlechtes Gefühl, wenn wir in diese Richtung gehen.«

Meine Gefährten starrten mich an, als wäre ich verrückt geworden. Alle beide. Und vielleicht lagen sie damit sogar richtig.

Ich hätte es ihnen zu diesem Zeitpunkt nicht erklären können. Das kann ich bis heute nicht. Jedenfalls wollte ich nicht in diesen Gang hineingehen. Etwas stimmte da nicht. Es gab keine konkreten Anhaltspunkte, die ich hätte benennen können. Nur ein Bauchgefühl. Die anderen beiden waren genauso müde und durchgefroren wie ich und hatten die Schnauze voll.

»Ich will Ihnen nicht zu nahe treten, Mr. Collins, aber ich möchte endlich heim«, beschwerte sich Abdul. »Ich muss Fatima anrufen. Sie macht sich Sorgen um mich. Gehen Sie den Weg, der Ihnen richtig erscheint. Aber wenn es Ihnen nichts ausmacht, gehe ich hier entlang.«

Es machte mir durchaus etwas aus. Doch ich wusste seine Kompromissbereitschaft zu schätzen. Abdul hatte ein freundliches Herz und war ein anständiger Kerl. Ich wusste, dass er nicht einfach nur widersprechen oder respektlos sein wollte. Er liebte eben seine Fatima, das begriff ich. Ich konnte mich daran erinnern, ebenso gefühlt zu haben. Immerhin war ich mal verheiratet gewesen. Es endete zwar in einer Katastrophe, aber trotz all des Leids hatte ich nicht vergessen, was es mit einer guten Romanze auf sich hatte.

Ich nickte also und Abdul machte sich auf den Weg. Aber ich dachte nicht daran, ihm zu folgen. Ich spähte in einen anderen Raum und ließ das Licht aus dem Handy durch die Schatten tanzen. Es war eine große, leere Halle, wahrscheinlich hatte man sie als Speisesaal oder Kantine genutzt, auch wenn man längst sämtliche Möbel und alles, was irgendwie wertvoll erschien, geplündert und weg-geschafft hatte; angefangen bei den Lampen bis hin zu den Kupferdrähten und -rohren in der Wand. Alles heraus-gerissen. Nichts mehr da.

»Kommst du mit?«, fragte ich Omar.

»Allen sagte, ich muss«, erwiderte er.

»Was meinst du damit?«, hakte ich nach.

»Er bat mich, dir den Rücken freizuhalten«, antwortete er prompt. »Ich fühle mich schon schuldig genug, weil wir letzte Nacht getrennt wurden. Ich habe nicht vor, es noch einmal zuzulassen.«

»Omar, du bist ein guter Mann.« Ich lächelte. »Komm. Hauen wir von hier ab.«

16

Omar und ich durchquerten den Saal und erreichten eine ausgeplünderte Küche direkt dahinter. Erst am Ende einer vollkommen leeren Speisekammer entdeckten wir einen Nebenausgang. Es war verstörend, durch ein völlig ver-lassenes Gebäude zu gehen – im Wissen, dass es darin vor gar nicht allzu langer Zeit vor Jungen, Mädchen, Frauen und Männern nur so gewimmelt hatte. Sie alle hatten an diesem Fleckchen Erde versucht, sich ein Leben aufzubauen.

Familien, die frühstückten, zu Mittag oder zu Abend aßen, Geburtstage oder Jubiläen feierten. In diesen Wänden waren Gelächter, private Scherze, Klatsch, Streit, Tränen und Erinnerungen ausgetauscht worden, doch nun wirkte alles hohl und leer, still und dunkel. Geradezu unheimlich.

Ich fühlte mich an die ersten Szenen des Films *Titanic* erinnert, in denen Bill Paxtons Charakter – ihr wisst schon, dieser Kerl, halb Jacques Cousteau, halb Indiana Jones, der nach dem Blauen Diamanten sucht – die Roboterkamera durch die Korridore des versunkenen, traurigen Schiffs steuert. Es ging lange dunkle Gänge entlang, durch Ballsäle und längst vergessene Treppen hinauf. Dennoch geisterten Erinnerungen voller Glück und voller Trauer durch das Wrack.

Es war, als wäre auch Homs auf den Grund des Ozeans gesunken. Als müssten Omar und ich uns einen Weg durch die dunklen, einsamen Räumlichkeiten suchen.

Wir erreichten die Hintertür und vermieden es sorgsam, einfach hinauszustürmen. Wir lugten durch die Überreste eines zersplitterten Fensters in den Nebel und den Regen. Vor uns lag das offene Gelände, durch das wir letzte Nacht in die Stadt gekommen waren: der alte VW-Bus, der ausgebrannte Schulbus, der verlassene Spielplatz, der verkohlte russische Panzer und alles andere. Rund um diesen Platz gruppierten sich Dutzende ruinierter Wohnhäuser. Wir hielten auch nach Abdul oder Lebenszeichen anderer Menschen Ausschau, jedoch ohne Erfolg. Nichts rührte sich.

»Er ist wahrscheinlich längst abgehauen«, vermutete Omar.

»Das hoffe ich doch«, sagte ich. »Na los, lass uns hier lang. Bleib dicht bei mir und behalt das Gelände hinter uns im Auge.«

Omar nickte, dann setzten wir uns in Bewegung. Ich wollte auf keinen Fall direkt über den Platz laufen. Möglicherweise hielten sich die Scharfschützen doch noch in der Nähe auf. Ich wollte kein Risiko eingehen. Stattdessen entschied ich, am Rand entlangzugehen. Mich zu beeilen und dicht an den umstehenden Häusern zu bleiben, unter den Vorsprüngen, die eine Art Arkade um den kleinen Park bildeten. So hoffte ich, dass wir ein wenig vor dem Regen und etwaigen Scharfschützen geschützt blieben, die unter Umständen von der südlichen Seite des Viertels aus operierten. Zumindest hatten sie sich letzte Nacht dort aufgehalten, von der Nordseite her war nicht auf uns gezielt worden. Wenn nun in den südlichen Gebäuden noch Scharfschützen lauerten, konnten wir so den größten Teil der Strecke unter ihnen vorbeilaufen, ohne in ihr Sichtfeld zu geraten. Wenn jemand von der anderen Seite auf uns zielen sollte, blieb die Chance, sofern er uns nicht auf der Stelle tödlich traf, rasch in Türnischen verlassener Wohnungen und Häuser zu fliehen, um etwas Schutz zu finden.

Kein großartiger Plan, aber das Beste, was mir innerhalb der kurzen Zeit einfiel. Kaum waren wir losgelaufen, verspürte ich bereits den Optimismus, dass wir es so gut wie geschafft hatten. Kaum lag die Hälfte des geplanten Wegs hinter uns, da entdeckten wir plötzlich Abdul. Er stürmte aus einem der Gebäude auf der anderen Seite hinaus und hielt über die Freifläche auf uns zu. Ich blieb wie angewurzelt stehen, Omar hätte mich beinahe umgerannt. Wir tauschten einen kurzen Blick und starrten dann beide Abdul an. Also hatte er sich nicht völlig allein zur Stadtgrenze aufgemacht, um dort wieder auf uns zu stoßen, sondern lieber gewartet. Jetzt, wo er uns entdeckt hatte, fürchtete er offenbar, allein zurückbleiben zu müssen.

Weshalb er ungeschützt über die Ebene in unsere Richtung spurtete, begriff ich trotzdem beim besten Willen nicht. Schlimmer noch, er schrie uns aus Leibeskräften zu, wir sollten anhalten, und fuchtelte wie wild mit den Armen herum, damit wir ihn auch bloß nicht übersahen. Mein Herz blieb beinahe stehen.

»Was in aller Welt macht er da?«, raunte Omar mir zu. »Er wird noch dafür sorgen, dass wir alle sterben.«

Ich war froh, dass Omar es war, der diesen Satz aussprach. Um ehrlich zu sein, hatte ich es nicht laut sagen wollen. Aber er hatte recht.

In diesem Augenblick schien Abdul zu begreifen, was er da tat. Er hatte fast den russischen Panzer erreicht, da blieb er abrupt stehen, hörte mit seinem Geschrei auf und bewegte auch die Arme nicht länger. Er verharrte, als wäre er festgefroren. Bewegungslos, die Arme in der Luft, als ob er ausgeraubt wurde.

Blitze zuckten. Donner grollte über unseren Köpfen.

»Was hat er jetzt vor?«, wunderte sich Omar.

Ich hatte keine Ahnung und ließ den Blick über die Umgebung schweifen, ertappte mich dabei, wie ich langsam in eins der Gebäude zurückwich. Omar bemerkte, dass ich es tat, und folgte meinem Beispiel. Er wollte genauso wenig von einem Scharfschützen erschossen werden wie ich. Wir durchmaßen rasch mit Blicken den Raum, in dem wir uns wiederfanden, ohne jemanden zu sehen. Es gab auch keinerlei Anzeichen, dass sich kürzlich jemand hier aufgehalten hatte. Wir kauerten uns an den Türrahmen und behielten Abdul im Blick.

Mehr als eine Minute verging, doch Abdul rührte sich nicht von der Stelle.

Warum nur?

Verstand er nicht, in welcher Gefahr er schwebte?

Komm schon, Abdul. Beeil dich!

Hatte er schon vergessen, was wir in der vergangenen Nacht durchgemacht hatten?

Du schaffst das! Lauf einfach los!

In Gedanken brüllte ich ihn an und versuchte, mit aller geistigen Kraft, die ich zusammenkratzen konnte, seinen Körper in Bewegung zu setzen. Aber mit jeder verstreichenden Sekunde wuchs die Panik in mir. Ich konnte kaum noch hinsehen.

Mach schon, Abdul, mach schon. Denk an Fatima. Sie zählt auf dich, Kumpel. Sie wartet auf dich. Immer schön einen Fuß vor den anderen.

Doch Abdul stand einfach da, mit erschrockenem und verwirrtem Blick. Meine Hände zitterten. Ich hatte schrecklichen Durst, also tastete ich nach meiner Wasserflasche. Sie war fort. Ich durchwühlte meinen Rucksack, fand sie dort auch nicht. Wieder verging eine volle Minute. Ich konnte es nicht länger ertragen und schob doch tatsächlich die Hände vor die Augen. Meine Furcht, ein Scharfschütze könnte Abdul den Kopf wegschießen und diesen Anblick zu meiner letzten Erinnerung an ihn machen, wurde förmlich greifbar.

Schließlich stieß Omar mich an.

»Vielleicht sollten wir gehen und ihn holen.«

Ich riss die Augen auf. »Bist du verrückt geworden? Willst du, dass man dich umbringt?«

Aber Omar bestand darauf. »Da stimmt was nicht. Da ist was. Vielleicht hat er was gefunden.«

»Dann soll er's herbringen.«

»Ich gehe«, entschied Omar und machte Anstalten aufzustehen.

»Auf keinen Fall«, erwiderte ich und packte ihn am Arm. »Du gehst nirgendwohin.«

Ich drehte mich um. »Abdul! Komm schon! Wir können nicht länger warten!«, schrie ich zum Fenster hinaus.

Abdul bewegte sich nach wie vor nicht. Ich rief ihn erneut. Ich wusste, dass ich auf diese Weise unsere Position verriet, aber ich wusste auch, dass andernfalls Omar wie ein Idiot ins Freie stürzen würde.

»Abdul!« Ich plärrte über den Regen und den Donner hinweg. »Es wird schon nichts passieren. Komm schon. Lass uns nach Hause gehen.«

Selbst aus dieser Entfernung war kaum zu übersehen, wie verängstigt er war. Er hielt die Arme immer noch hoch über dem Kopf. Es wirkte, als hätte er einen Scharfschützen erspäht und stellte sich nun die Frage, warum der Kerl nicht einfach abdrückte. Dieselbe Frage stellte ich mir ebenfalls.

Abdul war mittlerweile bis auf die Knochen nass. Trotzdem bewegte er sich nicht und war auch noch nicht erschossen worden. Ich hatte keine Ahnung, was ich tun sollte. Also starrte ich ihn bloß an und wartete. Da sah ich, wie er seine Arme langsam sinken ließ. Auch Kopf und Schultern ließ er hängen. Ich konnte nur vermuten, dass ihm klar geworden war, dass er etwas unglaublich Dummes getan hatte, und zugleich wusste, dass es nun kein Zurück mehr gab. Wenn er nicht sofort losging, erreichte er uns nie, kam nie nach Hause, sah Fatima nie wieder.

»Richtig so, Abdul«, schrie ich. »Du schaffst das!«

Mein Puls normalisierte sich. Offenbar wappnete sich Abdul innerlich gegen das, was nun unweigerlich kommen musste. Unwillkürlich schickte ich ein Stoßgebet zum

Himmel in der Hoffnung, Gott würde ihm dabei helfen, uns zu erreichen, ohne dabei erschossen zu werden. Ich ertrug den Gedanken nicht. In dieser Nacht hatte es bereits zu viel Leid und Kummer gegeben.

Abrupt wurde der Park von einer enormen Explosion erschüttert.

Abdul Mahmud Hamid verschwand vor unseren Augen.

Er hatte auf einer Landmine gestanden und gerade den Fuß gehoben.

Und verschwand, als hätte es ihn nie gegeben.

TEIL DREI

17

Beirut, Libanon

Omar kämpfte sich durch den morgendlichen Berufsverkehr.

Endlich erreichten wir das Stadtzentrum. Omar fuhr
links über die Promenade am Golf von Saint-Georges.
Dann ging es schrittweise um den wunderbaren, von
Bäumen umgebenen Campus der Amerikanischen Universität herum, bevor wir vor dem Mayflower Hotel
hielten.

Wir hatten seit der syrischen Grenze kein Wort miteinander gesprochen. Nur das monotone Quietschen der
Scheibenwischer, das Knistern der Blitze und das Krachen
des Donners eines immer heftigeren Gewitters durchbrachen die Stille. Nun, da wir an dem Hotel angekommen
waren, in dem Abdul mir ein Zimmer reserviert hatte,
damit ich in Ruhe meine Reportage schreiben konnte,
bestand Omar darauf, dass ich nach oben ging und
damit anfing, während er Abduls Familie und Fatima die
schreckliche Nachricht überbrachte.

»Kommt überhaupt nicht in Frage«, widersprach ich.
»Ich gehe mit.«

Aber das ließ Omar nicht zu. Er sagte, er wisse, dass
mich heftige Schuldgefühle plagten. Er wisse, dass ich
glaubte, alles sei meine Schuld, weil ich Abdul ohne
Erlaubnis mit nach Syrien genommen hätte. Er sagte auch,
dass Abdul ein Profi gewesen sei, der wusste, worauf er

sich einließ. Er hätte Nein sagen können, aber er mochte seine Arbeit und unsere Gesellschaft.

»Ich war für Abdul verantwortlich«, widersprach ich. »Deshalb muss ich es der Familie selbst beibringen.«

Omar blieb hart. »Jetzt reiß dich mal zusammen, J. B.«, schrie er mich beinahe an. »Du musst einen immens wichtigen Artikel schreiben. Der IS wird einen neuen Krieg gegen die USA und Israel entfachen. Zwei deiner Quellen liefern eindeutige Hinweise, dass die Terroristen chemische Waffen erbeutet haben. Du weißt zwar nicht, wann sie angreifen, aber der Kommandant des IS in Syrien behauptet, es sei schon bald der Fall. Das ist alles, worüber du im Moment nachdenken solltest. Du musst deine Erkenntnisse mit der Welt teilen. Es stehen Leben auf dem Spiel. Hunderte, eher Tausende unschuldiger Menschenleben. Deswegen sind wir doch überhaupt dorthin gegangen: Du hast diese Story gewittert und recht behalten. Jetzt schreib sie gefälligst auch auf und sorg dafür, dass sie veröffentlicht wird! Wenn Ramzis Geschichte heute Abend nicht auf der Webseite der *Times* steht und morgen auf der Titelseite der Printausgabe landet, ist Abdul Hamid umsonst gestorben. Willst du das etwa?«

Natürlich wollte ich das nicht.

Omar packte mich an den Schultern und blickte mir tief in die Augen. »Ich bin in ein paar Stunden zurück. Mach keine Dummheiten, während ich weg bin.«

Ich wusste genau, was er meinte, und nickte pflichtbewusst. Kaum war er davongebraust, lösten sich alle Illusionen in Luft auf, die ich mir gemacht hatte, dieses Versprechen einzuhalten.

Das Mayflower gehörte seit den 60er-Jahren zu den Lieblingshotels der internationalen High Society, doch ich stieg zum ersten Mal hier ab. Ich ging in die Lobby und checkte am Empfang ein. Der Rezeptionist kopierte meinen Pass und ließ meine Kreditkarte durchs Gerät laufen, während ich mir eine der Hotelbroschüren schnappte und sie durchblätterte.

Ich wollte nicht an meine Story denken, die ich unbedingt schreiben musste, auch nicht daran, was wir durchgemacht hatten. Alles, was ich mir in diesem Augenblick wünschte, waren eine heiße Dusche, ein herzhaftes Frühstück und eine große Flasche Alkohol, egal welcher. Vorzugsweise gleich zwei. Ich wusste, ich sollte mir so etwas nicht wünschen. Es war falsch. Vor genau zwei Jahren, drei Monaten und vier Tagen hatte ich mir den letzten Drink genehmigt. Aber meine Selbstdisziplin ließ mich im Stich. Ich verlor emotional an Fallhöhe und musste mich jetzt einfach betrinken. Mir so richtig die Kante geben.

Beim Blick in die Broschüre blieb ich an einer geschmackvoll arrangierten Aufnahme der Hotelbar hängen, eingerichtet im britischen Stil. Der Begleittext verriet: ›Gestaltet wie ein typischer Londoner Pub besticht das Duke of Wellington mit seinem zeitlosen Flair. Es entstand 1960 und wurde seitdem nicht verändert. Besucher stoßen an diesem Ort, an dem man in gemütlicher Umgebung in Ruhe ein Pint mit Freunden genießen kann, auf geheimnisvolle und kuriose Artefakte. Benannt nach dem ersten Herzog von Wellington (1769 – 1852) entfaltet sich bei jedem Besuch eine garantiert entspannte, vertraute Atmosphäre. Allabendlich treffen sich hier bekannte Persönlichkeiten und Stammgäste, um im freundlichen und stilvollen Ambiente des Duke of Wellington schmackhafte Snacks und erlesene Spirituosen zu genießen.‹

Das klang absolut perfekt. Dummerweise öffnete der Pub erst in einigen Stunden. So lange wollte ich mich nicht gedulden.

Ich stieß die Tür zu meinem Zimmer auf und warf den Rucksack auf das breite Himmelbett. Schnurstracks steuerte ich die Minibar an. Meine Hände zitterten so stark, dass mich der Verschlussmechanismus zunächst überforderte. Es dauerte endlose Sekunden, bis ich das verdammte Ding aufbekam.

Es war leer. Ich griff zum Telefon.

»Zimmerservice«, meldete sich ein junger Mann mit leicht britischem Akzent am anderen Ende der Leitung. »Hätten Sie gern Frühstück, Mr. Collins?«

»Nein. … nun, doch, aber … ach, vergessen Sie's«, sagte ich und stolperte dabei buchstäblich über meine eigenen Worte. »Hören Sie, was ich jetzt brauche, ist eine Flasche Jack Daniel's.«

»Es tut mir leid, Sir, aber die Bar hat bis zur Happy Hour geschlossen.«

»Können Sie nicht wenigstens meine Minibar auffüllen?«

»Es tut mir leid, Sir, aber das ist vor fünf Uhr heute Nachmittag nicht möglich.«

»Aber sie ist komplett leer«, protestierte ich. »Keine Cola, kein Wasser, keine Schokoriegel und definitiv kein Alkohol.«

»Es tut mir wirklich sehr leid, Sir. Das gehört zu den Grundsätzen unseres Hauses.«

»Hören Sie mal, ich bezahle eine Menge Geld für dieses Zimmer und erwarte, dass Sie sofort meine Minibar auffüllen.«

»Ich bitte um Entschuldigung. Aber ich kann nichts für Sie tun!«

Ich knallte den Hörer auf die Gabel, hob ihn wieder und rief den Empfang an. Ich wollte mit dem Manager sprechen. Als er ans Telefon kam, herrschte ich ihn an, als wäre ich Mussolini persönlich und spräche in Rom vor den Massen.

Nachdem ich meine Schimpftirade beendet hatte, teilte er mir bedauernd mit, dass er leider nichts für mich tun könne. Es gehöre zu den Prinzipien des Hotels, vor fünf Uhr nachmittags keinen Alkohol zu servieren.

»Und offen gestanden, Sir, selbst wenn dem nicht so wäre, wurden mein Stab und ich strikt angewiesen, Ihnen keine Drinks zu servieren, Mr. Collins.«

Für einen Augenblick war ich sprachlos. *Strikt angewiesen?*

»Wie bitte?«, brüllte ich schließlich erbost. »Angewiesen von wem?«

»Das sollten Sie besser mit Ihrem Arbeitgeber besprechen, Sir«, antwortete der Manager. »Kann ich Ihnen denn anderweitig behilflich sein?«

»Wollen Sie mir damit sagen, dass die *New York Times* mir verboten hat, in Ihrem Hotel etwas zu trinken?«

»Sie werden nicht dafür bezahlen, Sir.«

»Also gut«, sagte ich im sicheren Glauben, auf ein Schlupfloch in der Argumentationskette gestoßen zu sein. »Dann zahle ich das eben auf eigene Rechnung.«

Abermals gab der Manager nicht nach. »Ich betone noch einmal, wie leid es mir tut, Sir«, verkündete er ruhig. »Wir arbeiten sehr oft mit der *Times* zusammen. Viele ihrer Korrespondenten steigen hier ab. Ich kann unsere Beziehung zu diesem äußerst guten Kunden nicht allein Ihnen zuliebe aufs Spiel setzen. ... Gibt es denn sonst noch etwas, das ich für Sie tun darf, Sir?«

Wieder knallte ich den Hörer auf die Gabel. Ich kochte vor Wut und konnte mich nicht erinnern, mir je so sehr einen Drink gewünscht zu haben wie jetzt.

Mein Smartphone vibrierte und verkündete das Eintreffen einer Nachricht.

Eine SMS von Omar. Geh unter die Dusche. Setz dich an den Schreibtisch. Und lass den Manager in Frieden.

Omar kannte mich viel zu gut.

18

Zwei Stunden später war Omar immer noch nicht zurück.

Statt das öffentlich zugängliche WLAN des Hotels zu benutzen, koppelte ich mein Satellitentelefon mit dem Laptop, um Allen MacDonald meine beiden Texte zu schicken. Der erste thematisierte die akute Bedrohung durch einen IS-Angriffs auf die USA und Israel und erwähnte auch die Tatsache, dass zwei Geheimdiensten, einem westlichen und einem der arabischen Welt, stichhaltige Beweise vorlagen, wonach der IS kürzlich chemische Waffen in seinen Besitz gebracht hatte. Ramzis Todesdrohung, falls ich über die chemischen Waffen schrieb, klang mir noch in den Ohren nach, aber ich verdrängte den Gedanken daran. Die Story war zu wichtig. Sein diesbezügliches Dementi ließ ich nicht unerwähnt, arbeitete im Gegenzug jedoch ausführliche Einzelheiten des Materials, das man mir zum IS-Raubzug bei Aleppo überlassen hatte, in den Artikel ein. Der zweite Beitrag war ein Porträt von Ramzi, basierend auf biografischem Material und langen Zitaten aus unserem Interview. Ich schickte der Redaktion auch den kompletten Audiomitschnitt des Gesprächs, damit Allen es transkribieren lassen konnte. Vermutlich nutzte er es als Aufmacher für eine der Unterseiten.

Anschließend rief ich mir ein Taxi, um zum zehn Autominuten entfernten Rafic Hariri Airport zu gelangen, dem internationalen Flughafen Beiruts. Man hatte ihn nach dem ehemaligen libanesischen Premierminister benannt, der 2005 von einer Autobombe getötet worden war. Bei den Drahtziehern des Anschlags handelte es sich mutmaßlich um Hisbollah-Aktivisten, von denen man annahm, dass sie im Auftrag der syrischen Regierung gearbeitet hatten. Nur ein weiterer Hinweis darauf, wie grausam und mutwillig die Gewalt in diesem verrückten Teil der Welt mittlerweile ausfiel.

Auf der Fahrt zückte ich mein Smartphone, um die jüngsten Nachrichten abzurufen. Eine Schlagzeile des *Wall Street Journal* weckte dabei meine besondere Aufmerksamkeit:

Palästinensische Führer warnen: Israel muss Teilung Jerusalems zustimmen

Friedensgespräche sonst »so gut wie gescheitert«

Ich verschickte außerdem vier Kurzmitteilungen. Die erste war eine an meine Mutter. Ich versicherte ihr, wohlauf und auf dem Weg zurück in die USA zu sein. Es gab keinen Grund, ihr etwas anderes zu sagen. Sie las mit Begeisterung alles, was ich für die *Times* schrieb, also erfuhr sie ohnehin bald, wo ich mich gerade aufhielt.

Die zweite SMS ging an Robert Khachigian, der mit 73 Jahren inzwischen pensioniert, aber in der Geheimdienstszene immer noch stark engagiert war. Er hatte mir als Erster den Tipp gegeben, dass der IS eine Ladung Chemiewaffen erbeutet hatte, und den Kontakt zu einer meiner Quellen hergestellt. Die andere hatte ich selbst aufgetan.

Khachigian war mir gegenüber stets sehr offen gewesen. Ich vertraute dem Mann so gut wie blind, hatte ihn sogar in einem meiner Artikel zitiert, wenn auch nicht namentlich. Stattdessen bezog ich mich auf einen ›ehemaligen leitenden Beamten des US-Geheimdienstes‹, der davor warnte, ›dass es sich um ein Albtraumszenario handelt, wenn der IS tatsächlich Massenvernichtungswaffen an sich gebracht hat, vielleicht sogar um die gefährlichste Entwicklung unserer Gegenwart‹. Nun musste ich ihn von Angesicht zu Angesicht sprechen und seine Meinung hören, weshalb Ramzi das rundheraus dementiert hatte.

Muss sofort mit Ihnen reden, lautete meine knappe Botschaft.

Die dritte Nachricht ging an Ari Shalit, den stellvertretenden Direktor des Mossad. Mit 57 Jahren gehörte Shalit zu den interessanten Persönlichkeiten im Nahen und Mittleren Osten. In Marokko geboren und aufgewachsen, sah er aus wie ein Araber und klang auch so. Zumindest der Abstammung nach war er jedoch Jude, sowohl von mütterlicher als auch von väterlicher Seite her. Mit seiner Familie im zarten Alter von 14 Jahren nach Israel ausgewandert, hatte er sich den israelischen Verteidigungsstreitkräften angeschlossen und war schließlich zum Kommandanten eines der elitärsten und geheimsten Einsatzteams der Armee ernannt worden, das international als ›die Unit‹ bekannt war.

Er sprach fließend Hebräisch, Arabisch, Französisch und Englisch und konnte sich auch problemlos auf Russisch verständlich machen. So war schließlich der Mossad auf ihn aufmerksam geworden und hatte ihn im Rahmen einer der gefährlichsten und geheimsten Missionen der israelischen Spionagegeschichte hinter feindliche Linien geschickt.

Meine erste Begegnung mit Shalit lag mittlerweile einige Jahre zurück. Damals hatte ich in Erfahrung zu bringen versucht, wie die CIA und andere westliche Geheimdienste sich bei der Einschätzung der irakischen Massenvernichtungswaffen dermaßen hatten irren können. Ich hatte ihn im Laufe der Jahre wiederholt als anonyme Quelle bei ein paar Geschichten über das Nuklearprogramm des Iran benutzt. Wir waren sporadisch in Kontakt geblieben, jetzt brauchte ich seine Hilfe.

Habe gehört, dass der IS CW besitzt, schrieb ich. Möchte Wissensstand abgleichen. Können wir uns treffen?

Die vierte Kurzmitteilung richtete sich an Ismail Tikriti, den 47-jährigen stellvertretenden Direktor des irakischen Geheimdienstes. Interessanterweise war Tikriti weder Sunnit noch Schiit, und auch kein Araber. Ethnisch gesehen war er Chaldo-Assyrer, religiös betrachtet ein Christ. In Tikrit geboren und aufgewachsen, in der gleichen Stadt wie Saddam Hussein, entstammte er einer Militärdynastie, die sich Hussein gegenüber stets loyal verhalten hatte. Aber nach dem Krieg war er erst von den Amerikanern als Übersetzer, dann vom neu geschaffenen Verteidigungsministerium als Strategiespezialist rekrutiert worden. Er hatte jeden seiner Vorgesetzten beeindruckt und rasant die Karriereleiter erklommen.

Wir hatten uns 2003 getroffen, als ich zum ersten Mal als Kriegsberichterstatter die militärischen Operationen der US-Armee in seinem Land begleitet hatte. Ich war während des Einmarschs dort gewesen und bis zum Rückzug der Amerikaner aus dem Irak im Dezember 2011 mehrfach zurückgekehrt. Ein brillanter Geist, der angesichts der Tatsache, dass er das Land nie verlassen hatte, bemerkenswert gut Englisch sprach. Ismail Tikriti hatte seine Augen und Ohren überall und bekam alles mit, was in seinem Dunstkreis passierte. Und fast noch wichtiger: Er schuldete mir einen Gefallen – und den forderte ich jetzt ein.

Habe ins Schwarze getroffen. Tausche Infos gegen Treffen mit AK, schrieb ich. Ich war mir sicher, dass er sofort verstand, dass ich Abu Khalif meinte.

Bei Shalit und Tikriti klopfte ich auf den Busch. Beide mussten anbeißen, wenn ich meine Story weiterdrehen wollte. Aber es gab keine Garantie, dass sie sich ködern ließen.

Nachdem ich auf dem Flughafen die Sicherheitssperren passiert hatte, begab ich mich auf die dritte Ebene des Terminals zu einem japanischen Sushi-Restaurant. Ich war schon ein paarmal dort gewesen, aber diesmal war es brechend voll. Nachdem ich der Kellnerin einen 20-Dollar-Schein zugesteckt hatte, bot sie mir immerhin einen Hocker an der Bar an.

Ich zögerte. Ich hatte einen Bärenhunger und lechzte nach ein paar guten, ordentlich gemixten Drinks. Doch Omar hatte recht: Ich musste nüchtern bleiben. Seit immerhin zwei Jahren war ich trocken und fürchtete mich vor einem Rückfall, wenn ich mich nicht zusammenriss.

»Wollen Sie den Platz nun haben oder nicht?«, wollte die Kellnerin wissen, als sie bemerkte, dass ich ihr nicht folgte.

»Natürlich«, versicherte ich. »Wenn es nicht anders geht.« Kaum hatte ich den Satz beendet, wurde mir mein schwerer Fehler bewusst. Sekunden später starrte ich auf ein Regal voller Wodka- und Bourbonflaschen, auf Rum und Whisky und alle erdenklichen Arten von hochprozentigem Alkohol. Jede einzelne hätte ausgereicht, mir das Wasser im Mund zusammenlaufen zu lassen, aber alle zusammen brachten mich ernsthaft in die Bredouille. Auf meiner Stirn bildete sich ein Schweißfilm. Nicht dass es jemandem aufgefallen wäre, es sei denn, er hätte mich aufmerksam beobachtet. Aber ich bemerkte es und erschrak vor mir selbst. Ich wusste, dass ich das Lokal auf der Stelle hätte verlassen müssen, aber mich plagte der Hunger und mein Flug ging schon bald. Wenn ich vorher noch essen wollte, dann hier. Mir blieb keine andere Wahl.

»Was darf's denn sein?«, fragte der junge Barkeeper, der aussah, als wäre er noch auf dem College. Wenn überhaupt.

Ich bin James Bradley Collins und ich bin Alkoholiker, hallte es durch meinen Kopf.

Ich gebe zu, dass ich Alkohol gegenüber machtlos bin. Ich kann mein Leben allein nicht meistern.

Nur eine Macht, die größer ist als ich selbst, kann meine geistige Gesundheit wiederherstellen.

»Perrier«, bestellte ich unter Aufbietung aller Disziplin, die ich aufzubringen vermochte. »Und einen Teller Sushi, so schnell es geht.«

Der Kleine hob die Augenbrauen, als wollte er fragen: *Ist das alles?*, aber schon einen Augenblick später reichte er mir eine Speisekarte und stellte die typisch geschwungene, grüne Flasche des französischen Mineralwassers samt Glas mit Zitronenscheibe und Eiswürfeln vor mir ab. Ich schenkte es mir halb voll und betrachtete die sprudelnden Bläschen. Dann nahm ich einen tiefen und langsamen Schluck und schloss dabei die Augen.

Einen Tag nach dem anderen. Einen Schritt nach dem anderen.

Als ich meine Augen wieder öffnete, ließ sich Omar Fayez auf den Hocker neben mir plumpsen.

»Sieht aus, als hätte ich dich gerade rechtzeitig gefunden«, meinte er.

»Was machst du denn hier?«, fragte ich, erstaunt über seine Anwesenheit.

»Ich fliege mit dir zurück«, erklärte er und schnupperte an meinem Glas, um sich zu überzeugen, dass sich wirklich nur Mineralwasser darin befand.

»Auf keinen Fall«, protestierte ich. »Du musst zu deiner Frau.«

»Was glaubst du denn, wer mir gesagt hat, dass ich mit dir fliegen soll?« Er zog sein Satellitentelefon hervor und tippte auf eine Kurzwahl.

»Was ist mit Abduls Familie?«, hakte ich nach.

»Für sie ist gesorgt«, lautete seine Antwort. »Kann ich dir im Flugzeug erzählen. Aber jetzt musst du jemanden anrufen.«

Er reichte mir das Telefon. Kaum hielt ich es in der Hand, zuckte ich auch schon zusammen. Ich wusste mit einem Mal, dass er meinen Redakteur Allen MacDonald angerufen hatte, der sich gerade in seinem Haus in McLean im US-Bundesstaat Virginia aufhielt. Ein Anruf, den ich eigentlich erst nach Verlassen des Libanon hatte erledigen wollen.

»Du hast noch nicht mit ihm gesprochen, oder?«, fragte er.

»Nein.«

»Das musst du aber.«

»Noch nicht.«

»Doch, und zwar jetzt gleich.«

Plötzlich hatte ich Allen in der Leitung. Ich seufzte und begann zu erklären. Er war aus mehreren Gründen nicht gerade glücklich, mit mir zu sprechen, nicht zuletzt deshalb, weil es an der Ostküste gerade erst fünf Uhr morgens war.

»Du musst deine Story umschreiben«, sagte er dann.

»Warum?«

»Du musst die Hinweise auf die Massenvernichtungswaffen rausnehmen.«

»Warum?«, fragte ich völlig fassungslos. »Das beruht auf hieb- und stichfesten Informationen.«

»Aber Ramzi hat alles dementiert.«

»Ich habe ihn zitiert«, hielt ich dagegen und fühlte mich in die Defensive gedrängt.

»Warum, glaubst du, hat er das getan?«

»Da bin ich mir nicht ganz sicher.«

»Hast du ihn gedrängt?«

»Du hast das Interview doch gehört!«

»Ja.«

»Khalif muss es ihm verboten haben.«

»Oder der IS hat das Zeug wirklich nicht.«

»Sie haben es, Allen«, versicherte ich ihm. »Die Geschichte ist wasserdicht.«

»Aber du wolltest, dass er sie bestätigt. Dafür hast du dein Leben riskiert und Abduls geopfert. Dafür, dass er dir das bestätigt.«

»Das war falsch, ja, aber …«

Er unterbrach mich. »Was, wenn du reingelegt wurdest?«

»Von Ramzi?«

»Nein, von deinen Geheimdienstquellen.«

»Ich habe die Dokumente gesehen, Allen«, widersprach ich. »Ich habe die Bänder mit eigenen Ohren gehört und besitze die Transkripte.«

»Vielleicht hast du nur gesehen, was du sehen wolltest.«

»Es sind zwei völlig verschiedene Quellen. Keine hat mir je falsche Informationen zugespielt.«

»Was spricht gegen die Theorie, dass sie gemeinsame Sache gemacht und dir einen Köder in der Hoffnung hingeworfen haben, dass du in Erwartung auf einen Riesenfisch anbeißt?«

»Ausgeschlossen. Sie kennen einander gar nicht. Es sind zwei ganz verschiedene Männer, verschiedene Länder, verschiedene Geheimdienste.«

»Das reicht nicht«, lehnte er ab. »Du wirst noch eine weitere Quelle auftreiben müssen, aus einem dritten Land.«

»Allen, komm schon«, stöhnte ich. »Das ist unmöglich. Ich sage dir, die Story ist korrekt und abgesichert. Das ist ein Knüller! Und wir müssen ihn veröffentlichen, bevor die *Post* oder jemand anderes ihn in die Finger bekommt.«

»Vergiss es, Collins. Ich bin nicht der Nächste, der mit einer dieser Massenvernichtungswaffen-Schlagzeilen Schiffbruch erleidet, weil sie sich im Nachhinein als Ente erweisen. Und erzähl mir nichts von einem ›Knüller‹. Hatten wir alles schon. Treib eine dritte Quelle auf, dann reden wir weiter. In der Zwischenzeit wirst du beide Artikel umschreiben, so schnell es eben geht. Streich alle Verweise auf die Massenvernichtungswaffen aus dem Ramzi-Porträt und konzentrier dich in der IS-Reportage auf die Gefahr weiterer Angriffe. Das ist fürs Erste Knüller genug.«

»Ich bin schon auf dem Weg nach Hause.«

»Nonstop?«

»Nein, Zwischenlandung in Istanbul.«

»Dann schreib auf dem Flug den ersten Text um und schick ihn mir von dort aus. Außerdem brauch ich einen Nachruf auf Abdul, sobald du in D. C. landest.«

Ich wollte protestieren, dass es unmöglich sei, der Story in der Zeit, die ein Transatlantikflug dauerte, gerecht zu werden, aber wieder schnitt MacDonald mir das Wort ab. Er war nicht in Stimmung für Widerworte. Kurzerhand erklärte er, dass ich das Abdul und seiner Familie schuldig sei. Damit hatte er natürlich recht, auch wenn es den tiefen Schmerz in mir nur noch verstärkte. Ich versprach, ihn aus der Türkei wieder anzurufen. Innerlich kochte ich vor Wut, beendete das Gespräch und gab Omar sein Telefon.

»Ich mach das schon«, erklärte er ohne Zögern und steckte den Apparat ein.

»Was willst du machen?«

»Abduls Nachruf«, wiederholte Omar. »Ich werde ihn auf dem Weg nach Istanbul schreiben.«

»Nein, Allen hat recht«, gestand ich. Ich schämte mich dafür, auch nur einen Moment lang Widerstand gegen diese Selbstverständlichkeit geleistet zu haben.

»Er hat natürlich recht damit, dass wir Abdul das schuldig sind, aber er hat nicht recht damit, dass du alles allein erledigen musst«, widersprach Omar. »Du schreibst dein Ramzi-Porträt um, ich verfasse den Nachruf. Und jetzt lass uns was bestellen, bevor es zu knapp wird.«

»Danke«, sagte ich leise. Ich konnte Omar dabei nicht in die Augen sehen.

»Nicht der Rede wert«, sagte dieser Bär von einem Mann neben mir. »Ich halt dir den Rücken frei, J. B.. Hab ich doch schon immer getan.«

19

Istanbul, Türkei

Turkish-Airlines-Flug 825 landete um 17:35 Uhr Ortszeit in Istanbul. Sobald die Flugbegleiter es gestatteten, schaltete ich Laptop und Satellitentelefon ein und übermittelte die überarbeiteten Versionen meiner IS-Geschichte und meines Ramzi-Porträts nach Washington. Ich hatte nach wie vor Probleme, Allens Entscheidung nachzuvollziehen, aber ich sah keine Alternative. Wenn ich es nicht selbst umschrieb, würde er die Artikel umarbeiten, und das wollte ich unbedingt vermeiden. Ich legte großen Wert darauf, die Kontrolle über die veröffentlichte Fassung nicht aus der Hand zu geben.

Dann zeigte Omar mir seinen Nachruf auf Abdul.

»Das ist gut«, murmelte ich, während wir zum Gate rollten.

Omar antwortete nicht. Ich warf ihm einen Seitenblick zu. Er saß neben mir in der Businessklasse. Auf seinem Gesicht lag ein Ausdruck von Schmerz, den ich so an ihm nicht kannte. Er war ein hervorragender Schreiber, doch diese Aufgabe hatte ihm offenbar einiges abverlangt.

»Wirklich, das ist sehr gut«, wiederholte ich. »Ich schicke das so, wie es ist.«

Sofort übermittelte ich den Nachruf per E-Mail an Allen, bevor ich mithilfe meines Smartphones unsere weitere Heimreise plante. Nach einer frustrierenden Viertelstunde Surfen auf den verschiedensten Touristikportalen reifte in mir die ärgerliche Gewissheit, dass am heutigen Abend keine Direktflüge mehr von Istanbul nach Washington gingen. Die Versuche, wenigstens einen Flug über Brüssel, London, Paris oder Frankfurt zu ergattern, schlugen ebenfalls fehl: Es gab auch keine Spätverbindungen von diesen Drehkreuzen nach Washington. Wie ich es auch drehte und wendete, wir saßen bis morgen früh hier fest und mussten die Nacht in einem Hotel verbringen. Das Beste, was ich fand, waren Tickets für eine Maschine von Turkish Airlines, die um zehn nach acht morgen früh nach Brüssel abhob. Nach dem Wechsel in einen Transatlantik-Flug mit United Airlines würden wir dann planmäßig um 14:45 Uhr auf dem Dulles Airport landen.

Mangels Alternativen buchte ich die Passagen und überflog anschließend meine E-Mails und SMS-Nachrichten. Nur eine war wichtig: die von Ari Shalit, dem stellvertretenden Mossad-Direktor. Wie der Zufall es wollte, traf Shalit noch am gleichen Abend in Istanbul ein und bat mich, ihn um Mitternacht vor der berühmten Blauen Moschee zu treffen. Meine Stimmung besserte sich merklich. Vielleicht entpuppte sich diese Nacht doch nicht als völlige Zeitverschwendung.

Omar mietete ein Auto und wir fuhren zum Ibrahim Pasha, einem vierstöckigen Hotel im historischen Sultan-Aahmet-Viertel, nicht weit entfernt von der Blauen Moschee. Ich tigerte unruhig vor dem prasselnden Kaminfeuer in der Lobby auf und ab, beantwortete Mails und überflog Schlagzeilen, während Omar zwei nebeneinandergelegene Zimmer für uns reservierte. Ich bat ihn, aus meiner Minibar jeglichen Alkohol zu entfernen. Er klopfte mir anerkennend auf die Schulter und kümmerte sich auf der Stelle darum.

Wir trafen uns im Hotelrestaurant. Über Lammkebab und Reis spekulierten wir darüber, welchen Eindruck das

Ramzi-Porträt und das Interview bei den Lesern hinterließen, wenn sie in ein paar Stunden erschienen. Wir sprachen über Abduls Verlobte und wie sie die Nachricht seines Todes aufgenommen hatte und darüber, wie wir ihr diskret ein wenig Geld zukommen lassen konnten. Am besten anonym. Es schien uns das Mindeste zu sein, was wir tun konnten.

Irgendwann während des Essens fragte Omar mich, warum ich glaubte, dass Shalit mich so spät noch treffen wollte, und warum ausgerechnet vor der Moschee.

»Keine Ahnung. Warum fragst du?«

»Ich weiß nicht«, entgegnete Omar. »Es scheint mir nur etwas seltsam. Ich meine, woher wusste er überhaupt, dass wir heute Nacht in Istanbul bleiben?«

»Gute Frage.«

»Hast du etwas davon in deiner SMS erwähnt?«

»Nein.«

»Was genau hast du ihm geschrieben?«

»Ich habe nur gefragt, ob wir reden können.«

»Glaubst du, er hatte ohnehin geplant herzukommen, oder kommt er nur deinetwegen?«

»Macht das einen Unterschied?«

Omar zuckte mit den Achseln. »Ich weiß nicht.«

Erst jetzt fiel mir auf, dass er kaum etwas gegessen hatte. Das sah ihm nicht ähnlich. »Was ist los, Omar? Woran denkst du?«

Er schüttelte den Kopf. »Ich bin nicht sicher. Vielleicht ist es ja nicht wichtig. Ich …«

»Was?«

»Ich habe ein seltsames Gefühl. Aber ich kann nicht genau sagen, woran es liegt.«

Wir beendeten unser Abendessen in leichter Unruhe.

Allerdings waren wir beide erschöpft und traumatisiert von Abduls Tod und allem, was wir in Homs erlebt hatten. Ich entschied mich, rauf in mein Zimmer zu gehen und ein paar Stunden zu schlafen. Omar wollte eine Runde joggen.

Um genau halb zwölf ging der Alarm meines Smartphones los. Ich stand auf, stellte mich kurz unter die Dusche und ging nach unten, wo ich Omar traf. Wir besprachen noch einmal kurz den Ablauf des bevorstehenden Treffens und machten uns dann auf zur Blauen Moschee.

Ich ging zu Fuß, Omar beschattete mich in dem kleinen silbernen Hyundai, den er am Flughafen gemietet hatte. Er blieb stets gut einen Block hinter mir, dicht genug, um sicherzugehen, dass es mir gut ging, aber nicht so dicht, dass ein Fremder seine Anwesenheit ohne Weiteres bemerkt hätte. Es regnete, wenn auch nicht ganz so heftig wie in Homs. Die Straßen waren rutschig, ein leichter Nebelschleier hing über der Stadt.

Bald schon erreichte ich die Sultan-Ahmet-Moschee. Im Volksmund hieß sie die Blaue Moschee, weil ihr Inneres mit rund 20.000 erlesenen handbemalten blauen Keramikfliesen ausgekachelt war. Natürlich hatte sie um diese Uhrzeit offiziell längst geschlossen. Aber jedes der sechs Minarette und auch die acht Kuppeln des Gebäudes glänzten im gelben Licht der Scheinwerfer, was einen interessanten Kontrast an diesem regnerischen Abend bildete. Der Gebäudekomplex wirkte in dieser diffusen Umgebung spektakulär. Trotz des heftigen Niederschlags zeichnete sich im benachbarten Teich des Parks ein mindestens ebenso spektakuläres Spiegelbild der Kuppeln und Minarette ab.

Nur wenige Leute waren so verrückt, sich bei diesem Regen auf die Straße zu wagen, aber es gab ein Liebespaar, das in der Nähe der Springbrunnen herumknutschte, und ein paar Polizisten, die im Park Streife gingen. Ari Shalit war nirgendwo zu sehen, daher zuckte ich zusammen, als jemand, der offenbar im Schatten eines kleinen Palmenhains stand, meinen Namen laut aussprach. Meine Verwirrung stieg, als ich erkannte, dass es eine Frauenstimme war und nicht die des Mannes, den zu treffen ich gehofft hatte.

»Mr. Collins, hier drüben«, sagte die Frau. Schlank, brünett und außerordentlich attraktiv, trug sie einen schwarzen Trenchcoat im Londoner Stil aus falscher Seide und hatte einen gepunkteten Regenschirm unter den Arm geklemmt. »Du liebe Zeit, Sie werden ja triefnass. Bitte, kommen Sie doch unter den Schirm.«

»Tut mir leid, kenne ich Sie?«, fragte ich ratlos.

»Nein, ich fürchte, wir hatten noch nicht das Vergnügen«, erklärte sie mit einem warmen, ansteckenden Lächeln und streifte einen Lederhandschuh von den Fingern, um mir die Hand zu schütteln.

Dabei ließ sie eine Notiz in meine Handfläche gleiten und flüsterte: »Ari schickt mich.«

Ich musterte sie und fragte mich, ob das stimmen konnte. Kannte sie Ari Shalit? War sie wirklich vom stellvertretenden Direktor des Mossad geschickt worden? Warum? Warum war er nicht selbst gekommen? Diese und ein gutes Dutzend weiterer Fragen schossen mir durch den Kopf. Bevor ich sie stellte, überflog ich den Inhalt des Zettels:

J. B., es tut mir leid, aber ich kann nicht persönlich kommen. Der Alte braucht mich. Stattdessen habe ich Yael Katzir geschickt. Sie gehört zu meinem Stab, ist Expertin für CBRN-Waffen und über den Inhalt all unserer Gespräche informiert. Sie kann Ihnen helfen. A. S.

Ich starrte auf das Papier, denn auf den ersten Blick ergab es keinen Sinn. Chemische, biologische, radiologische und nukleare Waffen? Sicher, es klang ganz nach Ari. Knapp, auf den Punkt und im Einklang mit der SMS, die er geschickt hatte, während Omar und ich auf dem Flug von Beirut nach Istanbul waren.

Treffen uns vor der SAM in I, hatte er geschrieben. *Mitternacht. Werde GRS tragen.*

SAM war natürlich die Sultan-Ahmet-Moschee – oder eben die Blaue Moschee.

Hieß GRS dann »gepunkteter Regenschirm«?

Der Alte war ein Spitzname, den Ari oft für seinen direkten Vorgesetzten benutzte, den Mossad-Chef. Wer auch immer diese Mitteilung verfasst hatte, wusste über die Chemiewaffen Bescheid, über die ich reden wollte. Trotzdem blieb ich misstrauisch. Hatte womöglich jemand seinen Account gehackt oder sich Zugang zu seinem Handy verschafft? Tappte ich hier gerade in eine Falle?

Ich starrte die fremde Frau an und versuchte, mir einen Reim darauf zu machen, warum sie hier war. Eine attraktive Erscheinung, so viel stand fest, eine natürliche, unprätentiöse Schönheit, die ich auf der Stelle enorm anziehend fand. Sie trug weder Lidschatten noch Lippenstift oder sonst irgendein Make-up, keine Ohrringe, Halskette oder Armbänder. Ihre kurzen, gepflegten Fingernägel waren unlackiert. Sie wirkte eher arabisch als jüdisch, das Gleiche galt auch für Ari. Ihre großen braunen Augen blickten mich freundlich und entspannt an. Sie funkelten im Schein der Straßenlaternen. Trotz des Regenmantels konnte ich erkennen, dass sie einen schwarzen Kaschmirpullover trug, ausgewaschene blaue Jeans und moderne Lederstiefel, die ihr bis zum Knie reichten. Der Absatz der Stiefel ließ sie ein paar Zentimeter größer erscheinen, aber trotzdem überragte ich sie noch ein wenig. Ich bin knapp über 1,80 groß, also schätzte ich sie auf grob 1,75. Sie hatte keine Handtasche oder etwas in der Art dabei, nur den Regenschirm, den sie über uns hielt, um uns vor dem Nieselregen zu schützen.

Sie sah nicht gerade wie eine Attentäterin aus. Allerdings galt das wohl für keine Frau, die eine solche Falle stellte. Arbeitete sie wirklich für den Mossad? Vielleicht hatte der IS sie geschickt. Ich glaubte zwar nicht, dass Abu Khalif und Jamal Ramzi mich töten wollten. Schließlich war die Story, von der sie unbedingt wollten, dass die Welt sie erfuhr, noch nicht einmal veröffentlicht. Wenn jemand mich also jetzt, zu diesem Zeitpunkt, tot sehen wollte, dann eher Khalifs Rivalen bei Al-Qaida, nicht der IS.

Bevor ich noch weiter über diese Frage nachdenken konnte, drängte sie sich dichter an mich, legte ihre warmen, weichen Hände auf mein Gesicht und küsste mich auf den Mund. Ich war so verblüfft, dass ich mich instinktiv zurückziehen wollte, aber sie kam noch näher und flüsterte mir dabei etwas ins Ohr.

»Sie und ich sind entweder Bruder und Schwester oder eben Geliebte, Mr. Collins«, erklärte sie sachlich. »Um diese Uhrzeit gibt es keinen anderen Grund für die Polizei, unser Treffen als harmlos einzustufen. Es sei denn, es wäre Ihnen lieber, man hält mich für eine Prostituierte ...«

Ihre Stimme verebbte, sie musste den Satz nicht zu Ende führen. Prostitution ist in der Türkei legal, aber mit einer *fahişe* erwischt zu werden, kann alle möglichen Probleme verursachen, mit denen ich mich momentan nicht herumschlagen wollte. Also legte ich meine Arme um ihre Taille und wir drückten uns eng aneinander. Diesmal fiel ihr Kuss sogar noch überzeugender aus.

»Nett, Sie kennenzulernen, Miss Katzir«, raunte ich.

»Ebenso«, gab sie zurück und hob die Augenbrauen. Ihr schien das Ganze Spaß zu machen. »Und jetzt schlendern wir Arm in Arm weiter, ganz wie ein echtes Liebespaar.«

Ich tat, was sie sagte, und versuchte immer noch, mir einen Reim auf die Situation zu machen.

»Sag Yael zu mir«, wisperte sie mir zu.

»In Ordnung. Ich bin James.« Keine Ahnung, warum ich das sagte. Kaum jemand außer meiner Mutter nannte mich James, alle sagten J. B. Die Jungs bei der *Times*, Omar, selbst Laura hatte mich so genannt. Warum in aller Welt hatte ich Yael gebeten, mich James zu nennen?

»Gut, James.« Sie lächelte. »Können wir irgendwo reden? Du weißt schon ... privat.«

20

Ich hatte keinen blassen Schimmer, wie ich diese Frau einzuschätzen hatte. Ich war im Lauf der Jahre oft in Istanbul gewesen, kannte die Stadt aber nicht besonders gut. Ich konnte sie ja nun schlecht mit ins Hotel nehmen. Omar machte sich vermutlich ohnehin schon so seine Gedanken. Also schlug ich vor, dass wir uns ein Café suchten, das die Nacht über geöffnet hatte, um etwas Warmes zu trinken. Sie zeigte sich einverstanden.

Doch das war leichter gesagt als getan. Istanbul, die uralte Metropole am Bosporus, die man in vergangenen Zeiten Konstantinopel genannt hatte, war einst die Hauptstadt des Oströmischen Reichs gewesen. Aber heute ließ es sich nicht gerade mit London, New York oder auch nur Tel Aviv vergleichen. An Nachtclubs, Bars und rund um die Uhr geöffneten Restaurants herrschte eher Mangel. Unterhaltungsetablissements waren relativ spärlich gesät. Trotzdem gingen wir los und suchten nach einem geeigneten Lokal.

Wir hielten Händchen, während wir durch die regennassen Straßen flanierten. Sie schmiegte sich eng an mich, lachte und kreiselte ihren Regenschirm, als wären wir schon seit Jahren miteinander liiert. Es war, so hoffte ich, eine zufriedenstellende Vorstellung für alle, die uns nicht näher kannten. Doch bei mir musste sie erst noch Überzeugungsarbeit leisten, dass sie tatsächlich diejenige war, für die sie sich ausgab. Deshalb löcherte ich sie quasi ununterbrochen mit Fragen. Ihre Antworten kamen prompt und trafen allesamt ins Schwarze. Sie kannte Details meiner bisherigen Treffen und Gespräche mit Ari, die niemand sonst kennen konnte, es sei denn, einer von uns beiden hätte sie ihr mitgeteilt. Sie versuchte mich zu überzeugen, dass der stellvertretende Mossad-Chef sie wirklich geschickt hatte, dass ich ihr vertrauen konnte, dass ich ihr alles sagen konnte, auch über die Sache in Homs, die mit Ari zu besprechen mir so wichtig gewesen war. Irgendwann zeigte es seine Wirkung.

»Ari sagt, dass du wegen deines Großvaters Journalist geworden bist. Stimmt das?«, fragte sie. Wir schlenderten gerade die Bosporus-Promenade entlang in Richtung des großen Topkapi-Palasts, der über 400 Jahre lang der Sitz des Sultans des Osmanischen Reichs gewesen war.

»Ja, das ist tatsächlich so.«

»A. B. Collins.«

»Wieder richtig.«

»Wofür stand das A. B.?«

»Für Andrew Bradley.«

»Also wurdest du nach ihm benannt, richtig? James Bradley?«

»Richtig.«

»Ari meinte, dein Großvater sei wirklich erschüttert gewesen, als deine Großmutter 1980 gestorben ist. Hat er nie wieder geheiratet?«

»Nein.«

»Sie standen sich also nah.«

»Seelenverwandte.«

»Wie lang waren sie verheiratet?«

»38 Jahre.«

»Wow. Wer ist heute noch so lange verheiratet?«

»Keiner, den ich kenne.«

»Meine Eltern ließen sich scheiden, als ich 14 war.«

»Ich war zwölf.«

»Bist du bei deiner Mutter oder bei deinem Vater geblieben?«

»Meiner Mutter.«

»In Bar Harbor?«

Ich nickte.

»Und dein Vater ging nach Miami Beach?«

Ich beantwortete die Frage nicht. Wir spazierten weiter

durch die Gegend, doch mit einem Mal machte mir das ganze keine Freude mehr. Ich hatte es kapiert, sie wusste alles über mich. Musste sie es mir deshalb so penetrant unter die Nase reiben?

»Tut mir leid«, entschuldigte sich Yael nach einigen Augenblicken. »War wohl kein gutes Thema.«

Ich zuckte mit den Achseln.

»Ari meinte, dass ich Matt nicht ansprechen soll.«

»Da hat er recht.«

»Warum?«

»Hör zu, Matt ist ein guter Kerl und mein Bruder«, sagte ich. »Wir standen uns als Kinder sehr nah. Jetzt ist das nicht mehr der Fall.«

»Wo ist er gerade?«

»In Amman.«

»In Jordanien?«

»Gibt es noch ein anderes Amman?«

»Was macht er da?«

»Ich weiß es nicht. Irgendeine Art Sabbatical.«

»Was macht er, wenn er gerade nicht in Amman ist?«

»Spielt das wirklich eine Rolle?«

Jetzt war es Yael, die mit den Schultern zuckte. »Tut mir leid, ich wollte nicht neugierig sein.«

Ich seufzte und ging weiter. »Er ist Professor«, teilte ich schließlich mit.

»Wo?«

»An einer theologischen Hochschule in Boston. Können wir bitte über etwas anderes sprechen?«

Mein Verhältnis zu Matt war kompliziert. Nichts, womit ich mich gerade befassen wollte.

»Wie geht es Laura?«, wollte sie wissen.

Ich blieb wie angewurzelt stehen. »Soll das ein Witz sein?«

»Ari meinte, das sei nicht so gut gelaufen.«

»Das geht dich absolut nichts an«, antwortete ich kühler als beabsichtigt.

Wer auch immer diese Frau neben mir sein mochte, ich hatte nicht vor, mit ihr über meine Ex-Frau zu diskutieren. Es stimmte, dass Shalit und ich irgendwann über meine Scheidung gesprochen hatten. Er hatte damals selbst die Trennung von seiner Frau durchgemacht. Aber jetzt und hier ging das niemanden etwas an, schon gar nicht Yael.

»Tut mir leid«, sagte sie erneut. »Ich wollte nicht ...«

»Ist schon gut«, log ich. »Lass uns ... du weißt schon.«

Yael hatte es offenbar begriffen. Sie nahm wieder meinen Arm, um den Schein nach außen zu wahren, und wir gingen weiter. »Sollen wir über Fordo reden?«, fragte sie.

Ich wusste, sie bezog sich auf das ehemals geheime iranische Nuklearprogramm nahe der heiligen Stadt Ghom, das von westlichen Geheimdiensten im Herbst 2009 aufgedeckt worden war. Die *Times* und andere Medien hatten ausführlich darüber berichtet.

»Ari meinte, du warst damals sehr hilfreich, als er Details veröffentlichen und damit die Aufmerksamkeit wichtiger Präsidenten und Staatsoberhäupter auf den Umstand lenken wollte, dass der Iran große Teile seines Atomprogramms im Verborgenen durchgeführt hat.«

Meine Gedanken überschlugen sich. Wollte sie damit sagen, dass Ari ihr erzählt hatte, dass ich den *Times*-Artikel über die Einrichtungen in Fordo geschrieben hatte? Denn warum sonst hätte sie den Artikel erwähnen sollen?

Als wollte sie meine unausgesprochenen Fragen beantworten, schüttelte sie die nächste Überraschung aus dem Ärmel. »*Ein wichtiger Vertreter des iranischen Geheimdienstes bestätigte am Freitag, dass westliche Spionagedienste über ›ausgezeichneten Zugang‹ zu der Einrichtung verfügten. Damit deutete er an, dass sich offensichtlich Unbefugte Zutritt zur Anlage verschafft haben könnten.‹«*, zitierte sie und sah mich an.

Eine wörtliche Passage aus meiner Reportage. Auswendig. Ich schwieg.

Sie fuhr fort. »*›Der Informant erwähnte weiterhin, dass ›verschiedene voneinander unabhängige Quellen‹ bestätigt hätten, dass es sich bei der Anlage um einen Teil des iranischen Atomprogramms handele. Der Sprecher des Nachrichtendienstes und andere Beamte lehnten es mit Verweis auf die Geheimhaltung des Projekts ab, namentlich genannt zu werden.‹* … Ari sagte, er sei eine dieser ›verschiedenen voneinander unabhängigen Quellen‹ gewesen, die du zur Untermauerung der Aussagen verwendet hast.«

»Warum glaubst du, dass es sich um einen Artikel von mir handelt?«, wollte ich wissen. »Ich wurde nicht einmal namentlich erwähnt.«

»Ari hat es mir erzählt. Er erzählte mir auch, er habe dich ins Hauptquartier des Mossad in Tel Aviv gebracht, in den Raum mit der Nummer E-38, und dir eine kalte Dose Mr. Pibb und einen Teller Hummus mit frischer Pita aus deinem Lieblingsrestaurant in Abu Ghosh hingestellt. Er zeigte dir Satellitenfotos, ließ dich Telefonmitschnitte abhören und hoch geheime Protokolle von Einsatzagenten lesen. Und er nannte mir auch den Grund dafür: damit die *Times* die Geschichte veröffentlicht und so die Welt erfährt, dass der Iran Schlüsselelemente seines Atomprogramms unter der Decke hält.«

Wieder blieb ich wie angewurzelt stehen, nur ein paar Hundert Meter vom Topkapi-Palast entfernt, und starrte sie an. Das stimmte alles bis ins kleinste Detail, doch ich hatte es niemals auch nur einer lebenden Seele gegenüber erwähnt. Ich hatte nichts davon aufgeschrieben und kein Tagebuch geführt. Es gab keine Möglichkeit, wie sie Teile, geschweige denn alles davon wissen konnte … es sei denn, Ari Shalit hatte es ihr persönlich anvertraut.

Ich atmete tief durch. Sie war echt. Sie arbeitete wirklich für den Mossad. Man hatte sie tatsächlich geschickt, um mir zu helfen. Und ich schätzte, ich würde ihr vertrauen müssen, soweit ich eben einer ausländischen Spionin vertrauen konnte.

Zwei Streifenpolizisten bogen um die Ecke. Sie waren auf der anderen Straßenseite des Boulevards, aber als sie Anzeichen von ungewöhnlichem Interesse an uns beiden an den Tag zu legen begannen, beugte ich mich vor, legte meine Arme erneut um Yael und küsste sie auf den Mund.

Für einen Augenblick schien es, als hielte sie den Atem an. Und mir ging es nicht anders. Unser Kuss wurde so leidenschaftlich, dass die Polizisten weitergingen und keinen weiteren Gedanken an uns verschwendeten. Yaels Plan war also aufgegangen. Wir sahen wie ein Liebespaar aus. Aber es fühlte sich so gut an, dass ich nicht sicher war, ob sie es wirklich nur spielte.

Andererseits: Umgekehrt konnte ich das auch nicht mit Sicherheit behaupten.

21

Schließlich fanden wir doch noch ein Restaurant, das geöffnet war. Der Wirt bot uns großzügig an, die klitschnassen Mäntel zum Trocknen aufzuhängen. Dann wies er uns einen Tisch zu, der etwas abgelegen vor einem prasselnden Kaminfeuer stand. Ein Kellner brachte uns dampfend heißen Chai und etwas warmes Brot und wir machten es uns bequem.

Es war ein gemütliches kleines Restaurant, nur halb gefüllt, und alle Gäste waren Ausländer. Mehrheitlich junge Paare um die 20 oder 30. Dummerweise tranken alle Bier oder Cocktails, keinen Tee oder Kaffee. Sofort wurde die Gier in mir stärker, gegen die ich ohnehin ständig ankämpfen musste.

Mit jeder Faser meines Körpers wollte ich mich heftig betrinken. Die Umgebung, die Aromen. Ganz sicher auch die Gesellschaft. Und die unglaubliche Trauer, die so schwer auf mir lastete.

Yael bestellte ein Glas französischen Cabernet und fragte, ob wir uns die Flasche teilen wollten. Ich war über jedes Maß hinaus in Versuchung. Es gab akut nur einen einzigen Grund, aus dem ich mir vorstellen konnte, ihren Vorschlag abzulehnen, nämlich dass alles in mir nach etwas weitaus Stärkerem verlangte. Über ihre Schulter hinweg konnte ich die Fächer hinter der Bar ausmachen, randvoll mit Johnnie Walker, Jim Beam, Absolut, Stolichnaya. Lauter alte Freunde, die verführerisch meinen Namen wisperten.

»Ich bleibe beim Tee«, erklärte ich.

Ich warf Yael einen Blick zu, um abschätzen zu können, wie enttäuscht sie war. Stattdessen bestellte sie den Cabernet ab und verkündete, sich ebenfalls weiter an den Chai zu halten.

Der Kellner zog die Augenbrauen hoch und verschwand.

»Ein Teefan?«

»Trockener Alkoholiker«, gestand ich. »Wenn Ari Ihnen von mir erzählt hat, sollte er das ebenfalls erwähnt haben.«

»Hat er«, bestätigte sie. »Ich wollte nur sehen, ob es stimmt.«

»Zwei Jahre, drei Monate, fünf Tage.«

»Einen Tag nach dem anderen«, lächelte sie.

»Einen Tag nach dem anderen.« Ich seufzte.

In diesem Augenblick kam Omar herein, ließ den Blick durch den Raum schweifen und entdeckte mich schließlich. In jeder anderen Situation hätte ich ihn verflucht und nach einer Möglichkeit gesucht, ihn loszuwerden. Stattdessen stand ich auf, stellte ihn und Yael einander vor und bat ihn, sich zu uns zu setzen. Tatsache war, ich brauchte einen Aufpasser, und nicht nur um mich vom Trinken abzuhalten.

Es war lange her, dass ich mich in so angenehmer Gesellschaft wie der von Yael befunden hatte, und ich konnte mich ehrlich gesagt nicht mehr an das letzte Mal erinnern, jemanden so geküsst zu haben. Ich stellte mir die Frage, ob mir vor diesem Kuss das ganze Ausmaß meiner Einsamkeit bewusst gewesen war. Die Tatsache, dass mich die erstbeste attraktive Frau, die mir ein wenig Aufmerksamkeit schenkte, so aus den Socken haute, jagte mir offen gestanden Angst ein.

»Omar ist ein prima Kerl«, erklärte ich Yael, als wir uns wieder setzten. »Wir kennen uns schon eine Ewigkeit.«

»Davon habe ich gehört.« Sie wandte sich ihm zu. »Ari hat nur Gutes von Ihnen erzählt.«

»Bitte grüßen Sie ihn von mir.«

»Das werde ich tun«, versprach sie.

Ich nippte an meinem Tee, doch er war noch zu heiß. Also holte ich tief Luft und kam zur Sache.

»Yael, in ein paar Stunden wird die *Times* auf der Titelseite ein Porträt von Jamal Ramzi veröffentlichen, das zum Teil auf dem Interview basiert, dass ich in Homs mit ihm geführt habe«, begann ich.

»Dann hat der Plan also funktioniert?«, fragte sie. Offenbar war sie auf dem Laufenden.

»Hat er.«

»Du warst verrückt, dorthin zu gehen.«

»Was du nicht sagst.«

»Ari hat so entschieden auf dich eingeredet, nicht zu gehen!«

»Jeder hat mir gesagt, ich soll nicht gehen.«

»Aber du konntest einfach nicht anders?«

»Er ist einfach ein wenig eigensinnig«, kommentierte Omar altklug.

»Das ist ein ganz schön kindisches Benehmen«, stellte Yael fest.

Omar schüttelte den Kopf. »Sie haben ja keine Ahnung.«

Ich ignorierte das Geplänkel. »Die Kurzfassung lautet, dass Ramzi und Abu Khalif äußerst zeitnah eine ganze Reihe von brutalen terroristischen Anschlägen planen«, redete ich unverdrossen weiter.

»Wann?«, wollte Yael wissen.

»Sehr bald, mehr hat Ramzi nicht gesagt.«

»Wo?«

»Alle Hinweise deuten auf Angriffe auf mein und auf dein Land hin.«

»Ich vermute mal, dass er dir nicht gerade eine Karte mitgeliefert hat.«

»Ich fürchte, nein.«

»Was genau hat er vor?«

»Er sagte, wir stünden an der Schwelle einer dritten

Intifada. Alle, die den Zionisten helfen, seien Verräter und müssten von Allah bestraft werden.«

»Standard-Rhetorik der Dschihadisten«, winkte sie ab. »Warum sollte man das ernst nehmen?«

»Aus zwei Gründen«, erklärte ich. »Der erste lautet: Ramzi wollte die Information veröffentlicht sehen, und zwar mithilfe der *Times*. Er hat noch nie mit einem Reporter aus dem Westen gesprochen, erst recht nicht mit einem Amerikaner. Aber er will offenbar, dass die Leute es erfahren. Er will, dass Washington es erfährt. Da kommt etwas Gewaltiges auf uns zu, etwas ganz Großes, und wenn es kommt, will er, dass der IS die Lorbeeren einheimst, nicht Zawahiri oder Al-Qaida. Ich weiß, dass es nicht unbedingt üblich ist, dass Terroristen ihre Absichten im Vorfeld ankündigen. Aber einige tun es. Bin Laden hat den USA vor dem 11. September offiziell den Krieg erklärt.«

»Und der zweite Grund?«, hakte Yael nach.

»Ich glaube, dass der IS chemische Waffen in seinem Besitz hat. Ramzi dementiert das zwar, doch ich verfüge über zwei verlässliche Quellen aus Nachrichtendiensten unterschiedlicher Länder. Ich werde sie beide sehr bald kontaktieren und noch einmal alles durchgehen, was ich von ihnen erfahren habe, Punkt für Punkt, um sicherzustellen, dass ich nichts übersehen habe. Aber mein Redakteur hat ein schlechtes Gefühl dabei. Er will, dass ich eine dritte Quelle benenne, einen anderen Geheimdienst, ein anderes Land. Darum wollte ich mich mit Ari treffen. Ich muss wissen, was ihr beim Mossad darüber herausgefunden habt, und zwar möglichst schnell. Stellt euch nur vor, der IS kämpft mit chemischen Waffen. Stellt euch vor, wie viele Israelis und Amerikaner er töten könnte. Und was, wenn sie das Zeug an die Hamas oder die Hisbollah weiterreichen? Was, wenn alle Raketen, die in den letzten Jahren auf euch niedergeregnet sind, mit Saringas gefüllt gewesen wären? Der Artikel, der morgen veröffentlicht wird, erwähnt diese chemischen Waffen nicht. Aber ich muss den nächsten Artikel schon vorbereiten.«

»Und dafür brauchst du unsere Hilfe?«

»Genau.«

Jetzt hatte ich ihr Interesse geweckt, aber Yael ließ sich noch nicht in die Karten schauen. »Erzähl mir mehr über Jamal Ramzi«, meinte sie. »Ich gestehe, dass unsere Aktenlage über ihn recht dürftig ist. Aber ich werde dich unterstützen, wenn ich kann.«

Ich zögerte, aber nur für einen Augenblick. Ich war mittlerweile davon überzeugt, dass Yael diejenige war, die sie vorgab zu sein. Mit ihr zu reden war vielleicht das Beste, was ich derzeit bekam, wenn Ari Shalit selbst keine Zeit hatte. Also legte ich alle Karten auf den Tisch.

»Das Erste, was mir auffiel, war, wie alt Jamal ist«, begann ich. »Ich meine, er wurde 1962 geboren. Das macht ihn zu einem der ältesten überlebenden Anführer des Dschihad. Bin Laden war natürlich noch älter, er wurde 1957 geboren, aber der ist tot. Zawahiri wurde 1951 geboren und ist quicklebendig, also ist er eine Art Ehrenoberhaupt der Al-Qaida. Doch Zawahiri kämpft nicht an vorderster Front. Jamal hingegen schon.«

»Ein anderes Schlüsselelement ist die Tatsache, dass Jamal und Abu Khalif miteinander verwandt sind«, steuerte Omar bei. »Jamal ist der ältere Cousin, um rund sieben Jahre. Sie gehören zur selben Familie, aber nicht zu irgendeiner. Einer meiner Informanten in Amman vertraute mir an, dass die Familie ihre Abstammung auf den Großmufti Mohammed Amin Al-Husseini zurückführt.«

Yael blickte überrascht drein. »Den Großmufti von Jerusalem?«

»Richtig«, nickte Omar.

»Der, der mit Hitler und den Nazis während des Zweiten Weltkriegs kollaboriert hat?«

»Genau der«, bestätigte Omar. »Diese beiden sind nicht einfach die normalen Wald-und-Wiesen-Dschihadisten. Sie sind aus dem gleichen Holz geschnitzt. Ihr Hass auf Juden sitzt besonders tief.«

»Also entschied Jamal sich dafür, in die Fußstapfen seines Großvaters zu treten, und schloss sich deshalb dem Kampf in Afghanistan an?«

»Richtig, von 1980 bis 1983«, erklärte ich. »Danach rekrutierte Jamal seinen jüngeren Cousin Abu Khalif für die Mudschaheddin, als dieser noch ein Teenager war. Khalif kämpfte von 1984 bis 1986 in Afghanistan. Als die Russen sich langsam zurückzogen, stieg Abu Khalif aus dem aktiven Kampf aus. Er wollte an den Golf gehen, um dort ein wenig Geld zu verdienen und seine Mutter finanziell zu unterstützen. Aber Jamal blieb bei Bin Laden. Er war im selben Raum, als 1988 Al-Qaida gegründet wurde. Damals begann er, mit Khalid Scheich Mohammed zusammenzuarbeiten, und half, Pläne für terroristische Aktionen auszuarbeiten. Und als Abu Khalifs Mutter 1994 starb, überredete Jamal seinen Cousin, Al-Qaida beizutreten und unter KSM zu dienen.«

»Waren sie zu diesem Zeitpunkt eher Strategen oder eher im Einsatz tätig?«, wollte Yael wissen.

»Beides, und genau das ist es auch, was dieses Duo so einzigartig macht. Und so gefährlich«, erwiderte Omar. »Beide standen sowohl UBL als auch KSM nahe. Sie wussten, wie Al-Qaida aufgebaut ist. Sie kannten die Anführer.

Aber sie übernahmen auch außerordentlich professionelle Anstrengungen, die Kernkompetenzen der Organisation zu erweitern. Sie halfen bei den Bombenanschlägen auf die beiden amerikanischen Botschaften in Tansania und Nairobi 1998, sie waren direkt am Training der Flugzeugentführer von 9/11 beteiligt. Abu Khalif wollte sogar an den Entführungen teilnehmen. Jamal unterstützte das, aber KSM lehnte ab. Khalif war für ihn persönlich zu wertvoll. Als KSM 2003 gefasst wurde und seine Nachfolger bei einem Drohnenangriff ums Leben kamen, arbeitete Jamal direkt mit Al-Zawahiri zusammen. Er war so etwas wie der Chefstratege.«

»Warum wissen wir so wenig über Jamal?«, fragte sich Yael.

»Die Jordanier vermuten, dass er unter dem Radar bleibt, eben weil so viele seiner Vorgänger kurz hintereinander getötet wurden«, erläuterte Omar.

»Und das war der Wendepunkt«, führte ich die Schilderung fort. »2004 trafen sich UBL und Zawahiri auf Jamals Empfehlung hin persönlich mit Abu Khalif. Sie schickten ihn in den Irak. Er sollte dort eine Serie von Entführungen und Selbstmordattentaten planen und durchführen. Sie sagten ihm auch, er solle den Aufbau von Al-Qaida im Irak unterstützen. Khalif zeigte sich damit einverstanden. Mit Jamals Unterstützung wurde Khalif zum wichtigsten Stellvertreter Zarkawis. Aber Zarkawi überlebte das nicht lange. Am 7. Juni 2006 wurde er getötet und ein interner Machtkampf brach aus, lang und extrem blutig. Abu Khalif war nicht Bin Ladens und auch nicht Zawahiris erste Wahl, um Al-Qaida im Irak zu führen, aber nachdem verschiedene andere Kandidaten getötet oder gefangen worden waren, galt er schließlich als Alphatier. Er genoss

Jamals volle Unterstützung, weil er seinen Cousin für den besseren Strategen hielt.«

»Aber Abu Khalif reichte es nicht, den Irak mit Gewalt zu überziehen und auszurauben«, stellte Yael fest.

»In der Tat«, bestätigte ich. »Khalif wollte auch Syrien in die Mission einbeziehen. Er wollte Assad stürzen. Also benannte er seine Gruppe in ISIS um, den Islamischen Staat im Irak und Al-Sham, oder eben Syrien. Wieder unterstützte Jamal seinen Cousin auf ganzer Linie, aber Bin Laden und Zawahiri reagierten wütend darauf. Sie forderten, Khalif solle sich auf den Irak konzentrieren und nicht verzetteln. Es kam zu Spannungen innerhalb von Al-Qaida. Nachdem ein US-Einsatzkommando Bin Laden am 2. Mai 2011 getötet hatte, gewann der interne Konflikt an Intensität. Khalif bat Jamal, mit ihm zu kommen und IS-Truppen in Syrien zu kommandieren. Zawahiri flippte völlig aus, aber Jamal tat es trotzdem. Zawahiri erteilte beiden Cousins einen Tadel, befahl ihnen, Syrien zu verlassen und den Namen ISIS wieder in ›Al-Qaida im Irak‹ zu ändern.«

»Und das war der Zeitpunkt, an dem beide Cousins ein für alle Mal mit Zawahiri brachen?«, vermutete Yael.

»Richtig«, bestätigte ich. »Sie glaubten, der alte Mann sei weich geworden. Sie behaupteten, dass sie die wahren Krieger Allahs seien. Und der IS wird immer mächtiger. Anfang 2012 hatten sie die US-Streitkräfte im Irak mehr oder weniger vollständig zurückgedrängt. Vor Kurzem haben sie Falludscha eingenommen, dann Mossul. Und sie haben einige entscheidende Schlachten gegen Assads Truppen im Irak gewonnen. Sie rekrutierten rund 30.000 ausländische Kämpfer und setzten sie in der Schlacht um Syrien ein. Sie bekommen von Spendern aus Saudi-Arabien und den Golfstaaten Zuwendungen in Millionenhöhe. Sie sind an Entführungen beteiligt, an Erpressungen, Räubereien, Drogenschmuggel und -verkäufen. Sie lehnen Zawahiri als altmodisch ab und halten sich selbst für die Avantgarde des Salafismus, von dem sie glauben, er sei der Inbegriff des wahren Islam.«

»Und jetzt?«, wollte Yael wissen.

»Jetzt will der IS Ramzi zufolge eine neue Front aufmachen, und zwar gegen die USA und Israel. Und sie wollen, dass die Welt dabei zusieht, wie sie die alte Al-Qaida in den Schatten stellen.«

»Und du glaubst wirklich, dass Jamal Ramzi nicht an dich herangetreten wäre, wenn er keine chemischen Waffen in der Hand hätte?«

»Aus welchem Grund denn?«, fragte ich. »Er hat noch nie mit den Medien gesprochen und nie gestattet, dass man Fotos von ihm macht.«

»Hast du ihn direkt auf die Vermutung angesprochen, der IS sei im Besitz chemischer Waffen?«

»Das habe ich allerdings. Ich sagte ihm auf den Kopf zu, ich hätte zwei Informanten in zwei Geheimdiensten zweier unterschiedlicher Länder sitzen. Ich erläuterte ihm die Daten, die ich mit eigenen Ohren gehört und mit eigenen Augen gesehen habe.«

»Und er meinte daraufhin, dass er nicht wisse, wovon du sprichst.«

»Mehr oder weniger deutlich, ja.«

»Er lügt«, sagte Yael kalt.

Ich starrte erst sie, dann Omar und dann wieder Yael an.

»Sicher?«

»Absolut.«

»Der IS ist also im Besitz chemischer Waffen?«

»Bleibt das unter uns?«, fragte sie.

»Muss es?«

»Ich fürchte, schon.«

»Dann bleibt es unter uns«, versprach ich.

»In diesem Fall: Ja, der IS hat chemische Waffen.«

»Und du hast Beweise dafür?«

»Natürlich.«

Sie sah sich im Raum um und senkte die Stimme. »Also, das sind die Grundregeln. Sie sind in Stein gemeißelt«, murmelte sie. »Ari hat mich geschickt, weil er will, dass du der Welt mitteilst, was der IS im Schilde führt und wie gefährlich die Gruppe inzwischen geworden ist. Sie stellen Al-Qaida rasant in den Schatten, was den Status als gefährlichste Terroristenvereinigung des Planeten angeht, und doch ist der Rest der Welt weit davon entfernt, es wahrhaben zu wollen. Dabei kann ich dir helfen. Aber nur unter der Bedingung, dass du weder den Mossad noch einen anderen israelischen Nachrichten- oder Geheimdienst erwähnst. Nicht in deinem Artikel noch irgendwem sonst gegenüber, mit dem du über das sprechen wirst, was ich dir jetzt mitteilen werde. Haben wir uns verstanden?«

»Absolut.«

Sie musterte mich eine kleine Weile, dann wanderte ihr Blick zu Omar, der ebenfalls zustimmend nickte.

»Wir sprechen also völlig inoffiziell miteinander und ihr gebt mir euer Wort darauf?«, insistierte sie. »Alle beide?«

Wir bestätigten es noch einmal.

Sie nippte an ihrem Chai, ich tat es ihr gleich.

»Ich weiß nicht, wer deine anderen Informanten sind, und ich werde dich auch nicht danach fragen. Ich will es gar nicht wissen«, begann Yael. »Aber ich kann dir mit

Sicherheit sagen, dass der IS chemische Waffen erbeuten konnte.«

»Woher?«, fragte ich. Ich war neugierig zu erfahren, ob das, was sie sagte, mit den mir bekannten Fakten übereinstimmte.

»Vor ein paar Wochen griffen Tarik Baqouba, ein echter Verbrecher übrigens …«

»Ja, wir haben ihn getroffen«, unterbrach ich. »Auch seine Brüder.«

Überraschung zeichnete sich auf Yaels Gesicht ab, doch sie fuhr fort: »Wie dem auch sei, Baqouba und seine Truppen griffen eine syrische Militärbasis ein paar Klicks südlich von Aleppo an. Ich selbst glaube nicht, dass Baqouba wusste, dass es sich um ein Chemiewaffenlager handelte. Immerhin hatten die Medien weltweit berichtet, dass mithilfe der UN alle Massenvernichtungswaffen aus Syrien entfernt wurden. Aber natürlich war das gelogen. Das Regime hat seinerzeit sehr viele davon übergeben, aber natürlich einige davon zurückbehalten. Dennoch lassen Funkmitschnitte vermuten, dass dem IS damals die Munition ausging. Anscheinend haben sie dieses spezielle Lager angegriffen, da dort viel Munition lagert. Das Feuergefecht fiel heftig aus, eines der schlimmsten bisher. Baqoubas Kräfte waren wohl vom Ausmaß des Widerstands überrascht, auf den sie trafen, aber sie zogen sich nicht zurück, sondern drängten mit doppelter Kraft weiter vor, wahrscheinlich weil sie begriffen, dass sie da über etwas Wertvolles gestolpert waren. Sie töteten die meisten Syrer, die dort stationiert waren, und bevor Verstärkung eintraf, überrannten Baqoubas Leute die Basis und fanden haufenweise sowohl Massenvernichtungswaffen, genau genommen Saringas, als auch die dazugehörigen Bomben und Artilleriegranaten, um das Gas großflächig zu verteilen.«

»Wie kannst du da so sicher sein?«

»Drohnen«, antwortete sie. »Wir beobachten sämtliche Basen, in denen das Assad-Regime chemische Waffen gelagert hat. Noch mal: Natürlich wurden die meisten dieser Lager unter der Aufsicht der UN vernichtet. Aber wir hegten von Anfang an die Vermutung, dass Assads Leute einiges zurückbehielten und der UN nicht alles übergaben, was in ihrem Besitz war. Also unterzogen wir einige dieser Lager einer verstärkten Überwachung, jenes in Aleppo eingeschlossen. Wir haben auch ein besonderes Auge auf sämtlichen Funk-, Telefon- und E-Mail-Verkehr in der Umgebung dieser Lager geworfen. Hinzu kommen Leute vor Ort, bezahlte Informanten und andere Quellen.«

Bisher stimmte das, was sie gesagt hatte, präzise mit dem überein, was ich von meinen anderen Quellen erfahren hatte, aber das reichte mir nicht. Ich stand kurz vor dem Durchbruch, wollte aber jegliche Zweifel ausräumen.

»Hast du diese Daten persönlich eingesehen?«, fragte ich.

»Ja.«

»Und?«

»Hör mal«, sagte sie. »Ich war in meiner Zeit beim Militär Expertin für chemische Waffen. Als Ari mich rekrutierte, teilte er mich einer Spezialeinheit zu, die Massenvernichtungswaffen in der Region kontrollieren sollte. Und das tue ich nach wie vor.«

»Und du bist sicher, dass Jamals Leute diese Waffen jetzt haben?«

»Das steht außer Frage«, meinte Yael. »Sie haben sie und sie werden sie auch einsetzen. Das ist nur eine Frage des

Wann, nicht des Ob. Und wenn sie sie benutzen, wird das eine sehr hässliche Angelegenheit. Hast du je miterleben müssen, was Sarin anstellen kann?«

22

Ich wusste, dass Saringas von den Nazis entwickelt worden war.

Darüber hinaus war mir bekannt, dass Saddam Hussein das Zeug in den späten 80ern gegen die Kurden eingesetzt und dabei rund 5000 Männer, Frauen und Kinder getötet hatte.

Ich erinnerte mich auch daran, dass eine japanische Sekte Mitte der 90er-Jahre bei einem Anschlag auf die U-Bahn in Tokio auf Sarin zurückgegriffen hatte. Dabei waren mindestens ein Dutzend Menschen getötet und rund 1000 verletzt worden.

Omar und ich hatten im Sommer 2013 über die Sarin-angriffe des Assad-Regimes auf die Rebellentruppen berichtet, bei denen mehr als 1000 Menschen ums Leben kamen, meist Frauen und Kinder. Die Angriffe hatten beinahe zu Gegenangriffen der USA, der Briten und der Franzosen geführt, allerdings hatten sich alle drei Regierungen im letzten Moment anders entschieden. Trotzdem mussten wir beide einräumen, dass wir uns, was die technischen Feinheiten und die Wirkungsweise von Sarin anging, für Laien hielten.

»Ihr müsst euch vor Augen halten, wie heikel diese Substanz ist«, meinte Yael. »Sarin zählt zu den gefähr-lichsten und tödlichsten Nervengiften überhaupt. Aber man kann es, wenn es rein ist, kaum riechen und kaum schmecken. Man kann es in reinem Zustand auch nicht sehen, was es umso gefährlicher macht.«

Sie erklärte, dass Sarin keine natürliche Substanz war, sondern eine im Labor hergestellte chemische Verbindung, ein Organophosphat, das in vielen Eigenschaften Insektiziden ähnelt, allerdings mit einer um ein Vielfaches tödlicheren Wirkung.

»Sicher, man kann Kurz- oder Langstreckenraketen oder auch Granaten auf einen Feind abwerfen und damit eine Menge Menschen umbringen«, erläuterte sie. »Man könnte es in aerosoler Form in einem Raum, einem U-Bahn-Schacht, einem Einkaufszentrum oder auch einer Schule freisetzen und damit Hunderte oder Tausende umbringen. Aber es ist nicht einfach nur ein Gas. Es existiert ebenso in flüssiger Form. Man kann ganze Fässer mit Sarin im Grundwasser freisetzen oder es in die Nahrungsmittelkette einschleusen und auf diese Weise Millionen töten. Und das macht mir die meisten Sorgen. Es ist eine furchtbare Art zu sterben.«

»Was geschieht im Körper?«, fragte ich.

»Es fängt harmlos an. Die Nase beginnt zu laufen. Die Augen tränen, schmerzen und die Sicht verschwimmt. Aber das könnte ja alle möglichen Gründe haben. Man merkt zu Beginn vielleicht gar nicht, wie schlimm es ist. Dann verengen sich die Pupillen. Man schwitzt fürchterlich, dann beginnt man, unkontrolliert zu husten, bekommt keine Luft mehr. Übermäßiger Speichelfluss entsteht bis hin zu Schaum am Mund. Man bekommt Atemschwierigkeiten. Man leidet unter Schwindel und Übelkeit, dann muss man sich übergeben. Zuerst nur ein bisschen, aber dann ununterbrochen, bis man nichts mehr im Magen hat. Man leidet intensive abdominale Schmerzen, kann nicht mehr klar denken, ist verwirrt und desorientiert. Dann setzen die Krämpfe ein. Wenn man Glück hat, verliert man das Bewusstsein. Aber wahrscheinlicher ist, dass man bei vollem Verstand das ganze Grauen durchlebt. Die Körperfunktionen fallen eine nach der anderen aus, Lähmungen breiten sich aus. Dann kommen der Atemstillstand und der in dieser Phase erlösende Tod.«

Ich saß einige Augenblicke lang da und versuchte ihre Schilderung nachzuvollziehen.

»Der IS mit Sarin ist ein Worst-Case-Szenario«, sagte sie. Sie verstand, dass ich das Undenkbare erst verarbeiten musste. »Ein solcher Angriff in meinem oder deinem Land wäre eine Katastrophe. Du musst unbedingt darüber schreiben. Du musst die Menschen warnen. Und zwar schnell.«

»Da hast du recht«, sagte ich. »Aber ich sagte ja schon, dass mein Redakteur auf einer weiteren Quelle besteht. Wird Ari mir zeigen, was ihr habt?«

»Wann kannst du kommen?«, fragte sie.

»Nach Tel Aviv?«

»Ja«, erwiderte sie. »Du wirst keine Bilder und auch keine Aufzeichnungen machen dürfen. Weder kannst du Kopien anfertigen noch jemanden in deinen Artikeln oder anderen Gesprächspartnern gegenüber zitieren. Aber da du ja schon zwei andere Informanten hast, ist Ari bereit, dir zu zeigen, was wir haben, und deine Verdachtsmomente anhand der Daten, die uns vorliegen, zu bestätigen.«

»Warum?«

Yael beugte sich über den Tisch. »Der Premierminister

hat beschlossen, dass Israel die Welt wissen lassen muss, um was es sich beim IS tatsächlich handelt und was sie inzwischen in ihrem Besitz haben.«

»Ja, aber warum gerade jetzt?«

»Er ist besorgt, dass das Weiße Haus die Bedrohung durch den IS sonst nicht ernst genug nimmt.«

»Aber wenn die Öffentlichkeit Bescheid weiß, werden sie dem Kongress Feuer unterm Hintern machen, und der schießt sich wiederum auf den Präsidenten ein«, gab ich zu bedenken.

»So was in der Art, ja.«

»Warum gebt ihr mir diese Story?« Ich ließ nicht locker.

»Eine ehrliche Antwort?« Sie trank den Rest ihres Tees.

»Zum einen hast du sie ja bereits. Außerdem ist Zeit von essenzieller Bedeutung. Natürlich will Jamal Ramzi nicht zugeben, dass er Massenvernichtungswaffen hat, denn das versetzt jede Regierung dieser Welt in erhöhte Alarmbereitschaft. Aber das ist genau der Punkt, weshalb zwei andere Regierungen und nun auch wir diese Informationen bestätigen. Wir müssen dafür sorgen, dass jeder erfährt, welche Bedrohung hinter dem IS steckt. Wir müssen es ihnen richtig schwer machen, ihre Pläne umzusetzen. Wir haben keine andere Wahl mehr. Die Angriffe können jeden Tag stattfinden. Sie haben das Zeug schon seit fast einem Monat.«

»Wen hältst du für das Hauptziel? Euch oder uns?«, wollte ich von ihr wissen.

»Ich habe keine Ahnung, aber wahrscheinlich sind es eher wir.«

»Weil ihr näher dran seid?«

»Das, und weil der Zeitpunkt passt.«

»Was meinst du damit?«

»Die Friedensverhandlungen werden bald zu einem positiven Abschluss kommen.«

»Wie bitte?«

»Ich will sagen, wenn wir wirklich in den nächsten Tagen zu einem Friedensvertrag mit den Palästinensern kommen, wird der IS durchdrehen.«

Ich war nicht sicher, ob ich richtig gehört hatte.

»Wovon redest du eigentlich?«, fragte ich. »Ich dachte, die Verhandlungen liefen ins Leere.«

»Da hast du falsch gedacht.«

»Warte mal. Das verstehe ich nicht. Euer Premierminister behauptet doch ständig, dass die Gespräche nichts bringen, und Präsident Mansour hat angekündigt, dass er am Ende des Monats die Verhandlungen abbrechen wird, wenn keine Fortschritte gemacht würden«, wandte Omar ein und bezog sich dabei auf Salim Mansour, den Präsidenten der palästinensischen Autonomiebehörde. »König Abdullah warnt ständig alle Parteien, die Bemühungen zu intensivieren, da sonst ein weiterer Krieg in der Region auszubrechen droht. Wenn das alles zutrifft, scheint mir, dass Jamal Ramzi und seine Sippschaft sich keine Sorgen machen müssen.«

»Tatsächlich ist nichts davon wahr. Das sind alles Ablenkungsmanöver«, erklärte Yael und lehnte sich auf ihrem Sessel zurück.

»Was meinen Sie damit?«, fragte Omar.

»Ablenkung«, sagte sie noch einmal. »Eine Täuschung. Ein Trick.«

»Sie behaupten also, die Verhandlungen sind erfolgreich?«, fragte Omar noch einmal.

Yael sah enttäuscht aus. »Sagen Sie mir nicht, dass Sie und James diesen ganzen Unsinn in der Presse tatsächlich geglaubt haben.«

»Das kommt doch von höchster Stelle«, sagte ich. »Natürlich haben wir das geglaubt.«

»Nun, dann glaubt es ab jetzt bitte nicht mehr«, meinte sie. »Die Sache ist längst im Sack.«

»Welche Sache?«, fragte Omar.

»Der Friedensvertrag.«

»Ein kompletter Vertrag?«, wollte ich wissen.

»Ja.«

»Wie ist das möglich?«

»Das kann ich, genau wie ihr, nur vermuten«, musste Yael einräumen. »Ich erzähle euch bloß, was ich weiß. Mein Premierminister hat große Zugeständnisse gemacht. Offen gestanden mehr, als mir lieb sein kann, aber das ist eine andere Geschichte. Bei solchen Angelegenheiten zählt meine bescheidene Meinung nicht. Wie dem auch sei, mehr kann ich nicht darüber sagen. Ich bin definitiv nicht befugt, mich zu den Einzelheiten zu äußern. Und ihr dürft auch nichts darüber schreiben, hört ihr? Niemand weiß von dem, was ich euch jetzt sage.

Aber es ist wichtig, dass ihr versteht, was Abu Khalif antreibt. Wir wissen nicht, wo er sich gerade aufhält, wahrscheinlich irgendwo im Irak, aber wir gehen davon aus, dass auch er mehr über den tatsächlichen Stand der Friedensgespräche weiß als die *New York Times*. Wir glauben darüber hinaus, dass er kurz davorsteht, einen Tötungsbefehl zu erteilen, der eine Menge Leute betrifft, die am Vertragsabschluss beteiligt sind. Weißt du, James, ich bin froh, dass du das Interview mit Ramzi führen konntest. Ich bin sicher, das wird eine wichtige Geschichte. Aber lass dich nicht ablenken. Jamal Ramzi ist lediglich eine Nebenfigur. Abu Khalif ist der Protagonist. Er ist die Sensation. Er ist der Mann, mit dem du reden musst, idealerweise bevor es zum großen Knall kommt.«

»Das ist meine Absicht«, erklärte ich. »Aber ich kann ihn nicht finden. Niemand will mir verraten, wo er sich aufhält. Mir ist lediglich bekannt, dass er irgendwo im Irak im Gefängnis sitzt. Könnt ihr vom Mossad mir nicht dabei helfen?«

»Wir wissen auch nicht mehr als du. Hätten wir eine Ahnung, wo er ist, glaub mir, dann wäre er schon längst tot.«

»Ich vermute, das ist ebenfalls eine inoffizielle Information.« Ich musste grinsen.

Yael erwiderte es. »Ich wünschte wirklich, ich könnte dir detailliertere Auskünfte geben, aber das geht nicht. Aber du solltest so hartnäckig an ihm dranbleiben, wie du es bei Ramzi gemacht hast. Sprich mit ihm. Wart ab, was er sagt. Und dann bereite dich auf eine heftige Reaktion vor, denn ich sage dir noch einmal, der Friedensvertrag ist der Grund, warum Abu Khalif sich für einen Anschlag rüstet. Er ist ein Barbar. Er ist außer sich angesichts der Vorstellung, dass die Palästinenser sich mit den ›dreckigen Zionisten‹ einigen könnten. Er ist wütend angesichts des Umstands, dass Präsident Mansour die Gegenwart auch nur eines einzigen Juden in ›Palästina‹ legitimieren könnte. Er ist wild entschlossen, alles in seiner Macht Stehende zu tun, um den Friedensprozess zu stören. Sollte es damit einhergehen, eine Menge unschuldiger Menschen in den Tod zu reißen, wird er sich sagen: Dann ist das eben so.«

Mit diesen Worten blickte sie auf ihre Uhr und stand auf. »Nun, Gentlemen, es war mir eine Freude, aber es ist spät und ich fürchte, ich muss los. Ich fliege mittags zurück nach Tel Aviv. Wenn ihr schlau seid, kommt ihr mit.«

Omar und ich standen ebenfalls auf.

»Danke, Yael«, sagte ich und nahm ihre Hand. »Es war ein wunderbarer Abend.«

»Lass uns das bald wiederholen.« Sie zwinkerte mir zu.

»Das würde mir gefallen«, gestand ich.

Wir tauschten unsere Telefonnummern aus. Ich kündigte an, meinem Redakteur Bescheid zu sagen und mich dann so schnell wie möglich wieder mit ihr in Verbindung zu setzen. Dann bot ich ihr an, sie an ihrem Hotel abzusetzen. Angesichts des heftiger gewordenen Regens willigte sie gern ein.

»Wo steht das Auto?«, fragte ich Omar.

»Direkt gegenüber auf der anderen Straßenseite.«

»Prima, ich bezahl noch schnell; dann treffen wir uns draußen.« Ich machte den Kellner auf mich aufmerksam.

»Und ich hol die Mäntel«, bot Yael an.

Sie ging los. Omar begab sich unterdessen in den prasselnden Regen zum Wagen. Ich reichte dem Kellner meine Kreditkarte und schaute auf mein Smartphone. 27 neue Mitteilungen, von denen keine von besonderem Interesse war, also verschickte ich meinerseits drei Stück.

Zuerst schrieb ich Jussuf Kuttab, einem engen Berater des palästinensischen Präsidenten Mansour:

J – Wir müssen reden. Höre Gerüchte, ein Abkommen steht kurz vor dem Abschluss. Bin neugierig. Können wir uns treffen? – J. B.

Wenn ich nach Tel Aviv ging, dachte ich mir, konnte ich auch gleich anfangen, für die nächsten Artikel zu recherchieren.

Anschließend schrieb ich Hassan Karbouli, dem irakischen Innenminister. Wir kannten einander seit Jahren und in der Regel zeigte er sich äußerst kooperativ, solange man ihn nicht zitierte. Aber er war in den letzten Wochen untergetaucht, langsam war ich verzweifelt. Wenn jemand mir helfen konnte, Abu Khalif zu finden, dann Karbouli.

Hassan – das ist meine fünfte Mail. Wo sind Sie? Die Zeit wird knapp. Muss also direkt fragen: Wo wird AK festgehalten? Habe Jamal Ramzi getroffen. Wird morgen in der *Times* stehen. Jetzt muss ich mit AK sprechen. Habe es bei den zuständigen Stellen versucht, aber keiner will mir helfen. Ich weiß, Sie haben viel zu tun, aber ich bitte Sie um Hilfe. Danke. – J. B.

Schließlich setzte ich noch eine Mail an Prinz Marwan Talal in Amman ab, einen Onkel des jordanischen Königs und einen der engsten Vertrauten Seiner Majestät. Marwan war schon recht alt, aber gerade weil er schon so lange in der Politik tätig war, kannte er jeden in der Region und hatte seinen Finger am Puls des Geschehens.

Eure Königliche Hoheit – ich brauche Ihre Hilfe. Versuche, AK zu finden. Ein großer Anschlag ist geplant. Sichere Quellen behaupten, er sei im Besitz von CBRN-Waffen. Können wir uns bald treffen? – J. B.

Einen Augenblick später kehrte Yael mit den Mänteln zurück. Ich erhielt meine Kreditkarte vom Kellner zurück und half ihr in den Mantel, bevor ich meinen anzog. Wir wollten gerade gehen, als sie bemerkte, dass sie ihren Regenschirm vergessen hatte.

»Ich bin gleich wieder da«, meinte sie.

Ich bot ihr an, ihn selbst zu holen, aber sie bestand darauf, dass es kein Problem sei. *So viel zum Thema Ritterlichkeit.* Ich wartete am Ausgang auf sie.

Draußen konnte ich schon sehen, wie Omar mit dem Mietwagen vorfuhr. Doch ich verschwendete kaum einen Gedanken an ihn, sondern konzentrierte mich auf Yael

Katzir. Ich hatte nach wie vor den Duft ihres Parfüms in der Nase, schmeckte ihre Lippen auf meinen. Kurz zog ich ihre Visitenkarte aus der Tasche und betrachtete sie. Eine schlichte Karte, einfarbiger Druck. Nur die Initialen YK standen da und eine europäische Mobilfunknummer. Kein Mossad-Logo, überhaupt kein Hinweis auf eine Verbindung zum Geheimdienst. Keine Adresse, nicht mal die Nummer eines Postfachs.

Für einen Augenblick fragte ich mich, ob die Telefonnummer überhaupt existierte. Als Nächstes plagte mich der Gedanke, ob sie überhaupt ein persönliches Interesse an mir hegte oder einfach nur ihren Job erledigte. Wenn ich sie in Tel Aviv bat, mit mir essen zu gehen, würde sie annehmen? Wenn ich sie bat, mit mir ins Kino zu gehen, was würde sie darauf antworten? Omar und Hadiya ermahnten mich ständig, dass es Zeit wurde, wieder ein Privatleben zu führen. Meine Antwort lautete stets, dass ich mich dazu noch nicht bereit fühlte. Aber vielleicht hatten sie recht. Nur eins konnte ich mit Gewissheit sagen: Ich mochte diese Frau und wollte sie gern näher kennenlernen. Die Umstände waren nicht gerade optimal, aber wann stimmte das Timing im Leben schon mal?

Yael trat mit ihrem gepunkteten Regenschirm neben mich. Sie hakte sich bei mir unter und lächelte.

»Wenn du so weit bist, können wir aufbrechen.«

»Nach dir.«

Als ich ihr die Tür aufhielt, konnte ich hören, wie Omar versuchte, den Motor anzulassen. Er versuchte es mehrfach, ohne Erfolg. Plötzlich überkam mich eine Welle körperlicher und emotionaler Erschöpfung. Und tiefe Frustration. Ich hatte weder die Zeit noch die Energie, herumzustehen und abzuwarten, während Omar einen

Abschleppwagen kommen ließ, falls es nötig wurde. Ich wollte zurück ins Hotel, meine Notizen abtippen, mich unter eine heiße Dusche stellen und anschließend ins Bett legen.

Als wir das Café verließen, prüfte ich mit einem kurzen Seitenblick, ob irgendwo in der Nähe ein Taxi zu sehen war. Unglücklicherweise erwies sich das gegen drei Uhr morgens als pures Wunschdenken. Auf den Straßen war überhaupt nichts los. Ich lenkte meine Aufmerksamkeit zurück auf Omar, der sich weiterhin abmühte, den Motor zu starten, und fragte mich, wie lange wir wohl auf den Pannendienst warten mussten.

In genau diesem Augenblick flog der Hyundai in einer gewaltigen Explosion in die Luft.

TEIL VIER

23

Ich wachte schreiend auf, aber es war kein Albtraum.

Schweiß klebte mir am Körper und ich zitterte am ganzen Leib. Ich sah Omar vor mir, wie er im Auto saß und versuchte, den Motor zu starten. Ich spürte Yael neben mir, die Berührung ihres Arms. Ich spürte die Hitze, die Wucht der Explosion, die Flammen, die in den Himmel schossen, die Glasscherben und Metalltrümmer, die in alle Richtungen davonstoben. Ich roch brennendes Benzin, verbranntes Fleisch. Ich hörte den ohrenbetäubenden Knall. In meinen Ohren klang er nicht weit entfernt, weder verschwommen noch gedämpft. So als stünde ich mitten auf dieser Straße und hätte gerade eben das Café verlassen. Es war real und wiederholte sich in einer Endlosschleife.

Ich saß kerzengerade in einem Bett in einem dunklen Zimmer, das allein von den rötlichen Zahlen des digitalen Weckers erleuchtet wurde. 2:14. Ich schaute an mir hinunter und stellte fest, dass ich lediglich Unterwäsche trug. Ich fühlte mich desorientiert, mein Herz raste und ich hatte keine Ahnung, wo ich mich befand oder wie ich dorthin gelangt war. Ich atmete so heftig, dass ich Gefahr lief, zu hyperventilieren.

Mir war schwindlig und übel. Ich stand kurz davor, mich zu übergeben. Stattdessen legte ich mich wieder hin. Das Kissen, feucht vor Schweiß, drehte ich einfach um und verspürte Erleichterung darüber, dass die andere Seite kühler und trocken war. Ich schleuderte die Decke zur Seite und versuchte, es mir bequem zu machen.

Erschöpft schloss ich die Augen und kämpfte verzweifelt um etwas mehr Gelassenheit.

Aber kaum war ich eingeschlafen, nahm die Katastrophe von Neuem ihren Lauf.

»Guten Morgen, James. Sind wir denn schon wach?«

Ich hörte die Stimme, konnte sie jedoch nicht zuordnen. Eine Frauenstimme, sanft und einschmeichelnd, aber irgendwie auch weit entfernt und gedämpft. Yael? Hatte sie überlebt? Hatte sie mich gefunden und war zurückgekommen, um mich zu retten?

Mein Verstand war vernebelt, ich fühlte mich verwirrt. Ich mühte mich ab, die Augen zu öffnen, aber mein Kopf schmerzte höllisch. Meine Glieder ebenfalls. Es fiel mir schwer, Luft zu bekommen.

Die Frau, die ich schließlich im Morgenlicht wahrnahm, war nicht Yael, sondern eine Schwester, die Puls und Blutdruck überprüfte und mir eine Spritze in den linken Arm injizierte.

»Ruhig«, mahnte sie. »Nicht bewegen. Versuchen Sie nicht, aufzustehen. Alles wird gut. Sie werden wieder gesund.«

Ich verlor erneut das Bewusstsein.

Als ich das nächste Mal die Augen aufschlug, stand der Digitalwecker auf kurz vor neun Uhr abends. Ich blinzelte in die Dunkelheit und bemerkte, dass auf dem Display in einer Ecke das Datum stand. Ich blinzelte und vergewisserte mich noch einmal, denn ich war sicher, dass das nicht stimmen konnte. Doch, tatsächlich: 27. November.

Adrenalin wogte durch meine Adern. Einmal mehr saß ich kerzengerade im Bett und starrte in die pechschwarze

Nacht. Vier Tage? Das konnte doch nicht sein. Oder waren es fünf? Wie hatte die Zeit so schnell verstreichen können? Wo steckte Omar? Ich musste doch eine Story schreiben und einreichen. Die Deadline war längst verstrichen. Meine Chefs dürften außer sich vor Wut sein. Ich musste dringend arbeiten. Wo war mein Laptop? Und wo meine Notizen?

Mein Kopf schmerzte, aber wenigstens hatte ich nicht länger den Eindruck, dass er in einer Schraubzwinge steckte und gnadenlos zusammengequetscht wurde. Immerhin ein Fortschritt, den ich dankbar zur Kenntnis nahm.

»Hallo Mr. Collins«, sagte eine Stimme zu meiner Linken.

Ich drehte mich in die entsprechende Richtung und erkannte, dass drei Männer im Rahmen der Krankenhaustür standen. Einer war Türke, geschätzt Anfang 30, mittelgroß, normale Figur, rabenschwarzes Haar und Brille. Sicher irgendein Arzt, wenn der weiße Kittel und das Stethoskop um seinen Hals etwas zu sagen hatten. Die zwei anderen trugen Anzüge. Definitiv keine Türken. Ihrem Verhalten und den Schuhen im Budapester Stil nach zu urteilen, schien es sich eher um Amerikaner zu handeln. Wahrscheinlich von der Botschaft oder vom Konsulat. Der Jüngere schien Ende 20 zu sein und trug erkennbar eine verdeckte Waffe. Er blieb in der Nähe der Tür stehen und kümmerte sich offenbar um die Sicherheit. Der Ältere des Duos, ich hielt ihn für Mitte 50, ergriff schließlich das Wort.

»Sie haben Glück, dass Sie noch am Leben sind«, meinte er.

Da war ich mir nicht so sicher, schwieg jedoch.

»Ich bin Art Harris«, fuhr er fort. »Special Agent beim FBI.«

Ich nickte.

»Wissen Sie, welcher Tag heute ist?«

»Der 27.«

»Und der Monat?«

»November.«

»Das haben Sie eben von der Uhr abgelesen, nicht wahr?«

Ich nickte erneut.

»Wissen Sie, wo Sie sind?«

»Sieht aus wie ein Krankenhaus. Bin ich noch in Istanbul?«

»Das sind Sie«, bestätigte Harris.

Jetzt unterbrach der Arzt das Gespräch. Er kam zu mir und überprüfte meinen Puls. »Wie fühlen Sie sich, Mr. Collins?«

»Mir geht's gut«, log ich. »Wann kann ich gehen?«

»Wahrscheinlich in ein paar Tagen.«

»Hab ich mir irgendwelche Knochen gebrochen?«

»Nein. Glücklicherweise nicht.«

»Mussten Sie mich operieren?«

»Sie wurden an einigen Stellen genäht, aber nein, eine Operation war nicht notwendig.«

»Brauchte ich Bluttransfusionen?«

»Nein, nichts dergleichen.«

»Dann möchte ich heute noch entlassen werden.«

»Das geht leider nicht«, widersprach er. »Wir wollen Sie noch ein wenig zur Beobachtung hierbehalten. Sie sollten das Trauma, das Sie erlitten haben, nicht unterschätzen.«

»Vielleicht könnte ich ein paar Minuten mit Mr. Collins allein sprechen«, mischte sich nun wieder der Mann namens Harris ein.

Es entstand eine recht peinliche Pause, dann verließ der

Arzt den Raum. Der jüngere FBI-Agent folgte ihm, offenbar gehörten Ermittlungen nicht zu seinem Aufgabenbereich. Als die Tür aufschwang, registrierte ich, dass zwei weitere Agenten im Flur warteten.

»Stehe ich unter Arrest?«, wollte ich wissen.

»Natürlich nicht.«

»Glauben Sie, ich bin dafür verantwortlich?«

»Nein.«

»Warum dann die ganzen Bewaffneten draußen?«

»Jemand versucht, Sie zu töten, Mr. Collins. Mein Job ist es, herauszufinden, wer dahintersteckt. Diese Männer wurden dazu abgestellt, Sie zu schützen.«

Er reichte mir eine Visitenkarte. Darauf waren das FBI-Logo, die Adresse eines Büros hier in Istanbul, eine E-Mail-Adresse und eine Telefonnummer abgedruckt. Zusammen mit dem Schriftzug *Arthur M. Harris, verantwortlicher Ermittler.*

»Woran erinnern Sie sich aus der fraglichen Nacht?«

Ich tat mein Bestes, ihm die letzten Augenblicke zu schildern, in denen ich Omar in den Hyundai hatte einsteigen sehen, seine Bemühungen, den Wagen zu starten, und dann die gewaltige Explosion.

»Erinnern Sie sich, durch die Fenster des Cafés geschleudert worden zu sein?«

Das tat ich nicht.

»Wie steht's mit der Ambulanz, die Ihnen Erste Hilfe zukommen ließ?«

Ich schüttelte den Kopf. »Ich erinnere mich an gar nichts mehr, das nach der Explosion geschah, bis ich hier wieder aufgewacht bin.«

»Was ist mit der Frau?«, fragte er.

»Welche Frau?«

»Die Frau, mit der Sie und Mr. Fayez Tee getrunken haben«, meinte Harris. »Der Café-Besitzer meinte, Sie haben mit ihr sein Etablissement verlassen, als die Bombe auch schon losging. Wir haben auch eine Beschreibung, ein Polizeizeichner arbeitet bereits mit mehreren Zeugen an einem Bild. Aber in der Aufregung danach ist sie verschwunden. Ich hatte gehofft, Sie könnten uns bei der Identifizierung behilflich sein.«

Mein Puls beschleunigte sich. Ich war nicht sicher, was ich sagen sollte. Ging es Yael gut? War sie in Sicherheit? Sie war vom Ort des Geschehens geflohen, sie musste doch wissen, dass das Verdacht erregte. Ich nahm an, dass sie nicht ernsthaft verletzt war, wenn sie die Geistesgegenwart besessen hatte, sich aus dem Staub zu machen. Einen Arzt oder ein Krankenhaus schien sie nicht aufgesucht zu haben, sonst hätte Harris davon gewusst. Sicher überwachten er und sein Team alle einschlägigen Adressen. Immerhin galt Yael als wichtige Zeugin eines schweren Verbrechens, wenn nicht gar als Verdächtige.

Nun, da ich zwei Sekunden darüber nachgedacht hatte, lag auf der Hand, warum sie geflohen war. Immerhin handelte es sich bei ihr um die ranghohe Beamtin eines Nachrichtendienstes im Dienst der israelischen Regierung, die gerade in der Türkei zu tun hatte; einem Land, mit dem Israel nicht gerade eng zusammenarbeitete. Sie wollte vermeiden, von den türkischen Behörden oder dem FBI verhört zu werden. Auf keinen Fall durfte eine Spur des Anschlags zum Mossad führen, das stand außer Frage. Also war sie noch vor dem Eintreffen der Notfallteams abgehauen. Was hieß, dass sie auch nicht wollte, dass ich über sie sprach.

Dennoch war Harris ein Bundesagent. Ich durfte ihn nicht anlügen, das war ein Verbrechen.

»Es tut mir leid, aber da kann ich Ihnen nicht weiterhelfen.«

»Sie können oder Sie wollen nicht?«, hakte Harris nach.

»Sie ist eine Informantin, eine Quelle. Und eine vertrauliche noch dazu«, erklärte ich. »Sie hat mir das Versprechen abgenommen, dass ich ihre Identität nicht preisgeben werde. Es tut mir leid.«

»Ist sie Amerikanerin?«

»Das kann ich wirklich nicht sagen.«

»Türkin?«

»Tut mir leid.«

»Ist sie Araberin, Mr. Collins?«, drängte Harris. »Jemand, der mit Ihrer Reise nach Syrien zu tun hatte?«

»Woher wissen Sie davon?«

Harris sah verwirrt drein. »Die ganze Welt weiß, dass Sie nach Syrien gereist sind, Mr. Collins«, entgegnete er. »Ihr Artikel stand auf der Titelseite der *New York Times*.«

»Die Story wurde veröffentlicht?«

»Was meinen Sie damit?«, fragte er. »Natürlich wurde sie das. Vor einigen Tagen schon.«

Natürlich. Ich lag schon vier Tage im Krankenhaus. Das bedeutete natürlich, dass meine Artikel über den IS und Ramzi bereits von Millionen Menschen rund um den Globus gelesen worden waren.

Ich entschuldigte mich. Ich mühte mich nach wie vor, einen klaren Kopf zu bekommen und alles einzuordnen, was ich erlebt hatte. Aber Harris verlangte Antworten.

»Wofür stehen die Initialen YK?«

Ich war perplex, sagte jedoch nichts.

»Sie standen auf einer Visitenkarte in Ihrer Tasche«, erklärte er. »Wir haben versucht, die Nummer anzurufen.

Es ist eine lokale Nummer, aber sie wurde abgeschaltet. Stellen Sie sich das nur mal vor.«

»Glauben Sie, dass meine Informantin versucht hat, mich umzubringen?«

»Sagen Sie's mir.«

»Das halte ich für ausgeschlossen.«

»Sicher?«

»Sicher. Sie unterstützt mich bei einer äußerst wichtigen Recherche.«

»Über Jamal Ramzi und Abu Khalif?«

»Das kann ich nicht sagen.«

»Über den IS?«

»Ich sagte Ihnen, dass ich nicht befugt bin, über sie zu sprechen.«

»Aber Sie verstehen doch, dass ich danach frage?«

»Natürlich.«

»Jemand hat gerade Ihren Kollegen umgebracht«, stellte Harris fest. »Und derjenige versucht, auch Sie zu töten.«

»Und Sie glauben, sie hat etwas damit zu tun?«

»Ich weiß nicht, was ich glauben soll, aber es ist mein Job, jedem Hinweis nachzugehen«, erklärte Harris. »Gerade jetzt habe ich es mit einer Autobombe in Istanbul zu tun, die direkt vor einem Nachtcafé losging, in dem ausländische Nationalisten verkehren. Ein jordanischer Reporter der *New York Times* ist tot. Ich habe einen amerikanischen Korrespondenten der gleichen Zeitung, der ebenfalls tot sein sollte, es aber nicht ist, und eine mysteriöse Frau, die wie vom Erdboden verschluckt ist. Kein Name, keine Adresse, keine erreichbare Telefonnummer. Nichts als die Initialen YK. Ihnen ist doch klar, was ich damit andeuten will?«

»Schon, aber ich kann Ihnen versichern, dass sie jemand ist, der mich unterstützt. Sie will mich nicht töten.«

»Kennen Sie sie schon lange?«

»Nein.«

»Monate? Jahre?«

»Nein, wir trafen uns erst hier in Istanbul.«

»Aber Sie bürgen für sie?«

»Ich kenne ihren Boss. Er hat sie zu dem Treffen mit mir geschickt.«

»Und ihm vertrauen Sie?«

»Absolut.«

Harris sagte nichts. Er sah mich nur an und ich konnte erkennen, dass er für sich zu entscheiden versuchte, ob ich die Wahrheit sagte.

»Ich bin nicht der Typ, der das FBI belügt«, brachte ich zu meiner Verteidigung vor.

»Ich weiß nicht, was für ein Typ Sie sind«, konterte Harris.

»Ich sage allein schon von Berufs wegen die Wahrheit«, entgegnete ich. »Alles, was ich auf der Welt habe, ist der Ruf, meinen Lesern Umstände und Ereignisse so akkurat wie möglich zu präsentieren. Das ist mir wirklich enorm wichtig, Mr. Harris.«

Er nickte und zog ein kleines Notizbuch mit Stift aus der Tasche und kritzelte etwas hinein.

»Der Grund, aus dem ich so besorgt bin, Mr. Collins, der Grund, aus dem ich Ihnen so viele Fragen stelle, ist folgender: Uns liegen Indizien vor, die darauf schließen lassen, dass es sich bei der Bombe um das Werk einer Al-Qaida-Zelle handelt.«

»Al-Qaida?«

»Ja.«

»Nicht der IS?«

»Nein.«

»Welche Indizien?«, fragte ich.

»Das Design der Autobombe war sehr speziell und ist denen sehr ähnlich, die Al-Qaida in Afghanistan einsetzt«, erläuterte Harris. »Die explosiven Bestandteile der Bombe gleichen denen eines Sprengsatzes, der vor drei Wochen einen amerikanischen Botschaftsangehörigen in Kabul getötet hat. Ein Fall, der zwischenzeitlich in der Festnahme von drei Verdächtigen mündete. Sie gehören zu Al-Qaida und alle drei haben gestanden.«

»Aber warum sollte die Al-Qaida mich töten wollen?«, fragte ich.

»Genau das wollte ich Sie auch gerade fragen.«

24

Harris war kaum zur Tür hinaus, als ich auch schon mein Smartphone einschaltete und Allen MacDonald anrief.

»Gott sei Dank«, rief er, als er meine Stimme hörte. »Wie fühlst du dich?«

»Gut so weit, aber noch ein bisschen durch den Wind.« Das entsprach nicht ganz der Wahrheit, aber ich verspürte den Drang, meine Arbeit umgehend wieder aufzunehmen. »Die Sache mit Omar geht mir sehr nah.«

»Kann ich mir denken«, sagte Allen. »Wir sind alle völlig schockiert. Zuerst Abdul, jetzt das. Es geht uns allen an die Nieren.«

»Ich würde gern zur Beerdigung gehen.«

»Zu Omars Beerdigung?«

»Ja, sicher.«

»In Jordanien?«

»Wo denn sonst?«

»Ich halte das für keine gute Idee, J. B.«

»Warum nicht?«

»Das FBI glaubt, dass Al-Qaida es auf dich abgesehen hat.«

»Das haben sie dir gesagt?«

»Haben sie, und dann verlangten sie von mir, diesen Verdacht nicht zu drucken.«

»Warum nicht?«

»So wie es aussieht, haben sie Angst, dass Al-Qaida es noch einmal probiert«, meinte Allen. »Sie wollten dir einen Agenten schicken. War er schon bei dir?«

»Ja, ist gerade weg.«

»Sie glauben, dass jemand, der im Auftrag von Al-Qaida tätig ist, dich am Flughafen in Beirut erkannt und die Anführer informiert hat. Sie sagten, das sei nicht weiter ungewöhnlich.«

»Aber warum ich?«

»Die Arbeitstheorie lautet im Augenblick, dass Al-Qaida Wind von deinem Treffen mit Ramzi bekam und dich davon abhalten will, deine Story zu schreiben und auf diese Weise den IS zu pushen.«

»Das klingt ein bisschen an den Haaren herbeigezogen.«

»Mag sein. Aber mir gefällt die Idee, dich in Amman zur Zielscheibe zu machen, nicht sonderlich. Ich will, dass du ins nächste Flugzeug steigst, und zwar gleich morgen früh.«

»Sie wollen mich noch nicht gehen lassen«, widersprach ich. »Der Arzt meinte, er will mich noch zur Beobachtung hierbehalten.«

»Ich habe schon mit der Krankenhausverwaltung telefoniert. Dein Doc wird dir einen Entlassungsschein ausstellen, allerdings musste ich ihm versprechen, dass ich

dich noch ein paar Tage in ein amerikanisches Krankenhaus stecke, sobald du zurück bist.«

»Nein, Allen, erst muss ich noch einen Informanten
treffen.«

»Wo?«

»Darf ich dir nicht sagen. Im Nahen Osten.«

»Auf keinen Fall«, rief er in den Hörer. »Bist du verrückt?«

»Ich habe noch eine dritte Quelle aufgetan. Sie wird die
Geschichte mit den Chemiewaffen bestätigen. Absolut
wasserdicht. Es gibt Beweise. Aber ich muss den Informanten persönlich treffen.«

»Du hast offenbar vollkommen den Verstand verloren.
Das ist dir bewusst, oder?«

»Es sind doch nur 24 Stunden.« Ich blieb hartnäckig.
»Dann kriegst du deine Story und ich komme nach
Hause.«

»Nein. Ich hab dir einen Flug nach D.C. gebucht, der
morgen früh geht.«

»Allen, ich brauch bloß 24 Stunden!«

»Die Antwort ist Nein.«

»Ich bekomm garantiert den Pulitzer dafür.«

»Nicht wenn du tot bist.«

»Mir wird schon nichts passieren.«

»So wie Abdul? So wie Omar? Netter Versuch. Ab ins
Flugzeug. Dann kommst du direkt in die Redaktion. Wir
werden das ganz neu anpacken. Ich werde deine Notizen durchgehen und gemeinsam mit dir überlegen, wie
deine nächsten Schritte aussehen könnten. Ende der Diskussion. Und versuch ja nicht wieder, mich auszutricksen,
J.B. Du bist trotz meiner direkten Anweisung nach Syrien
gegangen und hast damit erreicht, dass zwei unserer

Leute getötet wurden. Noch ein solcher Stunt und du bist gefeuert, ist das klar?«

Überrascht und beeindruckt von seiner Vehemenz antwortete ich nicht.

»Gut«, schlussfolgerte er. »Bis morgen dann.«

Ich war wütend, als ich auflegte. Ich brauchte keine Gardinenpredigt von meinem Redakteur, um zu wissen, in welcher Gefahr ich schwebte. Meiner Ansicht nach bewies allein die Tatsache, dass Leute mich umbringen wollten, wie wichtig meine Geschichte war. Ich wollte auf keinen Fall klein beigeben, aber in diesem Augenblick war ich nicht sicher, ob ich mich in meiner Position Allens expliziter Anweisung, nach Washington zurückzukehren, widersetzen konnte. Immerhin klang es nicht danach, als wollte er die Waffengeschichte unter den Tisch kehren. Er hatte vielmehr versprochen, die Beweise, die ich gesammelt hatte, mit mir durchzugehen und die nächsten Schritte zu überlegen. Im Moment wollte er einfach nur mein Leben retten. Ich wusste das zu schätzen und war ihm eigentlich sogar dankbar. Aber am Ende lief es doch darauf hinaus: Was galt mein Leben im Vergleich zu Dutzenden, Hunderten oder Tausenden anderer Leben von Amerikanern und Israelis, die auf dem Spiel standen?

Ich starrte auf mein Smartphone und stellte überrascht fest, dass ich mehr als 1200 E-Mails und 200 SMS bekommen hatte, außerdem ein paar Dutzend Sprachnachrichten. Die erste Welle stammte von Kollegen und Freunden, die angerufen hatten, um mir zu den Ramzi-Artikeln zu gratulieren. Auch TV-Produzenten waren darunter. Sie luden mich in ihre abendlichen Talkshows ein, um über Ramzi und die wachsende Bedrohung durch Al-Qaida und den IS zu sprechen.

Die zweite Kategorie von Nachrichten, letztlich die überwältigende Mehrheit, betraf Leute, die sich auf die *Times*-Titelstory bezogen, die einen Tag nach dem Ramzi-Artikel erschienen war und sich mit der Autobombe in Istanbul beschäftigte. Nachrichten von Korrespondenten und Bürochefs aus aller Welt. Der Pressechef des Weißen Hauses wollte mit mir sprechen. Ebenso sieben Kongressabgeordnete, einschließlich der Vorsitzenden der ständigen Geheimdienstausschüsse von Senat und Kongress. Alle möglichen Informanten im Pentagon und bei der CIA, einschließlich Jack Vaughn, aktueller Chef der Agency, hatten Sprachnachrichten hinterlassen. Dabei war es gerade Vaughn gewesen, der mich vor der Reise nach Syrien gewarnt hatte. Ich empfand eine tiefe Dankbarkeit und Rührung, je länger ich mich mit den zahlreichen Botschaften beschäftigte. Aber ich durfte mich nicht zu sehr davon ablenken lassen. Ich brauchte Zeit zum Nachdenken, nicht zum Verfassen von Dankesbotschaften und fürs Abhalten kleiner Schwätzchen per Telefon.

Ich schickte meiner Mutter rasch eine Nachricht, um ihr zu versichern, dass es mir gut ging und ich sie anrufen würde, sobald ich wieder in den Staaten war. Ich löschte eine Sprachnachricht von Matt und eine E-Mail von Laura. Dann verschickte ich eine allgemeine E-Mail, mit der ich jedem für den freundlichen Zuspruch dankte, allen versicherte, dass es mir gut gehe und ich bald wieder auf dem Damm sei. Ich fügte meine gesamte Kontaktliste per Blind-Copy als Empfänger ein und setzte die Massenmail ab.

Bemerkenswerterweise fehlten Nachrichten von Prinz Marwan Talal aus Amman oder Ismail Tikriti aus Bagdad. Das ärgerte mich. Ich hatte für die zwei wiederholt die

Kohlen aus dem Feuer geholt. Wieso straften sie mich ihrerseits mit Nichtachtung?

Schließlich stieß ich auch auf eine Mail von Robert Khachigian. Der ehemalige Direktor der CIA hatte auf meine dringende Bitte um ein Treffen reagiert und erklärte, dass er gerne dazu bereit sei, allerdings am Montag nach Asien abreisen werde.

Schon in zwei Tagen.

Können wir telefonieren?, schrieb ich ihm. Wann passt es Ihnen?

Dann stolperte ich über drei Mails von Jussuf Kuttab, dem Berater des Vorsitzenden der palästinensischen Autonomiebehörde. Ich hatte ihn per E-Mail nach den Fortschritten im Friedensprozess gefragt, aus dem Café hier in Istanbul kurz vor der Explosion. Wie immer wäre es mir eine Freude, mit Ihnen einen Kaffee zu trinken, mein Freund, schrieb er in der ersten Antwort auf meine Nachfrage. Rufen Sie mich an, sobald Sie in der Stadt sind. Die zweite Nachricht klang merklich dringlicher: Ich dachte, Sie kommen nach Ramallah. Die Lage wird kompliziert. Wir müssen uns persönlich treffen. Wo sind Sie? Die dritte lautete schlicht: Habe es gerade gehört. Mir fehlen die Worte. Sind Sie okay?

Kompliziert. Was meinte er damit? Ich hatte keine Ahnung, aber was auch immer es bedeuten mochte, eins stand fest: Ich fand es nicht per E-Mail oder am Telefon heraus. Ich musste nach Ramallah reisen und mich mit Kuttab persönlich treffen, oder ich würde es überhaupt nicht erfahren.

Ich hatte keine Vorstellung, wie ich das zu diesem Zeitpunkt einfädeln sollte, und konzentrierte mich stattdessen auf zwei Mitteilungen von Hassan Karbouli, den ich wegen des Aufenthaltsortes von Abu Khalif zu kontaktieren versucht hatte. Die erste Botschaft, die ich am Tag nach der Veröffentlichung der Ramzi-Reportage erhalten hatte, lautete: Schön, von Ihnen zu hören, mein Freund. Ich wünschte, ich könnte helfen, aber da bin ich leider überfragt. Ich war nicht sicher, ob ich lachen oder das Telefon quer durch den Raum an die Wand schleudern sollte. Karbouli war verdammt noch mal der irakische Innenminister. Er beaufsichtigte die Gefängnisbehörden des Landes. Wenn er nicht helfen konnte, wer dann? Er war nur dem Premierminister und Allah persönlich zur Rechenschaft verpflichtet.

Sosehr mich die erste Nachricht auf die Palme gebracht hatte, so rätselhaft erschien mir die zweite. Ich hatte sie an dem Tag erhalten, an dem die Nachricht von der Autobombe durch die Medien gegangen war. Und sie fiel kurz aus: Lassen Sie die AK-Story fallen. Nicht sicher.

Nicht sicher?, fragte ich mich. Für wen? Für ihn oder für mich?

Vermutlich traf beides zu.

Eins stand fest: Karbouli hatte auf mich immer den Eindruck eines fähigen Mannes in einer fordernden Position gemacht. Er war in Mossul zur Welt gekommen und aufgewachsen, einer der wenigen sunnitischen Muslime in der vorwiegend schiitisch dominierten Regierung in Bagdad. In der Vergangenheit hatte ich stets das Gefühl gehabt, ihm vertrauen zu können. Aber jetzt war ich mir nicht mehr so sicher. Sollte ich seine Worte als Warnung oder als Drohung auffassen?

Wie dem auch sei, beide Nachrichten in Kombination weckten sämtliche Lebensgeister in mir. Dieser Kerl wusste genau, wo sich der Emir des IS aufhielt, so viel stand fest.

Wenn ich also Hassan Karbouli zu fassen bekam, kam ich mit hoher Wahrscheinlichkeit an Abu Khalif heran.

25

Mein Flug ging um 8:15 Uhr.

Was bedeutete, dass ich um sechs am Airport sein musste.

Was wiederum bedeutete, dass ich um halb fünf aufgestanden, geduscht und angezogen sein musste.

Die drei Spezialagenten, die Harris mir zugeteilt hatte, um mich zu schützen, boten mir in ihrem überschwänglichen Pflichtbewusstsein großzügig an, mich zum Flughafen zu fahren und zum Gate zu bringen. Sie brachten mir auch meinen Koffer und die Aktentasche, die ich im Hotel Ibrahim Pascha gelassen hatte.

Nach einer lästigen Verschiebung des Abflugtermins infolge von Triebwerksproblemen hastete ich endlich durch den Einstiegstunnel zum Airbus A320, der mich nach Frankfurt bringen sollte. Dort blieb mir nur wenig Zeit, um den Anschlussflug nach Washington Dulles zu erreichen. Wenn alles gut ging, betrat ich um 16 Uhr nachmittags Ortszeit wieder amerikanischen Boden.

Was dann kam? Keine Ahnung.

Über Frankfurt tobte ein Sturm.

Mein Flug landete mit deutlicher Verspätung und ich musste rennen, um das Gate rechtzeitig zu erreichen. Ausgerechnet in diesem Augenblick erhielt ich eine dringende Textnachricht von Khachigian.

Besorgniserregende Entwicklungen. Müssen uns sofort treffen.

Ich fragte mich, ob ich stehen bleiben und ihm sofort antworten sollte. Aber der letzte Aufruf für den Lufthansa-Flug 418 nach Washington Dulles International hallte bereits über die Lautsprecher. Ich riskierte, meinen Flug zu verpassen, also rannte ich weiter. Ein paar Minuten später kam ich endlich ans Gate und war der Letzte, der an Bord ging. Kaum hatte ich meinen Sitzplatz eingenommen und mich angeschnallt, da tippte ich auch schon eine Erwiderung an den ehemaligen CIA-Direktor:

Was ist los?

Fünf Sekunden später traf seine Antwort ein: Kann ich per SMS nicht schreiben.

Anruf?

Zu gefährlich.

Schon flogen die Textnachrichten zwischen uns nur so dahin.

Thema?

IS.

Ich höre.

Müssen uns noch heute Abend sehen.

Kann nicht, bin noch in Deutschland, aber komme bald.

Gut, dann gebe ich die Geschichte an die *Post*.

Bitte??? Auf keinen Fall.

Kann nicht warten. Geschichte eilt, muss veröffentlicht werden. Meine Asienreise wurde vorgezogen, muss heute Abend los.

Lassen Sie uns telefonieren.

Nein, das geht nicht.

Ich komme um vier in Dulles an. Was ist mit Abendessen?

Tut mir leid, zu spät. Ich gehe zur *Post.*

Robert, das sind Sie mir schuldig.

Bin ich nicht.

Habe alles getan, worum Sie mich gebeten haben. Wurde wegen dieser Story, auf die Sie mich erst hingewiesen haben, beinahe umgebracht. Habe zwei Kollegen verloren. Und jetzt gehen Sie zur *Post???*

Plötzlich antwortete Khachigian nicht mehr. Eine Minute verging. Dann zwei. Ich hielt es kaum aus. Die Kabinentüren wurden geschlossen. Eine Flugbegleiterin forderte mich auf, doch bitte mein Smartphone abzuschalten.

Sind Sie noch da?, schrieb ich.

Wieder verging eine Minute.

Ja, antwortete er schließlich.

Und?

Ich denke nach.

Bitte warten Sie auf mich, drängte ich. Wir treffen uns in der Union Station.

Wieder entstand eine lange Pause. Eine Minute, zwei. Wir rollten langsam zur Startbahn. Einen Augenblick später stand die Flugbegleiterin wieder vor mir und bestand darauf, dass ich das Telefon abstelle. Drei Minuten. Endlich, nach vier Minuten, kündigte mein Telefon mit einem Zirpen den Eingang einer neuen SMS an.

Okay. Union Station. Center Café, halb acht. Komm nicht zu spät.

26

Washington, D. C.

Nach massiven Verzögerungen wegen des schlechten
Wetters landete Lufthansa-Flug 418 endlich auf dem
Washington Dulles International Airport.

Während wir in Richtung Terminal rollten, zog ich
die Taschenuhr meines Großvaters hervor. Es war jetzt
Sonntagnachmittag, 17:35 Uhr, über 90 Minuten nach der
planmäßigen Ankunftszeit.

Ich war ein nervliches Wrack. Doch erst musste ich
durch die Passkontrolle und den Zoll, nach Hause, um zu
duschen und etwas Frisches anzuziehen, um mich dann
wer weiß wie lang mit Allen im Büro der *Times* in der
I Street Northwest 1627 in der Innenstadt von Washington zu treffen und bis halb acht an der Union Station zu
sein. Anderenfalls ging alles, was Khachigian zu berichten
hatte, an die *Washington Post*.

Der Flug war ausgebucht gewesen, daher war meine
Beschützerriege in Istanbul zurückgeblieben und hatte
nicht mitreisen können. Mir wurde jedoch versichert, dass
mich zwei Agenten vom Büro aus D. C. bei der Ankunft
in Empfang nehmen würden. Doch als ich nun aus dem
Flugzeug stieg, wartete niemand auf mich. Ich hatte nicht
die Absicht, meinerseits auf die Agenten zu warten.

Ich beschäftigte mich bereits mit den Möglichkeiten,
noch heute Abend oder spätestens am nächsten Tag
nach Tel Aviv zu fliegen. Ich ging davon aus, dass Allen
die Sinnhaftigkeit meiner Recherchen erkannte, sobald
wir die von mir zusammengetragenen Tatsachen und

Beweise durchgegangen waren. Zudem war mir bewusst, dass ich dringend meine Mutter anrufen musste. Sie musste meine Stimme hören, sicher sein können, dass mit mir wirklich alles in Ordnung war. Wahrscheinlich bestand sie darauf, dass ich nach Maine kam, aber dafür blieb momentan keine Zeit. Noch eine ganze Weile nicht. Erst musste ich nach Tel Aviv und Amman – unter anderem, um Omars Witwe einen Besuch abzustatten und ihr mein Beileid auszusprechen. Ich wollte ihr persönlich sagen, was für ein wunderbarer Freund ihr Ehemann mir gewesen war.

Aber um der Wahrheit die Ehre zu geben: Im Augenblick galten meine Gedanken hauptsächlich Yael. Befand sie sich in Sicherheit? Ich hatte bereits versucht, die Nummer auf ihrer Karte anzurufen. Harris' Aussage erwies sich als zutreffend, die Nummer war abgeschaltet. Ich hatte auch Ari Shalit eine SMS geschrieben, nach ihr gefragt und gebeten, er möge sich so bald wie möglich mit mir treffen. Bislang keine Reaktion.

Auf meinem Weg durch Pass- und Zollkontrolle bemerkte ich eine Menschenmenge, die sich um einen öffentlichen Fernseher versammelt hatte. Als die unverwechselbare Stimme von James Earl Jones erklärte: »*Wir unterbrechen das Programm für eine CNN-Sondermeldung*«, blieb ich neugierig stehen.

»*CNN hat soeben erfahren: Ayman Al-Zawahiri, seit 2011 Anführer der Al-Qaida, ist tot*«, vermeldete eine Nachrichtensprecherin aus den Studios in Atlanta. Im Hintergrund wurde das körnige, unbearbeitete Video eines rauchenden Kraters auf einer belebten Straße und eines brennenden Autowracks eingeblendet, offenbar ein SUV.

»Diverse Quellen haben gegenüber CNN bestätigt, dass der Al-Qaida-Führer bei einem Drohnenangriff ums Leben gekommen ist. Ein hochrangiger CIA-Mitarbeiter erklärte jedoch, dass die Aufnahmen eher auf die Zündung einer Autobombe hindeuten.«

Rasch überflog ich auf meinem Smartphone die Schlagzeilen. Agence-France-Presse zitierte einen anonymen Informanten des pakistanischen Geheimdienstes ISI, der bestätigte, dass Zawahiri und zwei seiner Leibwächter vor weniger als zwei Stunden bei einer Explosion ums Leben gekommen seien. In der Meldung fanden sich keine weiteren Hinweise, unter welchen Umständen das Fahrzeug des Al-Qaida-Anführers explodiert war. AP und Reuters berichteten, dass weder das Pentagon noch das Außenministerium einen Kommentar abgegeben hätten. Laut einem ungenannten Informanten im Weißen Haus, vage als enger Berater Präsident Taylors bezeichnet, wollten die US-Behörden zunächst eine offizielle Bestätigung der pakistanischen Regierung abwarten, seien aber aktuell »vorsichtig optimistisch«, dass man »einen großen Erfolg in der Terrorismusbekämpfung errungen« habe.

Auf CNN kam mittlerweile ein Experte zu Wort. »Das könnte sich als Anfang vom Ende der Al-Qaida erweisen«, kommentierte er und hob hervor, dass unter Präsident Taylor die Al-Qaida »systematisch zerlegt« worden sei.

Ich konnte nur hoffen, dass dies den Tatsachen entsprach, hielt allerdings eher das Gegenteil für realistisch.

Nachdem ich mir meine Aktentasche und den Rollkoffer geschnappt hatte, besorgte ich mir einen Kaffee sowie jeweils ein Exemplar von *New York Times* und *Washington Post,* winkte ein Taxi heran und nannte dem Fahrer die Adresse meiner Wohnung in Arlington. Als wir das Flughafengelände verließen und uns südöstlich auf die Straße nach D. C. begaben, blieb mein Blick an den einleitenden Worten des *Post*-Aufmachers hängen:

Der amerikanische Präsident hat Vertreter der Israelis und Palästinenser im Falle eines Scheiterns der Friedensgespräche vor »katastrophalen Konsequenzen« gewarnt. Laut Beratern will die US-Regierung die Höhe ihrer finanziellen Unterstützung überdenken, sollten keine nachhaltigen Ergebnisse erzielt werden.

Der Artikel war von einem Team der besten Korrespondenten der *Post* im Weißen Haus und im Außenministerium verfasst worden und stellte die jüngste Veröffentlichung in einer langen Reihe von Medienberichten der letzten 30 Tage über den drohenden Abbruch der Friedensverhandlungen im Nahen Osten dar; der einhellige Tenor lautete, dass die Parteien die Gespräche nicht ernst nähmen und beide Seiten die jeweils andere als verantwortungslos und unversöhnlich darstellten. Diese Veröffentlichung würzte den täglichen Einheitsbrei mit der Drohung, dass das Weiße Haus tatsächlich die militärischen Hilfen an Israel reduzieren könnte, die sich auf rund drei Milliarden Dollar jährlich beliefen. Ebenso betraf diese Überlegung vermutlich die Unterstützung der Palästinenser, die jährlich knapp eine halbe Milliarde Dollar betrug.

Das Narrativ des Artikels passte zu Andeutungen, die unter Vertretern des politischen Establishments in Washington kursierten, aber entsprach es auch der Wahrheit? Ich fragte mich mittlerweile, ob hier nicht gezielt Fehlinformationen gestreut wurden. Yael hatte darauf bestanden, dass sich die Parteien einer Lösung annäherten und ein einvernehmlicher

Abschluss die Wahrscheinlichkeit terroristischer Anschläge erhöhte, nicht senkte. Wer hatte nun recht?

Ich war kein Experte, was die Friedensverhandlungen anging, sondern konzentrierte mich eher auf die Themenkomplexe nationale Sicherheit und Terrorismus, aber offenbar war beides eng miteinander verwoben. Je mehr ich vom Leitartikel der *Post* las, desto neugieriger oder auch zynischer wurde ich. Zog das Weiße Haus da etwa den Fake des Jahrhunderts durch? Angesichts der sorgfältig in regelmäßigen Abständen an die Presse durchgeschobenen Informationen, wie schlecht die Gespräche angeblich liefen, wirkte es ganz so, als würde die Regierung die allgemeinen Erwartungen gezielt herunterschrauben wollen, um dem Präsidenten mit der Ankündigung, dass ein endgültiger Friedensvertrag zwischen Israel und den Palästinensern abgeschlossen worden sei, ein politisches Denkmal von epischer Größe zu errichten. War so etwas denkbar?

Mein Smartphone vibrierte. Die Produzentin der *Today Show* bat mich in einer Textnachricht, ich möge doch am folgenden Morgen in die Sendung kommen, um über meine Jamal-Ramzi-Reportage und die Autobombe in Istanbul zu sprechen. Sie erkundigte sich zudem, ob ich es für möglich hielt, dass der Präsident den Angriff auf Zawahiri als Vergeltungsmaßnahme wegen des Angriffs auf Omar und mich in Auftrag gegeben habe.

Ich ging meine weiteren Mitteilungen durch und stolperte über Interviewanfragen von einem Dutzend anderer Sender, angefangen bei *Good Morning America* bis hin zu *60 Minutes*. Ich hatte kein Interesse, auch nur eine dieser Einladungen anzunehmen. Ich war doch kein diplomatischer Experte, sondern Auslandskorrespondent! Und ich hatte nicht vor, auch nur eine Sekunde länger auf amerikanischem Boden zu verbringen, als ich unbedingt musste.

Ich rief meine Mutter an. Sie hob beim vierten Klingeln ab und überschlug sich fast vor Erleichterung, von mir zu hören. Natürlich wollte sie alles ganz genau wissen. Ich passte auf, was ich sagte, da ich sie nicht noch mehr beunruhigen wollte, als es ohnehin schon der Fall war. Allerdings wusste ich, dass sie wahrscheinlich alles über die Attacke auf mich gelesen hatte, was sie in die Finger bekam. Natürlich bat sie mich, noch heute Abend nach Maine zu kommen. Natürlich musste ich ihr sagen, dass das auf keinen Fall klappte.

»Wann kannst du denn kommen, Liebling? Du hast doch schon Thanksgiving verpasst. Aber das hab ich auch gar nicht gefeiert, weil ich mir zu viele Sorgen um dich gemacht habe. Was hältst du davon, wenn wir zusammen nachfeiern? Ich koch uns ein tolles Festessen.«

»Danke, Mom, aber ich weiß nicht, wann ich es schaffe, dich zu besuchen. Es ist gerade unheimlich viel zu tun.«

»Ich weiß, aber … Liebling, es ist schon so lang her und … na ja, du weißt doch, ich vermisse dich.«

Sie klang äußerst niedergeschlagen.

»Ich weiß, Mom. Ich vermiss dich doch auch. Ich werd dich besuchen, das versprech ich. Aber es sieht so aus, als müsste ich zuerst nach Tel Aviv und nach Amman fliegen.«

»Du willst nach Amman?« Das schien sie aufzuheitern.

»Zumindest hab ich das vor.«

»Wann?«

»In den nächsten Tagen.«

»Das ist toll. Dann kannst du Matty besuchen!«

Ich atmete tief durch. »Ich weiß nicht, ob ich Zeit dazu finde, Mom. Das wird keine Vergnügungsreise. Ich muss geschäftlich hin.«

»Aber James, du wirst doch wohl ein paar Stunden abzwacken können, um deinen Bruder zu besuchen.«

»Ich probier's.«

»Gut. Er hat dir erst vor Kurzem geschrieben, nicht wahr?«

»Keine Ahnung. Hat er?«

»Er sagte mir zumindest, dass er das tun will.«

»Vielleicht hatte er zu tun.«

»Vielleicht liest du deine Mails nicht gründlich.«

»Mom, ich war in Syrien und wurde beinahe umgebracht.«

»Das ist keine Entschuldigung«, entgegnete sie ohne jeden Hauch von Ironie. »Du solltest wirklich mit deinem Bruder reden. Ihr beide braucht einander.«

»Ich bin sicher, dass Annie und er großartig ohne mich auskommen.«

»Es geht ihnen hervorragend, aber Tatsache ist, dass sie dich vermissen, junger Mann.«

»Schon gut, Mom.«

»Wirklich, James, es bringt dich bestimmt nicht um, seine Mails zu beantworten oder ihn hin und wieder mal anzurufen. Er liebt dich und macht sich Sorgen um dich.«

»Ich will jetzt nicht darüber reden.«

»Das ist die Untertreibung des Jahrhunderts.«

»Wie dem auch sei …« Ich spähte aus dem Fenster des Taxis. Die 267, eine mautpflichtige Straße, ging nun in die 66 über. Wir erreichten jeden Moment Arlington. Gut so, denn ich lechzte nach einer Dusche und sauberer Kleidung.

»Hast du was von Laura gehört?«, fragte meine Mutter plötzlich.

Jeder Muskel in meinem Körper spannte sich an, als ich den Namen hörte. »Nein.«

Wir fuhren noch ein Stück.

»Gar nichts?«

»Nein.«

Ich wollte ihr auf keinen Fall verraten, dass ich eben erst eine Mail meiner Ex-Frau gelöscht hatte, ohne zu wissen, was darin stand.

»Tut mir leid, Mom, damit habe ich abgeschlossen.«

»Mir tut es auch leid, Sohn. Ich dachte immer, sie sei die Frau fürs Leben.«

Ich antwortete nicht. Was sollte ich darauf erwidern?

»Hör zu, Mom, ich muss jetzt Schluss machen. Ich ruf morgen wieder an.«

»Versprochen?«

»Versprochen.«

»In Ordnung. Mach's gut!«

Sie klang nicht so, als ob sie mir glaubte; ich konnte es ihr nicht verübeln. Trotzdem verabschiedete ich mich und legte auf.

In diesem Augenblick bemerkte ich, dass wir nicht nach Arlington und damit zu meiner Wohnung abfuhren, sondern auf der 66 blieben. Wir bewegten uns in Richtung Virginia und District of Columbia. Genau dort wollte ich momentan auf keinen Fall hin. Hinzu kam, dass es aufgrund der verwirrenden Verkehrsführung in Washington ewig dauern dürfte, den Fehler zu korrigieren. Genervt und irritiert beugte ich mich vor, um dem Fahrer mitzuteilen, dass er die Abfahrt verpasst hatte.

»Ich habe meine Befehle«, erwiderte er gelassen.

»Welche Befehle? Wovon reden Sie, Mann?«

Aber er antwortete nicht, sondern beschleunigte und verriegelte die Türen. Parallel fuhr die Plexiglasscheibe zwischen Fond und Vordersitzen hoch.

»Was in aller Welt soll das werden?«, schrie ich wütend, aber der Fahrer ignorierte mich.

Ich forderte ihn auf, augenblicklich zu wenden. Keine Reaktion. Ich zückte mein Smartphone, um den Notruf zu wählen, aber die Verbindung schien unterbrochen zu sein. Völlig unmöglich, wir näherten uns dem Epizentrum der amerikanischen Politik, hier gab es überall Netz. Die einzig plausible Erklärung lautete, dass ein Gerät an Bord war, um den Empfang gezielt zu stören. Es musste direkt nach Ende des Telefonats mit meiner Mutter angeschaltet worden sein.

Ich versuchte, Blickkontakt herzustellen, doch der Mann am Steuer blickte nur kurz in den Rückspiegel. Zornig und ein wenig ängstlich verlangte ich, nach Hause gebracht zu werden, doch falls er mich durch das Plexiglas hörte, ließ er es sich nicht anmerken. Er fuhr ungerührt weiter.

Wir waren nicht unterwegs nach Arlington, so viel stand fest. Ich hatte keine Ahnung, welches Ziel wir sonst ansteuerten, aber angesichts all dessen, was in den vergangenen Tagen passiert war, erwischte ich mich dabei, aufkeimende Panik niederzukämpfen.

Wer war der Kerl? Für wen arbeitete er? Und was wollte er von mir?

Ehe ich mich's versah, kamen wir am Lincoln Memorial vorbei.

Wir rollten in östlicher Richtung die Constitution Avenue entlang, bogen scharf links auf die 18th Street und schlängelten uns durch ein paar Nebenstraßen, bevor es mit quietschenden Reifen wie in einem Actionfilm über eine Rampe in eine düstere Tiefgarage hinabging. Immer weiter nach unten, wobei der Fahrer schneller fuhr, als es normal oder sicher war. Ich rechnete damit, dass wir jeden Moment in ein entgegenkommendes Fahrzeug rasten, aber kaum hatte dieser Gedanke in mir Gestalt angenommen, da stieg der Mann voll auf die Bremse und brachte das Auto auf einem verlassenen Parkdeck zum Stehen.

Automatisch entriegelten die Türen und öffneten sich auf beiden Seiten des Fonds. Draußen hatte sich ein halbes Dutzend Männer in dunklen Anzügen um das Taxi eingefunden. Sie sahen aus und benahmen sich wie FBI-Agenten, aber wir waren ein gutes Stück vom Finanzministerium entfernt, vom Hoover-Building sogar noch weiter.

»Mr. Collins, bitte steigen Sie aus«, bat einer von ihnen.

»Wer sind Sie?«, wollte ich wissen. »Was geht hier vor?«

»Bitte steigen Sie aus, Sir. Und folgen Sie mir.«

»Warum? Wohin?«

»Kommen Sie einfach mit.«

Ich konnte nicht beurteilen, ob ich wirklich in Gefahr schwebte. Immerhin befand ich mich hier mitten in Washington, nicht in Syrien. Auf alle Fälle wurde deutlich, dass mir keine andere Wahl blieb. Zudem war ich von Natur aus neugierig. Immerhin lebte ich noch. Ein verlassenes Parkdeck im Stadtzentrum an einem Sonntagabend schien mir allerdings ein durchaus geeigneter Ort für einen Mord zu sein. Wenn es darum nicht ging, worum dann? Unwahrscheinlich, dass Abu Khalif oder Jamal Ramzi eine ganze Gruppe amerikanisch aussehender Killer beschäftigte, die mitten in der amerikanischen Hauptstadt operierten.

Ich stieg also aus dem Taxi und folgte dem Agenten, der das Reden übernahm. Die anderen umzingelten mich förmlich und lotsten mich zu einem Treppenhaus.

Wir gingen nicht etwa hinauf zur Straße, sondern weiter abwärts. Der vorangehende Agent öffnete schließlich eine Tür, die auf den ersten Blick an den Eingang zu einem Wartungsraum erinnerte, in Wahrheit jedoch in einen Tunnel führte. Wir betraten die dunkle Röhre. Das Ganze erinnerte mich daran, wie man mich zu Ramzi geführt hatte. Je weiter wir gingen, umso mehr wuchs meine Neugier.

Ein paar Minuten später zog unser Anführer eine weitere Tür auf. Auf einmal fand ich mich in einem eher nichtssagenden Vestibül wieder: weiße Wände, schwarz gefliester Marmorboden, eine hohe Decke und kleine Überwachungskameras, die man oberhalb des Lifts angebracht hatte, dessen Türen bereits offen standen, als hätte er nur auf unsere Ankunft gewartet. Einer der Männer tastete mich noch einmal auf Waffen ab, dann eskortierten vier der Herren mich in die Kabine. Wir fuhren aufwärts.

Als sich die Aufzugtüren endlich öffneten und ich hinaustrat, konnte ich nicht fassen, wo ich mich befand.

Ich stand im ersten Stock der Privatresidenz des Weißen Hauses.

27

Der Präsident der Vereinigten Staaten kam auf mich zu.

»Willkommen im Weißen Haus, Mr. Collins. Ich bin Harrison Taylor. Es ist mir eine Ehre, Sie kennenzulernen.«

»Die Ehre ist ganz auf meiner Seite, Mr. President.« Ich gab ihm die Hand.

In all den Jahren, die ich nun schon in den Medien arbeitete, war ich dem Präsidenten nie begegnet. Ich hatte, und auch das lag schon lange zurück, zwei seiner Vorgänger interviewt, doch als Kriegsberichterstatter der *Times* verbrachte ich die meiste Zeit im Ausland. Es hatte bisher keinen Anlass für eine Begegnung mit diesem Staatsoberhaupt gegeben. Taylor war über 1,90 groß und wirkte in natura noch größer als im Fernsehen. Ein distinguierter Südstaaten-Gentleman, Urenkel eines berühmten Gouverneurs von North Carolina, schlank, beinahe schlaksig, mit tiefschwarzem Haar, das an den Schläfen ergraute, markanter Kinnpartie und durchdringenden blauen Augen. Er hatte mit dem Aufbau einer Software-Firma im Industrie- und Forschungspark von Raleigh, der Hauptstadt North Carolinas, ein Vermögen verdient, das Unternehmen für eine halbe Milliarde Dollar verkauft, war zum Senator von North Carolina gewählt worden und hatte in einem erdrutschartigen Sieg die Wahl zum Gouverneur gewonnen. Und jetzt war dieser politische Glücksritter, finanziell konservativ, aber sozialliberal orientiert, der amtierende Präsident der Vereinigten Staaten.

Politisch stand er aktuell vor großen Herausforderungen. Die US-Wirtschaft stagnierte. Seine Einwanderungsreform steckte im Kongress fest, sein außenpolitischer Kurs galt als unklar. Taylors Umfragewerte befanden sich im Sinkflug, derzeit hatten sie sich zwischen der 30- und 40-Prozent-Marke eingependelt. Eine populistische Welle hatte ihn ins Oval Office gespült, wobei er von einem Skandal profitierte, der kurz vor den Wahlen den Kandidaten der Republikaner getroffen hatte, aber in jüngster Zeit rang er um das politische Gleichgewicht. Ich fand es faszinierend, aus nächster Nähe zu sehen, wie stark ihm die letzten Jahre im Amt zugesetzt hatten.

»Sie kennen Jack bereits«, meinte der Präsident mit einem kurzen Nicken in Richtung von Jack Vaughn – dem ehemaligen Vorsitzenden des Geheimdienstausschusses im Senat und amtierenden CIA-Direktor.

»In der Tat, Mr. President.« Ich schüttelte Vaughn die Hand. »Schön, Sie zu sehen, Jack.«

»Es ist auch schön, Sie zu sehen, J. B.«, erwiderte Vaughn. »Ich bin froh, dass es Ihnen gut geht.«

»Danke, Sir.«

»Ich wette, im Nachhinein wünschen Sie sich, meinem Rat gefolgt zu sein, was?«

»Meine Herren, ich bitte Sie«, unterbrach der Präsident. »In diesem Haus will ich keine ›Das habe ich Ihnen doch gleich gesagt‹-Sprüche hören, Jack. Nicht heute. Wir führen eine rein freundschaftliche Unterhaltung. Mr. Collins hat nicht mit diesem Gespräch gerechnet, aber ich freue mich, dass er hier ist. Also zeigen wir uns alle von unserer besten Seite. Einverstanden?«

Jack lächelte. Wir beide nickten.

Der Präsident führte uns aus dem Foyer mit dem Aufzug ins sogenannte Gelbe Oval Office. Ich hatte Bilder von diesem Raum gesehen, der sich oberhalb des offiziellen Büros des Präsidenten befand, bisher aber nie das Privileg genossen, ihn betreten zu dürfen. Hier, im inoffiziellen Empfangssaal der Residenz des Präsidenten, im ersten Stock des Weißen Hauses, hatte Franklin Delano Roosevelt bekanntermaßen einen seltenen freien Tag genossen, als ihn die Mitteilung seiner Sekretäre vom japanischen Angriff auf Pearl Harbor ereilte. Das war am 7. Dezember 1941 gewesen. Die meisten von Roosevelts Nachfolgern gestatteten ihren

First Ladys, den Salon für eigene Empfänge zu nutzen. Erst kürzlich hatte ich gelesen, dass Präsident Taylor ihn gern für persönliche Vieraugengespräche mit ausländischen Staatsoberhäuptern verwendete.

Der Salon wirkte nicht so formell und daher auch weniger einschüchternd als das Oval Office selbst. Dafür schien er mir noch exquisiter eingerichtet zu sein, als es die Aufnahmen, die ich davon gesehen hatte, andeuteten. Die Wände waren in einem wunderschönen Mattgelb gestrichen, Sofas und Sessel mit einem Stoff bezogen, dessen Farbe noch ein wenig blasser wirkte. An der östlichen Wand des Raums mit auffallend hoher Decke befand sich ein Marmorkamin, auf dem Sims darüber an jedem Ende ein Kerzenleuchter. Vor dem Kamin standen zwei große Sofas einander gegenüber. Der Teppich unter unseren Füßen war dick und flauschig und natürlich mattgelb. Das Muster zeigte verschlungene Blumenornamente und -ranken in Rot, Blau, Grün und noch einem halben Dutzend anderer Farben.

Allerdings weckte etwas anderes meine Aufmerksamkeit: die Tür, die hinaus zum Truman-Balkon führte. Ganz Politiker ging der Präsident, sobald er mein Interesse bemerkte, darauf zu und winkte Jack und mir, ihm zu folgen.

Ich war ein wenig verlegen, benahm ich mich doch wie ein Tourist und nicht wie der knallharte, natürlich mit allen Wassern gewaschene Auslandskorrespondent. Aber ich nahm die Einladung gern an. Ich hatte den Ausblick schon in Filmen bewundert, aber es war doch etwas Besonderes, über den südlichen Park des Weißen Hauses hinaus auf das Washington Monument und den Potomac River in der Ferne zu blicken. Umwerfend schön, sicher das schönste Panorama in ganz Washington. Zu allem Überfluss wartete der in leuchtendem Grün-Weiß lackierte Marine One, der Hubschrauber des Präsidenten, draußen auf dem Rasen.

»Wir sind gerade erst von den Gesprächen in Camp David zurückgekehrt«, erklärte Jack.

»Worüber haben Sie gesprochen?«, fragte ich. Vielleicht steckte hinter der ganzen Geheimniskrämerei eine handfeste Story.

»Wir haben über Sie gesprochen«, meinte der Präsident.

Unwillkürlich lachte ich leise. Es konnte sich nur um einen Scherz handeln.

Aber da irrte ich.

»Hören Sie, J. B., wir wollen offen miteinander reden.«

»Über welches Thema?«, erkundigte ich mich vorsichtig.

»Ihre Artikel über Jamal Ramzi und den IS«, erwiderte er. »Sie haben hier in der Stadt hohe Wellen geschlagen. Die europäischen Regierungschefs sind nervös. Lavi in Jerusalem hat mich schon zweimal angerufen. Sein Kabinett macht ihm die Hölle heiß. Sie haben da eine Lawine losgetreten.«

»Jeder will wissen, was der IS gerade treibt, was er als Nächstes plant und wo das nächste Anschlagsziel liegt«, steuerte Vaughn bei.

»Besonders jetzt, wo Sie gerade den ärgsten Rivalen Abu Khalifs ausgeschaltet haben«, fügte ich in der Hoffnung hinzu, etwas über die Entscheidung des Präsidenten zu erfahren, Zawahiri töten zu lassen.

»Alles, was wir hier besprechen, bleibt unter uns«, stellte der Präsident klar. »Sind wir uns darüber einig?«

»Das wäre schade«, entgegnete ich. »Die Menschen sind neugierig, was Sie über den Anschlag auf Zawahiri denken. Ich finde, Sie sollten die Gelegenheit nutzen und mir eine offizielle Stellungnahme dazu geben.«

Der Präsident lächelte eins jener bemitleidenswert falschen politischen Lächeln. »Es tut mir leid, dass ich Ihnen in diesem Fall nicht als Schlagzeilenlieferant dienen kann, Mr. Collins. Ich werde dem amerikanischen Volk meine Gedanken zu gegebener Zeit offenbaren. Aber die Lage ist derzeit ziemlich prekär. Aus diesem Grund habe ich Sie heute auch hergebeten. Also, sichern Sie mir zu, dass nichts von dem hier Besprochenen an die Öffentlichkeit dringt?«

Mir blieb keine andere Wahl. »Natürlich, Mr. President.«

»Ich habe Ihr Wort?«

»Das haben Sie.«

»Gut, dann sollten wir wieder hineingehen. Sie haben Homs und Istanbul überlebt. Ich möchte nicht, dass Sie sich auf dem Balkon des Weißen Hauses eine Lungenentzündung holen.«

Der Präsident ließ sich auf einem kunstvoll geschnitzten Armsessel nahe dem Kamin nieder. Jack setzte sich auf eins der Sofas, ich entschied mich für den Platz gegenüber von ihm. Ein Bediensteter servierte uns Kaffee und verließ dann den Salon. Zwei Agenten des Secret Service postierten sich rechts und links neben den Türen, davon abgesehen waren wir allein. Jetzt erst wandte sich Taylor mir zu.

»Hören Sie, Mr. Collins, wie ich schon andeutete, ist die Situation im Augenblick recht heikel, da … nun ja, Israelis und Palästinenser stehen kurz davor, ein endgültiges, beiderseitiges Friedensabkommen zu schließen, das die Gründung eines palästinensischen Staates vorsieht.«

»Gut, dann entsprechen die Aussagen meiner Quellen also der Wahrheit«, schob ich rasch ein. Ich wollte mich vom Präsidenten nicht vorführen lassen. »Das ist doch eine erfreuliche Entwicklung.«

»Sie wissen schon Bescheid?« Taylors Blick war zwar nicht gerade fassungslos, tendierte aber in diese Richtung.

»Ich wollte noch mit ein paar Leuten Rücksprache halten, aber ja, ich stand kurz davor, diese Information zu veröffentlichen«, antwortete ich. Das entsprach nicht ganz der Wahrheit, aber ich beruhigte mein Gewissen damit, dass es nicht völlig aus der Luft gegriffen war.

»Nein, das dürfen Sie auf keinen Fall veröffentlichen«, widersprach der Präsident. »Der Schlüssel zum Erfolg ist in diesem Fall absolute Diskretion.«

»Es tut mir leid, Sir, aber das kann ich Ihnen nicht versprechen«, bemerkte ich gelassen.

»Das müssen Sie«, widersprach er. »Wir haben vereinbart, dass unsere Unterhaltung vertraulich bleibt.«

»Und das ist sie auch«, bestätigte ich. »Aber das betrifft keine Informationen, die ich bereits recherchiert habe.«

»Und ob es die betrifft.« Der Präsident blieb hartnäckig. »Es handelt sich um eine Angelegenheit mit Auswirkungen auf die nationale Sicherheit.«

»Und eine von enormem öffentlichem Interesse«, konterte ich.

»Mr. Collins«, warf Vaughn ein. »Sie haben dem Präsidenten der Vereinigten Staaten soeben Ihr Wort gegeben, dass Sie nichts publizieren, was in dieser Unterhaltung erwähnt wird.«

»Und ich stehe zu meinem Wort«, sagte ich und gab mein Bestes, ruhig zu bleiben. »Aber noch bevor ich diesen Raum betrat, hatte ich von meinen Quellen erfahren, dass der Abschluss vor der Tür steht und in Kürze verkündet wird. Es tut mir leid, aber ich bin nicht verpflichtet, Wissen zu unterschlagen, das ich vorherigen Recherchen verdanke.«

Der Präsident und der CIA-Direktor wechselten einen Blick. Sie wirkten wie vor den Kopf geschlagen.

»J. B., hören Sie mir zu. Eine vorzeitige Veröffentlichung dieser Information hätte katastrophale Folgen«, drängte Vaughn offenbar in der Absicht, einen Weg aus dieser Sackgasse zu finden. »Aber ich habe einen Vorschlag für Sie.«

Er sah kurz zu Taylor, der nickte, und wandte sich dann erneut an mich. »Wir werden Ihnen einige endgültige Details des Vertrages und Hintergründe liefern, wie die Einigung zustande kam, sobald die Sache unter Dach und Fach ist. Wir geben Ihnen für diese Exklusivgeschichte einen Tag Vorsprung vor der Konkurrenz. Darauf haben Sie mein Wort. Aber Sie müssen fürs Erste den Ball flach halten. Der Außenminister zurrt gerade die letzten Details mit den Regierungschefs aller beteiligten Länder und mit König Abdullah von Jordanien fest. Wir brauchen noch ein wenig Zeit. Ein Durchsickern zum jetzigen Zeitpunkt könnte alles zerstören.«

»Wie viel Zeit brauchen Sie?«, wollte ich wissen.

Es war ein gutes Angebot, ein ausgezeichnetes sogar. Immerhin bluffte ich. Die Information, dass es einen Friedensvertrag geben würde, stammte von Yael. Ich war mir ziemlich sicher, dass ich von Ari Shalit im Austausch dafür, dass ich die Geschichte mit den CBRN-Waffen veröffentlicht hatte, in den nächsten Tagen mehr erfahren würde. Weitere Details lagen mir aktuell nicht vor. Dagegen boten mir der Präsident und der CIA-Direktor eine hervorragende Story förmlich auf dem Silbertablett an. Warum sollte ich so etwas ausschlagen? Primär ging es mir allerdings um die Waffengeschichte und ein Interview mit Abu Khalif. Um das eine oder andere oder gar beides zu bekommen, musste ich diesbezüglich am Ball bleiben.

Vaughn streifte den Präsidenten erneut mit einem Seitenblick. »Zwei Wochen, vielleicht drei, höchstens«, antwortete er schließlich. »Wie ich schon sagte, die Verhandlungen kreisen um die letzten Feinheiten. Ich gehe davon aus, dass wir noch vor Weihnachten Zeugen einer feierlichen Unterzeichnung im Weißen Haus werden.«

»Das ist weniger als ein Monat«, stellte ich fest.

»Genau deshalb darf bis dahin nichts nach außen dringen«, erklärte der Präsident. »Es handelt sich um den wohl kompliziertesten, ausgefeiltesten und sensibelsten Akt in der Geschichte der modernen Diplomatie. Meine Vorgänger sind daran gescheitert, eine solche Einigung herbeizuführen. Es gab viele Nächte, in denen ich wach lag und dachte, ich bekomme es auch nicht hin. Aber jetzt sind wir so weit. Also, haben wir einen Deal?«

Ich sah erst dem Präsidenten, dann Vaughn in die Augen. Warum ging das so leicht? Warum lieferten sie mir so schnell so viel?

Weil sie etwas anderes wollten. Ich beschloss, die Story als Bonus mitzunehmen und mich auf das zu konzentrieren, was als Nächstes kam. »Ja, Sir, Mr. President.«

»Sie werden also keine Artikel über den Friedensvertrag veröffentlichen, bis wir Ihnen unser Okay geben?«

»Und Sie werden mir dafür eine echte Exklusivgeschichte liefern, einschließlich des ersten Blicks auf den Vertrag selbst? Niemand bekommt die Fakten vor mir?«

»So ist es«, bestätigte der Präsident.

»Dann ja.«

Wir gaben uns die Hand darauf, dann ließ Taylor die Katze aus dem Sack.

»Nun müssen wir über Ihre Reportage reden.«

»Welche?«

»Ich habe gehört, dass Sie einen Artikel darüber veröffentlichen wollen, dass Al-Qaida in Syrien eine Ladung chemischer Waffen erbeutet hat.«

»Nun, der IS, nicht Al-Qaida. Aber ja«, bestätigte ich.

»Das ist ebenfalls ein Problem.«

»Wieso?«

»Das könnte eine Panikwelle genau in dem Augenblick auslösen, in dem wir den Arabern und den Juden helfen, einige sehr harte und enorm schmerzhafte Zugeständnisse zu machen«, erläuterte Vaughn.

Der Präsident wurde deutlicher. »Ich bitte Sie, Ihr Wissen nicht in einem Artikel zu verarbeiten. Noch nicht. Nicht bis der Friedensvertrag unterzeichnet, die Siegel daruntergesetzt und das Abkommen offiziell verkündet wurden. Ich bin auch hier bereit, mit Ihnen einen Handel einzugehen, aber ich muss darauf bestehen, dass Sie bis Ende des Jahres nichts zu diesem Thema veröffentlichen.«

Jetzt hatte er mich am Schlafittchen. Die Story war so gut wie fertig. In weniger als 48 Stunden, wahrscheinlich sogar früher, erwartete ich die Bestätigung meiner dritten Quelle. Der Artikel war druckreif und versprach eine Sensation zu werden.

»Nun, meine Herren, Ihre Sorgen sind nachvollziehbar, aber ich fürchte, wir werden es dennoch drucken.«

»Und dafür riskieren, dass dieser Friedensvertrag scheitert?«

»Sir, wenn dieser Friedensvertrag allen Beteiligten am Herzen liegt, wird er sicher so stabil sein, dass er einen Zeitungsartikel überlebt, der nicht mit Ihrer ›Peace in our Time‹-Linie übereinstimmt«, gab ich zurück. »Und überhaupt, der IS ist es, der Ihren Friedensvertrag zu sabotieren versucht, nicht ich.«

»Hier geht es nicht allein um PR«, betonte Taylor. »Das größere Problem ist, dass Ihre Ansicht nicht von Fakten untermauert wird.«

»Das wird sie sehr wohl, Sir«, widersprach ich. »Ich habe eine Bestätigung durch drei hochrangige Informanten dreier verschiedener Staaten erhalten, unter anderem aus einer US-Quelle.«

»Da sind Sie einer Täuschung aufgesessen.«

»Bei allem Respekt, das ist ausgeschlossen. Ich habe mit eigenen Augen Satellitenbilder gesehen, Drohnenvideos, habe mir Audiomitschnitte angehört, abgefangene E-Mails gelesen. Glauben Sie mir, Mr. President, der Artikel ist wasserdicht.«

»Da liegen Sie falsch, fürchte ich«, antwortete er. »Jack?«

Ich sah Präsident Taylor an. Er wirkte weder zornig noch verärgert über meine Hartnäckigkeit. Auch nicht so, als wollte er mich von der Spur ablenken. Er machte den Eindruck, als wollte er mir wirklich helfen. Aber bei Politikern muss man vorsichtig sein. Schauspielerei gehört bei ihnen zum Geschäft. Sie wissen, wie man Menschen überzeugt, und man hatte mich in Washington mehr als einmal manipulieren wollen. Das hatte meinen ohnehin vorhandenen Zynismus noch verstärkt. Ich wandte mich an Vaughn und wappnete mich für eine Gardinenpredigt.

»Hören Sie, J. B., Sie dürfen uns beide nicht zitieren,

aber die Daten, die man Ihnen überlassen hat, sind in der Tat wasserdicht«, begann er.

»Wasserdicht also?« Ich fragte mich, ob ich das gerade richtig verstanden hatte.

»Richtig, wasserdicht.«

»Nun, genau das habe ich doch gerade gesagt.«

»Warten Sie, so einfach ist das Ganze nicht«, fuhr Vaughn fort. »Was Sie gesehen und gehört haben, ist korrekt. Da bin ich sicher. Das Problem ist ein anderes.«

»Und zwar?«

»Die Daten sind unvollständig.«

»Und das bedeutet?«, fragte ich und wünschte mir sehnsüchtig einen Notizblock herbei.

»Das bedeutet, dass der Präsident und ich wesentlich mehr Daten und Unterlagen als Sie kennen. Und uns haben sie nicht überzeugt.«

»Warum nicht?«

»Vieles passt nicht zusammen.«

»Okay. Es tut mir leid, aber ich kann Ihnen nicht folgen, Jack. Am besten legen Sie alle Fakten auf den Tisch, damit ich weiß, dass wir dieselbe Sprache sprechen.« Ich war sicher, dass Vaughn nicht darauf einging, wollte die Gelegenheit, weitere Einzelheiten zu erfahren, jedoch nicht ungenutzt verstreichen lassen.

Wieder warf Vaughn dem Präsidenten einen Seitenblick zu. Fassungslos registrierte ich, dass er sein Einverständnis signalisierte, mir mehr zu verraten.

»Bei der Produktion von mit Saringas bestückten Binärkampfstoff-Geschossen werden zwei verschiedene chemische Ausgangsprodukte kombiniert«, führte der CIA-Direktor aus. »Beim ersten handelt es sich um Isopropanol. Das zweite ist Methylphosphonsäuredifluorid.

Sie werden erst miteinander vereint, wenn man tatsächlich bereit ist, Menschen zu töten. Und warum?«

»Weil man kein unnötiges Risiko eingehen will.«

»Genau. Niemand will, dass einem im Vorfeld alles um die Ohren fliegt. Also lagert man beide Stoffe getrennt voneinander. Auf dem gleichen Grundstück, aber in verschiedenen Gebäuden. Klar?«

»Klar.«

»Nun, wir wissen, dass die IS-Rebellen den syrischen Waffenstützpunkt nahe Aleppo überfallen haben. Uns ist bekannt, dass in diesem Stützpunkt traditionell CBRN-Waffen gelagert wurden. Aber das ist Jahre her. Ebenfalls wissen wir, dass die Rebellen mehrere hundert Kisten auf Lastwagen verladen und abtransportiert haben. Dass man diese Lkws an mindestens fünf verschiedene Orte verbrachte, vielleicht sogar mehr. Was wir aber nicht wissen, ist, was sich genau in diesen Kisten und auf diesen Lastwagen befand.«

Ich war überrascht und erfreut zu hören, dass Vaughn das alles bereitwillig einräumte. Natürlich durfte ich ihn nicht zitieren, aber ich wusste nun mit noch größerer Sicherheit, dass meine Geschichte, beinahe zur Gänze geschrieben und gespeichert auf meiner Festplatte, den Tatsachen entsprach.

»Sie glauben also ernsthaft, dass die Rebellen nur harmloses Büromaterial und Wäsche abtransportiert haben?«

»Ich weiß nicht, was sie abtransportiert haben, ebenso wenig wie Sie.«

»Was ist mit den Funkmitschnitten, die nach der Eroberung des Stützpunkts von den Rebellen angefertigt wurden?«

»Was besagen die denn schon genau?« Vaughn winkte

ab. »Ein Rebell erzählt seinem Kommandanten, dass seine Leute die ›Kronjuwelen‹ erbeutet haben. Ein anderer prahlt, dass ›Allah höchstes Lob gebührt‹. Ein Dritter mailt Jamal Ramzi und erklärt, dass ›die Zionisten leiden‹ werden.«

»Richtig. Was glauben Sie denn, warum die so happy sind?«

»Noch einmal: Das können wir nicht mit Gewissheit sagen. Die Mitschnitte verführen zu bestimmten Interpretationen, aber sie sind keine Beweise«, fuhr Vaughn fort. »Und vergessen Sie nicht, es ist zwar theoretisch möglich, dass das Assad-Regime chemische Waffen auf diesem Stützpunkt gelagert hat, aber die Syrer behaupten, dass sie seit über einem Jahrzehnt keine CBRN-Waffen mehr besitzen. Die UN-Inspektoren sind hingeflogen. Sie haben die Basis durchsucht und bestätigt, dass sich dort keine entsprechenden Substanzen mehr befinden. Die Syrer behaupten, sie hätten alle Bestände der UN übergeben, damit diese sie außer Landes bringt und vernichtet. Die Waffeninspekteure sind sich ziemlich sicher, dass die Syrer genau das getan haben.«

»Sie verlassen sich bei Ihren Analysen also auf ein ›ziemlich sicher‹?«, hakte ich nach.

»Und verlassen Sie sich auf nichts als oberflächliche Indizien, die im besten Falle schwach sind?«, gab Vaughn zurück.

»Nun«, antwortete ich. »Ich kann die Zurückhaltung der CIA nachvollziehen, nachdem die Massenvernichtungswaffen im Irak sich als Ente erwiesen haben. Aber hier handelt es sich um Dschihadisten, die ein bekanntes Lager für CBRN-Waffen in Syrien überfallen haben und damit prahlen, sie hätten die ›Kronjuwelen‹ erbeutet. Sie kündigen die Absicht an, die Juden auszulöschen, und Sie verlangen ernsthaft, dass die *New York Times* diese Story nicht veröffentlicht?«

»Sie hören mir nicht zu, J. B.«, widersprach Vaughn. »Ich sage Ihnen, dass Ihre These bestenfalls einer oberflächlichen Prüfung standhält. Könnte der IS im Besitz chemischer Massenvernichtungswaffen sein? Ja, das gestehe ich ein. Und das jagt dem Präsidenten und mir eine Heidenangst ein. Glauben Sie mir, wir haben schlaflose Nächte deshalb. Wir tun alles, um diesen Verdacht belastbar bestätigen zu können, aber bisher sind das alles Einzelteile, die kein schlüssiges Gesamtbild ergeben. Ich kann sie nicht einfach zusammensetzen, wie es mir passt. Ich brauche absolut stichhaltige Beweise.

Erwarten Sie ernsthaft, dass ich dem Präsidenten der Vereinigten Staaten meine wackligen Indizien als Volltreffer verkaufe? Ich will nicht, dass das amerikanische Volk in akuter Angst leben muss, dass wir jede Sekunde mit Massenvernichtungswaffen bombardiert werden können. Das Gleiche gilt übrigens für die Israelis und die Palästinenser. Ein solches Bedrohungsszenario stelle ich nur in den Raum, wenn ich mir meiner Sache ganz sicher bin. Ich bin nicht der Ansicht, dass das richtig wäre – oder gar moralisch. Und ich bin sicher, dass Sie, wenn Sie in sich hineinhören, es genauso sehen. Oder liege ich da falsch?«

28

Ich blickte auf die Taschenuhr meines Großvaters.

Endlich war das Treffen im Weißen Haus vorbei. Schon 19:43 Uhr. Der ehemalige CIA-Direktor wartete bereits seit einer knappen Viertelstunde. Ich stand kurz vor einer Panik.

Selbst als pensionierter Staatsangestellter blieb Robert Khachigian ein wichtiger und einflussreicher Mann. Sein Terminplan war mit Sicherheit straffer organisiert als meiner, darüber hinaus wollte er das Land in wenigen Stunden verlassen. Zudem gehörte er seit Jahren zu den engen Freunden meiner Familie. Ich hatte ihm mein Wort gegeben, mich nicht zu verspäten. Zweimal schon hatte ich probiert, ihn vom Auto aus auf dem Handy zu erreichen, um ihm den Grund für meine Verspätung mitzuteilen. Beide Male war er nicht drangegangen. Meine Schuldgefühle erreichten astronomische Höhen, genau wie meine Pulsfrequenz.

Über Washington ging ein kalter Spätnovember-Nieselregen nieder. Ich hatte weder einen warmen Mantel noch einen Regenschirm dabei. Es erinnerte mich an das Treffen mit Yael in Istanbul vor einigen Nächten. Als ich daran dachte, fühlte ich mich noch elender. Ich wollte sie unbedingt wiedersehen. Nur wie?

Der gepanzerte Chevy-SUV, in dem ich saß, bremste. Vier FBI-Agenten, mir zugeteilt, sprangen als Erste hinaus, inspizierten die Umgebung und gaben mir dann grünes Licht. Ich schnappte meine Aktentasche und hastete ins Gebäude der Union Station, des riesigen Bahnhofs, der nur wenige Blocks vom Kapitol entfernt lag. Ich stürmte förmlich ins Center Café, ein Restaurant im Zentrum der gewaltigen Eingangshalle, und betete, dass Khachigian noch da war.

»Ja, er wartet oben bereits auf Sie«, bestätigte der Empfangschef. »Bitte hier entlang, Mr. Collins.«

Jeder Tisch im Erdgeschoss war besetzt. Eine Schlange von Touristen wartete darauf, einen Platz zugewiesen zu bekommen, als wir hinaufgingen. Einer der Agenten postierte sich am Fuß der geschwungenen Treppe, die anderen folgten mir in den ersten Stock. Dieser Teil des Restaurants ist nicht überdacht, sondern thront wie ein Podest mitten im riesigen Foyer des Bahnhofs. Von hier aus hat man einen idealen Ausblick auf die Eingangshalle sowie die Galerien der ersten und zweiten Ebene mit den Ladengeschäften eines kleinen Einkaufszentrums.

Khachigian saß an einem Tisch für zwei auf der anderen Seite des Restaurants. Er machte keinen sonderlich erfreuten Eindruck, mich mit meinem Gefolge auftauchen zu sehen, war allerdings von Natur aus ein ernsthafter Zeitgenosse. Bei der Begrüßung entschuldigte ich mich in einer Tour für meine Verspätung. Er winkte ab und forderte mich auf, Platz zu nehmen.

»Sie sind wütend auf mich«, stellte ich fest.

»Aber nein«, sagte er gedehnt.

»Sie sehen aber so aus.« Ich ließ mich nicht überzeugen.

»Ich bin nicht wütend, aber uns bleibt nur noch wenig Zeit«, sagte er. »Hier entwickelt sich vor unseren Augen ein echter Albtraum. Wie geht es dir?«

Ein echter Vollprofi, der stets Gentleman blieb. Der ergraute Herr mit Brille, der mir gegenübersaß, entsprach dem heimlichen Oberhaupt der Washingtoner Geheimdienstszene. Er sah stets aus wie aus dem Ei gepellt. Heute trug er einen dunkelblauen Anzug, ein hellblaues Satinhemd mit goldenen Manschettenknöpfen, Hosenträger und eine elegante lavendelfarbene Fliege, die mir wie ein Relikt aus alter Zeit vorkam. Neben seinem Stuhl stand ein kleiner Koffer. Offenbar war er auf dem Sprung zum Flughafen und wollte direkt nach unserem Treffen aufbrechen.

»Mir ging es schon besser«, verkündete ich unsicher, da ich nicht wusste, wie tief er ins Detail gehen wollte.

»Secret Service?«, fragte er mit einem Seitenblick auf die beiden Agenten, die sich an einen Tisch direkt hinter ihm gesetzt hatten, und den dritten, der unten an der Treppe wartete.

»FBI«, korrigierte ich. »Um ehrlich zu sein, ich weiß nicht genau, ob sie zu meinem Schutz mitgekommen sind oder mich überwachen.«

»Beides«, erwiderte er ohne das geringste Zögern. »Schmerzen?«

»Wie bitte?«

»Hast du Schmerzen?«

»Oh. Ja, ein wenig.«

»Oxycodon?«

»Ja. Eine ganze Menge.«

»Sei vorsichtig damit.«

»Das bin ich.«

»Ich meine es ernst.«

»Verstanden.«

»Du bist potenziell suchtgefährdet.«

»Keine Sorge, mir geht es wirklich gut.«

Khachigian war schon lange ein enger Freund meiner Familie und schien einen wahren Narren an mir gefressen zu haben. Wie ein Ersatzgroßvater behielt er mich stets im Auge. In seiner Jugend hatte er als verdeckter, nicht offizieller Ermittler für die CIA gearbeitet, hauptsächlich in Osteuropa stationiert. Im Zuge dessen war er während des Kalten Krieges wiederholt in die Sowjetunion gereist. Als er der Geheimdienstbranche schließlich den Rücken kehrte, zog er nach Maine; dem Bundesstaat, in dem er geboren und aufgewachsen war. Er und seine Frau Mary lebten in Bangor, etwas nordwestlich von Bar Harbor gelegen, wo wir wohnten. Beide hatten meine Groß-eltern gekannt, später meine Eltern. Nachdem er ein paar Jahre als Anwalt gearbeitet hatte, ließ sich Khachigian als Kandidat für den zweiten Kongresswahlbezirk in Maine aufstellen und gewann die Wahl. Später wurde er zum Senator gewählt. Im Senat rückte er schließlich zum Vor-sitzenden des ständigen Geheimdienstausschusses auf. Man hatte ihn sogar zum CIA-Verbindungsmann ernannt. Dieses Amt übte er noch drei Jahre lang aus, bis er sich aufs Altenteil zurückzog.

In all den Jahren hatten erst meine Großeltern, dann auch meine Mutter seine Wahlkampagnen unterstützt. Zu Collegezeiten hatte ich in seinem Senatsbüro ein Prak-tikum gemacht. Während der Wahlkämpfe hatte meine Mutter oft als Hilfskraft für ihn Plakate aufgehängt, Flug-blätter verteilt oder als Telefonistin in seinem Wahlkampf-büro gearbeitet. Sie und Mary Khachigian waren enge Freundinnen geworden. Sie schrieben sich Briefe und liebten es, während der Weihnachtszeit gemeinsam Tee-nachmittage für Freunde oder politische Unterstützer zu veranstalten. Bis Mary vor drei Jahren an Eierstockkrebs starb.

Interessanterweise war Robert, den seine Freunde ›Bob‹ nannten, während er für mich immer ›Mr. Khachigian‹ blieb, in all den Jahren niemals mein Informant gewesen. Wahrscheinlich hätte er bereitwillig Informationen preis-gegeben, wenn ich ihn darum gebeten hätte, aber ich machte nie davon Gebrauch. Keine Frage, der Mann war eine lebende Auskunftei. Vertraut mit unzähligen Details. Im Rahmen seiner zahlreichen Posten in der Regierung hatte er wertvolle Einblicke gewonnen. Sicher hätte ich von seinen Einblicken hinter die Kulissen profitieren können, besonders in den Jahren, in denen ich auf der Karriere- leiter noch recht weit unten herumkraxelte. Aber das war mir nie richtig vorgekommen. Diese Grenze hatte ich nie überschreiten wollen, ihm nie das Gefühl geben wollen, dass ich unsere Bekanntschaft ausnutzte. Es war mir sogar unangenehm gewesen, als meine Mutter Mary damals bat, mir ein Praktikum bei ihm zu verschaffen.

Ich werde nie den Tag vergessen, an dem Khachigian aus heiterem Himmel anrief und mich bat, ihn in London zu treffen, wo er am nächsten Abend einen Vortrag halten wollte. Damals war ich noch ein junger Reporter gewesen, der Zeitpunkt für mich alles andere als ideal, zudem hatte er sich geweigert, mir zu verraten, worum es ging oder warum er mich bei sich haben wollte. Trotzdem wurde ich so neugierig, dass ich auf der Stelle einen Flug buchte.

Bei meiner Ankunft holte Khachigian mich in Heathrow ab. Er fuhr mit mir ins Dorchester, eines der feinsten Hotels in London. Dort nahmen wir ein privates, intimes Dinner mit dem aufstrebenden Führer der damaligen israelischen Opposition ein, einem Mann namens Daniel Lavi.

»James, dieser Mann wird bald der Premierminister Israels sein«, prophezeite Khachigian, während Lavi und ich einen Händedruck tauschten. »Die Umfragewerte geben das noch nicht her, die meisten Analysten glauben nicht daran. Aber ich sage dir hier und jetzt, dass es pas- sieren wird. Und Daniel hier bat mich, ein Treffen mit dir zu arrangieren. Er ist ein großer Fan deiner Artikel. Hat sie alle gelesen. Sagt, du seist einer der vertrauenswürdigsten Reporter der Branche. Ich bin seiner Meinung. Also fand ich, ihr solltet euch kennenlernen, bevor Daniels Leben hektischer wird.«

Am folgenden Morgen fuhren Khachigian und ich ins Ritz am Piccadilly Circus. Dort quartierte er mich in der Prinz-of-Wales-Suite ein – von der ich später erfuhr, dass sie unfassbare 4500 Pfund pro Nacht kostete – und stellte mich einem älteren Herrn vor, der sich als Prinz Marwan Talal entpuppte. 78 Jahre alt, Onkel des jordanischen Königs Abdullah II. und ein enger Vertrauter Seiner Majestät. Khachigian schien es zu genießen, uns beide miteinander bekannt zu machen.

»James, Seine Königliche Hoheit ist ein enger Freund und ein loyaler und vertrauenswürdiger Verbündeter im Kampf gegen die Extremisten im Nahen Osten«, sagte er mir, als wir beim Brunch zusammensaßen. »Er zeigt sich nicht oft in der Öffentlichkeit, sondern bevorzugt es, im Hintergrund zu bleiben. Nur wenige Menschen außerhalb des Zirkels um Seine Majestät kennen überhaupt seinen Namen. Aber er kennt ihre. Er weiß, wer welche Leichen im Keller hat. Und das meine ich wörtlich. Er hat alles gesehen, was die Region ausmacht: das Gute, das Schlechte, das Abstoßende. Im Vertrauen will ich dir sagen, dass Prinz Marwan derjenige ist, der hinter dem König die Fäden des Friedensprozesses zieht. Er war ein Ratgeber für den verstorbenen König Hussein, Gott gebe seiner Seele Frieden. König Abdullah hat sich von Beginn an, seit er den Thron bestieg, auf den Rat von Marwan, der sein Onkel ist, verlassen. Marwan ist gläubiger Muslim. Er macht sich Sorgen um die Zukunft seines Landes und der Region. Und wann immer in mir Zweifel an den Friedensaussichten im Nahen Osten aufkommen, setze ich mich mit Marwan auf einen Kaffee zusammen, wir essen Hummus und ich schöpfe wieder Hoffnung. Ich weiß nicht, warum, aber ich habe das Gefühl, dass ihr beide es irgendwann, in nicht allzu ferner Zukunft, nützlich finden werdet, einander zu kennen. Deshalb möchte ich euch einander vorstellen, bevor die Hölle losbricht.«

Khachigians Riecher erwies sich als bemerkenswert. Daniel Lavi war nicht nur zum Vorsitzenden der Awoda, der israelischen Arbeiterpartei, aufgestiegen, sondern auch zum Premierminister des jüdischen Staats. Er hatte erst kürzlich das streng konservative Kabinett seines Vorgängers gestürzt und eine Mitte-Links-Koalition gebildet, von den meisten Analysten noch vor wenigen Jahren als im besten Falle unwahrscheinlich belächelt.

Und nun telefonierte Lavi meinen Informanten zufolge beinahe täglich mit dem Prinzen. Zusammen versuchten sie, einen Friedensvertrag auszuhandeln, von dem die Welt behauptete, er sei gar nicht möglich. Doch es schien, als würde er endlich Wirklichkeit – es sei denn, es ging nach Abu Khalif und Jamal Ramzi.

Ich vertraute Khachigian restlos. Was mochte es sein, das er mir jetzt, in dieser Phase der Entwicklung, unbedingt sagen musste?

Was war so wichtig, dass er sogar drohte, notfalls damit zur *Washington Post* zu gehen?

29

»Und Omar?«, fragte Khachigian nach einer langen Pause.

Jeder Muskel in meinem Körper spannte sich an. Kein Thema, das ich ausgerechnet jetzt besprechen wollte. Ich musste mich auf zu viele andere Baustellen konzentrieren. Wir hatten beide nicht viel Zeit und ich wusste, wenn ich mich jetzt mit der Autobombe befasste, war ich für den Rest des Tages psychisch nicht mehr auf dem Damm. Auf der anderen Seite wollte ich nicht unhöflich sein. Ich wollte auch das Andenken an meinen Freund nicht beschmutzen, indem ich die Antwort auf diese Frage verweigerte oder so tat, als ginge es mich nichts an. Es bekümmerte mich sehr wohl. Um ehrlich zu sein, war es vor allem der Gedanke, Omars Tod zu rächen, der mich durchhalten ließ.

»Gott gebe seiner Seele Frieden«, brachte ich schließlich hervor, ohne sicher zu sein, warum ich es so formulierte. Es klang eher wie etwas, das meine Mutter gesagt hätte, oder – um genau zu sein – mein Bruder.

»Ihr standet euch nahe?«

»Ja«, erwiderte ich, auch wenn ich ihn innerlich anflehte, das Thema zu wechseln. Er musste mich doch mittlerweile besser kennen.

Eine kurze Pause trat ein. Statt endlich mit seinen Geheimnissen herauszurücken, öffnete dieser Mann seelenruhig die Speisekarte und las sie sorgfältig durch. Ich war nicht sicher, warum er mich dermaßen auf die Folter spannte. Er wollte doch einen Flug erwischen, auf mich wartete ein Treffen mit meinem Redakteur. Warum ließ er sich so viel Zeit?

»Ich kann mich nicht entscheiden«, murmelte er schließlich.

»Wozu entscheiden?«

»Was ich essen soll.«

»Wirklich?«

»Ja.«

»Nehmen Sie den Lachs.«

»Wie bitte?«

»Der Lachs. Er ist ausgezeichnet.«

»Bist du sicher?«, fragte er. Die Skepsis in seiner Stimme war deutlich zu hören.

»Vertrauen Sie mir«, sagte ich. »Er ist köstlich. Sie werden ihn lieben.«

»Den auf Zedernholz geräucherten Lachs also?«, fragte er noch einmal und vertiefte sich in die Angaben auf der Karte.

»Genau. Mit den gedämpften Zuckerschoten.«

»Tatsächlich.«

»Jawohl. Ich habe ihn schon gegessen.«

Dann wurde es wieder still.

Ein Kellner füllte unsere Gläser mit Wasser. Mein alter Freund und Mentor sagte kein Wort. Ich wollte nicht an Omar denken. Ich wollte nicht über Lachs nachdenken, ich hatte gar keinen Appetit. Also drehte ich Däumchen und versuchte, geduldig zu bleiben. Nichts war kontraproduktiver, als diesen Mann unter Druck setzen zu wollen. Was auch immer er mir zu sagen hatte, er würde damit herausrücken, sobald er den Zeitpunkt für geeignet hielt und dazu bereit war.

Endlich kam eine Kellnerin, um unsere Bestellung aufzunehmen. Khachigian reichte ihr die Karte, lehnte sich zurück und faltete die Hände auf dem Tisch. »Die Hummer-Ravioli bitte.«

Ich sah ihn fassungslos an und schüttelte den Kopf. Manches änderte sich eben nie. »Den Lachs«, teilte ich der Dame mit, als ich ihr meine Karte gab.

»Also …«, begann er.

»Also?«, erwiderte ich.

Endlich, es war so weit. Nein, von wegen.

»Wie geht es Laura?«, fragte er ruhig.

Er machte wohl Witze.

»Hören Sie, ich weiß, Sie haben es eilig«, sagte ich. »Vielleicht ist es das Beste, wenn wir …«

Aber Khachigian schnitt mir das Wort ab. »Wie geht es Laura?«, wiederholte er.

Ich starrte ihn an.

»Das ist keine Fangfrage«, meinte er gelassen, auch wenn ich mich dagegen sträubte, es zu glauben.

»Warum fragen Sie überhaupt?«

»Aus einem simplen Grund: Es interessiert mich.«

»Nun, ich habe keine Ahnung.«

»Du hast nicht mit ihr gesprochen?«

»Nein.«

»Und ihr nicht geschrieben?«

»Natürlich nicht.«

»Hat sie dir geschrieben?«

»Nein.«

Er schwieg. Er sah aus, als wüsste er etwas.

»Hat sie dir geschrieben?«, wiederholte er.

Mir fiel ein, dass Khachigian nicht nur ein geübter Anwalt, sondern auch ein erfahrener Spion war. Das war keine Unterhaltung, sondern eher eine Anhörung, ein Verhör. Er kannte die Antworten auf seine Fragen längst.

»Ich habe kürzlich eine E-Mail von ihr bekommen.«

»Wann?«

»Kurz nach der Explosion, glaube ich.«

»Glaubst du?«

»Ich hab sie nicht gelesen.«

»Warum nicht?«

»Ich habe die Mail gelöscht.«

»Warum?«

»Weiß ich nicht.«

»Natürlich weißt du das.«

»Nein, ich habe keine Ahnung, Sir.«

»Komm schon, James.«

»Hören Sie, ich will nichts mehr mit ihr zu tun haben, okay? Sie ist eine schreckliche, gehässige und nachtragende Person. Bei allem Respekt, ich wünschte, Sie hätten uns einander nie vorgestellt.«

Khachigian beugte sich vor. »Das meinst du in Wahrheit gar nicht so.«

»Doch, Sir, das tu ich tatsächlich.«

»Ihr wart ineinander verliebt.«

»Das ist lange her.«

»So lange nun auch wieder nicht.«

»Was wollen Sie hören?«

Er seufzte. »Nichts«, verkündete er schließlich.

Es gab eine lange Pause. Ich hatte nichts zu sagen und er schien nach den richtigen Worten zu suchen.

»Die Wahrheit ist, ich habe meine Nichte nicht oft gesehen, seit eure Scheidung rechtsgültig wurde. Wir telefonieren von Zeit zu Zeit miteinander. Gelegentlich tauschen wir E-Mails aus. Aber ich will dir etwas sagen, was ich dir noch nie gesagt habe.«

Ich saß da und wartete, was jetzt kam. Mein Magen bildete einen einzigen Knoten.

»Nachdem sie dich verlassen hat und mit … nun, ausgezogen ist, nachdem das also alles passiert ist, habe ich sie auf der Upper East Side besucht. Ich führte sie zum Essen aus, nur wir beide. Und ich fragte sie, was schiefgelaufen ist. Ihr beide schient immer so glücklich zu sein. Und sie …«

Seine Stimme wurde leiser und erstarb.

»Was?«, fragte ich.

»Ich habe sie nach dem Sommer gefragt, in dem ihr beide euer Praktikum in meinem Büro gemacht habt. Ob sie wohl noch ein paar Funken dieser Liebe in sich trägt, die in diesem Sommer entstand.«

»Und?«

»Sie sagte Ja.«

»Ich weiß nicht, ob ich tatsächlich in Worte fassen kann, wie sehr ich diese Unterhaltung nicht führen will.«

»Nun, ich dachte, das solltest du wissen. Sie ist mit dem Kerl nicht mehr zusammen und hasst dich nicht. Ich glaube, sie hat starke Schuldgefühle.«

»Gut.«

»Sie will zurück nach Maine ziehen und dort eine Kanzlei eröffnen. Das ist alles, was ich dir sagen wollte. Und jetzt erzähl mir vom Präsidenten.«

»Sie wussten, dass ich mich mit ihm treffe?«

»Natürlich.«

»Wie haben Sie davon erfahren?«

»Ich bin immer noch recht ordentlich vernetzt in dieser Stadt, James.«

»Wussten Sie, dass Jack bei dem Gespräch dabei sein würde?«

Er nickte.

»Also wussten Sie auch, dass wir über den Friedensprozess sprechen?«

»Der Friedensprozess ist abgeschlossen«, entgegnete Khachigian.

»Ich hatte zuvor nur Gerüchte gehört, dieses Treffen hat sie bestätigt. In den letzten Tagen dachte ich noch, dass die Verhandlungen ins Nichts führen.«

»Falsch. Deshalb bereitet der IS auch einen Anschlag vor.«

»Wie viel wissen Sie darüber?«

»Recht viel.«

»Und wie viel können Sie mir sagen?«

»Nicht viel. Und du darfst nichts davon veröffentlichen. Noch nicht. Aber bald.«

»Ich verstehe. Dann fassen Sie sich am besten kurz.«

»Ich habe einen guten Freund, der noch bei der Agency ist. Er flog gestern nach Jerusalem, um einen möglichen Besuch des Präsidenten vorzubereiten.«

»Jack sagte, er rechne mit einer feierlichen Unterzeichnung im Weißen Haus noch vor Weihnachten.«

»Das bezweifle ich nicht«, antwortete Khachigian. »Aber das schließt einen Präsidentenbesuch in der Region ja nicht aus. Nach allem, was ich von alten Freunden hier und da höre, plant das Weiße Haus nächste oder übernächste Woche eine überraschende Stippvisite in Jerusalem. Mit großem Fototermin für die Öffentlichkeit. Hochglanz. Internationale Schlagzeilen. Eine ›Grundsatzerklärung‹ oder so etwas in der Art soll es geben. Dann kommt man zurück und wird Ende Dezember die Unterzeichnung des endgültigen Friedensvertrags zelebrieren. Wahrscheinlich wird die formelle Zeremonie erst Anfang Januar stattfinden, quasi als Auftakt für die State-of-the-Union-Rede.«

»Haben Sie mit Danny gesprochen?« Ich bezog mich damit auf den israelischen Premier.

»Unter anderem.«

»Und er bestätigt das?«

»Du darfst nichts darüber schreiben«, wiederholte Khachigian. »Das ist nicht der Grund, warum ich dir das alles anvertraue.«

»Keine Sorge, ich habe eine Absprache mit dem Präsidenten getroffen. Ich bekomme die Story exklusiv, wenn es so weit ist. Aber wie Sie gerade sagten, hat natürlich alles direkt mit den Gründen zu tun, aus denen der IS einen Anschlag vorbereitet.«

»Genau.«

»Und deshalb wollten Sie so dringend mit mir sprechen«, schlussfolgerte ich. »Was wissen Sie?«

Khachigian sah sich um, um sicherzugehen, dass niemand unser Gespräch belauschte.

»Der IS hat die Bestandteile von Saringas in Kampfstoffgeschosse und Raketen eingebaut«, verriet er flüsternd. »Meine Quellen sagen, dass sie ihre Leute und ihre Abwurfstellungen in Position gebracht haben. Sie warten nur noch auf den Abschussbefehl Abu Khalifs.«

30

»Wie bald?«, fragte ich.

»Das weiß ich nicht. Aber ich vermute, dass es sehr bald passieren wird, möglicherweise noch bevor der Vertrag endgültig in trockenen Tüchern ist. Darum musst du deine Story zu Ende schreiben und so schnell wie möglich veröffentlichen.«

»Jack Vaughn behauptet, dass der IS keine Massenvernichtungswaffen besitzt.«

»Das hat er dir gesagt?«

»Ja.«

»Er benutzte genau diese Worte: Er schließt kategorisch aus, dass der IS im Besitz von chemischen Waffen ist?«

»Nun, so nicht«, stellte ich klar. »Er sagte, niemand könne bestätigen, was sich in den Kisten befand, die die Rebellen aus dem Stützpunkt bei Aleppo abtransportiert haben.«

»Da liegt Jack falsch.«

»Sind Sie sicher?«

»Das bin ich«, antwortete er. »Aber es spielt keine Rolle, was ich denke. Ich bin nicht der Direktor der CIA. Nicht mehr. Ich bin auch kein Berater des aktuellen Präsidenten. Und ich bin nicht die *New York Times.* Ich bin der Öffentlichkeit unbekannt. Aber du bist eine feste Instanz. Also bist du derjenige, der sich sicher sein sollte.«

»Aber wie kann ich das sein? Sicher genug, um diese Story zu veröffentlichen, meine ich.«

»Will Ari Shalit dir nicht helfen?«

»Vielleicht. Aber vielleicht ist das nicht genug.«

»Dann sprich mit dem Premierminister. Ruf Danny an. Bitte ihn, dir zu zeigen, was der Mossad hat.«

»Ich bin bereits autorisiert dazu, Einblick in alles zu nehmen, was sie haben«, sagte ich. Meine Anspannung wuchs. »Was glauben Sie denn, wer sich mit Omar und mir in Istanbul getroffen hat? Eine Agentin des Mossad. Sie lud mich nach Tel Aviv ein, um einen Blick auf die Unterlagen zu werfen. Aber Jack sagte, dass das, was ich bisher zu Gesicht bekommen hätte, zwar durchaus valide sei, aber eben auch oberflächlich. Er sagte, das seien alles keine echten Beweise. Er behauptet, dass ich mehr brauche oder bei sehr vielen Menschen eine Panik riskiere, die wahrscheinlich den Friedensprozess behindert.«

»Er will dich ablenken«, meinte Khachigian. »Es ist der Präsident, der nicht will, dass du ihm die Unterzeichnung und die damit verbundene positive PR vermasselst.«

»Ich bin sicher, dass er das nicht will, aber das heißt ja nicht zwangsläufig, dass beide falschliegen. Mir fehlt es an gesicherten Erkenntnissen. Verstehen Sie mich nicht falsch, es ist schon jetzt eine Sensation. Und ich kann noch heute Abend nach Tel Aviv fliegen. Ich kann mir ansehen, was sie haben. Dann kann ich in mein Hotelzimmer gehen und meinen Artikel morgen Abend fertig schreiben, sodass die ganze Welt ihn Dienstagmorgen lesen kann. Aber die Beweise sind in der Tat unvollständig. Ich kenne noch nicht die ganze Geschichte. Nur weil die IS-Rebellen die Basis erobert und eine Ladung Kisten weggekarrt haben, beweist das nicht, dass sie im Besitz von CBRN-Waffen sind.«

»Dann beschränkst du dich in deinem Artikel eben darauf.« Khachigian blieb hartnäckig. »Du schreibst kein Buch. Du drehst keinen Dokumentarfilm. Du schreibst einen Zeitungsartikel. Du bist im Besitz eines Puzzleteils, das niemand sonst hat. Es ist wichtig und relevant. Auch wenn das Puzzle noch nicht vollständig ist, das muss ich zugeben. Aber was du bis jetzt hast, sind echte Neuigkeiten. IS-Rebellen unter dem Befehl von Jamal Ramzi haben eine syrische Militärbasis, die bekanntermaßen als Lager für CBRN-Waffen diente, erobert und Hunderte von Kisten abtransportiert. Sie behaupten, sie hätten die ›Kronjuwelen‹ der syrischen Regierung erbeutet. Und sie drohen, die USA und Israel mit einer dritten Intifada nicht nur anzugreifen, sondern auszulöschen.

Erfahrene Geheimdienstexperten in den Vereinigten Staaten und zwei ausländischen Geheimdiensten glauben, dass der IS nunmehr im Besitz von Saringas ist. Ramzi dementiert, hohe Beamte im Weißen Haus spielen die Bedrohung herunter. Aber wenn der IS wirklich Waffen in der Hand hat, von deren Eroberung ein Osama Bin Laden nur träumen konnte, ist der Gedanke, dass wir uns der gefährlichsten Etappe im Krieg gegen den Terror nähern, nicht mehr fern. Und damit habe ich dir gerade den Artikel vorformuliert. Das sind in der Tat wichtige Neuigkeiten, mein Freund. Und zwar solche, die die Spielregeln komplett ändern. Also sorg dafür, dass es veröffentlicht wird, und dann mach dich auf den Weg und recherchiere weiter.«

»Da ist noch mehr?«

»Finde die Quelle der Story.«

»Sie meinen Abu Khalif.«

»Absolut«, bestätigte Khachigian und lehnte sich dicht an mich heran. »*Er* ist die große Story.«

»Was, wenn Khalif hinter der Autobombe in Istanbul steckt?«

»Tut er nicht. Das war Al-Qaida.«

»Wie können Sie da so sicher sein?«

»Das kann ich nicht«, gestand Khachigian. »Da rate ich nur. Aber ich glaube nicht, dass der IS bereits mit dir fertig ist. Du bist ihnen noch nützlich.«

»Sie wollen also, dass ich ihn finde, obwohl der IS Leute köpft, sie kreuzigt und auf Teufel komm raus in die Luft jagt?«

»Schau, James, die Gleichung ist ganz simpel.« Khachigian sah mir direkt in die Augen. »Abu Khalif will der Welt mitteilen, dass der IS, nicht die Al-Qaida, die gefährlichste Bedrohung auf der Welt darstellt. Nun, da Zawahiri tot ist, hat er in diesem Punkt höchstwahrscheinlich sogar recht. Aber man sollte sich nicht täuschen lassen: Der IS will nicht, dass die Welt von den erbeuteten chemischen Waffen erfährt. Noch nicht. Sie wollen das Überraschungsmoment auf ihrer Seite haben, und sie werden alles tun, dass das so bleibt. Deshalb musst du den Artikel jetzt veröffentlichen. Du arbeitest nicht für den Präsidenten, auch nicht für Jack Vaughn. Du arbeitest für das amerikanische Volk. Und das amerikanische Volk und darüber hinaus auch die Israelis, die Palästinenser, die Europäer und die ganze Welt haben alle miteinander das Recht zu erfahren, wie gefährlich sie im Augenblick leben. Sie haben das Recht zu erfahren, dass das ständige Drängen des Präsidenten auf den Abschluss des Friedensvertrags unter Umständen tatsächlich den verheerendsten Angriff mit chemischen Waffen in der Menschheitsgeschichte nach sich ziehen wird.

Was Leute mit dieser Information anfangen, was die Regierungen damit anfangen, ist nicht deine Angelegenheit. Deine Angelegenheit, genau wie meine, ist es, Informationen zu sammeln und sie deinem Boss zu präsentieren. Mein Boss war der Präsident, deiner sind deine Leser. Hieb- und stichfeste Belege, anhand derer man urteilen kann, sind wertlos, bis die Leute, die sie brauchen, sie konkret in Händen halten und die entsprechenden Entscheidungen treffen können. Kannst du mir da folgen?«

»Das kann ich«, bestätigte ich und hielt inne, als die Kellnerin unsere Mahlzeiten brachte und vor uns abstellte. Als sie gegangen war, sagte ich: »Aber Sie bitten mich ja nicht bloß darum, irgendeinen Artikel zu veröffentlichen. Sie bitten mich, eine Story zu veröffentlichen, die Abu Khalif gar nicht veröffentlicht sehen will. Nämlich eine Story, bei der Jamal Ramzi betont hat, dass er mich persönlich umbringen lässt, wenn ich nicht schweige. Und dazu soll ich in den Irak gehen und mich mit diesen Leuten treffen.«

»Glaubst du denn, dass ich mich irre?«

»Sie sind verrückt, das glaube ich.«

»Denkbar. Aber glaubst du, dass ich mich irre?«

»Ich weiß es nicht.«

»Doch, das weißt du sehr wohl. Ich sagte dir schon vor Wochen, dass es nicht um Jamal Ramzi geht. Es geht um Abu Khalif. Du hast mir zugestimmt. Warum?«

»Sie haben damals überzeugende Argumente vorgebracht, Ramzi sei der Muskel, während Khalif das Gehirn verkörpert.«

»Und was sagte Sunzi?«

»Ich weiß, ich weiß.«

»Dann wiederhol es.«

Damals, als Khachigian Vorsitzender des Geheimdienstausschusses im Senat gewesen war, hatte er es sich zur Gewohnheit gemacht, die Praktikanten seines Stabs ein paar Zeilen aus *Die Kunst des Krieges* auswendig lernen zu lassen. Mich hatte er ebenfalls damit konfrontiert.

»›Was den weisen Herrscher und den guten General befähigt zuzuschlagen und zu siegen und Dinge zu erreichen, die außerhalb der Fähigkeiten gewöhnlicher Männer liegen, ist Vorherwissen‹«, zitierte ich.

»Weiter«, ermunterte er mich.

Widerwillig fuhr ich fort. »›Doch dieses Vorherwissen kann nicht Geistern entlockt werden; es kann nicht aus der Erfahrung und auch durch keine Schlussfolgerung gewonnen werden. Das Wissen um die Pläne des Feindes kannst du nur von anderen Männern erhalten.‹«

»Genau«, bestätigte Khachigian. »Der einzige Weg, mit Sicherheit zu erfahren, was der IS hat und was sie damit tun werden, besteht darin, mit ihrem Anführer zu sprechen. Und das bedeutet, das Gespräch mit Abu Khalif zu suchen.«

»Selbst wenn er mich dann tötet.«

»Er wird dich nicht töten.«

»Nun, bei allem nötigen Respekt, für Sie ist das leicht dahingesagt.«

»Du solltest dich bei allem nötigen Respekt nicht wichtiger nehmen, als du bist.«

»Was soll das denn jetzt heißen?«

»Das soll heißen, dass jeder Einzelne von uns, dieser kleinen Gruppe von Menschen, die versuchen, diese Informationen an die amerikanische Öffentlichkeit zu bringen, in Gefahr schwebt. Du hast Freunde, die bereits für diese Story gestorben sind. Du solltest besser als jeder andere wissen, was auf dem Spiel steht. Aber, James, viele, viele Amerikaner und auch Israelis werden bald sterben, wenn es nach dem Willen Abu Khalifs geht. Er muss aufgehalten werden. Und der einzige Weg, ihn aufzuhalten, besteht darin, diesen Artikel zu veröffentlichen. Die Israelis wollen nur auf die Enthüllung reagieren, sie aber nicht selbst in die Wege leiten. Damit bleibst nur du übrig. ... Oder die *Post*. Nun, wer wird es sein?«

31

Das Essen, das vor uns stand, wurde kalt.

Aber ich konnte nichts essen. Ich saß einfach nur da und schwieg. Es bestand überhaupt kein Zweifel daran, dass ich Abu Khalif finden und seine Absichten aufdecken wollte. Ich hatte sogar die Spur aufgenommen, um herauszufinden, wo er sich aufhielt. Allerdings wollte ich nicht sterben.

Die meiste Zeit meines Lebens und ganz sicher den größten Teil meiner Karriere hatte ich mir übers Sterben keine nennenswerten Gedanken gemacht. Als Auslandskorrespondent an gefährliche Orte zu gehen war etwas Aufregendes, es machte regelrecht süchtig. Risiken einzugehen gehörte zu meinem Job, stets am Rand des Abgrunds den Tod herauszufordern, gefolgt von der Euphorie, nach Hause zurückzukehren. Aber diesmal verhielt es sich anders. Etwas veränderte sich, vielleicht veränderte *ich* mich. Zum ersten Mal im Leben ertappte ich mich dabei, über die Frage zu sinnieren, wohin ich nach meinem letzten Atemzug gehen würde. Und ob ich wirklich dazu bereit war.

Ich wusste nur zu gut, dass ich es nicht war.

Und die letzten Augenblicke Abduls und Omars quälten mich. Mich quälte die Erinnerung an diesen Soldaten, der in Homs auf der Straße gestorben war, wie er so verzweifelt an seinem Leben gehangen und mich um Hilfe angebettelt hatte. Ich konnte diesen Ausdruck des Schreckens in seinen Augen nicht vergessen, als das Leben aus ihm wich. Der Klang seiner Stimme war mir förmlich ins Hirn tätowiert.

»James?«

Mir wurde bewusst, dass Khachigian meine Aufmerksamkeit auf sich zu lenken versuchte. Ich war geistig offenbar vollständig weggetreten gewesen. »Tut mir leid.«

»Alles in Ordnung?«, fragte er besorgt.

»Das wird wieder.«

»Schon in Ordnung, mein Sohn. Ich weiß, was du durchmachst. Glaub mir, das weiß ich wirklich.« Der Klang seiner Stimme war kaum merklich sanfter geworden. »Triff dich morgen mit dem Mossad. Schreib diese Reportage zu Ende, sodass sie hohe internationale Wellen schlägt. Und dann triff eine Entscheidung bezüglich Abu Khalifs. Und lass dir von mir sagen: Wenn die *Times* erst deine Story über die chemischen Waffen veröffentlicht hat, gibt es für Khalif keinen Grund mehr, dich zu töten.«

»Warum nicht?«

»Jamal Ramzi hat dir deshalb mit dem Tod gedroht, weil er die Information nicht an die Öffentlichkeit dringen lassen wollte. Kursiert sie aber erst mal, ist der Schaden angerichtet. Ist die Story erst draußen, glaube ich sogar, dass Khalif erst recht mit dir sprechen will, um die Darstellung doch noch in seinem Sinn zu beeinflussen, nicht um sie zu dementieren. Vor allem anderen geht es ihm darum, den Gegner zu überrumpeln, das ist klar. Aber er wird sich notfalls auch damit begnügen, in den Augen der globalen Öffentlichkeit der gefährlichste Terrorist aller Zeiten mit den gefährlichsten Waffen aller Zeiten zu sein. Wenn überhaupt, dann ist diese Veröffentlichung deine persönliche Variante der ›Du kommst aus dem Gefängnis frei‹-Karte.«

»So lautet also Ihre Theorie?«

»So lautet meine Theorie.«

Ich zuckte mit den Achseln. Womöglich hatte er recht. Ich war mir nicht sicher, ob ich es tatsächlich darauf ankommen lassen wollte.

»Vergessen Sie nicht etwas bei der ganzen Sache?«, fragte ich nach einer kleinen Pause.

»Was denn?«

»Wie genau soll ich Abu Khalif aufspüren, wenn mir fünf FBI-Agenten auf Schritt und Tritt folgen?«

»Ich dachte, es sind nur vier.«

»Einer sitzt draußen, hinter dem Steuer eines gepanzerten Chevy Suburban.«

Khachigian zog einen Umschlag aus der Innentasche seines vorzüglich maßgeschneiderten Anzugs. Er blickte sich im Restaurant um und schob ihn diskret über den Tisch.

»Was ist das?«, fragte ich.

»Öffne ihn nicht hier.«

»Warum nicht?«

»Steck ihn einfach ein.«

»Was ist drin?«

Doch er verriet nichts. »Hauptsache, du nimmst ihn an dich.«

Ich nahm den Umschlag entgegen und ließ ihn in meine Tasche gleiten.

»Das ist eine neue Identität für dich«, flüsterte er.

»Wie bitte?« Ich war vollkommen verwirrt.

»Ein neuer Name«, präzisierte er. »Ein neuer Pass, ein neuer Führerschein. Zwei Kreditkarten. Und ein Ticket für den Nachtflug nach Tel Aviv heute Abend, ausgestellt auf diesen neuen Namen, nicht auf deinen.«

»Warum?« Ich war neugierig.

»Weil du recht hast«, meinte er. »Du musst deine neuen Freunde loswerden.«

Dann zückte er sein Smartphone und verschickte eine Nachricht. »Bedank dich später.«

»Wofür?«

»Ich habe meine Sekretärin gebeten, in deinem Namen – dem echten – eine Reihe von Flügen von Baltimore/ Washington International nach Bar Harbor über Boston und Portland, Maine, zu buchen«, erklärte Khachigian. »Das sollte das FBI auf eine falsche Fährte lenken. Sie hat nur auf die Nachricht gewartet, die ich ihr gerade geschickt habe. In ein paar Minuten werde ich den Nachtisch bestellen. Wenn ich das mache, will ich, dass du in den Waschraum gehst. Den in der Nähe des Warteraums der Amtrak bei Bahnsteig A. Weißt du, welchen ich meine?«

»Sicher.«

»Gut. Ein paar deiner Sicherheitsleute, vermutlich alle, werden dir folgen. Bitte sie, den Waschraum zu überprüfen und zu sichern. Das werden sie tun. Dann bitte sie um einen Augenblick Privatsphäre und geh in die letzte Kabine am Ende. Sie werden dich allein lassen. Diesen Moment musst du nutzen.«

»Wofür?«

»Es gibt dort eine Luke in der Decke. Stell dich auf den Toilettensitz, öffne sie, zieh dich hoch und schließe die Luke unter dir wieder.«

»Sie wollen mich auf den Arm nehmen, oder?«

Khachigian sprach einfach weiter, schnell und leise. »Du findest dich in einem Lüftungsschacht wieder. Halte dich links. Nach ungefähr 20 Metern kommt eine Öffnung. Klettere in den Raum darunter. Jetzt bist du in einem engen Tunnel, der dich zu einer Tür bringt. Durch die gehst du hindurch in ein Lager der Amtrak. Zu dieser Tageszeit wird niemand dort sein. Verlasse es auf der anderen Seite, dann bist du auf der First Street, gegenüber vom Nationalmuseum. So weit verständlich?«

»Ja«, sagte ich. Mich faszinierte die kleine Spionageeinlage und ich bemühte mich, mir jedes Detail einzuprägen.

»Es wird ein wenig knapp, aber es sollte nicht allzu schwer sein, ein Taxi zu finden. Fahr direkt zum Dulles Airport. Wenn die FBI-Jungs merken, dass du verschwunden bist, und nach dir suchen, bist du schon unterwegs. Sie werden die Reservierungen von Baltimore/Washington International nach Maine sehr schnell entdecken und irgendwann merken, dass es sich um eine falsche Spur handelt. Trotzdem verschafft dir das einen ausreichenden Vorsprung, um die Maschine nach Tel Aviv zu erreichen. Und weil du ein Alias benutzt, von dem sie nichts wissen, dürftest du es in Israel problemlos durch die Grenzkontrolle schaffen. Das verschafft dir genug Zeit, um deine Reportage zu schreiben und eine Entscheidung darüber zu treffen, ob du in den Irak reisen willst oder nicht.«

»Sie haben wirklich an alles gedacht«, stellte ich fest.

»Das ist eben mein Job. Nun, zumindest war er es mal.«

Ich war beeindruckt.

»Noch eine Sache«, meinte er dann.

»Und die wäre?«

»Du musst dein Handy abschalten und den Akku herausnehmen. Jetzt gleich. Schalte es erst wieder an, wenn du von Tel Aviv aus deine Reportage veröffentlicht hast.«

»Oder man wird mich finden.«

»Genau.«

Dann zog er ein Smartphone aus seiner Hosentasche, ließ es über den Tisch gleiten und befahl mir, es unauffällig wegzustecken.

Ich gehorchte. »Wofür ist das?«, wollte ich wissen.

»Nun, du wirst ein Telefon brauchen.«

»Und wenn die rausfinden, dass es Ihnen gehört?«

»Nein, es ist ein neues. Es lässt sich nicht zu mir zurückverfolgen. Auch nicht zu deinem Decknamen. Ich habe sämtliche Kontakte von dir auf der SIM-Karte hinterlegen lassen.«

»Aber wie …«

»Frag nicht«, unterbrach er mich. »Setz es nur im Notfall ein. Und was immer du tust, ruf auf keinen Fall deine Mutter an.«

Ich nickte, wenn auch ein wenig widerwillig. Mit diesen Anweisungen fühlte ich mich nicht gerade wohl. Wer sagte mir, dass alles wie geplant funktionierte? Dennoch war ich dankbar für all die Mühen und Überlegungen, die er in diese Planung investiert hatte. Zudem fiel mir selbst nichts Besseres ein. Bis eben war mir der Gedanke, die FBI-Agenten könnten mich daran hindern, nach Dulles zu fahren und mir noch am gleichen Abend ein Ticket nach Tel Aviv zu kaufen, gar nicht in den Sinn gekommen. Aber das konnte durchaus der Fall sein. Der Präsident wollte die Reportage nicht veröffentlicht sehen, Jack Vaughn ebenso wenig. Wer wusste schon, welchen hanebüchenen Vorwand sie fanden, um mich an einer Ausreise zu hindern? Definitiv kein Risiko, das ich eingehen wollte.

Khachigian begann, seine Hummer-Ravioli zu verspeisen. Ich dagegen verspürte nach wie vor überhaupt keinen Appetit.

»Hören Sie«, sagte ich, nachdem ich meine Gedanken ein bisschen sortiert hatte. »Sie erwähnten vorhin, dass der IS laut Ihren Informanten die Ausgangsstoffe des Sarins gemischt und das Nervengas in Sprengköpfe für Raketen und Artilleriegeschosse gefüllt hat. Sie hätten auch ihre Männer in Position gebracht, und alle warten nun auf Abu Khalifs Schießbefehl. Richtig?«

Khachigian nickte und spülte seine Ravioli mit einem Schluck Wasser hinunter.

»Haben Ihre Quellen auch eine Uhrzeit genannt, wann der IS zuschlagen will?«, fragte ich. »Passiert das Ganze hier in D. C.? In New York? Oder in Tel Aviv? Wo, und wie bald?«

In diesem Augenblick fiel der erste Schuss.

32

Kurz darauf hallte eine ganze Salve durch das Bahnhofsfoyer. Es klang, als käme es von unten, vom Boden der Halle her, aber da die Explosionen durch den gesamten Komplex hallten, konnte ich da nicht sicher sein. Leute kreischten und strömten in alle Richtungen davon. Unter anderen Umständen hätte ich angenommen, dass wir zufällig in eine Schießerei oder einen Amoklauf geraten waren, aber ich wusste auf der Stelle, dass es um mich ging, und fühlte mich für einen Augenblick wie gelähmt vor Furcht.

Die erste Verteidigungslinie war der FBI-Agent, der am Fuß der Treppe Wache stand. War er getroffen worden, erwiderte er das Feuer? Die beiden Agenten am oberen Treppenabsatz und am Tisch neben uns hatten bereits ihre Waffen gezogen und bereiteten sich auf die Möglichkeit eines oder mehrerer Attentäter vor, die über die Treppe auftauchten. Vor meinem inneren Auge kassierte jeder Einzelne von ihnen, einer nach dem anderen, einen gezielten Schuss in den Rücken, noch bevor den anderen klar wurde, was gerade geschah. Jemand zielte von einer erhöhten Position auf uns.

Khachigian reagierte sofort. »Runter, runter!«, brüllte er, griff über den Tisch und versuchte, mich mit sich nach unten zu ziehen.

Aber es war zu spät. Genau in diesem Augenblick wurde Khachigian direkt in die Stirn getroffen. Direkt vor meinen Augen. Sein kompletter Oberkörper wurde zurückgeschleudert, der Hinterkopf zerplatzte. Alles schien in Zeitlupe vor mir abzulaufen.

Und doch, anstatt schreckerstarrt sitzen zu bleiben, reagierten mein Hirn und mein Nervensystem auf seine letzten Worte. Ich ließ mich kopfüber zu Boden fallen, riss Stühle mit mir um und andere Gäste, die das Gleiche taten. Jeder suchte sich eine Deckung.

Die Schlussfolgerung lag nahe, dass es mindestens zwei Schützen gab. Einen im Erdgeschoss, um abzulenken, und einen Scharfschützen, der von der Position über uns operierte.

Weitere Schüsse knallten.

Jeder Schuss kreierte ein Echo im Speisesaal. Überall um mich herum hörte ich Weingläser splittern und Teller zerspringen. Menschen wurden getroffen. Sie krümmten sich auf dem Boden, blutüberströmt, schreiend vor Schmerz, aber ich konnte nichts tun, um ihnen zu helfen. Noch nicht. Nicht jetzt. Nicht solange ich mich in der Schusslinie befand.

Der Scharfschütze, erkannte ich, musste von der Galerie aus schießen, die das obere Stockwerk umgab. Verzweifelt zwängte ich mich an mehreren Tischen vorbei, um hinter die Bar zu gelangen, von der ich hoffte, dass sie mir eine gewisse Sicherheit verschaffte. Doch dann streifte mein Blick einen meiner Leibwächter. Um seinen Körper bildete sich ein See aus Blut. Zu meiner Überraschung lebte er noch, vermutlich jedoch nicht mehr lange. Sein Gesicht wirkte leichenblass, nur seine Augen funkelten lebendig.

»Runter!«, schrie er und zielte mit der Dienstwaffe über meine Schulter hinweg auf einen der Alkoven. Er leerte sein gesamtes Magazin.

Instinktiv wollte ich mich platt auf den Boden werfen und meinen Kopf mit den Händen schützen, aber noch befand ich mich in einer zu offenen Position. Meine einzige

Chance bestand darin, dank des Sperrfeuers des Agenten eine geschütztere Stelle im Saal zu erreichen. Während er also den Auslöser wieder und wieder betätigte, krabbelte ich über Glassplitter und blutende Leichen zu einem der anderen Leibwächter, der regungslos neben der Theke lag. Kaum hatte ich ihn erreicht, als ich auch schon weitere Schüsse hörte, die aus einer erhöhten Position hinter mir hervorbrachen. Einen Sekundenbruchteil später war der Agent, den ich zurückgelassen hatte, tot. Ich kroch unbeirrt weiter.

Dann griff ich mit einem Satz nach der Glock, die neben dem Mann vor mir lag, und stieß rasch auf ein Ersatzmagazin. Ich rollte genau in dem Augenblick hinter die Bar, als der Schütze auf der Galerie sich auf mich zu konzentrieren begann. Projektile pfiffen über mich hinweg, Flaschen zersplitterten, das Holz des Tresens zersprang. Ich wurde auf den Boden gezwungen und erstarrte vor Schreck. Ich wusste sehr gut, dass weder die FBI-Agenten noch die Touristen um mich herum die Zielpersonen des Attentats darstellten. Sondern Khachigian und ich.

Das war nicht bloß einer jener Amokläufe, an die die Amerikaner sich in den letzten Jahren hatten gewöhnen müssen und die Schulen, Kinos oder Kirchen überall im Land heimsuchten. Es schien auf den ersten Blick zwar so zu sein, die Medien würden dementsprechend berichten. Aber es war kein Zufall. Die Schützen entpuppten sich im Nachhinein ganz sicher nicht als mit Drogen vollgepumpte Teenager, die zu viele brutale Ego-Shooter-Games gespielt hatten. Das war ein Al-Qaida-, eher noch ein IS-Anschlag. Und Khachigian lag wohl richtig: Sie hörten nicht auf, bis jeder, der versuchte, die Reportage über Chemiewaffen in ihrem Besitz zu veröffentlichen, in einem Sarg lag.

Ich drückte mich so tief unter den Tresen, wie ich konnte, um mich aus dem Schussfeld des Scharfschützen auf der Galerie zu entfernen, und zielte mit meiner Waffe auf das Ende der Bar, da ich befürchtete, der zweite Schütze – wenn es denn einen zweiten gab – käme jeden Moment die Treppe herauf. In all dem Chaos und dem Durcheinander konnte ich mir nicht sicher sein. Ich suchte nach einem Ausweg. Nur – falls es mehr als einen Attentäter gab, was wollte ich dann ausrichten? Selbst wenn es mir gelang, einen von ihnen auszuschalten, wie hielt ich den Rest davon ab, nun wiederum mich ins Jenseits zu befördern?

Ich musste plötzlich an meinen Bruder denken. Matt war derjenige von uns beiden, der zu Gott gefunden hatte. Es war Matt, der die Tochter eines anglikanischen Priesters geheiratet hatte und Theologieprofessor an einem Priesterseminar geworden war. Auch wenn ich mich während unserer Schul- und Collegezeit immer wieder über ihn lustig gemacht und seine Bemühungen ins Lächerliche gezogen hatte, sprach er ständig über die Bibel und drängte mich, »mit Gott ins Reine« zu kommen. Was, wenn er recht hatte und ich falschlag? Was, wenn er in den Himmel kam und ich in die Hölle?

Meine Furcht schlug mit einem Mal in Zorn um. Ich war noch nicht bereit zu sterben. Aber wenn ich schon sterben musste, wollte ich dabei nicht unter einem Tresen kauern! Ich entschloss mich zum Kämpfen, statt vor diesen blutrünstigen Barbaren zu kuschen. Ich nahm mir vor, alles zu unternehmen, was in meiner Macht stand, um sie vor den Augen der Welt bloßzustellen.

Adrenalin schoss durch meinen Körper. All meine Sinne schienen wacher zu sein als noch vor einem Moment. Ich kletterte langsam über den leblosen Bartender, bis ich das Ende des Bartresens erreichte, von wo aus sich der Treppenabsatz überblicken ließ.

Der einzige Weg nach draußen, ich hatte keine andere Wahl. Der Schütze hinter mir wusste das und hatte den Vorteil auf seiner Seite. Aber ich wusste auch, dass ich nicht länger warten konnte. Wenn ich jetzt nicht loslief, schaffte ich es nie. Über all das Kreischen und die Kakofonie in der Eingangshalle hinweg hörte ich bereits die Sirenen der Streifenwagen, die aus allen Richtungen herankamen. In wenigen Augenblicken wimmelte es hier von Beamten der D. C. Metro Police, von SWAT-Teams und FBI-Angestellten. Sie würden die Schützen finden, töten und anschließend das Lokal abriegeln. Ich wäre erneut wichtiger Belastungszeuge an einem Tatort und dürfte das Land auf keinen Fall verlassen.

Ich überprüfte noch einmal kurz die Pistole auf ihre Feuerbereitschaft. Alles in Ordnung. Dann wartete ich, bis der Schütze über mir noch fünf weitere Salven abgegeben hatte. Als eine Pause entstand, in der er wahrscheinlich nachlud, hob ich den Kopf, zielte auf die Galerie und feuerte drei Schüsse ab. Dann sprang ich auf und spurtete zur Treppe.

Ich war noch nicht angekommen, als unten erneut Schüsse ertönten. Ich sah, wie eine Polizistin zu Boden ging, aus deren Nacken Blut spritzte. Ich hatte richtiggelegen, es gab zwei Schützen. Einer feuerte von oben, der zweite nahm im Erdgeschoss die Polizei ins Visier, die mittlerweile auf der Bildfläche erschienen war. Es handelte sich offenbar um ein Selbstmordkommando. Beide Schützen würden innerhalb von Minuten tot sein. Auf keinen Fall entkamen sie dem dichten Sicherungsring der Polizei rund um das Regierungsviertel. Doch das schienen sie zu wissen und sich nicht darum zu kümmern.

Mein Herz klopfte laut. Wieder durchpulste mich ein Adrenalinschub. Ich verließ mich nun ganz auf meine Instinkte, und die sagten mir, ich müsse in Bewegung bleiben. Ich raste die Wendeltreppe hinunter, die Knöchel der Finger, die die lebensrettende Waffe umklammerten, waren weiß. Beide Schützen feuerten konsequent auf alles, was sich ihnen in den Weg stellte.

Als ich das Erdgeschoss erreichte, stellte ich überrascht fest, dass der erste Schütze eine Frau war. Sie war in dunkelblaue Sportkleidung gehüllt, als käme sie gerade aus dem Fitnessstudio. Sie trug auch eine schwarze Skimaske, hielt ein AK-47 in der Hand und schoss quasi ununterbrochen. Jetzt gerade wandte sie mir den Rücken zu. Als sie Anstalten machte, sich umzudrehen, zog ich den Abzug durch. Ich schoss wieder und wieder. Auch wenn einige Schüsse danebengingen, traf ich sie einmal in die Schulter und einmal in den Nacken. Sie fiel mit ausgebreiteten Gliedern auf den blutbespritzten Marmorboden. Dann zielte ich erneut auf die Galerie, leerte mein Magazin und rannte los.

Ich konnte mir nicht sicher sein, ob ich die Schützin getötet hatte, aber ich hielt es zumindest für wahrscheinlich. Allerdings gestattete ich mir nicht, darüber nachzudenken. Ich hatte zwar noch nie jemanden getötet, aber jetzt musste ich in Bewegung bleiben. Ich gab mich nicht der Illusion hin, den Scharfschützen in der Nische getroffen zu haben, glaubte jedoch, mir zumindest einige Sekunden Atempause verschafft zu haben, und nutzte jede einzelne davon.

Ich stürmte in die Haupthalle und weiter in den Bahnhof hinein, am Schalter von Amtrak vorbei, an Läden und Boutiquen in Richtung der Männertoiletten neben Bahnsteig A. Ich folgte dabei Khachigians Plan, durch die Wartungsklappe in den Lüftungstunnel und den angrenzenden Lagerraum zu fliehen. Aber als ich dort ankam, musste ich feststellen, dass die Tür von innen mit Menschen verbarrikadiert war, die im Waschraum verzweifelt Schutz vor der Schießerei gesucht hatten. Ich hämmerte an die Tür und schrie und flehte sie an, mich hereinzulassen, erntete jedoch nur eine Handvoll Flüche.

Ich erstarrte vor Panik. Das hatte ich nicht erwartet. Keine Ahnung, was ich als Nächstes tun sollte. Ich konnte nicht einfach als Zielscheibe in der Gegend herumstehen. In diesem Bereich des Bahnhofs war niemand mehr zu sehen, er lag völlig verlassen da. Doch der Frieden währte sicher nicht lange. Jemand würde mich unweigerlich entdecken, entweder der zweite Schütze oder ein Gesetzeshüter. Keinem von beiden wollte ich in die Arme laufen.

Zu meiner Rechten bemerkte ich Glastüren. Hinter ihnen befanden sich die Gleise für die Züge. Im Augenblick kamen weder Züge an, noch verließen welche den Bahnhof … mir wurde klar, dass das meinen einzigen Fluchtweg darstellte. Ich hechtete über ein Drehkreuz, um durch die Türen zu laufen, doch sie waren verschlossen. Vielleicht automatisch verriegelt, als die Schießerei anfing, keine Ahnung. Immerhin hielt ich eine Pistole in der Hand. Also trat ich einen Schritt zurück, warf das leere Magazin aus und lud nach. Dann feuerte ich auf die Scheibe, bis sie zersplitterte und ich hindurchklettern konnte.

Ich entsorgte die Pistole in den nächstbesten Mülleimer und rannte die Gleise entlang aus dem Bahnhof. Ich lief, so schnell ich konnte, bis der Klang der Sirenen hinter mir verebbte. Erst dann wagte ich es, mich vom Gleisbett zu entfernen. Ich kletterte an einer Böschung hoch und sah ganz in der Nähe eine Tankstelle, fand die Männertoilette und sperrte mich für ein paar Minuten ein, um zu Atem zu kommen und mir kaltes Wasser ins Gesicht zu spritzen.

Ich hörte nach wie vor die Sirenen, die sich der Union Station näherten, und wusste, dass ich mich beeilen musste. Ich schlüpfte aus der Toilette und rannte ein paar Blocks nordwärts. Dort stoppte ich ein Taxi, warf dem Fahrer ein paar Scheine hin und erreichte eine knappe Viertelstunde später meine Wohnung.

Dort duschte ich rasch, zog etwas anderes an, packte eine Reisetasche und fuhr mit meinem eigenen Wagen zum Dulles Airport, um nach Tel Aviv zu fliegen und von dort aus weiter in den Irak. Ich war wild entschlossen, diese Reportage abzuschließen. Aufgeben kam nicht mehr infrage. Auf gar keinen Fall.

TEIL FÜNF

33

Ich landete um kurz nach 16 Uhr Ortszeit auf dem Ben Gurion International.

Glücklicherweise schlief ich noch vor dem Start in Washington ein und wachte erst wieder auf, als der Pilot über Lautsprecher den Landeanflug auf Tel Aviv ankündigte. Allerdings fühlte ich mich alles andere als ausgeruht und verspürte einen Bärenhunger. Ich hatte beide Mahlzeiten und die Snacks verpasst.

Positiv war, dass ich auch die Gelegenheit verpasst hatte, Alkohol zu kaufen.

Aber der niedrige Blutzuckerspiegel war nicht sonderlich hilfreich. Vor mir lagen große Herausforderungen. Ich würde die israelische Passkontrolle mit einem gefälschten Pass passieren müssen. Falls das Gesetz hier zuverlässig arbeitete, verhaftete man mich augenblicklich. So etwas hatte ich bisher noch nie tun müssen, war ich doch kein ausgebildeter CIA-Agent. Keine Ahnung, ob ich mit einem Bluff durch die Sicherheitskontrollen der Israelis kam. Selbst wenn ich es schaffte, musste ich mich noch zum Mossad-Hauptquartier durchschlagen. Dort blieb die Frage, ob Ari Shalit mich überhaupt empfing. Ich wagte es vorerst nicht, ihn zu kontaktieren, da das FBI mir womöglich an den Fersen hing.

Und das war nur eins der Probleme, die unmittelbar bevorstanden. Die nächste Herausforderung, die darin bestand, in den Irak zu gelangen und dort Abu Khalif aufzuspüren, empfand ich als weitaus einschüchternder. Doch ich ängstigte mich nicht. Vielmehr kämpfte ich gegen ein Gefühl von Taubheit an.

Die Schlangen vor den Schaltern der Passkontrolle waren absurd lang. Die Landungen von vier internationalen Flügen innerhalb weniger Minuten verursachten eine völlig überfüllte Ankunftshalle. Das hatte allerdings den Vorteil, dass die Beamten der israelischen Bodenkontrolle es eilig hatten, die Massen abzufertigen und durchzuwinken. Als ich an die Reihe kam, reichte ich dem Beamten den falschen Pass und rechnete jede Sekunde damit, dass man mich beiseitezog, aber das geschah nicht. Schon wenige Augenblicke später wurde ich ohne Beanstandungen durchgewinkt. Erleichterung verspürte ich trotzdem keine. Ich hatte mit den Folgen eines Schocks zu kämpfen.

Ich hastete hinaus in den Winterregen, um ein Taxi zu erwischen, als plötzlich jemand hinter mich trat. Als ich mich umdrehte, blickte ich zu meiner Überraschung in das Gesicht von Yael Katzir.

»James, Gott sei Dank, du bist in Sicherheit!« Sie umarmte mich. »Willkommen in Israel.«

Sie hatte überall am Hals und im Gesicht Kratzer und blaue Flecken, an ihren Armen und Händen prangten Brandwunden und Pflaster, aber sie war am Leben und hielt mich fest.

»Yael«, stammelte ich. »Wie ... was ... ich verstehe nicht.«

»Bist du nicht nach Israel gekommen, um mich zu sehen?«

»Nun ja, ich ...«

»Du hast doch nicht gedacht, dass wir auf deinen neuen Pass hereinfallen, oder?« Sie zwinkerte mir zu.

Ich musterte sie mit leerem Blick, da bremste ein pechschwarzer, viertüriger BMW neben uns. Yael öffnete die hintere Tür.

»Komm, wir können unterwegs weiterreden.«

Ich war immer noch erschüttert von den Ereignissen der letzten 24 Stunden. Trotzdem freute ich mich, sie wiederzusehen. Wortlos stieg ich hinten ein. Yael kam von der anderen Seite und erteilte dem Fahrer auf Hebräisch einige kurze Anweisungen. Wir fuhren los, wahrscheinlich ins Hauptquartier des Mossad in Tel Aviv.

»Es tut mir so leid wegen Omar«, sagte sie, nahm meine linke Hand und drückte sie sanft. »Ich weiß, wie nahe ihr euch gestanden habt.«

Ich nickte einfach nur. In mir war alles taub.

»Ich muss mich auch dafür entschuldigen, dass ich nach der Explosion so einfach verschwunden bin«, fuhr sie fort, während wir auf den Highway einbogen. Es ging durch den zunehmend stärkeren Regen in westliche Richtung. »Ich wollte dich sehen. Ich wollte sichergehen, dass du in Ordnung bist, aber ich hatte strikten Befehl, die Aufmerksamkeit der türkischen Behörden unter keinen Umständen auf mich zu lenken. Ich hoffe, das verstehst du.«

Ich nickte wieder. »Aber dir geht es gut?«, fragte ich.

»Ich komme schon klar.«

Eine professionelle Antwort, klar und deutlich, aber das reichte mir nicht. Ich wollte mehr. Ich wollte die Wahrheit. Ich wollte wissen, wie es ihr wirklich ging. Allerdings fand ich, dass es mir nicht zustand, ihr allzu persönliche Fragen zu stellen. Sie schuldete mir keine Rechenschaft. Wir hatten uns schließlich erst einmal getroffen.

Ich war sicher, dass Yael mir den inneren Kampf anmerkte. Sie wechselte prompt das Thema und sprach mir ihr Beileid zum Tod Khachigians aus. Sie und ihre Kollegen hätten ihn sehr gut gekannt und über die Jahre hinweg stets bewundert. »Wir haben bei verschiedenen Gelegenheiten zusammengearbeitet. Er war wirklich ein Mann mit Klasse.«

»Das war er«, antwortete ich. Ich wollte etwas ergänzen, fand jedoch keine passenden Worte.

Einige Kilometer fuhren wir schweigend weiter. Eine seltsame Situation, offenbar nicht nur für mich. Auch Yael schien sich nicht sonderlich wohlzufühlen. Sie wandte sich ab und starrte durch das regenüberströmte Fenster. Also tat ich dasselbe auf meiner Seite. Hunderte von Fragen schossen mir durch den Kopf, aber ich stellte nicht eine davon.

»Kannst du mir sagen, was in der Union Station wirklich passiert ist?«, fragte sie nach einer Weile. »Ari wird sich für die Details interessieren.«

Keins der Themen, über die ich reden wollte. Ich hatte die Tatsache noch nicht ganz verarbeitet, dass ich auf meiner Flucht wohl jemanden getötet hatte. Trotzdem erstattete ich, so gut ich konnte, über das Attentat Bericht. Allerdings ließ ich die Details der Unterhaltung zwischen mir und Khachigian aus. Einige Sachen waren eben einfach privat. Aber es gab auch keinen guten Grund, ihr alles andere zu verheimlichen. Schließlich stellte ich fest, dass es mir half, mit jemandem reden zu können. Mit jemandem, der verstand, welch enormes Trauma ich gerade durchstand.

»Die Medien in den Staaten berichten lediglich, es habe sich um einen ›Vorfall mit vielen Toten‹ gehandelt«, sagte sie und reichte mir ein paar Artikel, die sie von den Webseiten meiner Zeitung und der *Washington Post* ausgedruckt hatte. »Das FBI hat den Medien auf Anfrage mitgeteilt, dass einer der Verdächtigen noch am Tatort erschossen wurde. Das dürfte die Frau gewesen sein, die du getroffen hast. Aber ein zweiter potenzieller Täter ist auf der Flucht. Sie haben bisher keine Namen oder Beschreibungen oder überhaupt nähere Details an die Öffentlichkeit gegeben. Nur ein paar ›ungenannte hohe Beamte der Strafverfolgungsbehörden‹ machten Andeutungen darüber, dass eventuell rechtsgerichtete Suprematisten dafür verantwortlich sein könnten.«

»Soll das ein Witz sein?«

»Nein«, erwiderte Yael. »Das FBI hat die Namen der Toten bisher nicht freigegeben. Der Direktor behauptet, man habe noch nicht alle Angehörigen benachrichtigt.«

»Aber du glaubst ihm nicht.« Ich stellte keine Frage, sondern traf eine Feststellung.

Yael schüttelte den Kopf. »Du?«

Ich wandte mich ab und sah aus dem Fenster. Warum veröffentlichte man die Namen nicht, wenigstens ein paar? Und warum hatte im Besonderen noch keiner Khachigians Namen gegenüber der Presse erwähnt?

»Das ist politisch motiviert.« Ich sprach mehr mit mir selbst und starrte weiterhin durch die beschlagene Scheibe in den heftigen Regen, der auf Israels zweitgrößte Stadt niederprasselte. »Man will nicht veröffentlicht sehen, dass ein ehemaliger CIA-Direktor am helllichten Tag einem Anschlag zum Opfer gefallen ist. Auch nicht, dass es sich um einen Anschlag von Terroristen handelt, die dem islamischen Extremismus im Nahen Osten nahestehen. Immerhin befindet sich der Tatort mitten in Washington und wir nähern uns einem Friedensschluss in genau dieser Region.«

»Vielleicht hast du recht«, meinte Yael. »Aber ich glaube, da steckt mehr dahinter.«

Ich fuhr herum. »Was meinst du damit?«

»Es geht nicht nur um Khachigian. Ich glaube, sie wollen auch deinen Namen nicht veröffentlicht wissen. Sie wissen nicht, wo du abgeblieben bist. Sie haben keine Ahnung, warum du geflohen bist. Vielleicht wurdest du entführt. Vielleicht warst du ein Komplize. Aber wie dem auch sei, sie wollen nicht, dass die Medien berichten, dass du dich am Schauplatz des Geschehens aufgehalten hast.«

»Weil es die Aufmerksamkeit auf die akute Bedrohung richtet, die vom IS gerade ausgeht.«

»Das ist meine Vermutung«, stimmte sie zu. »Du bist jetzt eine große Nummer, denn du hast als Erster berichtet, wie ernsthaft die vom IS ausgehende Gefahr ist und dass sie eine Reihe unmittelbar bevorstehender Anschläge auf Israel und dessen Verbündete planen. Das Interesse verstärkte sich, weil du in der Türkei beinahe getötet wurdest. Kannst du dir vorstellen, wie groß die Sensation wäre, wenn die Leute wüssten, dass du auch in D.C. fast einem Anschlag zum Opfer gefallen bist?«

»Du glaubst doch nicht, dass die tatsächlich meinen, ich sei in die Sache verwickelt, oder?« Mir selbst war der Gedanke bisher gar nicht gekommen, von den Konsequenzen ganz zu schweigen.

»Nein, aber ich bin der Ansicht, dass du sofort das FBI kontaktieren solltest. Hast du dich wenigstens mit deinem Redakteur kurzgeschlossen?«

»Nein, aber ich muss auch zuerst diese Reportage über die Massenvernichtungswaffen zu Ende schreiben, und zwar noch heute Abend.« Jetzt sah ich sie direkt an. »Die Menschen müssen von dem IS-Angriff auf den syrischen

Militärstützpunkt erfahren. Sie müssen wissen, dass es zumindest denkbar ist, dass der IS im Besitz chemischer Waffen ist und in diesem Augenblick einen Anschlag auf die USA oder Israel plant. Ich kann nichts anderes tun, bevor ich das erledigt habe.«

»Das sehen Ari und ich genauso«, versicherte sie mir. »Und ich sagte dir ja schon, dass der Premierminister uns volle Handlungsfreiheit gegeben hat, dir zu helfen, solange du nicht uns oder andere israelische Quellen benennst oder zitierst. Einverstanden?«

»Einverstanden.«

»Du verstehst, dass das bedeutet, dass du in deinem Bericht keinerlei Ortsangaben machen kannst, die auf Tel Aviv oder Jerusalem oder andere Städte in Israel hinweisen?«

»Damit kann ich leben.«

Keine idealen Voraussetzungen, aber ein vergleichsweise kleiner Preis für eine Sensation wie diese.

»Gut«, sagte Yael. »Wir sind in zehn Minuten da. Wenn wir ins Hauptquartier gehen, werde ich dich in den sogenannten ›Tresor‹ bringen und dir alles über die IS-Offensive bei Aleppo zeigen, was uns bekannt ist. Aber du solltest vorher noch etwas wissen.«

Sie legte mir die neueste Ausgabe der *Jerusalem Post* in den Schoß. Die Schießerei in der Union Station hatte es auf die Titelseite geschafft. Die eigentliche Schlagzeile lautete allerdings: IS-Milizen rücken weiter auf Bagdad vor.

Rasch überflog ich die ersten Abschnitte. Tausende sunnitischer Dschihadisten hatten bereits Mossul, Iraks zweitgrößte Stadt, erobert und zwei von den Vereinigten Staaten ausgebildete irakische Armee-Divisionen besiegt. Jetzt berichtete die *Post,* dass die IS-Milizen auch die

Zentralbank in Mossul gestürmt und umgerechnet eine halbe Milliarde US-Dollar in bar erbeutet hätten, um anschließend weiter auf Bagdad vorzurücken.

»Also steht Bagdad kurz vor einem Angriff der nunmehr reichsten Terrorgruppe der Welt«, fasste ich zusammen.

»Da ist noch mehr.«

»Was?«

»In der irakischen Regierung ist Panik ausgebrochen. Die Armee zieht sich überall zurück. Die Hauptstadt ist bedroht. Der obere Imam der Schiiten ruft seine Glaubensbrüder zum Dschihad gegen die Sunniten auf. Ausgerechnet Teheran bietet jetzt Hilfe an und will sogar iranisches Militär und paramilitärische Gruppen schicken, um den IS zu bekämpfen. Aber Präsident Taylor sieht tatenlos zu. Die Irakis haben die USA um Luftunterstützung gebeten, doch die amerikanische Führung lehnt ab. Man bittet um massive militärische Unterstützung. Die Antwort des Präsidenten lautet, er denke darüber nach. Er ›denkt darüber nach‹? Wir könnten den Irak an blutrünstige Dschihadkämpfer verlieren.

Verstehst du, was das bedeutet? Ihr Amerikaner habt 4000 Soldaten und Marines geopfert, um den Irak zu befreien, und jetzt wollt ihr dem IS das Land buchstäblich auf dem Silbertablett servieren? Einer Terrorgruppe, die so wahnsinnig ist, dass Al-Qaida sie mit der Begründung ausgeschlossen hat, sie sei zu extrem? Einer Terrorgruppe, die nunmehr chemische Waffen im Besitz hat und bereit ist, sie jederzeit einzusetzen? Das ist keine Führung, James. Das ist Unterwerfung. Aber euer Präsident scheint das nicht zu verstehen. Oder es kümmert ihn nicht.

Anstatt im Irak zu handeln, ist er von der Vorstellung besessen, das Heilige Land in Stücke zu reißen. Er macht meinem Land alle möglichen Zugeständnisse, nur um es dazu zu bringen, einem zutiefst fehlerhaften Friedensvertrag mit den Palästinensern zuzustimmen. Und mein Premierminister geht ihm dabei auf ganzer Linie auf den Leim. Das ist alles vollkommen verrückt.«

»Ich vermute mal, das war gerade kein offizielles Statement«, witzelte ich. Wir fuhren inzwischen wesentlich langsamer und fädelten uns in den nachmittäglichen Berufsverkehr der Stadt ein.

Sie antwortete nicht.

Ich wechselte das Thema und brachte die Frage auf, ob die militärische Offensive, von der Jamal Ramzi in unserem Interview gesprochen hatte, gegen den Irak gerichtet sein könnte.

»Nein, das glaube ich nicht«, meinte Yael. »Der Irak ist nicht das dritte Ziel. Er ist das primäre. Syrien ist das zweite. Ich nehme an, dass Israel das dritte darstellt, auch wenn es genauso gut euer Land sein könnte. Khalif und Ramzi sind keine Idioten. Ihnen ist nicht entgangen, dass die USA sich aus dem Nahen und Mittleren Osten zurückziehen. Sie haben in Syrien Erfolge erzielt. Und offenbar sahen sie eine Möglichkeit, die wachsende Schwäche im Herzen der irakischen Regierung auszunutzen, also haben sie beschlossen, hier zuzuschlagen und die Gelegenheit zu ergreifen.«

»Ein hoher Einsatz.«

»Sie nennen sich nicht umsonst ›Islamischer Staat im Irak und Syrien‹. Den Irak zu kontrollieren, dort die Scharia vollumfänglich durchzusetzen und ein Kalifat in Bagdad zu errichten, ist ihr ultimatives Ziel. Sozusagen der Hauptgang. Alles andere ist das Sahnehäubchen für den Nachtisch.«

»Könnte Bagdad dem IS tatsächlich in die Hände fallen?«, wollte ich wissen. »Sind sie überhaupt so stark?«

»Ich weiß nicht, ob sie die Stadt einnehmen könnten, aber sie werden definitiv stärker, besonders jetzt, da sie im Besitz von CBRN-Waffen sind. Sie entwickeln sich zu einer sehr gut ausgerüsteten Armee, in hohem Maße motiviert, gut ausgebildet, mit wachsender Erfahrung, unglaublich vermögend und sehr, sehr gefährlich. Stell dir vor, was passiert, wenn sie wirklich den ganzen Irak unter ihre Kontrolle bringen. Das Land würde zu einer Operationsbasis, von der aus sie den Terrorismus exportieren, amerikanische Bürger angreifen, gemäßigte arabische Nationen attackieren, die irakische Bevölkerung traktieren, den Ölpreis in die Höhe treiben und der Weltwirtschaft somit ernsthaft schaden könnten.«

»Und Israel angreifen könnten«, ergänzte ich.

»Und Israel angreifen könnten«, bestätigte sie. »Wäre das nicht die ultimative Ironie?«

»Was genau?«

»Die USA sind in den Irak einmarschiert, um sich und Israel vor chemischen Massenvernichtungswaffen zu schützen. Es stellte sich heraus, dass die Irakis keine hatten, zumindest nicht besonders viele. Und sie haben damit erst die Bedingungen geschaffen, die der irakischen Regierung zu der Position verhalfen, uns beide zu bedrohen. Mit chemischen Massenvernichtungswaffen.«

Nun, diesem Zusammenhang wurde der Begriff ›Ironie‹ nicht mal im Ansatz gerecht.

34

Die nächsten 24 Stunden vergingen rasend schnell.

Yael und Ari hielten Wort. Sie gaben mir alles an die Hand, was ich brauchte, und noch mehr.

Als ich mich auf den Abschied vorbereitete, erklärte Ari mir, warum er in der Türkei nicht persönlich zu unserem Treffen erschienen war. Er erklärte mir, natürlich strikt ›off the record‹, dass der Premierminister ihn auf eine geheime Mission nach Jordanien entsandt habe.

»Lavi ist fest entschlossen, als derjenige Regierungschef in die Geschichte einzugehen, dem es gelungen ist, einen endgültigen Friedensvertrag zwischen Israel und Palästina zu schließen«, meinte er. »Ich sagte ihm, dass der Zeitpunkt nicht der richtige sei. Ich habe nichts gegen eine Zweistaatenlösung. Überhaupt nicht. Aber ein Vertrag ausgerechnet dann, wenn der IS uns mit chemischen Waffen anzugreifen droht? Das ist geradezu töricht. Aber er vertritt eine andere Meinung, und am Ende liegt die Entscheidung in seiner Hand. Also ging ich nach Jordanien. Es tut mir leid, dass ich nicht bei Ihnen war.«

Ich dankte ihm für seine Offenheit und die großzügige Hilfe, auch seitens Yael, dann entschuldigte ich mich dafür, die Agentin in Gefahr gebracht zu haben. Er winkte ab.

»Dafür wird sie bezahlt«, sagte er, ganz Mossad-Chef.

»Ihr Lohn wird kaum angemessen sein angesichts der Gefahr, in die sie sich begeben hat.«

Yael seufzte. »Das kann man wohl sagen.«

Ari und ich schüttelten uns ein letztes Mal die Hand, dann fuhr Yael mich zu einem privaten Flughafen. Unterwegs gab sie mir ihre private Handynummer und bat mich, sie anzurufen, wenn ich in Amman eingetroffen war, verfrachtete mich in einen Learjet und instruierte den Piloten, mich nach Kairo zu fliegen. Sie sagte, ich könne dort meine Reportage in Ruhe fertig schreiben und so von einer arabischen Hauptstadt aus an die Redaktion übermitteln, statt von Israel aus.

Ich war dankbar für diesen guten Einfall, denn dort wähnte ich mich in Sicherheit. Niemand würde mich in Ägypten vermuten, auch wenn ich Tel Aviv eigentlich nicht verlassen wollte. Ich hätte gern mehr Zeit mit Yael verbracht, doch die Uhr tickte. Sie wünschte mir alles Gute, schüttelte mir die Hand und verabschiedete sich. Dann war sie fort.

Kaum war ich in Kairo gelandet, nahm ich mir ein Taxi in die Innenstadt. Ich benutzte das Handy, das Khachigian mir gegeben hatte, um die Schlagzeilen in den Staaten zu sichten. Die Nation schien erschüttert von den Geschehnissen an der Union Station. Der Präsident sprach von einer nationalen Tragödie, der Bürgermeister Washingtons nannte es ein weiteres in einer Reihe von sinnlosen Massakern. Der Direktor des FBI bezeichnete es als kaltblütigen Mord ohne Sinn und Verstand. Aber das alles sollte nur vom eigentlichen Thema ablenken. Das FBI wusste, dass es einen ganz bestimmten Grund für den Angriff gab. Sie wussten, dass es sich um Terrorismus handelte, und vermuteten, dass entweder Al-Qaida oder der IS dahintersteckte. Trotzdem wurde der Fall in einem Atemzug mit dem Columbine-Massaker oder dem Amoklauf an der Sandy-Hook-Grundschule in Newton, Connecticut, genannt, als würde es sich nicht um eine Bedrohung der nationalen Sicherheit handeln.

Darüber hinaus schwieg sich das FBI stärker über die Begleitumstände aus als üblich. Sie hatten die Namen derer, die bei der Schießerei umgekommen waren, weiterhin nicht nach außen gegeben, auch nicht den Namen der Schützin, die man noch am Tatort für tot erklärt hatte. Wenigstens hielten sie nicht länger an dem Unsinn fest, bei den Tätern handele es sich um weiße Rassisten.

Allerdings hatte das FBI mittlerweile die Existenz eines zweiten Schützen bestätigt. MSNBC verbreitete ein körniges Video, das jemand mit dem Smartphone gefilmt hatte. Es zeigte einen Schützen auf der Galerie des ersten Stocks, im hinteren Teil der Ladenzeile. Ein unermüdlicher Reporter der *Washington Post* hatte sogar eine detaillierte Beschreibung des Schützen und seiner Waffe erhalten. Sie stammte von einem Beamten der Washingtoner Polizei, der an seinem dienstfreien Tag zufälligerweise in der im Bahnhof ansässigen Pizzeria Uno im ersten Stock gegessen hatte und somit Zeuge der Schießerei geworden war. Der Beamte hatte versucht, den Scharfschützen zu fassen, war aber zweimal angeschossen worden und lag schwer bewacht in einem örtlichen Krankenhaus. Die Associated Press zitierte derweil mehrere Zeugen, die behaupteten, es habe auch einen dritten Schützen gegeben. Ich nahm an, dass es sich dabei um mich handelte. Ich würde bald mit dem FBI reden müssen, um nicht selbst zum Verdächtigen zu werden.

Ich bat den Taxifahrer, mich ins Hilton zu bringen, das sich in der Nähe der US-Botschaft befand. Dort gab es wenige Touristen, vereinzelte Geschäftsleute und viele freie Zimmer. Ich gönnte mir eine geräumige Suite mit Blick auf den Nil, schnappte mir Laptop und Notizen und machte mich an die Arbeit.

Es dauerte nicht lange, immerhin hatte ich in den letzten Wochen bereits mehrere Entwürfe verfasst. Im

Großen und Ganzen musste ich nur noch die aktuellen Entwicklungen ergänzen und Material einfügen, das ich in den letzten 48 Stunden gesammelt hatte, einschließlich ein paar Zitaten Khachigians. Ich entschied mich, Khachigian und seine Rolle bei dem Ganzen zu erwähnen, ebenso wie den Umstand, dass er an der Union Station getötet worden war. Ich durchschaute noch nicht ganz, warum die Terroristen ihn aus dem Verkehr gezogen hatten, aber das musste ich auch nicht. Ich wollte lediglich die belastbaren Fakten auflisten. Davon gab es mehr als genug.

Als ich fertig war, überlegte ich, ob ich mich mit Allen in Verbindung setzen und ihn persönlich in alles einweihen sollte. Am Ende entschied ich mich dagegen, schickte ihm einfach die Datei und eine knappe Mitteilung, dass ich in Sicherheit sei und bald nach Hause käme. Ich wollte, dass die Geschichte endlich veröffentlicht wurde, damit ich den nächsten Schritt in Angriff nehmen konnte. Wenn er mich feuerte, war das eben so. Ich gedachte nicht, für meinen Job zu kämpfen. Ich erledigte ihn einfach, bis ich entweder daran zerbrochen oder tot war.

Kaum hatte ich die E-Mail abgesetzt, als ich auch schon in ein Taxi zum Flughafen sprang und den letzten Platz in der nächsten Maschine nach Amman ergatterte. Sie flog noch am gleichen Abend ab. Ich wollte mich nicht in Kairo aufhalten, wenn meine Reportage erschien. Außerdem konnte ich von Amman aus direkt nach Bagdad weiterfliegen.

Zudem hielt ich es für den geeigneten Moment, den Akku wieder ins Smartphone einzusetzen und an die Arbeit zu gehen. Ich schrieb jeden Kontakt an, den ich in Kreisen der irakischen Regierung hatte. Wieder einmal bat ich um Hilfe bei der Lokalisierung von Abu Khalif und

Unterstützung, um ein Interview mit ihm zu führen. Ich kündigte meinen Besuch in Bagdad innerhalb der nächsten 24 bis 48 Stunden an und betonte, dass ich für jede Hilfe zutiefst dankbar wäre. Trotz der veröffentlichten Reportage in der Hinterhand, dass der IS über chemische Waffen verfügte, hielt ich das Risiko für enorm hoch. Jamal Ramzi hatte sich diesbezüglich sehr deutlich ausgedrückt; sein Befehl lautete, dieser Story nicht einmal nahezukommen. Aber ich wollte die Sache trotzdem durchziehen. Ich musste einfach. Selbst wenn es mich am Ende das Leben kostete.

Am nächsten Morgen wachte ich im Le Méridien auf, einem gehobenen Hotel in der Innenstadt von Amman.

Ich lugte auf den Wecker auf dem Nachttisch. 7:23. Ich stand auf, rieb mir den Schlaf aus den Augen und fuhr den Laptop hoch, bestellte mir Frühstück aufs Zimmer und fragte mich, was Allen mit der Story anfing, die ich ihm geschickt hatte. Hatte er sie bereits veröffentlicht oder hielt er sie zurück? Ich wagte kaum, darüber nachzudenken. Immerhin hatte ich mich seiner direkten Anweisung widersetzt.

Er hatte darauf bestanden, dass ich ihn in Washington traf. Ursprünglich hatte ich das auch geplant. Aber die Ereignisse hatten eine Wendung genommen, die ich auf keinen Fall hatte voraussehen können. Immerhin hatte ich für ihn eine dritte Quelle aufgetrieben, um die Existenz der Massenvernichtungswaffen zu bestätigen. Der Artikel, den er bekommen hatte, enthielt entschieden mehr präzise untermauerte Fakten als die vorherigen Fassungen. Dennoch steckte in der Reportage eine Menge politische Sprengkraft.

Falls Allen sie freigegeben hatte und sie somit zeitnah veröffentlicht wurde, rechnete ich mit enormem internationalen Aufsehen. Noch vor ein paar Monaten hatten nur wenige Leute außerhalb der Geheimdienste überhaupt etwas von der Existenz des IS gewusst. Nunmehr hatte die dschihadistische Bewegung den halben Irak und einen Großteil Syriens erobert und war höchstwahrscheinlich im Besitz großer Mengen des Kampfstoffes Sarin. Und nicht nur das, man drohte auch damit, ein drittes Ziel anzugreifen. Die Auswirkungen, die das auf die nationale Sicherheit der USA und Israels haben mochte, waren beängstigend, um es zurückhaltend zu formulieren. Aber reichte das, damit Allen die Reportage durchwinkte? Ich hoffte es, konnte mir jedoch nicht sicher sein.

Ich rief also die Homepage der *New York Times* auf und hielt insgeheim den Atem an.

Und da prangte sie in riesigen Lettern ganz oben. Meine Schlagzeile:

IS-Milizen erobern syrisches Chemiewaffen-Lager

Die Unterzeile lautete: *Al-Qaida-Splittergruppe kündigt Einsatz chemischer Waffen an – Geheimdienstexperten alarmiert.*

Meine Anspannung wuchs. Ich hatte schon die ganze Zeit gespürt, wie es in mir brodelte. Als ich den Text nun überflog, brach mir kalter Angstschweiß aus. Die Tragweite des Ganzen dämmerte mir erst jetzt und traf mich mit voller Wucht. Ich las den Artikel rasch durch. Keine Streichungen. Allen hatte nur minimale sprachliche Korrekturen vorgenommen. Jetzt war meine Geschichte in der ganzen Welt zu lesen. Es gab kein Zurück mehr. Der Präsident würde sich direkt nach dem Aufwachen damit konfrontiert sehen, ebenso der Direktor der CIA. Und

Premierminister Lavi. Und Jamal Ramzi. Abu Khalif ebenfalls, wie ich annehmen musste. Wie würden sie reagieren, was würden sie tun?

Ich hatte alle Vorbehalte erwähnt, alles, wovor der Präsident und der CIA-Direktor mich gewarnt hatten, auch wenn ich sie natürlich nicht direkt zitiert hatte. Vorsorglich erwähnte ich, dass zwar drei verschiedene Geheimdienste klare Beweise dafür in Händen hielten, dass der IS den Stützpunkt erobert und Hunderte von Kisten abtransportiert habe, aber keinem von ihnen definitive Hinweise vorlagen, dass der IS nun tatsächlich über Massenvernichtungswaffen verfügte. Die *Times* wollte nicht anhand einer weiteren Nahost-Massenvernichtungswaffengeschichte ihre Glaubwürdigkeit verlieren, und mir ging es nicht anders. Hier stand mein Ruf als Journalist auf dem Spiel, den ich schützte wie eine Mutter ihr frisch geborenes Baby.

Ich war hungrig aufgewacht, doch mittlerweile hatte ich jegliches Interesse an einer Mahlzeit verloren. Stattdessen rief ich ein paar Flugpläne auf und ging die wenigen Alternativen durch. Als Nächstes wollte ich nach Bagdad fliegen. Sollte der IS mich doch umbringen, sie hielten mich nicht davon ab, die Welt aufzuklären, was sie ausheckten. Ich hatte Ramzi interviewt. Ich wusste, was es mit den CBRN-Waffen auf sich hatte. Und jetzt wollte ich Abu Khalif noch dazu hören. Die einzige Chance, ihn zu erwischen, bestand darin, in die irakische Hauptstadt zu fliegen und ihn aufzuspüren.

Ich buchte einen Platz auf Flug 810 der Royal Jordanian Airlines, der heute Abend um halb sechs nach Bagdad startete und dort ungefähr um 20 Uhr landete. Vom Flugplatz aus wollte ich direkt in ein Hotel in der Grünen Zone fahren, in dem ich schon in der Vergangenheit abgestiegen war.

Ich begab mich damit einmal mehr auf vertrautes, aber gefährliches Terrain: Das Hotel besaß eine gut besuchte Bar. Während des zweiten Irakkriegs hatte ich dort zahllose Nächte verbracht. Meiner Ansicht nach war ich dort erst zum Alkoholiker geworden. Jeder, der etwas auf sich hielt, hing abends nach Redaktionsschluss der westlichen Medien dort herum. Diese Bar war ein Ort, an dem man Spuren aufnehmen und herausfinden konnte, wie das Land tickte. Aber das erreichte man am besten bei einem Whisky oder Bourbon und hin und wieder einer Flasche Wodka. Schon aus diesem Grund stellte die Rückkehr dorthin für mich eine Form von Selbstmord dar. Aber woanders bekam ich die entsprechenden Informationen nicht, also blieb mir keine andere Wahl.

Ich öffnete die Tür zum Flur und nahm das Gratisexemplar der *Jordan Times,* das jeder Hotelgast bekam, mit ins Zimmer. Ich zog die Vorhänge zurück, um etwas Licht ins Zimmer zu lassen, musterte die Skyline der jordanischen Hauptstadt, die sich vor mir ausbreitete, und dachte an Yael. Sollte ich sie anrufen? Aber unter welchem Vorwand? Wir konnten am Telefon sowieso nichts Persönliches besprechen. Außerdem musste sie arbeiten, genau wie ich. Wahrscheinlich hatte sie mir ihre Privatnummer bloß für den Fall gegeben, dass ich noch eine Frage hatte. Sie war eine professionelle Agentin, eine Spionin. Wie albern von mir, es als indirekte Einladung zu einem Date zu interpretieren. Zumal ich nicht mal wusste, wann ich das nächste Mal nach Israel reiste. Das Ganze erschien mir plötzlich lächerlich und peinlich. Ich war ein erwachsener Mann, geschieden, alleinstehend und ohne Bindungen. Und doch fühlte ich mich wie ein Junge, der versuchte, den Mut aufzubringen, ein Mädchen zu einer Party auf der High School einzuladen.

Ich nahm mein Telefon zur Hand. Es hatte sich über Nacht aufgeladen, doch anstatt Yael anzurufen oder ihr eine SMS zu schreiben, schrieb ich eine an meinen Bruder. Er wohnte hier in Amman, also musste ich wohl oder übel kurz Hallo sagen. Ich konnte ihm nicht auf ewig aus dem Weg gehen, außerdem erfüllte ich meiner Mutter damit einen Herzenswunsch.

Hallo Matt, bin für ein paar Stunden in der Stadt. Hast du Zeit? – J. B.

Kurz überlegte ich, Hadiya, Omars Frau, anzurufen. Aber ich war nicht sicher, ob sie sich wirklich freute, von mir zu hören. Stattdessen schrieb ich eine E-Mail, in der ich zu vermitteln versuchte, wie viel die Freundschaft ihres Ehemanns mir bedeutet hatte und wie leid es mir tat. Vielleicht schaffte ich es irgendwann, ihr persönlich mitzuteilen, wie sehr ich um ihn trauerte und das Ganze bedauerte. Im Augenblick allerdings entschied ich, dass sie wahrscheinlich mehr Zeit brauchte.

Damit waren für den Moment alle Mitteilungen erledigt, weshalb ich mich für eine Weile mit den Schlagzeilen der hiesigen Presse beschäftigte. Sie entsprachen in keiner Weise meinen Erwartungen.

König Abdullah spricht von möglichem
»historischen Durchbruch« bei palästinensischen
Friedensgesprächen mit Israel

Premierminister sieht »Frieden im Westen« als Chance
zur Besänftigung des »Sturms im Osten«

Palästinenser-Präsident Mansour trifft König in Akaba

Gaspreise steigen im November – Lebensmittelpreise bleiben stabil

Zu meiner Überraschung fand sich nichts zum Thema Islamischer Staat auf den Titelseiten, nur die Andeutung, dass es in Jordaniens Nachbarschaft brodelte. Ich wusste, dass der Palast genauestens überwachte, was die Presse veröffentlichte, aber tat man hier wirklich so, als würde der IS nicht weiter vorrücken? Ich blätterte die Zeitung durch, aber auch auf den hinteren Seiten war vom Islamischen Staat kaum die Rede. Ein Artikel berichtete über ein Flüchtlingslager, das Jordanien in Kooperation mit den USA im Norden des Landes errichtete. Ein anderer thematisierte, dass die Vereinigten Staaten gerade erst den Verkauf von Hellfire-Raketen und anderen Waffen an die irakische Regierung autorisiert hatten. Erst ganz weit hinten stieß ich auf die Überschrift **Jordanien fürchtet IS-Rebellen laut Innenminister nicht**. Die dazugehörige Meldung umfasste gerade mal sechs Zeilen.

Wie passte das zusammen?

Vor mir lag die wichtigste englischsprachige Zeitung Jordaniens. Es lag auf der Hand, dass der Hof sie als Mittel zum Zweck für die Friedensgespräche mit dem Westen benutzte, aber warum wurde nicht deutlicher auf die Gefahr hingewiesen, die der »Sturm im Osten« mit sich brachte?

Ich forschte im Internet nach Artikeln und Reportagen, die diese und andere jordanische Medien in den letzten Wochen zum Themenkomplex IS veröffentlicht hatten. Ich stieß auf einige, wenn auch nicht viele. Erneut stellte sich mir die Frage nach dem Warum. Sicher, über die Hälfte der Einwohner Jordaniens waren Palästinenser. Sicher sorgten sie sich um die Zukunft ihrer arabischen Brüder und Schwestern westlich des Jordans. Sie unterstützten vehement die Errichtung eines palästinensischen Staats. Die meisten vertraten die Auffassung, dass der Westen ein großes Unrecht begangen habe, die Gründung eines solchen nicht schon viel früher zu unterstützen. Dennoch stellte der Islamische Staat eine greifbare und sehr konkrete Gefahr für die Region dar.

Das Haschemitische Königreich Jordanien bildete einen Keil zwischen dem Irak und Syrien, zwischen den Palästinensern und Israel. Wer sie bedrohte, bedrohte definitiv auch Jordanien.

35

Das Telefon klingelte.

Nicht das Hoteltelefon, sondern mein Handy. Ich schielte aufs Display, um nachzusehen, wer zur Hölle das wohl sein konnte. Doch da stand nur ›Unbekannte Rufnummer‹.

Mein Puls beschleunigte sich. Vielleicht war es Yael. Oder mein Bruder?

»Hallo?«

»Mr. Collins?«, fragte eine Stimme. »Sind Sie das?«

»Wer spricht da?«, erkundigte ich mich misstrauisch.

»Gut, Sie sind es«, kam zurück. »Ich hatte mir schon Sorgen um Sie gemacht. Geht es Ihnen gut?«

»Entschuldigung, aber wer sind Sie?«

»Kommen Sie schon, mein Freund, erkennen Sie meine Stimme denn nicht?«

»Nein, tut mir leid.«

»Ich bin es, Marwan. Sind Sie schon angezogen?«

Verwirrt ertappte ich mich dabei, wie ich unwillkürlich aufsprang. Einen Anruf von Prinz Marwan Talal hatte ich nicht erwartet.

»Eure Königliche Hoheit, vergeben Sie mir«, stotterte ich. »Es tut mir leid, nein. Ich bin gerade erst aufgewacht.«

»Ich habe Ihnen ein Auto mit Fahrer geschickt. Es wartet vor Ihrem Hotel. Duschen Sie und ziehen Sie sich an. Und treffen Sie den Fahrer in zehn Minuten. Wir müssen reden.«

Ich hatte Marwan Talal über die Jahre oft getroffen, aber niemals bei ihm zu Hause.

Aber je weiter wir uns vom Hotel entfernten und auch von den Regierungsgebäuden, die ich kannte, desto überzeugter war ich, dass sein Zuhause genau der Ort war, zu dem ich gebracht wurde.

Auch wenn wir gelegentlich E-Mails ausgetauscht hatten, lag meine Begegnung mit dem ältesten Onkel des jordanischen Königs schon einige Zeit zurück. Er war nun über 80 und es kursierten Gerüchte, dass es um seine Gesundheit nicht gut bestellt sei. Als der Mercedes in einem Vorort Ammans durch die Sicherheitstore eines palastartigen Domizils fuhr, war ich nicht auf den Mann vorbereitet, der dort auf mich wartete. Zuerst ging es an einem Humvee vorbei, der vor den Toren parkte, daneben ein mit Kaliber-50-Maschinengewehr bewaffneter Soldat, dann an einigen anderen schwer bewaffneten Wachposten und die lange, gewundene, von Palmen gesäumte Auffahrt zum Haus hinauf.

Der Prinz saß mittlerweile im Rollstuhl. Sein graues Haar hatte sich beträchtlich ausgedünnt. Das Gesicht wirkte eingefallen und ich fand, dass es einen leichten Stich ins Gelbliche aufwies. Sobald ich ausstieg und zu ihm hinüberging, begrüßte er mich mit dem gleichen warmherzigen Lächeln und dem Zwinkern im Auge, das ich kannte. Und obwohl seine Finger leicht zitterten, als er meine Hände nahm, und auch seine Stimme etwas rauer klang, als ich es in Erinnerung hatte, umgab ihn doch auch eine kaum zu beschreibende Selbstsicherheit, die mir verriet, dass er sich immer noch im Vollbesitz seiner geistigen Kräfte befand. Ich hielt es für überaus beruhigend. Aber das sollte das Einzige bleiben, was an unserer Begegnung beruhigend wirkte.

Wir küssten uns in arabischer Manier auf beide Wangen, dann folgte ich dem Diener, der den Rollstuhl des Prinzen durch die hübsch gestaltete Eingangshalle auf eine Veranda schob, von der man die gesamte Stadt überblicken konnte.

Bald hatten die Bediensteten uns mit dem besten türkischen Kaffee versorgt, den ich je getrunken hatte, und ließen uns allein.

»Sie sind zäh, Mr. Collins«, leitete Marwan das Gespräch ein.

»Ich hatte eben Glück.«

»Nein«, sagte er und unterstrich das mit einem Wackeln des Zeigefingers. »Ihr Überleben ist Allahs Werk. Ihre Feinde haben zweimal versucht, Sie zu töten. Allah hat offenbar noch einiges mit Ihnen vor.«

»Noch«, witzelte ich.

»In der Tat«, meinte er. »Noch. Geht es Ihnen gut?«

»Alles bestens.«

»Sie sehen fürchterlich aus.«

»Vielen Dank.«

»Ich meine all die Kratzer und blauen Flecken und Verbände. Und Sie sind blass wie eine Leiche.«

»Und doch sitze ich hier in Amman zusammen mit einem guten Freund.«

»Das tun Sie. Aber Sie saßen auch an der Union Station mit einem alten Freund zusammen, als die Schießerei ausbrach.«

»Wollen Sie damit sagen, dass ich hier in Gefahr bin?«

»Ich will damit sagen, dass man nie wissen kann, wo Gefahr lauert.«

»Das ist wahr«, gestand ich ein. »Das weiß man nie.«

Der Prinz hatte seinen Kaffee nicht angerührt. Er saß bloß da und blickte mich an, als würde er mich studieren, als ginge es ihm darum, mich trotz all der Jahre, die wir uns nun bereits kannten, zu durchschauen.

»Mr. Collins …«, begann er, dann verebbte seine Stimme.

Er war nicht der einzige Prinz der königlichen Familie. Tatsächlich gab es viele, und einige von ihnen standen dem König sehr nahe. Aber Marwan war der älteste. Vermutlich lag es an seinem Alter und dem Umstand, dass er die Tradition und das Protokoll so achtete, dass er mich nach wie vor Mr. Collins nannte. Ich hatte schon lange aufgegeben, ihn davon zu überzeugen, dass er mich ruhig James nennen durfte, oder auch J. B.

»Ja, Königliche Hoheit?«, versuchte ich das Gespräch wieder in Gang zu bringen.

»Mr. Collins, sind Sie bereit, ein Gefolgsmann des Propheten – Friede sei mit ihm – zu werden?«

Ich war unsicher, wie ich darauf antworten sollte. Er wusste, dass ich keinem konkreten Glauben anhing. Allerdings gab es wenige Muslime, wenn überhaupt, am königlichen Hof, die als so fromm galten wie Marwan Talal. Bei ihm handelte es sich um einen direkten Nachfahren des Propheten Mohammed. Nach einer Ausbildung zum sunnitischen Geistlichen hatte er jahrelang Scharia-Recht an Jordaniens renommiertester Universität gelehrt. Um ehrlich zu sein, beschlich mich seit unserer ersten Begegnung der Verdacht, er wolle mich zumindest zum Deismus bekehren, wenn schon nicht zum Islam. Sein Bemühen ehrte mich, aber die Frage war mir dennoch unangenehm.

Ich überlegte kurz, ob ich ihm erzählen sollte, dass meine Tage des Atheismus und des Agnostizismus offenbar hinter mir lagen. Tatsächlich glaubte ich inzwischen an die Existenz Gottes. Ich wusste nur noch nicht, wie man ihn finden konnte, auch wenn in mir die Überzeugung reifte, dass ich es darauf ankommen lassen sollte. Aber nicht hier und nicht heute. Bei allem Respekt gegenüber Marwan und seiner beeindruckenden Familie beabsichtigte ich definitiv nicht, zum Islam zu konvertieren. Ich war von einer sehr frommen Mutter in einem christlichen Haushalt aufgezogen worden, auch wenn ihre Prinzipien diesbezüglich nicht meinen entsprachen. Ich wusste nicht so recht, wie ich mich an diesem Punkt meines Lebens Jesus gegenüber positionieren sollte. Ganz sicher wollte ich nicht dafür sorgen, dass meine Mutter einen Herzinfarkt erlitt, indem ich sie bat, mich in die Moschee in ihrer Nachbarschaft zu begleiten, um fünfmal am Tag mit mir zu beten.

»Ich bin immer noch auf der Suche, mein Freund«, sagte ich also.

»Es gibt nur einen Propheten«, erwiderte er. »Und nur einen Weg. Und es gibt nur einen Wegweiser, und das ist der Koran.«

»Sie klingen langsam wie jemand aus der Muslimbruderschaft«, unternahm ich einen Versuch, die Stimmung etwas aufzulockern.

»Warum sagen Sie so etwas?«, fragte er und schien sich in die Defensive gedrängt zu fühlen.

»Haben Sie nicht gerade das Credo der Muslimbruderschaft zitiert?«

»Sicher nicht«, antwortete er. »Das Mantra der Muslimbruderschaft lautet: ›Allah ist unser Ziel. Der Prophet ist unser Führer. Der Koran ist unser Gesetz. Der Dschihad ist unser Weg. Für Allah zu sterben, ist unsere größte Hoffnung.‹«

»Das klingt ziemlich ähnlich.«

»Ein Mann kann gläubiger Muslim sein und dennoch der Bruderschaft nicht angehören, oder irre ich mich?«

»Natürlich.«

»Dann glaube ich, Sie wollten gerade das Thema wechseln, Mr. Collins. Haben Sie den Koran je gelesen?«

»Ja, das habe ich.«

»Und?«

»Wie ich schon sagte, ich beabsichtige, meinen eigenen Weg zu finden.« Ich strengte mich an, mit meinen Äußerungen so diplomatisch wie möglich zu bleiben.

»Mr. Collins, ich will ganz offen sprechen. Sie sind ein junger Mann, der den Islam nötig hat. Sie sind, und ich bedaure, das sagen zu müssen, allein in der Welt. Sie haben keine Frau, Sie haben keine Kinder. Keinen Glauben. Keine Gemeinschaft. Das ist keine Art zu leben, mein Freund. Warum treten Sie unserem Glauben nicht bei? Ich wäre glücklich, Sie persönlich auf Ihrem Weg zum Islam zu begleiten.«

»Ich danke Ihnen«, entgegnete ich höflich. »Ich werde

über Ihr großzügiges Angebot nachdenken. Aber ich vermute, dass das nicht der einzige Grund ist, aus dem Sie mich heute haben herbringen lassen.«

»Nicht der einzige Grund, nein.«

»Wie kann ich Ihnen dann helfen?«

»Es geht um Ihren jüngsten Artikel in der *Times*. Er hat mich zutiefst beunruhigt.«

Ich trank noch einen Schluck Kaffee und wappnete mich für das Kommende. »Es tut mir leid, das zu hören, Königliche Hoheit. Was hat Sie besonders gestört?«

»Neben vielen anderen Faktoren der Zeitpunkt. Hat Präsident Taylor Sie nicht inständig gebeten, eine solche Reportage in der momentanen Lage nicht zu veröffentlichen?«

Ich war verblüfft, dass er darüber Bescheid wusste, aber der König und auch er selbst pflegten enge Kontakte zum Weißen Haus, insbesondere in letzter Zeit.

»Ich glaube, ich habe die Bedenken meiner Regierung sehr deutlich herausgearbeitet«, verteidigte ich mich.

»Zurzeit befinden sich der Präsident und Seine Majestät in einer äußerst sensiblen Phase der abschließenden Friedensgespräche. Sie sind die Schöpfer eines außergewöhnlichen Vertrages«, erklärte er. »Seine Majestät hat seit Monaten im Stillen hinter den Kulissen die Fäden gezogen, gemeinsam mit Präsident Mansour und Premierminister Lavi sowie deren engsten Beratern. Auch Ihr Präsident und seine Regierung sind daran beteiligt gewesen.«

»Wie lange genau?«

»Ungefähr acht Monate. Vielleicht neun.«

Plötzlich erlitt der Prinz einen Hustenanfall, der so schlimm wurde, dass ich befürchtete, ein Herzinfarkt stünde unmittelbar bevor. Ich goss ihm ein Glas Wasser ein. Er trank es hastig aus und atmete bald deutlich ruhiger.

»Wie weit ist Seine Majestät in die Sache involviert?«

»Seine Majestät überwacht den gesamten Prozess.«

»Nicht die Amerikaner?«

»Natürlich wird alles unter Aufsicht der Taylor-Regierung abgewickelt«, versicherte er eine Spur zu dramatisch und breitete seine Arme dabei weit aus. »Der Präsident übernimmt die Kommunikation mit der Öffentlichkeit. Die Amerikaner heimsen die Lorbeeren ein, aber Seine Majestät leistet die eigentliche Arbeit.«

»Hier in Amman?«

»Einiges davon, ja«, bestätigte er. »Aber überwiegend im Palast von Akaba. Dort ist es ruhiger, den Ort haben die Medien in aller Regel nicht auf dem Schirm. König Hussein benutzte den Palast, um viele seiner geheimen Unterredungen abzuhalten. Seine Majestät hat von seinem Vater – Friede sei mit ihm – gelernt.«

»Und der Vertrag ist so gut wie fertig ausgearbeitet?«

»Junger Mann, er *ist* fertig ausgearbeitet«, erwiderte der Prinz. »Seine Majestät erhielt gestern die Bestätigung, dass die endgültige Fassung vorliegt. Ich darf Ihnen natürlich keine Details verraten. Noch nicht. Aber ich kann Ihnen sagen, dass sowohl Lavi als auch Mansour diese Fassung freigegeben haben. Jetzt überlegen sie, wann sie es am besten bekannt geben. Die Zeremonie wird in den nächsten Tagen irgendwo in der Region abgehalten. Auch Ihr Präsident hat sein Kommen angekündigt. Es ist alles noch streng geheim, aber es könnte bereits Ende der Woche so weit sein.«

»Diese Woche?«, fragte ich.

»Es wird für alle ein Schock sein«, meinte er.

»Das kann man wohl sagen.«

»In den letzten 24 bis 48 Stunden überschlugen sich die Medien mit Meldungen, dass die Parteien weit entfernt von einer Einigung sind. Mittlerweile können Sie beobachten, wie sorgfältig getimte Statements die Erwartungen in die Höhe schrauben. Ihr Präsident und der Außenminister der USA haben unmissverständlich klargemacht, dass sie eine pompöse Zeremonie zur Bekanntmachung wünschen. Eine große Show für alle arabischen, israelischen und amerikanischen Medien. Die vier Regierungsoberhäupter werden nach Washington fliegen, die Mitglieder von Kongress und Senat informieren und im East Room des Weißen Hauses zur feierlichen Unterzeichnung schreiten.«

»Präsident Taylor, Premierminister Lavi, Präsident Mansour und König Abdullah?«

»Natürlich, aber warum nennen Sie Seine Majestät zuletzt?«, fragte er. Ich konnte weder an seiner Mimik noch an seinem Tonfall erkennen, ob er womöglich scherzte.

Eine weitere heftige Hustenattacke folgte.

»Und da kommt mein Artikel natürlich ungelegen«, stellte ich fest, nachdem er wieder einen Schluck Wasser getrunken hatte.

»Nun, man könnte sagen, Sie haben Sand ins Getriebe gestreut.«

»Es waren keine guten Nachrichten.«

»Nein, gar nicht.«

»Aber der Bericht fußt auf Tatsachen.«

»Das sagen Sie.«

»Sie wollten bloß nicht, dass es am Vorabend der großen Friedensankündigung veröffentlicht wird«, stellte ich nüchtern fest.

»Sehen Sie, Mr. Collins, das ist doch ein alter Hut.« Sein Gesichtsausdruck wurde merklich distanzierter. »Der IS-Angriff auf den Stützpunkt bei Aleppo liegt nun schon Wochen zurück. Niemand ist sicher, was die Rebellen dort vorgefunden haben. Selbst Sie stellen das in Ihrem Artikel fest. Aber Sie und die *Times* haben die Nachricht aufgebauscht, und nun klingt alles schlimmer, als es in Wahrheit ist. Damit haben Sie in den Herzen von Millionen Angst geschürt, in einem Augenblick, in dem Seine Majestät ihnen Frieden und Ruhe bescheren will.«

»Bei allem Respekt, Eure Hoheit, weniger als 100 Leute wussten vom Angriff des IS auf diesen syrischen Stützpunkt, bis mein Artikel veröffentlicht wurde. Und jetzt weiß die ganze Welt davon. Das ist sehr wohl eine Neuigkeit, und das sollte sie auch sein. Erst recht, wenn man die aktuellen Drohungen Jamal Ramzis in Betracht zieht, wonach der IS plant, zusätzlich zum Irak und Syrien ein drittes Ziel anzuvisieren.«

»Ich will sagen, dass es sich um nichts weiter als Hörensagen handelt, um Nebenschauplätze«, stellte der ältliche Prinz klar. »Wenn der IS über chemische Waffen verfügt, würden wir das nicht wissen? Aber sie haben sie weder eingesetzt noch erklärt, sie zu besitzen. Oder liegt Ihnen auch nur ein einziger geheimdienstlicher Hinweis vor, dass Khalif und Ramzi und all ihre Unterstützer diese CBRN-Waffen wirklich in Händen halten? Junger Freund, Sie scheinen mir allein darauf bedacht zu sein, Ihre Auflage zu erhöhen und sich einen Namen zu machen. Ich habe mehr von Ihnen erwartet. Ich dachte, wir sind Freunde.«

Ich war betroffen, dass seine Vorwürfe so persönlich wurden. Ich schluckte seine letzten Aussagen wortlos hinunter und kam auf das zentrale Thema zu sprechen.

»Machen Sie sich nicht die geringsten Sorgen wegen der Bedrohung, die der IS für den Frieden in der Region darstellt? Glauben Sie nicht, dass es möglich ist, dass der IS diese Waffen nur deshalb noch nicht eingesetzt hat, weil er auf den richtigen Augenblick wartet, um zuzuschlagen?«

»Ich kenne mich in Geheimdienstkreisen nicht aus, Mr. Collins. Ich bin kein Vertreter des Militärs, sondern nur ein simpler Gefolgsmann Allahs. Meine Zeit in dieser Welt wird knapp. Mein Augenlicht lässt nach. Aber ich werde alle Energie, die mir noch bleibt, darauf verwenden, dem Islam zu dienen. Ich habe vielleicht nicht viel Einfluss, aber ich beabsichtige, meinen Teil beizutragen, solange ich kann. Diese Welt verändert sich rapide. Hier wurden Kräfte in Bewegung gesetzt, die der Westen nicht länger kontrollieren kann, die die Medien nicht länger kontrollieren können.

Muslime sind auf der Suche nach Hoffnung. Araber suchen nach einer Richtung, nach einem klaren Zeichen, was ihre Mission sein könnte. Meine Kollegen geben ihr Bestes. Ich habe keine Zweifel, dass wir am Ende all unsere Ziele erreichen werden. Wir werden eine bessere Welt erschaffen. Und Ihr Artikel entfaltet in diesem Prozess, um offen zu sein, eine ähnlich destruktive Wirkung wie eine Massenvernichtungswaffe. Ich muss sagen, ich bin schwer enttäuscht. Ich hatte gehofft, dass Sie es besser wissen.«

In genau diesem Augenblick dudelte mein Smartphone los. Ich hatte eine Nachricht erhalten. Ich entschuldigte mich, weil es einen Moment dauerte, das Gerät zum Schweigen zu bringen. Genug Zeit, um festzustellen, dass sie von Hassan Karbouli stammte, dem Innenminister des Irak.

Ich habe Ihnen das Interview verschafft, lautete der Text. Ich hoffe, Sie wissen, was Sie tun. Wir sehen uns, sobald Sie gelandet sind.

36

Auf der Rückfahrt zum Hotel überschlugen sich meine Gedanken.

Wie konnte der Prinz die Gefahr eines IS-Anschlags dermaßen auf die leichte Schulter nehmen? Er besaß mehr Erfahrung als jeder andere, hatte die Region wieder und wieder im Krieg erlebt. Nun stand Syrien vor dem Kollaps. Der Irak stand vor dem Kollaps. Weshalb leugnete er, dass die Kräfte des radikalen Islam sich ausbreiteten und dabei alles einzureißen drohten, was König Hussein und König Abdullah in all den Jahren mühsam aufgebaut hatten? Im Rahmen eines komplizierten Friedensprozesses unter aufwendiger Vermittlung zwischen allen Beteiligten!

Ich konnte ihm aus seiner Loyalität dem König gegenüber kaum einen Vorwurf machen. Immerhin tat dieser alles, um eine Einigung zwischen den Israelis und den Palästinensern zu erreichen. Aber meinen Artikel als Massenvernichtungswaffe zu bezeichnen? Zu erklären, er sei von mir persönlich enttäuscht? Es passierte mir nicht zum ersten Mal, dass mich eine einflussreiche Person maßregelte, weil ich etwas veröffentlichte, das er oder sie nicht hatte lesen wollen. Aber solche Vorwürfe von einem Mann, bei dem ich eine so reaktionäre Einstellung nie für möglich gehalten hatte?

Jedoch war die Einschätzung des Prinzen aktuell nicht meine größte Sorge. Die galt der SMS von Hassan

Karbouli. War sie echt? Durfte ich tatsächlich damit rechnen, mich vor Ablauf des heutigen Tages Abu Khalif gegenüberzusehen, dem gefährlichsten Terroristenführer dieses Planeten?

Was wollte ich zu ihm sagen? Welche Fragen sollte ich ihm stellen? Er hatte meine Freunde getötet und allem Anschein nach zwei Anschläge auf mein Leben angeordnet. Sollte ich ihn darauf ansprechen? Konnte ich trotz aller Begleitumstände Profi bleiben und ein Interview führen, das sich veröffentlichen ließ? Vielleicht gelang es mir gar nicht, ihn zu konkreten Äußerungen über seine Absichten und seine Person zu verleiten. Wie bekam ich das am besten hin?

Im Augenblick hatte ich keine Antwort auf diese Fragen. Nicht mal eine grobe Vorstellung, wie Abu Khalif überhaupt aussah. Das wusste so gut wie niemand. Den meisten war lediglich bewusst, dass jemand dieses Namens existierte und wie der IS grundsätzlich strukturiert war und funktionierte. Das Porträt Jamal Ramzis, das ich verfasst hatte, hatte dabei geholfen, aber die meisten Leute nahmen überhaupt nur deswegen vom IS Kenntnis, weil sich diese terroristische Vereinigung blitzkriegartig im Norden des Irak ausgebreitet hatte. Mit außergewöhnlichem Erfolg waren Groß- und Kleinstädte sowie Tausende Quadratkilometer irakischen Territoriums eingenommen worden. Ohne nennenswerten Widerstand des irakischen Militärs.

Die Begegnungen mit wichtigen Gesprächspartnern, die mich nervös gemacht hatten, ließen sich an den Fingern einer Hand abzählen. Ich litt normalerweise nie unter Lampenfieber. Aber das hier war eine Liga für sich. Ein großer Fisch, an dem ich mich zu verschlucken drohte.

Nun, da ich wieder allein war und ein bisschen Ruhe hatte, liebäugelte ich mit dem Gedanken, mir einen ordentlichen Drink zu genehmigen. Ich wusste, es wäre falsch. Sofort musste ich an Omar denken, der alles unternommen hätte, damit ich jeden einzelnen Tag nüchtern blieb. Die Schuld traf mich wie ein Nadelstich und breitete sich in mir aus. Ein Drink konnte doch niemandem ernsthaft schaden. Ein Bourbon oder zwei, vielleicht eine dicke kubanische Zigarre dazu, um die Liste der Fragen vorzubereiten, die ich Khalif stellen wollte. Irgendwie musste ich doch meine Nerven beruhigen. Ich wollte mich ja nicht gleich sinnlos betrinken.

Als der Fahrer des Prinzen vor dem Eingang des Le Méridien bremste, dankte ich ihm auf Arabisch, griff nach meiner Ledermappe und betrat das Hotel. Ich ließ meine Sachen durch den Röntgenscanner in der Lobby laufen. Dieser gehörte seit einer Reihe schrecklicher Bombenattentate, die seinerzeit vom ersten Anführer der Al-Qaida im Irak, Abu Zarkawi, verübt worden waren, zur Pflichtausstattung in jedem jordanischen Hotel. Als ich die Metalldetektoren hinter mir hatte, näherte ich mich der Bar im hinteren Teil der reich verzierten Lobby.

Zu meiner Überraschung sah ich mich, kaum dass ich den Empfang hinter mir gelassen hatte, meinem Bruder gegenüber.

»Matt?« Ich konnte es kaum glauben. »Was in aller Welt machst du hier?«

»Ich habe deine Nachricht bekommen und direkt geantwortet, dann aber nichts mehr von dir gehört.«

»Aber wie … ich meine, wie um alles in der Welt …«

Ich fühlte mich in die Ecke gedrängt und leicht panisch. Immerhin hatte ich jede mögliche Vorkehrung getroffen, damit niemand herausfand, wo ich war. Es war eine Sache, von Seiner Königlichen Hoheit gefunden zu werden, standen ihm doch sämtliche Geheimdienstkapazitäten des Königreichs zur Verfügung. Aber bei meinem Bruder handelte es sich um einen stinknormalen Professor, der gerade zwei Urlaubssemester genommen hatte. Wenn er mich fand, schaffte es jeder.

Er bemerkte meine Reaktion. »Das ist doch keine Raketenwissenschaft«, raunte er mir zu. »Ich habe deinen Redakteur angerufen. Er heißt Allen, oder?«

»Aber Allen weiß gar nicht, dass ich mich in Amman aufhalte«, widersprach ich. Meine Verwirrung wuchs. »Ich habe ihm nicht verraten, wo ich hinwill.«

»Nein, hast du nicht. Und er ist deshalb ziemlich wütend auf dich. Aber er ging davon aus, dass du nicht lange in Kairo bleibst, sondern wahrscheinlich schon auf dem Weg in den Irak bist. Deshalb vermutete er, dass du hier einen Zwischenstopp einlegen wirst. Als ich ihm von deiner SMS erzählte, wirkte er nicht besonders überrascht.«

Vielleicht hatte ich meine Spuren doch nicht besonders clever verwischt.

»Aber wie bist du auf dieses Hotel gestoßen?«

»Ich erklärte Allen, wer ich bin, und sagte ihm, dass Mom in großer Sorge um dich ist. Und dass ich ihm sehr dankbar wäre, wenn er mir dabei hilft, dich aufzuspüren.«

»Und das hat er geglaubt?«

»Natürlich hat er das geglaubt, J.B., es stimmt ja auch. Du musst Mom dringend anrufen. Sie ist ganz krank vor Sorge. Aber wie auch immer, Allen nannte mir ein paar Hotels, in denen du meist absteigst, wenn du in der Stadt bist. Nach ein paar Anrufen landete ich beim Le Méridien. Aber lassen wir das Thema, es ist schön, dich zu sehen.

Danke für deine Nachricht. Ich war total überrascht, von dir zu hören. Dankbar, aber überrascht.«

Ich kämpfte die in mir aufwallenden Gefühle unterschiedlichster Art nieder und erkundigte mich, wie es ihm, Annie und den Kindern ging.

»Uns geht es gut, J. B. Aber du, wie geht es dir? Wir haben uns eine Menge Gedanken gemacht.«

»Na ja, danke«, murmelte ich. »Das weiß ich zu schätzen. Aber ich komm schon zurecht.«

»Wirklich? Machst du Witze? Sieh dich doch an. Du siehst furchtbar aus.«

»Das höre ich in letzter Zeit öfter.«

»Komm, wir setzen uns erst mal. Ich besorg dir eine Tasse Kaffee. Wann geht dein Flug nach Bagdad?«

Ich zögerte, sah aber keinen Sinn darin, den Widerspenstigen herauszukehren. »Um halb sechs.«

»Gut, dann haben wir ja noch etwas Zeit. Und weißt du was, ich fahr dich sogar zum Flughafen.«

»Nein, das musst du nicht, Matt, ich kann …«

»Komm schon, ich bestehe drauf«, unterbrach er mich. »Ich bin so froh, dich zu sehen. Es ist schon viel zu lange her.«

Ich zuckte mit den Achseln und bedankte mich für das Angebot. Wir fanden ein paar bequeme Sessel in einer stillen Ecke der Lobby. Ein Kellner kam und nahm unsere Kaffeebestellung auf, dann waren wir unter uns.

Mein Bruder wollte genau wissen, was in Washington vorgefallen war und wie ich es geschafft hatte, lebend aus der Sache herauszukommen. Ich erzählte ihm im Großen und Ganzen dasselbe wie Yael. Erneut klammerte ich die privaten Teile der Unterhaltung mit Khachigian aus, obwohl ich Matt mehr erzählte als Yael, zum Teil deshalb, weil Matt den Mann ebenso gut gekannt hatte wie ich, wenn nicht noch besser. Immerhin hatte er für Khachigian in Washington während dessen Dienstzeit als Senator mehr als zwei Jahre als Assistent gearbeitet. Erst danach hatte Matt sich entschlossen, nicht länger in der Politik zu arbeiten, sondern am Gordon-Conwell Seminary in Massachusetts Theologie zu studieren. Als Matt dann Priester geworden und an eine Gemeinde in Bangor, Maine, berufen worden war, waren aus Khachigian und seiner Frau Mary tatsächlich treue Gemeindemitglieder geworden. Nach Marys Tod war es Matt gewesen, der sowohl den Gottesdienst betreut als auch eine Trauerrede gehalten hatte. Danach zogen Matt und Annie wieder nach Boston, sodass Matt an seiner Alma Mater lehren konnte. Meines Wissens hatte er seitdem nur noch sporadischen E-Mail-Kontakt zu unserem alten Freund der Familie gehabt.

»Ich werde ihn vermissen«, meinte Matt, als der Kellner unseren Kaffee brachte. »Er hat mich stark unterstützt. Als ich Pfarrer wurde, glaubte ich in jedes Fettnäpfchen zu treten, das irgendwo herumstand. Es fiel mir schwer, mich in den Posten einzufinden, zu lernen, wie man predigt, wie man eine Gemeinde leitet und sich der Sorgen der Menschen annimmt. Aber ich konnte darauf zählen, dass der Senator immer ein freundliches Wort für mich hat.«

Matt war der Einzige in unserer Familie, der Khachigian immer noch ›den Senator‹ nannte.

Ich konnte sehen, wie schwer es ihm fiel. In mancher Beziehung war Khachigian für Matt der Ersatzvater geworden, den er so sehr gebraucht hatte, nachdem Vater uns verlassen hatte. Matt und ich waren jeder unseren eigenen Weg gegangen. Ihn und Khachigian schweißte es als enge Vertraute zusammen.

»Mary war immer die Frommere von beiden gewesen«, sagte Matt leise und starrte in seine Kaffeetasse. »Aber nach ihrem Tod befasste der Senator sich stärker mit dem Glauben. Er kam für gewöhnlich ein paarmal die Woche in mein Büro. Wir haben geredet, über alles Mögliche, die Bibel gelesen, zusammen gebetet. Ich liebte diese Treffen. Erst jetzt fällt mir auf, wie sehr ich sie vermisse.«

Er schien nicht einmal mit mir zu reden, nur laut zu denken. Aber nach einem Schluck Kaffee sah er auf. »Der Senator ist buchstäblich in einer Kirche groß geworden. Wusstest du, dass sein Vater Priester in der Episkopalkirche war?«

»Hör ich gerade zum ersten Mal.« Ich goss etwas Sahne in meinen Kaffee.

»Jedenfalls scheint es auf seinen Sohn nicht abgefärbt zu haben. Nach Marys Beerdigung sagte mir der Senator, dass er immer zu beschäftigt gewesen sei, zu stolz, zu ehrgeizig, um sich großartig mit Gott zu beschäftigen. Er räumte ein, dass ihn die Angst vor der eigenen Sterblichkeit sehr abrupt überfallen habe. Wie findest du das? In all den Jahren, die er bei der Army verbrachte, in all den Jahren als Agent der CIA an wirklich gefährlichen Orten … nie fürchtete er den Tod. Kaum war seine Frau gestorben, vertraute er mir an, er habe keine Ahnung, ob er in den Himmel komme, wenn er eines Tages von uns gehe. Er rechnete fest damit, dass Mary dort oben ist, und wollte alles dafür tun, um dort die Ewigkeit mit ihr zu verbringen. Also fragte ich ihn, ob er bereit sei zu beten, um Christus als seinen Erlöser anzunehmen. Er sagte Ja, also knieten wir auf der Stelle in meinem Büro nieder und beteten zusammen. Von da an wurde er ein ganz neuer Mensch.«

An sich eine nette Geschichte. Es sprach sicherlich für

die tiefe Zuneigung, die die Khachigians miteinander verbunden hatte, und für Matts Ernsthaftigkeit als Priester. Aber die Richtung, auf die das Ganze hinauslief, bereitete mir wachsendes Unbehagen. Ich war nicht Robert Khachigian – und Matt nicht mein Priester, sondern mein älterer Bruder. Er stand im Begriff, bei mir eine Grenze zu überschreiten.

»Weißt du, ich sollte wirklich Mum anrufen und ihr sagen, dass ich okay bin.« Ich stellte meine Tasse ab und machte Anstalten, mich zu erheben.

»Bist du bereit, J. B.?«, fragte Matt.

Die Frage traf mich unvorbereitet. »Für was?«

»Für den Tod«, meinte er ruhig.

Die Worte hingen einen Augenblick in der Luft, denn ich zögerte mit der Antwort. Ich wollte Matt sagen, dass ich die Frage für zu persönlich hielt. Stattdessen hörte ich meine Stimme wie die eines Fremden: »Nein, bin ich nicht.«

Matt antwortete nicht. Wir saßen nur da, das Schweigen wurde peinlich. Ich schaute auf meine Taschenuhr. Mir blieb wirklich keine Zeit mehr, ich musste rauf in mein Zimmer, meine Sachen packen und zum Flughafen, um ein Interview zu führen. Das wichtigste meines Lebens.

Ich wusste, dass Matt sich einbildete, er habe die Antwort auf seine Frage bekommen. Aber ich muss zu seiner Ehrenrettung sagen, dass er mich weder drängte noch mir eine Predigt hielt. Er kannte mich gut genug, um mich damit in Ruhe zu lassen. Er hatte gesagt, was er zu sagen hatte, und beließ es dabei.

Darin unterschied er sich nicht vom Prinzen. Der eine versuchte, mich zum Christentum zu bekehren, der andere zum Islam. Beide waren absolut überzeugt, im

alleinigen Besitz der Wahrheit zu sein, hielten ihren Weg
für den besten, um zu Gott zu gelangen. Vielleicht hatte
einer von ihnen sogar recht. Zu diesem Zeitpunkt war es
mir unmöglich, das zu beurteilen, und mir fehlte auch die
Muße, mich mit diesem Thema zu beschäftigen.

37

Ich entschuldigte mich und ging rauf in mein Zimmer,
um meine Mutter anzurufen. Sie ging nicht ans Telefon.
Ich hinterließ eine Nachricht auf dem Anrufbeantworter,
dass ich in Sicherheit sei und gerade mit Matt einen Kaffee
getrunken hatte. Anschließend packte ich und ging mit
meinem Gepäck zurück in die Lobby.

Matt wartete in einem alten, zerbeulten Toyota SUV
auf mich, der mit Kindersitzen, allem möglichen Spielzeug und leeren Hamburger- und Pommes-Verpackungen
vollgestopft war. Sein Leben unterschied sich wirklich
stark von meinem. So ungern ich es zugab, ich beneidete
ihn darum. Eine gute Ehe, zwei reizende Kinder. Nicht
besonders viel Geld, aber einen befriedigenden Job. Enge
Freunde. Und ein Glaube, der ihn in jedem Abschnitt
seines Lebens zu stützen schien.

Ich warf meine Taschen auf den Rücksitz, dann fuhren
wir schweigend zum Flughafen.

Dabei hätte ich ihn wirklich gern gefragt, ob ich einfach zu ihm nach Hause kommen und für die nächsten
Tage oder Monate bei ihm ausspannen konnte. Ich hatte
mich noch nie so einsam gefühlt und noch nie dermaßen gelitten. Es kam mir vor, als waren alle wichtigen

Menschen tot, die ich je gekannt hatte. Und ich hatte sie sterben sehen. Das fraß mich von innen her auf.

Allerdings verspürte ich auch große Angst, dass ich, wenn ich jetzt innehielt und zu lange nachdachte, einfach zusammenbrach, und zwar vollständig. Also machte ich stur weiter, spornte mich selbst an und versuchte gleichzeitig, über all das nicht zu sehr ins Grübeln zu geraten und es trotzdem nicht zu vergessen. Der Tod meiner Freunde sollte nicht umsonst gewesen sein, sollte etwas bedeuten. Aber allein die Tatsache, hier neben Matt zu sitzen, erschütterte mein Inneres wie ein Erdbeben vor einem Vulkanausbruch. Wütende, explosive, superheiße Emotionen, die ich zu lange unterdrückt hatte, bahnten sich nun ihren Weg an die Oberfläche. Am liebsten hätte ich mich irgendwo verkrochen.

Ich brauchte Platz für mich selbst. Ich musste die Tür hinter mir zuwerfen und abschließen können, die Lichter ausschalten, mich im Bett unter der Decke verkriechen und wie ein Baby zusammenrollen. Ich musste um meine Freunde trauern und weinen, weinen, bis keine Tränen mehr in mir waren. Ich konnte das alles nicht länger ertragen und fühlte mich einsamer als je zuvor. Ich wollte so lange gegen Gott wettern, bis er sich entweder bei mir meldete oder mich krepieren ließ. Der Gedanke, in wenigen Stunden an Bord dieser Maschine zu gehen, in den Irak zu fliegen und mich mit dem Anführer des IS zu treffen, brachte mich förmlich zum Würgen. Ich konnte den Gedanken kaum ertragen. Mir wurde alles zu viel.

Was ich am meisten brauchte, war Zeit. Zeit zum Trauern, Zeit zum Nachdenken, Zeit, um mit Matt und Annie zu sprechen. Ich war es leid, in Restaurants zu essen. Ich war die Hotels leid, die Flughäfen, die Deadlines in einer

Stadt nach der anderen. Die ständig wechselnden Einsatzorte. Ich sehnte mich nach einfachen Mahlzeiten, die von einer Ehefrau oder meiner Mutter zubereitet wurden. Ich wollte das Gelächter von kleinen Kindern hören, am Meerufer sitzen, in einer Wiese oder einem Kornfeld liegen und in den blauen Himmel hinaufstarren, frisch gemähtes Gras riechen und Rasenmäher in der Ferne brummen hören. Ich wünschte mir Zeit, um in Matts Bibel zu lesen. Zeit, um ihm eine Million Fragen zu stellen, mich durch alles durchzuarbeiten und ein paar Antworten zu finden, ehe es zu spät war.

»Komm schon, J. B., es wird Zeit«, sagte Matt endlich. »Lass uns beten. Gleich jetzt. Du und ich. Schenk Jesus dein Herz. Lass zu, dass er dir vergibt, lass zu, dass er dich heilt und dir alle Lasten von den Schultern nimmt.«

»Tut mir leid, Matt, ich bin einfach noch nicht so weit.«

»Dann verzichte wenigstens auf die Reise nach Bagdad.«

»Ich wünschte, das wäre so einfach«, hörte ich mich unerklärlicherweise und vollkommen im Widerspruch zu allem sagen, was ich mir gerade gewünscht hatte. »Aber ich muss gehen.«

»Das musst du überhaupt nicht«, entgegnete er prompt. »Und das solltest du auch nicht. Vielleicht irgendwann, aber sicher nicht, bevor du dich mit Gott ausgesöhnt hast.«

»Das ist mein Beruf.«

»Hier geht es nicht um deinen Beruf, J. B. Hier geht es um deine Seele. Hör zu, du bist ein hervorragender Reporter. Einer der besten auf der Welt, das weiß jeder. Ich weiß das auch und bin sehr stolz auf dich. Du triffst dich mit Präsidenten, mit Premierministern, Königen und Fürsten. Deine Artikel werden von Millionen Menschen gelesen und sehr viele treffen anhand dessen, was sie von dir erfahren, Entscheidungen, die Leben verändern. Aber Jesus hat gerade so erfolgreiche Menschen wie dich gewarnt: ›*Denn was hülfe es dem Menschen, so er die ganze Welt gewönne und nähme Schaden an seiner Seele?*‹ Es ist deine Seele, die hier auf dem Spiel steht. Bitte, hör auf mich. Ich bitte dich. Mach deinen nächsten Schritt erst, wenn du dich mit Jesus ausgesöhnt hast.«

Wie gern hätte ich ihm zugestimmt und mich darauf eingelassen. Doch ich war nicht bereit. Also dankte ich Matt nur für seine Fürsorge und beschloss, mir später über Gott Gedanken zu machen.

Jetzt musste ich mich auf die Begegnung mit Abu Khalif vorbereiten.

38

Bagdad, Irak

Flug 810 der *Royal Jordanian* landete um Punkt acht Uhr abends in Bagdad.

Ich spähte durch das Bullauge meines Fensterplatzes in der ersten Klasse, während wir in Richtung Terminal rollten. Eine Eskorte irakischer Militärfahrzeuge näherte sich über das Rollfeld. Ich konnte auch die Scharfschützen sehen, postiert auf den Dächern der Flughafengebäude, und die Panzer, die das Flugfeld säumten und sich um den Tower gruppiert hatten. Seit der Befreiung des Irak durch die US-Truppen und ihre Alliierten 2003 wurde Sicherheit großgeschrieben, aber es schien, als hatte man die Vorkehrungen angesichts der rasch wachsenden Bedrohung, die der IS für Bagdad und die Zentralregierung darstellte, noch einmal entschieden verschärft.

Ich schaltete mein Smartphone an und rief die neuesten Schlagzeilen auf. Meine Reportage über den IS war von allen Medienagenturen der Welt aufgegriffen worden. Agence France-Presse zitierte eine angebliche E-Mail von Jamal Ramzi, der »heftig dementierte«, dass seine Truppen im Besitz chemischer Waffen seien. Reuters zitierte den russischen Außenminister und einen namentlich nicht genannten UN-Mitarbeiter hohen Ranges, die davon sprachen, es sei »unwahrscheinlich« und »geradezu absurd« zu behaupten, der IS verfüge über CBRN-Waffen. Immerhin habe man in einer gemeinsamen Operation sämtliche Lager des Assad-Regimes in Bezug auf Sarinkomponenten und andere Chemiewaffenverbindungen geräumt und die Bestände vernichtet.

Dennoch, ein Leitartikel der *Washington Post* warnte vor schnellen Rückschlüssen, bevor mehr Tatsachen bekannt waren, stellte jedoch fest: »Das Attentat auf einen geschätzten ehemaligen CIA-Direktor, der im CBRN-Waffen-Report als wichtiger Informant diente, ist als Beleg für die Glaubwürdigkeit der *Times*-Reportage zu werten.« Weiter hieß es, »dass US-Regierungsbeamte angesichts des hohen Risikos gut beraten wären, so schnell wie möglich Licht in die Fähigkeiten und Möglichkeiten des IS zu bringen. Wenn der IS nunmehr tatsächlich Chemiewaffen in seinem Besitz hat, könnte der nächste Terroranschlag in Washington oder einem anderen Ort der USA den Tod von Hunderten oder gar Tausenden zur Folge haben.«

In Washington hatte die Nachricht von Khachigians Ermordung in der Union Station auch unabhängig von der CBRN-Waffen-Thematik wachsende Beunruhigung ausgelöst. Zwei bei der Schießerei schwer Verwundete waren in den letzten 24 Stunden ihren Verletzungen erlegen, damit wuchs die Zahl der Todesopfer auf 39. Der Pressesprecher des Weißen Hauses sah sich mit Dutzenden besorgter Nachfragen konfrontiert, ob eine oder gar mehrere IS-Schläferzellen existierten, die innerhalb der US-Grenzen operierten. Er weigerte sich, darüber zu spekulieren.

Das FBI geriet unter Druck, da es so wichtige Informationen nicht auf der Stelle an die Öffentlichkeit weitergegeben hatte. Der Direktor des Bureaus brach eine Pressekonferenz ab, nachdem er auf 23 unterschiedliche Fragen aus Reporterkreisen mit dem Statement »Die Angelegenheit wird näher untersucht« reagiert hatte. Mehrere Kongressmitglieder tobten, die Weigerung der Regierung, sich mit dem Terrorismus im Nahen Osten auseinanderzusetzen, grenze an den Tatbestand der Vertuschung. Ein investigativer Journalist von ABC News hatte zwei Informanten innerhalb der CIA aufgetan, die behaupteten, dass es sich bei der Todesschützin um eine Amerikanerin jordanischer Abstammung handele, die in den letzten 18 Monaten zweimal nach Syrien gereist sei und die man verdächtigte, Kontakte zu Al-Qaida gepflegt zu haben.

Als ich das Flugzeug verließ und ins Terminal kam, hörte ich, wie jemand meinen Namen rief.

»Mr. Collins? Mr. Collins, hier drüben.«

Die Stimme war unverwechselbar die von Hassan Karbouli. Ich ging auf den Mann in dem schlecht sitzenden Anzug zu. Der Innenminister wurde von mehreren nervösen Leibwächtern begleitet, die, wie ich vermutete, üblicherweise nicht als Empfangskomitee an den Flughafen beordert wurden. Neben Karbouli stand Ismail Tikriti, der stellvertretende Direktor des irakischen Geheimdienstes.

»Willkommen in der Hölle.« Karbouli lachte über seinen eigenen Scherz und schüttelte mir heftig die Hand.

Niemand sonst lachte, auch ich nicht.

»Danke, dass Sie mich empfangen, meine Herren.« Ich nickte auch Ismail zu. »Ich weiß Ihre Hilfe sehr zu schätzen.«

»Ich hoffe, Sie verzeihen uns, dass wir nicht früher geantwortet haben«, entschuldigte sich Karbouli. »Wie Sie zweifellos wissen, beschäftigt uns der Kampf gegen den IS Tag und Nacht. Ich schlafe kaum mehr als drei oder vier Stunden, Ismail hier eher noch weniger. Ich glaube allerdings, dass wir Fortschritte machen und sie schrittweise zurückdrängen. Dennoch muss ich Ihnen sagen, dass es brutal zugeht, besonders in Ismails Heimatstadt.«

Die Sicherheitsleute wurden zunehmend nervöser, je länger wir zwischen den anderen Passagieren herumstanden, die die gelandeten Flugzeuge verließen. Auf ein Zeichen Karboulis führten sie uns rasch aus dem Gedränge durch eine verschlossene Tür, ein paar Treppen hinab und einige Korridore entlang, bis wir das Kontrollzentrum des Flughafens erreichten. Sie lotsten uns in einen kleinen Konferenzraum. Karbouli, Ismail und ich blieben mit einem einzigen Leibwächter allein. Die anderen warteten draußen.

»Ich fürchte, ich kann nicht lange bleiben«, begann der Innenminister. »Ich treffe mich in weniger als einer Stunde mit dem Premier. Ich habe Ismail gebeten, Sie zu Abu Khalif zu bringen. Ismail hat die meisten Verhöre mit Khalif selbst geführt. Er wird Ihnen sehr nützlich sein.

Viel Zeit mit Khalif bekommen Sie leider nicht, aber mehr konnte ich nicht tun.«

»Wie viel Zeit?«

»30 Minuten«, erwiderte er.

Ich hätte mehr gebraucht, war aber dankbar für das, was ich bekam, und sagte das auch.

»Wie ist der neue Premierminister denn so?«, fragte ich in dem Wissen, dass es seit meinem letzten Besuch in Bagdad große politische Umwälzungen gegeben hatte.

»Bleibt das unter uns?«, wollte Karbouli wissen.

»Natürlich«, versicherte ich. Ich hatte nicht vor, über etwas anderes als Abu Khalif zu berichten.

»Er ist ein wenig überfordert«, gestand der Innenminister. »Und ich sage das mit größtem Respekt vor dem, was er tut. Ich beneide ihn nicht um die Herausforderungen, denen er sich stellen muss.«

»Geht es um die Abwehr des IS?«

»Ja, natürlich auch, aber es ist mehr als das. Das Kabinett ist stark gespalten. Einige bestehen darauf, dass wir die Amerikaner zu einer Rückkehr bewegen müssen. Sie sollen uns dabei unterstützen, Bagdad zu verteidigen und den Norden Iraks zurückzugewinnen. Andere, einschließlich der prominenten Schiiten in der Regierung, sprechen sich dafür aus, den Iran um militärische Unterstützung zu bitten.«

»Und wo stehen Sie?«

Karbouli zuckte mit den Schultern. »Meiner Ansicht nach haben die Iraner hier nichts verloren. Aber ich glaube auch nicht, dass Ihr Präsident die Absicht verfolgt, sich hier wieder militärisch zu engagieren. Um ehrlich zu sein, bezweifle ich, dass er den Mut hätte, die Schlacht zu Ende zu führen, selbst wenn er Truppen schickt.«

»Was schlagen Sie also vor?«

»Nun, eins kann ich Ihnen mit Sicherheit sagen: Die Schiiten haben es gründlich versaut. Sie haben keine Ahnung, wie das Land zu führen ist. Sie haben uns derart marginalisiert, sowohl politisch als auch wirtschaftlich, übrigens auch in sozialer Hinsicht, dass Sunniten überall im Land die Regierung verfluchen. Ich verfluche sie selbst, genau wie meine anderen sunnitischen Kollegen im Kabinett, alle vier. Wir haben nichts zu sagen und keine Stimme. Die Schiiten haben einen perfekten Nährboden geschaffen, in dem der IS aufblühen kann. Der Islamische Staat genießt derzeit enorme Sympathien. Natürlich nicht in Bagdad und auch nicht unter den Kurden und Christen. Aber im Norden, von Anbar bis in den Westen hinein, und in einigen Regionen im Süden. Die Bevölkerung fordert einen Regierungswechsel und bisher wollen der Premierminister und seine Leute einfach nicht darauf hören.«

»Ich habe Sie noch nie so in Rage erlebt, Hassan«, stellte ich fest.

»Sie haben ja keine Ahnung.«

Ich bedachte Ismail mit einem kurzen Blick. Auf seine Einschätzung war ich extrem neugierig. Allzu weit entfernt von Karbouli konnte sie nicht sein, vermutete ich. Immerhin war Tikriti Chaldo-Assyrer und Christ. Sein Gesicht verriet keine Regung. Wie auch immer seine Meinung lauten mochte, er war Geheimdienstler, kein Politiker. Er hielt es nicht für angemessen, seine Meinung auszusprechen, nicht hier und nicht jetzt.

»Es tut mir leid, aber ich muss jetzt wirklich gehen.« Karbouli stand auf. »Verraten Sie mir vorher noch eins. Ich hörte Gerüchte, wonach die Israelis und die Palästinenser einen endgültigen Friedensvertrag abschließen wollen. Entspricht das den Tatsachen?«

Die Frage erschreckte mich. Ich hatte es für ein sorgsam gehütetes Geheimnis gehalten.

»Wow. Das … das wäre eine große Sache«, sagte ich gedehnt. »Was haben Sie denn noch gehört?«

»Mehrere meiner Informanten haben sich heute im Laufe des Tages gemeldet«, erklärte er. »Sie behaupten, alles stehe schon fest und in Jerusalem sei zeitnah eine imposante Unterzeichnungszeremonie geplant. Und ich hörte, dass die Jordanier die Architekten des Ganzen seien. Ist Ihnen das nicht auch zu Ohren gekommen?«

»Ich habe etwas in der Art läuten hören«, meinte ich zurückhaltend. Ich hatte nicht vor, meine Quellen bloßzustellen. »Aber ich gehe davon aus, dass es vorwiegend auf Wunschdenken beruht. Wir werden einfach abwarten müssen.«

»Möglich«, äußerte er etwas rätselhaft und verabschiedete sich.

39

»Kommen Sie, wir müssen gehen«, mahnte Ismail. »Wir haben nicht viel Zeit.«

Ich folgte ihm in den Flur, wo die Sicherheitsleute erneut zu uns stießen. Durch eine Seitentür ging es hinaus in die kühle Nachtluft. Aber auf uns wartete kein bewaffneter Autokorso. Ismail führte mich stattdessen zu einem Militärhubschrauber, der bereits mit laufenden Rotoren abflugbereit dastand. Ich folgte ihm zu einem der hinteren Sitze des Black Hawks, schloss den Sicherheitsgurt und setzte die Kopfhörer auf.

»Also, wo bringen Sie mich hin, Ismail?« Ich strengte mich an, den Lärm der Rotorblätter zu übertönen, während die anderen einstiegen.

»Ich fürchte, das ist geheim. Sie werden es schon sehen, wenn wir da sind.«

Als wir abhoben, sorgte der Sicherheitchef dafür, dass alle Fenster des Hubschraubers verdunkelt wurden. Ich saß mit Blick in Richtung Heck und bekam daher nicht mit, was sich jenseits der Windschutzscheibe abspielte. Allerdings war die Sonne längst untergegangen. Die Piloten flogen mithilfe von Nachtsichtgeräten. Ich hätte wohl ohnehin nicht viel gesehen.

»Darf ich Ihnen ein paar Fragen stellen, bevor wir unser Ziel erreichen?«, fragte ich.

»Was immer Sie wollen.« Ismail nickte.

Ich angelte mir mein Notizbuch und einen Stift aus der mitgebrachten Mappe und machte mich an die Arbeit. »Wie lange haben Sie Abu Khalif schon in Gewahrsam?«

»Tut mir leid, das ist geheim«, bedauerte er.

»Wo haben Sie ihn gefangen genommen?«

»Ebenfalls geheim.«

»Weswegen wird er angeklagt?«

»Ich fürchte, auch das darf ich Ihnen nicht sagen.«

»Wie viele IS-Kämpfer befinden sich derzeit in irakischen Gefängnissen?«

Tikriti schüttelte den Kopf.

»Auch das ist als geheim eingestuft?«

»Ich fürchte, ja.«

»In Ordnung. Karbouli sagte, dass Sie alle bisherigen Verhöre von Abu Khalif übernommen haben«, versuchte ich, ihm verwertbare Informationen zu entlocken. »Was können Sie mir über ihn sagen?«

»Tut mir wirklich leid, J. B., aber ich kann dazu nichts sagen.«

»Machen Sie Witze?«

»Nein.«

Meine Verärgerung wuchs. »Hatten Sie nicht gesagt, ich dürfte Sie alles fragen?«

»Sicher. Ich habe allerdings nie behauptet, dass ich auch befugt bin, auf diese Fragen zu antworten«, stellte er klar.

Was für eine Farce. Aber Ismail umzustimmen konnte ich wohl vergessen.

Er wirkte nervös und mich interessierte der Grund. Ich war sicher, dass er mir etwas mitteilen wollte, es aber nicht durfte. Wären wir allein gewesen, hätte er unter Umständen damit herausgerückt, aber nicht hier, nicht in Gesellschaft der Piloten und Sicherheitsleute, die alles mithörten. Allmählich beschlich mich das Gefühl, dass die einzige Person, von der ich heute Abend ein offizielles Statement erhalten würde, Abu Khalif persönlich war.

»Wie geht es eigentlich Ihrer Familie?«, fragte ich im verzweifelten Versuch, etwas zu finden, worüber wir uns unterhalten konnten. »Ich habe gehört, dass IS-Milizen Tikrit eingenommen haben. Ist Ihren Verwandten vorher die Flucht gelungen?«

Eine ausgedehnte, peinliche Pause entstand. Insgeheim rechnete ich damit, dass er so etwas wie »Das ist geheim« oder einen ähnlichen Scherz vom Stapel ließ, aber je länger er schwieg, desto besorgter wurde ich.

»Bitte sagen Sie mir, dass es ihnen gut geht.«

Wieder langes Schweigen.

»Tut mir leid, nein«, brachte er schließlich heraus. »Sie wurden alle ermordet.«

»Alle?« Das Wort auszusprechen, bereitete mir Qualen.

»Nur einer meiner Neffen hat überlebt. Meine Mutter wurde von IS-Terroristen vergewaltigt. Dann hat man ihr ins Gesicht geschossen. Mein Vater und drei Brüder wurden gekreuzigt. Der IS hat Bilder davon und von Hunderten anderer, die ebenfalls gekreuzigt wurden, ins Internet gestellt.«

Ich wusste nicht, was ich darauf erwidern sollte, also hielt ich den Mund.

»Diese Leute sind Tiere, J.B.! Wilde Kreaturen! Es ist Satan selbst, der sie antreibt!«

Mir fehlten die Worte. Ich konnte kaum verarbeiten, was er da sagte. Ich hatte Ismails Familie vor Jahren getroffen. Ismail hatte mich mit nach Tikrit genommen, um ihnen beim Abendessen Gesellschaft zu leisten, nicht lange nach der Befreiung des Irak. Es war ein üppiges Mahl gewesen, ein Bankett, zu Ostern. Sie alle waren Chaldo-Assyrer und es war das erste Mal in ihrem Leben gewesen, dass sie den Tod und die Auferstehung Jesu offen und ohne Furcht vor Verfolgung hatten feiern dürfen. Liebenswerte Menschen voller Lebensfreude.

Ismails Vater war mit Saddam Hussein aufgewachsen und hatte sich in der republikanischen Garde Saddams zum General hochgearbeitet. Dank seiner familiären Verbindungen war die Familie von den üblichen Brutalitäten des Regimes weitgehend verschont geblieben. Ismail selbst hatte den Rang eines Colonels in einer Eliteeinheit erlangt, die Saddams Familie beschützte. Als die amerikanischen Truppen im Frühjahr 2003 einmarschierten, desertierten Ismail und sein Vater und begannen, heimlich der CIA beim Sturz des Schlächters von Bagdad zu helfen. Jetzt zählte Ismail zu den ranghöchsten Christen in den Reihen des irakischen Sicherheitsdienstes. Einer derjenigen, die sich am hingebungsvollsten für die Demokratisierung des Irak engagierten. Ich konnte den Gedanken kaum ertragen, welch hohen Preis er dafür hatte zahlen müssen.

»Es tut mir so leid, Ismail«, sagte ich nach ein paar Sekunden.

Die Worte klangen unglaublich abgedroschen und hohl, aber mir fiel nichts ein, was ich sonst sagen sollte. Er nickte, antwortete aber nicht.

Ein paar Minuten später befanden wir uns im Sinkflug und in meinem Magen kehrte sich das Unterste zuoberst. Endlich setzten wir auf, dann wurden erst die Jalousien, schließlich die Luken auf beiden Seiten geöffnet. Ein paar Dutzend Soldaten der besten irakischen Elitetruppen in voller Kampfmontur nahmen uns in Empfang. Wurden sie rund um die Uhr eingesetzt, um Abu Khalif zu bewachen, oder hielten sie sich nur wegen unserer Ankunft hier auf? Es hatte offensichtlich keinen Zweck nachzufragen, aber meine Neugier ließ sich nicht bändigen.

Ich kletterte also aus dem Helikopter mitten in den hellen Schein mehrerer Flutlichter hinein. Kaum hatten sich meine Augen daran gewöhnt, rann mir ein eiskalter Schauer über den Rücken. Ich wusste genau, wo ich mich befand, denn hier war ich schon einmal gewesen.

Wir standen im Innenhof des berüchtigtsten Gefängnisses im Irak: Abu Ghuraib.

Das Zentralgefängnis war eine ausgedehnte Anlage, die sich in einem Vorort Bagdads über eine Fläche von rund einem halben Hektar erstreckte. Auf dem Höhepunkt saßen hier rund 15.000 Gefangene ein, von Mördern und Vergewaltigern bis hin zu überzeugten Dschihadisten. Bis April 2004 hatten die meisten Amerikaner und auch der Rest der Welt nie etwas von Abu Ghuraib gehört. Bis das US-Nachrichtenmagazin *60 Minutes* eine Reportage über schreckliche Misshandlungen in dieser Haftanstalt ausstrahlte und Bilder von amerikanischen Soldaten zeigte, die grinsend neben arabischen Häftlingen posierten, verfallen zu einem Häufchen Elend. Es gab Fotos von US-Soldaten, die auf die Gefangenen einschlugen oder es zumindest vorgaben, Fotos von unseren Leuten, die sich grausam und beleidigend verhielten, Häftlinge tatsächlich folterten und demütigten und dabei ihren eigenen militärischen Verhaltenskodex, die Genfer Konvention und überhaupt jeden moralischen Anstand völlig außer Acht ließen.

Eine Enthüllung, die ich selbst hätte machen müssen. Ich gestehe, dass ich erst spät den Ernst der Lage erfasste und die seit Monaten kursierenden Mutmaßungen richtig einordnen konnte. Die Öffentlichkeit reagierte erschüttert, und das völlig zu Recht. Die islamische Welt und insbesondere die Iraker, von denen viele die Amerikaner als Befreier betrachtet hatten, waren völlig außer sich. Als die Nachricht über die Abscheulichkeiten um die Welt ging, zeigten sich lediglich die Dschihadisten hocherfreut. Eine Handvoll amerikanischer Verräter, jedenfalls sah ich sie so, hatten Extremisten wie Al-Qaida und später dem IS das ultimative Werkzeug an die Hand gegeben, um Leute zu rekrutieren und großzügige Spenden einzusammeln.

»Ich dachte, Sie hätten dieses Gefängnis längst geschlossen«, rief ich über den Lärm der Rotoren hinweg.

»Für eine Weile schon«, erklärte Ismail. »Aber wir brauchten das Gebäude, also haben wir es vor nicht allzu langer Zeit wieder geöffnet. Hier sitzen nur Hochsicherheitsgefangene ein.«

»Wie viele sind das?«

»Tut mir leid, J. B., aber das ist geheim.«

»Kommen Sie schon, Ismail, geben Sie mir wenigstens einen Hinweis, damit ich für meinen Artikel nicht völlig im Nebel stochern muss.«

»Auf keinen Fall. Bitte fragen Sie mich so etwas nicht noch einmal. Sie können gern erwähnen, dass Sie Khalif in einem Gefängnis im Irak zum Gespräch getroffen haben, aber gehen Sie auf keinen Fall näher ins Detail. Haben Sie mich verstanden?«

Ich zuckte mit den Achseln, aber er packte mich an den Schultern und wiederholte seine Forderung. »Ist das klar? Wenn nicht, startet der Hubschrauber gleich wieder und bringt Sie zurück nach Bagdad.«

»Ja«, lenkte ich rasch ein. »Alles klar.«

Ich hielt es für sinnlos, das Interview an solch einer Lappalie scheitern zu lassen.

40

Ismail brachte mich ins Innere des Gefängnisses.

Er stellte mich dem zuständigen Wächter vor. Zu dritt gingen wir einen schmutzigen Gang nach dem anderen entlang, bis man mich durch eine Stahltür in einen Verhörraum komplimentierte.

Der Raum war nicht gerade winzig, aber auch nicht sonderlich groß, vielleicht neun mal sechs Meter. Nackte Zementwände, eine Stahltür wie die, durch die ich hereingekommen war, in der gegenüberliegenden Wand. Zu meiner Rechten ein Einwegspiegel, ein Tisch sowie zwei im Boden verschraubte Stühle aus Stahl. Beide Stühle hatten weder Kissen noch eine Polsterung. Zwei Soldaten, die halbautomatische Schnellfeuergewehre in der Hand hielten, kamen hinter mir herein und bezogen neben dem Eingang Stellung. Dann brachten Ismail und der Wächter noch zwei metallene Klappstühle, die sie neben mir aufstellten.

Mein Herz begann stärker zu klopfen. Ich würde gleich von Angesicht zu Angesicht einem psychopathischen Killer gegenübersitzen. Das wichtigste Interview meines Lebens stand bevor, aber mit einem Mal war ich gar nicht so sicher, ob ich überhaupt hier sein wollte.

»Vergessen Sie nicht, Sie haben nur 30 Minuten«, erinnerte Ismail. »Nicht eine Sekunde mehr.«

Ich drehte mich um und starrte auf die Wand in meinem Rücken. Zwei Videokameras hingen hoch über der Tür an der Wand. Rote Lämpchen signalisierten, dass das Gespräch und alles, was wir hier taten, live aufgezeichnet wurde.

Genau in diesem Augenblick öffnete sich die Tür auf der anderen Seite. Vier Wachen führten einen Mann in Handschellen und Fußfesseln herein, der einen orangefarbenen Gefängnisoverall trug. Mit dem länglichen Gesicht und der vorspringenden Nase, die aussah, als wäre sie mehrfach gebrochen worden, erinnerte er mich an eine Mischung aus Khalid Scheich Mohammed und Charles Manson. Ein buschiger grauer Schnurrbart und ein langer, ungepflegter Bart in Schwarz mit grauen Strähnen zierten sein Gesicht. Eine beginnende Glatze zeichnete sich von der Stirn zum Scheitel hin ab, dahinter wurden die langen schmutzig braunen Haare von einem roten Gummiband zu einem Pferdeschwanz zusammengefasst. Auf den Armen waren keine Tätowierungen zu sehen, doch ich registrierte sofort die langen gezackten Narben auf Händen und Unterarmen.

Allerdings wären seine dunkelbraunen Augen jeder normalen Person wohl zuerst aufgefallen, denn sie lagen tief in den Höhlen, umgeben von dunklen Ringen. Er schien wenig Schlaf zu bekommen. Im selben Augenblick, in dem sie meinen Blick auffingen, stellten sich bei mir sämtliche Nackenhaare auf.

Ich hatte mein Diktiergerät, eine Digitalkamera von Nikon, ein Notizbuch sowie einen Stift bei mir. Ich packte alles auf den Tisch, zusammen mit der Taschenuhr meines Großvaters, um die verbleibende Zeit im Auge zu behalten. Als der Gefangene vor mir am Tisch Platz nahm und an den Metallstuhl gekettet wurde, nickte Ismail zustimmend.

Ich schaltete den Rekorder an und kam direkt auf den Punkt.

»Sie sind Abu Khalif?«

Ismail wiederholte meine Frage auf Arabisch.

»Der bin ich«, erwiderte Khalif auf Englisch und überraschte uns damit völlig.

»Sie sprechen Englisch?«, hakte ich nach. »Ich hatte keine Ahnung.«

Er nickte nur und bedachte mich mit einem finsteren Blick. Die irakischen Beamten ignorierte er völlig.

»Mein Name ist J. B. Collins«, fuhr ich fort.

»Ich weiß, wer Sie sind.«

»Ich bin Auslandskorrespondent der *New York Times*.«

»Solange Sie noch leben«, stellte er ausdruckslos fest.

Das erwischte mich kalt. In Ketten, in Haft, mitten im sichersten Gefängnis des Irak, drohte dieser Mann, mich umzubringen. Ich rang mühsam um Fassung.

»Darf ich ein paar Bilder machen?«

Er nickte und ich machte ungefähr 20 Aufnahmen aus verschiedenen Blickwinkeln. Ihnen fehlten die Qualität und Kunst, die Abduls Werk auszeichneten, aber ich hielt das Ergebnis für brauchbar.

»Erst kürzlich habe ich Ihren Stellvertreter in Syrien interviewt, Ihren Cousin Jamal Ramzi.«

»Ja, das hat er mir gesagt.«

»Sie kommunizieren mit ihm? Wie?«

»Das geht Sie nichts an.« Er beugte sich vor. »Sie übrigens auch nicht, Mr. Tikriti«, fügte er hinzu, ohne den Blick von mir zu wenden.

Ich sah Ismail und den Wächter an, beide wirkten fassungslos. Ich musste mich beherrschen, um nicht einfach aufzustehen. Ich wollte mir nicht die Blöße geben, Furcht zu zeigen, obwohl diese rapide in mir anwuchs.

»Nun gut. Dann lassen Sie uns mit dem Interview anfangen, damit Sie der Welt Ihren Standpunkt darlegen können. Zuerst ein paar Fragen zu Ihrem Hintergrund. Sie sind der geistige Führer und oberste Kommandeur des Islamischen Staats im Irak und Syrien?«

»Ja.«

»Und Ihr Name, Abu Khalif, bezeichnet im Wesentlichen eine politische und religiöse Führungsfigur eines islamischen Staats, ›Repräsentant Allahs auf Erden‹, nicht wahr?«

»Richtig.«

»Aber das ist ihr Kampfname.«

»Ja.«

»Ihr richtiger Name lautet Abdul Diab.«

»Ja.«

»Diab bedeutet ›der Wolf‹?«

Er nickte.

»In welchem Jahr wurden Sie geboren?«

»1969.«

»In welchem Monat?«

»Januar.«

»An welchem Tag?«

»Am fünften.«

»Ihr Vater war Palästinenser und stammte aus Ramallah?«

»Ja, Friede sei mit ihm.«

»Und die Familie Ihrer Mutter floh 1948 aus Nablus und ließ sich in Zarqa in Jordanien nieder?«

»Ja.«

»Wer war Ihr Urgroßvater?«

»Mohammed Amin Al-Husseini, der Großmufti von Jerusalem«, sagte er und straffte sich.

»Der Großmufti, der sich mit Hitler verbündete.«

»Ja.«

»Hätten Sie sich ebenfalls mit Hitler verbündet?«

»Nein«, antwortete er ohne jedes Zögern.

»Warum nicht?«, fragte ich.

Wieder zögerte Khalif nicht eine Sekunde. »Er hätte sich niemals mit mir verbündet.«

»Und warum das?«, fragte ich.

»Weil ich, Mr. Collins, am Ende mehr Juden töten werde, als Hitler sich je hätte träumen lassen.«

41

Immer noch gab es einige biografische Details, die ich bestätigt wissen wollte.

Jordanische Geheimdienstler hatten Omar berichtet, dass Khalifs Vater im Zuge der Ereignisse rund um die Kampfhandlungen zwischen jordanischer Armee und der PLO im Jahr 1970 getötet worden war. Während der palästinensischen Revolte, die Jassir Arafat angeführt hatte, um das Haschemitische Königreich zu stürzen, später als Schwarzer September in die Geschichte eingegangen. Dieselben Geheimdienstbeamten schilderten auch, wie Khalifs Mutter nach dem Schwarzen September mit allen sechs Kindern in die Vereinigten Arabischen Emirate geflohen war, wo ihr Onkel lebte. Sie hatte nicht mehr geheiratet.

Laut Ari Shalit sollte Khalif selbst in der jordanischen Stadt Zarqa geboren worden und in Dubai aufgewachsen sein. Er kehrte als Teenager nach Jordanien zurück und wurde nachweislich mehrfach wegen Diebstahl, Drogenschmuggel und sogar Vergewaltigung verhaftet, allerdings jedes Mal im Rahmen von Amnestien aus den jordanischen Haftanstalten entlassen.

Jamal Ramzi steuerte weitere Details zu Khalifs Biografie bei. Genauer gesagt, er bestätigte sie mir. Etwa dass er seinen Cousin für Al-Qaida rekrutiert und dieser erst in Afghanistan, dann im Irak gekämpft hatte. Aber wie genau war Khalif nach Zarkawis Tod an die Macht gelangt? Welche konkreten Umstände hatten zu seinem Bruch mit Al-Qaida geführt? Welchen Unterschied, wenn überhaupt, machte die kürzliche Ermordung Zawahiris durch die US-Regierung?

Ich wollte diese Frage und Hunderte weitere beantwortet haben, aber uns blieb einfach zu wenig Zeit. Ich schrieb immerhin kein Buch über Abu Khalif, sondern eine Reportage für eine Tageszeitung. Ich hatte nur noch 20 Minuten und musste ihm noch Antworten auf einige wesentlich aktuellere und dringlichere Fragen entlocken.

»Was halten Sie für den bislang größten Erfolg des IS?«, fragte ich, um irgendwo anzufangen.

»Von Al-Qaida verstoßen zu werden«, erwiderte er ruhig.

Dieser Kerl überraschte einen doch immer wieder.

»Sie behaupten also, dass Sie es von all den IS-Erfolgen auf dem Schlachtfeld als den bedeutendsten werten, von Zawahiri öffentlich verstoßen worden zu sein?«

»Ja.«

»Warum?«

»Es zeigte der Welt, wie schwach Zawahiri war. Es bestätigte, dass Al-Qaida mit Osama Bin Laden, Friede sei mit ihm, gestorben ist. Der IS ist der rechtmäßige Erbe von Bin Ladens Vermächtnis. Wir werden das Kalifat ohne die Ungläubigen errichten.«

Ich schrieb mit, so rasch ich konnte. »Sie betrachten die Al-Qaida-Anführer also als Ungläubige.«

»Natürlich, und wir rufen alle *Dschihadis* auf, sie im Stich zu lassen und an unserem Sieg teilzuhaben.«

»Okay, und was war Ihr bisher zweitwichtigster Sieg?«

»Die Amerikaner aus dem Irak zu vertreiben und den heiligen Boden von ihrer dreckigen und arroganten Anwesenheit zu reinigen.«

»Sie sprechen vom Rückzug der US-Truppen aus dem Irak Ende 2011?«

»Ja.«

»Wie haben Sie das erreicht?«

»Unsere Strategie bestand aus vier Schritten«, erläuterte er sachlich. »Zuerst haben wir im Irak so viele amerikanische Verbündete wie möglich angegriffen und getötet.«

»Warum?«

»Um sie davon zu überzeugen, das Bündnis mit den USA zu lösen und die Vereinigten Staaten auf diese Weise zu isolieren.«

»Von welchen Verbündeten sprechen Sie?«

»Von allen, insbesondere von den Briten und den Vereinten Nationen.«

»Und der zweite Schritt Ihrer Strategie?«

»Unser Ziel bestand darin, so viele irakische Regierungsbeamte und -einrichtungen wie möglich anzugreifen oder zu zerstören, um die irakische Regierung zu demoralisieren und sie so zu überzeugen, die US-Truppen schließlich gehen zu lassen.«

»Der dritte Schritt?«

»So viele Entwicklungshelfer und Verbündete der neuen Regierung wie möglich anzugreifen und zu töten, sie zu demoralisieren und aus dem Irak zu vertreiben.«

»Und viertens?«

»Das vierte Ziel lautete, Schiiten anzugreifen und umzubringen, die schiitischen Moscheen zu zerstören. So sollten die Amerikaner in einen Bürgerkrieg zwischen Schiiten und Sunniten hineingezogen werden. Besonders dagegen hatte Zawahiri etwas einzuwenden. Er glaubte, es könne auf keinen Fall funktionieren. Aber wie Sie selbst nur zu gut wissen, funktioniert das sehr wohl. Der letzte amerikanische Soldat hat den Sitz unseres Kalifats im Dezember 2011 verlassen. Wir konnten unsere Aufmerksamkeit also ganz auf Syrien konzentrieren.«

»Warum Syrien?«

»Baschar Al-Assad ist ein Ungläubiger. Er musste gestürzt werden.«

»Ihre Erfolge in Syrien haben weltweit Aufsehen erregt.«

»Unsere Erfolge in Syrien waren lange ein ernsthafter strategischer Fehlschlag, auch wenn wir uns rechtzeitig davon erholen und neu ausrichten konnten.«

»Ein Fehlschlag?«, hakte ich nach. »Wie meinen Sie das?«

»Eines unserer Hauptziele bestand in der Einnahme der Vororte von Damaskus«, erläuterte Khalif emotionslos. »Ich glaubte, wenn die IS-Truppen die Grenzen der Hauptstadt durchbrechen, könnten wir den Kriminellen Assad dazu bringen, chemische Waffen gegen uns einzusetzen.«

»Was er auch tat«, warf ich ein.

»Ja, und damit überschritt er die von den Amerikanern so bezeichnete ›Grenze des Erträglichen‹. An diesem Punkt war ich davon überzeugt, dass wir gewonnen hatten. Ich war sicher, dass die Amerikaner den ganzen Zorn ihres Militärs über dem Assad-Regime ausschütten würden und es damit entweder niederrangen oder derart schwächten, dass wir nur noch den Rest erledigen müssten. Dann hätte der IS das Vakuum ausfüllen und Damaskus und den Rest des Landes einnehmen können. Aber zu meiner Überraschung hat Ihr Präsident nachgegeben und nichts unternommen. Er hat keine Luftschläge geführt. Er hat Assad nicht entmachtet und folgerichtig haben wir wesentlich länger gebraucht als geplant, um es zu schaffen. Eine fatale Fehleinschätzung meinerseits. Ich habe die Dominanz der Amerikaner massiv überschätzt.«

Ich war überrascht, aber auch sehr erfreut, wie mitteilsam Khalif war. Er sprach geradezu druckreif ins

Mikrofon. Und er schwatzte nicht einfach nur so daher, sondern bot mir ernst gemeinte Einsichten in seine Weltanschauung und Zitate, die ich für eine echte Sensation hielt.

»Betrachten wir das große Ganze einmal von einer anderen Seite. Warum ist der IS notwendig?«, bohrte ich. »Sie haben Ihre Enttäuschung, Al-Qaida betreffend, angesprochen, aber was ist mit der Hisbollah, der Hamas oder dem Islamischen Dschihad? Wozu war eine weitere dschihadistische Gruppe notwendig?«

Khalif antwortete mit einer Gegenfrage. »War das Kalifat denn errichtet, bevor wir uns gegründet haben? Wurde Palästina befreit? Wurden die Ungläubigen im Heiligen Land, in Mekka, in Medina oder Jerusalem ausgelöscht? Nein. Und warum nicht? Weil zu viele Anführer, die behaupten, sie hätten sich dem Dschihad verpflichtet, in Wahrheit reine Krämer sind. Kaufleute. Es sind keine echten Gotteskrieger Allahs. Sie sind keine Revolutionäre, sondern leiten große Unternehmen, komplexe Bürokratien. Es sind keine wahren Gläubigen. Es sind Ungläubige, *kuffar*. Wenn sie loyale Kämpfer wären, hielte Allah seine schützende Hand über sie. Ihre Vorhaben wären nicht gescheitert. Sie hätten das Kalifat errichtet und dem Islam die Stellung verschafft, die er einst in der Welt besaß.«

»Sie glauben also, dass Allah seine schützende Hand über Sie hält?«

»Natürlich, alles spricht dafür.«

»Noch zehn Minuten«, verkündete Ismail Tikriti hinter mir.

Ich blickte auf meine Taschenuhr. Die Zeit verstrich viel zu schnell. »Worin also bestehen Ihre nächsten Ziele?«

»Wir haben viele«, antwortete Khalif. »Wir müssen unsere Arbeit hier und in Syrien abschließen. Aber wie mein Cousin Jamal Sie bereits wissen ließ, wir werden eine neue Front errichten. Wir haben uns ein drittes Ziel vorgenommen.«

»Wo?«

»Hat Jamal sich nicht deutlich genug ausgedrückt?«

»Ich glaube, dass die Welt das von Ihnen selbst hören sollte.«

»Es ist kein Geheimnis. Wir werden eine dritte Intifada in Palästina ausrufen«, antwortete er. »Wir werden einen vollständigen, totalen Dschihad gegen die Zionisten ausrufen, wir werden jeden jagen und vernichten, der die kriminelle Besetzung muslimischen Landes und die Versklavung des arabischen Volks unterstützt.«

»Das ist ein sehr ehrgeiziger Plan.«

»Wir unterwerfen uns dabei ganz dem Willen Allahs.«

»Könnten Sie das etwas genauer erläutern? Wie lauten Ihre taktischen Ziele für das kommende Jahr?«

»Es gibt insgesamt zehn.«

»Zehn Ziele, die Sie innerhalb der nächsten zwölf Monate umsetzen wollen?«

»Es nimmt vielleicht ein paar Jahre in Anspruch, alles zu realisieren, aber ich hoffe, dass eines davon genügt. Inschallah.«

»Werden Sie diese Ziele nennen und unseren Lesern mitteilen?«

»Natürlich. Wir wollen den Präsidenten der Vereinigten Staaten gefangen nehmen, ihn enthaupten und die Flagge des IS auf dem Weißen Haus hissen. Wir wollen den Premierminister Israels töten. Wir werden zu gegebener Zeit eine Welle von Selbstmordattentaten und andere

Angriffe sowohl über den Großen als auch den Kleinen Satan kommen lassen, sodass die Welt diese karzinogenen Tumore los ist. Aber unsere oberste Priorität besteht darin, diese Region von den vom Glauben abgefallenen arabischen Anführern zu befreien, die alle Muslime und sogar den Propheten selbst verraten haben. Wir werden die Regierung Jordaniens, die sogenannte palästinensische Autonomiebehörde und auch die Regierung von Saudi-Arabien angreifen, wie wir Syrien und den Irak angegriffen haben. Wir werden sie finden, töten und ihre Regime eins nach dem anderen zu Fall bringen. Zu einem Zeitpunkt, den wir noch festlegen werden, werden wir mit den Ägyptern genauso verfahren. Dann werden wir die befreiten Länder und alle Völker darin unter ein einziges Kommando stellen, mit mir als Emir. Im Herzen der Levante werden wir beginnen, uns dann aber über die gesamte Region und schließlich die ganze Welt ausbreiten.«

Ich stenografierte alles mit, so schnell ich konnte. Ich verstand nicht, dass Khalif überhaupt nicht aufgeregt zu sein schien. Er sprach ohne echte Emotion in der Stimme. Ja, sie klang sogar geradezu monoton. Äußerlich glich er einem Serienkiller, düster und sadistisch, aber ihn umgab eine fast übernatürliche Aura von Autorität, als gebot er nicht nur über sein eigenes Schicksal bis zur Vollkommenheit, sondern auch über das von Millionen anderen.

»Selbstmordattentate gegen die USA und Israel also; doch wann und wie?«

»Das werden Sie dann schon sehen, Mr. Collins.«

»Hat der IS Schläferzellen in den USA?«

»Ich werde nicht auf taktische Einzelheiten eingehen. Sie haben nach unseren Zielen gefragt, die habe ich Ihnen genannt. Aber Sie sollten wissen, dass wir viele

Amerikaner für unsere Sache des Dschihad rekrutiert haben, viele Kanadier und Europäer. Diese Kämpfer haben in Syrien und im Irak echte Kampferfahrung sammeln können. Sie sind gut ausgebildet. Sie sehen aus wie Ihresgleichen. Sie werden in der Masse untergehen und besitzen echte amerikanische, kanadische und europäische Pässe. Ihr Heimatschutz wird sie nicht enttarnen können, das garantiere ich Ihnen.«

Ich nahm mir einen Augenblick, um das Gehörte zu verarbeiten, und änderte dann die Stoßrichtung. »Warum hassen Sie die USA so sehr?«

Er setzte zu einer langen Predigt an, wie die USA Gott zurückwiesen, die Pornografie exportiert hätten und wie Washington den Israelis finanzielle Unterstützung zukommen ließ, die er als »kriminelle Zionisten« geißelte. Er ereiferte sich darüber, wie wenig die USA sich um die Palästinenser scherten. Jeder einzelne Satz war eine Schlagzeile für sich. Mir wurde klar, dass ich die Reportage wohl in mehrere kleinere Artikel aufbrechen musste. Doch als Ismail verkündete, dass wir nur noch drei Minuten hätten, unterbrach ich Khalif. Es gab noch ein Thema, zu dem ich ihn befragen musste, und ich gedachte die Gelegenheit zu nutzen. Jetzt oder nie.

»Also, Mr. Khalif, eins will ich Sie noch fragen: Hat der IS chemische Waffen in Syrien erbeuten können?«

Eine lange Pause entstand. Es wurde still, und zwar so lange, dass mir das Ticken meiner Taschenuhr allmählich lauter vorkam als das Summen der Neonröhren über unseren Köpfen. Khalif erwiderte dabei meinen Blick, ohne ein einziges Mal zu blinzeln. Ein seltsames Gefühl, ausgesprochen unheimlich. Ich hatte Leute sagen hören, sie hätten die Gegenwart des Bösen gespürt, und dass es in ihnen Schauer und Gänsehaut ausgelöst hatte. Mir war nie klar gewesen, was sie damit andeuten wollten.

Jetzt wusste ich es. Dieser Kerl war von Grund auf böse. Ich will damit nicht sagen, dass er nicht menschlich war. Aber wenn ich mich jemals in der Gesellschaft einer Person aufgehalten hatte, die von einem Dämon besessen schien, dann wohl in diesem konkreten Augenblick.

In mir begann Angst aufzusteigen. Aber ich war entschlossen, ihr nicht nachzugeben. Dieser Kerl war ein Mörder. Seine Leute eroberten nicht einfach nur arabische Territorien, sie schlachteten alle ab, die ihnen in die Quere gerieten. Ich ließ nicht zu, dass dieser Fanatiker mich einschüchterte. Immerhin war er der Gefangene in Ketten, ich dagegen verließ in ein paar Minuten das Gefängnis als freier Mann. Eine sensationelle Story hatte er mir bereits geliefert. Morgen würde sie in allen Ländern als Leitartikel und Schlagzeile auf der ersten Seite prangen: Das erste Interview überhaupt mit dem gefährlichsten Terroristen aller Zeiten. Ich hatte, was ich wollte. Wenn er nicht über die CBRN-Waffen reden wollte, auch gut. Ich hatte ihm eine Chance geboten, gedachte aber nicht, darum zu betteln.

Endlich öffnete er den Mund. Und überraschte mich aufs Neue.

»Ja.«

»Ja, was?«, hakte ich nach. Ich war nicht sicher, ob ich ihn richtig verstanden hatte.

»Ja, der IS hat in Syrien chemische Waffen erbeuten können«, verkündete er ohne Spielraum für Interpretationen. »Es waren genau genommen die Komponenten, aus denen Sarin gemischt wird. Ich habe keine genauen Zahlen, aber meine Leute sind mit Hunderten und Aberhunderten von Kisten davongefahren.«

»Wo haben Sie diese erbeutet?«

»Von der Basis in der Nähe von Aleppo, genau wie Sie ja schon berichtet haben.«

»Sie kennen also meine Reportage?«

»Ich habe all Ihre letzten Artikel gelesen.«

»Sie haben hier in Abu Ghuraib also Zugriff auf die *New York Times?*«

»Ich sitze im Gefängnis, Mr. Collins. Das macht mich nicht zu einem Höhlenmenschen. Wir haben hier … wie soll ich es ausdrücken … durchaus einige Annehmlichkeiten.«

Ich war unfassbar neugierig darauf, wie er an diesem Ort an Informationen gelangte, wie er es schaffte, den IS zu steuern und den Kontakt zu Ramzi und seinen anderen Kommandeuren zu halten. Hier, hinter Gittern und Mauern, die über zwei Meter dick waren. Aber es machte natürlich keinen Sinn, ihn darauf ausgerechnet vor dem stellvertretenden Direktor des irakischen Geheimdienstes anzusprechen. Es gab bestimmte Fragen, von denen ich wusste, dass Khalif sie mir nicht beantwortete.

»Wir müssen zum Ende kommen«, meinte Ismail prompt und tippte auf die Uhr an seinem Handgelenk.

»Nur noch eine Frage«, bat ich.

»Dann machen Sie schnell«, erwiderte er.

Ismail hatte es eilig, ich konnte sehen, dass nun auch seine Leibwächter unruhig wurden. Es gefiel ihnen eindeutig nicht, dass der hochrangige irakische Kabinettsbeamte, für den sie verantwortlich waren, sich außerhalb der Grünen Zone im Allgemeinen und in Gegenwart des IS-Anführers im Besonderen aufhielt, der zu allem Überfluss auch noch im Kontakt mit seinen Kommandeuren außerhalb dieses Gefängnisses stand.

Ich wollte gerade meine letzte Frage stellen, als plötzlich

die Lichter flackerten und der Tisch wackelte. Ein Wächter richtete eine Frage oder vielleicht auch einen Befehl
an seine Helfer, die sofort per Funk Kontakt aufnahmen,
wahrscheinlich mit jemandem in der Kontrollstation
des Gefängnisses, die wir auf dem Weg hierher passiert
hatten.

Ich wollte mich gerade an Khalif wenden, um erneut zu
meiner Frage anzusetzen, als die Stahltür aufflog und ein
Wachposten etwas auf Arabisch rief. »Wir müssen gehen«,
mahnte mein Begleiter. »Jetzt sofort.«

42

Im selben Augenblick, in dem die Tür aufschwang, hörte
ich die Explosionen.

Ich wusste sofort, dass das Gefängnis angegriffen wurde,
und ich wusste auch, dass es sich bei den Angreifenden
um IS-Milizen handeln musste. Am meisten beunruhigte
mich jedoch die abrupt einsetzende Erkenntnis, dass Abu
Khalif von diesem Angriff gewusst und ihn vermutlich
sogar federführend geplant hatte.

Ismail Tikriti packte mich am Arm. »Los! Nichts wie
weg hier!«

Ich drehte mich um und schnappte mir meine Kamera,
das Diktiergerät und die Taschenuhr. Ich schmiss alles in
meine Mappe, während die Wachen Abu Khalif durch die
andere Tür schoben.

Ich werde nie das Lächeln vergessen, das seine Züge
verzerrte, ebenso wenig wie den aus tiefster Kehle kommenden Schrei: »*Allahu akbar!*«

Umgeben von Soldaten rannten Ismail, der Wächter und ich durch die Korridore des weitverzweigten Gefängniskomplexes. Um uns herum brandeten Detonationen auf, knallten hastige Maschinengewehrsalven, tobte das wilde Geschrei Dutzender Insassen. Bald stießen andere, schwer bewaffnete Soldaten zu uns, die uns zurück in den Haupthof begleiteten.

Ich hörte, dass der Black Hawk bereits die Rotorblätter angeworfen hatte, und konnte es kaum erwarten, an Bord zu gehen und diesen Albtraum so weit wie nur irgend möglich hinter mir zu lassen. Kaum wurden die Türen des Hofs für uns entriegelt, als ich auch schon aus südwestlicher Richtung das hochfrequente Kreischen einer heranfliegenden Granate hörte. Sie verfehlte den Helikopter nur um zehn Meter oder weniger. Die Entladung fegte mich buchstäblich von den Beinen und wirbelte mich durch die Luft. Ich prallte gegen eine Betonwand und ging zu Boden. Grausamer Schmerz schoss mir durch den Rücken und das rechte Bein. Blut tropfte von meinem Kopf und ich rechnete mit dem Schlimmsten.

Den Bruchteil einer Sekunde später rauschte eine weitere Granate hinter uns heran und landete einen direkten Treffer. Der Helikopter loderte in einem gewaltigen Feuerball auf. Ich schlug die Hände über dem Kopf zusammen und bedeckte meine Augen, aber das half kaum, die glühende Hitze war stärker, als es irgendein Mensch ertragen konnte. Der widerwärtige Gestank von brennendem Kerosin und menschlichem Fleisch überwältigte mich. Und immer noch schlugen weitere Granaten ein.

»Los, kommen Sie!«, rief der Wachposten und Leiter der Security, packte sowohl Ismail als auch mich am Kragen und riss uns auf die Beine.

Ich humpelte, hatte Schmerzen, aber es ging irgendwie. Dann erhaschte ich einen Blick auf Ismail. Sein Gesicht war blutüberströmt. Schrapnellwunden bedeckten seinen Körper. Ich konnte die Angst in seinen Augen erkennen und verstand: Wir kämpften um unser Leben.

Wir folgten dem Wachmann ins Gebäude und hasteten bald durch das Labyrinth der Gänge, auch wenn ich keine Ahnung hatte, wohin es ging. Brachten die Wachen uns in einen Panikraum, um dort das Ende des Angriffs abzuwarten? Oder ging es zu den Garagen, wo wir uns ein paar Humvees schnappen könnten, um damit einen Ausbruch zu versuchen? Alternativen, auf dem Luftweg zu entkommen, gab es im Augenblick keine. Doch Ismail sagte nichts und der Wachmann wankte totenblass durch die Korridore.

Kurz darauf erreichten wir ein gesichertes Kommandozentrum. Der Wächter und seine Leute gingen rasch ihre Optionen durch, während ich Ismail half, sich hinzusetzen. Ich zog meine Jacke aus, um ihn damit warm zu halten.

Auch wenn ich mehrere Jahre lang Arabisch gelernt hatte und mich bei den meisten Gelegenheiten gut ausdrücken konnte, sprachen diese Männer zu hektisch, als dass ich ihnen hätte folgen können. Aber trotz der aggressiven Atmosphäre, die kaum Gelegenheit zum Nachdenken ließ, begriff ich zumindest eins: Unsere Möglichkeiten waren überschaubar, von Sekunde zu Sekunde wurden es weniger.

Meine Position erschwerte es, mir einen Überblick zu verschaffen. Ich hatte die Monitore für die Dutzenden Überwachungskameras, die überall in diesem verschlungenen Gefängnis installiert waren, nur teilweise im Blick. Auf einem der Bildschirme konnte ich das Wrack eines Lasters ausmachen, ein Sattelzug oder Tankwagen, der sich im Haupttor des Gefängnisses verkeilt hatte und in Flammen stand. Ich vermutete, dass ein IS-Sympathisant den Laster gestohlen und für eine Selbstmordmission zweckentfremdet hatte, die darin bestand, die Gefängnistore zu öffnen, um so den Dschihadisten den Zugang zu ermöglichen.

Aber es betraf nicht nur das Haupttor. Die Monitore dokumentierten, dass jeder Zugang zum Gefängnis von solchen Auto- oder Lkw-Bomben getroffen worden war, vermutlich sogar gleichzeitig. Das und die nicht enden wollenden Granateneinschläge beschäftigten das Sicherheitspersonal im Gebäudekomplex selbst, was wiederum dafür sorgte, dass Hunderte IS-Kämpfer, die nun auf den Monitoren erkennbar wurden, ungehindert in den Komplex eindringen konnten.

Das war der Zeitpunkt, an dem ich Angst bekam. Der erste Schock über den Angriff und seine Vehemenz wich rasch der Erkenntnis, dass die Soldaten und Wachen, die uns zugeteilt waren, dem Ansturm kaum gewachsen waren. Ein Gefängnisarzt hastete zu Ismail und begann, ihm Erste Hilfe zu leisten. Sein Sicherheitsmann telefonierte. Ich bekam nicht viel von der Unterhaltung mit, aber die Worte ›Verstärkung‹ und ›Luftunterstützung‹ übertönten den Lärm. Sobald er das Gespräch beendet hatte, wandte er sich an mich.

»Wir müssen Sie in einen Panikraum bringen«, teilte er mit ruhiger Stimme mit.

»Und wo ist das?«

»Direkt unter uns, zwei Ebenen tiefer. Diese Männer werden Sie dorthin bringen.«

Ich wollte ihm gerade danken, aber der Sicherheitschef erteilte in raschem Arabisch bereits weitere Instruktionen.

Viel verstand ich nicht, aber offensichtlich bestand er darauf, dass der uns zugeteilte Wachmann ebenfalls mit in den Panikraum ging. Es folgte eine kurze Auseinandersetzung, aber als eine Reihe von Granaten kaum 100 Meter von uns ins Gebäude einschlug, gab der Mann dem Rat seines Vorgesetzten nach.

Ein Dutzend Soldaten schirmte uns ab, während wir uns auf den Weg zu einem Aufzugschacht rechts um die nächste Ecke begaben. Da schlitterte eine Handgranate über den Boden direkt auf uns zu.

Wir sprangen zur Seite und suchten nach Deckung, als sie auch schon explodierte.

Dann kamen noch zwei Handgranaten angeflogen, die nacheinander detonierten, das Gebäude erschütterten und den Korridor mit Rauch und Trümmern erfüllten.

Die Dschihadisten hatten die Anlage gestürmt.

Ich hielt mich an, auf keinen Fall in Panik auszubrechen. Die Männer, die uns eskortierten, waren ausgebildete Profis. Ich befand mich in besten Händen.

Doch dann brach eine Reihe maskierter Männer durch die Türen im Gang vor uns und ballerte mit Automatikwaffen um sich. Die Soldaten an der Spitze unserer Gruppe hatten keine Chance. Vier von ihnen waren auf der Stelle tot oder lagen zumindest im Sterben. Ich ging sofort zu Boden, als der Rest der Eskorte das Feuer erwiderte. Ein Knall am anderen Ende des Korridors ließ mich kurz aufblicken; ein Notausgang war gerade in Stücke gerissen worden. Eine weitere Gruppe maskierter Rebellen stürmte auf uns zu.

Einer nach dem anderen gingen die Mitglieder unserer Eskorte zu Boden. Die meisten waren tot, einige wanden sich noch vor Schmerzen. Aber das dauerte nicht lange. Der Kommandant des Angriffstrupps, der wie alle anderen eine schwarze Maske und eine Bomberjacke mit einem IS-Aufnäher auf der Brust trug, zückte eine Pistole und erschoss systematisch jeden Einzelnen. Dann wandte er sich Ismail, dem Wachmann und mir zu.

Alle drei waren wir unbewaffnet. Es gab keinen Ausweg und auch keine Hoffnung auf Gnade. Ismail war bereits schwer verwundet, hielt sich aber aufrecht wie ein Fels. Er zeigte keine Furcht, nur eine eiserne Entschlossenheit, die ich bemerkenswert fand. Der Wachmann hingegen zitterte. Sein ganzer Körper bebte unkontrolliert.

Mir ging es ähnlich, ich hatte große Angst, zwang mich jedoch, vollkommen still zu liegen. Die Augen hielt ich offen, auch wenn ich nicht genau weiß, warum ich das tat. Instinkt, Furcht, Schock. Ich habe wirklich keine Ahnung. Jedenfalls hielt ich es für sinnlos, mich tot zu stellen. Diese Männer konnte ich nicht täuschen, sie erschossen mich so oder so.

Immer noch schlugen überall Granaten ein, eine Detonation nach der anderen erschütterte das Fundament. Der Wachmann bettelte um sein Leben. Doch der maskierte IS-Kommandant wollte nichts davon hören und befahl seinen Männern, ihn an Händen und Füßen zu fesseln und ihm mit Isolierband den Mund zuzukleben, damit er die Klappe hielt. Das Gleiche taten sie bei Ismail und mir. Als Nächstes öffneten sie einen Rucksack und holten eine Kamera samt Stativ hervor. Ein weiterer Kämpfer stellte zwei Scheinwerfer auf. Instinktiv versuchte ich zurückzuweichen, doch da wurde plötzlich ein Stiefel auf meinen Nacken gepresst und der Lauf eines AK-47 drückte gegen meine Schläfe.

Mein Blick fiel auf den Kommandanten, er hielt eine Machete mit blutiger Klinge in der Hand. Ich schloss die

Augen und wartete auf mein Ende. Ich wünschte, ich könnte behaupten, dass ich betete, dass ich Gott um Gnade anflehte. Aber die nackte Wahrheit ist folgende: Mein Verstand setzte komplett aus. Ich war erstarrt vor Schreck und konnte weder denken noch sprechen, beten oder betteln.

Etwas traf mich hart im Magen. Ich biss mir auf die Zunge und versuchte, nicht aufzuschreien, aber das ließ den Schmerz nur doppelt so stark werden. Dann herrschte mich jemand an.

»Collins! Bist du Collins?«

Ich öffnete die Augen. Was hätte ich sonst tun sollen? Der Kommandant stand über mir, beugte sich herab und zielte mit einer 45er auf meine Stirn. Es war vorbei.

Wieder brüllte er mich an. »Bist du Collins?« Er sprach mit starkem syrischen Akzent.

Jemand zog mir das Isolierband vom Mund. Ich wollte etwas sagen, versuchte ein »Ja« herauszuquetschen. Aber ich schaffte es nicht. Also nickte ich nur und schwieg.

»Aufstehen!«

Warum, was hatten sie vor? Mit zitternden Beinen kämpfte ich mich hoch.

»Nimm das!«, sagte er und drückte mir die Kamera in die Hand. »Setz sie auf das Stativ. Die Welt muss wissen, was wir getan haben.«

Das konnte doch alles nicht wahr sein. Sie wollten nicht einfach bloß dafür sorgen, dass ich alles mit ansah, sie zwangen mich sogar, es zu filmen.

Mir blieb keine andere Wahl. Ich nahm das Gerät entgegen und trat zu dem dreibeinigen Stativ, befestigte die Kamera darauf und wartete, aber nicht lange. Schon einen Augenblick später kam Abu Khalif um die Ecke. Er trug weiterhin den orangefarbenen Overall eines Häftlings.

Khalif ging zu Ismail und dem Wachmann und blieb stehen. Die Terroristen fesselten die Torsos und Gliedmaßen der beiden irakischen Beamten, wodurch jede Bewegung von Armen und Beinen unmöglich wurde. Der Mund des Wachmanns war zugeklebt, doch sein Blick teilte mir alles mit, was er dachte und fühlte. Das einzige Mal, dass ich jemanden derart verängstigt erlebt hatte, war in Homs gewesen, als ein syrischer Soldat direkt vor meinen Augen gestorben war. Ismail hingegen blieb standhaft. Er war gefesselt und geknebelt, aber seine Haltung machte deutlich, dass er nicht um sein Leben zu betteln gedachte. Nicht einmal mit Blicken.

Khalif wandte sich an mich. »Starten Sie die Aufnahme, Mr. Collins.«

Meine Hände zitterten, als ich tat, was man mir befohlen hatte. Welche andere Wahl blieb mir denn?

Khalif sah direkt in das Objektiv. Er trug keine Maske oder Kapuze. Er versuchte auch nicht, seine Stimme zu verstellen oder seine Identität zu verschleiern. Er sprach einfach mit der gleichen unheimlichen Monotonie, mit der er vorhin zu mir gesprochen hatte.

»Ich bin Abu Khalif, der Emir des Islamischen Staats im Irak und in Syrien«, begann er. »Im Namen Allahs, des höchst Gnaden- und Mitleidsvollen, erkläre ich, dass heute die nächste Phase der Befreiung des Irak begonnen hat. Wir werden ein wahrhaftiges islamisches Kalifat errichten, in dem die Gesetze der Scharia gelten. Wir werden uns um die Armen kümmern und die Gefangenen befreien. Wir werden die Ungläubigen vertreiben und die Gerechtigkeit des Schwertes gegen solche wiederherstellen, die Allah und den Propheten, Friede sei mit ihm, verraten.«

Jemand reichte ihm die Machete.

»Heute haben die treuen und tapferen Kämpfer des IS zwei der schlimmsten Verräter des Irak gefangen genommen«, fuhr er fort. »Als stellvertretender Direktor des irakischen Geheimdienstes ist Ismail Tikriti ein Verbrecher. Verantwortlich für Folter und Hinrichtung so vieler treuer Diener Allahs. Er ist ein Verräter all dessen, was gut und rein und gerecht ist in der Welt. Der Wachmann, der hier in Abu Ghuraib diente, ist ebenso schuldig an diesen Verbrechen gegen Allah und gegen die wahren Muslime. Diese Männer sind der Inbegriff der Korruption und der Arroganz. Heute werden sie das Schwert der wahren Gerechtigkeit zu spüren bekommen.«

Ich ertrug es nicht, weiter hinzusehen. Und doch gestattete man mir nicht, den Blick abzuwenden.

Ich wusste, dass ich als Nächster an die Reihe kam.

43

Mossul, Irak

Ich werde nie den Anblick der Enthauptung eines Menschen vergessen können.

Es war das Widerwärtigste, was man sich vorstellen kann.

Am Ende wurde nur Ismail Tikriti vor laufender Kamera ermordet und der Wachposten schreiend davongezerrt. Irgendwann, ich hatte mich so lange übergeben, dass ich mich völlig leer fühlte, nur noch würgte und nach Luft schnappen konnte, verlor ich offenbar das Bewusstsein. Als ich aufwachte, hatte ich keine Ahnung, wo ich mich befand, wie ich dorthin gelangt war oder wie lange meine Ohnmacht gedauert hatte. Vollkommen überrascht registrierte ich, dass Abu Khalif mich am Leben gelassen hatte, und war erschütterter, als ich es je in Worte fassen könnte.

Ich fand mich an die Wand gekettet in einem kleinen, feuchten und kalten Raum wieder. Sobald meine Augen sich an das Dämmerlicht gewöhnt hatten, erkannte ich, dass ich von dreckigen Betonmauern und Männern mit Maschinengewehren umgeben war. Männer in Masken, die in dem Augenblick Arabisch zu sprechen begannen, in dem sie merkten, dass ich meinen Kopf von den Holzbrettern erhob, die mir als Bett dienen sollten. Bevor ich überhaupt verstand, was los war, riss man mich auf die Beine, in Eisenketten gefesselt, und führte mich in Handschellen und mit Isoband geknebelt durch einen dunklen Korridor. Wir gingen eine Treppe hinauf und durch eine Tür in ein bescheiden eingerichtetes Wohnzimmer. Mir wurde bedeutet, ich solle mich auf eine vergilbte und durchgesessene rote Couch setzen. Ich gehorchte sofort. Erst jetzt realisierte ich, dass man mich bis auf die Boxershorts und das T-Shirt ausgezogen hatte. Aber die Luft in diesem Raum war nicht annähernd so kalt wie unten.

Als ich mich umsah, erkannte ich, dass wir uns im Erdgeschoss eines Wohnhauses befanden. Mein erster Eindruck war, dass hier früher ein Ehepaar im Rentenalter gelebt haben musste. Vielleicht die Wohnung der Eltern oder Großeltern eines der IS-Rebellen. Aber das Apartment diente nicht länger als Heim. Sicher, es gab grundsätzliche Annehmlichkeiten: Familienbilder an den Wänden, ein paar Nippesfiguren unterschiedlicher Art hier und da und ein altes Klavier in einer Ecke. Aber rechts von mir hatte man Tisch und Stühle aus der Essecke entfernt. Dort befanden sich nun Stapel von Holzkisten, auf denen man russische Transportanweisungen lesen konnte. Ich fragte mich, ob sich Waffen darin befinden mochten. Links von mir gab es eine winzige Küche, aber Kochutensilien und Geschirr hatte man offenbar entfernt. Stattdessen waren dort elektronische Geräte, Computer und Festplatten aufgebaut.

Es schien sich um einen konspirativen Unterschlupf zu handeln.

Hier im Wohnzimmer befanden sich keine Stative oder Videokameras. Es gab keine Plastikplanen auf dem Boden oder Anzeichen von Schwertern oder Macheten, soweit ich es überblicken konnte. Ich wusste nur zu gut, dass sich das jeden Augenblick ändern konnte. Aber da ich immer noch am Leben war, musste der IS etwas von mir wollen. Allerdings hatte ich keine Ahnung, was das sein mochte.

Ein paar Minuten später schlenderte Abu Khalif ins Zimmer und setzte sich in einen alten Ohrensessel. Er trug nicht länger den orangefarbenen Overall, sondern eine traditionelle weiße Robe, den *Taub,* sowie eine schwarz-weiß karierte *Kufiya.* Damit sah er schon eher wie der arabische Emir aus, als der er sich ausgab. Angesichts der Farbe und des Musters dieser besonderen Kopfbedeckung war durchaus möglich, dass er sich eine besonders palästinensische Anmutung geben wollte.

»*As-salamu alaikum*«, begann er. Die übliche arabische Begrüßung. Friede sei mit dir.

Ich antwortete nicht mit »*Wa'alaikum-as-salam*«, was die gängige Erwiderung darauf gewesen wäre. Selbst wenn ich es hätte tun wollen – und ich wollte es nicht –, war mein Mund mit Klebeband verschlossen. Ein paar der anwesenden Wachposten antworteten hingegen auf den Gruß. Khalif befahl einem von ihnen, das Band vor meinem Mund abzuziehen.

Ich konnte also wieder sprechen. Doch ich hatte nichts zu sagen.

»Willkommen in Mossul«, erklärte Khalif und setzte sich nun direkt mir gegenüber. »Auch wenn Sie ebenfalls ein Ungläubiger sind, Mr. Collins, habe ich beschlossen, Ihr Leben aus einem Grund zu verschonen: Sie sind mir immer noch nützlich.«

Er betonte den Ausdruck ›immer noch‹ nicht besonders, aber mir fiel es dennoch auf.

»Ich wollte nicht, dass die Welt erfährt, dass der IS an chemische Waffen gelangt ist«, fuhr er fort. »Ich glaube, dass Jamal Ramzi meine Wünsche diesbezüglich sehr deutlich gemacht hat, oder etwa nicht?«

Er hielt inne und wartete auf meine Antwort.

»Das hat er«, entgegnete ich gelassen. Es hatte keinen Zweck, das zu leugnen.

»Es gibt nur wenige Menschen auf der Welt, die sich meinem direkten Befehl widersetzen und das überleben«, stellte Khalif fest. »Aber nach Ihrer Reportage erkannte ich, dass weitere Dementis keinen Sinn mehr ergeben. Ich erkannte, dass wir stolz auf das sein sollten, was wir erreicht haben, es begrüßen sollten. Wir haben getan, was Osama Bin Laden und sein Vasall Zawahiri nie haben tun können: eine Armee aufzubauen, die tatsächlich im Besitz von Massenvernichtungswaffen ist.«

Ich konnte mir denken, dass er noch mehr zu sagen hatte, also schwieg ich weiterhin.

»Sie werden also Folgendes tun«, fuhr er fort. »Sie werden dem Islamischen Staat dienen und Ihre Nützlichkeit weiterhin unter Beweis stellen, indem Sie über meine Befreiung aus den Händen der Verräter des Islam berichten. Diese Reportage wird von Abu Ghuraib aus veröffentlicht werden. Zusätzlich werde ich Ihnen gestatten, das Porträt zu schreiben, das Sie überhaupt erst in den Irak und zu mir geführt hat. Dieses Porträt werden wir von Bagdad aus veröffentlichen. Unter keinen Umständen werden Sie Mossul in beiden Artikeln erwähnen. Ungehorsam jeglicher Art wird schnell und strengstens bestraft.«

Ich wusste, was das hieß. Ich erinnerte mich nur zu gut, wie Ismail Tikriti gestorben war.

»Sie werden ein Notebook bekommen und einen ruhigen Platz, an dem Sie schreiben können. Wenn Sie fertig sind, wird man Ihnen einen USB-Stick aushändigen, auf dem Sie die Texte abspeichern können. Ich werde die Reportagen persönlich an Ihren Redakteur in Washington schicken. Sie werden in den nächsten 24 Stunden keinen direkten Kontakt mit der Außenwelt haben, sei es per E-Mail, Telefon oder auf anderen Wegen.«

Gegen meinen Willen begann plötzlich mein Magen zu rumoren. Erst jetzt fiel mir auf, dass ich einen Bärenhunger hatte.

Auch Khalif entging das nicht. »Wenn Sie Ihre Arbeit beendet haben, wird man Ihnen Linsensuppe, Brot und Kaffee bringen. Bis dahin haben Sie nichts anderes zu tun als zu schreiben. Haben Sie mich verstanden?«

Mir wurde keine Alternative angeboten. Ich brauchte auch keine. Khalif wusste nur zu gut, dass ich einwilligen musste. Ich hatte auf keinen Fall den Wunsch, auf dieselbe grausame Art und Weise zu enden, deren Zeuge ich eben geworden war. Außerdem handelte es sich um genau die Geschichte, die zu schreiben ich in den Irak gekommen war.

Zumindest die zweite – das Porträt. Für den Bericht über die Befreiung galt das natürlich nicht.

Ich schwieg weiterhin. Das hier war ohnehin kein Dialog oder ein Interview. Er erteilte mir Befehle und setzte voraus, dass ich gehorchte. Ich nickte. Sobald ich das getan hatte, wurde ich rasch von ein paar Wachen fortgebracht. Man schob mich in einen fensterlosen Raum, wo sich der von Khalif versprochene Computer befand. Sie verschlossen die Tür von außen und ließen mich allein.

Ich überprüfte den Computer, doch er hatte keine Verbindung zum Internet. Entweder gab es kein WLAN in diesem Gebäude oder man hatte die notwendigen Treiber deinstalliert. Ich war mir nicht sicher, woran es lag. Nachdem ich alles andere als ein Computerfreak bin, blieb ich so mit meinen Gedanken ganz allein, abgeschnitten von der Außenwelt.

Dann bemerkte ich meine Aktenmappe in einer Ecke. Ich sah nach, was sich noch darin befand; die meisten meiner Sachen waren entfernt worden. Aber meinen Notizblock und das digitale Aufzeichnungsgerät hatten sie mir gelassen. Auch die Uhr, die ich von meinem Großvater bekommen hatte, tickte leise vor sich hin. Ich beschloss, mich umgehend an die Arbeit zu machen. Je schneller ich fertig war, desto eher bekam ich etwas zu essen und entkam dieser klaustrophobischen Umgebung.

In den nächsten Stunden arbeitete ich ohne Unterbrechung. Ohne Kaffee, ohne Wasser oder die Möglichkeit, eine Toilette aufsuchen zu können. Ich schrieb den Artikel über den Gefängnisausbruch zuerst, denn die Ereignisse waren mir noch frisch im Gedächtnis. Ich schrieb aus der Ich-Perspektive und schilderte die Enthauptung Ismail Tikritis, wenn auch nicht in allen Details. Erst dann machte ich mich daran, das halbstündige Interview mit dem IS-Anführer zu transkribieren und ein Porträt von ihm zu erarbeiten.

Als ich die beiden Texte noch einmal redigiert und einige kleinere Korrekturen vorgenommen hatte, klopfte ich an die Tür. Zwei Wachen brachten mich zu Khalif. Er las meine Arbeiten und erklärte, er werde sie direkt versenden.

»Sie sind wirklich ein erstklassiger Journalist, Mr. Collins«, schob er hinterher.

Ich war nicht sicher, wie ich mit diesem Kompliment eines Massenmörders umgehen sollte. Doch er bat mich bereits um die E-Mail-Adresse meines Redakteurs in Washington und ich nannte sie ihm. Er sagte, er wolle Allen den Artikel und einige Fotos, die er von meiner Nikon heruntergeladen hatte, zusammen mit einer Nachricht in meinem Namen übermitteln, die besagte, dass ich für den Augenblick in Sicherheit sei und von einem ›sicheren und geheimen Ort‹ aus schreibe. Dann fügte er noch hinzu, dass ich nun gehen, etwas Brot und Suppe essen und mich ausruhen solle.

»Sie werden die Ruhe brauchen«, betonte er. »Morgen wird ein großer Tag für Sie.«

Ich fragte nicht nach, was das zu bedeuten hatte. Ich wollte es gar nicht wissen.

44

Noch vor der Morgendämmerung wurde ich von Soldaten geweckt. Sie händigten mir meine Kleidung sowie meinen Kulturbeutel aus und schlossen mich im Badezimmer ein, damit ich duschen konnte. Das Wasser war eiskalt, also entschied ich mich für eine Katzenwäsche. Nachdem ich mich angezogen und mir die Zähne geputzt hatte, klopfte ich an die Tür.

Sie ließen mich hinaus und brachten mich ins Wohnzimmer. Trotz der geschlossenen Fensterläden konnte ich erkennen, dass es draußen noch dunkel war. Ich setzte mich, wieder an Händen und Füßen in Ketten gelegt. Angst erfüllte mich, auch ein Gefühl von Bedrohung. Was immer Khalif mit dem »großen Tag« meinte, er hatte begonnen.

Ich saß eine ganze Weile so da, vielleicht 15 oder 20 Minuten, eventuell auch länger. Keine der Wachen sagte ein Wort und ich hielt ebenfalls den Mund. Sie gaben mir nichts zu tun und mit jeder Minute, die ich länger herumsaß, verstärkte sich meine Anspannung. Meine Gedanken rasten durch Tausende ›Was wäre, wenn‹-Szenarios, eins grauenvoller als das andere. Schließlich trat Abu Khalif ins Zimmer und nahm erneut den Platz mir gegenüber ein, während seine Leibwächter sich um uns herum postierten.

»Nun, Mr. Collins, die Zeit ist gekommen, dass ich Ihnen umgekehrt einige Fragen stelle.« Immer noch schwang in seiner Stimme keinerlei Emotion mit. »Wie geht es Ihrer Mutter? Sie hat in Bar Harbor wirklich ein wunderschönes Haus. Es steht in der Waldron Street, nicht wahr?«

Mein Magen verkrampfte sich. Warum erwähnte dieses Monster meine Mutter? Und woher kannte er ihre Adresse? Ich antwortete nicht.

»Und Ihr Bruder, ich glaube, er heißt Matt, und seine Frau Annie, wie geht es denen? Und diese wundervollen kleinen Kinder. Sind alle wohlauf? Eine intakte Familie ist so wichtig. Finden Sie nicht auch?«

Jetzt war es klar. Es sprach eine Warnung aus. Um genau zu sein, drohte er mir: Spielen Sie mit – oder auf jene, die Ihnen nahestehen, wartet der Tod.

»Sie sind heute recht schweigsam, Mr. Collins.«

Ich biss die Zähne zusammen und sagte nichts.

»Ich fürchte, ich habe für Ihre Launen keine Zeit, Mr. Collins. Es gibt bestimmte Dinge, die ich von Ihnen wissen will, und Sie werden gefälligst antworten. Zuerst möchte ich wissen, ob die Gerüchte, die ich von Informanten in Jerusalem und Ramallah höre, zutreffen. Wird der verbrecherische Zionist Lavi einen Friedensvertrag mit dem palästinensischen Verräter Salim Mansour abschließen?«

Die Frage verwirrte mich. Ich hatte weitere Fragen über meine Familie erwartet, aber offenbar war das nur eine sadistische Einleitung für das gewesen, was er eigentlich hatte diskutieren wollen.

»Warum fragen Sie mich?«, forschte ich nach.

»Nein, Mr. Collins, Sie stellen heute keine Fragen. Ich bin dran«, schoss er mit finsterem Blick zurück. In seiner Stimme schwang zum ersten Mal Zorn mit.

Mein Puls beschleunigte sich. Zweifellos war es nicht besonders schlau, diesen Verrückten auf die Palme zu bringen, aber wie lautete die richtige Antwort? Was wollte er hören?

»Ja, sie sind wahr«, bestätigte ich schließlich. Ich würde ohnehin sterben, aber sicher nicht, weil ich ihm sinnlose Lügen auftischte.

Doch anstatt ihn noch wütender zu machen, ließ meine Antwort ihn anscheinend beträchtlich ruhiger werden. Er lehnte sich entspannt zurück, die Emotionen wichen aus seinem Gesicht und seiner Stimme.

»Sie sagen also, dass Lavi und Mansour sich auf ein Abkommen geeinigt haben?«

»Ich denke, schon.«

»Und dieses Abkommen ist endgültig?«

»So schilderte man es mir.«

»Warum haben Sie noch nicht darüber berichtet?«

»Das ist nicht mein Fachgebiet. Ich zog es vor, hierherzukommen.«

»In den Irak?«

»Ja.«

»Direkt aus Israel?«

»Nein.«

»Aus Jordanien?«

Ich zögerte einen Augenblick, nickte aber dann.

Das schien ihn eine Weile zu beschäftigen.

Dann fragte er: »Wie bald wird der Vertrag unterzeichnet?«

»Ich weiß es nicht.«

»Was wissen Sie überhaupt?«

»Ich habe gehört, dass der Vertrag Ende des Monats in Washington feierlich unterzeichnet werden soll«, sagte ich und versuchte, aus meinen Worten jeden Hinweis herauszuhalten, dass die Zeremonie bereits in den nächsten Tagen stattfinden sollte, und zwar in Jerusalem, nicht in Washington.

»Und alle werden im Weißen Haus zugegen sein ... Mansour, Lavi und Präsident Taylor?«

»Ja.«

»Auch König Abdullah?«

»Ich denke, schon.«

»Das wäre naheliegend, nicht wahr, immerhin gilt er doch als einer der Hauptinitiatoren des Vertrags.«

»Ich weiß nicht, wie der König sein Mitwirken bezeichnen würde«, meinte ich. Streng genommen stimmte das, und doch kam es bei allem, was ich im Rahmen dieser bizarren Konversation über die Lippen gebracht hatte, einer Lüge am nächsten.

»Sie glauben also nicht, dass der König sich selbst als eigentlichen Urheber dieses Vertrages betrachtet?«, bohrte Khalif hartnäckig nach. »Nach all den privaten Zusammenkünften, die er mit Zionisten wie Lavi, einem Abtrünnigen wie Mansour und vollkommenen *Kafir* wie Ihrem Präsidenten hatte, immer und immer wieder in den vergangenen Monaten, glauben Sie also wirklich nicht, dass Abdullah, ein Verräter am Propheten und allem, wofür er stand, sich nicht nur für den Paten dieses sogenannten Friedensabkommens hält, sondern auch noch stolz darauf ist?«

»Das kann ich wirklich nicht beurteilen«, antwortete ich.

»Können Sie es nicht beurteilen oder wollen Sie nicht? Da ist ein Unterschied, Mr. Collins.«

»Ich kann nicht«, erwiderte ich. »Ich habe nicht mit dem König über dieses Thema gesprochen, auch nicht über irgendein anderes. Er und ich kennen uns nicht. Ich habe ihn nie getroffen oder ihn interviewt.«

»Ihr Großvater hat seinen Urgroßvater interviewt, nicht wahr?«

Ich war gleichermaßen fasziniert wie beunruhigt über die Kenntnisse, die Khalif über diese geheimste aller Nahostinitiativen hatte, ganz abgesehen davon, wie gut er sich mit meiner Familiengeschichte auskannte. Soweit es mir bewusst war, wusste kein Reporter in der Region, in den USA oder in anderen Teilen der Welt, dass der

Friedensvertrag eine beschlossene Sache und der jordanische Monarch der Initiator gewesen war. Ich bildete die Ausnahme. Wenn irgendein anderer Journalist, der für irgendeine Agentur oder irgendein Medium tätig war, diese Information besessen hätte, hätte er sie garantiert veröffentlicht. Doch das war nicht geschehen. Noch nicht?

Die *Jordan Times* hätte sicher noch am ehesten darüber Bescheid gewusst, dass ein solcher Deal in der Mache war, aber selbst die hatte sich bisher nur im Konjunktiv dazu geäußert. Wie war Khalif also an solche Insider-Informationen gelangt? Wenn es nicht von einem Reporter kam, hatte er vielleicht einen Maulwurf bei einem der vier involvierten Regierungsapparate eingeschleust. Bei den Amerikanern, den Israelis, den Palästinensern oder den Jordaniern. Was beabsichtigte dieser Wahnsinnige mit diesem Fakt anzufangen?

»Eigentlich bekam mein Großvater gar nicht mehr die Gelegenheit …«

Aber bevor ich den Satz beenden konnte, schnitt Khalif mir das Wort ab. »Ach ja, wie konnte ich das vergessen? Das Schicksal selbst hat eingegriffen. Der König wurde ermordet. Wie traurig … für Ihren Großvater.«

In diesem Augenblick klingelte ein Telefon, mehrmals hintereinander. Ein Soldat trat durch eine Tür rechts von mir ins Zimmer und reichte Khalif ein Satellitentelefon.

Er nahm es und sprach auf Arabisch in den Hörer, langsam und deutlich. »Noch nicht. … Aber die Vorbereitungen schreiten voran? … Steht dem deiner Ansicht nach etwas im Weg? … Die anderen sind eingeweiht? … Sehr gut, ruf mich in zwei Stunden wieder an.«

Khalif gab das Telefon an den Mann zurück, der es gebracht hatte und ihm nun einen Stapel Papier gab.

Er las die Unterlagen sorgfältig und gab sie an mich weiter. Es waren Ausdrucke der *Times*-Webseite. Meine beiden Artikel waren die Aufmacher.

»Die Nachrichten sind eine Sensation, Mr. Collins«, stellte Khalif mit dem Anflug eines Lächelns fest. »Aber es wird noch viel mehr kommen.«

Dann änderte er die Stoßrichtung des Verhörs. »Ich möchte Sie bezüglich meines Porträts etwas fragen«, sagte er ruhig. »Etwas daran stört mich sehr.«

Meine Nervosität stieg sprunghaft an.

»Sie stellten fest, dass ich ›behauptet‹ habe, ich sei im Besitz chemischer Waffen, die ›mutmaßlich‹ vor einigen Wochen von einem syrischen Militärstützpunkt nahe Aleppo geraubt wurden. Warum haben Sie die Worte ›behauptet‹ und ›mutmaßlich‹ verwendet?«

»Ich fürchte, ich verstehe die Frage nicht«, entgegnete ich so diplomatisch wie möglich.

»Natürlich tun Sie das«, widersprach er. »Das ist eine sehr eindeutige Frage. Warum haben Sie diese Worte benutzt, um meine Feststellungen zu umschreiben?«

Ich konnte ihm weiterhin nicht ganz folgen, bemühte mich aber, ihm eine befriedigende Antwort zu geben. »Als ich Sie im Gefängnis auf die chemischen Waffen ansprach, behaupteten Sie, Sie befänden sich in Ihrem Besitz. Und Sie sagten auch, dass Ihre Streitkräfte sie von dieser Basis geholt hätten.«

»Genau.«

»Nun, das habe ich doch geschrieben.«

»Nein, haben Sie nicht.«

»Ich fürchte, ich verstehe nicht, was Sie meinen. Genau so steht es im Text.«

»Nein, Sie haben meine Aussage mit einer Wertung

versehen«, konterte Khalif. »Sie haben es so aussehen lassen, dass ich einfach nur behauptet hätte, ich hätte CBRN-Waffen. So als erfände ich eine Geschichte, wo es doch ein Fakt ist, dass wir diese Waffen besitzen. Wir werden sie im Übrigen auch benutzen, wenn die Zeit gekommen ist.«

»Ich habe nur wiedergegeben, was Sie gesagt haben.«

»Ich bekomme langsam den Eindruck, Sie glauben mir nicht.«

»Es spielt keine Rolle, was ich glaube. Ich habe lediglich versucht, die Fakten akkurat wiederzugeben.«

»Der IS hat chemische Waffen, das ist eine Tatsache, Mr. Collins.«

»Das sagen Sie.«

»Ja, das sage ich und damit wird es zur Tatsache.«

»Nicht in meiner Welt.«

»Meine Bestätigung dieser Berichte macht es nicht wahr?«

»Nicht ohne Beweise.«

»Ich verstehe.«

»Ich weiß nicht, was Sie von mir wollen«, sagte ich. »Ich habe Ihre Aussagen zusammengefasst und Ihnen den Artikel gezeigt. Sie haben beide Artikel, so wie sie waren, an meinen Redakteur geschickt. Warum regen Sie sich jetzt hinterher so über Kleinigkeiten in den Formulierungen auf?«

»Ich rege mich nicht auf«, widersprach Khalif. »Ich will nur eine Reportage, die allen Ungläubigen klarmacht, dass wir nicht bloß Geschwätz von uns geben und Märchen erzählen. Wir geben nicht einfach Presseerklärungen, Audioaufzeichnungen und Videos auf YouTube heraus. Ich bin nicht Zawahiri. Ich bausche nichts auf. Wir sind die wahren Mudschaheddin Allahs und wir wollen, dass das der Welt vollkommen klar wird.«

Mit diesen Worten stand er auf. »Kommen Sie, Mr. Collins. Ich werde Ihnen etwas zeigen.«

Zwei Wächter zerrten mich in die Höhe, verbanden mir die Augen und klebten mir Paketband über den Mund. Bevor ich wusste, wie mir geschah, stießen sie mich auf die Rückbank eines Autos. Als es anfuhr, stellte jemand das Radio auf volle Lautstärke, sodass ich nichts anderes mehr hörte als diese verfluchte Musik, die jeder andere im Auto anscheinend toll fand. Ich hörte keine Straßengeräusche, keine Vögel und auch keinen Baulärm oder sonst etwas, das Hinweise auf unser Ziel oder Stationen unterwegs lieferte. Ich konnte nicht mal verstehen, was die anderen sagten.

Ich schätze, dass wir etwa eine Viertelstunde oder 20 Minuten fuhren, auch wenn es ohne konkrete Anhaltspunkte schwierig ist, ein Zeitgefühl zu entwickeln. Schließlich hielten wir. Die Musik wurde abgeschaltet. Türen klappten. Ich hörte, wie Khalif einige arabische Befehle erteilte, dann zerrte man mich aus dem Wagen.

Als das Band vor meinen Augen weggerissen wurde, stellte ich fest, dass ich mich in einer dunklen Garage befand. Als sich meine Augen ans Dämmerlicht gewöhnt hatten, sah ich einen riesigen Mann im Schatten stehen und erkannte schließlich, dass es sich um Jamal Ramzi handelte, der neben Khalif und vor mir stand.

»Willkommen in Mossul, Mr. Collins«, begrüßte mich Ramzi. »Welch eine Ehre. Sie sind der erste Ungläubige, der jemals ins Innere nicht nur eines, sondern gleich zweier IS-Stützpunkte eingeladen wurde.«

Ich nickte kurz, sagte jedoch nichts.

»Jetzt legen Sie bitte die hier an.« Ramzi hielt mir eine Gasmaske hin.

»Warum?«

»Damit Sie nicht sterben. Zumindest vorläufig nicht.«

Ich gehorchte.

Ramzi streifte ebenfalls eine Gasmaske über, genau wie Khalif und das Dutzend Bewaffneter. Dann ging Ramzi voraus, erst durch einen dunklen Korridor, dann mehrere Treppenabsätze abwärts in den Keller des Gebäudes, in dem wir uns aufhielten. Wir passierten einige Türen ohne besondere Auffälligkeiten, erreichten dann jedoch eine Doppeltür, die offenbar als eine Art Luftschleuse für ein Labor diente. Obwohl das Visier meiner Gasmaske ein wenig beschlug, bemerkte ich wissenschaftliche Instrumente verschiedenster Art und mindestens ein halbes Dutzend Männer, die in weißen Kitteln und Masken daran arbeiteten.

Ramzi bugsierte Khalif, mich und einen Bewaffneten in einen separaten Raum. Darin befand sich absolut nichts. Keine Stühle, keine Tische, kein Mobiliar irgendwelcher Art, aber in die Wand direkt vor uns war ein rechteckiges Fenster eingelassen, anscheinend mehrere Zentimeter dick. Auf der anderen Seite der Scheibe befand sich eine Art Betonbunker. Ebenfalls leer, aber als ich genauer hinsah, betrat ihn jemand mit Laborkittel und Gasmaske durch einen Zugang rechts von uns. Er schleppte einen hölzernen Stuhl, stellte ihn ab und holte einen weiteren, dann noch einen und einen vierten. Er baute sie rasch und methodisch so in einer Reihe auf, dass sie uns zugewandt waren. Dann verschwand er.

Mein Herz raste. Schweiß rann mir langsam den Nacken hinab. Ich fühlte mich von der Maske zunehmend eingeengt und rang nach Atem. Dummerweise konnte ich mich kaum rühren. Abu Khalif stand direkt links neben mir, Jamal Ramzi dicht zu meiner Rechten. Und ein IS-Kämpfer hatte sich mit gezücktem AK-47 hinter meinem Rücken eingefunden.

Durch die Scheibe, von der ich annahm, es handelte sich um einen Einwegspiegel, bekam ich jetzt mit, wie drei Wachen des Abu-Ghuraib-Gefängnisses erschienen, zusammen mit dem Wachmann, den ich sofort als jenen erkannte, der mich und Ismail zuletzt begleitet hatte. Sie alle waren mit Handschellen und Ketten aneinandergefesselt. Als sie in den Raum hinter dem Fenster geführt worden waren, löste man ihre Ketten und befahl ihnen, sich auszuziehen. Es war klar, dass man sie alle einer schweren Folter unterzogen hatte. Sie waren blutüberströmt und hatten überall blaue Flecken, die Gesichter waren angeschwollen, bei mindestens zwei von ihnen die Nase gebrochen.

Nun befahl man ihnen, auf den Stühlen Platz zu nehmen, was sie prompt taten. Sie zitterten heftig. Abu Khalif klopfte mit dem Knöchel auf das Glas und gab damit dem Mann in Gasmaske und Kittel offenbar einen Befehl, denn er verließ den Raum sofort.

Einen Augenblick später wurde aus einer Öffnung, die sich anscheinend in der Decke befand, ein Behälter in den Raum geworfen. Ihm entströmte etwas, das an Tränengas erinnerte. Doch schon bald wurde klar, dass es sich um etwas anderes handeln musste. Während ich die Männer hinter der Glasscheibe betrachtete, ging mir auf, dass es Sarin war. Khalif ermordete diese Unschuldigen vor meinen Augen, nur um mir zu beweisen, dass der IS tatsächlich über diese syrischen Chemiewaffen verfügte.

Es dauerte nicht lange, dann lagen die Gefängniswärter und der Wachmann auf dem Boden. Sie wanden sich unter Qualen. Schaum bildete sich in ihren Mundwinkeln, sie krampften heftig. Der Raum war schalldicht, also konnte ich ihre Todesschreie nicht hören. Aber als ich versuchte, den Blick abzuwenden, griff Ramzi nach meiner Maske und presste mich damit vor das Glas, wodurch ich mich gezwungen sah, das grauenvolle, schmerzhafte und schreckliche Sterben zu bezeugen. Ich wollte die Augen schließen, konnte es aber nicht. Ich war hier, um Zeuge dieser Morde zu werden, sodass ich der Welt davon berichten konnte. Das war mein Job, deshalb befand ich mich hier. Sosehr ich mir wünschte, das alles wäre nicht wahr, hatte ich nun die geforderten Beweise, dass der IS chemische Waffen besaß. Diese Männer hatten es verdient, nicht umsonst gestorben zu sein. Die Welt musste die Wahrheit erfahren.

Ich stand da, für gefühlte Stunden das blutleere Gesicht ans Fenster gepresst, und sah mit wachsendem Grauen zu, wie diese Männer einen langsamen, qualvollen und äußerst schmerzhaften Tod erlitten. Und ich muss zugeben, dass es, sosehr ich es keinem von ihnen wünschte zu sterben, für mich gar nicht schnell genug gehen konnte. Das schien mir ein furchtbar egoistischer Gedanke zu sein, aber ich konnte nicht länger ertragen, wie sie sich an die schwachen Überbleibsel ihrer Leben klammerten.

Schließlich endete es. Erst jetzt ließ Ramzi mich den Beobachtungsraum verlassen und in das größere Labor zurückgehen. Immer wieder musste ich würgen, aber ich glaube, die Furcht, in meine Maske zu erbrechen und als Folge davon zu ersticken, hielt alles unten, was sich den Weg durch meine Speiseröhre bahnen wollte.

Schließlich packte Ramzi mich am Arm und führte mich durch die Luftschleuse nach draußen. Erst dann erlaubte er mir, die Maske abzunehmen. Alle anderen taten es mir gleich.

Niemand sagte etwas, nicht einmal Khalif. Unter Umständen lag es daran, dass Ramzi noch lange nicht fertig war. Er lotste die Gruppe in ein großes Lager nebenan, das zu meiner Überraschung mit Artilleriegranaten und Sprengköpfen für Raketen gefüllt war, von denen die meisten ordentlich und sorgfältig in Kisten mit syrischen Militärabzeichen verpackt waren, gestapelt auf zahlreichen Paletten. Einige dieser Paletten lud man gerade in Lastwagen ohne Beschriftung.

»Das ist nur ein kleiner Teil der chemischen Waffen, die wir in Aleppo an uns bringen konnten, und der Gerätschaften, mit denen wir sie einsetzen werden«, berichtete Ramzi. »Wir warten noch auf die Einsatzbefehle des Emirs. Der Rest wird in diesem Moment bereits an strategische Positionen geschafft, um sie von dort aus abzufeuern.«

Kaum hatte Ramzi den Satz beendet, wandte Khalif sich an mich. Er brachte sein Gesicht bis auf wenige Zentimeter an meins heran und gab mir einen einfachen Befehl.

»Schreiben Sie eine Reportage hierüber, Mr. Collins. Schreiben Sie, dass wir die Ungläubigen jagen werden. Schreiben Sie, dass wir das Motiv haben und die Mittel dazu. Wir warten nur noch auf die passende Gelegenheit. Ich bin absolut sicher, dass sie sich bald ergeben wird. Schreiben Sie das. Danach werde ich über Ihr Schicksal entscheiden.«

TEIL SECHS

45

Amman, Jordanien

Mein Flug aus Erbil endete in Amman.

Ich konnte immer noch nicht glauben, dass man mich hatte gehen lassen.

Ich hatte während des Flugs zu schlafen versucht, aber nicht mal die Augen schließen können. Jedes Mal wenn ich es tat, formten sich in meinem Kopf grauenvolle Bilder. Die Flugbegleiterinnen hatten mir einen Snack serviert, aber ich konnte nichts essen. Sie boten mir Wasser und Softdrinks an, aber ich konnte nichts trinken. Meine Hände zitterten und ich kam nicht dagegen an.

Ich schaltete mein Handy an und ging meine Nachrichten und E-Mails durch. Ich stieß auf nichts Wichtiges. Während wir in Richtung Terminal rollten, setzte ich meinerseits drei Nachrichten ab. Die erste ging an meine Mutter. Ich ließ sie wissen, dass egal was sie lesen mochte, ich den Irak sicher verlassen hatte und dem IS unversehrt entkommen war. Die zweite schickte ich an Allen MacDonald. Sie besagte ungefähr dasselbe. Ich bat ihn allerdings zusätzlich, eine Konferenzschaltung zwischen ihm, mir und dem Rechtsanwalt der *Times* zu organisieren.

Ich war bereit, zum FBI zu gehen und alles zu tun, um diese Monster hinter Gitter zu bringen, aber ich wollte wissen, ob ich mir mit meinen Handlungen Ärger mit dem Gesetz eingehandelt hatte. Die dritte Nachricht war an meinen Bruder gerichtet und besagte, ich sei gerade in Amman gelandet und wolle wissen, ob er mich so bald wie möglich vom Flughafen abholen könne.

Dann schickte ich noch eine vierte Botschaft an Yael.

Ich holte meine Sachen aus der Ablage über mir und verließ das Flugzeug, gleichzeitig überflog ich auf meinem Handy die aktuellen Schlagzeilen. Meine beiden Artikel, der erste über Abu Khalifs Ausbruch aus Abu Ghuraib und die Ermordung eines prominenten Mitglieds der irakischen Regierung, der zweite über die Ermordung der Wachen und Sicherheitsbeamten des Gefängnisses Abu Ghuraib, durch die der IS demonstrieren wollte, dass er sehr wohl im Besitz von Chemiewaffen war, dominierten die Titelseite der *Times*-Webseite.

Die andere große Story stammte von Alex Brunnell, dem Stationschef der *Times* in Jerusalem. Die Überschrift lautete: **Friedensabkommen zwischen Israelis und Palästinensern ›steht kurz bevor‹, Verhandlungen laut hochrangigem US-Beamten noch im Fluss.**

Die *Washington Post* machte mit folgender Schlagzeile auf: **Präsident Taylor kündigt Friedensgipfel für Nahost an.** Der Artikel stammte aus der Feder des Chefkorrespondenten für das Weiße Haus.

Al Haaretz meldete aus Jerusalem: **Israelis rollen den roten Teppich für Air Force One aus.**

Die *Jerusalem Post* wertete das Ganze negativer: **Mitglieder des rechten Flügels verdammen Lavi wegen Gerüchten um geheime Verhandlungen mit Palästinensern.**

Ein Tweet von *Al Arabiya* behauptete: **Dem palästinensischen Präsidenten Mansour nahestehende Quellen äußern ›vorsichtigen Optimismus‹, dass der Vertragsabschluss noch in dieser Woche erfolgen kann.**

Die *Jordan Times* schließlich berichtete, dass Berater des Königs behaupten, dass er den Friedensprozess ›vorsichtig optimistisch‹ beurteilt und für eine Teilnahme am Jerusalemer Gipfel offen ist, sofern nötig.

Offenbar überschlugen sich die Fortschritte. Ich hatte meine Gelegenheit für einen entsprechenden Exklusivbericht verpasst, aber das störte mich nicht. Ich war einfach nur froh, dem Irak lebend und sicher entkommen zu sein. Die Frage war, wie lange das so blieb. Im Augenblick nützte ich Khalif und Ramzi. Aber das konnte sich von Minute zu Minute ändern. Hinzu kam, dass ich Angst um Matt und seine Familie hatte. Sie mussten Jordanien so schnell wie möglich verlassen.

Als ich das Terminal betrat, erstaunte mich, wie massiv man die Präsenz von bewaffneten jordanischen Soldaten und Grenzpolizei verstärkt hatte. Jeder ankommende Passagier wurde gründlich auf Waffen und Bomben abgetastet. Jedes Gepäckstück wurde geröntgt, Spürhunden vorgesetzt und noch einmal von einem Mitarbeiter durchsucht. Zusätzlich stellten jordanische Beamte allen Einreisenden Fragen, um festzustellen, warum sie im Irak gewesen waren und welche Motivation hinter ihrem Aufenthalt in Jordanien steckte. Die Prozedur nahm mehr als eine Stunde in Anspruch. Als ich sie endlich hinter mich gebracht hatte und durch die Haupthalle zum Ausgang ging, um mir ein Taxi zu nehmen, lief ich Matt in die Arme, der mich erleichtert und überschwänglich umarmte.

»Bist du in Ordnung?«, wollte er wissen und betrachtete mich eingehend.

»Alles klar«, versicherte ich. Ich war aufrichtig froh, ihn zu sehen, wünschte mir aber andererseits, dass er keine solche Szene veranstaltete. »Danke, dass du mich abholen kommst.«

Natürlich hatte ich ihn angelogen. Bei mir war ganz und gar nicht alles klar. Aber ich konnte nicht mehr sagen, nicht hier in aller Öffentlichkeit.

»Wir waren ganz krank vor Sorge«, berichtete Matt. »Annie und ich glaubten schon, wir sehen dich nie wieder. Und erst Mom!«

»Aber du hast ihr Bescheid gegeben, dass ich jetzt hier bin, oder?«, fragte ich und fühlte mich schuldig angesichts dessen, was sie meinetwegen durchgemacht hatte.

»Natürlich«, erwiderte er. »Sobald ich deine Nachricht erhalten hatte, rief ich sie an. Sie meinte, sie habe selbst gerade erst eine SMS von dir bekommen.«

»Wie geht es ihr?«

»Sie ist ganz schön aufgeregt. Ich meine, sie ist laufend über deine Artikel gestolpert, was an sich schon nicht einfach war, aber sie kann natürlich auch zwischen den Zeilen lesen. Sie weiß, dass es schlimmer gewesen ist als von dir beschrieben.«

»Allerdings«, bestätigte ich. »Schlimmer, als du dir vorstellen kannst.«

Wir gingen aus dem Flughafengebäude zu seinem Auto und stiegen ein. Matt fragte mich, wie in aller Welt ich es geschafft hätte, in einem Stück aus dem Irak herauszukommen.

»Es war bizarr«, schilderte ich ihm. »Gestern Abend kamen Jamal Ramzi und ein paar Soldaten in den Keller, in dem ich angekettet war. Sie verbanden mir die Augen und trugen mich die Treppe hoch. Ich war ganz sicher, dass meine letzte Stunde geschlagen hat und sie mich auf der Stelle köpfen. Stattdessen warfen sie mich gefesselt in den Kofferraum eines Wagens und fuhren los. Nach 15 oder 20 Minuten hielt der Wagen, sie holten mich raus und nahmen mir Fußfesseln und Augenbinde ab. Wir standen mitten im Nirgendwo. Ich dachte, jetzt erschießen sie mich! Stattdessen drückte Ramzi mir die Autoschlüssel und eine Straßenkarte in die Hand. Er sagte, ich solle mithilfe der Karte aus der Provinz Ninive in Richtung Grenze nach Kurdistan fahren. Er meinte, ich könnte den Peschmerga erklären, dass ich Kriegsberichterstatter bin und nach Erbil will, um einen Flug nach Amman zu erwischen.«

»Sie haben dir einfach so die Schlüssel gegeben?«, fragte Matt entgeistert.

»Ja, ich weiß. Völlig verrückt.«

»Also, was kam dann?«

»Ramzi und seine Leute stiegen in einen SUV, der uns offenbar gefolgt war, und rauschten in die Nacht davon.«

»Und haben dich einfach stehen lassen.«

»Genau.«

»Und das hat funktioniert? Die Kurden ließen dich herein?«

»Ich sitz doch hier neben dir, oder?«

»Warum, glaubst du, haben sie dir deine Freiheit geschenkt?«

»Ich kann's dir nicht genau sagen«, meinte ich, während wir durch die Vororte von Amman kurvten. »Ich glaube, sie haben ihre Strategie geändert. Ja, Khalif und Ramzi hätten dem Präsidenten der Vereinigten Staaten liebend gern meinen Kopf per FedEx geschickt. Aber ich glaube, insgeheim gefiel ihnen der Gedanke, dass die CBRN-Waffen-Story jetzt in Umlauf ist. Vielleicht glauben sie, dass sie damit so richtig bedrohlich wirken, keine Ahnung.

Ich vermute allerdings, es steckt noch mehr dahinter. Sie wollen, dass ich reihenweise Radio- und Fernseh-interviews gebe, um den Leuten persönlich zu bestätigen, was ich gesehen habe – nämlich dass sie Massenver-nichtungswaffen haben.«

»Das ist einfach nur krank.«

»Du hast ja keine Ahnung«, sprudelte es aus mir heraus. »Ich habe noch nie jemanden wie Abu Khalif getroffen. Er zeigt kaum Emotionen. Er spricht monoton. Aber du hät-test diese abartige Freude in seinem Gesicht sehen sollen, während er Ismail Tikriti den Kopf absäbelte und später, als das Saringas den Wachmann und die drei Gefäng-niswächter tötete. Absolut krank, Matt, schlimmer als in jedem Horrorfilm, den du kennst.«

»Davon hast du natürlich nichts in deinen Artikeln erwähnt«, bemerkte er. »Ich konnte zwischen den Zeilen lesen, dass du sehr vorsichtig formuliert hast, und dachte mir schon, dass er genauestens kontrolliert, was du schreibst.«

»Es war die schrecklichste Erfahrung meines Lebens.«

»Gott sei Dank bist du da lebend rausgekommen.«

»Danke noch mal, dass du mich abgeholt hast. Das bedeutet mir wirklich viel.«

»Natürlich. Wofür sind Brüder sonst da? Ich bin nur froh, dass es vorbei ist.«

»Das ist es aber nicht.«

»Wie meinst du das?«

»Es ist nicht vorbei. Ich befürchte, dass der IS bald zuschlagen wird.«

»In Israel oder in den Staaten?«, wollte Matt wissen.

»Ich glaube eigentlich, dass es hier stattfinden wird.«

Matt war verblüfft. »Wo … hier? In Jordanien? In Amman?«

»Ja.«

»Du glaubst, dass Jordanien das dritte Ziel darstellt?«

»Ja, langsam bin ich davon überzeugt.«

»Aber warum? Wie kommst du darauf? Ich hab doch gelesen, was du in den letzten Tages alles geschrieben hast. Khalif sagte dir ins Gesicht, dass er es auf Israel und die USA abgesehen hat. Wenn ich an seiner Stelle wäre, würde ich den Friedensgipfel in Jerusalem angreifen, du nicht auch? Auf diese Weise schlägt er alle Fliegen mit einer Klappe.«

»Ich bezweifle nicht, dass Khalif den Friedensgipfel in Jerusalem gern angreifen würde, aber ich glaube nicht, dass er das schafft. Zu strenge Sicherheitsvorkehrungen. Ich glaube, er kommt zuerst hierher. Er ist gerade in Mossul. Logistisch gesehen kann es ihm von dort aus egal sein, ob er Jerusalem oder Amman angreift. Vom nördlichen Irak aus liegen beide Städte praktisch direkt nebeneinander.«

»Aber warum hier?« Matt konnte es nicht glauben. »Kommt Khalif denn nicht aus Jordanien, aus Zarqa?«

»Völlig richtig. Ein Grund mehr, hier ebenfalls einen Angriff zu starten«, erklärte ich. »Er hasst den König. Er hält Seine Majestät für einen Ungläubigen, einen Verräter. Genau das sagte er, als ich ihn interviewte.«

»Sicher, aber er hat dir ja eine ganze Reihe von Regierungschefs genannt, die er töten will. Glaubst du nicht, dass er mit dieser Liste einfach nur auf den Putz hauen wollte, indem er einfach mal jeden aufgezählt hat, der ihm gerade einfiel?«

»Nein, das glaube ich nicht.«

»Warum nicht?«

»Aus mehreren Gründen«, erklärte ich, während Matt sich durch den Verkehr schlängelte. »Zuerst diktierte er mir nur eine Todesliste, ja. Aber schau dir mal an, wer alles *nicht* draufsteht: Da wären der Premierminister des Libanon, die Emire der Golfstaaten, die Mullahs im Iran ...«

»Na und?«

»Es ist nicht einfach nur eine Todesliste«, erklärte ich. »Sondern sie ist nach Priorität sortiert.«

»Okay, aber genau das stützt doch meine Theorie«, widersprach Matt. »Er kündigte ausdrücklich an, die USA und Israel mit Selbstmordattentaten und chemischen Waffen zu attackieren. Das war das Erste, was er erwähnte.«

Matt bog in die Straße ein, in der er in einem Mehrfamilienhaus wohnte. Ein eher bescheidenes Gebäude in einer etwas heruntergekommenen Gegend im äußeren Osten von Amman. Hier herrschte immer eine Menge Verkehr, aber wir fanden recht schnell einen Parkplatz um die Ecke.

»Du solltest mein Transkript noch einmal lesen«, sagte ich, als er den Motor abgestellt hatte. »Ich kann selbst nicht glauben, dass es mir nicht früher aufgefallen ist. Khalif hat mir genau gesagt, was er vorhat.«

Matt griff zum Smartphone und rief die Webseite der *Times* auf. Einen Augenblick später hatte er das Transkript gefunden.

»Okay, jetzt such nach der Stelle, an der Khalif schwört, dass er die amerikanischen und die israelischen Regierungschefs gefangen nehmen und enthaupten wird.«

Matt scrollte durch den Text und fand den Abschnitt.

»Gefunden.«

»Gut, und jetzt lies vor.«

Matt tat es.

»KHALIF: *Wir wollen den Präsidenten der Vereinigten Staaten gefangen nehmen, ihn enthaupten und die Flagge des IS auf dem Weißen Haus hissen. Wir wollen den Premierminister Israels töten. Wir werden zu gegebener Zeit eine Welle von Selbstmordattentaten und andere Angriffe sowohl über den Großen als auch den Kleinen Satan kommen lassen, sodass die Welt diese karzinogenen Tumore los ist.*«

»Siehst du?«, meinte Matt. »Deutlicher könnte er doch gar nicht werden. Er ist hinter den USA und Israel her.«

Ich winkte ab. »Ich weiß, ich weiß, aber lies weiter.«

»KHALIF: *Aber unsere oberste Priorität besteht darin, diese Region von den vom Glauben abgefallenen arabischen Anführern zu befreien, die alle Muslime und sogar den Propheten selbst verraten haben. Wir werden die Regierungen Jordaniens, die sogenannte palästinensische Autonomiebehörde und auch die Regierung von Saudi-Arabien angreifen, wie wir Syrien und den Irak angegriffen haben. Wir werden sie finden, töten und ihre Regime eins nach dem anderen zu Fall bringen.*«

»Da hast du's«, meinte ich. »Khalif sagte, dass seine höchste Priorität darin besteht, die Regierungen zu stürzen, die seiner Ansicht nach vom Glauben abgefallen sind und die muslimischen Völker und den Propheten verraten haben.«

»Er ist tatsächlich hinter dem jordanischen König her«, stellte Matt fest.

»Genau.«

»Also glaubst du, dass der Irak und Syrien die beiden ersten Ziele des IS waren und Jordanien das dritte sein soll?«

»Ich denke, schon. Und was ist, wenn das stimmt? Stell dir vor, der IS greift Amman mit chemischen Waffen an, tötet den König, zerstört die Regierung und etabliert einen Islamischen Staat direkt an der Grenze zu Israel!«

»Das wäre schrecklich.«

»Besonders wenn der IS dann auch noch die Kontrolle im gesamten Irak und in Syrien an sich reißt.«

Wir saßen einen Augenblick schweigend da und versuchten, unsere Gedanken in eine logische Reihenfolge zu bringen. Dann erklärte Matt: »Ich muss zugeben, bevor ich für mein akademisches Sabbatical herkam, habe ich nie sonderlich über Jordanien oder seine politische Bedeutung nachgedacht.«

»Das geht nicht nur dir so.«

»Dabei ist es eigentlich wirklich schön hier. Ich meine, der König vertritt anscheinend eine sehr gemäßigte Einstellung. Das Land selbst ist friedlich, freundlich und stabil. Es gibt einen Friedensvertrag mit Israel. Wahrscheinlich ist es der beste arabische Verbündete, den die USA besitzen.«

»Absolut«, bestätigte ich. »Außerdem ist Jordanien der unsichtbare Pfeiler, der etwaige Friedensverträge zwischen den Israelis und den Palästinensern stützt.«

»Was meinst du damit?«

»Nun, denk doch mal nach. Das gesamte strategische Konzept des Präsidenten, Israel davon zu überzeugen, das Westjordanland für einen endgültigen Friedensvertrag mit den Palästinensern abzugeben, stützt sich auf die Argumente, die du gerade genannt hast. Ein stabiler und sicherer Freund und Verbündeter östlich des Jordan. Aber was, wenn der König nicht mehr da ist? Was, wenn die Dschihadisten die Macht an sich reißen? Der gesamte Friedensprozess droht sich in Luft aufzulösen, oder etwa nicht?«

»Ich denke, schon. Ich habe mir das nur noch nie so eingehend vor Augen geführt.«

»Natürlich. Ein starkes Jordanien ist Israels Puffer gegen Invasionen aus dem Osten. Aber wenn die Dschihadisten Amman einnehmen, bricht das gesamte israelische Sicherheitskonstrukt in sich zusammen. Wenn das Königreich fällt und der IS an die Macht kommt, könnte sich das gesamte Westjordanland radikalisieren und in Flammen aufgehen. Dann hat Israel es nicht länger bloß mit einem Dschihadisten-Feldzug irgendwo in den westlichen Provinzen des Irak zu tun. Dann stehen plötzlich Dschihadisten direkt vor den Toren Jerusalems. Ab diesem Punkt sähen sich die USA und Israel einem islamistischen Kalifat gegenüber, das ganz Syrien, Jordanien, den größten Teil oder gar den ganzen Irak umfasst und sich darüber hinaus noch mit dem Iran verbündet hat, der schon bald zur Atommacht aufsteigen könnte.«

Matt starrte nachdenklich durch die Windschutzscheibe. »Okay, das ist ein grauenvolles Szenario, da hast du völlig recht. Aber ist es denn wirklich denkbar, dass so etwas geschieht? Ich meine, Jordanien hat eine vorzügliche Armee, die mit amerikanischen Waffen ausgerüstet ist. Der König war Kommandant der hiesigen Elitetruppen. Hältst du es für möglich, dass der IS dieses Land erobert?«

»Hättest du erwartet, dass Mubarak in Ägypten entmachtet würde? Gaddafi in Libyen? Oder der Kerl in Tunesien? Jetzt steht Assad am Abgrund. Und ich sage dir, der König ist als Nächster dran.«

»Vielleicht hast du recht.« Matt seufzte. »Womöglich sind die Tage des Königs gezählt und es kommt tatsächlich so.«

Ich sah ihn an. »Was kommt so?«

»Das mit den Propheten.«

»Welche Propheten?«

»Du weißt doch, dass ich wegen meiner Forschungen hergekommen bin.«

»Was hat das damit zu tun?«

»Meine akademische Auszeit. Der Grund, aus dem ich überhaupt herkam. Erinnerst du dich nicht?«

»Hast du mir davon erzählt?«

»Natürlich hab ich das. Ich schickte dir letztes Jahr eine ausführliche E-Mail, in der ich dir schilderte, was ich hier vorhabe. Ich schlug dir sogar vor, irgendwann mal eine Reportage darüber zu schreiben.«

»Ich erinnere mich nicht daran, dass ich die je bekommen habe.«

»Na, das wundert mich nicht. Du antwortest ja eh nie auf meine Mails.«

Ich wusste nicht, was ich darauf erwidern sollte, also hakte ich nach: »Worum geht es denn bei deinen Forschungen?«

»Um Jordanien in der biblischen Eschatologie.«

»Escha-was?«

»Eschatologie. Die Theologie der ›Letzten Dinge‹ oder ›Letzten Tage‹.«

»Was ist damit?«

»Jordanien stehen schlimme Zeiten bevor.«

»Und was heißt das?«

»Das heißt, abgesehen von Israel werden besonders in den Büchern der Propheten nur wenige moderne Staaten häufiger in der Bibel erwähnt als Jordanien.«

46

»Jordanien wird in der Bibel erwähnt?«, fragte ich verblüfft.

»Nun, so gesehen nicht«, antwortete Matt. »›Jordanien‹
ist ein neuzeitlicher Name. Aber die Nation, die wir
heute das Haschemitische Königreich Jordanien nennen,
besteht aus einem Territorium, das einst drei Namen
hatte: Ammon, Moab und Edom. Und die Bibel sagt, dass
ein grausames Urteil über die Völker kommen wird, die
an diesen Orten in den eben erwähnten ›Letzten Tagen‹
leben, bevor Christus wiederkehrt.«

»Und?«

»Viele Leute, auch ich, vertreten die Auffassung, dass
wir in diesen ›Letzten Tagen‹ leben. Und das wiederum
bedeutet, dass die Prophezeiungen, die diese epische Zerstörung jordanischer Städte und die apokalyptische Verwüstung des jordanischen Volkes vorhersehen, schon bald
Wirklichkeit werden. Immerhin haben wir ja schon einige
dieser Prophezeiungen der ›Letzten Dinge‹ eintreten sehen.«

Mir war das alles neu. »Was denn zum Beispiel?«

»Zum Beispiel die wundersame Wiedergeburt des Staates Israel. Die dramatische Rückkehr des jüdischen Volkes
ins Gelobte Land. Die Juden, die die Ruinen des alten
Israel wieder aufbauen. Die antiken hebräischen Propheten behaupteten, dass all das in den ›Letzten Tagen‹ stattfindet. Und eins nach dem anderen trifft ein.«

»Willst du damit andeuten, dass das grausame Urteil
und die Zerstörung Jordaniens als Nächstes stattfinden?«

»Ich weiß nicht, ob es als Nächstes stattfindet, aber
laut Bibel wird es passieren. Vielleicht ist es das von dir

skizzierte Szenario mit dem IS, das diese Prophezeiungen erfüllen wird.«

»Eine Sekunde. Auf welche Prophezeiungen beziehst du dich genau? Was genau bezeichnet die Bibel denn da als ›grausames Urteil‹? Von was reden wir hier, wie schlimm soll es werden?«

»Katastrophal.«

Mein erster Impuls bestand darin, das Ganze als religiöse Spinnerei meines verrückten Bruders abzutun. Vor ein paar Tagen hätte ich so reagiert. Aber meine Einstellung änderte sich gerade. Ich hatte zu viel Grauen miterlebt, als dass ich die Möglichkeit weiteren Grauens als bloßes Hirngespinst verdammt hätte. Und wenn sich jemand auf diesem Gebiet auskannte, dann Matt.

»Gut, erzähl weiter.«

»Okay … zunächst mal gibt es eine Reihe von antiken Plätzen, Städten und Regionen, die in der Bibel erwähnt werden und die sich auf dem Gebiet des heutigen Jordanien befinden.«

»Wie zum Beispiel?«

»Eine davon ist die, die in den Schriften als der Berg Seir oder auch das Bergland von Seir bezeichnet wird.«

»Und wo befindet sich Seir?«

»Der Begriff wird in der Regel benutzt, um einen bestimmten Berg, einen Gebirgszug und das gesamte Volk und das Land der Edomiter zu bezeichnen. Es ist der antike Name der Region, die heute den Süden Jordaniens ausmacht.«

»Also wird Seir grundsätzlich als Synonym für Jordanien verwendet?«, hakte ich nach.

»Zumindest für den südlichen Teil, ja.«

»Okay. Was noch?«

»Dann ist da noch Bozrah«, fuhr er fort. »Bozrah war eine Stadt, die in Edom lag. Eine Zeit lang war es sogar die edomitische Hauptstadt.«

»Noch was?«

»Ja, es gibt Sela, von der man ebenfalls annimmt, dass es sich um eine edomitische Hauptstadt oder Festung handelte. Im 2. Buch der Könige, 14, Vers 7, heißt es, dass Sela, dessen Name von König Amazja in Jokteel umbenannt wurde, in Edom lag.«

»Also auch im südlichen Jordanien.«

»Richtig. Und auch das ist interessant: Sela könnte tatsächlich der biblische Name von Petra sein, der alten Hauptstadt der Nabatäer. Warst du schon mal dort?«

»Nein, kann ich nicht behaupten.«

»Es würde dir gefallen. Die berühmtesten Gebäude Petras wurden in einer engen Schlucht aus dem Felsen gehauen. Diese Schlucht bildete den eigentlichen Zugang zur Stadt, sodass feindliche Armeen sie kaum erobern konnten. Heute zählt sie zu den größten Touristenattraktionen Jordaniens.«

»Okay, dann hat die Bibel also all diese Namen für Jordanien«, fasste ich zusammen. »Aber was hat es mit diesen Strafen auf sich, von denen du sprichst?«

»Das ist die große Frage«, sagte Matt. »Wollen wir nicht drinnen weiterreden?«

»Nein, lass uns das hier klären.«

»Aber Annie und die Kinder können es kaum erwarten, dich zu sehen.«

»Und ich kann's kaum erwarten, sie zu sehen. Aber darum will ich es jetzt und hier zu Ende besprechen. In dem Augenblick, in dem wir reingehen, werden wir zu abgelenkt sein.«

»In Ordnung, wenn du drauf bestehst.«

»Das tu ich.«

Matt überlegte kurz und fuhr dann fort: »Gut, eine andere Stelle, an der in der Bibel von Jordanien die Rede ist, ist das Buch Jeremia, besonders 49. In Vers 2 sagt Gott: ›*Darum siehe, es kommt die Zeit, spricht der HERR, dass ich will ein Kriegsgeschrei erschallen lassen über Rabba, die Stadt der Ammoniter, und es soll zu einem wüsten Schutthügel werden und seine Tochterstädte sollen in Brand gesteckt werden. Darum siehe, es kommt die Zeit, spricht der HERR, dass ich will ein Kriegsgeschrei erschallen lassen über Rabba der Kinder Ammon, dass sie soll auf einem Haufen wüst liegen und ihre Töchter mit Feuer angesteckt werden.*‹«

»Ganz schön düster.«

»Ja, aber das ist noch nicht alles. In Vers 13 heißt es dann: ›*Denn ich habe bei mir selbst geschworen, spricht der HERR, dass Bozrah soll ein Wunder, Schmach, Wüste und Fluch werden und alle ihre Städte eine ewige Wüste.*‹ Und schließlich in Vers 17: ›*Also soll Edom wüst werden, dass alle die, so vorübergehen, sich wundern und spotten werden über alle ihre Plage.*‹ Und das sind nur ein paar Passagen, die sich auf das beziehen, was laut der Bibel mit Orten geschehen soll, die auf dem Gebiet des heutigen Jordanien liegen.«

»Woher weißt du das alles?«, fragte ich. Ich wollte meinem Bruder nicht zu nahe treten, aber ich fühlte mich etwas überfordert von der Fülle an Informationen.

»Ich habe mich in den letzten acht Monaten ausschließlich damit beschäftigt, schon vergessen? Du musst zugeben, dass einen das fesseln kann, besonders wenn man hier lebt.«

»Das ist schon beeindruckend, da hast du recht. Nur

wie passt das denn alles zu dem, was mit dem IS vor sich geht?«

»Dazu komme ich gleich«, sagte er. »Wenn man das Buch Jeremia sorgfältig liest, stellt man bald fest, dass diese Stellen eschatologisch sind. Sie betreffen also die ›Letzten Dinge‹, sie sind endzeitlich. Jeremia 48 besteht aus einer Prophezeiung gegen Moab, das Gebiet des heutigen Zentraljordaniens. Der größte Teil des 49. Kapitels besteht aus Voraussagen für Ammon, was etwa der nördlichen Mitte Jordaniens entspricht, und wieder Edom, dem südlichen Jordanien. Wenn man sich diese vornimmt, findet man viele Formulierungen wie ›die Zeit kommt‹, ›der Untergang wird kommen‹, einmal heißt es sogar ›wie in den letzten Tagen‹. Kannst du mir folgen?«

Ich nickte.

»Also, diese Formulierungen stimmen mit anderen Endzeit-Prophezeiungen in der Bibel überein, die uns wissen lassen, dass Jeremia keine Ereignisse verkündete, die zu seinen Lebzeiten stattfinden, sondern dass es sich um Geschehnisse handelt, die in den Tagen stattfinden werden, an deren Ende die Wiederkehr Christi steht. Ergibt das Sinn für dich?«

»Ja, ich glaube, schon«, meinte ich zögernd.

»Nun, Jeremia machte eine Menge Voraussagen, die während seiner Lebenszeit oder kurz danach tatsächlich eintraten«, erklärte Matt weiter. »Die berühmtesten sind jene, in denen er beschrieb, dass Gott sein Volk für den Ungehorsam bestrafen werde, indem er zulasse, dass die Babylonier, angeführt vom bösen König Nebukadnezar, Jerusalem erobern und den Tempel zerstören. Das jüdische Volk werde ins Exil nach Babylon geführt. Diese schrecklichen Ereignisse traten tatsächlich ein, genau wie von Jeremia prophezeit. Glücklicherweise sagte Jeremia ebenfalls voraus, dass das Exil der Juden in Babylonien nur 70 Jahre währt, ehe Gott Gnade walten lässt, ihr Vermögen wiederherstellt und sie ins Gelobte Land zurückführt. Jerusalem solle erneut Hauptstadt werden. Und genau so geschah es auch. Die Babylonier wurden von den Persern erobert, doch 70 Jahre nach dem Urteilsspruch gegen die Juden und ihrem Gang ins Exil befreite sie der König der Meder oder Perser, half ihnen bei der Rückkehr und dabei, ihren Tempel wieder aufzubauen.«

»All das hat Jeremia beschrieben?«, fragte ich fasziniert.

»Ja. Und das liefert uns Theologen die Bestätigung, dass Jeremia ein echter Prophet des Herrn war und seine Prophezeiungen der ›Letzten Tage‹ zu gegebener Zeit tatsächlich eintreffen werden. Wir haben jetzt nicht die Zeit, in eine Tiefenanalyse einzusteigen, aber konzentrieren wir uns noch kurz auf die Schauplätze, die ich bereits erwähnt habe: Ammon, Edom und Bozrah. Wir haben festgehalten, dass Jeremia über die ›Letzten Tage‹ spricht und die Prophezeiungen, die der Herr ihm eingab und die die Zukunft dieser Orte betreffen, von uns nun das Königreich Jordanien genannt werden, richtig?«

Ich nickte wieder.

»Okay«, fuhr Matt fort. »Jeremia beschreibt eindeutig ein apokalyptisches Katastrophenszenario, das in den ›Letzten Tagen‹ über die Völker und Städte Edoms kommt. Ein paar Verse aus 49 hatte ich dir ja schon zitiert, aber es gibt noch weitere. In Vers 18, in dem es ebenfalls um Edom geht, heißt es, ›gleichwie Sodom und Gomorra samt ihren Nachbarn umgekehrt ist, spricht der HERR, dass niemand daselbst wohnen noch kein Mensch darin hausen soll‹. In den Versen 20 und 21 beschreibt der Text Feinde, die die

›*schwachen Schafe fortzerren*‹ werden. Weiter ist davon die Rede, ›*dass die Erde beben wird, wenn's ineinanderfällt, und ihr Geschrei wird man am Schilfmeer hören*‹.«

Matt schwieg für einen Augenblick, wahrscheinlich wollte er mir Zeit geben, um zu verarbeiten, was ich gerade gehört hatte. Ich fing an zu begreifen, was er bezüglich der schlimmen Ereignisse angedeutet hatte, die Jordanien über sich würde ergehen lassen müssen. Aber konnte das tatsächlich wahr sein?

»Hör zu«, meinte Matt schließlich. »Man kann diese Passagen sehr lange und sehr, sehr akribisch analysieren und dabei alle Mittel und Methoden anwenden, die einem modernen Bibelforscher zur Verfügung stehen. Aber man braucht keinen Doktor in Theologie, um die Bedeutung des Textes zu erfassen. Die Beweise liegen klar auf der Hand. Diese biblischen Prophezeiungen weisen darauf hin, dass Gott Gericht über die Völker halten wird, die in Ammon, Moab und Edom leben. Das sind die Fakten. Sie sind nicht gerade angenehm, besonders vor dem Hintergrund unserer heutigen Zeit. Aber dieses Gericht wird kommen.

Wenn du dir den Text und auch die vielen anderen, die die Zukunft Jordaniens betreffen und die man in den Büchern Jesaja, Jeremia, Hesekiel, Obadja, Daniel und auch an anderen Stellen findet, genauer vornimmst, wirst du feststellen, dass Gott viele Gründe für solche Strafgerichte aufführt. Da er die Zukunft kennt, hat Gott verkündet, dass er die Völker, die an diesen Orten leben, wenn die letzten Tage nahen, für schuldig befinden wird, schuldig der Arroganz, des Stolzes, des Hasses, der Gewalt, der Grausamkeit, der Ungerechtigkeit, der Anbetung falscher Götter und der Abwesenheit jeglichen

Mitgefühls gegenüber Frauen, Königtümern, Nachbarn und besonders Juda, Jerusalem und Israel gegenüber.«

»Und keines dieser Strafgerichte ist in der Vergangenheit zu finden?«

»Einige schon, sicher«, meinte Matt. »Aber nicht alle.«

»Aber wie kann man das denn überhaupt wissen?«

»Nun, zum einen gibt es immer noch Menschen, die in Südjordanien leben, arbeiten und denen es dort gut geht«, erwiderte Matt. »Aber der Text weist eindeutig darauf hin, dass das Strafgericht der ›Letzten Tage‹, das Edom treffen wird, vollständig, endgültig und unumkehrbar sein wird. Vers 13 besagt, dass ›*Bozrah zum Entsetzen, zur Schmach, zur Wüste und zum Fluch*‹ werden soll und ›*alle seine Städte zur ewigen Wüste*‹. Vers 18 hält fest, dass ›*dort niemand wohnen noch ein Mensch darin hausen*‹ soll. Und natürlich vergleicht der Text die zukünftigen Zerstörungen mit dem Strafgericht über Sodom und Gomorra. Rate mal, wo die beiden Städte lagen.«

»In Jordanien?«

»Südjordanien.«

»Autsch.«

»Genau«, sagte Matt. »Edom ist also in der Vergangenheit erobert worden, hat aber nicht das absolut vernichtende Strafgericht erlebt, das Jeremia vorhergesagt hat.«

»Mit anderen Worten, laut der Bibel liegt das alles noch in der Zukunft?«

»Richtig, in der Zukunft, die den Weg für die Rückkehr Christi bereitet«, bestätigte Matt. »Und deshalb bereitet mir das solche Sorgen. Mir ist dieses Land ans Herz gewachsen, genau wie sein König. Ich meine, er ist nicht perfekt, welcher Regierungschef ist das schon? Aber Seine

Majestät ist wirklich einer von den Guten. Genau wie sein Vater König Hussein. Diese Männer haben Frieden mit Israel geschlossen. Sie haben sich dazu entschlossen, sich eng mit uns Amerikanern und den Briten zu verbünden. König Abdullah hat sich als der führende Reformer in der arabischen Welt hervorgetan. Er propagiert aktiv das Modell eines moderaten, toleranten, friedlichen Islam. Er hat sich mit allen christlichen Regierungschefs dieser Welt, egal ob protestantisch oder katholisch, an einen Tisch gesetzt. Zum größten Teil werden die jordanischen Christen freundlich und mit Respekt behandelt. Wusstest du, dass der König vor ein paar Jahren am Ostufer des Jordan einen Nationalpark schaffen ließ, um den Fluss für christliche Taufen zu schützen?«

»Nein, wusste ich nicht.«

»Und das ist noch nicht alles«, fuhr Matt fort. »Der König hat 13 christlichen Konfessionen Land zur Verfügung gestellt, damit sie Kirchen und Taufstätten am Jordan errichten können. Ich war dort, J.B., ich habe gesehen, wie Hunderte von Christen getauft wurden, seit ich hergekommen bin, um hier zu forschen.«

»Und was willst du mir damit sagen?«, fragte ich vorsichtig. Ich wollte ihn nicht vor den Kopf stoßen, verstand aber nicht ganz, worauf er hinauswollte.

»Ich will sagen, dass dieser König mir nicht wie ein Kandidat für ein göttliches Strafgericht vorkommt«, erklärte Matt. »Jesaja sagt uns, dass Gottes Gedanken unsere eigenen übersteigen, dass seine Wege unsere übertreffen; und ich glaube daran. Also ja, Gott in seiner Souveränität kann durchaus über eine Nation Gericht halten, die ihm zu keiner Zeit gefolgt ist. Und Jordanien folgt ihm im Großen und Ganzen ja auch nicht. Aber ...«

»Aber *was*?« Ich war neugierig, warum er sich selbst unterbrochen hatte.

»Ich weiß nicht«, meinte er und suchte offenbar nach den passenden Worten. »Nach allem, was du mir über den IS erzählt hast, kombiniert mit dem, was die Bibel über Jordanien sagt, frage ich mich, ob dieser König nicht doch stürzen wird. Versteh mich nicht falsch, ich will auf keinen Fall, dass das passiert. Er ist ein guter Mann und leistet auf vielen Gebieten gute Arbeit. Aber ich frage mich, ob seine Tage nicht gezählt sind. Was, wenn der Arabische Frühling auch in Jordanien ausbricht? Was, wenn der König und seine Familie gestürzt und durch Tyrannen ersetzt werden, die das Volk in einen Krieg gegen Israel treiben, gegen die Christen, also in eine soziale Dynamik, die den Bibeltexten entspricht? Ich kann nicht mit Gewissheit behaupten, dass so etwas tatsächlich eintreten wird. Ich weiß es nicht mit Sicherheit. Aber was, wenn die Rückkehr Christi früher erfolgt, als die meisten Leute glauben?

Was, wenn der IS das Werkzeug Satans ist, um Jordanien auf einen dunklen, langen Pfad zu bringen?«

47

Nach diesem beunruhigenden Gespräch stiegen wir aus und betraten Matts Wohnhaus.

Er rief den Aufzug für uns und ich erkannte, dass ich es nicht länger hinausschieben konnte. »Hör zu, Matt, da ist noch etwas.«

»Was?«

»Ihr müsst Jordanien verlassen.«

Die Türen des Aufzugs glitten zur Seite und Matt bedachte mich mit einem misstrauischen Seitenblick. »Wovon sprichst du?«

»Ihr seid hier nicht sicher. Ihr müsst in die Staaten zurückkehren, sofort.«

»Sofort?«

»Noch heute.« Ich trat in die Kabine. Hinter uns schlossen sich die Türen.

»J. B., bist du verrückt geworden? Mein Sabbatical dauert noch vier Monate.«

»Nein, du und Annie, ihr müsst mit den Kindern weg von hier. Macht euch keine Sorgen wegen der Kosten. Die übernehme ich.«

»Weil du glaubst, dass der IS Amman überfallen wird?«

»Nein, es ist mehr als das.«

»Was denn noch?«

»Es geht um Abu Khalif.«

»Was ist mit ihm?«

»Er kennt euch namentlich. Er weiß, dass ihr euch hier in Amman aufhaltet, und kennt diese Adresse. Ihr seid hier nicht sicher, keiner von euch. Das gilt auch für Mom. Abu Khalif hat mir mehr als deutlich zu verstehen gegeben, dass er hinter uns allen her sein wird, sobald er seine Vorbereitungen abgeschlossen hat.«

Eine elektronische Glocke ertönte. Wir hatten die Etage erreicht, in der sich Matts Wohnung befand. Ich wollte hinaus in den Korridor treten, doch Matt hielt mich zurück. »Bist du dir da wirklich sicher?«

»Ich fürchte, ja. Und ihr solltet euch beeilen.«

»Aber warum wir? Was sollte Khalif mit uns anfangen wollen?«

»Ich weiß es nicht. Ich sag doch, der Kerl ist ein Psychopath, ein Hannibal Lecter mit Sarin. Ich muss dich einfach warnen. Was für ein Bruder wäre ich, wenn ich es nicht täte?«

Matt stand einen Augenblick stumm da. Er schien alles, was ich ihm erzählt hatte, erst mal verarbeiten zu müssen. Vor allem die Folgen für ihn und seine Familie, die ihm so viel bedeutete.

»Katie ist letzte Woche vier geworden«, flüsterte er mit zärtlichem Unterton in der Stimme.

»Schon?« Mich ergriff der verzweifelte Wunsch, die Kleine zu beschützen. Ihr durfte nichts geschehen.

»Sie besucht in der Kirche, in die wir hier immer gehen, den Kindergottesdienst«, fuhr Matt fort. »Und sie liebt es. Jede Woche kann sie es kaum erwarten. Und dort gibt es auch einen Wettbewerb. Für jeden Bibelvers, den sie sich merken kann, bekommt sie einen Punkt. Und das Kind, das am Ende des Jahres die meisten Punkte hat, bekommt einen Preis. Im Augenblick ist sie an zweiter Stelle.«

Ich nickte, sagte aber nichts. Worauf wollte er hinaus?

»Weißt du, wie der Vers von letzter Woche lautete?«

»Nein. Wie denn?«

»1. Johannes 5, 11 und 12.«

»Okay …?«

»Erinnerst du dich daran? Das haben wir als Kinder auch gelernt.«

»Nein, ich fürchte, nicht. Wieso?«

»›*Und das ist das Zeugnis, dass uns Gott das ewige Leben hat gegeben; und solches Leben ist in seinem Sohn. Wer den Sohn Gottes hat, der hat das Leben; wer den Sohn Gottes nicht hat, der hat das Leben nicht.*‹«

»Ach ja«, antwortete ich. »Ich denke, ich erinnere mich vage.«

»Um uns mache ich mir keine Sorgen, J. B. Wir vier haben unseren Halt im Leben. Aber was ist mit dir?«

»Was meinst du damit?«

»Ich meine, Annie, die Kinder und ich haben Christus als unseren Erlöser angenommen«, erwiderte er und senkte seine Stimme. »Wir haben den Sohn für unser Leben angenommen. Unsere Sünden wurden vergeben, wir sind in die Familie Gottes aufgenommen, durch seine Gnade, nicht weil wir etwas Gutes getan hätten. Was ist mit dir? Wir beten seit Jahren für dich. Und wir haben für dich von dem Augenblick an gebetet, seit du nach Bagdad aufgebrochen bist. Für deine Sicherheit, aber, was noch wichtiger ist, auch für deine Seele. Also muss ich dich das fragen: Wo bist du auf deinem Weg zu Christus?«

Ich zuckte zusammen. »Ich weiß deine Sorge um mich zu schätzen, Matt, wirklich. Aber ich …«

Ich hatte mit einem Mal keine Ahnung, wie ich den Satz beenden sollte, also hielt ich inne.

»Hör zu, das ist kein Spiel. Überall, wohin du gehst, sterben Leute um dich herum, Leute, die dir nahestehen. Jemand hat es auf dich abgesehen. Und früher oder später werden sie dich kriegen. Wohl eher früher, wenn du mich fragst. Ich bete zu Gott, dass sie es nicht tun. Ich bete jeden Tag und jede Nacht dafür, dass es nicht dazu kommt, und daran wird sich auch nichts ändern. Aber die Chancen stehen nicht gut für dich und werden zusehends schlechter. Du musst dich entscheiden: Himmel oder Hölle? Entweder bist du dabei oder nicht. Wirst du Jesus annehmen oder nicht? Dir läuft die Zeit davon.«

Eine berechtigte Frage. Besonders in der momentanen Situation. Ich wollte sie trotzdem nicht beantworten.

»Keine Ahnung.« Ich mied seinen Blick.

»Warum hast du Christus nicht gebeten, dich zu retten, während du im Irak warst? Hast du nicht begriffen, wie nah du dem Tod gekommen bist?«

»Natürlich. Aber was hätte ich deiner Meinung nach tun sollen? Mein Leben zieht in meinem Inneren an mir vorbei, also beschließe ich kurzerhand, vorsichtshalber Jesus als Lebensversicherung anzunehmen? Nur für den Fall?«

»Nein, selbstverständlich nicht. Ich sage dir nicht, dass du auf einmal oberflächlich religiös werden sollst. Ganz sicher nicht mir oder Annie oder Mom zuliebe. Ich meine damit, dass du eine ernsthafte Entscheidung treffen sollst. Für dich allein, in deinem Herzen und in deinem Kopf. Faktenbasiert. Ist Jesus nun der Messias oder nicht? Ist er der einzige Weg zum ewigen Leben oder nicht? Es könnte kaum mehr auf dem Spiel stehen. Und es geht nicht allein um Leben oder Tod, es geht um *dein* ewiges Leben. Es wird Zeit, dass du dich entscheidest. Bevor es zu spät ist, J. B.«

»Matt, verdammt noch mal, warum drängst du mich in dieser Sache so?«

»Ich dränge dich nicht.«

»Natürlich tust du das.«

»Okay, gut, dann dränge ich dich eben. Aber was soll ich sonst tun? Ich liebe dich, genau wie Annie und die Kinder es tun. Wir lieben dich.«

»Und ihr macht euch Sorgen um mich.«

»Ja, das tun wir. Machst du dir denn keine?«

Ich seufzte und konnte ihm nicht in die Augen sehen. »Doch, ich glaube, schon. Aber ich bin noch nicht so weit, Matt, tut mir leid. Ich bin's einfach nicht.«

Es war still in dem engen, vollgestopften Flur. Nur das Summen der Neonröhren über uns war zu hören. Kinderfahrräder, Bälle, Puppen, Taschen mit leeren PET-Limoflaschen ... alles hier deutete auf die Anwesenheit von Familien hin. Ein deutlicher Kontrast zu dem bezaubernden kleinen Bungalow, den Matt und Annie vor der Geburt ihres Nachwuchses in Boston bewohnt hatten, und erst recht zu meinem luxuriösen Penthouse in Arlington. Matt und ich führten wirklich komplett unterschiedliche Leben. Und jetzt standen wir hier zusammen in einem engen Hausflur, und das ausgerechnet in Amman.

»Okay.« Er seufzte. »Aber ich werde nicht lockerlassen.«

»In Ordnung.«

»Ich werde weiterhin für dich beten.«

»Das weiß ich zu schätzen.«

»Und ich werde dir weiterhin diese Frage stellen. Weil am Ende des Tages, wenn alles gesagt und getan ist, für mich nur eins zählt: Ich will mit dir, mit Mom und der ganzen Familie im Himmel vereint sein und würde es mir nie verzeihen, nicht alles Menschenmögliche unternommen zu haben, um dich zu uns zu holen. Was wäre ich sonst für ein Bruder?«

Ich gab mich geschlagen. Matt hatte sich nicht im Geringsten verändert. Ich zuckte mit den Schultern und nickte. Er legte seinen Arm um mich und winkte mich zur Wohnungstür.

»Komm schon«, meinte er. »Ich habe einen Bärenhunger und Annie macht ihre berühmte Lasagne.«

Wir stiegen über das Spielzeug hinweg und Matt schloss auf. Ich freute mich auf eine warme, herzliche Begrüßung von Annie und den Kindern.

Doch das war es nicht, was mich erwartete.

48

Stattdessen empfingen uns im Flur zwei Agenten der jordanischen Geheimpolizei in Zivil.

Sie hatten zwei Soldaten in voller Kampfausrüstung dabei, bewaffnet mit automatischen Gewehren. Annie und die Kinder standen hinter ihnen. Sie wirkten verängstigt.

»Was hat das zu bedeuten?«, verlangte Matt zu wissen.

»Sind Sie Matthew Collins?«, fragte der Agent, der offenbar das Sagen hatte.

»Natürlich. Was wünschen Sie?«

»Ich bin Ali Said, Sicherheitschef des königlichen Hofs«, erwiderte der Anführer des kleinen Trupps und wandte sich an mich. »Und Sie sind James Collins?«

»Warum fragen Sie das?«

»Sind Sie James Collins oder nicht?«

»Ja, das bin ich.«

»Dann müssen Sie bitte mitkommen.«

»Wohin? Was in aller Welt soll das alles?«

»Das werden Sie früh genug erfahren.«

Ich protestierte, aber es machte keinen Unterschied. Diese Männer hatten offenbar strikte Befehle und akzeptierten kein Nein.

Matt umarmte mich. »Wir werden noch heute Abend in die USA zurückfliegen«, flüsterte er mir zu.

Ich antwortete nicht, sondern drehte mich zu Annie, Katie und Josh um. Ich umarmte sie, so fest ich nur konnte. Ich wollte sie am liebsten gar nicht mehr loslassen. Zu gern hätte ich ein wenig Zeit mit Ihnen verbracht, mit den Kindern gespielt und ihr Lachen gehört. Ich sehnte mich danach, dass mir diese Familie half, die schrecklichen Dinge zu vergessen, die ich gesehen und gehört hatte. Nach so vielen Jahren, in denen ich meinem Bruder aus dem Weg gegangen war, wollte ich die Chance nutzen, seinen Alltag aus nächster Nähe zu erleben und ihn endlos mit Fragen zu bombardieren. Nun blieb mir nur die Hoffnung, dass sie alle außer Landes waren, bevor Khalifs Leute sie aufspürten und abschlachteten wie Vieh.

Die Agenten brachten mich hinunter und verfrachteten mich auf den Rücksitz einer schwarzen kugelsicheren Mercedes-Limousine. Wir ließen das Viertel, in dem Matt wohnte, mit einer Geschwindigkeit hinter uns, die meine Anspannung noch steigerte.

»Wohin bringen Sie mich?«, wollte ich wissen, aber der Sprecher der Gruppe reagierte nicht auf meine Frage.

»Stehe ich unter Arrest?«

Keine Antwort.

»Werde ich ausgewiesen?«

Immer noch nichts.

»Ich bin Bürger der Vereinigten Staaten und akkreditierter Journalist«, gab ich zu bedenken. »Ich habe ein Recht zu erfahren, was vor sich geht.«

All meine Bitten stießen auf taube Ohren.

Wir näherten uns der Innenstadt Ammans. Der dichte Verkehr bremste uns aus. Zuerst vermutete ich, dass die Fahrt zum Innenministerium ging. Omar und ich waren in den letzten Jahren öfter dort gewesen, um mit hochrangigen Offizieren zu sprechen, inklusive des Innenministers persönlich. Allerdings war es auch möglich, dass man mich zu General Kamal Jeddeh brachte, dem Oberhaupt des General Intelligence Directorate, der mir ebenfalls hin und wieder als nützliche Quelle gedient hatte.

Aber mir wurde bald klar, dass wir keins dieser beiden Ziele ansteuerten.

Nachdem wir das Zentrum durchquert hatten, bogen wir in einige Seitenstraßen ab und orientierten uns dabei grob nach Nordwesten. Meine Gedanken überschlugen sich. War das möglich? Waren wir wirklich zum Al-Hummar unterwegs? Dort war ich noch nie gewesen und ein Besuch ausgerechnet jetzt erschien mir extrem unwahrscheinlich. Doch nach einer recht umständlichen und langen Fahrt kreuz und quer durch die Stadt erreichten wir schließlich den schwer bewachten Bezirk, in dem sich der königliche Palast befindet. Die Agenten kündigten uns per Funk an. Ehe ich großartig darüber nachdenken konnte, öffneten sich enorme Portale aus Stahl vor uns. Der Mercedes hielt schließlich vor einem Gebäude, das ich schon unzählige Male im Fernsehen, aber noch nie mit eigenen Augen gesehen hatte.

»Willkommen im Palast, Mr. Collins«, sagte Said, bevor er aus dem Auto sprang und die Tür für mich öffnete. »Seine Majestät erwartet Sie bereits.«

Ich stieg aus. Verblüfft und doch fasziniert ob dieser Wendung der Ereignisse ertappte ich mich selbst dabei, wie ich zu dem imposanten Gebäude hinaufstarrte, das aus wundervoll gearbeitetem Kalkstein bestand, der eine leichte Rosafärbung aufwies. Früher hatte ich geglaubt, dass man dieses Material als ›Jerusalem-Stein‹ bezeichnete, weil ein großer Teil der Jerusalemer Altstadt davon geprägt ist, doch es war im Nahen Osten so gut wie überall präsent. Vor mir ragten fünf hohe Bogentore auf, jedes mündete in einen breiten Gang. Neben den Säulen des mittleren Tors standen zwei Fahnenmasten, je einer auf jeder Seite, an denen die schwarz-rot-weiß-grüne

Flagge des Haschemitischen Königreichs lautstark im kalten Dezemberwind flatterte.

Wenigstens ein Dutzend Soldaten hielt vor dem Palast Wache. Ich sah ein paar andere auf dem Dach patrouillieren. Ein halbes Dutzend schwerer Lastzüge ohne Firmenlogo passierte nacheinander das Tor neben uns und parkte zu unserer Linken. Nur Augenblicke später kamen Lagerarbeiter, wahrscheinlich am königlichen Hof angestellt, durch eine Seitentür und luden Kisten aus den Lkws aus.

Ein paar zusätzliche Wachposten bezogen um uns herum Stellung. Ali Said bat mich, ihm zu folgen. Durch einen der Torbögen und eine doppelflügelige schwere Holztür betraten wir den Al-Hummar-Palast.

Unter den gegebenen Umständen rechnete ich mit einer gründlichen Durchsuchung. Sicher ließ man mich durch einen Metalldetektor schreiten und durchleuchtete meine Aktenmappe und die Kameratasche. Da irrte ich. Die Detektoren und Röntgengeräte waren zwar da, aber wir gingen daran vorbei. Ich wurde nicht einmal gebeten, meinen Führerschein oder Pass vorzuzeigen oder mich anderweitig auszuweisen.

Der Agent lotste mich durch mehrere Fluchten, in denen gerahmte Porträts der haschemitischen Könige hingen. Von einem Bild lächelte mir die hinreißende Königin Rania entgegen, aus einem anderen prunkvollen Rahmen Prinz Hussein, der älteste Sohn des Königs. Es hingen auch Fotos von bekannten Würdenträgern an den Wänden, die sich sowohl mit dem verstorbenen König Hussein als auch mit König Abdullah II. getroffen hatten, einschließlich zahlreicher amerikanischer Präsidenten, verschiedener europäischer und asiatischer Außenminister und Regierungsoberhäupter, dem saudischen

König und weiteren arabischen Präsidenten, Monarchen und Emiren. Es gab sogar eine Aufnahme jüngeren Datums, auf der sich Abdullah II. und der erst kürzlich gewählte Papst die Hände schüttelten. Eine Art Museum der Monarchie, ergänzt um viele Vitrinen mit antiken Vasen, einem silbrig glänzenden Säbel, der aussah, als wäre er mehrere Jahrhunderte alt, und anderen archäologischen und historischen Artefakten aus der Ära der Osmanen, der Römer und sogar aus vorchristlicher Zeit.

An jedem anderen Tag wäre ich an vielen der Exponate, vielleicht sogar an allen interessiert gewesen. Aber dies war kein Tag wie jeder andere. Ich würde zum ersten Mal den König von Jordanien treffen und tappte bezüglich der konkreten Gründe im Dunkeln. Mein Magen verkrampfte sich. Ich hatte seit Tagen nichts Anständiges mehr gegessen. Durst verspürte ich mit einem Mal auch, außerdem kämpfte ich weiterhin mit den Nachwehen des Schocks, den mir die Ereignisse der letzten Zeit versetzt hatten. Aber in diesem Augenblick konnte ich nur an eines denken: Handelte es sich um ein Treffen offizieller Natur oder nicht?

Als wir um die Ecke bogen, stellte ich fest, dass Prinz Marwan in seinem Rollstuhl auf mich wartete. Er trug die traditionellen, weiß-beigen Gewänder und eine traditionelle rot-weiß gewürfelte *Kufiya* wie ein wahrer jordanischer Prinz aus königlichem Haus. Er lächelte nicht. Er sah nicht einfach nur krank und erschöpft aus, sondern auch zutiefst beunruhigt. Dennoch begrüßte er mich höflich und bat mich, ihm zu folgen. Said und seine Sicherheitsleute stellten sich um uns herum auf, dann öffneten zwei zeremonielle Wachen, die reich verzierte beduinische Militäruniformen trugen, zwei große Flügeltüren.

Wir betraten eine Umgebung, die ich von Fotos her als offiziellen Audienzsaal des Königs kannte. Hier fanden üblicherweise Treffen mit Staatsoberhäuptern und Würdenträgern aus aller Welt statt. Die Wände waren mit sattdunklem Mahagoni vertäfelt. Direkt vor uns standen zwei elfenbein- und beigefarbene Sofas, eins direkt neben der Tür, eins gegenüber auf der anderen Seite.

Die Mitte des Saals nahm ein niedriger, zierlich wirkender Kaffeetisch ein, auf dem Vasen mit weißen Blumen und Schüsseln mit archäologischen Artefakten standen. An den von uns abgewandten Enden beider Sofas fand sich jeweils ein weiterer Beistelltisch. Den von uns aus gesehen rechten zierten eine Lampe und ein großer Keramikaschenbecher, den anderen ein gerahmtes kleines Schwarz-Weiß-Foto des verstorbenen Königs Hussein in einem maßgeschneiderten Anzug westlicher Prägung und der für ihn typischen *Kufiya*.

Ich sah mich um und erblickte Kamal Jeddeh, den Chef des jordanischen Geheimdienstes, einen durchtrainierten Mann mit breitem Brustkorb, ungefähr Mitte 50. Er erhob sich bei unserem Eintreten. Wir begrüßten uns nur kurz. Der Prinz schien es eilig zu haben und bat mich sofort, auf einem Sofa links im Saal Platz zu nehmen. Ich gehorchte und bewunderte die Fotos und andere Details der Einrichtung, während wir mehrere Minuten schweigend warteten. Jeddeh schien mir ungewöhnlich nervös zu sein, er spielte mit einem Kugelschreiber und blickte ständig auf die Uhr.

Der Prinz war nicht sein sonst übliches herzliches Selbst. Ich hätte ihn gern nach dem Grund gefragt, aber der Zeitpunkt erschien mir nicht gerade passend, also hielt ich den Mund. Um ehrlich zu sein, ich war sogar dankbar, dass bisher niemand sprach. Das Schweigen half mir, mich zu sammeln, meine Pulsfrequenz etwas zu beruhigen und darüber nachzudenken, warum Seine Majestät mich zu sich befohlen hatte. Und was ich ihn fragen wollte, sofern sich eine Gelegenheit dazu bot.

Auf einmal vibrierte mein Smartphone. Ich schaute aufs Display. Yael hatte mir geantwortet:

James, Gott sei Dank, du bist in Sicherheit. Danke für die Nachricht. Hab mir schreckliche Sorgen gemacht. Wir müssen reden. Gefährliche neue Entwicklungen. Ruf mich so bald wie möglich an. Y.

In diesem Augenblick öffnete sich eine Tür im hinteren Teil des Saals. Noch mehr Sicherheitsleute strömten herein. Auch der König erschien, gefolgt vom Kronprinzen. Mir kam der Gedanke, dass mir nun eine Ehre zuteilwurde, die meinem Großvater nicht vergönnt gewesen war: Ich traf einen echten Monarchen.

Seine Majestät trug einen maßgeschneiderten dunkelblauen Anzug, ein hellblaues Hemd und eine knallrote Krawatte. Er war gut aussehend, glatt rasiert und mir schoss durch den Kopf, dass er weniger wie ein König und wichtigster Verbündeter des Westens in der gesamten arabischen Welt wirkte, sondern vielmehr wie der Geschäftsführer oder Aufsichtsrat eines Hightech-Konzerns oder Dekan einer Universität. Ein wenig kleiner als ich, aber offenbar in hervorragender körperlicher Verfassung; zweifellos das Ergebnis der Disziplin, die er sich in seinen vielen Jahren beim Militär angeeignet hatte. Mit seinem breiten Lächeln und dem einnehmenden Wesen beherrschte er ganz klar das Geschehen. Dennoch konnte ich keinerlei Arroganz oder pompöses Gebaren entdecken, wie es mir bei so vielen anderen Staatsoberhäuptern begegnet war.

»Mr. Collins, es ist mir eine Freude, Sie kennenzulernen«, begrüßte er mich und streckte mir leutselig die Hand entgegen. Sein Englisch hatte einen Akzent, der seine Schul- und Universitätsjahre in England verriet. »Ich danke Ihnen, dass Sie so kurzfristig bereit waren, meiner Einladung zu folgen.«

»Es ist mir eine Ehre, Sie zu treffen, Eure Majestät«, erwiderte ich. Ich war nicht ganz sicher, was das Protokoll in so einem Fall vorsah, aber ich erwiderte den angebotenen Händedruck. Sein Griff war fest und bestimmt.

Der König stellte mir Kronprinz Hussein vor, ein professioneller Fotograf schoss ein paar Bilder und verließ dann das Zimmer.

»Bitte setzen Sie sich«, sagte der König. »Machen Sie es sich bequem. Ich habe Ihre Artikel gelesen. Hinter Ihnen liegen wirklich ein paar erschütternde Wochen.«

»Danke, Eure Majestät«, entgegnete ich mit Schmetterlingen im Bauch. »Erschütternd ist das richtige Wort.«

Der König setzte sich auf die Couch mir gegenüber, sein Sohn, Anfang 20 im schwarzen Anzug mit schneeweißem Hemd und violetter Krawatte, nahm auf dem gleichen Sofa Platz wie sein Vater.

Prinz Marwan wurde rechts neben mich gerollt, direkt hinter den Kaffeetisch. Geheimdienstdirektor Jeddeh, in grauem Anzug und mit blassgelbem Schlips, saß neben mir auf dem Sofa. Man servierte uns Kaffee, aber so durstig ich auch war, Trinken spielte im Moment eine untergeordnete Rolle.

Der König ignorierte den Kaffee ebenfalls und bedeutete seinen Bediensteten, den Raum zu verlassen. »Alles, was wir heute besprechen, ist inoffiziell und nicht zur

Veröffentlichung bestimmt. Verstehen wir uns?«, stellte er klar, als wir endlich allein waren.

»Ich würde Sie zu gern interviewen. Kein arabisches Staatsoberhaupt hat bisher auf meine Artikel zu Abu Khalif reagiert. Sie sollten der Erste sein.«

»Morgen«, versprach er. »Ich werde es Ihnen ermöglichen, mich den ganzen Tag zu begleiten, einschließlich eines formellen Interview-Termins. Aber jetzt möchte ich privat mit Ihnen sprechen.«

Ein solches Angebot konnte ich wohl kaum abschlagen, also nickte ich und bedankte mich.

»Ich will Sie zunächst auf den neuesten Stand bringen, was den Friedensprozess angeht«, erklärte der König.

»Es geht nicht um Abu Khalif?«, fragte ich überrascht. »Nicht um den IS?«

»Alles der Reihe nach.«

»Bei allem Respekt, Eure Majestät, ich gehe davon aus, dass der IS gerade Ihre größte Sorge ist.«

»Ich bin mir der Risiken vollauf bewusst«, gab er zurück.

»Abu Khalif will eindeutig die Kontrolle über den Irak und Syrien erlangen. Aber er und Jamal Ramzi sagten mir, dass sie sich nun ein drittes Ziel vorgenommen hätten. Nach allem, was ich bisher in Erfahrung bringen konnte, scheint es sich um Jordanien zu handeln.«

»Wir haben schon länger mit dem IS zu tun, Mr. Collins. Wir kennen die Drahtzieher und wissen, welche Ziele sie anstreben. Wir sind darauf vorbereitet. Ich mache mir diesbezüglich keine Sorgen. Mein Augenmerk gilt derzeit den Palästinensern. Ich will ihnen einen eigenen Staat schenken und glaube, dass es nach vielen Tränen und entschieden zu viel Leid endlich so weit ist.«

Ich hatte überaus großen Respekt vor diesem König, doch ich wusste nicht, ob dieses Vorhaben im Zuge der aktuellen Entwicklungen sonderlich klug war. Sicher, Seine Majestät verfügte über eine Menge Erfahrung, mit den turbulenten Umwälzungen im Nahen Osten umzugehen. Und er war natürlich nicht nur ein äußerst gut ausgebildeter Soldat, sondern auch lange Zeit Kommandant einer Eliteeinheit der jordanischen Streitkräfte gewesen. Trotzdem fragte ich mich, ob er und seine königlichen Ratgeber sich nicht zu sehr auf den Friedensvertrag konzentrierten, der ihre Westgrenzen befrieden sollte, und dadurch der Bedrohung, die im Osten erwuchs, nicht genügend Beachtung schenkten.

»Ihnen ist doch sicher bekannt, dass die Israelis und die Palästinenser einen endgültigen gegenseitigen Friedensvertrag anstreben, der nach viel zu vielen Jahren endlich einen souveränen Staat Palästina im Westjordanland und im Gazastreifen etablieren wird?«, fuhr der König fort.

»Ich habe verschiedene Berichte in der Presse gelesen, Eure Majestät«, erwiderte ich. »Aber wenn wir schon inoffiziell miteinander sprechen, will ich Ihnen sagen, dass ich darüber auch von mehreren vertrauenswürdigen Informanten etwas erfahren habe, einschließlich Präsident Taylor. Sie übernahmen bei diesen Verhandlungen offenkundig eine Schlüsselrolle.«

»Prinz Marwan und ich hatten diesbezüglich etliche schlaflose Nächte, aber das war mir die Sache wert.«

»Also wurden alle potenziellen Probleme ausgeräumt?«, fragte ich.

»Bemerkenswerterweise ja.«

»Die Grenzen?«

»Die Israelis haben sich bereit erklärt, 94 Prozent des Westjordanlandes und den gesamten Gazastreifen zu übergeben. Es wird Land getauscht. Die Israelis dürfen ihre wichtigsten Siedlungen behalten, werden allerdings die kleineren abbauen und freigeben. Umgekehrt erhalten die Palästinenser von den Israelis Teile des Negev und Galiläas, um die sechs Prozent Fläche zu kompensieren, auf denen sich diese wichtigen Siedlungen befinden.«

»Und Jerusalem?«

»Die Palästinenser werden ihre Hauptstadt in Ost-Jerusalem errichten.«

»In ganz Ost-Jerusalem?«

»In Teilen davon«, präzisierte der König. »Der Felsendom, die Al-Aksa-Moschee und der Tempelberg werden von einem speziellen Komitee verwaltet, dem Jordanien, die Palästinenser, Israel, die USA und Saudi-Arabien angehören. Die Palästinenser erhalten die Hoheitsrechte über das muslimische Viertel der Altstadt.«

»Was ist mit den jüdischen, christlichen und armenischen Vierteln?«

»Die wird Israel kontrollieren«, erwiderte der König. »Jeder der Beteiligten wird allen Religionen Zugang zu ihren heiligen Stätten gewähren. Die Israelis übernehmen die Gebietshoheit über den Ölberg und den Berg Skopus, sie werden auch den derzeitigen Tunnel vom Westjordanland nach Jerusalem kontrollieren. Die Saudis und Amerikaner finanzieren den Bau eines separaten Tunnels, der die arabischen Städte mit Jerusalem verbindet. Und die Palästinenser errichten ihre Regierungsgebäude in der Nähe des Damaskus-Tors.«

»Premierminister Lavi hat sich mit all dem einverstanden erklärt?«

»Mr. Collins, mein guter Freund Daniel hat es sogar selbst vorgeschlagen.«

Ich fragte mich, ob ich so überrascht dreinblickte, wie ich mich fühlte.

»Es war gar nicht so schwierig, wie es sich anhört«, erklärte der König. »Daniel gehörte den Verhandlungsteams während des Gipfels 2000 in Camp David an. Er gehörte zu den wichtigsten Beratern Ariel Sharons bei dessen Rücktritt im Jahre 2005. Und er war einer der wichtigsten Männer hinter Olmert 2008, als dieser sich mit Korruptionsvorwürfen konfrontiert sah. Er arbeitet schon lange auf eine solche Einigung hin.«

»Präsident Mansour wollte zweifellos mehr«, stellte ich fest.

»Allerdings.«

»Aber Sie haben ihn davon überzeugt, den Vertrag in dieser Form anzunehmen?«

»Salim und ich haben viele lange Gespräche geführt. Er ist kein Jassir Arafat, auch kein Mahmud Abbas. Diese beiden waren nicht bereit für den Frieden. Salim schon. Die Palästinenser sind bereit. Es ist an der Zeit.«

»Was ist mit den Flüchtlingen?«

»Palästinensische Flüchtlinge haben das Recht, in den palästinensischen Staat zurückzukehren, wenn sie es wünschen. Jeder, dem daran gelegen ist. Daniel lässt sich darauf ein, Ost-Jerusalem zur palästinensischen Hauptstadt zu machen; unter der Bedingung, dass Salim nicht darauf besteht, dass die Flüchtlinge in Massen zurückkehren. Am Ende hat Israel die Zahl von 50.000 Flüchtlingen akzeptiert, 5000 pro Jahr für die nächsten zehn Jahre, solange jeder von den Sicherheitsbehörden überprüft und nicht als Risiko eingestuft wird. Das gehörte zu den kontroversesten Punkten der Verhandlungen, über die eindeutig am längsten gesprochen wurde. Die Formel ähnelt jener, die Olmert bereits im Jahr 2008 vorschlug. Er bot damals allerdings nur Visa für insgesamt 5000 Palästinenser an, um nach Israel einzureisen. Jetzt sind es zehnmal so viele.«

»Wasserrechte?«

»Eine komplizierte Formel. Das Wasser wird zwischen den Israelis, den Palästinensern und uns aufgeteilt, das stimmt aber mit dem Vertrag überein, den mein Vater 1994 mit den Israelis unterzeichnete.«

»Was ist mit Sicherheitsvorkehrungen?«, fragte ich.

»Die Kurzversion lautet, dass der palästinensische Staat demilitarisiert wird. Es wird natürlich Polizei und Grenzposten geben, aber keine Armee, keine Luftwaffe, abgesehen von einer festgelegten Menge von Beobachtungs- und Rettungshubschraubern. Es wird auch keine nennenswerte Marine geben, von Patrouillenbooten für die Kontrolle der Küste vor Gaza abgesehen. Auf palästinensischem Territorium sind keine Raketen erlaubt. Keine Abschüsse, keine neuen Tunnel. Wir und die Israelis sind für die Sicherheit im Jordantal verantwortlich. Die Israelis werden sieben bemannte Außenposten im Tal betreiben, aber sie werden das Land von den Palästinensern pachten. Die israelische Luftflotte wird die Sicherheit des gesamten Luftraums westlich des Jordan garantieren. Wir tun das auf der östlichen Seite. Die Verantwortung für die Sicherheit im Rest des Korridors wird individuell zwischen den drei souveränen Regierungen aufgeteilt.«

»Das klingt wie die Basis zu einer Konföderation«, merkte ich an.

»In gewisser Weise läuft es darauf hinaus«, räumte der

König ein. »Aber alle haben großen Wert darauf gelegt, es nicht so zu nennen.«

»Warum nicht?«

»Weil Salim die Auffassung vertritt, allein der Begriff löse Zorn bei den Palästinensern aus, entehre sie und vermittle ihnen den Eindruck, dass sie in Wahrheit gar keine Souveränität erlangt hätten.«

»Und was denken Sie?«

»Ich will unsere Nachbarn respektieren. Wenn sie diese Bezeichnung ablehnen, muss ich sie auch nicht benutzen.«

»Sind Sie denn sicher, dass diese Sicherheitsmaßnahmen Ihr Königreich ausreichend schützen werden?«

»Das bin ich. Sehen Sie, niemand hat die Idee eines souveränen Staates Palästina stärker unterstützt als mein Vater und ich. Mein Vater ließ sich 1967 auf ein Hasardspiel ein. Er hat auf Nassers Lügen gehört und dabei Jerusalem und beinahe sein halbes Königreich verloren. Wir haben aus dieser Katastrophe viel gelernt. Eine Lektion bestand darin, dass Allah nicht wünschte, dass Jordanien das Westjordanland kontrolliert. Das zu akzeptieren, war schmerzhaft. Sehr schmerzhaft. Aber wir haben es akzeptiert. Was wir nicht akzeptieren werden, ist die Entstehung eines Sicherheitsvakuums auf der Westseite des Flusses. Wir wollen, dass die Palästinenser starke Sicherheitsbehörden haben. Wir finanzieren gern das entsprechende Training und rüsten sie mit allem Notwendigen aus. Aber wir brauchen Gewissheit, dass alle Sicherheitsfragen im Korridor sorgfältig angegangen werden. Das waren zwar nicht die strittigsten Themen der Verhandlungen, aber die langwierigsten. Am Ende allerdings war und bin ich zufrieden mit dem Ergebnis.«

»Also ist nun alles geklärt?«

»Das ist es. Präsident Taylor rief mich vor noch nicht einmal einer halben Stunde an, um die letzten Einzelheiten und den Umsetzungsplan noch einmal minutiös durchzugehen. Ich habe ihm erzählt, dass ich Sie gleich treffe. Er bat mich, Ihnen auszurichten, wie froh er ist, Sie in Sicherheit zu wissen. Er freut sich darauf, die Risiken hinsichtlich Abu Khalifs mit Ihnen persönlich zu besprechen.«

»Das ist sehr freundlich«, sagte ich. »Wann trifft er denn in Israel ein? Und werden Sie zur feierlichen Verkündung des Vertrags nach Jerusalem reisen?«

»Der Präsident wird nicht nach Jerusalem reisen, genauso wenig wie ich, Mr. Collins.«

»Aber warum nicht?«, wollte ich wissen und fragte mich, ob ich etwas verpasst hatte.

»Die ›feierliche Verkündigung‹, wie Sie es nennen, wird morgen Nachmittag stattfinden. Allerdings nicht in Israel. Sondern hier, in diesem Palast.«

49

»Hier? Morgen? Aber wie ist das möglich?«, fragte ich.

Der König lächelte. »Das wird eine Menge Arbeit, aber mein Team ist darauf vorbereitet.«

Jetzt ergaben die ganzen Arbeiter und die großen Lkws vor dem Palast einen Sinn. Der königliche Hof würde die Nacht durcharbeiten, um sich auf die Ankunft des Präsidenten der Vereinigten Staaten, des israelischen Premierministers, des palästinensischen Präsidenten sowie deren Personal, die Sicherheitsleute und die Presse vorzubereiten, die in ihrem Gefolge anreisten.

»Hat schon jemand diese Story?«, wollte ich wissen.

»Dass der Gipfel hier stattfindet?«

»Genau.«

»Nein, niemand. Die beteiligten Staatschefs haben große Anstrengungen unternommen, damit im Vorfeld keine Details durchsickern. Das geschah zum Teil deshalb, um größtes Medieninteresse zu erzielen, aber auch aus Sicherheitsgründen. Es ist auch nicht die morgige Verkündigung, die mir Sorgen bereitet.«

»Das sollte sie aber!« Ich blieb hartnäckig. »Alle vier Staatschefs gleichzeitig am selben Ort, das ist doch ein verführerisches Ziel. Insbesondere für den IS!«

»Mr. Collins, die jordanischen Sicherheitskräfte sind erstklassig. Der Secret Service der USA unterstützt uns, ebenso die Israelis und die palästinensischen Sicherheitsbehörden. Alles wird gut gehen. Was mir größere Sorgen bereitet, und das bleibt bitte unter uns, ist die Tatsache, dass ich an diesem Wochenende nach Bagdad fliege, um mich dort mit dem Premierminister bezüglich der Bedrohung durch den IS und der Zukunft des Iraks abzustimmen. Offen gestanden glaube ich, wenn der IS zuschlagen will, dann bei dieser Gelegenheit.«

»Darf ich Sie bei dieser Reise begleiten?«, fragte ich.

»Sie wollen das wirklich?«

»Unbedingt.«

Zum ersten Mal wandte sich der König an Prinz Marwan und seinen Geheimdienstdirektor. Ich konnte die Signale nicht lesen, aber immerhin lehnte Abdullah II. meinen Wunsch nicht direkt ab. Er erbat sich allerdings einen Tag Bedenkzeit, was ich als positives Signal wertete.

Wir wandten uns wieder dem eigentlichen Thema zu. Ich wollte erfahren, warum alle Medien davon ausgingen, dass der Festakt anlässlich des Friedensvertrags in Jerusalem abgehalten wurde.

»Jerusalem war ursprünglich dafür vorgesehen, daher haben Sie in den letzten 24 Stunden entsprechende Nachrichten gelesen«, erklärte der König. »Aber Salim und Daniel konnten sich nicht einigen, wo genau die Zeremonie abgehalten werden soll. Am Ende rief Salim mich an und bat, dass ich die Rolle des Gastgebers übernehme.«

»Währenddessen rollen die Israelis buchstäblich den roten Teppich aus«, überlegte ich laut. »Aber das ist alles ein raffinierter Trick?«

»Das war ursprünglich nicht meine Absicht, aber ja, darauf läuft es hinaus«, stimmte der König zu. »Wir werden ein illustres Publikum bei der Unterzeichnung dabeihaben, aber keiner von ihnen kennt den eigentlichen Anlass für die Einladung.«

»Und warum glauben sie, dass sie eingeladen wurden?«

»Um 14 Uhr beginnt eine Preisverleihung, an der rund 500 Schüler aus ganz Jordanien und aus dem Westjordanland teilnehmen sollen. Auch eine Abordnung israelischer Schüler wird dabei sein, ungefähr 50, glaube ich. Die klügsten Schüler werden sich mit meinem Sohn und verschiedenen Ministern treffen. Offiziell bin ich für die Festrede vorgesehen. Alle Schüler sind bereits heute Morgen in Amman eingetroffen und verbringen den Tag mit einer Stadtbesichtigung. Wenn sie morgen am Palast eintreffen, werden sie zunächst die Sicherheitskontrollen durchlaufen und erst dann erfahren, dass sie am wohl wichtigsten Ereignis dieses Jahrtausends teilnehmen werden.«

»Und die Preisverleihung?«

Der König lächelte wieder. »Es ist an alles gedacht,

Mr. Collins. Sie wird übermorgen im Zentrum für Darstellende Kunst in der Innenstadt stattfinden.«

»Wann treffen die Regierungschefs hier ein?«

Der König gab die Frage an Kamal Jeddeh weiter.

»Präsident Mansour und die Palästinenser kommen noch heute Nacht«, erklärte der Geheimdienstdirektor. »Die gesamte palästinensische Delegation wird in Ihrem Hotel, dem Le Méridien, absteigen. Wenn Seine Majestät einverstanden ist, können wir vielleicht arrangieren, dass Mr. Collins und Präsident Mansour morgen miteinander frühstücken und ein Interview führen.«

»Aber natürlich«, stimmte der König zu. »Eine gute Idee.«

»Das würde mir gefallen, Eure Majestät, vielen Dank«, antwortete ich. »Und die Israelis?«

Der Kopf des Muchabarat beantwortete auch diese Frage. Das Thema Sicherheit aller Delegationen fiel offenbar in sein direktes Aufgabengebiet.

»Wie Sie sich vorstellen können, ist es für Premierminister Lavi schwierig zu reisen, ohne dass die Presse Wind davon bekommt. Aber er wird von Ben Gurion um zehn Uhr morgens losfliegen, um halb elf hier in Amman landen und nicht später als elf Uhr mit dem Helikopter zum Palast geflogen. Seine Vorabdelegation ist bereits hier, der Großteil seiner Security wird in weniger als einer Stunde folgen.«

Ich wandte mich an den König. »Könnten wir ein Mittagessen mit Daniel Lavi arrangieren?«

»Ich bedaure, das wird nicht möglich sein«, erwiderte der König. »Er, Salim und ich werden gemeinsam zu Mittag speisen, um letzte Details zu erörtern. Aber ich werde mich darum kümmern, dass Sie ihn treffen können.«

»Was ist mit Präsident Taylor?«

»Die Air Force One landet um 13 Uhr«, berichtete Jeddeh. »Präsident Mansour, Premierminister Lavi, der Kronprinz und Prinz Marwan nehmen ihn am Flughafen in Empfang, fahren zu einem Fototermin und kehren für die offizielle Zeremonie in den Palast zurück. Ich werde dafür sorgen, dass Sie morgen früh einen endgültigen Ablaufplan erhalten.«

»Ich danke Ihnen«, sagte ich. »Aber bei allem Respekt, Eure Majestät, was nützen mir die Exklusivrechte für den morgigen Tag, wenn Hunderte Reporter aus aller Welt ebenfalls anwesend sein werden?«

»Keiner von denen wird hinter den Kulissen einen Blick auf alle Regierungschefs werfen können. Nur Ihnen wird das gestattet sein«, versprach der König. »Sie werden in der Limousine sitzen, wenn wir Präsident Taylor abholen. Sie werden während der Zeremonie direkt hinter mir Platz nehmen. Sie werden Zeuge der privaten Unterhaltungen und der Details, die niemand sonst erfährt.«

»Warum ich?«

»Warum nicht?« Er lächelte. »Wenn Sie es vorziehen, kann ich diese Rechte natürlich auch einem Ihrer Konkurrenten einräumen.«

»Nein, nein, verstehen Sie mich nicht falsch. Ich bin Ihnen sehr dankbar. Mich interessieren lediglich die Gründe, warum ausgerechnet mir der rote Teppich ausgerollt wird.«

»Dafür gibt es eine ganz simple Erklärung. Sie sind der einzige Reporter auf der Welt, der Abu Khalif aufgesucht und interviewt hat. Wir wollen ihm eine Botschaft übermitteln.«

»Und wie lautet die?«

»Dass er nicht gewinnen kann«, antwortete der König. »Dass Frieden und Mäßigung und Toleranz die Oberhand behalten werden.«

Ich lehnte mich für einen Augenblick zurück und ließ das Gesagte noch einmal Revue passieren. Abdullah II. Bin Al-Hussein beeindruckte und faszinierte mich, sowohl als Monarch als auch als Reformer. Er bemühte sich aktiv, sein kleines ölloses, aber geopolitisch bedeutendes Land zu Fortschritt und Freiheit zu führen, hin zu Toleranz und Modernität.

Er hielt enge Verbindungen mit der arabischen Welt, aber er arbeitete auch hart daran, eine ebenso enge Freundschaft mit den USA und der Europäischen Union zu pflegen. Ferner hielt er trotz aller Hemmnisse an dem mutigen Friedensvertrag fest, den sein Land mit Israel eingegangen war. Jetzt versuchte er sogar, den Palästinensern und den Israelis zu helfen, miteinander Frieden zu schließen und gleichzeitig gegen die radikalen Kräfte in der Region vorzugehen. Keine leichte Aufgabe.

Die radikalen Kräfte – Al-Qaida, der IS, die Muslimbruderschaft und die Mullahs im Iran, um nur einige zu nennen – wollten nichts lieber, als den König zu stürzen und Jordanien für sich einzunehmen. In den letzten Jahren hatten sie Tunesien, Libyen und – wenn auch nur kurz – Ägypten übernommen. Derzeit kämpften sie um die Kontrolle in Syrien und im Irak. War Jordanien als Nächstes dran? Ich konnte nur hoffen, dass die Antwort Nein lautete. Aber Abu Khalif hatte mir versichert, er plane sehr bald einen weiteren Anschlag. Dass der König ein Hauptziel dieser Attacke wäre, hielt ich für eine folgerichtige Annahme. Sah Abdullah das anders? Ich musste ihn davon überzeugen, ein offizielles Statement abzugeben. Sofort, damit es morgen in den Zeitungen stand. Aber wie brachte ich ihn dazu?

»Eure Majestät, darf ich Ihnen eine Frage stellen?«, schoss es aus mir heraus. Ich lehnte mich in seine Richtung.

»Aber sicher doch.« Der Mann war auf alle Fälle sehr offen und liebenswürdig. Die beduinische Gastfreundschaft schien tief in ihm verwurzelt zu sein.

»Mir ist bewusst, dass es viele Themen gibt, zu denen Sie sich nicht äußern wollen, bevor alle Staatsoberhäupter morgen den Friedensvertrag unterzeichnet haben, das respektiere ich natürlich voll und ganz«, begann ich. »Aber es gibt zwei Punkte, die ich gerne ansprechen möchte. Der erste ist, dass mein Redakteur von mir erwartet, dass ich bis Mitternacht einen Artikel über die aktuellen Entwicklungen in der Region bei ihm einreiche, der in der morgigen Ausgabe abgedruckt wird.

Der zweite Punkt betrifft Folgendes: Angesichts dessen, was ich in den letzten Tagen erlebt habe, und angesichts der Drohungen, die gegen Sie und Ihr Königreich im Besonderen ausgesprochen wurden, wäre es wichtig für jeden hier in Jordanien und besonders in Israel, von Ihnen selbst zu hören, wie ernst Sie die Bedrohung durch den IS nehmen.

Weiterhin wäre wichtig zu erfahren, welche Sicherheitsvorkehrungen Sie zu ergreifen gedenken, damit nicht nur die morgige Veranstaltung ohne Störungen über die Bühne geht, sondern sich Jordanien im Nahen Osten auch auf lange Sicht hin als Stützpfeiler für die Sicherheit behauptet. Gestatten Sie mir also eine ganz simple Frage, Eure Majestät: Wären Sie bereit, mir ein kurzes Interview zu geben, in dem Sie erklären, warum Sie so sicher sind, dass Jordanien eine Hauptrolle in der Gewährleistung dieses Friedens spielen wird, was immer Abu Khalif auch behaupten mag?«

50

Zu meiner Überraschung ließ sich der König auf meinen Vorschlag ein.

Ich schielte auf Prinz Marwan und Kamal Jeddeh. Natürlich wagten sie es nicht, einer Entscheidung ihres Königs zu widersprechen. Also fischte ich meinen Digitalrekorder aus der Aktenmappe, schaltete ihn ein und stellte das Gerät auf den Tisch. Dann holte ich meinen Notizblock und einen Stift heraus. Es konnte losgehen.

»Eure Majestät, vielen Dank, dass Sie sich bereit erklärt haben, zu den Lesern der *New York Times* zu sprechen.«

»Es ist mir ein Vergnügen.« Zum ersten Mal, seit er den Raum betreten hatte, nippte er an seinem Kaffee.

»Für den Anfang: Wie würden Sie die aktuellen Entwicklungen in den historischen Gesamtkontext des Nahen Ostens einordnen?«

»Ich möchte mich da auf die Theorie beziehen, die ich 2011 in meinem Buch *Die letzte Chance: Mein Kampf für Frieden im Nahen Osten* postuliert habe«, erwiderte er. »Ich glaube, wir haben noch eine Chance, eine letzte, den Frieden in der Region zu sichern. Aber das Fenster schließt sich bereits. Wenn wir diese Gelegenheit nicht nutzen, die sich uns nun dank des so gut wie einstimmigen Beschlusses aller Beteiligten bietet, die international an diesem Prozess beteiligt waren, bin ich sicher, dass wir und unsere Nachbarn erneut einen Krieg erleben werden. Und er wird wahrscheinlich schlimmer als jene, die hinter uns liegen, und weitaus katastrophalere Folgen haben.«

»Ordnen Sie die Massaker in Syrien und im Irak nicht als Kriege dieser Region ein?«

»In Syrien herrscht Bürgerkrieg, und das ist in der Tat eine ernste Situation, mit der wir uns konfrontiert sehen«, erläuterte der König. »Unsere Brüder und Schwestern im Irak dagegen bekämpfen eine terroristische Vereinigung. Auch das ist durchaus ernst zu nehmen. Aber ich bezog mich auf mein Buch und das, wovor ich darin hauptsächlich warne: die Gefahr einer weiteren internationalen Auseinandersetzung zwischen Arabern und Israelis, die mit allen Mitteln geführt wird. Das hätte katastrophale Folgen, und daher arbeiten wir so hart daran, den Frieden zwischen Palästinensern und Israelis zu sichern.«

»Steht der Frieden denn vor der Tür?«

»*Inschallah*«, antwortete er. *So Gott will.*

»Sie waren hinter den Kulissen intensiv an den Verhandlungen beteiligt, die zwischen den Israelis und den Palästinensern geführt wurden, ist das richtig?«

»Die Palästinenser und die Israelis haben die eigentliche Arbeit geleistet«, meinte er bescheiden. »Ich war besonders von Präsident Mansour beeindruckt. Er hat unermüdlich daran gearbeitet, für sein Volk ein faires und gerechtes Ergebnis zu sichern. Jordanien hat dabei nur eine kleine Rolle übernommen und versucht, ihn und Premierminister Lavi zu ermutigen. Unter anderem profitierten wir dabei von den Erfahrungen König Husseins, als er in den 90ern Frieden mit Israel schloss.«

»Welche greifbaren Resultate eines solchen einvernehmlichen Friedensvertrages sehen Sie für die Region?«

»Wie Sie wissen, war Jordanien der stärkste und beständigste Befürworter der Bildung eines palästinensischen Staats mit einer Hauptstadt Jerusalem«, antwortete der König. »Falls das wirklich erreicht werden kann, und ich sage ausdrücklich: falls, auch wenn wir diesem Ziel momentan näher sind als je zuvor, wäre das die wichtigste geopolitische Errungenschaft des Jahrtausends. Es wäre die Erfüllung eines Traums, der für meinen Vater, Yassir Arafat, Mahmud Abbas und einige israelische Premierminister ein solcher blieb. Es wäre zudem ein wahrer Segen für das palästinensische Volk, das viel zu lange viel zu sehr gelitten hat.«

»Und für Jordanien?«

»Mein Traum, wie ich es schon unzählige Male angesprochen habe, wäre die Bündelung der Wirtschaftskraft von Israel, Palästina und Jordanien in einem gemeinsamen Markt. Ähnlich wie es die Beneluxstaaten in Westeuropa handhaben. Stellen Sie sich vor, was wir erreichen könnten, wenn wir das technische Know-how und den Unternehmergeist aller drei Nationen vereinen, um einen ökonomischen Knotenpunkt in der Levante zu schaffen. Das Potenzial für eine gemeinsame Tourismusindustrie ist gewaltig, genau wie das Potenzial für ausländische Investitionen.«

Ich wollte das Gespräch nun langsam auf Abu Khalif lenken, aber der König war noch nicht fertig.

»Lassen Sie mich noch etwas zum Tourismus ergänzen. Jordanien ist führend auf dem Gebiet des islamischen Tourismus, nicht nur in unserer Nation, sondern auch, wenn es um Mekka, Medina und Jerusalem geht. Aber wir wissen auch, dass es zwei Milliarden Christen auf der Welt gibt. Stellen Sie sich vor, was ein Frieden zwischen

Jordanien, Palästina und Israel bewirken könnte. Stellen Sie sich vor, dass christliche Pilger das Heilige Land gefahrlos besuchen können – und das an beiden Ufern des Jordan. Welch ein Segen wäre das sowohl für die Christen als auch für alle Völker in dieser Region.

Es ist im Westen nicht allgemein bekannt, aber bei uns in Jordanien gibt es eine kleine, blühende Gemeinde von Christen, vielleicht die älteste der Welt. Der Ort, an dem Jesus getauft wurde, die vermutlich wichtigste christliche Stätte, befindet sich hier am östlichen Jordanufer. Hier begann Jesus' Mission, hier wurden die Grundlagen für das Christentum gelegt. Jordanien ist auch das Land, in dem Moses lebte und starb. Hier wurde der Prophet Elija von einem feurigen Wagen und feurigen Rössern in den Himmel entrückt. Unser Land steckt voller Geschichte, Pilger könnten all das mit eigenen Augen sehen, dann den Jordan überqueren und Bethlehem, Jericho und Jerusalem besuchen. Sie könnten die Wunder des antiken und des modernen Jordanien, Palästinas und Israels besichtigen, wie es nie zuvor möglich gewesen ist.

Auf meinen Reisen ins Ausland bin ich mit Priestern, Predigern, Rabbis und Imamen zusammengetroffen«, fuhr er fort. »Wir haben hart daran gearbeitet, nachhaltige Beziehungen zu Christen, der jüdischen Gemeinde und natürlich den Muslimen aufzubauen. Wir wollen, dass alle, die unsere Leidenschaft für den Frieden teilen, herkommen und dort wandeln, wo einst auch Jesus und die Propheten wandelten. Wir reden nicht einfach nur über den Frieden. Wir träumen nicht nur davon. Wir arbeiten sehr hart und jeden Tag, um den Frieden zur Realität werden zu lassen.«

Es wurde Zeit, das Thema zu wechseln.

»Haben Sie das Interview gelesen, das Abu Khalif der *Times* vor einigen Tagen gegeben hat?«

»Das habe ich.«

»Was setzen Sie den Drohungen des IS-Anführers entgegen, nicht nur Israel, sondern auch alle arabischen Führer auszulöschen, die Frieden mit Israel schließen, Sie selbst und Präsident Salim Mansour eingeschlossen? Nur um ein islamisches Kalifat zu etablieren?«

»Es schmerzt mich, wie meine Religion von einer kleinen Bande irregeleiteter Fanatiker verdreht wird«, antwortete der König. »Diese Leute folgen einer falschen Form des Islam. Sie behaupten, in seinem Namen zu handeln, sind aber in Wahrheit nichts anderes als Mörder und Terroristen. Sie stellen eine nicht repräsentative Minderheit innerhalb der 1,57 Milliarden Muslime auf dieser Welt dar, haben aber einen unverhältnismäßig großen Einfluss darauf, wie der Glauben wahrgenommen wird. Diese Leute sind *Takfiris,* was auf Arabisch so viel bedeutet wie ›Die andere als Häretiker beschuldigen‹. Sie verlassen sich auf Ignoranz, auf Vorurteile und das verquere Versprechen, dass man Märtyrer werden könne, um ihre Ideologie zu verbreiten. Sie drehen 1000 Jahren der Koranforschung den Rücken zu, im Namen dessen, was sie als den wahren Weg des Arabien des siebten Jahrhunderts annehmen. Aber die Taten dieser *Takfiris* haben nichts mit dem Islam und seiner Botschaft gemein. Der wahre Islam steht für Gerechtigkeit, für Gleichheit, Fairness und die Möglichkeit, ein erfülltes und gutes Leben zu führen. Doch diese Leute trachten danach, diesen Umstand zu erschüttern. Indem sie das tun, haben sie der alten Tradition des Mitgefühls und der Gnade den Rücken zugekehrt.

Meine Berater und ich bemühen uns seit Jahren, einen breiten Konsens unter islamischen Gelehrten und Klerikern aller Strömungen bezüglich der wahren Natur des Islam und der vielen Gründe herzustellen, warum die Koran-Interpretation der *Takfiris* sowohl theologisch als auch historisch falsch ist. Die Gelehrten haben ein Dokument verfasst, die sogenannte ›Botschaft aus Amman‹, die festlegt, was der Islam ist, was er nicht ist und welche Handlungen islamischen Prinzipien folgen und welche nicht.«

Spontan zitierte er für mich eine kurze Passage aus dem Dokument: »*Tatsache ist, dass der tolerante Islam heutzutage einem brutalen Angriff durch diejenigen ausgesetzt ist, die behaupten, zum Islam zu gehören, und unverantwortliche Taten im Namen des Islam ausführen. Wir verurteilen und verabscheuen Extremismus, Radikalismus und Fanatismus heute genauso wie unsere Vorfahren in ihrer islamischen Geschichte strengstens. Wir missbilligen religiös und moralisch die gegenwärtige Interpretation des Terrorismus, der mit solch falschen Handlungen verbunden ist. Diese Interpretation verführt zu falschen Taten in Form von Angriffen auf das menschliche Leben, einer Form, die die Gesetze Allahs überschreitet.*«

Ich schrieb so schnell mit, wie ich konnte. Dann hob ich kurz den Blick, um mich zu vergewissern, dass der Digitalrekorder noch mitlief. Glücklicherweise war das der Fall.

»Noch eine Frage, wenn ich darf …?«

»Bitte.«

»Danke, Eure Majestät. Ich habe Ihr Buch gelesen, als es 2011 veröffentlicht wurde, genau wie die Memoiren Ihres Vaters, *Mein gefährliches Leben*, die 1962 erschienen. Eine Gemeinsamkeit in Ihrer beider Leben ist die Tatsache, dass Extremisten oft versuchten, Sie umzubringen und das Königreich zu stürzen. Wie Sie wissen, wurde mein Großvater A. B. Collins Zeuge der tragischen Ermordung ihres Urgroßvaters Abdallah Ibn Husain. Jetzt droht Abu Khalif, der Kommandant der Streitkräfte des IS, Ihnen persönlich an, Sie zu köpfen und den Friedensprozess zu stören, in den Sie und Ihre Familie so viel investiert haben.

Die für mich entscheidende Frage lautet: Wie können Sie den amerikanischen und den jordanischen Bürgern, den Palästinensern und den Israelis und überhaupt allen Bewohnern dieser Region und in der Welt, die den Frieden schätzen, versprechen, dass Jordanien ein starker und stabiler Stützpfeiler der Sicherheit im Nahen Osten bleibt? Besonders in Anbetracht der Drohungen des IS?«

»Das lässt sich leicht beantworten«, entgegnete der König. »Das Haschemitische Königreich ist das am längsten regierende Königshaus im Nahen Osten und in Nordafrika. Ich gehe nirgendwohin. Jordanien insgesamt geht nirgendwohin. Wir sind hier, um zu bleiben und ein Licht des Friedens und der Mäßigung in diesen unruhigen Zeiten zu sein.«

Ich schrieb das, was er sagte, Wort für Wort mit. Sicher, es klang gut. Und der König meinte es zweifellos ernst. Das waren keine leeren Floskeln. Er war von ganzem Herzen davon überzeugt.

Was mich persönlich betraf, fürchtete ich, dass er damit vollkommen falschlag.

51

Kurz vor dem Morgengrauen saß ich kerzengerade im Bett.

Ich zitterte und war schweißnass, das Kissen und meine Decke fühlten sich feucht an. Ich stand auf, knipste das Licht auf dem Nachttisch an und tappte ins Bad meines Hotelzimmers, um mir ein Glas Wasser zu holen. Als ich einen Blick in den Spiegel warf, sah ich, dass meine Augen blutunterlaufen waren. Aber ich hatte kein Fieber. Soweit ich es beurteilen konnte, war ich nicht wirklich krank, sondern nur vollkommen verängstigt.

Der IS hatte mir angedroht, meine komplette Familie auszulöschen. Ich hatte gerade erfahren, dass die vier Staatsoberhäupter, die Abu Khalif am liebsten tot sehen wollte – der Präsident der Vereinigten Staaten, der israelische Premierminister, der palästinensische Präsident und der jordanische König –, sich in wenigen Stunden hier in Amman unter einem Dach versammelten. Die Frage lautete eigentlich nicht: »Warum bin ich so früh aufgewacht?«, sondern eher: »Wie konnte ich überhaupt ein paar Stunden schlafen?«

Der Tod verfolgte mich, egal wohin ich ging.

Matt hatte völlig recht. Ständig starben in meiner Gegenwart Menschen, die mir etwas bedeuteten. Ich redete mir zwar fortwährend ein, dass ich stark und in der Lage war, trotzdem weiterzumachen. Aber ich war nicht sicher, ob das noch der Wahrheit entsprach. Ich hatte gerade einen überaus lebhaften Traum von Matt und seiner Familie gehabt, wie sie bei einem Saringas-Anschlag starben. Ich hatte mit angesehen, wie sie sich wanden und nach Luft schnappten, und nicht das Geringste tun können, um sie zu retten. Außer mir zu sagen, dass das alles gar nicht real war. Ein Albtraum, nichts weiter. Und doch: Wer konnte sagen, ob er nicht bald Realität werden würde?

Wenn es wirklich fünf Phasen der Trauer gab – Leugnen, Zorn, Verhandeln, Depression und schließlich Akzeptanz –, konnte ich nicht mit Gewissheit behaupten, überhaupt schon bei Phase eins angelangt zu sein. Ich befand mich noch nicht mal im Zustand der Ablehnung, sondern schien irgendwie zwischen Schock und einer kreatürlichen Angst stecken geblieben zu sein. Den Großteil meines Lebens hatte ich keine Angst vor dem Tod gehabt, weil ich ihn schlicht nicht ernst nahm. Ich hatte nie eingehender über ihn nachgedacht, auch nicht über das, was hinterher möglicherweise kam. Doch nun hatte sich alles geändert.

Jetzt war ich sicher, dass es ein Leben nach dem Tod gab. Ich war sicher, dass Himmel und Hölle reale Orte waren, an denen reale Leute weiterexistierten. Ich konnte es nicht näher erklären, es war einfach so. Nur das Rätsel, wie man in den Himmel kam, hatte ich bisher nicht gelöst. Laut Matt führte der Weg allein über Jesus. Ich selbst war mir da nicht so sicher. Allerdings bedeutete das, dass er mit etwas anderem recht hatte: dass ich in Gefahr schwebte. Wenn ich den Weg in den Himmel nicht kannte, hieß das, dass ich mich automatisch auf dem Weg in die Hölle befand?

Ich knipste die Lampe wieder aus, zog den Stecker meines Handys aus dem Ladegerät und benutzte den Schein des Displays, um mich zum dunklen Fenster vorzutasten. Ich regelte die Klimaanlage hoch und legte mich der Länge nach auf meine Bettdecke. Dann rief ich die

Homepage der *Times* auf. Mein Interview mit dem König war gerade online gegangen. Allen und ich kommunizierten nach wie vor ausschließlich per E-Mail oder SMS. Aber er quengelte nicht länger, ich solle gefälligst nach Hause kommen. Ich hielt mich im Epizentrum der Story auf und er wollte, dass ich am Ball blieb und ihm alles schickte, was ich bekam. Das passte mir gut. Ich hatte keinesfalls die Absicht, vor Abu Khalif davonzulaufen, selbst wenn ich meinen Bruder davon überzeugt hatte, genau das zu tun.

Ich rief meine E-Mails ab. Neun neue Nachrichten von europäischen, amerikanischen und israelischen Kollegen. Sie alle baten mich um Interviews, um meine persönliche Einschätzung bezüglich Abu Khalif zu erläutern. Für so etwas hatte ich keine Zeit. Aber ich nahm mir doch die nächsten zehn Minuten Zeit, an jeden von ihnen einige Häppchen in Form von Zitaten zu schicken. Am wichtigsten war wohl, dass ich ihnen noch einmal persönlich bestätigte, dass der IS in Mossul chemische Waffen eingesetzt hatte. Immerhin war der einzige Grund, weshalb Abu Khalif mich noch nicht umgebracht hatte, dass ich die Welt über diesen Fakt informieren sollte. Und ich gedachte, es jedem zu erzählen, der sich dafür interessierte.

Ich ging meine Textnachrichten durch. Drei von meiner Mutter. Sie bete für mich, wünschte, ich käme bald nach Hause, und bat mich, den 23. Psalm zu lesen. Der Rest war ein Sammelsurium von Freunden und Kollegen, die sich nach meinem Wohlergehen erkundigten oder baten, sie dringend anzurufen. Eine Rückmeldung von Yael befand sich nicht darunter. Ich hatte gestern Abend zweimal versucht, sie telefonisch zu erreichen, einmal direkt nach meinem Interview mit dem König, als ich ins Le Méridien zurückfuhr, das andere Mal vor dem Zubettgehen. Ich hatte ihr auch ein paar SMS zukommen lassen. Ich wollte unbedingt mit ihr reden, ihre Stimme hören, mehr über die ›gefährlichen neuen Entwicklungen‹ hören, die sie erwähnt hatte. Aber sie meldete sich nicht.

Dafür gab es eine Nachricht von Matt: Sind gerade in einer weit entfernten Stadt gelandet. Will vorerst nicht sagen, wo, aber wollte dich wissen lassen, dass wir in Sicherheit sind. Mach dir keine Sorgen. Die Kinder begreifen nicht, was los ist. Glauben, sie erleben ein Abenteuer. Annie geht's prima. Sie schickt dir Grüße.

Zwei Minuten später traf eine weitere Textmitteilung von ihm ein: Annie meint, du sollst Psalm 3 lesen. Meint, das könnte dich ermutigen. Betet für dich. Alles Liebe, Matt.

Noch einen Augenblick später kam eine weitere SMS an, diesmal eine mit einem Link zu irgendeiner Online-Ausgabe der Bibel. Ich hatte nichts Besseres zu tun, also klickte ich den Link an und las ihn mir selbst laut vor.

»*Ach, HERR, wie sind meiner Feinde so viel und setzen sich so viele wider mich! Viele sagen von meiner Seele: Sie hat keine Hilfe bei Gott. Aber du, HERR, bist der Schild für mich und der mich zu Ehren setzt und mein Haupt aufrichtet. Ich rufe an mit meiner Stimme den HERRN, so erhört er mich von seinem heiligen Berge. Ich liege und schlafe und erwache, denn der HERR hält mich. Ich fürchte mich nicht vor viel Tausenden, die sich umher gegen mich legen. Auf, HERR, und hilf mir, mein Gott! Denn Du schlägst alle meine Feinde auf die Backe und zerschmetterst der Gottlosen Zähne. Bei dem HERRN findet man Hilfe. Dein Segen komme über dein Volk!*«

Eine Anmerkung über dem Psalm wies darauf hin, dass der Verfasser König David gewesen sei. Ich fragte mich, wie David sich hatte hinlegen und friedlich schlafen können, wo doch viele Tausend Feinde ihn jagten, um ihn umzubringen, sobald sich eine Gelegenheit bot. Ich begriff es nicht und fragte mich, ob ich so etwas je wieder nachvollziehen konnte.

Unruhig stand ich auf und fuhr den Laptop hoch. Während ich wartete, bis die Passwortabfrage erschien, dachte ich über die bevorstehende Reise des Königs nach Bagdad nach und ob ich ihn wirklich begleiten sollte. Aus beruflicher Sicht war es sicher die richtige Entscheidung. Doch hielt ich das nervlich überhaupt durch? Wie viel mehr konnte ich noch auf mich nehmen? Ich fühlte mich emotional und physisch ausgelaugt. Mein Nervenkostüm hing in Fetzen und um die Wahrheit zu sagen, ich wusste nicht mal, ob ich den kommenden Tag überstand. Vielleicht sollte ich meinem eigenen Rat folgen, überlegte ich. Vielleicht wurde es Zeit, aus Jordanien, ja, überhaupt von der Bildfläche zu verschwinden und die Füße stillzuhalten, bis alles vorbei war.

Eine verlockende Vorstellung, nur brachte ich es nicht über mich, meinen Job gerade jetzt hinzuschmeißen. Menschen zählten auf mich, ich musste liefern. Vor mir lag ein großer Tag – Interviews mit den Regierungschefs von Palästina, Israel, Jordanien, vielleicht auch mit dem Präsidenten der Vereinigten Staaten. Ich musste sie auf die Bedrohung ansprechen, die der IS darstellte, aber wie konnte ich ihnen statt auswendig gelernter Phrasen relevante Aussagen entlocken, die wirklich eine Schlagzeile wert waren?

Meine Gedanken wanderten zu Abu Khalif. Wie hatte er wissen können, dass der Friedensvertrag beschlossene

Sache war? Woher stammte das Wissen, dass König Abdullah bei den Verhandlungen den Dreh- und Angelpunkt darstellte? Oder dass Ismail Tikriti sich in genau dieser Nacht in Abu Ghuraib aufhielt? Oder ich? Es gab nicht einen Reporter auf diesem Planeten, der im Voraus davon gewusst hatte, außer mir natürlich. Trotzdem lag es auf der Hand: Jemand fütterte Khalif mit Insiderinformationen. Und wenn die nicht von den Medien stammten, musste es einen Maulwurf bei einer der vier beteiligten Regierungen geben. Das wiederum bedeutete, dass Abu Khalif nicht nur über die bevorstehende Reise des Königs nach Bagdad informiert war, sondern wahrscheinlich auch über alles, was am heutigen Tag auf dem Programm stand. Eine bessere Gelegenheit für den IS, einen empfindlichen Schlag zu landen, gab es nicht.

Im Bemühen, mich abzulenken, verschaffte ich mir per Browser einen Überblick zur aktuellen Nachrichtenlage.

Daily Mail: Weiteres IS-Attentat: Mutmaßlicher Anhänger des syrischen Regimes wird gekreuzigt in belebter Marktstraße aufgefunden – Rätselhafte Botschaft klebt an seiner Brust.

CNN: Tod und Entweihung in Syrien – Dschihadisten kreuzigen Leichen, um Botschaft zu senden.

Washington Post: IS, Enthauptungen und abstoßende Gewaltexzesse.

Wall Street Journal: Milizen behaupten, Fotos zeigen Massenexekution im Irak.

Daily Express: Das neue dunkle Zeitalter: Alles über die Rückkehr in eine mittelalterliche Schreckensherrschaft, die IS-Extremisten im Irak anstreben.

Guardian: Britischer Premier warnt vor IS-Anschlag in Großbritannien.

Wichtiger als all das waren allerdings die steigenden Ölpreise, die der ohnehin angeschlagenen, zerbrechlichen Weltwirtschaft empfindliche Schläge versetzten.

Ich schaltete den Computer aus und ließ mich auf die Matratze fallen. Im Dunkeln starrte ich an die Decke. Alle Lichter im Zimmer waren gelöscht. Nur die roten Leuchtziffern des Digitalweckers auf dem Nachttisch verkündeten die Zeit: 3:46 Uhr.

Und das war das Letzte, woran ich mich erinnerte, bevor der Wecker mich gut zwei Stunden später aus dem Schlaf riss.

52

Ich hatte Salim Mansour noch nie glücklich gesehen.

Nicht ›so glücklich‹ oder ›dermaßen glücklich‹. Ich will darauf hinaus, dass ich ihn generell noch nie glücklich gesehen habe.

Niemals. Punkt. Ende. Neuer Absatz.

Der palästinensische Präsident war studierter Wirtschaftswissenschaftler mit einem Doktortitel der Universität Chicago. Generell nicht gerade die Sorte Mensch, die ich in die optimistische Schublade einsortiert hätte. Eines Abends gestand er mir mal bei Lamm und Hummus in einem Restaurant in Jericho mit Blick über das Jordantal, wie entmutigt er sich angesichts von Jassir Arafats »angeborener Unfähigkeit, auf irgendeinen Vorschlag vonseiten Israels einzugehen« fühlte. Natürlich nahm er mir vorher das Versprechen ab, ihn damit nicht zu zitieren.

»Die UNO hat Ben-Gurion 1947 nur einen Bruchteil dessen angeboten, was er eigentlich verlangte, trotzdem hat er es genommen.« Mansours Bemerkung bezog sich auf David Ben-Gurion, den Gründer des modernen Staats Israel. »Er hat nicht den ganzen Kuchen verlangt, auch wenn er ihn zweifellos wollte. Er nahm, was er kriegen konnte, und benutzte es als Grundlage, um etwas aufzubauen. Und sehen Sie sich doch an, wie weit Israel damit gekommen ist. Ihr Bruttoinlandsprodukt pro Einwohner überschreitet die 32.000-Dollar-Marke. Unseres ist nicht einmal ein Zehntel so hoch. Ihre Arbeitslosenquote liegt seit Jahren unter sieben Prozent. Unsere ist deutlich höher. Sie entwickeln sich gerade zu einer Technologiehochburg. Dagegen fühlt es sich bei uns manchmal so an, als steckten wir in der Steinzeit fest. Wir haben ein so großes Potenzial. Aber wir verfangen uns immer wieder in einem Teufelskreis von Gewalt, Neid und Widerwillen. Wohin führt uns das?«

Beim Dessert knüpfte er an seine Tirade an: »Verstehen Sie mich nicht falsch. Die Israelis haben alles getan, um uns Steine in den Weg zu legen und uns zu behindern. Ich spreche sie von nichts frei. Jeder Vorwurf, den Arafat ihnen macht, entspricht der Wahrheit. Aber als Ehud Barak ihm 2000 in Camp David einen ernsthaften, handfesten Deal vorschlug, hat Arafat ihn rundheraus abgelehnt. Warum? Inwiefern hat uns das geholfen? Ich sage nicht, dass der Deal alles beinhaltete, was wir wollten. Natürlich war das nicht der Fall. Aber bedenken Sie, Palästina könnte seit damals ein unabhängiger, souveräner Staat sein. Wir hätten bauen können, wir hätten wachsen können. Stattdessen schmoren wir weiterhin im eigenen Saft, während Israel blüht und gedeiht.«

Weniger als ein Jahr später führte Mansour, erneut während eines inoffiziellen Essens, seine Klagen gegen Mahmoud Abbas, auch Abu Mazen genannt, fort.

»Arafat war ein Revolutionär, das verstehe ich«, hatte er bei gefüllten Weinblättern und Grillhuhn erklärt. »Arafat griff nach den Sternen. Abu Mazens Job bestand darin, diesen Traum wahr werden zu lassen. Ehud Olmert hat ihm diese Chance 2008 gegeben, aber er lehnte sie ab. Er war zu sehr ein Jünger Arafats. Zu schwach, keine Kreativität. Stellen Sie sich vor, er hätte eingewilligt! Wir könnten seit 2008 in einem palästinensischen Pro-forma-Staat leben. Und was ist? Wir sitzen hier und sind keinen Schritt weitergekommen.«

Er erklärte, dass besonders die schon so lange existierende »endemische Korruption« und die »bürokratische Inkompetenz« der palästinensischen Behörden ihn so verzweifeln ließen.

»Die Welt wird uns nicht einfach einen Staat auf dem Silbertablett servieren, wenn wir nicht mal in der Lage sind, unsere Schuhe selbst zuzubinden oder unsere Rechnungen pünktlich zu bezahlen.« Er blieb hartnäckig bei seiner Ansicht. »Vielleicht können wir nicht verhindern, dass die Israelis uns erobern, uns unterdrücken, uns ihre Apartheid aufzwingen. Noch nicht. Aber wir können sicherstellen, dass wir eine solide, funktionierende, ernsthafte Wirtschaft und Demokratie aufbauen. Und je eher wir das tun, desto glaubwürdiger werden wir in den Augen der Welt, die dann den Druck auf Israel erhöhen kann, uns endlich unser gottgegebenes Recht auf Selbstbestimmung einzuräumen.«

Doch heute war alles anders. Mansour lächelte tatsächlich.

Er war in Dschenin im Westjordanland geboren worden, jedoch in Dubai aufgewachsen und hatte deshalb Jahrzehnte außerhalb von Palästina oder Gaza zugebracht. 2010 folgte er allerdings der Bitte des damaligen Präsidenten Abbas, als Finanzminister der palästinensischen Autonomiebehörde zu dienen. Mansour hatte enorme Schwierigkeiten und bürokratische Hürden auf sich genommen, um die Reformen durchzusetzen, für die er so lange gekämpft hatte. Es war nicht leicht gewesen, oft sehr schmerzhaft. Aber seine Anstrengungen zeigten Wirkung. Die palästinensische Wirtschaft begann zu wachsen – nicht besonders stark, ganz sicher nicht optimal, aber die Lage verbesserte sich deutlich. Das Außenministerium der USA registrierte seine Erfolge, dann auch die Europäische Union. Jordanien entging es ebenfalls nicht. Und auch Mansours Mitbürger profitierten davon. Ihre kleinen Vermögen wuchsen langsam, aber stetig, genau wie Mansours Ansehen.

Doch dann feuerte die Hamas Raketen auf Israel ab, was schließlich mit der Zerstörung des Gaza-Streifens endete. Das leitete einen enormen Rückschlag ein. Aber am Ende wurde die Hamas gedemütigt und international geächtet. Dieser Raketenkrieg, so zerstörerisch er gewesen sein mochte, hatte der palästinensischen Autonomiebehörde und nicht der Hamas Auftrieb gegeben. Als Abbas schließlich ankündigte, sich aus der Politik zurückzuziehen und Neuwahlen anzusetzen, konnte Salim Mansour, der zunehmend glatzköpfige Wirtschaftsprofessor mit Brille, eine ernst zu nehmende Vision des Wachstums und der wirtschaftlichen Möglichkeiten vorweisen und auf weitreichende Unterstützung der Bevölkerung zählen, der man beides so lange vorenthalten hatte.

»Nun kann man sehen, wie alles gefruchtet hat«, sagte er über einem Teller Obst, das er nicht anrührte, und einem türkischen Mokka, der längst kalt geworden war. »Nach all diesen Jahren wird der Traum endlich Wirklichkeit.«

Diesmal hatte unser Gespräch offiziellen Charakter. Mein Digitalrekorder schnitt alles mit. Trotz eines unbestimmten Gefühls der Bedrohung, das ich nicht abschütteln konnte, musste ich angesichts der aufrichtigen Freude Mansours mitlächeln. »Wirklich, Mr. President, ich habe Sie noch nie glücklich erlebt.«

»Sie waren ja auch nicht bei meiner Hochzeit«, spottete er.

»Richtig.«

»Oder haben die Geburt meiner vier Töchter miterlebt.«

»Ebenfalls richtig.«

»Oder ihre Hochzeiten oder die Geburt meiner neun Enkelkinder.«

»Ich bitte um Verzeihung.«

»Ich kann sehr wohl Glück empfinden, Mr. Collins. Ich bin glücklich, wenn ich Hoffnung habe, wenn ich Liebe und Wachstum und Träume sehe, die wahr werden. So etwas macht mich glücklich.«

»Also sind Sie zufrieden mit dem Ablauf der Friedensverhandlungen?«

»Natürlich nicht«, antwortete er. »Es war der reinste Zirkus.«

»Aber Sie sind zufrieden mit dem Ergebnis.«

»Wohl kaum«, meinte er trotzig und sein Lächeln wurde etwas blasser. »Meine Mitbürger verdienen so viel mehr als das. Aber auch wenn ich Gefahr laufe, banal zu klingen, ich war nicht gewillt, die Perfektion zum Feind des Guten zu machen. Das palästinensische Volk will einen eigenen

Staat. Es verdient einen eigenen Staat. Sie haben hart dafür gekämpft. Mein Job besteht nicht darin, mir zahllose Gründe zu überlegen, weshalb sie keinen haben können. Mein Job besteht darin, einen zu ermöglichen, und diese Anstrengungen gipfeln in der heutigen Unterzeichnung. Dies ist ein historischer Tag. Einer, den wir lange nicht vergessen werden.«

»Machen Sie sich Sorgen wegen der Drohung des IS?«

»Nein.«

»Sie machen sich also keine Sorgen, weil Abu Khalif damit gedroht hat, Sie und jeden anderen zu töten, der Frieden mit den ›kriminellen Zionisten‹ schließt?«

»Ich verschwende meine Zeit nicht mit den irrationalen Schimpftiraden eines Soziopathen.«

»Sie wissen, dass er eine dritte Intifada ausrufen will.«

»Die Palästinenser haben kein Interesse an einem neuerlichen Aufstand«, erklärte Mansour. »Warum auch? Wir stehen kurz davor, einen eigenen Staat zu bekommen, einen wahren und legitimierten Staat. Und wenn wir den erst haben, glaube ich, wird es das wichtigste Argument der *Takfiris* entkräften, dass das palästinensische Volk nur mithilfe von Gewalt befreit werden kann. Wir müssen tatsächlich befreit werden, aber nicht durch Gewalt. Nicht durch Dschihad. Heute beginnen wir, uns selbst zu befreien. Wir bedürfen dafür nicht der Hilfe eines Vergewaltigers und Mörders. Wir sind nicht auf der Suche nach einem Schlachtfeld für Dschihadisten. Wir errichten hier einen formalen Staat, einen, der auf dem Gesetz und den Prinzipien des wirtschaftlichen Wachstums basiert, auf demokratischen Werten und dem Respekt vor dem Islam und allen anderen Religionen.«

»Sie befürchten auch nicht, dass der IS chemische Waffen einsetzen könnte?«

»Natürlich nicht.«

»Warum nicht?«

»Vielleicht haben sie gar keine.«

»Doch, die haben sie«, meinte ich. »Ich habe es mit eigenen Augen gesehen.«

»Dafür sind unsere Sicherheitskräfte da, die Jordaniens und Israels«, beschwichtigte er. Ein Hauch von Ungeduld schwang in seiner Stimme mit. »Wir verfügen über professionelle Sicherheitskräfte und ich habe vollstes Vertrauen, dass sie ihre Aufgabe meistern werden. Aber darum wollen wir uns heute nicht kümmern. Heute wollen wir feiern, es ist ein Tag großer Freude und ein Tag für Optimismus, nicht für Angst und Zweifel. Bitte verderben Sie uns das nicht mit Ihrem Unken zu unmittelbar bevorstehendem Unheil. Wir haben genug Leid erfahren, dass es für tausend Leben reicht. Hinter uns liegen genug dunkle Tage. Lassen Sie uns nur dieses eine Mal unseren Platz an der Sonne genießen.«

53

Ich rief Yael noch einmal an, erwischte aber nur den Anrufbeantworter. Ich hinterließ keinen Text, sondern kehrte in mein Zimmer zurück, fasste das Interview mit Mansour in einem Artikel zusammen und schickte ihn an Allen.

Ich zog die Taschenuhr meines Großvaters hervor. Fast halb eins. Die Limousine, die mich abholen und zum Flughafen fahren sollte, um Präsident Taylor in Empfang zu nehmen, schien sich zu verspäten. Ich wollte gerade einen neuen Versuch unternehmen, Yael telefonisch zu erreichen, als das Telefon klingelte. Aber es war nicht Yael, sondern Kamal Jeddeh.

»Es gab eine Planänderung«, teilte der jordanische Geheimdienstchef mit.

»Gibt es ein Problem?«

»Nein, nur eine Änderung. Ein Wagen wartet unten vor dem Hotel. Ich bringe Sie persönlich zum Flughafen. Der Außenminister wird die Air Force One in Empfang nehmen und den Präsidenten bei seiner Ankunft begrüßen. Der Präsident hat gebeten, dass Sie ihm auf der Fahrt zum Palast Gesellschaft leisten.«

»Der König ist also nicht dabei?«

»Nein.«

»Was ist mit Präsident Mansour und Premierminister Lavi?«

»Sie fahren ebenfalls nicht mit.«

»Warum nicht?«

»Die Besprechung mit Seiner Majestät dauert noch an. Das ist alles, was ich weiß. Aber wir haben nur wenig Zeit. Wir müssen Sie rechtzeitig zum Flughafen bringen. Bitte kommen Sie sofort runter in die Lobby.«

Da stimmte doch etwas nicht. Das Protokoll, der genaue Ablauf, jede Minute dieser beiden Tage waren minutiös ausgearbeitet worden. Ich ging noch einmal rasch den Ablaufplan durch, den ein Bote mir heute früh unter der Zimmertür durchgeschoben hatte. Alle drei nahöstlichen Regierungschefs hätten den amerikanischen Präsidenten am Queen-Alia-Flughafen treffen sollen. Warum eine so abrupte Planänderung, noch dazu eine so tief greifende? Die Ankunft des Präsidenten in Amman unter solchen Umständen war eine wichtige Nachricht für alle Sender und Agenturen dieser Welt, wahrscheinlich wurde sie live im Fernsehen übertragen, nicht nur hier in der Region, sondern international.

Sollte der König also nicht zwingend anwesend sein, wenn der US-Präsident eintraf? Das Einzige, was meiner Ansicht nach eine solche Änderung in letzter Minute rechtfertigte, waren Änderungen am Friedensvertrag, die sich auf den letzten Metern ergeben hatten. War es denkbar, dass Lavi oder Mansour es sich anders überlegt hatte oder neue Verhandlungen über einen Punkt führen wollte, der eigentlich längst abgehakt war?

Ich griff nach meiner Mappe und der Kameratasche und hastete den Flur entlang. Während ich auf den Aufzug wartete, schickte ich ein paar individuelle Textnachrichten an die Regierungschefs sowie an ihre wichtigsten Ratgeber. Im Aufzug rief ich Prinz Marwan an, erreichte ihn jedoch nicht. Ich versuchte auch, Jussuf Kuttab an die Strippe zu bekommen, den engsten Berater des palästinensischen Präsidenten. Doch auch er hob nicht ab.

In der Lobby traf ich auf Ali Said.

»Ali, mein Freund, wie nett, dass gerade Sie mich abholen!«

»Natürlich. Bitte kommen Sie, wir müssen uns beeilen.«

Wir verließen das Hotel durch den Vordereingang und stiegen in den Mercedes von Said, offenbar ein Wagen der Regierung. Vorne saßen ein Fahrer und ein Bodyguard. Was meine Aufmerksamkeit weitaus mehr fesselte, war der schwarze Chevy Suburban dahinter, in dem ein halbes Dutzend weiterer bewaffneter Männer saß.

»Erwarten wir Gesellschaft?«, wollte ich wissen, als Said seine Sonnenbrille aufsetzte und das Fahrzeug sich in den Stadtverkehr einfädelte.

»Man kann nie vorsichtig genug sein.«

»Ali, wie viele Syrer leben derzeit in Jordanien?«

»Rund 1,3 Millionen.«

Diese Zahl war rund doppelt so hoch wie der Wert, den ich kannte. »Ich dachte, es wären um die 500.000 bis 600.000?«

»Das sind die registrierten Flüchtlinge«, erklärte er. »Ungefähr 600.000 leben in den Camps, die wir mit Unterstützung der UN errichtet haben. Aber es gibt rund 700.000, die nicht bei den jordanischen Behörden erfasst sind.«

»Aber wie kann man dann eine so genaue Schätzung abgeben?«

»Sie kamen noch vor dem Bürgerkrieg. Um zu arbeiten, die Familie zu besuchen, Ferien zu machen, zu studieren oder aus welchen Gründen auch immer. Sie waren im Land, als die Kampfhandlungen so stark eskalierten, dass sie nicht mehr zurückkonnten.«

»Also sind sie gewissermaßen hier gestrandet?«

»So kann man es ausdrücken, ja.«

»Rund 1,3 Millionen.«

»Richtig.«

»Wissen Sie eigentlich, wer all diese Leute wirklich sind?«

»Wie meinen Sie das?«

»Sie wissen genau, wie ich es meine«, gab ich zurück. »Wurden sie überprüft? Haben alle einen einwandfreien Leumund? Oder sind Dschihadisten darunter?«

»Sie wollen eine ehrliche Antwort?«

»Natürlich.«

»Die dürfen Sie nicht drucken.«

»Ich verstehe. Es ist auch eher persönliche Neugier.«

»Nun …« Er schaute nervös zu den anderen Agenten.

»Mir können Sie es ruhig sagen«, meinte ich. »Ich verspreche, dass niemand davon erfährt.«

Eine lange Pause entstand. Dann meinte er: »Die Wahrheit ist, dass wir keine Ahnung haben, wer sie sind.«

»Sie meinen, es könnten Extremisten darunter sein?«

»Ja.«

»Ein paar?«

»Wenigstens.«

»Also viele?«

»Möglich.«

»Könnten sich IS-Rebellen darunter befinden?«

»Ja.«

»Schläfer?«

»Wahrscheinlich.«

»Sie wissen es schlicht nicht.«

»Es gibt keine genauen Erkenntnisse, nein«, sagte Said. »Aber selbst wenn es nur ein Prozent aller Syrer beträfe, die ins Land gekommen sind, wären das allein 13.000 *Dschihadis*.«

Ich zuckte zusammen. »Die bereit sind, auf ein Zeichen zuzuschlagen.«

»Denkbar.«

»Wann?«

»Wer weiß … wann immer Abu Khalif den Befehl dazu gibt.«

»Haben Sie bisher schon IS-Mitglieder festnehmen können?«

»Unter uns?«

»Ja.«

»Sie veröffentlichen das nicht?«

»Nein.«

»Dann lautet die Antwort: Ja.«

»Wie viele?«

»In den letzten 18 Monaten haben wir 24 IS- und Al-Nusra-Zellen stillgelegt und mehr als vier Tonnen Waffen sichergestellt.«

»Vier Tonnen?«, stieß ich ungläubig hervor.

»Leider ist es so.«

»Welcher Art?«

»Hauptsächlich leichte Waffen und Munition«, vertraute er mir an. »Aber auch Granatwerfer, Raketenartillerie und IEDs, sogenannte Sprengfallen. Mr. Collins, wir wissen, dass Syrer, die dem IS und anderen radikalen Gruppen gegenüber loyal gesonnen sind, ins Land kamen. Aber so schlimm das auch sein mag, es ist aktuell nicht unsere größte Sorge.«

»Sondern?«

»Jordanische Nationalisten.«

»Was meinen Sie damit?«

»Denken Sie doch mal an Abu Khalif selbst«, meinte er. Der Wagen fuhr nun in raschem Tempo auf dem Highway 15 nach Süden zum Flughafen. »Er ist Jordanier. Wir wissen von ihm, also steht er unter Beobachtung. Und sein Vorgänger, Zarkawi, besaß ebenfalls die jordanische Staatsangehörigkeit. Auch von ihm wussten wir. Wir behielten ihn aufmerksam im Auge. Und am Ende halfen wir den Irakern und den Amerikanern, ihn zu finden und der Gerechtigkeit zuzuführen. Aber wie viele andere Khalifs und Zarkawis lauern dort draußen, von deren Existenz wir nichts ahnen? Wie viele jordanische Nationalisten mit jordanischen Pässen und jordanischen Führerscheinen oder jordanischen Personalausweisen arbeiten direkt für den IS oder eine der anderen extremistischen

Splittergruppen, ohne dass wir davon Kenntnis haben? Das ist die große Unbekannte, Mr. Collins. Und diese Verräter können überall sein.«

»Gewissermaßen in der gesamten Verwaltung verteilt.«

»Richtig erkannt.«

»Oder bei der Polizei.«

»Auch das ist möglich.«

»Was ist mit der Armee?«

»Das ist weniger wahrscheinlich, aber ausschließen kann ich es nicht.«

»Weshalb?«

»Wir alle, die im Militär gedient haben oder den Sicherheitsdiensten angehörten, lieben den König. Wir sind ihm loyal ergeben. Er ist ein außergewöhnlicher Mann und eine große Führungspersönlichkeit. Auf eine gewisse Art ist er sogar beeindruckender als sein Vater, möge Gott seiner Seele Frieden schenken. Einige machten sich Sorgen, als König Hussein 1999 starb. Man erwartete, dass Prinz Hassan in seine Fußstapfen tritt. Aber nur wenige Tage vor seinem Tod änderte der König die Thronfolge. Er machte seinen ältesten Sohn zum Erben. So bestieg Abdullah den Thron, als Hussein starb. Ich kenne die königliche Familie sehr gut. Mein Vater und mein Großvater gehörten zur persönlichen Leibgarde. Wir würden unser Leben für sie geben. Aber als der Regierungswechsel stattfand, reagierten viele nervös. Wohlgemerkt: Sie sprachen es nicht laut aus. Aber sie waren nicht sicher, ob der junge Monarch den Herausforderungen gewachsen ist. Doch er belehrte alle Zweifler eines Besseren.«

»Klingt, als käme da noch ein Aber …«

»Die Jugendarbeitslosigkeit in diesem Land hat sich bei rund 30 Prozent eingependelt«, sprach Said weiter, während wir den letzten einer Reihe von Militärposten passierten und uns dem Flughafen näherten. »Und das ist nur die offizielle Statistik. Die wahre Quote liegt höchstwahrscheinlich darüber. Und dann sind da die Armeeveteranen.«

»Was ist mit denen?«

»Ihre Pensionen sind nicht besonders hoch und sie finden nur schwer einen guten Job, wenn sie aus der Armee austreten, selbst wenn sie hochrangige Offiziere sind. Sie sind dann nicht sehr alt, vielleicht Mitte, Ende 40, Anfang 50. Sie sind noch viele Jahre arbeitsfähig, doch die Armee braucht sie nicht länger. Was tun sie also? Wie sorgen sie für ihre Familien? Ich spreche nicht von Nahrung und Kleidung, sondern davon, wie man seinem Sohn hilft, die Mitgift für die Hochzeit zusammenzubekommen, eine Wohnung oder ein anständiges Auto zu kaufen. Und wo wir schon dabei sind, wie bezahlen sie ihrer Tochter das College? Wir sind kein reiches Volk, Mr. Collins, wir sind nicht in Saudi-Arabien. Oder in den Golfstaaten. Die Regierung tut, was sie kann. Aber raten Sie mal, wer die meisten Förderungen bekommt.«

»Die Flüchtlinge aus Syrien und dem Irak?«

»Nein, nein, das wäre wiederum ein anderes Problem«, meinte Said. »Sie gehen an die Palästinenser. Oder besser gesagt: an die jordanischen Bürger mit palästinensischen Wurzeln.«

»Von wie vielen Leuten reden wir da?«

»Einige sagen, es seien rund 70 Prozent der Gesamtbevölkerung«, antwortete er. »Andere meinen, es handele sich nur um 50 Prozent. Aber spielt das eine Rolle? Wichtig ist, es sind die Palästinenser. Einige nennen sie auch die ›Westbänkler‹, also die aus dem Westjordanland, am westlichen Ufer des Jordan. Sie sind es, denen die Regierung einen Großteil der Zeit, der Aufmerksamkeit und der Ressourcen widmet.«

»Und die Menschen am Ostufer des Jordan?«

»Nun, wir sind diejenigen, die das Land aufgebaut haben. Wir sind diejenigen, die die Regierung stellen und die Verwaltung am Laufen halten, in der Armee kämpfen und zunächst und vor allem Jordanien gegenüber loyal sind, nicht den Palästinensern gegenüber.«

»Aber die ›Westbänkler‹ bekommen die Rosinen aus dem Kuchen.«

»Das empfinden zumindest viele so.«

»Genug um sich dem IS anzuschließen? Oder um den König zu stürzen?«

»Ich hoffe, nicht, Mr. Collins«, sagte er, als wir vor dem Ankunftsterminal hielten. Eine Armada von schwer bewaffneten Soldaten und Geheimpolizei hatte sich versammelt. »Aber es sind komplizierte Zeiten. Wenn Sie mir vor ein paar Jahren gesagt hätten, dass die Ägypter Mubarak zu stürzen versuchen und Mubarak das duldet, hätte ich Sie für verrückt erklärt. Wenn Sie mich gefragt hätten, ob die Syrer sich gegen Assad erheben und es Assad so schwerfallen würde, sie aufzuhalten, hätte ich behauptet, Sie hätten den Verstand verloren. Aber die Welt ändert sich sehr, sehr rasch. Ich habe keine Ahnung, was als Nächstes passieren wird.

Und wissen Sie was? Das macht mir Angst.«

54

Die Air Force One befand sich im Landeanflug.

Ich stand, mit einer Akkreditierung bewaffnet, die mir bei Präsident Harrison Taylors Ankunft einen Platz in der ersten Reihe und keinerlei Beschränkung garantierte, rund zehn Schritte vom Außenminister Jordaniens entfernt, direkt neben Agent Said.

Aber so imposant der Anblick war, ich hatte die glänzende blau-weiße Boeing 747 bereits auf anderen Flughäfen landen sehen. Für die Menge von über 10.000 Jordaniern allerdings knisterte die Luft vor Spannung, da war ich sicher, als der Führer der freien Welt in ihrer Heimat ankam, die sie so sehr liebten. Für viele, wahrscheinlich sogar alle, waren der ganze Pomp und die Umstände im positiven Sinn sicher ungeheuer aufregend. Die Ehrenwache der Beduinen. Die Militärkapelle. Der ordentlich gereinigte rote Teppich. Die Aussichtstribüne und die Kameraplattform, die Scheinwerfer und das ganze Drum und Dran.

Aber ich nahm das alles kaum wahr. Meine Aufmerksamkeit konzentrierte sich auf die Agenten des amerikanischen Secret Service und ihre jordanischen Kollegen, die wachsam die Menge betrachteten und nach möglichem Ärger Ausschau hielten. Ich beobachtete die Scharfschützen auf dem Dach und die, die sie mit Hochleistungsferngläsern im Auge behielten. Ich interessierte mich für die enorme Militärpräsenz am Rand des Flugfelds, für die Panzer, die schweren Personentransporter und Hundertschaften jordanischer Soldaten, die bereitstanden, ebenso wie die Schwadron der jordanischen F-16-Kampfjäger, die am Himmel über uns die Luftüberwachung übernahmen. Der reguläre Linienverkehr war für diesen Tag eingestellt, nur Regierungsflüge wurden genehmigt.

Hatte der König womöglich recht? War seine bevorstehende Reise nach Bagdad riskanter als der heutige Empfang? Oder lauerten die Verräter mitten unter uns, zum Zuschlagen bereit, wenn man es am wenigsten erwartete?

Auf mich zumindest machte jedes Gesicht in der Menge einen ehrlich begeisterten Eindruck. Die Nachricht, dass ein positiver Abschluss der Friedensgespräche erreicht worden sei, kursierte schon den ganzen Morgen. Erwartung und Vorfreude lagen in der Luft, der Frieden stand kurz bevor. Ein souveräner, wenn auch weitgehend entmilitarisierter palästinensischer Staat, der eine enge Konföderation mit dem Haschemitischen Königreich Jordanien einging, sollte schon bald ein für alle Mal Realität werden. Warum sollte diese Nation voller ›Westbänkler‹ sowohl diesseits wie auch jenseits des Jordans nicht schier platzen vor Freude?

Dennoch sah jedes Mitglied des Sicherheitspersonals, von denen die meisten wohl vom östlichen Jordanufer stammten, grimmig und besorgt drein. Sie wussten, dass jeder hier mithilfe von Metalldetektoren und Röntgengeräten kontrolliert worden war. Sie wussten, man hatte die Zuschauer abgetastet, ihre Handtaschen, Aktenmappen und Rucksäcke schon vor Stunden gründlich durchsucht. Trotzdem mussten sie nach dem Unerwarteten Ausschau halten, das gehörte zu ihrem Job. Befand sich ein Attentäter im Publikum? Und wenn dem so war, suchte man dann eher nach einem einsamen Schützen oder nach einem gut aufeinander eingespielten, sorgfältig koordinierten Team?

Saids Worte auf der Fahrt zum Flughafen beunruhigten mich. Ich hatte Jordanien schon oft besucht. Ich hatte hier Freunde und vertraute Informanten im Kreise langjähriger Regierungsmitglieder. Trotzdem hielt ich mich nicht für einen Experten, was dieses Land betraf. Wie die meisten Reporter, ja sogar die meisten Amerikaner, hatte ich mich mit den kulturellen und politischen Nuancen nie eingehend beschäftigt. Für mich war Jordanien einfach ein wunderschönes, sicheres und freundliches Land. Aber hatte der IS nach dem Irak und Syrien Jordanien wirklich als drittes Ziel auserkoren? War dieses Land das Kronjuwel, auf dessen Basis sie ihr islamisches Kalifat errichten wollten?

Und was war mit den Worten meines Bruders? War es möglich, dass die Zukunft Jordaniens wirklich so düster war, wie es die Bibel vorhersagte? Unter Umständen war der IS wirklich eine Art Instrument, um die Hölle auf Erden zu entfachen. Und vielleicht war dieser Tag heute gekommen.

Wenn das der Fall war, reichte ihnen ein einziges Attentat heute? Wohl kaum. Der IS hatte nicht einfach nur versucht, Assad umzubringen. Sie hatten versucht, seine gesamte Regierung zu stürzen, die volle Kontrolle über Damaskus und den Rest Syriens zu erlangen. Dasselbe galt für den Irak. Für einen sunnitischen Extremisten wie Abu Khalif reichte die bloße Enthauptung eines Mannes wie Ismail Tikriti oder irgendeines anderen irakischen Offiziellen, den dezidiert schiitischen Premierminister eingeschlossen, ganz sicher nicht aus. Khalif wollte die gesamte demokratisch gewählte Regierung des Irak absetzen und einen Staat unter der Scharia errichten, mit ihm selbst als Emir.

Khalif ging es also auch hier sicher nicht nur darum, den König Jordaniens zu töten. Er würde die gesamte königliche Familie ausrotten wollen und die Regierung gleich mit. Er würde die Bedingungen schaffen wollen, aus denen heraus er und seine Truppen vollständig die Macht ergreifen konnten. Die Frage war, ob sich das beim bevorstehenden Besuch des Königs in Bagdad erreichen ließ. Ich gelangte zu dem Schluss, dass es dort nicht halb so gute Voraussetzungen gab wie hier und heute. Nur wann, wie und wo wollte er zuschlagen?

Jubelschreie erhoben sich aus der Menge, als die Air Force One aufsetzte. Offenbar feierten die Zuschauer die Hoffnung, dass der amerikanische Präsident den palästinensischen Staat als Geschenk im Gepäck mitbrachte. Jemand tippte mir auf die Schulter. Ich wandte mich um, sicher handelte es sich um Said oder vielleicht einen Kollegen von der *Times*. Aber es war Yael Katzir.

»Hallo Fremder«, sagte sie mit einem bezaubernden Lächeln und umarmte mich fest.

»Yael!«, rief ich. »Was tust du denn hier?« Ich war ebenso verblüfft wie erfreut, sie zu sehen.

»Ari hat mich der Delegation unseres Premierministers zugeteilt«, erklärte sie. »Aber ich bin auch gekommen, um dich zu sehen. Ich habe mir solche Sorgen um dich gemacht!«

»Danke. Das bedeutet mir sehr viel.«

»Unter den Umständen siehst du gar nicht mal so schlecht aus.«

»Das nehm ich mal als Kompliment.«

»Das solltest du.«

»Ich habe versucht, dich zu erreichen.«

»Ich weiß, tut mir leid. Bei mir ging alles drunter und

drüber. Nonstop. Ich kam kaum zum Essen. Und frag mich nicht, wann ich das letzte Mal länger geschlafen habe.«

»Nun, dann siehst du auch gar nicht mal so schlecht aus«, antwortete ich. »Unter den Umständen.«

»Wie charmant.«

»Wo seid ihr untergebracht?«, fragte ich und hoffte, dass es nicht allzu direkt klang.

»Im Grand Hyatt. Und du?«

»Le Méridien.«

»Sehr nett.«

»Besser als ein IS-Unterschlupf in Mossul.«

»Da bin ich sicher«, erwiderte sie. »Apropos«, fuhr sie mit gesenkter Stimme fort. »Wir müssen uns dringend unterhalten.«

»›Gefährliche neue Entwicklungen‹?«, fragte ich leise zurück.

»Richtig vermutet.«

»Du befürchtest, dass der IS heute zuschlägt.«

Yael hob eine Augenbraue. »Das sehen wir offenbar ähnlich. Woher weißt du das?«

»Nur eine Ahnung, aber eine, die ich auch dem König gestern mitgeteilt habe.«

»Was sagt er dazu?«

»Er glaubt, ich muss mir keine Sorgen machen. Die Stadt sei vollkommen sicher.«

»Das meinte mein Premierminister auch. Ari will es nicht ausschließen, aber wir haben keine Beweise. Nur die Interviews, die Khalif mit dir geführt hat. Mir scheint, dass Khalif es so klar wie nur möglich gemacht hat, dass er hinter König Abdullah her ist. Und wenn er meinen Premierminister, Mansour und deinen Präsidenten an einem Fleck hat, scheint das geradezu zwingend zu sein, findest du nicht?«

»Für mich schon. Die Frage ist, verfügt Khalif über die Ressourcen, einen derart massierten Angriff zu starten?«

»Mein Premierminister glaubt nicht daran.« Yael ließ ihre Augen, die sie hinter einer Designersonnenbrille verbarg, über die Menge gleiten. »Und ohne Beweise für einen unmittelbar bevorstehenden Angriff konnte Ari ihn nicht von diesem Termin abhalten. Lavi besteht darauf; Amman ist nach seiner Auffassung heute dank der jordanischen Polizei, dem Muchabarat, den palästinensischen Sicherheitsbehörden, dem amerikanischen Secret Service, dem Mossad und dem israelischen Inlandsgeheimdienst Schin Bet die sicherste Stadt der Welt. Lavi behauptet, dass der IS verrückt wäre, in einer solchen Konstellation zuzuschlagen.«

»Es sei denn, sie hätten einen Maulwurf in einen dieser Dienste eingeschleust«, stellte ich fest.

»Einen Maulwurf?«

»Wäre doch denkbar.«

»Inwiefern?«

»Es besteht doch gar kein Zweifel, dass Khalif einen Spion bei einer der vier Regierungen sitzen hat, die heute hier vertreten sind. Das muss der Fall sein, er wusste immerhin vor allen anderen, dass der Friedensvertrag beschlossene Sache ist. Er wusste von der Beteiligung Jordaniens. Er wusste, dass der König federführend daran mitgewirkt hat. Niemand hätte das alles schon vor Tagen wissen können, es sei denn, er hätte Zugang zu einem der vier Staatsoberhäupter.«

»Aber das Wissen allein reicht nicht aus.«

»Nein, was bedeutet, dass der IS bereits seine Kämpfer

in Jordanien in Stellung gebracht haben muss, und zwar hier in Amman.«

»Du meinst im Palast?«, hakte Yael nach.

»Genau. Und das macht mir Sorgen. Wobei ich mich frage, wie sie das geschafft haben.«

Gerade spielte die Militärkapelle *Hail to the Chief.* Die Kabinentür der 747 öffnete sich, der Präsident der Vereinigten Staaten trat heraus und winkte der jubelnden Menge zu.

»Was ist mit Al-Hirak?«, fragte Yael.

»Was ist das?«

»Nie davon gehört?«

»Nein.«

»Was bist du denn für ein Auslandskorrespondent?«

»Einer, der noch nie von Al-Hirak gehört hat. Was ist das?«

»Es bedeutet ›Die Bewegung‹. Eine geheime Untergrundbewegung, ein Netzwerk von Islamisten in Jordanien, das aus unzufriedenen ›East Bankern‹ besteht. Es sind fromme Muslime, entschieden zu fromm, und sie glauben, dass der König den Islam nicht mehr ernst nimmt. Sie behaupten, die königliche Familie und die Regierung seien durch und durch korrupt. Sie behaupten, Abdullah kümmere sich weder um die ›East Banker‹ noch um den Islam. Sie wollen, dass er wie ein wahrer Muslim mit der Scharia regiert.«

Wieder musste ich an Saids Worte im Auto zurückdenken. Es schien, als wären Yaels Informationen korrekt. »Ich vermute mal, dass ihnen der König zu westlich eingestellt ist, zu proamerikanisch. Und für ihren Geschmack geht er auch zu freundschaftlich mit Israel um, richtig?«

»Absolut. Es sind Salafisten. Sie wollen keinen Friedensvertrag mit uns, sie wollen die Juden ausrotten. Und die Königin darf man ihnen gegenüber gar nicht erst erwähnen.«

»Warum, was macht sie denn falsch?«

»Sie trägt keinen Schleier, sondern die neueste Mode aus London und Paris, trifft sich in Davos und Monte Carlo gern mit den Reichen und Schönen. Die Salafisten argumentieren, sie entehre damit den Islam und man müsse sie auf ihren Platz verweisen.«

»Sie sind also so etwas wie die Muslimbruderschaft«, stellte ich fest.

»Nein, nein, sie sind viel schlimmer. Sie verabscheuen die Bruderschaft und behaupten, es handele sich bei ihnen um Verräter. Die Bruderschaft hat hier nicht mehr viel Einfluss. Das war früher anders. Aber in den letzten Jahren haben sie einige eklatante Fehlschläge hinnehmen müssen. Außerdem ist die Bruderschaft in Jordanien nicht illegal, im Gegensatz zu Ägypten, wo sie es früher war und jetzt wieder ist. Hier agiert sie offen. Das erleichtert es dem König und dem Geheimdienst, sie im Auge zu behalten.«

»Wie stark ist denn diese salafistische Bewegung, diese Al-Hirak?«

»Wir haben keine belastbaren Zahlen, aber unsere Analysten, die sich in Tel Aviv mit der Sachlage beschäftigen und mit denen ich zuletzt darüber gesprochen habe, sind der Ansicht, dass sie rasch expandiert.«

»Und diese Jungs sind Dschihadisten? Sie sind gewalttätig?«

»Schwer zu sagen. Sie sind bisher nicht konkret in Erscheinung getreten. Aber unsere Leute sammeln Beweise dafür, dass einige von ihnen von den Botschaften, den Methoden und den Erfolgen des IS offenbar inspiriert werden.«

»Du glaubst also, sie bereiten sich auf einen Coup vor.«

»Genau davor habe ich Angst. Ich bin allerdings nicht sicher, ob der IS hier tatsächlich das durchziehen kann, womit er in Irak und in Syrien so erfolgreich war. Aber erinnere dich, Khalif ist Jordanier. Er hatte ein Leben lang Zeit, hier Kontakte zu knüpfen. Er kennt Jordanien besser als die beiden anderen Staaten. Sehr wahrscheinlich stehen Tausende Kämpfer in diesem Land hinter ihm. Die Syrienkrise spielt ihm zusätzlich in die Karten. Und wenn er Zugriff auf das Al-Hirak-Netzwerk hätte …«

Sie beendete den Satz nicht, aber das war auch gar nicht nötig.

»Könnte Al-Hirak Sympathisanten bei den Sicherheitsbehörden haben?«

»Definitiv.«

»Auch beim Militär?«

»Das ist nicht ausgeschlossen.«

»Im Palast?«

»Das kann ich dir nicht sagen«, meinte Yael, während Präsident Taylor die Gangway herabkam und sich anschickte, vor den Zuschauern eine Rede zu halten.

»Aber deshalb bist du doch hier.«

»Richtig«, erwiderte sie. »Ich und die beste NBC-Einheit der israelischen Verteidigungsstreitkräfte. Und wir beten zu Gott, dass unsere Fähigkeiten heute nicht gebraucht werden.«

NBC-Einheit. Sie sprach nicht von der amerikanischen Sendeanstalt, sondern von einer Eliteeinheit.

Einer Einheit von Spezialisten, die mit nuklearen, biologischen und chemischen Waffen umzugehen wussten.

55

Die Begrüßungszeremonie für Taylor war fast beendet, als Ali Said zu mir kam.

»Wir müssen los«, meinte er.

»Wohin?«

»Kommen Sie einfach mit, wir müssen uns beeilen.«

»Was ist mit meiner Bekannten Yael?«

Ich stellte sie als Mitglied der Delegation von Premierminister Lavi vor, erwähnte allerdings nicht, dass sie auch Expertin für chemische Kriegsführung war. Aber Said hatte seine Befehle – und die betrafen nur mich, nicht eine Israelin.

»Schon in Ordnung«, meinte sie und schob eine Hand auf meinen Arm. »Ich habe meine eigenen Anweisungen. Wir sehen uns nachher beim Friedensakt.«

»Toll. Und was machst du danach?«

»Hoffentlich nichts.«

»Vielleicht fällt uns beiden da noch was ein.«

»Vielleicht.«

Ich wandte mich an Said. Weder Präsident Taylor noch der Außenminister hatten besonders denkwürdige oder berichtenswerte Aussagen gemacht. Die Militärkapelle setzte zu einem neuen Stück an. Alles war pompös und oberflächlich und hatte wenig Substanz. Für mich gab es keinen Grund, noch länger zu bleiben. Also folgte ich Said so unauffällig wie möglich aus dem VIP-Bereich. Unsere Sicherheitsleute blieben dicht bei uns. Einen Augenblick später kletterten wir in zwei kleine Golfmobile, wie sie sonst von Caddys benutzt werden. Said und ich mit zwei Agenten in den einen, der Rest unseres Trupps in den anderen. Erst jetzt wurde mir bewusst, wie viele Sicherheitsleute man mir zugeteilt hatte. Ich glaube nicht, dass ich bisher in meinem Leben auch nur einen einzigen Leibwächter gehabt hatte. Jetzt zählte ich neun, darunter den verantwortlichen Sicherheitschef für den königlichen Palast. Ich fragte mich nach dem Grund. Wussten die etwas, das ich nicht wusste?

Ich nahm an, dass man mich zur Wagenkolonne brachte, damit ich in Gesellschaft des Präsidenten zum Palast fahren konnte. Als die lange Reihe von gepanzerten Limousinen, Chevy Suburbans, Militärfahrzeugen und Polizeiwagen hinter uns zurückblieb, wurde ich unruhig.

»Warum halten wir nicht an?«, fragte ich ein wenig patziger, als ich es eigentlich beabsichtigt hatte. »Seine Majestät versprach mir, dass ich auf der Rückfahrt mit dem US-Präsidenten sprechen kann.«

»Dazu werden Sie noch Gelegenheit haben, Mr. Collins«, antwortete Said. »Bitte gedulden Sie sich noch ein wenig.«

Wir hatten die wartende Kolonne vollständig passiert, rollten durch einen Hangar und fanden uns in einem abgetrennten Bereich des Rollfelds wieder, der von außen nicht einsehbar war. Dort warteten drei der berühmten grün-weißen VH-3D Sea King Helikopter. Ich begriff: Einer von ihnen trug den Funkrufnamen Marine One und sollte den US-Präsidenten in den Palast fliegen. Die anderen dienten als Geleitschutz, um etwaige Angreifer abzulenken.

»Sie benutzen die Wagenkolonne gar nicht«, stellte ich fest. Es war keine Frage.

»Nein«, sagte Said. »Der Präsident fliegt. Und Sie werden direkt neben ihm sitzen.«

Zehn Minuten später begrüßte mich der Präsident, aber er wirkte dabei nicht sonderlich glücklich.

»Da haben Sie wirklich was Schönes angerichtet, Collins«, rief er über den Lärm der Rotorblätter hinweg, erwiderte den Salut eines Marines und stieg ein.

»Tut mir leid, aber da kann ich Ihnen nicht zustimmen, Mr. President«, rief ich zurück und kletterte hinter ihm in den Heli. Der Stabschef des Weißen Hauses, Ali Said und zwei Bodyguards folgten. Ich nahm den mir zugewiesenen Platz ein und schnallte mich an. Ich vermutete, dass wir den Rest von Saids Leuten im Palast wiedertreffen würden. Zwei Minuten später hoben wir ab.

Es war das erste Mal, dass ich mich im Marine One befand, und es fiel schwer, sich vom schlanken Design, der stilvollen Ausstattung und den Hightech-Spielereien nicht beeindrucken zu lassen. Es handelte sich außerdem um einen der leisesten Hubschrauber, in denen ich je geflogen war.

Wir konnten uns nicht gerade im Flüsterton unterhalten, aber wir mussten uns auch nicht gegenseitig anbrüllen.

»Ihre Artikel haben die Israelis ganz schön aufgeschreckt«, erklärte der Präsident. Seine Körpersprache und sein Tonfall deuteten an, dass er jede Verzögerung im Friedensprozess für meine Schuld hielt. »Sie haben Vorbehalte geäußert und baten die ganze Nacht um Änderungen.«

Ich nahm den Ball nicht auf, den er mir zugespielt hatte. »Was für Bedenken haben sie denn geäußert?«

»Das müssen Sie schon Daniel fragen, nicht mich. Die Details sind ohnehin nicht wichtig. Wichtig ist, dass von israelischer Seite keine Einwände mehr vorgebracht wurden. Aber dann kommen Sie mit Ihrem Khalif-Interview um die Ecke und direkt danach mit einem Bericht über chemische Waffen, die er besitzt, und schon ...«

»Was denn?«

»Sie haben sie erschreckt.«

Ich musste lächeln. »Einer meiner Artikel hat das getan?«

»Halten Sie das Ganze etwa für einen Scherz?«, fragte Taylor. Er klang eindeutig verschnupft.

»Nein, natürlich nicht. Ich glaube nur, dass es ein wenig ... ich weiß nicht, lächerlich? ... ist, zu behaupten, dass die Israelis sich von mir erschrecken lassen. Ich denke mir das doch nicht aus. Der IS stellt eine echte Bedrohung dar. Israel hat eine Menge Gründe, sich auf den letzten Metern hin zu einer endgültigen Einigung mit den Palästinensern Sorgen zu machen. Und das völlig ungeachtet dessen, was ich schreibe.«

»Das ist sicher richtig«, gestand der Präsident ein. »Aber Daniel Lavi rief mich gestern an und brachte deutlich zum Ausdruck, dass dieses ganze Gerede um Abu Khalif gerade für starken Widerstand in der Regierungskoalition sorgt.«

»Das überrascht Sie doch nicht ernsthaft?«

»Wären Sie nicht gewesen, würde niemand über Abu Khalif sprechen, Collins.«

Das meinte er doch nicht ernst! Wie konnte er so etwas sagen?

»Hören Sie, Mr. President, es tut mir leid, wenn Sie wütend auf mich sind. Wirklich. Ich versuche auf keinen Fall, Ihnen in die Parade zu fahren. Allerdings halte ich es tatsächlich für möglich, dass der IS heute einen Anschlag plant.«

»Anlässlich der bevorstehenden Unterzeichnung?«

»Ja, Sir.«

»Worauf stützen Sie diese Ansicht?«

»Auf mein Interview mit Khalif. Er ließ keinen Zweifel daran, dass er den König, Sie, Daniel Lavi und auch Salim Mansour stürzen will. Und nun versammeln Sie vier sich an einem Ort in einem Land, das er wie seine eigene Westentasche kennt. Er verfügt über chemische Waffen und die notwendige Ausrüstung, um sie einzusetzen. Ich mache mir große Sorgen. Offen gestanden wundere ich mich, dass Sie es nicht tun.«

»Nun, das tu ich tatsächlich nicht. Der Secret Service ist sich Ihres Interviews und der daraus resultierenden Risiken durchaus bewusst. Das bin ich auch. Aber auf keinen Fall erlaube ich, dass ausgerechnet Abu Khalif einen Friedensvertrag von historischer Bedeutung sabotiert.«

»Ich verstehe, Sir, aber ich habe doch noch eine Frage.« Rasch versuchte ich, meine Gedanken zu sortieren. »Wie ernst ist die Bedrohung Ihrer Meinung nach, die Abu Khalif und der IS darstellen?«

»Für wen?«

»Für die USA, für Israel und für unsere arabischen Verbündeten in der Region.«

»Sicher ist er eine Bedrohung.«

»Aber wie ernst?«

»Ich weiß nicht. Ich halte sie für eine von vielen.«

»Für die zentrale?«

»Nein.«

»Sie glauben also nicht, dass man Ihnen allen heute nach dem Leben trachten wird?«

»Das möchte man sicher. Nur ist es nicht möglich.«

»Nicht möglich?«

»Nein.«

»Worin besteht denn Ihrer Ansicht nach die Hauptgefahr im Nahen Osten, wenn Sie mir die Frage gestatten?«

»Im Mangel an Frieden zwischen Israel und den Palästinensern natürlich. Das ist der Heilige Gral, Collins. Das fehlende Glied in der Kette. Wenn wir das regeln, ergibt sich alles andere von allein.«

Marine One kippte leicht nach links, dann flogen wir weiter nach Norden. Ich hatte Amman schon immer einmal aus der Luft sehen wollen, aber dieses Gespräch war zu wichtig, um in den Touristenmodus zu wechseln.

»Sie glauben also, dass dieser Vertrag der Region dauerhaften, umfassenden Frieden verschaffen wird?«

»Natürlich«, entgegnete der Präsident. »Warum, glauben Sie, haben wir so hart und so lange für eine Zwei-Staaten-Lösung gekämpft? Nicht nur meine Regierung, sondern die Präsidenten davor.«

»Sie glauben also, die Region wird befriedet sein, sobald der Vertrag unterzeichnet ist.«

»Nicht sofort, aber nach einiger Zeit, ja.«

»Die Iraner werden ihr Atomwaffenprogramm beenden?«

»Nachdem wir auch mit ihnen verhandelt haben, gehe ich fest davon aus, dass sie entsprechende Pläne nicht länger verfolgen werden. Wozu brauchen sie Atomwaffen, wenn die Palästinenser Frieden mit Israel geschlossen haben?«

»Wie sieht es mit ihrem Schwur aus, ›Israel von der Landkarte zu wischen‹?«

»Das ist reine Rhetorik, keine echte Politik«, winkte der Präsident ab.

»Und der IS … glauben Sie, er wird die Waffen ablegen und seine Absichten, ein islamisches Kalifat zu errichten, fallen lassen, nachdem Israel und die Palästinenser Frieden geschlossen haben?«

»Ja, ich glaube, darauf läuft es am Ende hinaus.«

»Ist es denn nicht denkbar, dass der Friedensvertrag in Wahrheit nur noch mehr Krieg und Gewalt auslöst?«

»Wieso sollte er?«

»Weil er Abu Khalif und andere militante Dschihadisten in Rage versetzt. Sie haben geschworen, nichts unversucht zu lassen, bis Israel zerstört ist. Genau wie jeder andere Bündnispartner.«

»Sollen wir etwa aufhören, uns um Frieden zu bemühen, weil ein paar Verrückte wie Abu Khalif dann durchdrehen? Das ist doch lachhaft.«

»Ich sage nicht, dass Sie aufhören sollten, sich um Frieden zu bemühen«, stellte ich klar. »Ich sage lediglich, dass der Akt der Unterzeichnung die Dschihadisten nicht davon abhalten wird, ihre Feinde zu töten. Vielmehr schürt es ihren Hass noch zusätzlich. Erinnern Sie sich: Anwar Sadat hat 1979 Frieden mit Israel geschlossen. Muslimische Radikale brachten ihn dafür um.«

»Und König Hussein schloss 1994 Frieden mit Israel und führte ein langes, glückliches Leben«, konterte Taylor. »Hören Sie, Collins, ich will den Frieden. Die Israelis wollen ihn, die Palästinenser ebenfalls. Auch die Jordanier haben genug vom Krieg. Wir alle wollen, dass der Konflikt endet, und eine Zwei-Staaten-Lösung wird diesen Wunsch Wirklichkeit werden lassen. Das ist es, was alle seit Jahrzehnten verlangen, das ist es, was ich ihnen liefere. Und heute ist nur der Anfang. Ihr Presseleute könnt hetzen und nörgeln und alle möglichen Gründe anführen, warum es angeblich nicht funktionieren wird oder sich nicht lohnt. Aber ihr liegt falsch. Total falsch. Ihr befindet euch auf der falschen Seite der Geschichte.«

Ich konnte kaum fassen, wie persönlich er meine Einwände nahm. »Mr. President, ich versuche nicht, zynisch zu sein. Oder überkritisch. Ich stelle nur Fragen und versuche nachzuvollziehen, wie Sie über den Prozess denken.«

»Nun, das wissen Sie jetzt.«

»In der Tat. Vielen Dank.« Ich holte tief Luft und zog meinen Digitalrekorder aus der Tasche, um ihn abzuschalten.

»Hey, warten Sie mal! Das war alles inoffiziell!«, sagte er hastig.

Ich war ehrlich verwirrt. »Wie meinen Sie das? ... Nein, das war es nicht.«

»Natürlich!«

»Das haben Sie nie erwähnt! Mir wurde ein exklusives Interview mit Ihnen zugesagt. Ich dachte zunächst, es fände in einer Limousine statt, aber offenbar wurde es kurzfristig in diesen Helikopter verlegt.«

»Nein, nein, absolut nicht. Ich führe gerne ein Interview mit Ihnen, wenn das alles hier vorbei ist, aber das war gerade eine rein freundschaftliche und absolut inoffizielle Unterhaltung, nichts weiter.«

»Das können Sie nicht einfach im Nachhinein behaupten, Mr. President. Das verstößt gegen die Spielregeln.«

»Das ist kein Spiel«, meinte er erbost. »Ich habe Ihnen im Rahmen unserer Diskussion hochsensible Hintergrundinformationen anvertraut, die nicht für die Öffentlichkeit bestimmt sind.«

»Nun, tut mir leid, aber passiert ist passiert.« Ich gab nicht nach. »Es tut mir leid, dass Sie der Meinung sind, ich wolle Ihnen das Leben schwer machen. Bei allem Respekt, Sir, ich erledige bloß meine Arbeit.«

»Indem Sie mich hintenrum aufs Kreuz legen und so kurz vor dem Ziel den kompletten Friedensprozess gefährden?«

»Ich habe Sie nicht aufs Kreuz gelegt, Sir, und wenn hier jemand den Friedensprozess gefährdet, dann der IS, nicht ich. Ich weiß, wie diese Leute ticken, Mr. Präsident. Ich habe mit ihnen von Angesicht zu Angesicht gesprochen. Ich habe mit eigenen Augen erlebt, was sie sind. Ich habe gesehen, was sie tun. Und ich versichere Ihnen, der IS und der Rest dieser radikalen salafistischen Dschihadisten stellen eine klare und überaus reale Gefahr für die nationale Sicherheit der USA, Israels, Jordaniens und überhaupt aller dar, die in dieser Region den Frieden anstreben. Jeder, der meint, Abu Khalif gebe nach der Unterzeichnung dieses Vertrags klein bei, sollte sich dringend auf seinen Geisteszustand untersuchen lassen. Er wird nicht aufgeben. Er wird seine Anstrengungen verdoppeln, bis er alles zerstört und einen Massenmord in dieser Region inszeniert hat ... oder gefangen oder getötet wurde.«

»Diese Unterhaltung ist beendet«, erklärte der Präsident. »Und sie ist nicht für die Öffentlichkeit bestimmt. Wenn Sie das drucken, schwöre ich Ihnen, dass die *New York Times* nie wieder in meine oder in die Nähe meiner Regierung kommt, egal auf welche Weise oder in welcher Form. Sie haben es zu weit getrieben, Collins, und dabei eine Grenze überschritten.«

»Ob die *Times* je wieder eine Akkreditierung von Ihnen

bekommt oder nicht, Sir, interessiert mich einen feuchten Dreck. Abu Khalif ist ein Serienmörder. Er hat meine Freunde ermordet. Er hat versucht, mich zu ermorden. Er bedroht meine Familie. Und er ist hinter Ihnen und jedem einzelnen Regierungsoberhaupt her, das diesen Vertrag unterschreibt. Ich sage nicht, Sie sollen Ihre Unterschrift verweigern. Ich sage nur, Sie sollten sich der drohenden Konsequenzen bewusst sein. Möglicherweise schlägt der IS nicht heute oder noch in dieser Woche zu. Vielleicht haben Sie recht und die Sicherheitsmaßnahmen reichen diesmal aus.

Aber jeden Tag rekrutiert der IS weitere ausländische Kämpfer für seine Armee. Und die stammen nicht nur aus arabischen oder islamischen Ländern. Sie stammen aus Europa, aus Asien und aus Amerika, Mr. President. Amerikaner melden sich für den Dschihad. Sie kämpfen in Syrien und dem Irak für Abu Khalif und Jamal Ramzi. Sie haben US-amerikanische Pässe, und wenn Sie nicht ernsthaft versuchen, sie aufzuhalten, werden sie kommen, um den Dschihad auf amerikanischem Boden auszutragen. Und wenn das passiert, liegt die Schuld definitiv nicht bei der *New York Times*.

Ich bin nur der Überbringer der Nachricht. Die Verantwortung wird allein auf Ihnen lasten.«

56

Al-Hummar-Palast
Amman, Jordanien

In den nächsten Minuten herrschte im Helikopter tödliche Stille.

Schließlich setzte die Marine One auf dem Grundstück des königlichen Palasts auf. Sobald die Triebwerke abgestellt waren und die Rotoren anhielten, öffnete sich die Seitenluke. Der Präsident wurde vom König und dem Kronprinzen in Empfang genommen. Die drei sprachen einige Minuten außerhalb meines Hörbereichs miteinander und betraten dann den Prachtbau.

Ich war offenbar ab sofort eine *Persona non grata,* zumindest was Präsident Taylor betraf.

Erst jetzt sprang Said aus dem Hubschrauber. Ich folgte ihm. Er händigte mir einen speziellen Anstecker aus, den ich stets sichtbar am Kragen zu tragen hatte, sowie ein Lanyard mit laminiertem Presseausweis samt Foto, auf dem alle Akkreditierungen aufgelistet waren. Er erklärte mir, dass die Kombination mir für den Rest des Tages beinahe vollständigen Zugang zu allen Bereichen und Personen verschaffte. Ich nahm beides an mich und folgte ihm in den Palast.

Wir gingen durch einen von Säulen eingerahmten Nebeneingang hinein, wandten uns nach rechts, um durch einen Korridor einen Gebäudeflügel auf der nordöstlichen Seite zu erreichen, und betraten einen ausladenden, prächtig ausgestatteten Saal. Von der Decke hingen riesige Kristalllüster, Gemälde in Blattgoldrahmen zierten die Wände. Das Zentrum nahm ein gewaltiger antiker Tisch aus poliertem Holz mit passenden Stühlen ein. Ich hätte zuerst nicht sagen können, ob der Saal vom Kabinett genutzt wurde oder es sich um einen offiziellen Speisesaal handelte. Allerdings spielte das für den Moment keine Rolle. Die Tafel war nicht gedeckt und es gab auch nichts zu trinken.

Stattdessen stand Präsident Mansour in einer Ecke und unterhielt sich leise mit Premierminister Lavi. Prinz Marwan sah ich nirgends, dafür aber meinen alten Freund Jussuf Kuttab, der mit einem Vertreter aus Lavis Delegation sprach. Ich nickte ihm zu, er nickte zurück. Ich entschied, dass jetzt nicht der passende Zeitpunkt wäre, ihn anzusprechen. Er schien zu sehr in sein Gespräch vertieft, und ich war mir im Augenblick ohnehin nicht ganz sicher, was von mir gewünscht oder erwartet wurde. Besonders nachdem ich mir im Marine One einen derart heftigen Schlagabtausch mit Präsident Taylor geliefert hatte.

Um ehrlich zu sein, war ich begeistert, dass der Präsident sich mir gegenüber so offen geäußert hatte. Trotz seiner Proteste handelte es sich definitiv um offizielle Statements. Sie lieferten einen faszinierenden Einblick in die Gedankenwelt eines Präsidenten, mit dem das amerikanische Volk zunehmend ernstere Probleme hatte. Taylors Zustimmungsraten in den Umfragen sanken kontinuierlich. Sie lagen niedriger als zum vergleichbaren Zeitpunkt bei Bush und Obama, und das lag sicher nicht nur an der schwächelnden Konjunktur. Die jüngsten Befragungen von CBS und der New York Times hatten ergeben, dass die meisten Menschen den Präsidenten als ›nicht sonderlich engagiert‹ und ›wenig volksnah‹ wahrnahmen, was

Themen der nationalen Sicherheit betraf. Besonders hinsichtlich seines Umgangs mit der Lage im Nahen Osten und im Speziellen in Syrien und im Irak vertraten sie mehrheitlich die Auffassung, dass er sich auf dem falschen Weg befand. Diese Einschätzung konnte sich natürlich rasch ändern, wenn erst die Unterzeichnung des Friedensvertrags vermeldet wurde. Die rasche Eroberung weiter Teile des Irak durch den IS und jetzt die klaren und überzeugenden Beweise, dass diese Al-Qaida-Splittergruppe unter den Augen des Präsidenten genau jene Massenvernichtungswaffen erbeutet hatte, wegen denen das Land vor einigen Jahren in den Krieg gegen Al-Qaida und Saddam Hussein gezogen war, wogen in den Augen der Öffentlichkeit jedenfalls schwer.

Ich beobachtete Lavi und Mansour ganz genau, ob sie Anzeichen von Uneinigkeit oder Missstimmung an den Tag legten, ohne fündig zu werden. Sie wirkten im Gegenteil ausnehmend entspannt und aufgeräumt. Welchen Sorgen sie früher am Tag auch Ausdruck verliehen haben mochten – vorausgesetzt, Präsident Taylor hatte mich mit seinen Äußerungen nicht gezielt auf eine falsche Fährte gelockt –, sie schienen inzwischen nicht mehr vorhanden zu sein. Alles deutete darauf hin, dass der Zeremonie nichts mehr im Weg stand.

Ali Said kam zu mir. »Mr. Collins, wir würden gern anfangen. Seine Majestät bittet Sie, sich auf Ihren Platz zu begeben.«

»Danke, Ali«, sagte ich. »Übrigens, wo sind denn die jüngeren Kinder Seiner Majestät? Ich habe sie heute noch gar nicht gesehen.«

»Die Königin hat sie zu Verwandten geschickt, dort verbringen sie einige Tage.«

In Anbetracht dessen, was hier los war, hielt ich es für nachvollziehbar, auch wenn ich sie gerne getroffen hätte. Vielleicht ergab sich später einmal die Gelegenheit, eine Art Homestory über die gesamte königliche Familie zu machen, um zu dokumentieren, auf welch einzigartige Weise sie sich in ihrer Region für den Frieden einsetzten.

Doch jetzt folgte ich Said durch einen Hintereingang aus dem Saal. Als Sicherheitschef bei Hofe nahm er im Hinblick auf die innere Sicherheit und Geheimdienstbelange einen exponierten Rang ein und stand dem König und seiner Familie sehr nah. Und doch hatte man ihn abgestellt, um sich in jeder erdenklichen Weise um mich zu kümmern. Ich war gerührt von der Freundlichkeit Seiner Majestät. Das entsprach nicht dem üblichen Protokoll für Journalisten, sondern war ein besonderes Entgegenkommen. Natürlich durfte ich nicht zulassen, mich dadurch in meiner Berichterstattung beeinflussen zu lassen. Ich musste so unvoreingenommen und objektiv wie möglich bleiben. Dennoch, da der König und ich uns gestern zum ersten Mal persönlich begegnet waren, verspürte ich eine tiefe Dankbarkeit. Nach wie vor beherrschte mich die Angst, dass etwas Fürchterliches passieren könnte. Aber mit Said an der Seite fühlte ich mich gleich sicherer.

Wir wanderten durch ein Labyrinth aus Korridoren, Fluren und Zimmerfluchten. Said war sichtlich in seinem Element. Er kannte den Palast und liebte ihn. Unterwegs hielt er mir einen kurzen historischen Vortrag, erzählte Anekdoten zu Gemälden und Kunstwerken sowie einigen der interessantesten Führungspersönlichkeiten, denen er im Laufe der Jahre begegnet war.

Er lieferte mir auch einen Abriss der verschiedenen Sicherheitsprotokolle einschließlich diverser Fluchtwege,

falls es zu einem Feuer oder einem anderen Zwischen-
fall kam. Von Anfang an machte er deutlich, dass diese
Informationen nicht für die Veröffentlichung bestimmt
waren; eine Lektion, die dem Präsidenten der USA ebenfalls gut zu Gesicht gestanden hätte. Said lieferte mir keine
geheimen oder vertraulichen Informationen, er stellte nur
sicher, dass ich im Notfall wusste, wie ich mich zu verhalten hätte. Er betonte weiterhin, dass ich, was immer
auch geschah, unbedingt in seiner Nähe bleiben sollte.

In meinen Augen zeigte er auch einen tiefen Stolz
auf seine Tätigkeit. Ich erkannte, dass in vieler Hinsicht
dieser Palast ebenso gut sein Heim war, nicht bloß das des
Königs. Said nahm die Aufgabe, die Sicherheit aller zu
gewährleisten, die sich im Gebäude aufhielten und ihm am
Herzen lagen, sehr ernst. Er teilte den Sinn Seiner Majestät
für warmherzige arabische Gastfreundschaft. Jeder Satz,
jede Geste lieferte einen Beleg dafür.

Der Weg vom Speisesaal zum Haupteingang des Palasts
zog sich stärker in die Länge, als ich erwartet hatte. Aber
schließlich erreichten wir unser Ziel. Schon aus einiger
Entfernung hörte ich die Klänge einer Militärkapelle.
Durch einen Seitenflügel betraten wir den Innenhof, in
dem ich gestern angekommen war.

Der Mercedes war nicht mehr hier, genauso wenig
wie die Lieferwagen und die ganzen Arbeiter. Stattdessen empfingen uns geladene Besucher, Kameras und
TV-Scheinwerfer. Ich sah die Bühne, die roten Teppiche,
die jordanischen, israelischen, palästinensischen und amerikanischen Flaggen, die in der frischen Brise flatterten.
Tribünen voller lachender, aufgeregter und faszinierter
Schüler, Araber und Israelis, Muslime, Christen und Juden.
Ich muss gestehen, dass mich der Anblick zutiefst bewegte.

Ich kann es nicht erklären, aber mein hartgesottener professioneller Zynismus schmolz in diesem Augenblick dahin. Der Frieden ließ sich mit Händen greifen, wurde nicht länger als theoretische Diskussion hinter verschlossenen Türen geführt. Es ging nicht länger darum, wie die Parteien miteinander um Grundregeln für die Verhandlungsführung rangen. Das hier war echt. Israelis und Palästinenser beabsichtigten jeden Moment, einen endgültigen, gegenseitigen Friedensvertrag abzuschließen.

Und die Leute reagierten euphorisch. Nicht nur die Schüler, sondern auch der Hofstaat und Dutzende anderer Regierungsmitarbeiter, die man anscheinend alle eingeladen hatte, um Zeuge des großen Augenblicks zu werden.

Ich hatte keine Ahnung, wie sich alles entwickeln würde. Aber das wusste auch sonst niemand. Dieser Tag war jedenfalls gelebte Geschichte, und ich befand mich mittendrin. Ich konnte es kaum glauben. Nicht dass ich in diesem Moment Stolz gefühlt hätte. Im Gegenteil, das Gefühl, das mich ergriff, wurde von Demut bestimmt. Mein Großvater hätte diesen Augenblick geliebt und sicher einen großartigen Artikel darüber verfasst. Ich dagegen war nur irgendein Typ aus Bar Harbor, Maine. Womit hatte ich es eigentlich verdient, einen solch geschichtsträchtigen Augenblick zu bezeugen, die Geburtsstunde des palästinensischen Staats? Wer war ich schon, dass ich ein Freund und Vertrauter von Präsidenten und Premierministern war, geschweige denn eines Königs? Ein Niemand.

Und doch beschlich mich in diesem Augenblick das Gefühl, Gott blicke mit Wohlgefallen auf mich herab. So etwas verdiente ich nicht und ich war nicht einmal sicher, ob ich daran glaubte. Doch irgendjemand schien über mich zu wachen und mein Leben unzählige Male gerettet zu haben. Er öffnete mir unzählige Türen und hatte mich hierhergebracht, weil er es für meinen Platz hielt. Und ich muss sagen, ich war dankbar. Kurz: Ich wurde von der Erhabenheit dieses Augenblicks förmlich überwältigt. Wie traurig, dass Omar und Abdul es nicht miterleben konnten.

Said brachte mich zu meinem Platz, der sich am Ende eines Podests befand, hinter der Hauptbühne mit dem Tisch für die Unterzeichnung und dem Rednerpult. Er setzte sich direkt hinter mich.

Ein ausgezeichneter Beobachtungsposten. Von hier aus sah ich zwar die Gesichter der Unterzeichnenden nicht, wenn sie sich an die Menge wandten oder in die Kameras blickten, aber ich hatte die Umgebung gut im Blick. Ich sah dasselbe, was der König sah, und vor allem die Reaktionen des Publikums. Definitiv ein besserer Platz, als man ihn all meinen Kollegen zugewiesen hatte. Außerdem hielten sich innerhalb dieses VIP-Bereichs eine Reihe jordanischer Minister, Parlamentsmitglieder, Richter und Generäle samt ihren zahlreichen Assistenten auf. Ich war sicher, dass das Arrangement teilweise dem Umstand geschuldet war, dass sich für diese Würdenträger kein anderer Platz gefunden hatte. Der nicht gerade kleine Innenhof wurde bis an seine Grenzen strapaziert. Zudem dürften die Medienberater des Königs darauf gedrängt haben, dass anhand der Fernsehbilder, die rund um die Welt gingen, eins deutlich wurde: Die jordanische Regierung stand geschlossen hinter diesem Vertrag.

Wen ich nirgendwo entdecken konnte, war Prinz Marwan. Ich wollte ihm zu den vielen Mühen gratulieren, die er in den Erfolg der Verhandlungen investiert hatte.

Er besaß allen Grund, stolz zu sein. Für meinen nächsten Artikel wollte ich unbedingt in Erfahrung bringen, wie er über all das hier dachte.

Ich ließ den Blick über die Zuschauer gleiten und entdeckte schließlich den Pressebereich in der hinteren Ecke des Innenhofs. Er befand sich mindestens 50 Meter entfernt. Unter den zahlreichen Kollegen erkannte ich auch Alex Brunnell, den Chef des Jerusalemer *Times*-Büros. Er stand neben dem *Times*-Korrespondenten des Weißen Hauses und dem zuständigen Journalisten für das Diplomatische Corps. Unter Allens Aufsicht bearbeitete die *Times* das Ereignis wohl von allen Seiten. Ein nachvollziehbarer Ansatz.

In diesem Augenblick wurde mir bewusst, dass ich nicht die geringste Idee hatte, was gerade sonst so auf diesem Planeten geschah. Sicher gab es Überschwemmungen und Dürren, Wahlen oder Rücktritte, Hochzeiten und Neugeborene und überhaupt Nachrichten aller Art. »Alles, was es wert ist, gedruckt zu werden, und auch ein wenig von dem, was es nicht wert ist.« So pflegten meine Kollegen und ich das Selbstverständnis unserer Zeitung scherzhaft in Worte zu fassen. Aber ich hatte weder die Zeit noch die Möglichkeit, anderen Themen irgendeine Form von Aufmerksamkeit zu widmen. Seit ich Homs betreten hatte, war ich nicht in der Lage, an etwas anderes als die Bedrohung zu denken, die der IS darstellte. Jetzt gönnte ich mir einen kurzen Moment des erleichterten Aufatmens.

Ich zog die Taschenuhr meines Großvaters hervor. Gleich 14 Uhr. Showtime.

Auf einmal tauchte Yael Katzir auf. »Ist der Platz neben dir besetzt?« Sie wies auf den leeren Stuhl zu meiner Linken.

»Nein, eigentlich nicht.« Ich stand auf und zog einen imaginären Hut. »Würden Sie mir die Freude machen, junge Dame?«

»Es wäre mir eine Ehre, werter Herr. Ich danke Ihnen.«

Wir setzten uns und sie sondierte die Umgebung. »Beeindruckend.«

»In der Tat.«

»Vielleicht reagieren wir wirklich über«, meinte sie.

»Vielleicht«, gestand ich. »Ich hatte schon halb damit gerechnet, dass du mit einem biologischen Schutzanzug hier auftauchst.«

»Den hab ich im Kofferraum.« Sie lächelte, aber ein Funken Ernst steckte wahrscheinlich trotzdem in ihrer Aussage.

Ich blickte hoch zum Himmel, wo die F-16-Jets ihre Schleifen flogen. Weit genug entfernt, dass das Dröhnen ihrer Düsentriebwerke fast unhörbar blieb, sodass sie die Erhabenheit des Augenblicks nicht störten. Ich musterte die Soldaten und Agenten des Secret Service, die auf dem Dach lagen, und machte mir ein Spiel daraus, in der Menge die Agenten in Zivil ausfindig zu machen. Gar nicht so schwierig, denn alle anderen lächelten, nur die Leute von der Security nicht. Außerdem trugen sie diese winzigen Kopfhörer mit den Spiraldrähten, die sie todsicher verrieten. In jedem Fall war ich froh, sie hier zu wissen.

Fünf Minuten verstrichen, dann zehn. Weiterhin keine Spur von den Staatsoberhäuptern oder dem Prinzen. Assistenten hasteten auf der Plattform hin und her und erledigten letzte Vorbereitungen. Man legte Füllfederhalter an die Plätze, goss Wasser in die bereitstehenden Gläser, überprüfte Mikrofone und regelte die Lautstärke ein. Wer mit der Organisation solcher Großereignisse nicht vertraut war, hätte vermutlich kritisiert, das alles hätte im Vorfeld erledigt werden können. Aus den Erfahrungen vieler Jahre, in denen ich von solchen Zeremonien berichtet hatte, wusste ich jedoch, wie viele Details es zu beachten galt und wie selten solche Veranstaltungen pünktlich anfingen.

Dennoch wurden die Schulkinder langsam unruhig. Sie saßen seit fast einer Stunde auf ihrer Tribüne und die Stühle waren sicher nicht die bequemsten.

Wenigstens war es Dezember, daher knallte die Sonne nicht so erbarmungslos wie sonst auf uns herab. Stattdessen prangte eine dichte Wolkendecke am Himmel. Eine leichte Brise ließ es kühler werden, als viele sich das gewünscht hätten, sorgte aber dafür, dass die Flaggen kamerafreundlich im Wind schaukelten.

»Ist alles in Ordnung?«, fragte ich Said.

»Natürlich«, antwortete er. »Aber du weißt ja, wie es ist. Ich bin sicher, die Herrschaften kommen bald.«

»Wo ist eigentlich Prinz Marwan? Und wo wird er sitzen?«

»Das ist eine gute Frage. Ich weiß es nicht«, musste Said zugeben. »Er sollte längst hier sein. Sicher bespricht er sich mit Seiner Majestät. Er wird direkt hinter dem König sitzen. Soll ich meinen Männern über Funk mitteilen, dass sie nach ihm Ausschau halten sollen?«

»Nein, nein, ich denke, die haben genug um die Ohren. Ich bin sicher, dass er gleich hier sein wird.«

Ich wandte mich an Yael. »Also haben wir wohl ein wenig Zeit totzuschlagen.« Verzweifelt suchte ich nach einem geeigneten Thema für Small Talk, das mich nicht vollkommen lächerlich dastehen ließ.

»Totschlagen … in diesem Teil der Welt versuchen wir, solche Witze zu vermeiden«, konterte sie. »Aber ja, du hast völlig recht. Hast du denn einen Vorschlag, worüber wir reden könnten?«

Das hatte ich. Ich wollte sie fragen, ob sie mit mir ausgehen wollte, zögerte aber. Ich wollte nicht mit der Tür ins Haus fallen. »Na ja ... mir ist klar geworden, dass ich kaum etwas über dich weiß.«

»Das stimmt.«

»Wo wurdest du geboren?«

»Oben in Galiläa.«

»Wo genau?«

»In einer kleinen Stadt namens Rosch Pina. Sie liegt in den Bergen. Es ist wunderschön dort. Du solltest es dir mal ansehen.«

»Klingt gut. Hast du noch Familie dort?«

»Meine Eltern leben da. Sie führen ein Restaurant. Ein sehr gutes, das beste Essen in Israel! Und einen fantastischen Ausblick hat man. Besonders bei Nacht.«

»Wie schön. Hast du Geschwister?«

»Ich hatte einen älteren Bruder.«

»Hatte?«

»Ja, er gehörte einer Spezialeinheit an und wurde 2006 im Libanon getötet.«

»Das tut mir leid.«

»Nun, da kann man nichts machen.«

Wir schwiegen einen Augenblick, dann fragte sie: »Wie steht's mit dir?«

»Mit mir?«

»Alles, was ich von dir weiß, hat mir Ari erzählt.«

»Nun, du weißt ja schon von meinen Eltern. Meine Mutter lebt in Bar Harbor, da bin ich auch aufgewachsen. Mein Vater ist weg. Aber ich kannte ihn sowieso kaum. Er verließ die Familie, als ich zwölf war.«

»Das tut mir leid.«

»Tja, da kann man nichts machen.«

»Hattest du seit Istanbul Kontakt zu deinem Bruder? Er lebt doch hier in Amman, oder?«

»Das tat er, aber er hat mit seiner Familie die Stadt verlassen, weil Abu Khalif mir damit drohte, meinen Angehörigen etwas anzutun.«

»Also hast du mit ihm gesprochen.«

»Ja, es war ein schönes Treffen. Wir hatten uns eine ganze Weile nicht mehr gesehen.«

»Und Laura?«

»Lass uns bitte nicht davon reden.«

»Also hast du jetzt was gegen das Heiraten?«

»Könnten wir bitte das Thema wechseln?«

»Was schlägst du vor? Saringas?«

»Das wäre mir jedenfalls lieber.«

»Autsch.«

»Ja, autsch.«

Sie schwieg für einige Sekunden, dann: »Hat sie dich verlassen?«

»Nein, aber sie hat mich betrogen. Sehr oft. Daraufhin habe ich *sie* verlassen.«

»Das tut mir leid.«

Nun war es an mir zu verstummen.

Schließlich meinte Yael: »Wir sollten über etwas Angenehmeres sprechen.«

»Das wäre gut. Danke.«

In diesem Augenblick trat der Sprecher des königlichen Hofs aufs Podium und tippte probeweise auf den Windschutz vor dem Mikrofon. Die Kapelle verstummte. Kameras klickten und der Sprecher räusperte sich.

»Sehr geehrte Damen und Herren, in zwei Minuten

wird die Zeremonie beginnen«, sagte er. »Ich wiederhole: In zwei Minuten wird die Zeremonie beginnen.«

Ein Raunen ging durch das Auditorium. Auch ich fühlte mich wie elektrisiert.

Höchste Zeit, dass es endlich losging.

57

Ein Blick auf meine Taschenuhr ergab: Es war 14:28 Uhr.

Ich zog mein digitales Diktiergerät aus der Tasche, überprüfte ein letztes Mal die Batterien, steckte es weg, griff zum Notizblock und kritzelte ein paar Überlegungen und Fragen hin, mit denen ich Präsident Mansour und Prinz Marwan nach der Zeremonie konfrontieren wollte.

Wieder ließ ich meinen Blick über die Menge gleiten. Die gespannte Erwartung der Leute schien regelrecht greifbar. Eine Tür zu meiner Rechten öffnete sich; die Tür, durch die Said und ich zuvor den Hof betreten hatten. Ein halbes Dutzend Agenten der Schin Bet, des israelischen Inlandsgeheimdienstes, und ebenso viele Agenten des Secret Service zum Schutz Präsident Taylors nahmen ihre Positionen ein. Einer von ihnen führte eine kurze Funkprobe durch. Ihre Haltung straffte sich. Sie wirkten hoch konzentriert und bereit, alles zu tun, um Störungen zu verhindern. War das überhaupt möglich?

Der König hatte wohl recht. Der Palast war hermetisch abgeriegelt. Wenn es zu einem Anschlag kam, dann eher im Irak, nicht hier. Jede Person in diesem Innenhof war sorgfältig und akribisch durchleuchtet und mehrfach überprüft worden. Die Einzigen, die Waffen trugen, waren

Saids Mitarbeiter, die für die Sicherheit des Palasts und seiner Umgebung verantwortlich waren, und die Leibwächter der beteiligten Staatsoberhäupter. Weiterhin hatte man die jordanische Armee und die Polizei in höchste Alarmbereitschaft versetzt. Ein paar Tausend Mann patrouillierten auf Ammans Straßen. Sicherheitskontrollen an allen zentralen Punkten, die Polizei hielt Fahrzeuge aller Art an, checkte Personalausweise, stellte Fragen und hielt nach allem Ausschau, was in irgendeiner Weise verdächtig wirkte. Ich befahl mir selbst, gleichmäßig und tief zu atmen, um mich zu entspannen.

Die Worte Franklin Delano Roosevelts schossen mir durch den Kopf: *Das Einzige, was wir zu fürchten haben, ist die Furcht selbst.*

»Yael«, sagte ich nach einem Augenblick.

»Ja?«

»Falls du heute Abend nichts Besseres vorhast, willst du mit mir essen gehen? Du kannst mir peinliche Fragen stellen, ich wehre sie ab und gebe mir Mühe, mich nicht allzu lächerlich zu machen.«

»Das ist doch mal ein Angebot.«

»Das dachte ich mir.«

Sie sah mich an und lächelte. »Sicher. Ich freu mich drauf.«

»Um acht?«

»Besser um neun«, meinte sie. »Der Premierminister ist zu einem Staatsbankett mit den anderen Regierungsvertretern eingeladen und wird um acht nach Hause fliegen. Ab neun wäre ich frei.«

»Dann haben wir also ein Date?«

»In der Tat. Ich danke Ihnen, Mr. Collins.«

»Es ist mir eine Ehre, Miss Katzir.«

Ich atmete wieder merklich freier. Dafür raste nun mein Puls.

Wie unangenehm, ich schien tatsächlich rot geworden zu sein. Mein Hals fühlte sich jedenfalls ganz warm an.

Ich wandte mich ab. Wann ging es denn endlich los? Ich musste mich dringend auf etwas anderes konzentrieren. Aber zum ersten Mal seit langer Zeit fühlte ich mich wirklich glücklich. Ein seltsames Gefühl, beinahe surreal, aber schön. Ich konnte ein wenig Glück in meinem Leben gut gebrauchen.

Ich sah wieder hinauf in den mittlerweile vollständig bedeckten Himmel. Ein Vogelschwarm segelte vorbei, der Wind hatte zugenommen. Mir fiel auf, dass man uns keine Vorabzitate der Staatsoberhäupter geliefert hatte, wie es bei solchen Gelegenheiten zum Standard gehört. Vermutlich hing das mit der unerwarteten Verzögerung zusammen. Aber wir würden es ja alles gleich hören. Wer brauchte schon vorab Auszüge der Reden?

In diesem Moment zogen zwei der jordanischen F-16-Jets meine Aufmerksamkeit auf sich. Immer noch flogen die Düsenjäger in Kampfformation, um jedes verirrte Flugzeug, sei es nun jordanisch oder nicht, aus dem vollständig abgeriegelten Luftraum über dem Palast fernzuhalten. Die Auffälligkeit betraf ein konkretes Duo, beide Maschinen waren noch weit entfernt. Und doch kam es mir seltsam vor, dass sie bisher das Areal von links nach rechts, also von Nord nach Süd überflogen hatten, jetzt jedoch einer der beiden Jets abdrehte und direkt auf den Palast zuhielt. War das geplant? Es erschien mir nicht logisch. In der letzten halben Stunde waren immer jeweils zwei Kampfflieger in geraden Bahnen über den Horizont geflogen, stets in der gleichen vorhersehbaren Weise.

Weshalb diese Abweichung?

Ich beugte mich zu Yael. »Was hältst du von dem Flugzeug auf zwölf Uhr direkt voraus?«, flüsterte ich und reckte das Kinn unauffällig gen westlichen Horizont.

Sie folgte meinem Hinweis. »Keine Ahnung. Frag doch Ali.«

Der Jet war noch einige Kilometer entfernt, aber es bestand jetzt kein Zweifel mehr, dass er in unsere Richtung unterwegs war. Die Frage nach dem Warum ließ mir keine Ruhe. Ich wandte mich flüsternd an Said.

»Was ist mit dieser F-16 los?«, fragte ich. »Sie ist aus ihrer Formation ausgebrochen.«

Said hatte sich offenbar auf das Publikum im Innenhof konzentriert und nicht auf das Geschehen über unseren Köpfen, denn er antwortete nicht sofort. Einen Augenblick später erteilte er auf Arabisch eine Anweisung über das Funkgerät an seinem Handgelenk.

»Bleibt ruhig, aber kommt bitte beide mit«, flüsterte er zurück.

Ich war verwirrt. Es fiel mir schwer, den Blick von der herannahenden F-16 abzuwenden, bis ich bemerkte, dass er unauffällig aufgestanden war und sich zum Gehen anschickte. Also folgte ich ihm zu der Tür, durch die wir vorhin gekommen waren.

Yael blieb dicht hinter mir. Die Kapelle spielte ein weiteres Stück. Mein Smartphone vibrierte. Eine Textmitteilung von Allen aus Washington: **Das ist echt aufregend!**

Er hatte ja keine Ahnung.

»Wo gehen wir hin?«, fragte ich Said.

»Ins Kommandozentrum.«

»Was glauben Sie, was hier los ist?«

»Ich bin nicht sicher«, gab er zu. »Aber ich werde Seiner

Majestät nicht gestatten, aufs Podium zu gehen, bevor ich es weiß.«

Er hatte noch nicht zu Ende gesprochen, als ich mich umwandte, um einen letzten Blick auf die F-16 zu erhaschen. Im selben Augenblick bemerkte ich ein kurzes Aufblitzen und einen Kondensstreifen, der sich bildete.

»Er hat eine Rakete abgeschossen!«, stellte Yael fest. Sie stand da wie angewurzelt.

»Code Red, Code Red! Alle auf den Boden«, schrie Said, so laut er konnte, seinen Agenten und den nächsten Zuschauern zu.

Aber er selbst warf sich weder hin, noch ging er in Deckung. Stattdessen packte er Yael und mich und stieß uns durch die Tür. »Los, zur Treppe, schnell!«, rief er. »Los doch!«

Er begann zu laufen, ich tat es ihm nach.

Wir bogen um eine Ecke und rannten dabei fast den König und die anderen Staatsoberhäupter über den Haufen, die durch die Halle auf uns zukamen.

»Schnell, durch diese Tür, Eure Majestät!«, schrie Said und stieß einen Notausgang auf. Er drängte König Abdullah und die anderen vehement hinein. »Laufen Sie zum Panikraum, Eure Majestät! Los, los, los! Wir haben keine Zeit zu verlieren!«

Die Instinkte des Königs sprangen außergewöhnlich schnell an. Seine Ausbildung in einer Eliteeinheit griff auf der Stelle. Er packte die Präsidenten Taylor und Mansour, die direkt neben ihm standen, und zerrte sie über die Betontreppe in den Keller. Wir anderen, Premierminister Lavi und sämtliche Sicherheitsleute eingeschlossen, folgten den beiden dichtauf. Nur einen Augenblick später erreichte uns erst die Druckwelle, dann das Donnern einer

Explosion. Die Gewalt der Detonation fegte uns alle von den Füßen. Einige stolperten die Treppe hinab, Yael und ich wurden gegen die Betonwände geschleudert.

Der König war als Erster wieder auf den Beinen und erteilte laut Befehle: »Wir dürfen nicht hierbleiben! Folgen Sie mir!«

Die Sicherheitsleute zerrten die ihnen zugeteilten Zielobjekte weiter. In der ganzen Verwirrung wurden Yael und ich beiseitegedrängt, aber kurz darauf stürmten wir ebenfalls die Treppe hinunter, um den Anschluss nicht zu verlieren.

Eine zweite Druckwelle folgte und riss uns erneut von den Beinen. Jetzt kamen jordanische Soldaten in voller Kampfmontur ins Treppenhaus gestürmt. Sie packten den König und liefen davon. Der Rest von uns rappelte sich auf und versuchte, Schritt zu halten. Wir passierten mehrere Korridore auf dem Weg zu einem Schutzraum, ähnlich dem präsidialen Notfallbunker, der sich unter dem Weißen Haus befindet.

Wir erreichten eine Art Kommandostand, ähnlich dem in Abu Ghuraib, wenn auch wesentlich moderner und mit fortschrittlicherer Technik. Said hielt kurz an und zog mich mit sich hinein.

Der König und die anderen setzten ihre Flucht fort und betraten etwas, das auf mich wie ein enormer Banktresor wirkte. Kaum waren sie drinnen, wurde die fast ein Meter dicke Stahltür so schnell geschlossen, wie es ging, und hinter ihnen versiegelt. Jordanische Soldaten mit den Waffen im Anschlag postierten sich davor.

Yael wollte den Regierungschefs und den Agenten folgen, kam jedoch zu spät. Die Soldaten wollten sie nicht mehr hineinlassen. Sie protestierte und wies darauf hin, dass sie zu Lavis Delegation gehörte, doch sie ließen sich nicht auf eine Diskussion ein. Die riesige Luke blieb geschlossen.

Wenigstens befanden sich der König und die anderen in Sicherheit. Das war für den Augenblick das Wichtigste.

»Was ist das?«, rief ich. »Was ist das für ein Raum, in den man die anderen gebracht hat?«

Said wollte es mir erklären, doch es gelang ihm nicht, die lauten Schläge der Explosionen, die folgten, zu übertönen.

Ich starrte auf die Front aus Bildschirmen, die sich in der Kommandozentrale befanden. Das Blut wich mir aus dem Gesicht. Nur allzu deutlich zeichneten sich die Flammen, der Qualm und die brennenden, schreienden und sterbenden Kinder auf den Monitoren ab.

Aber so grausig die Bilder auch waren, sie verblassten angesichts der Darstellung auf dem zentralen Screen. Er zeigte ein Livebild der F-16, die mit donnernden Motoren direkt auf die Kamera zuflog. Wer auch immer da am Steuer saß, hatte offenbar vor, wie ein Kamikazeflieger in den Palast zu stürzen.

Niemand konnte ihn aufhalten. Garantiert steckten Abu Khalif und der IS dahinter.

58

Yael und Said standen neben mir, während ich stumm auf die Monitorwand starrte.

Wie gelähmt und ohne Ziel vor Augen blieb uns nichts anderes als zuzusehen, wie der Pilot der zweiten jordanischen F-16 hinter seinem Kollegen herflog und auf ihn feuerte. Der erste Kampfjet begann zu rollen und zu gieren, mühte sich, auszuweichen und abzutauchen und so seinen Verfolger abzuschütteln. Aber trotz seiner Flugkünste blieb der andere ihm weiterhin dicht auf den Fersen.

Auch wenn einige Kameras keine Bilder lieferten, da Qualmwolken und Feuer eine klare Sicht verhinderten, sah ich überall Menschen, die das vom Einschlag der Raketen verursachte Feuer nicht sofort verbrannt hatte. Sie stürmten in alle Richtungen davon. Dann brachen wir und die vier diensthabenden Offiziere des Kommandozentrums in Jubel aus, als eine der Sidewinder-Raketen des Verfolgers den rechten Flügel des abtrünnigen F-16-Jets abtrennte, der nach wie vor auf den Palast zusteuerte.

Doch die Beschädigung reichte nicht aus und kam zu spät. Im letzten Augenblick wandte ich mich instinktiv ab und schlug die Hände vor dem Gesicht zusammen, als der brennende Jet kopfüber in den Al-Hummar-Gebäudekomplex raste. Selbst das verhinderte nicht, dass ich von der gewaltigen Druckwelle, die den Palast erfasste, von den Beinen gerissen wurde, als der Jet ein paar Stockwerke über mir einschlug. Das Fundament erbebte und ächzte. Da roch ich ihn, den dicken, ätzenden Qualm, der selbst in diesen mit einer Klimaanlage versehenen unterirdischen Raum durch das Lüftungssystem eindrang. Yael und einige andere begannen zu husten.

Said übernahm die Kontrolle und legte mehrere Schalter um. Offenbar wollte er auf diese Weise einen Luftreiniger aktivieren, denn ein Gerät erwachte rumpelnd zum Leben. Schon bald konnte man die Luft wieder atmen. Dann flackerten die Bildschirme und wurden dunkel. Einen

Augenblick später setzte auch die Beleuchtung zeitweise aus. Bevor wir etwas unternehmen konnten, war der Strom weg und wir standen in völliger Finsternis.

Einige ohrenbetäubende Schläge ertönten, einer nach dem anderen. Es handelte sich um die restlichen Raketen der F-16, die das rasende Feuer über uns mit ihren Explosionen zusätzlich anfachten. Die gerahmten Bilder des Königs und des Kronprinzen fielen zu Boden, das Deckglas zerbrach klirrend in unzählige Scherben.

Am anderen Ende brach eine Rohrleitung. Ich hörte, wie Wasser zischend entwich.

Als die Explosionen endeten, hörten wir nach wie vor Menschen über uns schreien und sterben. Ihre schrillen Rufe drangen durch die Heizungs- und Lüftungsrohre und die Zuleitungen für die Klimaanlage.

Nur wenige Augenblicke später sprangen die Hilfsgeneratoren an und mit ihnen eine düstere Notfallbeleuchtung. Einige der Bildschirme schalteten sich ebenfalls wieder ein. Nicht alle, aber es reichte, um uns einen erschreckenden Einblick in die Situation an der Oberfläche zu liefern.

Ich sah mich kurz nach Yael um. Auf ihrer Stirn klaffte eine große Platzwunde, die heftig blutete. Ich bat um einen Erste-Hilfe-Koffer, und einer der wachhabenden Offiziere kam mit einem angelaufen. Als ich Yael verarztete, keuchte sie. Zuerst glaubte ich, ich hätte ihr wehgetan. Sobald ich bemerkte, dass auch ihre Augen vor Entsetzen geweitet waren, wandte ich mich um, um zu sehen, was sie so erschreckte.

Die Szene auf einem der Monitore glich auf gespenstische Weise dem, was ich in Abu Ghuraib erlebt hatte. Lkws, Müllwagen und Zementmischer, die man mit Explosivstoffen beladen hatte, schossen mit Höchstgeschwindigkeit auf die äußeren Zufahrtstore des Palasts zu. Soldaten feuerten ihre automatischen Waffen ab. Ein Fahrzeug nach dem anderen raste in die Tore und detonierte.

Große Lücken klafften in den äußeren Absperrungen, da erschienen Hunderte Kämpfer mit schwarzen Skimasken und lieferten sich einen rücksichtslosen Schusswechsel mit den jordanischen Soldaten, die verzweifelt versuchten, sich selbst und ihren geliebten König zu schützen.

Ich wandte mich an Said. »Ali, wir können nicht hierbleiben. Wir müssen die Staatschefs wegbringen, solange wir noch können.«

»Nein, hier sind wir sicher«, widersprach einer der wachhabenden Offiziere. »Wir warten ab, bis Verstärkung eintrifft.«

»Bis dahin könnte es zu spät sein«, hielt ich dagegen. »Sie sehen doch, dass die Rebellen von Norden und Westen her angreifen. Aber hier, auf Monitor 8, ist zu erkennen, dass drei gepanzerte SUVs auf dem südlichen Parkplatz abgestellt sind. Er liegt nur wenige Hundert Meter entfernt. Wenn wir uns dorthin durchschlagen, können wir unsere Leute aus dieser Todeszone bringen.«

»Diese Leute?« Der Offizier konnte es nicht fassen. »Sie meinen Seine Majestät?«

»Und die Präsidenten und den Premierminister. Alle.«

Er gab nicht nach. »Nein, wir folgen dem Protokoll. Wir bleiben hier, bis die Armee eintrifft.«

Jetzt war ich derjenige, der es nicht fassen konnte. »Sie haben ein Protokoll? Für ein solches Szenario? Für einen verheerenden Anschlag auf den Palast, dafür dass der Anführer der freien Welt bei einem Angriff militanter IS-Dschihadisten festsitzt?«

»Ich habe meine Befehle«, wiederholte der Offizier. Nun klang er wütend. »Wir warten auf die Armee!«

»Die Armee ist doch schon hier. Trotzdem befinden sich die IS-Kämpfer auf dem Vormarsch. Wir haben die Chance, die Staatsoberhäupter zu evakuieren, aber nur, wenn wir sofort aufbrechen. Wenn wir abwarten, sterben wir alle.«

In diesem Augenblick zuckten wir alle zusammen, da die massive Tresortür hinter uns aufschwang. König Abdullah kam aus dem Panikraum zu uns.

»Ali, wir müssen gehen. Sofort«, befahl er. »Wie viele Leute haben Sie?«

Said stand für eine Sekunde völlig perplex da. Nicht nur stand auf einmal sein König vor ihm, sondern auch Königin Rania, der Kronprinz, die drei anderen Staatsoberhäupter und all ihre Leibwächter. Sie füllten den halben Gang aus.

»Wie viele?«, wiederholte der König. Er klang in höchstem Grad ungeduldig.

»Im Augenblick, Eure Majestät, sind es nur vier andere Offiziere, die hier unten Dienst tun, außerdem ich, Mr. Collins und Miss Katzir.«

»Wer ist das?«

»Sie gehört zu meiner Delegation«, meldete sich Premierminister Lavi zu Wort und trat vor. »Mossad.«

»Gut«, gab der König zurück. »Können Sie alle mit Waffen umgehen?«

»Ja, Eure Majestät«, antworteten nahezu alle.

»Gut«, sagte er noch einmal und befreite sich von Jackett und Krawatte. Dann wandte er sich an den

Diensthabenden, der mit mir gestritten hatte. »Besorgen Sie uns Waffen, kugelsichere Westen und Helme für jeden, der mit mir im Panikraum gewesen ist. Machen Sie schon!«

Der Mann beeilte sich, dem Befehl Folge zu leisten, Said und die anderen Offiziere begleiteten ihn.

Der König wandte sich an mich. »Haben Sie je eine Pistole in der Hand gehalten, Mr. Collins?«

»Äh … sicher. Ich bin in Maine aufgewachsen, Eure Majestät.«

»Sie waren oft jagen und fischen?«

»Ja, Sir.«

»Jemals eine MP5 benutzt?«

»Kann ich nicht behaupten, Sir.«

»Ein Kinderspiel«, sagte er, während Said und seine Kollegen zurückkamen, in den Händen Waffen und kugelsichere Westen für alle.

Zu meiner Überraschung nahm der jordanische König sich die Zeit, mir einen Schnellkurs in der Bedienung einer halbautomatischen Waffe zu erteilen. Danach schlüpfte er wie die restlichen Anwesenden in eine der kugelsicheren Westen und legte sich einen Munitionsgurt um, genau wie die Agenten des Secret Service, die Shin-Bet-Agenten und natürlich die des königlichen Hofs, die zum Schutz des Königs abgestellt waren.

Der König verschaffte sich mit einem Blick auf die Bildschirme einen Überblick. Er gelangte zu der gleichen Schlussfolgerung wie ich vor wenigen Minuten. »Wir werden uns zu diesen drei SUVs durchschlagen. Stecken die Schlüssel in der Zündung?«

»Nein, Sir«, meldete sich jemand aus dem Gefolge von Präsident Taylor zu Wort.

»Wo sind die?«

»Die Türen dürften nicht abgeschlossen sein, aber ich fürchte, die Schlüssel stecken in den Taschen der Agenten, die dort tot auf dem Pflaster liegen.«

»Wie hoch ist die Gefahr, dass dort draußen chemische Kampfstoffe eingesetzt wurden?«, wollte Präsident Mansour wissen. Auch mir war dieser Gedanke schon gekommen.

»Keine Sorge, die haben keine«, meinte der König.

»Woher wollen Sie das wissen?«, fragte Präsident Taylor.

»Schauen Sie sich das auf den Bildschirmen doch an. Die Rebellen tragen weder Gasmasken noch Schutzkleidung. Wir sollten also diesbezüglich keine Probleme bekommen.«

»Bei allem Respekt, Majestät«, warf Yael ein. »Die Rebellen, die gerade ins Palastgelände eingedrungen sind, haben ihrerseits vielleicht keinen Giftgasangriff geplant, aber wer sagt, dass das auch für ihre Kommandanten gilt?«

»Miss Katzir hat recht, Eure Majestät«, bestätigte Said. »Wir haben Rucksäcke im Panikraum, in denen sich biochemische Schutzanzüge befinden, außerdem Gasmasken und Handschuhe. Alles, was wir brauchen. Ich empfehle jedem, sich damit auszustatten.«

»Also gut, holen Sie das Zeug«, befahl der König.

Wieder folgten Said und seine Leute dem Befehl, so schnell sie konnten.

»Nun, Eure Majestät, angenommen, wir entkommen lebend aus dem Gelände. Was schlagen Sie vor, wohin wir fliehen sollen?«, erkundigte sich der israelische Premierminister. Er hatte ebenfalls früher einer Spezialeinheit angehört und schob routiniert ein frisches Magazin in seine MP5.

»Zum Flughafen«, antwortete der König. »Mein Bruder ist Kommandant der Luftstreitkräfte. Ich werde ihn gleich über eine abhörsichere Leitung über die Situation informieren und auffordern, den Palast dem Erdboden gleichzumachen. Außerdem werde ich ihn auffordern, uns Luftunterstützung zu schicken. Die Armee soll uns dann am Flughafen in Empfang nehmen.«

»Gut«, erwiderte Präsident Taylor. »Ich werde der Besatzung der Air Force One befehlen, sich bereitzuhalten, sodass wir sofort nach unserer Ankunft starten können. Sie können alle mitfliegen. Wenn wir den jordanischen Luftraum erst einmal verlassen haben und eine Schwadron US-Kampfjets uns eskortiert, lässt sich von dort ein Gegenschlag koordinieren.«

Alle nickten zustimmend.

»Sehr gut«, meinte der König. »Die Sache hat nur einen Haken.«

»Und der wäre?«, fragte Präsident Mansour.

»Die Kontrollpunkte überall. Nicht anhalten.«

»Bei welchen?«

»Bei keinem.«

»Warum nicht?«, fragte ich.

»Weil ich derzeit keine Ahnung habe, wer auf unserer Seite steht und wer nicht, Mr. Collins«, erwiderte der König. »Wenn wir anhalten, sterben wir. Habe ich mich deutlich genug ausgedrückt?«

Ich nickte. Die Tatsachen waren unerfreulich, aber wir mussten uns damit abfinden.

»Ali, ich brauche eine sichere Leitung«, bat der König.

Said legte seine Waffe beiseite und schloss einen Safe in der Kommandokonsole auf. Er zog fünf Satellitentelefone heraus und reichte dem Monarchen eins davon. Dann verteilte er drei weitere an die übrigen Staatsoberhäupter und behielt eines für sich.

»Diese Telefone wurden vom jordanischen Militär speziell für den königlichen Haushalt hergestellt«, erklärte er und verteilte laminierte Karten, auf denen die Nummern der Telefone und die Passwörter auf einer Seite sowie eine kurze Bedienungsanweisung sowohl auf Arabisch als auch auf Englisch auf der anderen standen. Die diensthabenden Offiziere händigten derweil die Rucksäcke mit der biochemischen Schutzausrüstung aus, die wir sofort anlegten.

»In Ordnung«, verkündete der König schließlich und entsicherte seine MP5. »Folgen Sie mir.«

59

Plötzlich brandete über uns gedämpftes Maschinengewehrfeuer auf.

»Sie sind im Palast«, stellte der König fest. »Wir müssen los.«

Seine Leibwächter verhinderten resolut, dass er die Gruppe anführte. Ihnen war egal, wie lange er in der Armee gedient hatte, auch dass er ein direkter Abkömmling Mohammeds war, spielte keine Rolle. Zumindest im Augenblick. Sie hatten einen Eid abgelegt, ihr Leben einzusetzen, um ihren Regenten zu beschützen und unter allen Umständen am Leben zu halten. Das beabsichtigten sie auf jeden Fall zu tun. Also übernahmen vier der sechs Leibwächter des Königs die Leitung unserer Gruppe, während die anderen beiden ihn von hinten abschirmten. Die anderen Agenten und diensthabenden Offiziere bildeten einen Schutzring sowohl um die Präsidenten Taylor und Mansour als auch um Premierminister Lavi, die Königin und den Kronprinzen. Yael und ich schlossen uns an, Said bildete die Nachhut.

Die vier Agenten entschieden sich gegen die Treppe, die ins Erdgeschoss führte. Sie erschien ihnen zu riskant. Stattdessen schlossen sie eine Notfallluke auf der anderen Seite des Bunkers auf und befahlen uns, an der Leiter in den Schacht darüber zu klettern, der einem Raketensilo glich.

»Wohin führt dieser Schacht?«, flüsterte ich Said zu, während ich darauf wartete, an die Reihe zu kommen.

»In eine Autowerkstatt auf der Südseite des Palast-komplexes«, flüsterte er zurück. »Das bringt uns zwar nicht näher an die SUVs heran, aber es gibt abgesehen von unserer Gruppe kaum jemanden, der den Weg kennt, den wir nehmen werden.«

Die Klettertour über die Metallsprossen, die in den Betonschacht eingelassen waren, umfasste drei Ebenen und erwies sich dank der schweren und sperrigen Ruck-säcke, die wir trugen, als umso schwieriger. Während wir uns die Sprossen hocharbeiteten, erreichte das Sperrfeuer über uns einen hitzigen Höhepunkt. Außer dass ich mir Sorgen um Königin Rania machte und mich fragte, ob die Kraft in ihren Armen ausreichte, um die Kletterei zu bewältigen, trieb mich die Frage um, wie verletzlich unsere Gruppe sein mochte. Passten uns die Attentäter oben beim Ausgang ab, waren wir alle tot, bevor sich einer von uns auch nur umdrehen und zurück in den Bunker klettern konnte. Und was geschah, falls die IS-Rebellen zum Panik-raum unter uns vorstießen?

Aber das war nicht unser einziges Problem. Je mehr wir uns dem oberen Ende der Leiter näherten, desto heißer wurde es. Einige Minuten später stellte ich den Grund dafür fest: Die Überreste der F-16 und die aus dem Todesflug resultierenden Detonationen hatten ein brennendes Inferno verursacht. Die Werkstatt, die uns Schutz und eine erste Deckung hätte bieten sollen, war vom Feuer des Absturzes komplett vernichtet und zerstört worden.

Die Szene oberhalb des Schachts kam mir surreal vor. So etwas hatte ich noch nie gesehen, es glich einem Abbild der Apokalypse. Überall brannte es. Die Komplexe, die noch nicht zerstört waren, standen vollständig in Flammen, die zehn, 20 Meter oder sogar noch höher in den Himmel schlugen. Mir brach auf der Stelle der Schweiß aus. Die Hitze briet meine Haut förmlich.

Von rechts ertönte ein abrupter Schrei. Als ich herumfuhr, sah ich mich mit einem der Leibwächter des Königs konfrontiert, dessen Körper Feuer gefangen hatte. Dann erklang die Salve eines Maschinengewehrs und drei Agenten gingen zu Boden.

»Runter auf den Boden!«, brüllte der König auf Englisch.

Wir warfen uns auf der Stelle hin. Yael und ein Agent des Secret Service zu meiner Linken eröffneten auf unserer Seite als Erste das Feuer. Gleich darauf schoss jeder drauflos, der eine Waffe besaß. Durch die züngelnden Flammen und den dichten schwarzen Rauch, der beinahe vollkommen die Sicht verhinderte, konnte ich nur ein paar Schemen hier und da ausmachen. Die Gestalten trugen schwarze Skimasken. Also gehörten sie zum IS, sie konnten außerdem nicht weiter als 50 Meter von uns entfernt sein. Ich entsicherte die MP5 und feuerte zwei Salven ab, dann noch zwei.

Die Maskierten gaben Fersengeld, einer der Shin-Bet-Agenten schrie: »Gesichert! Auf dieser Seite ist alles klar! Los, los!«

Erst jetzt wurde mir bewusst, dass vier Agenten in meiner Nähe bei dem Schusswechsel ums Leben gekommen waren: zwei Amerikaner, ein Jordanier und ein Israeli. Die Schutztruppe um die Staatsoberhäupter dünnte zunehmend aus. Die Rebellen waren uns überlegen, sowohl zahlenmäßig als auch waffentechnisch, außerdem lief uns die Zeit davon. Unsere einzige Chance bestand darin, bis zu diesen gepanzerten SUVs vorzudringen, ehe der Feind sie erreichte oder sie uns schnappten und köpften.

Ich wollte schon zu den Toten laufen, als mir das brennende Wrack der Marine One ins Auge fiel. Der Hubschrauber schien direkt von einer Panzerabwehrgranate getroffen worden zu sein. Von dem imposanten Drehflügler blieb so gut wie nichts übrig.

Dann bemerkte ich, wie sich hinter dem brennenden Sea King etwas rührte. Ich feuerte zwei Salven ab und wollte eine dritte folgen lassen, da war Yael schon aufgestanden. Sie ließ ihren Rucksack fallen und stürmte in Richtung der Flammen. Sie schoss im Laufen. Was tat sie da nur? War sie verrückt geworden? Sie wusste doch überhaupt nicht, wer dort lauerte oder wie viele weitere Gegner sich hinter der dicken Wand aus Qualm verbargen.

Kaum war sie aus meinem Sichtfeld verschwunden, brach hinter dem Hubschrauber ein heftiger Schusswechsel los. Offenbar steckte Yael in Schwierigkeiten. Ich sah hinter mich. Die Staatsoberhäupter und ihre Leibwächter flohen in Richtung SUVs. Said begleitete sie mit

der königlichen Familie. Er rief nach mir, ich solle mitkommen. Ich wandte mich wieder dem Hubschrauber zu,
aus dessen Richtung noch mehr Schüsse zu hören waren.
Für mich gab es keinen Zweifel: Ich musste los und Yael
finden. Ich durfte sie nicht hängen lassen.

Ich kam auf die Beine, nahm meinen Rucksack ab und
stürzte mich kopfüber in die Flammen. Ich rannte vorn
um den Sea King herum, schoss aber noch nicht. Ich
konnte Freund nicht von Feind unterscheiden und hätte es
mir nie verziehen, Yael zu verwunden oder gar zu töten. In
den dichten Rauchschleiern tränten mir zudem die Augen.
Das Atmen fiel mir schwer und ich hustete los.

Kaum hatte ich das Hubschrauberwrack umrundet,
blieb ich wie angewurzelt stehen.

Yael war nicht mehr als zehn, zwölf Meter entfernt.
Aber sie hatte keine Waffe mehr. Sie hielt die Hände in die
Luft gestreckt und wurde von drei Maskierten umzingelt.
Jeder von ihnen hatte seine Kalaschnikow auf sie gerichtet.
Ich hatte keine Ahnung, warum man sie noch nicht
erschossen hatte, aber alle drei herrschten sie auf Arabisch
an. Sie selbst ging langsam in die Knie, mit dem Rücken
zu mir. Die Männer schrien weiter, aber sie schien nicht
zu antworten.

Ich blickte mich rasch um. Noch hatte man mich nicht
entdeckt. Der größte Teil des Kampfs tobte in einiger Entfernung hinter mir und richtete sich wohl eher gegen die
Gruppe, zu denen die Staatsoberhäupter gehörten. Ich
hatte keine Ahnung, was ich als Nächstes tun sollte. Es lag
auf der Hand, dass Yaels einzige Hoffnung darin bestand,
dass ich diese drei Kerle erschoss, und zwar schnell, noch
bevor weitere Terroristen hier eintrafen. Aber ich war nun
mal kein ausgebildeter Soldat, kein Scharfschütze oder

etwas in der Art. Die Chance, einen von ihnen zu treffen, geschweige denn tatsächlich zu töten, ohne auch Yael zu erschießen, hielt ich für mikroskopisch gering.

Ich stand ratlos da. Dann rammte ihr einer der Terroristen die Mündung seiner Waffe in den Nacken. Er rief ihr etwas zu, worauf sie erst nicht reagierte, weshalb einer der anderen ihr in den Magen trat. Sie schrie auf und knickte vor Schmerz nach vorn, aber er riss sie brachial in die Höhe. Sie versuchte erneut, das Gesicht abzuschirmen, doch es fiel ihr sichtlich schwer. Ich konnte jetzt erkennen, dass sie an der linken Schulter blutete. Und einer der Kämpfer hatte ihr das Oberteil halb weggerissen.

Etwas in mir rastete aus. Ich schrie aus vollem Hals und rannte auf die Gruppe zu, so rasch ich konnte. Gleichzeitig begann ich zu schießen. Schüsse knallten, einer nach dem anderen. Ich hätte Yael töten können, das wusste ich, aber ich hatte keine Wahl. Wenn ich untätig blieb, starb sie auf jeden Fall. Wahrscheinlich vergewaltigte man sie zuerst, um sie dann zu köpfen. Oder zu kreuzigen. Vielleicht sogar zu zerstückeln. Sie kam da nicht lebend raus, wenn ich nicht sofort handelte.

Zwei der Terroristen hörten mich kommen. Sie wollten sich gerade umdrehen und die Mündung ihrer Waffen auf mich richten. Wieder drückte ich ab. Einen traf ich mit einer vollen Salve ins Gesicht, er fiel zu Boden, alle Glieder von sich gestreckt. Den anderen erwischten drei Treffer in die Brust, er brach ebenfalls zusammen.

Yael hatte sich hingeworfen, lag flach auf dem Bauch mit dem Gesicht nach unten, doch ich hatte Angst, dass der dritte Terrorist sie erledigte. Stattdessen richtete er seine Aufmerksamkeit, kaum dass er seine Gefährten stürzen sah, voll auf mich. Aber auch ich konzentrierte mich ganz auf ihn. Er wollte gerade abdrücken, doch ich kam ihm zuvor. Seine Kalaschnikow bretterte ebenfalls los, aber sie feuerte ins Leere, denn er schlug schon aufs Pflaster, tödlich getroffen von einer meiner Kugeln. Ich schleuderte die MP5 weg, schnappte mir sein Maschinengewehr und jagte ihm eine volle Salve in die Brust.

In diesem Augenblick schrie Yael aus Leibeskräften: »James, pass auf, hinter dir!«

Doch es war zu spät. Ein weiterer IS-Kämpfer kam um die Ecke, bewaffnet mit einer Pistole, keinem AK-47, aber er schoss beinahe dreimal, bevor ich es schaffte, den Angriff zu erwidern. Eine Kugel drang in meinen linken Arm direkt oberhalb des Ellbogens ein. Ich wurde herumgewirbelt und stürzte. Der Kerl ballerte weiter und kam immer näher, doch Yael rappelte sich auf und stürzte sich auf ihn. Wie wild droschen sie aufeinander ein. Yael musste zwei ordentliche Hiebe ins Gesicht einstecken, dann war der Kerl über ihr. Mit hilflosem Erstaunen wurde ich Zeuge, wie sie ihm schließlich ihr Knie in den Schritt rammte. Noch nie hatte ich gesehen, dass ein Mann so schnell nach vorn kippte. Sie verpasste ihm noch einen ordentlichen Hieb in den Nacken, dann stieß sie ihn von sich und griff nach seiner Pistole. Einen Sekundenbruchteil später drehte sie sich geschickt und platzierte zwei Treffer in die Brust. Er brach zusammen.

Mir schoss noch mehr Adrenalin ins Blut. Ich angelte mir meine MP5, warf das leere Magazin aus, lud nach und raffte mich auf.

»Komm!«, brüllte ich. »Sonst fahren die noch ohne uns ab.«

60

Yael stürmte los wie eine Besessene. Ich tat es ihr gleich.

Wir umkreisten die Überreste der Marine One. Auf dem Weg zog Yael zwei weitere Terroristen aus dem Verkehr. Kaum dass wir das brennende Wrack umrundet hatten und uns dem Ausgang des Hangars näherten, mussten wir zu unserem Schrecken feststellen, dass der Rest unseres Teams in einem kleinen Hain auf halber Strecke zu den SUVs ins Visier genommen wurde.

Yael zögerte keine Sekunde. Lautlos wies sie mich an, nach rechts auszubrechen. Sie selbst wollte sich links halten. Ich nickte und huschte hinter eine halb zerschossene Betonwand. Die kläglichen Überreste der Rückseite des Palasts. Auf diese Weise zog ich im Voranpirschen kein Feuer auf mich. Vor mir herrschte blankes Chaos, der dreistöckige Flügel des Gebäudekomplexes brannte lichterloh. Dort, wo sich eine Doppeltür hätte befinden sollen, gähnte nun ein Loch. Ich arbeitete mich näher heran, richtete meine Maschinenpistole ins Innere und forschte verzweifelt nach verdächtigen Bewegungen, bis meine Haut brannte und die Augen im Qualm tränten.

Etwa 30 Meter von mir entfernt tat Yael dasselbe. Sie kam von der anderen Seite an das brennende Gebäude heran, während sich links neben ihr, rund 50 Meter entfernt, die IS-Rebellen und unsere Leute ein Feuergefecht lieferten. Nach allem, was ich erkannte, schossen die Rebellen aus dem Schutz dieses Palastteils auf sie. Wenn wir sie ausschalteten, verschafften wir unserer Entourage eine Chance, die SUVs zu erreichen.

Yael bedeutete mir, ich solle eine Treppe zur Rechten hinaufgehen. Dann signalisierte sie mir, sich ihrerseits durchs Erdgeschoss vorarbeiten zu wollen. Ich erschrak. Das hieß, dass ich zwei Etagen absuchen musste und mir dafür nur wenig Zeit blieb.

Ich sah niemanden, also schlich ich Stufe um Stufe die Treppe hoch. Von irgendwo oben kamen Schüsse, aber ich konnte die Richtung nicht genau bestimmen. Die Tritte knarrten, ich machte zu viel Lärm. Jeder in der Nähe bekam unweigerlich mit, dass ich auf dem Weg in die erste Etage war.

Ich gab alle Vorsicht auf und rannte mit schmerzenden Beinmuskeln hinauf. Meine Lunge gierte nach Sauerstoff. Schließlich war ich oben angekommen und schwenkte mein Maschinengewehr von einer Seite zur anderen. Aber ich wurde nicht erwartet. Dann hörte ich weitere Schüsse aus einer Automatik, deutlicher diesmal. Sie kamen aus dem zweiten Stock, beinahe direkt über mir.

Diesmal ging ich vorsichtiger hinauf. Ich versuchte, nur die äußerste Kante der Stufen zu belasten, damit sie weniger oder zumindest nicht so laut knarrten. Zentimeter um Zentimeter schlich ich weiter, während um mich herum das Feuergefecht andauerte und Menschen grauenvolle, qualvolle Tode starben. Das einzig Gute daran war, dass in dieser Kakofonie jeder Laut unterging, den ich erzeugte.

Ich hatte gerade den oberen Treppenabsatz erreicht, als die Schüsse plötzlich verstummten. Ich blieb hilflos stehen, mein Herz klopfte mir bis zum Hals. Dann klapperte etwas. Jemand lud sein Gewehr nach. Aber wo? Wie viele Gegner hielten sich dort auf?

Für einen Augenblick zögerte ich und versuchte mir den nächsten Schritt zurechtzulegen, als unter mir im ersten Stock weitere Schüsse aufbrandeten. Das musste Yael sein.

Ich zog meine eleganten Schuhe aus und arbeitete mich auf Strümpfen durch die Trümmer und den Rauch vor, die den Flur ausfüllten. Weitere Schüsse. Sie kamen aus einem der letzten Räume, die von diesem Korridor abzweigten, mit Sicht auf den Hof und den kleinen Hain und das, was von unserem Team noch übrig war. Ich weiß nicht genau, ob es sich um die Tür links oder rechts vom Flur handelte. Eventuell beide? Ich musste es darauf ankommen lassen.

Gedeckt vom Lärm der Schüsse spurtete ich los, so schnell ich konnte. Schlitternd kam ich zum Stehen, bog um die Ecke durch die Tür auf der linken Seite und feuerte. Einen Augenblick später brachen zwei Scharfschützen auf dem Boden zusammen. Ich schoss noch einmal auf jeden von ihnen, um kein Risiko einzugehen, und blickte mich um.

War es das? War es vorbei?

Nein. Auf der anderen Seite des Gangs erklangen weiterhin Schüsse. Und jetzt hatte ich das Element der Überraschung eingebüßt.

Vorsichtig schlich ich zur anderen Tür, als sie auch schon aufschwang. Ich zielte in den Rahmen und drückte ab. Eine maskierte Gestalt ging vor mir zu Boden.

Rasch lud ich nach und hastete in den Gang, stürmte in den Raum gegenüber und stellte fest, dass ein Scharf-schütze gerade von jemandem unten im Hof angeschossen worden war. Er wälzte sich vor Schmerz auf dem Boden. Ich legte den Hebel auf Einzelschuss um, feuerte zweimal, dann war es vorbei.

Ich wechselte zurück auf Automatik und sprang hinaus in den Korridor. Anscheinend niemand da. Ich wollte gerade zurück zu unserem Team, da hörte ich Yael rufen: »James, runter!«

Ohne nachzudenken, ließ ich mich fallen, im gleichen Augenblick, in dem Yael, die im Treppenhaus kauerte, eine lange Salve über meinen Kopf hinweg in den Gang feuerte. In heller Panik warf ich meine Waffe weg und schirmte das Gesicht ab. Yael feuerte erneut, dann war alles still. Zumindest in diesem Teil des Gebäudes.

»Alles in Ordnung?«, erkundigte sie sich und eilte auf mich zu.

»Du hättest mich fast umgebracht«, brachte ich schwer atmend hervor.

»Tut mir leid«, meinte sie. »Dich hatte ich nicht im Visier.«

Ich stand auf, hob meine Waffe auf und stellte fest, dass am anderen Ende des Korridors, noch ein IS-Rebell auf dem Boden verblutete. Ich hatte keine Ahnung, wo er hergekommen war, wahrscheinlich aus einem der angrenzenden Räume. Ich war nur froh, dass es vorbei war.

Aber da irrte ich mich.

Der Mann lag mit dem Gesicht nach unten da, während die Blutlache um ihn herum immer größer wurde. Vorsichtig, die Waffe auf seinen Kopf gerichtet, trat ich zu ihm. Yael warnte mich, nicht zu dicht an ihn heranzugehen, und sie hatte nicht unrecht. Ich konnte erkennen, dass er sich noch bewegte. Er atmete schwach. Yael wollte ihn erledigen, aber etwas veranlasste mich, sie davon abzuhalten. Vielleicht seine imposante Körpergröße oder auch nur die Tatsache, dass er im Gegensatz zu den anderen Angreifern keine Maske trug. Wie auch immer, ich stieß ihm den Fuß in die Rippen und befahl ihm auf Arabisch, sich umzudrehen. Vielleicht konnte er es nicht, vielleicht weigerte er sich lediglich. Jedenfalls forderte ich Yael auf, mir Deckung zu geben, damit ich es selbst erledigen konnte.

Er war schwer verletzt und blutüberströmt, aber es gab keinen Zweifel: Ich hatte Jamal Ramzi vor mir.

In blinder Wut hockte ich mich neben ihn und richtete den Lauf der MP5 auf sein Gesicht.

»Wo ist Abu Khalif?«, schrie ich.

Es ging zu Ende mit ihm, aber er nahm meine Frage wahr. Ich stand auf und stellte meinen Fuß fest auf sein rechtes Knie. Er wimmerte vor Schmerzen. Aus dem Augenwinkel registrierte ich, wie Yael unruhig wurde. Ihr Finger zitterte am Abzug.

»Wo … ist … Abu … Khalif?«, wiederholte ich.

»Sie werden ihn nie finden«, presste Ramzi zwischen zusammengebissenen Zähnen hervor.

»Haben Sie Sarin mitgebracht?«, wollte ich wissen. »Werden Sie Giftgas einsetzen?«

Jetzt wurde Yael offensichtlich nervös. »Komm, es ist vorbei. Der wird nicht reden. Komm schon.«

»Oh, er wird reden«, sagte ich und perforierte seinen linken Arm knapp oberhalb des Ellbogens.

Ramzis Augen rollten in die Höhlen zurück. Sie schlossen sich, öffneten sich kurz noch einmal und richteten sich auf mich. Er gurgelte, Blut floss ihm aus dem Mund und tropfte vom Kinn. Ich hatte nicht mehr viel Zeit.

»Wer ist der Maulwurf?«, schrie ich.

Aber Ramzi weigerte sich, mir sein Wissen anzuvertrauen.

»Wer aus dem engeren Mitarbeiterkreis dieses Palasts arbeitet für euch?«, rief ich wieder.

»In der Hölle sollst du brennen, *Kafir!*«, kreischte er und spuckte mir einen Mundvoll Blut ins Gesicht. Dann sackte er förmlich in sich zusammen. Seine Augen schlossen sich zum letzten Mal.

Ich stand auf. »Aber erst nach dir«, erwiderte ich.

61

Ich starrte auf die Leiche und wollte meinen Augen nicht trauen.

Jamal Ramzi. Tot.

»Wir müssen gehen«, drängte Yael und wandte sich in Richtung Korridor.

Aber ich war noch nicht so weit. Ich griff an Ramzis Handgelenk, um seinen Puls zu ertasten. Es gab keinen Zweifel, Ramzi lebte nicht mehr. Ich durchwühlte seine Vordertaschen, fand aber nichts, dann auch die hinteren. Ebenfalls leer. Ich tastete seinen schlaffen Körper von oben bis unten ab. Da musste doch etwas sein – eine Brieftasche, ein Ausweis, eine Karte, was auch immer. Aber Ramzi trug nichts bei sich. Ich zog mein Smartphone heraus und knipste einige Fotos. Das war eine Riesenstory und ich brauchte Beweise. Während ich damit beschäftigt war, bemerkte ich, dass Ramzis mächtige Faust etwas umklammerte.

»James, jetzt komm schon«, rief Yael. Sie hatte zwischenzeitlich die Treppe erreicht. »Wir müssen uns beeilen!«

Stattdessen legte ich meine Waffe ab und kniete mich neben die Leiche. Ich zwang Ramzis dicke, blutige Finger auseinander, einen nach dem anderen. Und da war es: ein kleines Handy. Ich klappte es rasch auf. In der Kontaktliste fand ich nichts, dafür neun Einträge im Anrufprotokoll, drei davon eingehende Gespräche. Rufnummern mit Datum und Uhrzeit.

Volltreffer!, dachte ich.

Yael schien mittlerweile auf glühenden Kohlen zu sitzen. Ich schnappte mir meine MP5 und rannte los. Zusammen flitzten wir über die Treppe ins Erdgeschoss. Kaum einen Augenblick später stürmten wir aus der Seitentür, durch die wir das Gebäude betreten hatten. Ali Said sammelte den Rest unserer Leute ein und trieb sie aus dem Wäldchen zu den Geländewagen.

»Na los, ihr beiden, beeilt euch!«, rief er, kaum dass er uns sah.

Wir holten rasch unsere Rucksäcke und liefen los, um zu den anderen aufzuschließen. Aber schon brandeten wieder Schüsse rechts von uns los. Ich sah zwei Schützen aus dem dichten Qualm um das Wrack der Marine One auftauchen. Ich wirbelte herum und feuerte im Laufen. Einer der Terroristen ging zu Boden, sein AK-47 schlitterte über das Pflaster davon.

Der andere hetzte unbeirrt weiter in unsere Richtung, allerdings schoss er nicht auf uns. Er zielte auf die königliche Familie und schrie dabei etwas auf Arabisch. Die anderen vor mir rannten, was ihre Beine hergaben, aber der Kerl holte so schnell auf, dass ich schon fürchtete, keiner von ihnen würde es schaffen. Ich ließ mich fallen, rollte mich ab, holte tief Luft, gab mir Mühe, richtig zu zielen, feuerte erst zwei, dann noch mal drei Feuerstöße ab. Yael rannte weiter, schoss dabei ebenfalls, und einen Augenblick später stürzte der Terrorist tot zu Boden.

»Alles klar!«, verkündete sie.

Ich sprang auf. Yael warnte mich, dass Rebellen rund 30 Meter von uns entfernt über die Mauer kamen. Als ich mich dorthin umdrehte, waren es schon drei. Einer nach dem anderen ließ sich auf den Rasen fallen und eilte mit der Waffe im Anschlag und schussbereit auf uns zu.

Premierminister Lavi reagierte zuerst. Er schoss aus der Hüfte, im Laufen, bis der ehemalige Soldat eines israelischen Spezialkommandos sein Magazin vollständig geleert hatte. Ein unglaublicher Anblick – und noch dazu funktionierte es. Jeder Angreifer wurde sofort von mehreren Geschossen erwischt und wälzte sich vor Schmerz im Dreck. Sie waren nicht tot, aber sie verfolgten uns auch nicht länger. Nichts anderes zählte in dieser Situation.

»Kommen Sie!«, schrie der König. »Wir müssen weiter!«

Ich warf rasch mein leeres Magazin aus, lud nach und stürmte weiter. Ich konnte sehen, wie der Kronprinz seiner Mutter half. Said und nun auch Yael und ich folgten dichtauf. Wir hetzten, so schnell wir konnten, in Richtung der Fahrzeuge, doch das Gewicht der Rucksäcke bremste uns. Zudem waren Yael und ich verwundet, vermutlich ziemlich ernst, aber uns blieb keine Zeit, um nach den Wunden zu sehen.

Es wurde nicht leichter, als wir die SUVs erreichten. Von allen Seiten wurden wir nun von Rebellen unter Beschuss genommen. Ein Agent direkt vor mir, der vor der Königin stand und ihr auf diese Weise Deckung verschaffte, stürzte. Vier Treffer in Beine und Gesicht. Zwei andere Agenten zu meiner Linken schieden Wimpernschläge später aus dem Leben.

Ich war zu Tode erschrocken, spähte aber von einem Adrenalinschub getrieben nach rechts, wo sich die Überreste einer weiteren Garage befanden. Ich konnte erkennen, dass eine der Limousinen des Königs in Flammen aufgegangen war, aber ich sah in der direkten Umgebung für den Moment keine Rebellen. Ich besprach mich kurz mit Yael und Said. Sie bemerkten auch niemanden. Wie auch immer, entschieden wir. Ob nun ein Hinterhalt drohte oder nicht, wir mussten den Schutz der Fahrzeuge erreichen.

Said schlug vor, dass ich die rechte Flanke deckte und er die linke übernahm. Yael sollte geradeaus gehen. Ich nickte zur Bestätigung und setzte mich in Bewegung. Jeder von uns feuerte ununterbrochen, so lange, bis wir den ersten SUV erreicht hatten. Während Said die Taschen des Fahrers nach dem Schlüssel durchwühlte, lud ich nach. Yael deckte mich. Einen Augenblick später hatte Said den Schlüssel gefunden, öffnete die Vordertür, um sich so ein wenig Deckung zu verschaffen, und bugsierte die Königin und den Kronprinzen sicher auf den Rücksitz.

Die IS-Rebellen schossen unverdrossen weiter. Überall um mich herum traf es die Agenten. Wir würden es nicht schaffen. Nicht so. Dann hatte ich nachgeladen und bemerkte, dass mehrere Terroristen durch die Flammen in die Garage hasteten. Ich eröffnete erneut das Feuer. Einen Sekundenbruchteil später tauchte Said an meiner Seite auf und unterstützte mich. Als er mich fragte, wo der König sei, ging mir auf, dass ich keine Ahnung hatte. Das letzte Mal hatte ich ihn auf der anderen Seite des Fahrzeugs gesehen. War er schon eingestiegen? Und überhaupt, wo befand sich Präsident Taylor? Und wo Lavi und Mansour?

»Ali, los, suchen Sie nach ihm!«

Yael und ich erwiderten weiterhin das Feuer. Sicherlich war ich nicht der akkurateste Schütze der Gruppe oder dessen, was von ihr noch übrig war, aber es ging aktuell bloß darum, allen anderen genug Zeit zu verschaffen, um sicher in die Fahrzeuge einzusteigen, damit wir von hier verschwinden konnten.

Plötzlich hörte ich, wie Ali aus Leibeskräften nach mir rief. Ich solle sofort zu ihm kommen. Nach zwei weiteren Feuerstößen, die mein Magazin vollständig leerten, rammte ich ein frisches hinein und arbeitete mich rasch hinter das Fahrzeug vor, während Yael mich abschirmte. Geschosse pfiffen über mich hinweg und schlugen in die Flanken der gepanzerten Wagen um mich herum ein. Eine Salve nach der anderen traf die kugelsicheren Scheiben, auch wenn diese glücklicherweise nicht splitterten. Aber als ich die andere Seite des SUV erreichte, stoppte ich auf der Stelle. Premierminister Lavi und Präsident Mansour lagen nebeneinander, umgeben von mehreren toten Agenten.

Der König hatte sich über sie gebeugt. Ich konnte nicht erkennen, was er tat, ob er sie wiederzubeleben versuchte oder nur um sie trauerte. Egal was es war, es half nichts. Sie waren tot. Nichts vermochte sie ins Leben zurückzuholen. Wir mussten hier weg. Jede weitere Sekunde bedeutete tödliche Gefahr.

In diesem Augenblick fühlte sich alles in mir taub an. Ich spürte, wie ich langsam in einen Schockzustand glitt, und konnte nichts dagegen tun. Ich kam nicht dagegen an.

Dann, wie durch einen Tunnel, hörte ich, wie jemand meinen Namen rief.

»Collins, sie leben!«, schrie der König. »Sie sind bewusstlos, aber sie atmen noch. Beide haben einen Puls. Aber wir müssen sie in die SUVs schaffen. Geben Sie uns Deckung!«

Ich konnte es nicht glauben. Sie waren nicht tot? Sie

wirkten tot. Sie bewegten sich nicht. Aber die erfreuliche Nachricht riss mich prompt aus meiner Starre.

Said öffnete die Heckklappe des nächstbesten Fahrzeugs und legte den Rücksitz um, um Platz zu schaffen, während Yael ihm die rechte Flanke deckte. Dann half Said dem König dabei, Premierminister Lavi vorsichtig auf die Freifläche zu betten.

Ich war wieder voll da, flog herum und erledigte, was man mir aufgetragen hatte. Aus mehreren Richtungen wurde geschossen. Ich gab mich keinen Illusionen hin, dass es uns gelang, alle Rebellen zu töten. Egal, ich war fest entschlossen, niemanden aus der königlichen Familie oder eins der Staatsoberhäupter in gegnerische Hände fallen zu lassen. Alles, was ich tun musste, war, uns Zeit zu verschaffen. Die Frage war, ob diese Zeit reichte.

Als Nächstes legten der König und Said Präsident Mansour in den Wagen. Ich feuerte weiter. Dann hörte ich, wie der Motor von einem der Wagen ansprang. Für einen Sekundenbruchteil hielt ich inne und spähte nach rechts. Zwei amerikanische Agenten machten sich ohne uns auf den Weg.

»Das ist Präsident Taylor!«, schrie der König, der gerade eine Decke über den reglos daliegenden palästinensischen Präsidenten bettete.

Er hatte recht. Taylor musste sich in dem anderen Fahrzeug befinden. Alles deutete darauf hin. Der Secret Service fackelte in solchen Fällen nicht lange. Sie hatten ihren Mann in einen kugelsicheren Wagen verfrachtet und brachten ihn nun auf kürzestem Weg zum Flughafen.

Wir mussten ebenfalls weg. Und zwar sofort.

»Ali, Sie fahren«, bellte der König, der gerade die hintere Wagentür zuknallte. »Yael, Sie sitzen vorn und klemmen sich ans Telefon. Collins, Sie gehen nach hinten zu Lavi und Mansour und schützen meine Familie!«

Das war ein guter Plan, an dessen Umsetzung ich mich gern beteiligte. Aber als der König auf der anderen Seite des Wagens verschwand, um vorn auf den Beifahrersitz zu klettern, wurde Said mehrfach angeschossen. Er schrie vor Schmerz auf. Ich wirbelte herum und sah zwei maskierte Rebellen durch den Qualm auf uns zukommen. Ich duckte mich, zielte und verschoss mein Magazin.

Beide Männer gingen zu Boden.

»Los, Collins!«, schrie Said mit dem letzten Atemzug, den er noch in sich trug. Er taumelte rückwärts. »Warten Sie nicht länger! Nehmen Sie den König und fahren Sie los!«

Ich zögerte. Ich konnte Said doch nicht einfach hier zurücklassen! Er hatte mir inzwischen mehrfach das Leben gerettet; angefangen damit, dass er mich aus dem Innenhof geholt hatte, bevor die Raketen einschlugen und der Kampfbomber seinen Kamikazeflug zu Ende bringen konnte. Aber Said weilte nicht mehr lange auf dieser Welt. Er spürte es selbst und hatte natürlich recht. Ich musste gehen. Ich musste dem König das Leben retten.

Said stürzte. Ich ging in die Knie, um nachzuladen. Als ich fertig war, überprüfte ich seinen Puls. Da war er bereits tot.

Yael kletterte auf den Beifahrersitz. Sie schimpfte, ich solle mich gefälligst beeilen. So zügig wie möglich schaffte ich Saids Leichnam aus dem Weg, angelte nach den Schlüsseln und dem Satellitentelefon, das er noch in den Händen hielt, und packte seine MP5-Maschinenpistole. Es fühlte sich grausam an, absolut gefühllos, aber ich hatte keine Wahl und auch keine Zeit.

Ich öffnete die linke Vordertür, aber bevor ich auf den Fahrersitz springen konnte, kippte ich nach vorn weg. Ich war getroffen worden, nicht bloß einmal, sondern mehrfach. Nicht zu fassen! Ich hatte die Einschläge zwar bemerkt, fühlte aber keine Schmerzen. Das musste das Adrenalin sein. Sicher hielt der Effekt nicht lange an. Und was dann? War's das etwa? Starb ich jetzt?

»Rein, rein mit Ihnen!«, zeterte der König.

Ich war verwirrt und konnte kaum denken. Ich brauchte einen Augenblick, um mich zu fangen. Kurz dachte ich daran, einfach an Ort und Stelle zu bleiben. Ich wollte dem Monarchen und seiner Familie nicht zur Last fallen. Er konnte dieses Teil vermutlich besser fahren als ich. Aber Yael schrie mich an, ich solle mich konzentrieren und endlich einsteigen. Und irgendwie, ohne es richtig mitzubekommen, saß ich dann auf dem Fahrersitz und warf die Tür hinter mir zu.

Der König schlug auf einen Knopf und verriegelte damit alle Schlösser.

»Wo ist Ali?«, fragte er.

»Es tut mir leid, Majestät, er hat es nicht geschafft.«

Der König musterte mich einen Augenblick schweigend. Unzählige Emotionen spiegelten sich in seinen Augen.

»Sie wurden auch angeschossen?«, fragte er dann.

»Ich fürchte, schon.«

Als Yael mir den Rucksack abnahm, den ich noch in der Hand hielt, um ihn dem König zu geben, fiel ihr etwas auf. »Sieh nur«, meinte sie.

Ich sah auf die Stelle, auf die sie zeigte, und stellte fest, dass fünf Kugeln meine kugelsichere Weste getroffen hatten. Doch keine hatte sie durchschlagen. Yael befahl

mir, mich umzudrehen, damit sie meinen Rücken untersuchen konnte. Der König unterstützte sie dabei. Sie
fanden nichts.

»Du bist unverletzt«, stellte sie fest.

»Ein Wunder!«, rief die Königin.

Ich konnte es nicht glauben. »Wirklich? Sind Sie
sicher?«

»Ich bin sicher, Collins«, bestätigte der König. »Aber
jetzt müssen Sie Gas geben, sonst kommt keiner von uns
lebend hier raus.«

62

Ich drehte den Zündschlüssel.

Der Motor stotterte, aber sprang nicht an. Ich versuchte
es erneut, aber es passierte einfach nichts.

»Beeil dich!« Yael klang panisch.

»Ich versuch's ja, aber es geht nicht!« Ich probierte es
wieder und wieder.

»Collins, los jetzt, sie kommen schon!«, rief der König.

Aber die Zündung streikte.

Durch den dichten Qualm wurde nun erkennbar, dass
Rebellen aus allen Richtungen auf uns zugerannt kamen.
Sie feuerten mit allem, was sie hatten, wir konnten die Einschläge hören, die den SUV trafen, sahen, wie sich mit
einem Knistern Sprünge in den Fensterscheiben bildeten.
Noch blieben sie ganz, aber das änderte sich vermutlich
bald.

Immer und immer wieder malträtierte ich den Zündschlüssel. Vergeblich. Panik stieg in mir auf, wieder einmal

spürte ich den nahenden Schockzustand. Meine Hände zitterten, der komplette Körper wurde von Taubheit ergriffen. Mir wurde die Kehle trocken, die Augenlider schwer und die Sicht verschwamm. Der König schimpfte und drängelte, aber es klang, als käme es aus weiter Ferne. Alles schien auf einmal in Zeitlupe abzulaufen. Ich wollte etwas sagen, ihnen erklären, was vor sich ging, aber irgendwie schaffte mein Gehirn es nicht, die korrekten Signale an meinen Mund zu übermitteln.

Dann, endlich, sprang der Motor mit einem lauten Röhren an. Ich wusste nicht, warum oder wie ich das angestellt hatte. Es war mir auch egal. Ich trat aufs Gas und wir rauschten los.

Ich hatte noch nie einen gepanzerten SUV gefahren. Aber zwei Sachen fielen mir sofort auf: Einerseits gab mir der PS-starke Motor alles, um uns ein Entkommen zu ermöglichen. Andererseits war die Karosserie so unglaublich massiv, dass er sich nicht wie ein normales Auto steuern ließ. Ich schaltete erst die Scheinwerfer an, um mir den Weg durch die dichten Rauchschwaden zu bahnen, dann rasch die Scheibenwischer, um die Windschutzscheibe wenigstens teilweise von Ruß und Asche zu befreien. Panik breitete sich in mir aus, ich könnte jemanden anfahren. Zwar würde es sich wahrscheinlich um Feinde handeln und da galt die Maxime: sie oder wir. Trotzdem wollte ich nicht einfach so jemanden umnieten.

Der König fungierte als mein Navigator. Er gab den generellen Kurs vor und lotste mich um Hindernisse, während er gleichzeitig das Satellitentelefon startete und die Nummer seines Bruders wählte. Einen Augenblick später rief er etwas auf Arabisch. Ich verstand nur ein paar einzelne Worte. Ich hörte *sicher* und *Familie* und etwas, das nach *müssen den Palast aufgeben* klang. Ich war ziemlich sicher, dass ich auch die Namen Mansour und Lavi heraushörte, aber er sprach zu schnell, als dass ich mehr verstanden hätte. Außerdem musste ich mich konzentrieren.

Wir rollten mit rund 50 km/h über eine Bodenschwelle – zumindest hoffte ich, dass es eine war – und schwebten auf einmal in der Luft. Ich bemühte mich, die Kontrolle über den Wagen nicht vollständig zu verlieren, als wir krachend wieder auf dem Untergrund aufschlugen.

»Da, fahr durch diese Lücke dort!«, rief Yael.

»Wo? Wo?«, rief ich zurück.

»Dort, auf der rechten Seite!«

Da sah ich es endlich. An einer Stelle wies die Betonmauer, die den Palastkomplex umgab, eine gewaltige Öffnung auf. Die Piste davor war nicht gepflastert, sondern befand sich hinter einem sanft abfallenden Rasenstück. Doch ich konnte erkennen, dass bereits ein anderes Fahrzeug durch das fehlende Mauerstück gebrettert war. Ich ging davon aus, dass Präsident Taylor und sein Team ebenfalls diesen Weg genommen hatten. Das einzige Problem schien nun zu sein, dass die Lücke von mindestens einem Dutzend Rebellen abgeschirmt wurde. Sie richteten synchron ihre Waffen auf uns. Dummerweise kannten wir keine andere Möglichkeit, das Gelände rund um den Palast zu verlassen.

Ich trat das Gaspedal voll durch und raste auf die Lücke zu. Das Lenkrad umklammerte ich so fest, dass sich meine Finger und Knöchel weiß färbten. Ich kämpfte gegen den Instinkt an, mich zu ducken oder die Augen zu schließen. Es gab kein Zurück mehr. Zumal die Air Force One abheben würde, sobald der Secret Service den Präsidenten am Flughafen abgesetzt hatte, ob nun mit oder ohne uns an Bord. Unsere einzige Chance bestand darin, sie unterwegs einzuholen.

Erst im letzten Moment sprangen die Rebellen zur Seite. *Aha, so wild seid ihr also doch nicht drauf, für Allah den Märtyrer zu spielen,* dachte ich bei mir. Sie hatten die erstbeste Gelegenheit beim Schopf gepackt, ihre eigene Haut zu retten.

Wir rasten durch den Zwischenraum und kamen auf einer Seitenstraße heraus. Ich trat auf die Bremse, aber nicht rechtzeitig. Wir krachten in zwei auf der anderen Straßenseite parkende Wagen, was uns mit Wucht nach vorn riss. Das Lenkrad verhinderte, dass ich durch die Scheibe flog, doch Yael prallte dagegen. Die Platzwunde über ihrem linken Auge brach auf und Blut strömte ihr Gesicht hinab.

»Alles in Ordnung«, versicherte sie mir rasch, nachdem sie die Sorge in meinem Gesicht bemerkt hatte. »Bring uns einfach von hier weg.«

»Wo geht's lang?«, wollte ich wissen.

»Nach rechts«, drängte der König. »Fahren Sie nach rechts.«

Hastig legte ich den Rückwärtsgang ein, wendete den Wagen und gab wieder Gas. Wir setzten unsere Fahrt fort.

»An der Ampel links!«

Ich nahm die Kurve mit knapper Not und dachte für den Bruchteil einer Sekunde, das Fahrzeug würde umkippen oder um die eigene Achse schleudern. Trotzdem schielte ich kurz in den Rückspiegel, um mich zu vergewissern, dass der König und seine Familie in Ordnung waren. Er befahl mir, die Augen auf die Straße zu richten und mir keine Sorgen um sie zu machen. Bei ihnen sei alles gut. Ich gehorchte.

Die nächsten paar Kilometer rasten wir leere Straßen entlang, die von der Security im Zuge des Friedensgipfels geräumt worden waren. Doch bald gerieten wir in den geschäftigen Alltagsverkehr Ammans. Mit ungefähr 60 Sachen, manchmal auch 70, überholte und wechselte ich die Spur. Der König bestand darauf, dass ich auf keinen Fall anhielt. Also überfuhr ich auch bei Rotlicht diverse Ampeln in der Hoffnung, dass uns keiner in die Seite fuhr.

Für jemanden, der wahrscheinlich in den letzten 20 Jahren nicht mehr selbst am Steuer gesessen hatte, kannte der König die Straßen ausgesprochen gut. Er orientierte sich fast so virtuos wie ein ortsansässiger Taxifahrer. Wurde der Verkehr stärker, gab er sofort Bescheid, welche Seitenstraßen ich alternativ benutzen sollte. Offenbar wollte er uns von den Haupt- und Durchgangsstraßen fernhalten. Das funktionierte eine Zeit lang ganz gut, aber unser Glück war nicht von Dauer.

»Äh, Eure Majestät, wir haben ein Problem«, sagte ich nach einem Blick in den Rückspiegel.

Yael sah ihrerseits in den Spiegel auf der Beifahrerseite. Der König und seine Familie drehten sich nach hinten, um nachzusehen, was los war.

Wir hatten Gesellschaft bekommen. Ein Pick-up voller maskierter Rebellen hatte sich an unsere Fersen geheftet und holte rasch auf. Ich konnte aufgrund all der Kugellöcher in der Heckscheibe nicht viel erkennen, aber ich war sicher, dass wenigstens einer der Insassen mit einer Panzerfaust bewaffnet war.

Yael löste den Sicherheitsgurt, ließ das Fenster herab, nahm die MP5 und zielte auf unsere Verfolger, doch sie wechselten sofort die Spur und fädelten sich links hinter uns in den Verkehr ein.

»Klettern Sie zu uns auf den Rücksitz«, wies der König sie an. »Collins wird sie ein wenig aufholen lassen. Dann werden wir die Heckscheibe einen Spaltbreit öffnen, damit Sie aus allen Rohren auf den Fahrer schießen. Klar?«

»Absolut.«

Behutsam, um Lavi und Mansour nicht zu berühren, die immer noch blutend und bewusstlos im Fond lagen, lavierte Yael sich in Position. Sie hockte sich hin und lehnte sich an die Rückseite der hinteren Sitzbank, um wenigstens etwas Stabilität zu bekommen, egal wie gering diese sein mochte.

»Bereit«, meinte sie.

Ich nahm den Fuß vom Gaspedal. Der Pick-up sauste auf uns zu.

»Warten Sie noch«, meinte der König.

Ich lugte über die Schulter. Der Gegner holte rasch auf und mir wurde klar, dass es keinen Spielraum für Fehler gab. Dann hob einer der Dschihadisten die Panzerfaust und machte sich schussbereit.

»Fenster runter, Collins!«, rief der König.

Ich gehorchte.

Dann erteilte er den Befehl zum Feuern.

Yael leerte ein komplettes Magazin auf die Windschutzscheibe des Pick-ups. Ich versuchte, mich auf den Verkehr vor uns zu konzentrieren, konnte aber nicht anders, als ab und an nach den Fortschritten zu sehen. Der Fahrer hinter uns wurde mit Kugeln vollgepumpt, dann geriet der Pick-up massiv ins Schleudern, kam von der Straße ab und krachte voll in eine Tanksäule.

Die Explosion fiel spektakulär und ohrenbetäubend aus. Ich konnte die Hitze im Nacken spüren. Rasch schloss ich die Heckscheibe, während mich der König auf den

Al-Kodos-Highway lotste, der in südwestlicher Richtung aus dem Stadtgebiet hinausführte.

Ich fuhr mittlerweile mit rund 160 km/h, doch schon tauchte eine neue Komplikation auf: Der König telefonierte gerade mit seinem Bruder, der uns darüber informierte, dass am nächsten Autobahnkreuz, an der Abfahrt zum Queen-Alia-Highway, eine Straßensperre errichtet worden war. Der Kontrollpunkt selbst stellte nicht das Problem dar. Eher schon dass er laut Angaben des Bruders von IS-Rebellen eingenommen worden war, die uns nun mit Granatwerfern und Maschinengewehren vom Kaliber 50 erwarteten.

»Wie weit ist es noch bis zum Autobahnkreuz?«, wollte ich wissen.

»Bei dieser Geschwindigkeit höchstens zwei Minuten.«

»Was empfehlen Eure Majestät?« Ich war nicht sicher, ob ich langsamer oder eher noch schneller fahren sollte.

»Glauben Sie an die Kraft von Gebeten, Collins?«, fragte er. »Jetzt wäre ein guter Zeitpunkt, damit anzufangen.«

63

»Ich habe keine Munition mehr«, schimpfte Yael. »Hat noch jemand Nachschub?«

»In meiner Waffe steckt ein volles Magazin«, verriet ich.

»Und wo ist die?«

»Hier«, meldete sich der Kronprinz von der Rückbank. Er hob mein Maschinengewehr vom Boden auf, warf das Magazin aus und reichte es Yael.

»Wir müssen von der Straße runter«, mahnte die Königin. Ihre Stimme zitterte. »Hier ist es nicht sicher.«

»Nein, wir müssen weiter«, widersprach der König.

»Aber hier befinden wir uns auf dem Präsentierteller. Die Aufständischen wissen, dass wir kommen. Wir bieten eine perfekte Zielscheibe. Lasst uns seitlich ranfahren. Wir können uns irgendwo verstecken, bis die Armee kommt und uns holt.«

Die Königin hatte nicht unrecht, aber es war nicht an mir, darüber zu entscheiden. Ich fuhr stoisch weiter. Wir brauchten rasch eine Entscheidung. Das Autobahnkreuz zeichnete sich bereits hinter der Frontscheibe ab. Ich musste dringend wissen, was dem König vorschwebte. Beherzigte er den Rat seiner Frau oder bestand er darauf, dass wir den Kontrollpunkt durchbrachen? Das machte unsere Fahrt wahrscheinlich zu einem Selbstmordunternehmen. Und ich war noch nicht bereit, den Löffel abzugeben.

Eine Sekunde später erledigte sich die Frage quasi von selbst. Über einer Art Damm auf der rechten Seite der Fahrbahn tauchten plötzlich zwei Apache-Helikopter auf und schossen in niedriger Höhe auf uns zu. Yael bemerkte sie als Erste und wies uns darauf hin. Wir starrten sie wie gelähmt an. Eine unbeantwortete Frage schwebte wie ein Damoklesschwert über uns: Auf welcher Seite standen sie?

Es war gut möglich, dass es sich um loyale Ergebene des Königs handelte. Immerhin war sein Bruder der Befehlshaber der Luftflotte, an seiner Loyalität gab es keinen Zweifel. Aber eine Garantie dafür hatten wir nicht. Wer waren diese Piloten? Wie sorgfältig hatte man sie überprüft? Pflegten ihre Familien Kontakt zum IS oder zu Al-Hirak? Noch vor wenigen Stunden wäre mir ein solcher Gedanke abwegig erschienen. Aber das war, bevor ein jordanischer Bomberpilot den Palast angegriffen hatte.

Der Kontrollpunkt rückte rasch näher. Ebenso wie die Apache-Hubschrauber.

»Was soll ich tun, Eure Majestät?« Unauffällig nahm ich den Fuß etwas vom Gas, um uns ein wenig zeitliche Reserve zu verschaffen.

»Es gibt noch eine Ausfahrt vor dem Kontrollpunkt«, meinte Yael. Ihr Fenster stand offen, sie hatte die Waffe gezückt. »Wir nehmen sie. Die Königin hat recht, Sir. Wir müssen von der Straße runter, bevor es zu spät ist.«

»Nein«, widersprach der Monarch. »Fahren Sie weiter.«

»Aber Eure Majestät …«

»Salim und Daniel müssen ins Krankenhaus.« Er blieb hartnäckig. »Sie brauchen massive Bluttransfusionen. Wir können nicht aus eigennützigen Gründen anhalten. Wir müssen zuerst an ihr Wohlergehen denken.«

»Es wäre nicht eigennützig«, protestierte die Königin. »Denn wenn wir an diesem Kontrollpunkt sterben, sterben sie ebenfalls. Wenn wir überleben, und sei es nur für eine Stunde, haben wir vielleicht die Chance, sie zu retten.«

Die Uhr tickte erbarmungslos gegen uns. Wir hatten den Kontrollpunkt jetzt fast erreicht, ebenso wie die Ausfahrt. Wenn wir abbogen, bekamen wir eventuell alle eine Chance. Was gedachte der König zu tun, wenn ich mich seinen Anweisungen widersetzte? Würde er mich erschießen und selbst das Steuer übernehmen? Im Rückspiegel musterte ich die Königin. Sie schaute aus dem Fenster. Sie wollte ihrem Mann nicht offen widersprechen, aber es lag auf der Hand, dass sie mit seiner Entscheidung nicht einverstanden war. Der Kronprinz dagegen behielt die Hubschrauber im Auge. Sie waren nach links weggetaucht, flogen eine Schleife und kamen von hinten direkt auf uns zu.

Das machte die Sache klar. Ich wusste Bescheid. Von Kabul bis Falludscha hatte ich das schon Dutzende Male oder öfter gesehen: Jemand hatte gerade eine Rakete abgeschossen. Ich konnte ihren Kondensstreifen sehen, der sich hinter uns über der Autobahn bildete. Sie schoss direkt auf uns zu. Die Königin schrie auf. Ich trat aufs Gas und machte gerade noch rechtzeitig einen Ausfall nach rechts. Die Rakete schlug gegen meinen Außenspiegel und raste weiter, ohne ihre zerstörerische Gewalt an unserem Fahrzeug zu entfesseln.

Aber die nächste tat es vielleicht.

Das gab den Ausschlag. Ich lenkte in Richtung Ausfahrt.

In diesem Augenblick blendete mich der Blitz eines weiteren Abschusses. Dieser kam von dem anderen Hubschrauber und sah nicht nach einer simplen Granate aus. Eine wärmeorientierte *Hellfire*. Ihr konnte man nicht ausweichen oder vor ihr fliehen. Wir würden in einem Feuerball verglühen.

Es war vorbei.

Aber zu meiner Erleichterung schlug die Rakete nicht in unser Fahrzeug ein. Stattdessen traf sie einen der Humvees des Kontrollpunkts vor uns. Im Bruchteil einer Sekunde war der gesamte Checkpoint in einer gigantischen Explosion aufgegangen. Total verblüfft und fasziniert ignorierte ich die Ausfahrt völlig und fuhr weiter. Dann preschten wir auch schon durch die brennenden Überreste der Barriere, passierten das Autobahnkreuz und erreichten die Route 35, die zum Flughafen führt.

Keiner von uns brach in Jubel aus. Wir waren so erleichtert, dass uns die Worte fehlten, aber wir wussten auch, dass wir nichts dazu beigetragen hatten. Hinter uns stand eine Macht, die wir nicht beeinflussen konnten. Sie hielt uns am Leben und ebnete uns den Weg. Und dabei handelte es sich nicht allein um die Piloten der Hubschrauber.

Die Apache-Helikopter schlugen einen Haken und setzten sich neben uns. Einer nach dem anderen schossen sie weitere *Hellfire*-Raketen ab, zerstörten Straßensperren und machten es so möglich, dass wir die Fahrt ungestört fortsetzen konnten. Mittlerweile fuhr ich mit fast 200 Sachen, doch wir hatten keine Chance, den Flughafen zu erreichen, bevor der Präsident abhob.

Die Königin und der Kronprinz waren auf die improvisierte Ladefläche geklettert. Sie hatten einen Erste-Hilfe-Koffer entdeckt und gaben ihr Möglichstes, um Mansour und Lavi zu versorgen. Yael hielt nach neuen Bedrohungen Ausschau, der König hing am Telefon. Sein Bruder und andere Generäle hielten ihn über das aktuelle Geschehen auf dem Laufenden und koordinierten einen massiven Gegenschlag gegen die IS-Rebellen.

Schon bald flogen mehrere Schwadronen jordanischer F-16- und F-15-Jets über uns hinweg. Sie hielten sicher auf Amman zu, um den Palast zu bombardieren und die Rebellion niederzuschlagen. Ich konnte mir nicht vorstellen, wie schwer diese Entscheidung dem König gefallen sein musste. Allerdings hatte er kaum eine andere Wahl gehabt. Er war der Letzte der haschemitischen Monarchen und schien fest entschlossen, nicht auf dieselbe Weise wie so viele seiner Vorgänger abzutreten.

Irgendwann während der letzten Stunden hatte ich aufgehört, Journalist zu sein. Ich war kein schlichter Chronist der Ereignisse mehr, ich war zu einem aktiven Bestandteil der Geschichte geworden. Ich konnte nicht länger Objektivität für mich beanspruchen. Natürlich, der König machte Fehler, seine Regierung nicht minder. Nein, Jordanien war nicht gerade eine Demokratie nach Jeffersons Idealen. Aber Seine Majestät hatte sich in den letzten Jahren zu einem der führenden arabischen Reformer in der Region gemausert. Einst hatten die irakischen und afghanischen Präsidenten Hoffnungen geweckt, eine vielversprechende Erneuerung in Gang zu setzen, indem sie entschlossen gegen die radikalen Kräfte vorgingen. Doch wie sich zeigte, waren sie der Herausforderung dieser Aufgabe nicht gewachsen. Ganz anders als dieser König. Mein Respekt vor Abdullah II. hatte in den letzten beiden Tagen enorm zugenommen.

Vielleicht hatte mein Bruder recht. Vielleicht wiesen die Prophezeiungen darauf hin, dass Jordanien in den letzten Tagen auf einen dunkleren Kurs einschwenken würde. Vielleicht kam alles schneller als gedacht. Ich hoffte, dass es nicht stimmte. Ich wollte nicht, dass das Haschemitische Königreich stürzte, nicht jetzt, noch nicht. Ich wollte, dass dieser König seine Feinde vernichtete und sein Schicksal als Friedensbringer der Region erfüllte. Ich wollte, dass er Erfolg dabei hatte, aus Jordanien einen Vorreiterstaat für Toleranz und Modernität zu machen.

Während wir weiter den Highway entlangrasten, schöpfte ich tatsächlich leichte Hoffnung. Wir lebten noch. Vorerst befanden wir uns in Sicherheit. Und ich hatte das starke Gefühl, dass der König sich durchsetzen würde. Sicher, er war überrumpelt worden, aber er hatte großen persönlichen Mut bewiesen. Er wusste die Armee hinter sich, um zurückzuschlagen, und die Amerikaner und die Israelis leisteten ihm bei den bevorstehenden Herausforderungen zweifellos Unterstützung.

Aber als wir am Flughafen ankamen, löste sich diese Zuversicht unvermittelt in Luft auf.

64

Jegliche Hoffnung schwand, als ich den Blick über die Verwüstung schweifen ließ, die uns umgab.

Von dem fantastischen, für viele Millionen Dollar neu errichteten Terminal war nur noch ein rauchender Krater übrig. Die Zufahrtsrouten, Start- und Landebahnen waren übersät von Kratern, hinterlassen durch Einschläge von Minen und Artilleriegranaten, die man offenbar erst kurz vor unserem Eintreffen abgefeuert hatte. Verkehrsflugzeuge standen in Flammen. Tote und Sterbende lagen überall. Kraftstoffdepots waren explodiert. Der Gestank von brennendem Kerosin überlagerte alles andere.

Die Air Force One war fort. Der Präsident hatte sich ohne uns auf den Weg gemacht.

Die Apache-Helikopter über uns gingen ans Werk. Sie gesellten sich zu anderen Hubschraubern und Kampfjets der Royal Air Force, die gerade mit den Überresten der Rebellenmilizen aufräumten. Einige von ihnen leisteten am südlichen Rand des Flugfelds gewissen Widerstand. Aber die jordanische Armee war nirgends zu sehen.

Um genau zu sein, es gab Anzeichen dafür, dass die Armee hier gewesen war, sich aber zurückgezogen hatte. Weshalb?

Um uns herum brannten Panzer und bewaffnete Truppentransporter. Überall lagen getötete jordanische Soldaten, aber auch viele Leichen von IS-Terroristen.

Aber warum befand sich nicht die gesamte königliche Armee in voller Gefechtsbereitschaft? Wir redeten hier nicht von der irakischen Armee. Die Jordanier verfügten über hervorragend ausgebildete, überaus motivierte und ausgezeichnet geführte Truppen. Warum hatten sie sich zurückgezogen?

Niemand von uns sprach ein Wort, auch der König nicht. Wir alle waren viel zu entsetzt. Wir brauchten einige Minuten, um das ganze Ausmaß der Katastrophe zu erfassen.

Es war Yael, die als Erste begriff, was geschehen war.

»Sie haben Sarin eingesetzt«, stellte sie fest.

Im Wagen herrschte tödliches Schweigen. Niemand wollte ihr glauben. Das war doch nicht möglich.

»Die Granaten und die Minen, die hier abgefeuert wurden, müssen damit gefüllt worden sein«, fuhr sie fort.

Ich zweifelte an ihren Worten. Aber während wir langsam durch Feuer und Rauch rollten, wurde mir klar, dass die jordanischen Truppen, die hier gekämpft hatten, nicht in einem Kugel- oder Schrapnellhagel umgekommen waren. Die Leichen, die wir schließlich aus der Nähe betrachten konnten, und es gab Hunderte, warteten mit leeren Blicken und verzerrten, gequälten Grimassen auf. Ich hatte diesen schrecklichen Anblick erst vor wenigen Tagen in Mossul verkraften müssen. Unverkennbar die Handschrift von Abu Khalif. Es gab keine Worte dafür. Die Königin schluchzte leise hinter mir. Der Kronprinz saß fassungslos da und hatte die Hand auf den Mund gelegt. Der König sagte ebenfalls nichts. Er starrte nur ungläubig hinaus auf dieses Schlachtfeld.

Schließlich wies er auf einen halb zerstörten Hangar, der sich in einiger Entfernung links von uns befand. Auf seinen Befehl fuhr ich dorthin. Die Überreste boten nur geringen Schutz, dennoch hielt ich. Wir wussten alle, was wir zu tun hatten. Der Kronprinz gab jedem von uns einen Rucksack. Wir zwängten uns so rasch wie möglich in die Schutzanzüge und legten die Gasmasken an. Dann halfen Yael und ich der Königin und dem Prinzen, die Anzüge bei Lavi und Mansour überzustreifen. Wir hofften verzweifelt, dass die Anzüge uns vor den tödlichen Saringasrückständen in der Luft schützten.

Wir waren noch nicht ganz fertig, als der tosende Lärm von Helikoptern näher rückte. Zwei Militärhubschrauber flogen von Osten her in unsere Richtung und setzten ganz in der Nähe zur Landung an.

In diesem Augenblick feuerte eine jordanische F-15 eine Rakete direkt über unsere Köpfe hinweg. Nur Sekunden später folgten vier weitere.

Das Satellitentelefon des Königs schlug an. Er hörte größtenteils nur zu und warf höchstens ein gelegentliches »Ja« oder ein »Ich verstehe« ein und trennte dann die Verbindung.

»Wer war das?«, fragte ich und schaffte es endlich, den Reißverschluss von Präsident Mansours Schutzanzug vollständig zu schließen.

»Mein Bruder«, antwortete der König geistesabwesend.
»Und?«

»Er war es, der uns die Hubschrauber schickte«, erklärte er und wandte sich an seine Frau und seinen Sohn. »Der erste ist für euch beide. Er wird euch in Sicherheit bringen.«

Sowohl die Königin als auch der Kronprinz wirkten zu erschüttert, um Protest anzumelden.

Dann wandte der König sich an Yael und mich. »Der

andere wird Salim und David nach Jerusalem bringen«, erläuterte er. »Sie beide werden mitfliegen. Sanitäter der IDF erwarten Sie bereits. Daniel wird in die Hadassah-Klinik, Salim in ein Krankenhaus in Ramallah gebracht.«

Wir beobachteten, wie die beiden Black Hawks landeten und Teams von schwer bewaffneten Soldaten in voller Schutzmontur aus beiden strömten. Der König umarmte seine Frau kurz, dann seinen Sohn und lotste beide zum Hubschrauber. Ich beobachtete, wie sich die Tür hinter ihnen schloss und der Pilot den Start einleitete. Der König winkte seiner Familie zum Abschied.

Erst jetzt begriff ich, dass der König keinen Hubschrauber für sich selbst reserviert hatte. »Aber Sir, was ist mit Ihnen?«, wollte ich von ihm wissen.

»Ich bleibe hier. Mein Bruder ist bereits unterwegs, ein Team von Spezialisten begleitet ihn.«

»Majestät, Sie können nicht bleiben«, widersprach ich. »Wir müssen Sie an einen sicheren Ort bringen.«

»Nein«, entgegnete er. »Ich muss herausfinden, was genau hier geschehen ist und warum meine Leute nicht in der Lage waren, es zu verhindern.«

»Und dann?«

»Dann werden wir den ganzen Zorn Jordaniens gegen den IS richten«, erklärte er.

»Aber, Sir, James hat recht, hier ist es nicht sicher«, protestierte Yael. »Bitte, wir müssen Sie wegbringen.«

»Nein.« Der König blieb standhaft. »Hier ist meine Heimat. Und das ist mein Volk. Wir lassen uns nicht in die Knie zwingen. Wir werden zurückschlagen. Diese Dämonen werden nicht gewinnen. Das verspreche ich Ihnen.«

Der König gab uns keine Gelegenheit zu einer Antwort. Stattdessen öffnete er die Heckklappe des SUV und begann mithilfe einiger Soldaten, Präsident Mansour zum zweiten Helikopter zu tragen. Yael und ich hievten mit ein paar anderen Uniformierten Premierminister Lavi in den bereitstehenden Black Hawk.

In diesem Augenblick klingelte das Satellitentelefon des Königs. Er nahm das Gespräch entgegen. Yael kletterte in den Helikopter, ließ sich direkt neben ihrem Premierminister nieder und überprüfte seine Vitalwerte. Ich wollte gerade selbst einsteigen, als ich den seltsamen Gesichtsausdruck des Königs bemerkte. Zuerst handelte es sich um Verwirrung, vielleicht Befremden. Dann verwandelte es sich eindeutig in Entsetzen.

»Eure Majestät … was ist los?«, fragte ich.

»Das war das Pentagon«, sagte er. »Der Vorsitzende der Joint Chiefs of Staff, des Sicherheitskomitees des Präsidenten.«

»Was sagte er?«

»Er wollte wissen, wo Präsident Taylor ist«, erwiderte er tonlos.

»Er ist nicht an Bord der Air Force One?«

»Nein.«

»Was soll das heißen?«

»Als der Angriff auf den Flughafen begann, rief der Präsident offenbar den Piloten der Air Force One an und befahl ihm, sich in sicheren Flugraum zu begeben, bis meine Armee den Flughafen wieder zurückerobert hätte. Dann hätte die Maschine sicher landen und ihn aufnehmen können.«

Mein Magen verkrampfte sich. »Was wollte er denn in der Zwischenzeit machen?«

»Das hat er nicht gesagt. Er kündigte lediglich an, dass er und sein Sicherheitsteam in Deckung gehen und sich verstecken wollen, bis die Sache vorbei ist. Danach wollte er die Air Force One anfunken, damit sie alle an Bord nimmt.«

»Und?«

»Seitdem hat man nichts mehr von ihm gehört. Der Vorsitzende sagt, dass man es auf jedem Mobilanschluss des Präsidenten probiert hat, auch bei denen der Männer, die für seine Sicherheit abgestellt waren. Keiner von ihnen geht an den Apparat.«

»Also wo ist der Präsident?«

»Ich habe keine Ahnung.«

Ich starrte den König fassungslos an. Mir fehlten die Worte.

Yael forderte mich schließlich auf, ich solle einsteigen. Wir mussten aufbrechen, es wurde höchste Zeit, Lavi und Mansour in Sicherheit zu bringen. Natürlich hatte sie recht. Aber ich konnte nicht weg.

»Fliegt ohne mich.«

»Bist du verrückt?«, fragte sie scharf.

»Nein, ich bleibe.«

»O nein, das wirst du nicht tun. Los, komm.«

»Das klären wir ein andermal, Yael. Ihr müsst los.«

Schockiert und zornig wandte sie sich an den König. »Eure Majestät, befehlen Sie ihm, an Bord dieses Helikopters zu gehen!«

Aber ich schüttelte den Kopf. »Ich bleibe bei Ihnen, Sir. Das ist mein Präsident. Ich muss verfolgen, was mit ihm geschieht, egal was es mir abverlangt und wie es für mich endet.«

Der König sah mir in die Augen, aber er schwieg. Dann gab er dem Piloten ein Zeichen, dass er starten könne. Bevor Yael reagieren konnte, rammte ein Soldat die

Schiebetür an der Seite zu, dann hob der Black Hawk ab. Schnell gewann er an Höhe und schwebte flankiert von zwei Kampfjets auf beiden Seiten in westlicher Richtung nach Jerusalem davon.

Ich stand da und sah zu, wie der Hubschrauber in der Ferne verschwand. Mir wurde körperlich schlecht, bittere Galle kam mir hoch. Mein Körper war klatschnass vor Schweiß. Ich wurde das Gefühl nicht los, jeden Moment in meinem Anzug zu ersticken. Mansour und Lavi waren schwer verletzt, es ging um ihr Leben. Jordanien stand in Flammen. Der IS rückte vor. Und ich sah nirgendwo einen Ausweg.

Plötzlich fiel mir Jamal Ramzis Handy ein. Ich rannte zum SUV und schnappte mir den Apparat, der nach wie vor auf dem Armaturenbrett lag.

»Was ist das?«, fragte der König, als ich ihm das Handy in die Hand drückte.

»Eine Spur, Eure Majestät«, antwortete ich. »Etwas, das Ihnen nützen könnte: Jamal Ramzis Handy.«

Noch ein Gedanke schoss mir durch den Kopf.

Ich zog mein eigenes Smartphone aus der Tasche und wählte Allens Telefonnummer in Washington. Es klingelte zweimal, bevor jemand abhob.

Es war nicht Allen selbst.

»Allen MacDonalds Büro. Guten Tag, wie kann ich Ihnen helfen?«

»Wo ist Allen?«, wollte ich wissen.

»Er ist gerade nicht am Platz. Wer spricht da bitte?«

»Hier ist J. B. Collins. Ich rufe mit einem dringenden Exklusivbericht aus Amman an. Ich muss Allen sofort sprechen.«

»Einen Augenblick bitte.«

Die Sekunden, die folgten, fühlten sich wie eine Ewigkeit an. Je länger es dauerte, desto ärgerlicher wurde ich. Ich steckte mitten in der brisantesten Story des letzten Jahrzehnts, vielleicht sogar des ganzen Jahrhunderts, und Allen war nicht auffindbar.

Schließlich hörte ich doch die Stimme meines Redakteurs am anderen Ende der Leitung. »J. B., bist du das? Was zum Teufel ist da drüben eigentlich los?«

»Hier ist die Hölle ausgebrochen, das ist los. Premierminister Lavi und Präsident Mansour sind beide schwer verletzt und per Helikopter unterwegs ins Krankenhaus. Der König ist außer sich und schwört dem IS bittere Rache. Aber das ist jetzt egal. Hör genau zu, schreib es auf und stell es ins Netz, twittere es, drucke es, das komplette Programm. Die Schlagzeile lautet ...«

»Wie?«, fragte er aufgeregt. »Sag das noch mal, ich kann dich kaum verstehen.«

»Ich sagte, die Schlagzeile lautet: Der Präsident der Vereinigten Staaten wird vermisst.«

Anmerkungen des Autors

Als ich anfing, *The Third Target* zu schreiben, hatte ich noch nie etwas vom IS gehört.

Was ich wusste, war, dass ich eine Romanreihe über die Bedrohung schreiben wollte, die der radikale Islam nicht nur für die USA, für Israel und den Westen darstellt, sondern ebenso für unsere gemäßigten arabischen, muslimischen Alliierten und die arabischen Christen im Nahen Osten. Meine Hauptfigur sollte ein Auslandskorrespondent der *New York Times* sein, der Zeuge des Heraufziehens einer ernsten und glaubhaften Bedrohung am Horizont der Geschichte wird. Ich wusste auch, dass ich einen realistisch gezeichneten, ernst zu nehmenden Antagonisten brauchte. Nur noch nicht, wie ich ihn genau anlegen sollte.

Um meine Vorstellungen zu konkretisieren, begann ich Anfang 2013 mit dem Verfassen eines Exposés. Dabei tauchten sehr bald zwei ›Was wäre, wenn‹-Fragen auf.

Die erste: Was wäre, wenn radikale Islamisten in die Lage versetzt werden, eine Ladung chemischer Waffen in Syrien zu erbeuten, die übersehen oder den UN-Beobachtern nicht gemeldet wurden? Welche terroristische Gruppe wäre in der Lage, so einen Coup zu landen? Was würden sie mit solchen Massenvernichtungswaffen anstellen, wenn sie sich erst in ihrem Besitz befänden? Gegen wen würden sie solche Waffen einsetzen? Und wie würden sowohl die Anliegerstaaten als auch die internationale Staatengemeinschaft darauf reagieren?

Die zweite lautete: Was wäre, wenn sich radikale Islamisten dazu entschlössen, das Haschemitische Königreich Jordanien anzugreifen? Was, wenn sie versuchten, die Kontrolle über jordanisches Territorium und die Bevölkerung zu gewinnen, um östlich des Jordans mit gewaltsamen Mitteln ein Kalifat zu errichten? Was wären die Folgen für den Nahen Osten oder Amerika, Israel, Europa und den Rest der Welt? Und wieder: Welche radikale Gruppe könnte die Absicht hegen, einen solchen Angriff zu planen, und wäre sie überhaupt in der Lage, ihn tatsächlich durchzuführen?

Als ich zu schreiben begann, war mir klar, dass nur wenige Amerikaner viel Zeit, wenn überhaupt, darauf verschwenden würden, über das Haschemitische Königreich Jordanien nachzudenken. Aber über die Jahre hinweg zeichnete sich für mich zunehmend deutlicher ab, dass Jordanien einer der wichtigsten arabischen Verbündeten ist, auf die der Westen in diesem Krisengebiet zurückgreifen kann.

Seit er im Jahr 1999 den Thron bestieg, hat Jordaniens König Abdullah II. sich als moderater Reformer erwiesen, der sich dem Frieden verschrieben hat und den Vereinigten Staaten, Großbritannien und der NATO ein wahrer Freund ist. Er hat den vertraglichen Frieden mit Israel aufrechterhalten und ein gesundes Verhältnis zum jüdischen Staat bewahrt; ein Verhältnis, das einst in den späten 60er-Jahren mit geheimen Verhandlungen zwischen seinem Vater, dem verstorbenen König Hussein, und israelischen Staatsoberhäuptern begann. Der gegenwärtige Monarch hat sich aktiv der Bekämpfung des von den Radikalen initiierten Terrors verschrieben und setzt sowohl sein Militär, seine Polizei als auch seine Geheimdienste zielgerichtet dafür ein.

Er ist zudem bemüht, die Ideologie der Radikalen dadurch zu bekämpfen, dass er ein globales Netzwerk von islamischen Gelehrten und Klerikern aufbaut, die *Takfiris*, gewalttätige Extremisten und Häretiker, verurteilen und sich proaktiv darum bemühen, den Islam als friedliche und tolerante Religion zu definieren. Gleichzeitig arbeitet er hart daran, Jordanien zu einem sicheren Hafen sowohl für Muslime als auch arabische Christen in der Region zu machen, in dem sie vor Krieg und Verfolgung geschützt sind. Darüber hinaus wurde mittlerweile zunehmend deutlich, dass ein sicheres, gefestigtes und moderates Jordanien ein absolut essenzieller Grundbaustein für zukünftige Friedensverhandlungen zwischen den Israelis und den Palästinensern ist.

Als ich die Liste von radikalen und terroristischen Organisationen in der Region durchging, die möglicherweise in der Lage wären, sich syrischer Massenvernichtungswaffen zu bemächtigen und damit Jordanien anzugreifen, traf ich mich auch mit einer Reihe von Nahost-Experten. Es handelte sich um gegenwärtige und ehemalige Mitarbeiter verschiedener Geheimdienste, US-amerikanische und israelische Diplomaten im Ruhestand sowie militärische Würdenträger. Ich fragte sie, wer wohl am ehesten zur nächsten großen Bedrohung in dieser Region werden könnte. Ausnahmslos lautete die Antwort: »Der Islamische Staat.«

Zu dieser Zeit hatten weder mein Verlag, Tyndale House, noch ich je von dieser Gruppierung gehört. Doch je mehr ich über sie erfuhr, desto mehr war ich überzeugt, dass in den nächsten fünf Jahren der IS tatsächlich zu einer globalen Bedrohung und ihr Name bald in aller Munde sein würde. In der Tat hat sich der IS schneller ausgebreitet, als ich es anfangs vermutet hatte. Die ganze Welt kennt die Gefahren, die vom IS, dem Islamischen Staat, ausgehen, den man zu Beginn auch ISIL (Islamischer Staat im Irak und der Levante) oder ISIS (Islamischer Staat im Irak und Syrien) nannte.

Ja, tatsächlich ist es so, dass sich die Ereignisse überschlagen, während ich diese Notizen niederschreibe. Der Präsident der Vereinigten Staaten hat den IS zu einer Bedrohung unserer nationalen Sicherheit erklärt, mehrere sunnitische arabische Staaten haben eine militärische und politische Koalition gegründet, um den IS zu ›degradieren und zu besiegen‹. Aller Augen richten sich nun auf die Krisenregion, aber noch ist unklar, als wie erfolgreich sich die von den USA und unseren Verbündeten ergriffenen Strategien erweisen werden. Ich bete, dass die Ereignisse, die ich hier schildere, niemals Wirklichkeit werden. Allerdings fürchte ich, dass einige der Staatsoberhäupter dieser Welt die Gefahr nach wie vor unterschätzen. Wenn dem so ist, könnten die Folgen verheerend sein. Ich hoffe, dass diejenigen, die in der Lage sind, gegen die Machenschaften des IS vorzugehen, es auch tun werden, bevor es dafür zu spät ist.

Dieses Buch stellt natürlich ein fiktionales Werk dar. Aber ich habe mich bemüht, die fiktionalen Ereignisse in einen Rahmen zu setzen, der so realistisch wie möglich angelegt ist. Dafür habe ich mich auf einige reale Personen und Geschehnisse bezogen. Der Journalist A. B. Collins entsprang meiner Fantasie, aber die Ermordung von König Abdallah Ibn Husain I., deren Zeuge er 1951 in Jerusalem wurde, fand wirklich statt. Abu Khalif ist ein fiktiver Terrorist, weist aber konkrete Parallelen zu Abu Bakr Al-Baghdadi auf, dem Anführer des IS. Ayman Al-Zawahiri, der Anführer der echten Al-Qaida, wurde nicht von der US-Regierung umgebracht – noch nicht –, aber die geschilderten Spannungen zwischen seiner terroristischen Organisation und dem IS gibt es tatsächlich.

Natürlich ist König Abdullah II., Jordaniens gegenwärtiger König, ganz offensichtlich eine Figur aus dem echten Leben und nicht meiner Fantasie entsprungen. Ich hatte überlegt, ihn wie die Staatsoberhäupter der USA, Israels und der palästinensischen Autonomiebehörde zu fiktionalisieren. Immerhin ist es eine recht prekäre Sache, in derart krisengeschwängerten Zeiten über ein reales Staatsoberhaupt zu schreiben, und ich wollte seine Majestät oder den königlichen Hof ganz sicher nicht beleidigen. Aber am Ende entschloss ich mich doch aus einem ganz konkreten Grund, König Abdullah II. als Charakter in dieses Buch aufzunehmen: Ich dachte, es wäre nicht sehr wirkungsvoll, eine über Jordanien heraufziehende Bedrohung zu beschreiben, ohne ihn darin einzubeziehen.

Die Menschen müssen verstehen, wer dieser König ist und warum er so eine wichtige Rolle für Jordaniens Vergangenheit, Gegenwart und Zukunft spielt. Ich hoffe, dass für den Leser deutlich wird, wie brisant die Lage in der Region ist und wie gefährlich es wäre, wenn dieser König stürzt oder gewaltsam gestürzt würde. Um diesen Effekt noch zu unterstützen, ist einiges, was der König im 50. Kapitel dieses Romans sagt, direkt aus seinen Büchern zitiert oder zumindest nur leicht bearbeitet. Als Beispiel dient hier König Abdullahs ausgezeichnetes, 2011 erschienenes Buch *Die letzte Chance: Mein Kampf für Frieden im Nahen Osten*. Ich kann es allen, die sich für die Einblicke eines Insiders in die Vorgänge dieser in höchstem Maße volatilen Krisenregion interessieren, wärmstens ans Herz legen.

Nachfolgend eine Aufstellung weiterer Bücher, die ich für meine Recherchen benutzt habe:

- *Mein gefährliches Leben: Die Autobiografie Seiner Majestät König Husseins I. des Haschemitischen Königreichs Jordanien.* König Hussein I., 1962
- *Der neue Terror. Wie die demokratischen Staaten den Terrorismus bekämpfen können.* Benjamin Netanjahu, 1997
- *Hussein and Abdullah: Inside the Jordanian Royal Family.* Randa Habib, 2010
- *Lion of Jordan: The Life of King Hussein in War and Peace.* Avi Shlaim, 2007
- *King's Counsel: A Memoir of War, Espionage and Diplomacy in the Middle East.* Jack O'Connell, 2011
- *Son of Hamas: A Gripping Account of Terror, Betrayal, Political Intrigue and Unthinkable Choices.* Mosab Hassan Youssef, 2011
- *Once an Arafat Man: The True Story of How a PLO Sniper Found a New Life.* Tass Saada, 2008
- *The Second Arab Awakening and the Battle for Pluralism.* Marwan Muasher, 2014
- *Kill Khalid: The Failed Mossad Assassination of Khalid Mishal and the Rise of Hamas.* Paul McGeough, 2009
- *Von Beirut nach Jerusalem.* Thomas L. Friedman, 1996
- *The Case for Democracy: The Power of Freedom to Overcome Tyranny and Terror.* Natan Sharansky und Ron Dermer, 2006
- *The Fight for Jerusalem: Radical Islam, the West, and the Future of the Holy City.* Dore Gold, 2009

Als Teil meiner Recherchen für diesen Roman bot sich mir die sagenhafte Gelegenheit, im Frühjahr 2014 nach Jordanien zu reisen, um mich dort mit einigen langjährigen Offiziellen zu treffen. Ich hatte Jordanien in den Jahren davor bereits mehrfach besucht, doch diesmal war es etwas ganz Besonderes. Ich liebe und respektiere die Jordanier aus tiefstem Herzen. Dieses Gefühl hat sich mit den Jahren noch verstärkt, doch diese Reise hat in besonderem Maße dazu beigetragen.

Ich richte meinen ganz speziellen Dank an alle, die Zeit für mich erübrigt haben und mir im Zuge meiner Recherchen für dieses Buch ihre Perspektive mitteilten, nicht nur im Rahmen dieser Reise, sondern überhaupt. Nicht jeder, mit dem ich gesprochen oder den ich getroffen habe, wird mit dem einverstanden sein, was ich hier niederschrieb.

Trotzdem bin ich überaus dankbar für die mir offengelegten Ansichten, die Weisheit und die mir erwiesene Freundlichkeit. Ich hoffe, dass die Handlung von den an mich weitergegebenen Erkenntnissen und Gedanken profitiert hat. Zu denjenigen, denen ich meinen ergebenen Dank aussprechen will, gehören:

- Seine Exzellenz Abdullah Ensour, jordanischer Ministerpräsident 2012–2016
- Seine Königliche Hoheit Prinz Ghazi Bin Muhammad, Sonderberater und Cousin seiner Majestät König Abdullahs II.
- Seine Exzellenz Nasir Dschuda, amtierender jordanischer Außenminister seit 2009
- Seine Exzellenz Hussein Hazza' Al-Majali, jordanischer Innenminister 2013–2015

- Seine Exzellenz Nidal Qatamin, Minister für Arbeit und Tourismus unter Abdullah Ensour
- Ihre Exzellenz Alia Bouran, Botschafterin Jordaniens in den USA 2010–2016
- James Woolsey, ehemaliger Direktor der Central Intelligence Agency, 1993–1995
- Porter Goss, ehemaliger Direktor der Central Intelligence Agency, 2005–2006
- Hon. Dore Gold, ehemaliger Botschafter Israels bei der UN und Präsident des *Jerusalem Center for Public Affairs*
- Yechiel Horev, ehemaliger Direktor im israelischen Verteidigungsministerium für Waffensicherheit
- Robert Satloff, Direktor des Washington Institute for Near East Policy

Meinen Dank möchte ich auch allen Helfern, Ratgebern und Kollegen der oben genannten Personen aussprechen, die so großzügig sowohl ihre Zeit als auch ihre Ansichten mit mir geteilt haben. Es gibt noch viele andere, die mir eine enorme Hilfe gewesen sind, die ich aber öffentlich nicht nennen darf oder kann. Auch bei ihnen möchte ich mich bedanken.

Einen Roman zu schreiben und zu veröffentlichen ist anstrengende Teamarbeit. Daher möchte ich an dieser Stelle auch jene erwähnen, die mich bei diesem Projekt, aber auch bei vielen anderen Büchern unterstützt haben. Im Einzelnen:

Meinen wundervollen Agenten und guten Freund Scott Miller und sein Team bei der Trident Media Group.

Meine erstklassige Redaktion bei Tyndale House Publishers – Mark Taylor, Jeff Johnson, Ron Beers, Karen

Watson, Jan Stob, Cheryl Kerwin, Todd Starowitz, Dean Renninger, Caleb Sjogren, Erin Smith und Danika King – sowie das gesamte Vertriebsteam. Mein besonderer Dank gilt meinem Lektor Jeremy Taylor, der beim vorliegenden Band wirklich einen hervorragenden Job geleistet hat.

Meine gesegneten Eltern Leonard und Mary Rosenberg.

Mein ausgezeichnetes Team von November Communications, June Meyers und Nancy Pierce.

Meine vier wundervollen Söhne Caleb, Jacob, Jonah und Noah.

Meine liebe, süße und wunderbare Ehefrau Lynn, mit der ich jeden Augenblick eines jeden Tages genießen darf, seit wir uns am College der Syracuse University das erste Mal begegnet sind. Ich fühle mich seit nunmehr 25 fantastischen Ehejahren über alle Maßen hinaus gesegnet. Lynnie, diese Zeit war wahrhaftig ein Abenteuer. Hoffen wir, dass es nie endet!

Doch mein größter Dank gilt meinem Herrn und Erlöser Jesus Christus, der die Menschen Israels, Jordaniens, Syriens und des Irak wie überhaupt alle Völker in dieser Krisenregion von ganzem Herzen liebt – so, wie er in seiner tiefen Unergründlichkeit auch mich und meine Familie liebt.

www.joelrosenberg.com

Joel C. Rosenberg ist der Bestsellerautor von bisher 13 Romanen und fünf Sachbüchern. Die verkaufte Auflage liegt bei 5 Millionen Exemplaren.

Geboren wurde er 1967 in Syracuse, New York. 1989 schloss er das Studium der Filmdramaturgie ab. Ein Jahr später heiratete er seine Collegeliebe Lynn. Die beiden wohnten 24 Jahre in Washington, D. C., bis sie mit ihren Söhnen – Caleb, Jacob, Jonah und Noah – nach Israel umsiedelten.

Joel trat in Hunderten von Radio- und TV-Sendungen auf und nahezu jede seriöse Zeitschrift in den USA hat seine Artikel und Essays veröffentlicht. Er gilt als Nahost-Experte. Weil er in seinen Romanen mehrmals große politische Entwicklungen vorhersagte, wird er von den Medien als »modern-day Nostradamus« bezeichnet.

Infos, Leseprobe & eBook:
www.Festa-Verlag.de

MITCH RAPP – DER HELD AUS DEM HOLLYWOOD-BLOCKBUSTER MIT DYLAN O'BRIEN UND MICHAEL KEATON.

ISBN: 978-3-86552-582-6

Im Dezember 1988 kommen beim Lockerbie-Bombenanschlag alle 259 Passagiere einer Boeing 747 ums Leben, darunter auch Mary, die Verlobte des US-Collegestudenten Mitch Rapp.
Ein Jahr nach ihrem Tod wird Mitch von der CIA rekrutiert und schließt sich dem geheimen Orion-Team an, das gegen den weltweiten Terror in den Kampf zieht. An Krisenherden in Europa, im Nahen Osten und Asien bewältigt er den Verlust seiner großen Liebe und sucht nach einem neuen Sinn für sein Leben.

Vince Flynn wird von Lesern und Kritikern als Meister des modernen Polit-Thrillers gefeiert.
American Assassin – Der Auftakt zu einer globalen Bestseller-Reihe.

Infos, Leseprobe & eBook:
www.Festa-Verlag.de

Zuletzt erschienen in der Reihe FESTA ACTION:

Wenn Lesen zur Mutprobe wird ...
www.Festa-Verlag.de

Festa: *If you don't mind sex and violence and lots of action*

Niemand veröffentlicht härtere Thriller als Festa. Werke, die keine Chance haben, in großen Verlagen veröffentlicht zu werden, weil sie zu gewagt sind, zu neuartig, zu extrem.

Statt der üblichen Matt- oder Glanzfolie haben die Bücher von Festa eine raue, lederartige Kaschierung. Sie symbolisiert die Härte und sexuelle Gewagtheit unseres Programms. Diese »Bücher im Ledermantel« sind auch sehr widerstandsfähig – die Bücher wirken nach dem Lesen noch wie neu.

Unsere erfolgreichsten Buchreihen:

HORROR & THRILLER – Moderne Meister des Genres

FESTA ACTION – Blockbuster zum Lesen

DARK ROMANCE – *Erotik Romance*-Bestseller aus den USA

FESTA EXTREM – Wenn Lesen zur Mutprobe wird ...

Wegen der brutalen und pornografischen Inhalte erscheinen die Titel als Privatdrucke ohne ISBN und werden nur ab 18 Jahre verkauft. Sie können nur direkt beim Verlag bestellt werden.

Festa steht beim Thema harte Spannung für viele Jahre bewährte Qualität. Darauf geben wir sogar eine Zufriedenheitsgarantie. Dieser Service ist für einen Buchverlag einzigartig.

Warum tun wir das?

Frank Festa: »Wir wollen, dass die Leser unsere Bücher lieben. Das geht nur mit Qualität. Und als Spezialist für Horror und Thriller aus Amerika können wir in dem Bereich diese Qualität garantieren – so einfach ist das.«